KB069086

中國文學과 小說,
그리고 受容과 變容

경희대학교 동아시아 서지문헌 연구소 서지문헌 연구총서 06

中國文學과 小說, 그리고 受容과 變容

閔寬東 著

學古房

머리말

중국고전문학 그중에서도 특히 중국고전소설에 대한 연구를 시작한지 벌써 30여 년이 흘렀다. 박사학위부터 시작된 국내 유입 중국고전소설의 수용에 대한 연구는 경희대학교 중국어학과에 자리를 잡으면서 점점 연구 분야를 확장하여 유입·판본·출판·번역으로까지 범위를 확대시켰다. 그러나 기초자료가 부족하여 종종 연구의 한계와 어려움을 느끼게 되었다. 결국 대형 프로젝트를 통하여 이 문제를 돌파하고자 2010년에 '한국에 소장된 중국 고전소설 및 희곡판본의 수집정리와 해제'(2010-2013)라는 이름으로 토대연구를 시작하게 되었다.

토대연구 프로젝트를 통하여 전국에 흩어져있는 중국 고전소설과 희곡의 판본을 수집하여 목록화와 해제작업을 하였다. 그 결과 한국 소장 문언소설 판본목록과 통속소설 판본목록 및 희곡(탄사·고사 포함)의 판본목록을 출간하였다. 또 한편으로는 中國 武漢大學 출판사와 협조하여 한국에 소장된 版本目錄과 小說史料들을 출간하여 국내에서는 9권의 책을 출간하였고 중국에서는 4권의 책을 출간하는 등 나름의 성과를 거두었다.

토대연구 프로젝트를 수행하면서 기대외의 성과가 나타났다. 이것이 바로 희귀본의 발굴이고 또 하나는 중국소설이 아닌 기타 서지문헌에 대한 관심사가 생겨나게 되었다. 그리하여 결국 새로운 프로젝트를 기획하게 되었는데 이것이 바로 일반 공동연구과제의 '국내 고전문헌의 목록화와 복원'이라는 프로젝트이다.

'국내 고전문헌의 목록화와 복원'(2016-2019) 프로젝트는 국내의 문중가운데 안동의 군자마을(후조당)과 봉화의 닭실마을(충재박물관)을 대상으로 하였고, 서원으로는 玉山書院을 대상으로 고서목록화와 해제작업을 하면서 동시에 그곳에서 발굴된 희귀본『新序』·『說苑』·『酉陽雜俎』 등을 복원하였다. 그 외 中國의 崇文出版社와 연결이 되어『朝鮮漢籍稀見版本叢刊』을 출간하였다.(『新序』·『說苑』·『酉陽雜俎』·『兩山墨談』·『世說新語補』·『世說新語姓彙韻分』·『皇明世說新語』 복원출간)

이러한 프로젝트를 준비하면서 혹은 연구 성과를 실현하면서 작성하였던 관련 자료들을 모아서 한권의 책으로 엮어보고자 한다. 여기에 게재된 논문은 대부분 토대연구나 공동연구과제로 만들어진 논문을 수정 보완하였거나 다음 프로젝트를 준비하면서 만들어진 논문들을 재단장하여 만들었다.

이 책은 크게 3부로 구성되었다.

제1부 중국 고전문학의 수용과 변용 : 朝鮮時代 前期에 간행된 중국 고전문헌에 대한 고찰로 주로『攷事撮要』에 언급된 조선출판본의 출간 기록을 위주로 조선 전기 출간현황을 살펴보았다. 또 중국 고전문학의 國內出版과 版本에 대한 개황을 총괄하여 중국 고전문학의 수용문제를 집중적으로 검토하였다.

제2부 중국 고전소설의 수용과 변용 : 중국문학 가운데 특히 중국소설의 유입과 수용에 대하여 집중하였다. 특히 중국 고전소설 가운데 國內 出版된 판본들을 書誌學的 관점에서 분석하였으며 中國 世說體 小說의 국내 유입과 수용문제를 고찰하였다. 그 외에도 韓·日 兩國의 중국 고전소설에 대한 출판 양상과 국내 소

장된 日本版 중국 고전소설의 전반적인 개황에 대하여 분석하였다.

제3부 중국 고전소설과 敍事文學 研究의 多樣性 : 중국 서사문학에 대한 다양한 연구방법론을 제시하였다. 예를 들어 중국 고전소설의 書名과 異名에 대한 고찰이나 中國 禁書小說에 대한 분석 그리고 中國 古典小說에 나오는 죽음의 세계에 대한 탐색 등 다양한 방법으로의 연구를 시도하였다. 그 외에도 故事成語의 由來와 分類體系에 대한 새로운 해석을 제시하였다

제4부 附錄 : [부록 1]에서는 중국 고전소설의 서명과 이명 목록을 조사하여 수록하였고, [부록 2]에서는 『고사촬요』에 수록된 朝鮮出版本 目錄을 국내와 중국의 유형별로 분류하여 정리하였다.

이번에도 본서의 출간에 흔쾌히 협조해 주신 하운근 학고방 사장님을 비롯한 전 직원 여러분께도 감사를 드린다. 마지막으로 원고정리 및 교정에 도움을 준 제자 옥주와 양바름 同學에게 감사의 뜻을 전한다.

2021년 05월 05일

민관동 씀

....
목차

第一部
中國 古典文學의 受容과 變容

第二部
中國古典小說의 受容과 變容

第三部
中國 敍事文學 研究의 多樣性

附錄

第一部

中國 古典文學의 受容과 變容

Ⅰ. 朝鮮前期에 刊行된 中國古典文獻 고찰
-『攷事撮要』를 중심으로

삼국시대 이래 조선시대까지 중국의 서적들이 지속적으로 유입되어 우리문화의 형성에 적지 않은 영향을 끼친 것은 周知의 사실이다. 이러한 학술 문화적 교류가 확대되면서 중국서적에 대한 수요는 기하급수적으로 증가하였고 결국에는 수요에 대한 공급의 부족으로 이어지게 된다. 이렇게 출판의 필요성이 부각되면서 점차 자급자족을 추구하기 시작하였고 결국 이러한 시도는 자국에서의 출판문화가 크게 발전하는 동력이 되었다. 급기야 고려시대에는 세계최초의 금속활자가 출현하는 계기가 되기도 하였다.

그 후 조선시대로 들어와 정권의 안정을 이룬 世宗大王부터 壬辰倭亂 以前까지 약 170여 년간은 金屬活字는 물론 木版本 및 木活字本까지 다양하게 발전하여 출판문화의 꽃을 피우게 된다. 특히 이 시기에는 국내 문헌은 물론 중국문헌까지 광범위하게 출판되어 출판문화의 황금기를 구가하였다.

* 본 논문은 2021년『中國語文學誌』제74집에 투고된 논문을 일부 수정 보완한 것이다.

朝鮮前期의 책판목록에 대한 최고의 문헌으로는 먼저 魚叔權의 『攷事撮要』를 꼽을 수 있다. 이 책판목록은 조선 최초의 도서목록으로 조선초기부터 임진왜란 이전까지 각 지방에서 발간된 도서의 간행지와 간행연도를 추정할 수 있는 유일한 자료이다. 여기에 수록된 책판이 총 988종으로 朝鮮前期에 地方에서 간행된 대부분의 책판이 수록된 방대한 자료집이다.[1)]

『攷事撮要』에 대한 연구로는 金致雨의 업적이 가장 두드러진다. 그는 그의 저서 『고사촬요 책판목록과 그 수록 간본 연구』에서 책판목록에 수록된 목록 총 988종의 책판을 찾아내어 이 책판목록을 출판지역별로 또는 經·史·子·集으로 분석하여 자세하게 소개하였다. 먼저 그가 분석한 지역별 出刊樣相을 살펴보면; 경상도 387종, 전라도 337종, 황해도 78종, 평안도 67종, 강원도 61종, 충청도 37종, 함경도 19종, 경기도 2종이다.[2)] 여기

1) 『攷事撮要』는 1554년(명종 9) 魚叔權이 편찬한 類書(일종의 백과사전)로 어숙권의 原撰에서부터 1771년(영조 47) 徐命膺이 『固事新書』로 대폭 개정·증보하기까지 무려 12차에 걸쳐 간행되었다. 그러나 1554년에 출간된 초간본은 현재 전하지 않고 다만 후간본에 의해 그 체재와 내용이 짐작되는데, 현존 最古本은 1568년(선조 1)에 발간된 乙亥字本이다. 책판목록은 임진왜란 이전 전국 각지에서 개판된 책판의 목록이다. 그 후 선조 9년(1576)간 을해자본과 을해자본 복각본, 동왕 18년(1585)간 목판본 등에 모두 수록되어 있다. 그러나 대부분의 책판이 임진왜란 때 불타 버려 그 이후에 간행된 것은 책판목록 대신 각 지역별 토산품이 수록되어 있어 책판목록으로의 가치는 선조 1년과 선조 18년에 발간된 것이 가장 높다. https://terms.naver.com/ [지식백과], 攷事撮要 (한국민족문화대백과, 한국학중앙연구원) 참고.
※ 근래 김소희는 강원도 춘천조와 전라도 금산조에 수록된 '日記'와 '小學'은 두 종이 아니라 『新增圖像小學日記古事大全』 1종임을 확인하였다. 이에 책판목록에 수록된 총 수량은 988종이 아닌 986종이라는 학설을 제기 하였다.(김소희, 「조선전기 전라도의 출판문화 연구」, 『서지학연구』62, 한국서지학회, 2015, 366쪽.

에서 가장 주목되는 곳이 바로 경상도(387종)와 전라도(337종)로 이 지방에서 대략 70%이상의 서적들이 출간되었다. 특히 경상도에서는 慶州(61종), 晉州(50종), 安東(27종), 尙州 · 星州(각 25종), 또 전라도에서는 全州(67종), 南原(38종), 光州(32종), 錦山(29종), 羅州(28종)가 朝鮮前期 출판문화의 중심지임을 확인할 수 있다.

그리고 서책의 내용으로 분류해보면; 經部 219종, 史部 118종, 子部 390종, 集部 242종, 未詳 18종이다.[3] 그가 분류한 기준은 국내서적과 중국서적을 따로 구분하지 않고 총괄하여 經 · 史 · 子 · 集으로 나눈 통계이다. 이러한 통계에 의하면 子部(390종, 40%)가 가장 많이 출간되었고 그다음으로 集部(242종), 經部(218종), 史部(118종) 순으로 출간되었다,

사실 필자가 『고사촬요』에 관심을 가지기 시작한 계기는 “얼마나 많은 중국문헌들이 조선에 유입되어 출간되었을까?” 하는 문제에서 시작된다. 이 문제는 필자가 지금까지 지속적으로 관심을 가지고 연구해온 話頭이며 課題이기도 하다. 근래 「중국고전문학의 국내출판과 판본 분석」에[4] 대한 논문을 발표한 후 문득 朝鮮前期에 출간된 중국문헌에 대한 궁금증을 해소하고자 다시 『攷事撮要』를 분석하기 시작하였다. 즉 이 책을 통하여 朝鮮前期에 출간된 국내 서적은 물론 중국 서적까지 출판문화의 전반적 흐름을 파악할 수 있기 때문이다.

2) 金致雨, 『고사촬요 책판목록과 그 수록 간본 연구』, 아세아문화사, 2008, 275-279쪽.
3) 金致雨, 上揭書, 283쪽 도표 참고.
4) 민관동, 「중국고전문학의 국내출판과 판본 분석」, 『中國學報』제89집, 2019.

1. 朝鮮前期의 출판과『攷事撮要』의 출판 개황

1) 朝鮮前期의 출판 개황

조선전기의 출판현황에 대하여 기록한 책으로는『攷事撮要』와『嶺南冊板記』 그리고『東京雜記』를 꼽을 수 있다.『攷事撮要』에는 조선팔도에서 간행된 988種의 책판목록이 수록되어 있고,『嶺南冊板記』에는 嶺南一帶에서 간행된 236種이 수록되어 있으며,『東京雜記』는 慶州地方에서 간행된 92種이 수록되어 있다.

『東京雜記』는 총 92종 가운데 57종은『攷事撮要』책판목록과 일치하고 35종은 관계없는 책으로 확인되며 또 수록된 서명 가운데 일부 서적들은 宣祖 18年 以前인지 以後인지도 미확인 상태이다. 또『嶺南冊板記』에는 경상도 25개 지방에서 개판된 236종의 책판목록이 수록되어 있다. 이 중에서 25개 책판은 본 冊板記에만 수록되어 있고, 211개 책판은『攷事撮要』冊板目錄과 함께 수록되어 있다. 이 책의 작성 시기는 대략 선조 9년 이후 선조 18년 이전이라고 추정한다.[5)]

이처럼『東京雜記』는 경주지방에서 간행된 92種에 불과한 책판목록이고,『嶺南冊板記』는 嶺南一帶에서 간행된 236種이기에 朝鮮前期의 출판개황을 총괄하여 파악하기에는 분명 한계가 있다. 이러한 면에서 조선팔도에서 간행된 988종의 서판목록을 수록한『攷事撮要』야말로 조선전기의 출판현황을 파악할 수 있는 가장 적합한 텍스트라 할 수 있다.

그러나『攷事撮要』에도 두 가지 약점은 있다. 첫째,『攷事撮要』는 지방에서 간행된 책판목록으로는 가장 이상적이지만 중앙의 校書館에서 간

5) 金致雨,「嶺南冊板記 所載刊本의 분류별 경향」,『書誌學硏究』제24집, 2002, 277-309쪽 참고

행된 목록들은 대부분 누락되었다는 점이다. 둘째, 『攷事撮要』는 성리학 중심의 조선사회 배경아래 쓰였기에 사찰 중심으로 간행되었던 佛敎類 서적들은 대부분 누락시켰다는 점이다.

먼저 중앙정부의 대표적 출간장소인 校書館은 주로 『조선왕조실록』과 유학의 여러 經書 및 제반도서를 출간하여 지방 관청에 배포하였다. 즉 인쇄의 기반시설이 빈약한 지방에서는 자체적으로 경서를 출간할 수는 없었기에 수요가 많은 주요 서적들은 교서관에서 직접 인출하였다. 그리고 그 印本을 地方 監營에 보내 다시 판각하게 하고 다시 중앙에 進上하도록 하였다. 그 후 인쇄술의 발달과 함께 각 지방에서도 서적 인출이 활발하게 되자, 교서관은 전국의 판본 소장 상황을 파악하여 보급하는 등의 총괄업무를 맡아보기도 하였다.[6] 이러한 관점에서 교서관에서의 출판은 『왕조실록』같은 특별한 케이스의 서적을 제외하고는 대부분 지방에서도 출간된 것으로 보인다.

둘째는 불교류 서적들에 대한 문제이다. 抑佛崇儒 정책을 국시로 삼았던 조선에서 더군다나 官刻書籍위주로 수록하였던 『攷事撮要』는 寺刹本에 대해서는 의도적으로 배제하였다. 관련 자료에 근거하면 조선전기에 출간된 佛敎類는 대략 530여 종 이른다고 한다. 여기에서 佛敎類라 함은 『法華經』이나 『華嚴經』같은 불경의 편찬으로, 官刻本爲主로 편찬 및 정리된 『攷事撮要』에는 대부분의 佛經들이 누락되었던 것이다.

이상에서 언급한 누락된 불교류 530여 종 외에도 『攷事撮要』에 수록되지 않은 기타 책판이 240여 종이나 된다고 한다.[7] 그럼에도 불구하고 『攷

6) 대개 교서관에서의 인출은 먼저 왕명이나 신하들의 진언이 있어야 하며 이윽고 왕명이 떨어지면 인출작업이 시작되었다. 주로 經書 및 農·醫·法書처럼 대규모로 배포할 필요가 있는 서적들을 다량 인출하였다.

7) 김치우, 「壬亂以前 地方刊本의 開板處에 관한 연구」, 『서지학 연구』제16집,

事撮要』는 朝鮮前期 주요 지방의 官撰書나 儒學關聯 人物 혹은 主要 文章家의 저술들은 대부분 수록되었기에 서지학적 측면에서 나름 중요한 의미를 지닌다고 할 수 있다.

2) 『攷事撮要』의 출판 개황

『攷事撮要』에 수록된 版種 총 988종 가운데는 모두가 別個의 책이 아니고 重複되는 책이 상당수 확인된다. 가장 많이 重刊한 것으로는 『孝經』으로 14회나 개판되었으며, 그 다음이 『大學』과 『小學』으로 12회, 『中庸』 11회, 『正俗』9회, 『家禮』·『童蒙須知』·『十九史略』 각 8회, 『聖學十圖』·『禮部韻』·『陣書』 각 7회, 『古文眞寶』·『農書』·『童蒙先習』·『三綱行實』·『呂氏鄕約』·『赤壁賦』가 각 6회순으로 개판되었다.[8] 이 가운데 내용이 중복되거나 일치하는 同一書名을 빼고 版種이 아닌 總書名數로 계산하면 약 655종이 된다고 김치우는 분석하였다.

필자 역시 이러한 방식으로 988종의 版種 가운데 『孝經』처럼 서명이 동일한 서적(14회나 출간)들은 하나로 계산하였고 또 같은 유형의 책이라도 서명이 다르면 별개로 분류하였다. 그러나 『三國史記』의 誤字인 『三國中』처럼 서명은 다르지만 동일 서적인 경우와 오탈자로 인한 동일서적들은 모두 하나로 계산하였다.[9] 그 외 屛風類나 書帖類에서 동일한 것으

1998, 47쪽 參考.

8) 회수별 통계로는 1회 개판(514종), 2회 개판(78종), 3회 개판(28종), 4회 개판(15종), 5회 개판(7종), 6회 개판(6종), 7회 개판(3종), 8회 개판(3종), 9회 개판1종), 11회 개판(1종), 12회 개판(2종), 14회 개판(1종) 이다. 金致雨, 『고사촬요 책판목록과 그 수록 간본 연구』, 아세아문화사, 2008, 193-195쪽 參考.

9) 오탈자의 경우로는 『檢屍狀式』→『檢屍格式』, 『紀行』→『紀行錄』, 『心經付註』→『心經附註』, 『蒙△書』→『蒙訓書』, 『食療纂要』→『食療算要』 等

로 판단되는 것은 單一種으로 분류하여 산정하니 약 640餘 書種으로 확인되었다.[10]

大略 640餘 書種 가운데 국내서적은 약 211種이고 중국서적은 약 319種이며 국적이 미확인인 것은 약 110餘 種이나 되었다. 이처럼 중국서적이 거의 절반을 차지하며 상당한 비중을 점유하고 있음이 확인된다.

국내서적을 다시 시대별로 나누면 三國時代 2種, 高麗時代 29種, 朝鮮時代는 168種으로 가장 많다.(未詳 : 12) 그리고 經·史·子·集으로 분류하면 經部 11種, 史部 38種, 子部 62種, 集部 97種으로 集部가 가장 많으며 분류미상도 3種이나 된다. 중국서적은 약 319種인데 그중 經部 78種, 史部 34種, 子部 137種, 集部 70種으로 子部가 137種으로 가장 많고 史部가 34種으로 가장 적다. 그 외 國籍이 未確認인 것은 약 110餘 種이나 되었다.[11]

2. 중국고전문헌의 출판과 유형 분석

중국서적은 총 319餘 種인데 그중 經部類(78種), 史部類(34種), 子部類(137種), 集部類(70種)로 분류된다. 자세히 분석하면 다음과 같다.

10) 책 숫자의 혼선을 피하기 위해 필자는 김치우가 제시한 전체 988종의 판본 수량에서 유출한 988종을 版種(988版種)이라 구별하고 여기에서 중복된 것이나 동일한 판본을 하나로 계산한 總書名數의 책들은 書種이란 용어로 구분하였다. 또 분류기준으로 『剪燈新話句解』처럼 原籍이 중국이면서 조선인에 의해 각주나 언해가 된 것은 중국서적으로 분류하였고 『太平通載』처럼 중국작품에 조선의 작품이 첨가되어 合刊한 것은 조선서적으로 분류하였음을 밝혀둔다.

11) 國籍未確認(110餘種) : 經部 11種, 史部 15種, 子部 48種, 集部 27種, 未確認 9種.

1) 經部 (書名 / 著者 / 四部類型 / 最初出版關聯記錄 [78書種])

약 319種의 중국고전문헌 가운데 經部는 약 78種으로 확인된다. 분석의 편리함을 위해 크게 四書五經과 其他 經書를 나누어 분석하고자 한다.

- 『論語』(3個版種) : 四書類, 宣祖1年 等
- 『論語大文』: 四書類, 宣祖1年 等
- 『集註論語』(論語集註) : 朱熹(宋)集註, 四書類, 宣祖1年
- 『小全論語』: 四書類, 宣祖1年 等
- 『無輯釋論語』: 四書類, 宣祖1年
- 『孟子』(4個版種) : 四書類, 宣祖1年 等
- 『孟子大文』(4個版種) : 四書類, 宣祖1年 等
- 『無輯釋孟子』: 四書類, 宣祖1年
- 『小全孟子』: 四書類, 宣祖1年
- 『大學』(12個版種) : 四書類, 宣祖1年 等
- 『大學大文』(2個版種) : 四書類, 宣祖1年 等
- 『大字大學』: 四書類, 宣祖18年
- 『或問大學』(2個版種) : 朱熹(宋)撰, 四書類, 宣祖1年 等
- 『中庸』(11個版種) : 四書類, 宣祖1年 等
- 『中庸大文』: 四書類, 宣祖1年
- 『大字中庸』: 四書類, 宣祖18年
- 『中庸諺解』: 宣祖(朝鮮)命撰, 四書類, 宣祖年間推定
- 『中庸集略』: 石墩編/朱熹刪定(宋), 四書類, 宣祖1年
- 『或問中庸』(2個版種) : 朱熹(宋)撰, 四書類, 宣祖1年 等
- 『庸學大文』: 四書類, 宣祖18年
- 『庸學指南』: 胡謐(明)編, 四書類, 宣祖18年
- 『詩傳』(4個版種) : 詩類, 宣祖1年 等
- 『詩傳大文』: 詩類, 宣祖1年

- 『無註毛詩』: 經部 詩類, 宣祖18年
- 『詩大文』(3個版種) : 詩類, 宣祖1年 等
- 『尙書』: 書類, 宣祖1年
- 『諺吐尙書』: 書類, 宣祖1年
- 『書傳』(2個版種) : 書類, 宣祖1年 等
- 『書大文』(3個版種) : 書類, 宣祖1年 等
- 『書釋』: 書類, 宣祖18年
- 『書傳口訣』: 書類, 宣祖19年
- 『書傳大文』: 胡廣(明)等受命撰, 書類, 宣祖1年
- 『周易』(4個版種) : 易類, 宣祖1年 等
- 『周易大文』: 易類, 宣祖1年
- 『小全周易』: 易類, 宣祖1年
- 『易釋』: 易類, 宣祖18年
- 『春秋』(2個版種) : 春秋類, 宣祖1年 等
- 『春秋大文』: 春秋類, 宣祖1年
- 『附錄春秋』(春秋附錄) : 未詳, 春秋類, 宣祖1年
- 『胡傳春秋』(春秋胡氏傳/2個版種) : 胡安國(宋)傳, 春秋類, 宣祖1年 等
- 『會通春秋』(春秋諸傳會通) : 李廉(元)集, 春秋類, 太宗3年刊(1403)推定
- 『禮記』(2個版種) : 禮類, 宣祖1年 等
- 『禮記大文』: 禮類, 中宗年間推定
- 『周禮』(纂圖互註周禮) : 鄭玄(漢)註, 禮類, 成宗9年刊(1478)推定
- 『儀禮圖』(2個版種) : 楊復(宋)著, 禮類, 宣祖18年

이상의 자료에서 확인되듯 四書五經의 출간은 經部에서 절반이상을 占有할 정도로 압도적이다. 우리나라에서 四書五經은 유교의 전래와 함께 수용되어 널리 유통되었기에 儒教的 理想國家를 꿈꾸는 조선에서 經書의 출간은 당연한 것이기도 하다. 이처럼 四書五經은 유교문화를 꽃피운 조선시대에 사대부를 비롯한 모든 지식인들의 필독서가 되었으며 조선의 文化와 思想에 커다란 영향을 미쳤다.

특히 考試科目은 生員試의 경우 사서의(四書疑) 1편과 오경의(五經義) 1편으로 정해지면서 이 책에 대한 관심은 고조되었다. 이처럼 과거시험에서 핵심과목으로 지정된 四書五經의 출간은 대량의 출간으로 이어지게 되었다. 출간회수만 살펴봐도 『論語』(약 7회), 『孟子』(약 10회), 『大學』(약 17회), 『中庸』(약 19), 『詩經』(약 9회), 『書經』(약 10회), 『周易』(약 7회), 『春秋』(약 7회), 『禮記』(약 6회) 등 대략 92회나 출간을 하였다. 또 『大學』의 경우는 同一書名으로 12회, 『中庸』은 11회, 『孟子』의 경우에는 8회가 출간되어 지대한 관심을 보인 것으로 사료된다.

그 외 이 책들의 출간년도는 대부분 宣祖 1年(1568)과 宣祖 18年(1585)으로 되어있는데 여기에서 宣祖 1年의 의미는 1568년에 출간되었다는 것이 아니라 1568년 이전(조선초기부터 宣祖 1年까지)에 이미 출간된 것을 수집하여 수록하였다는 뜻이다. 또 宣祖 18年의 경우도 1585년에 출간된 것이 아니라 1585년 이전에 출간된 것을 수록한 것이며 간혹 이전의 조사에서 누락된 것을 재조사하여 修正補完한 것도 상당수 포함되어 있다. 그러기에 이 典籍들의 출간년도는 더 앞으로 당겨진다. 그 외 經部에서 출간된 其他 出版目錄을 살펴보면 다음과 같다.

- 『孝經』(14個版種) : 孝經類, 宣祖1年 等
- 『大字孝經』 : 孝經類, 宣祖18年
- 『大全孝經』 : 孝經類, 宣祖1年
- 『註孝經』 : 孝經類, 宣祖1年
- 『左傳』(音註全文春秋括例始末左傳句讀直解) : 林堯叟(宋)撰, 春秋類, 端宗2年(1454)/世宗13年(1431) 元版覆刻도 있음.
- 『小全左傳』 : 春秋類, 宣祖1年
- 『詩韻釋義』 : 小學類, 宣祖18年

- 『雅音會編』: 姜麟集次/王純校正(明), 小學類, 宣祖1年
- 『草書韻會』: 張天錫(梁)集, 小學類, 宣祖1年
- 『禮部韻』(排字禮部韻略/7個版種) : 丁度(宋)註, 小學類, 中宗35年(1450) 等
- 『龍龕手鑑』(3個版種) : 行均(遼)撰, 小學類, 宣祖1年 等
- 『洪武正韻』: 樂韶鳳(明)等奉勅撰, 小學類, 宣祖18年
- 『洪武』: 書類, 宣祖18年
- 『東萊博議』(精選東萊先生博議句解) : 吕祖謙(宋)撰, 春秋類, 1417年刊 推定
- 『家禮補註』(朱文公家禮) : 朱熹(宋), 禮類, 太宗3年推定(1403)
- 『禮輯』: 屠義英(明)著, 禮類(鄉校), 宣祖18年
- 『家禮』(8個版種) : 朱熹(宋)著, 禮類, 宣祖1年 等
- 『馮氏家禮集成』: 未詳, 禮類, 宣祖18年
- 『大廣益會』(大廣益會玉篇) : 顧野王(梁)/巖松堂(明)校, 小學類, 中宗32 年刊(1537/明永樂版覆刻)推定
- 『大廣益會』(大廣益會玉篇) : 陳彭年(宋)等受命撰, 小學類, 宣祖1年
- 『白字千字』(2個版種) : 周興嗣(梁)著, 小學類, 宣祖1年 等
- 『四字千字』(4個版種) : 周興嗣(梁)著, 小學類, 宣祖1年 等
- 『四体千字』: 周興嗣(梁)著, 小學類, 宣祖1年
- 『大字千字』(2個版種) : 周興嗣(梁)著, 小學類, 宣祖18年 等
- 『小千字』: 周興嗣(梁)著, 小學類, 宣祖18年
- 『五字千字』: 周興嗣(梁)著, 小學類, 宣祖1年
- 『八字千字』: 周興嗣(梁)著, 小學類, 宣祖1年
- 『篆千字』(趙學士陰字千字) : 周興嗣(梁)著, 小學類, 宣祖1年
- 『註千字』: 周興嗣(梁)著, 小學類, 宣祖1年
- 『黑千字』: 周興嗣(梁)著, 小學類, 宣祖1年
- 『千字』(5個版種) : 周興嗣(梁)著, 小學類, 宣祖8年刊(1575)推定 等
- 『草書千字』(3個版種) : 周興嗣(梁)著, 小學類, 宣祖1年 等
- 『童子習』(2個版種) : 朱逢吉(明)編, 小學類, 宣祖18年

여기에서 비교적 주목되는 것은 『孝經』이다. 이 책은 同一書名으로 14회나 출간된 책이다. 정확한 出刊年度를 산정하기 어려우나 대략 宣祖 1年(1568) 以前부터 출간되었다고 추정된다. 그 중 현존하는 판본 중에는 朱熹가 修正하고 董鼎이 註釋한 奎章閣 소장본이 있이 주목된다. 이 책은 尹孝孫이 編集한 것으로 舊刊記에는 出刊年度가 1475年(成宗 6)에 全州府에서 開板되었다고 되어있고 후에 나온 刊記에는 1530年(中宗 25)에 南原府에서 重刊한 것이라 밝히고 있다.[12)]

또 초급자의 학습서로 가장 기본이 되는 서적이 『千字文』인데, 이에 대한 출간은 적어도 20여 차례나 이루어졌다. 특히 魏晉六朝 梁나라의 周興嗣라는 인물이 지은 『千字文』이 가장 널리 통용된 것으로 확인된다. 周興嗣는 陳郡 사람으로 字는 思纂이며, 梁 武帝 의 命을 받들어 王羲之의 글씨를 모아 『千字文』을 지었다고 알려진 인물로 그가 쓴 『千字文』은 總 250句(四言古詩)로 되어있다. 출판된 書名만도 『四字千字』·『四体千字』·『大字千字』·『小千字』·『五字千字』·『八字千字』·『篆千字』·『註千字』·『白字千字』·『黑千字』·『千字』·『草書千字』 등 10여 종이나 된다.

그 외 주목되는 서적이 바로 사전류 인데 『大廣益會』(大廣益會玉篇)로 魏晉六朝의 梁나라 顧野王撰, 巖松堂(明)校正本이 中宗 32年刊(1537)에 나왔는데 이 책은 明 永樂版을 覆刻한 것이다. 또 同一書名으로 宋代의 陳彭年 等이 皇命을 받들어 受撰한 것도 보이는데 출간년도는 대략 1568년(宣祖 1) 이전으로 추정된다.

---

12) https://terms.naver.com/ [네이버 지식백과] 孝經 (한국민족문화대백과)

2) 史部 (34書種)

總 319種의 중국문헌 가운데 그중 史部類에 속하는 서적은 약 34種으로 비교적 적은 편이다.

- 『史記』: 司馬遷(漢)撰, 正史類, 宣祖18年
- 『史記列傳』: 司馬遷(漢)撰, 正史類, 宣祖1年
- 『漢書列傳』: 班固(漢)撰, 正史類, 宣祖1年
- 『宋史』: 正史類, 宣祖18年
- 『宋元節要』: 正史類, 宣祖18年
- 『元史節要』(2個版種) : 張美和(明)撰, 正史類, 宣祖1年
- 『講解律』(大明律講解) : 劉惟謙(明)等奉勅撰/趙浚(朝鮮)等解, 政法類, 宣祖1
- 『大明講解律』(大明律講解) : 劉惟謙(明)等奉勅撰/趙浚等解/鄭道傳(朝鮮)等潤色, 政法類, 宣祖1年
- 『大明律』(大明律請解/2個版種) : 劉惟謙(明)等奉勅撰/趙浚等解/鄭道傳(朝鮮)等潤色, 政法類, 宣祖1年 等
- 『直解大明律』: 劉惟謙(明)等奉勅撰/趙浚等解/鄭道傳(朝鮮)等潤色, 政法類, 明宗1年刊(1546)推定
- 『小全大明律』: 劉惟謙(明)等奉勅撰, 法政類, 宣祖1年
- 『律學解頤』: 慈利丞·蕭思敬(明)編, 政法類, 宣祖1年
- 『詳刊要覽』: 吳訥(明)撰, 政法類, 宣祖18年
- 『疑獄集』: 和凝·和蒙共撰(晉), 政法類, 宣祖18年
- 『無冤錄』(新註無冤錄/4個版種) : 王與(元)著/崔致雲(朝鮮)等註, 政法類, 世宗22年刊(1440)等 數種
- 『唐律』: 著者未詳, 政法類, 宣祖1年
- 『孔子廟碑』: 著者未詳, 金石類, 宣祖18年
- 『唐鑑』(東萊先生音註唐鑑) : 范祖禹(宋)撰, 宣祖9年
- 『少微通鑑』(少微家塾点校附音通鑑節要) : 江贄撰/史炤音釋/王逢輯義

(宋)/劉剡(明)增校, 編年類, 中宗~明宗年間刊推定
- 『通鑑』(3個版種) : 司馬光(北宋)著, 編年類, 宣祖1年 等
- 『通鑑總論』: 潘榮(明)編, 編年類, 宣祖18年
- 『十九史略』(古今歷代十九史略通考/8個版種) : 曾先之(元)編/余進(明)攷, 別史類, 明宗13年刊(1558)推定
- 『牧民忠言』: 張養浩(元)撰, 官職類, 宣祖1年
- 『吏學指南』: 徐天瑞(元)著, 官職類, 宣祖1年
- 『貞觀政要』: 吳兢(唐)撰, 雜史類, 宣祖1年
- 『詔令奏議類』(陸宣公奏議) : 陸贄(唐)著, 詔令奏議類, 宣祖18年
- 『陸宣公奏議』(唐陸宣公集) : 陸贄(唐)著, 詔令奏議類, 成宗5年刊(1474)推定
- 『韓碑』(韓愈碑文) : 金石類, 宣祖18年
- 『歷代世譜』: 陳璘(明)撰, 傳記類, 宣祖18年[1585]
- 『精忠錄』(會纂宋鄂武穆王精忠錄) : 麥福(明)著, 傳記類, 宣祖1年
- 『朱子實記』: 載詵(明)編, 傳記類, 宣祖18年
- 『列女傳』: 劉向(漢)著, 傳記類, 宣祖1年
- 『名臣言行錄』(宋名臣言行錄) : 朱熹撰/李幼武續撰(宋), 傳記類, 宣祖1年 等
- 『皇明名臣言行錄』(皇明理學名臣言行錄) : 楊廉(明)撰, 傳記類, 1562年推定

中國 史部類의 토대라 할 수 있는 司馬遷의 『史記』와 班固의 『漢書』는 朝鮮初期부터 핵심 도서로 1568년(宣祖 1) 이전에 이미 출간되었다. 특히 중국의 역사를 이해하는데 必讀書로 三皇五帝부터 春秋戰國時代의 역사를 담은 『史記』와 한나라 前漢의 역사를 수록한 『漢書』는 中國 史學史上 대표적인 저작물로 중국은 물론 국내에 적지 않은 영향을 끼친 서적이다.

또 曾先之(元)가 編撰하고 余進(明)이 攷正한 『十九史略』(總稱은 『古今歷代十九史略通考』)이 있는데, 이 책은 太古時代에서 元代까지 중국의 正史와 野史 등을 축약하여 기술한 책으로 주로 風俗의 敎化를 목적으로 편찬한 책이다. 국내에서는 주로 어린 아이의 蒙學書로, 또는 儒學을 시작하면서 중국역사를 공부하는 入門書로 활용되었다. 다른 역사서에 비해 분량이 적어 王世子에서부터 士大夫 子弟까지 두루 읽혀졌던 책으로 宣祖 18年(1585) 이전까지 이미 8회에 걸쳐 출간되었고 현재 확인되는 판본으로 明宗 13年(1558) 간행본이 있다.

史部에서 비교적 주목되는 출간은 명나라 법률을 기록한 『大明律』이다. 이 책은 明나라 洪武年間(1368-1389)에 刑部尙書 劉惟謙이 皇命을 받아 편찬한 律書로 조선건국초기에 유입되었다. 그 후 趙浚과 鄭道傳의 수정을 거쳐 1395년에 『大明律直解』를 간행한 뒤 조선 500년의 법전으로 사용되었다. 그 외 해설서인 『大明律講解』·『大明律附例』·『律學解頤』·『律學辨疑』 등이 유입되었으며 科擧의 律科初試나 取才의 과목으로 채택되면서 더 주목을 끌었다. 현재 중국에는 1397年 刊行本만 전해지나, 국내에서 간행된 『大明律直解』는 1389년 明 流入本으로 覆刻된 것으로 전해진다.[13]

그 외 조선시대 법의학 지침서로 활용된 책이 『無寃錄』이다. 이 책은 元代 王與가 1308년에 저술한 책인데 조선 초기 조정에서 필요성이 제기되면서 세종은 崔致雲 등에게 해설을 명하였고 결국 1440년(世宗 22)에 『新註無寃錄』을 완성한 것으로 전해진다. 중국과 조선은 물론 일본 등에서도 널리 활용되었다고 전하며 당시 4개의 版種이 출간된 것으로 확인된다.

13) https://terms.naver.com/[네이버 지식백과] 大明律 (한국민족문화대백과)

『貞觀政要』는 당 태종이 近臣들과 정치적인 문제를 논한 것을 현종 때 吳兢이 다시 편집한 책으로 주로 治道의 요체를 말한 책이다. 이 책은 고려시대는 물론 조선시대까지 제왕학의 교과서로 많은 영향을 끼친 책이며 譯科와 蒙學의 한 과목으로 채택되기도 하였다.[14] 그 외에도 楊廉(明)의 『皇明名臣言行錄』(皇明理學名臣言行錄)은 명대의 도학 계보를 대표하는 편찬서로 도학의 연원을 정리한 책이다. 이 책은 대략 明宗 17年(1562)에 나온 것으로 推定된다.

3) 子部 (137書種)

總 319種의 중국고전문헌 가운데 子部는 약 137種으로 가장 많다. 子部는 크게 儒家類·醫家類·藝術類 및 기타로 나누어 분석하고자 한다.

- 『劉向說苑』: 劉向(漢)撰, 儒家類, 宣祖1年
- 『小學』(12個版種): 朱熹(宋)集註, 儒家類, 宣祖1年 等
- 『小學大全』(小學集註大全): 朱熹(宋)集註, 儒家類, 宣祖1年 等
- 『大全小學』: 未詳, 儒家類, 宣祖1年
- 『小全小學』(2個版種): 朱熹(宋)集註, 儒家類, 宣祖1年
- 『諺吐小學』: 朱熹(宋)集註, 儒家類, 宣祖18年
- 『懸吐小學』(小學集說懸吐): 朱熹(宋)集註, 儒家類, 宣祖1年
- 『集成小學』(諸儒標題註疏小學集成): 何士信(明)輯錄, 儒家類, 宣祖18年
- 『童蒙須知』(8個版種): 朱熹(宋)著, 儒家類, 宣祖1年 等
- 『棠陰比事』: 桂萬榮(宋)編, 儒家類, 宣祖1年
- 『四箴』: 程頤(宋)著, 儒家類, 宣祖1年
- 『性理群書』(新刊音點性理群書句解/2個版種): 熊節編/熊剛大解(宋),

14) https://terms.naver.com/[네이버 지식백과] 貞觀政要 (한국고전용어사전, 2001)

儒家類, 太宗15年刊(1415)推定 等
- 『性理群書』: 熊剛大(宋)編註, 吳訥(明)補註, 儒家類, 宣祖18年
- 『性理大全』(性理大全書/2個版種): 胡廣(明)等奉勅撰, 儒家類, 宣祖1年
- 『性理大全』(性理大全書節要): 金正國(朝鮮)編, 儒家類, 明宗1年(1546)推定
- 『性理節要』(性理大全書節要): 金正國(朝鮮)編, 儒家類, 宣祖18年
- 『性理字義』(北溪先生性理字義): 陳淳(宋)著, 儒家類, 明宗8年刊(1553)推定
- 『朱子書節要』: 李滉(朝鮮)編, 儒家類, 宣祖8年刊(1575)推定
- 『經筵講義』(朱子經筵講義): 朱熹(宋)撰, 儒家類, 明宗14年(1559)推定
- 『近思錄』(4個版種): 朱熹/呂祖謙(宋)共著, 儒家類, 中宗13年刊行(1518)推定 等
- 『政經』(2個版種): 眞德秀(宋)撰, 儒家類, 宣祖18年
- 『心經』: 眞德秀(宋)編, 儒家類, 宣祖18年
- 『心經付註』(心經附註): 眞德秀(宋)編/程敏政(明)註, 儒家類, 宣祖1年
- 『心經附註』: 李滉(朝鮮)撰, 儒家類, 宣祖18年
- 『正俗』(9個版種): 王逸菴(元)撰, 儒家類, 宣祖1年 等
- 『諺解正俗』(正俗諺解): 王逸菴(元)編/金安國(朝鮮)諺解, 儒家類, 宣祖1年
- 『飜譯正俗』(正俗諺解): 王逸庵(元)著/金安國(朝鮮)諺解, 儒家類, 宣祖1年
- 『諺解呂氏鄕約』(朱子增損呂氏鄕約諺解): 朱熹(宋)編/金正國(朝鮮)諺解, 儒家類, 宣祖18年
- 『呂氏鄕約』(朱子增損呂氏鄕約/6個版種): 呂大勻(宋)著/朱熹(宋)編, 儒家類, 中宗13年刊(1518)推定 等
- 『延平答問』(延平李先生師弟子答問): 朱熹(宋)編/朱木(明)校, 儒家類, 明宗21年刊(1566)推定
- 『二程全書』(重刊二程全書): 程顥·程頤(宋)共著/朱熹(宋)編/康紹宗

(明)重編, 儒家類, 宣祖1年

- 『傳道粹言』(二程先生傳道粹言) : 張栻(宋)編, 儒家類, 宣祖18年
- 『程氏遺書』(程氏遺書分類) : 李楨(朝鮮)校, 儒家類, 明宗19年刊(1564)推定
- 『伊洛淵源』(伊洛淵源錄) : 朱熹(宋)著, 儒家類, 宣祖18年
- 『伊洛淵源錄後集』 : 未詳, 儒家類, 宣祖18年
- 『朱子語錄』(晦庵先生語錄類要) : 朱熹(宋)書/葉子龍(明)編, 儒家類, 1576年
- 『自警編』 : 趙善瓙(宋)編, 儒家類, 中宗14年刊(1519)推定
- 『天地造化論』(天地萬物造化論) : 王栢(宋)撰, 儒家類, 宣祖18年
- 『養蒙大訓』 : 熊大年(遼)著, 儒家類, 宣祖18年
- 『字訓』 : 程若庸(元) 撰, 儒家類, 宣祖18年
- 『家語』(新刊標題孔子家語句解) : 王肅(魏)註/王廣謀(元)句解, 儒家類, 1402年推定
- 『居業錄』(居業錄要語) : 胡居仁(明)著, 儒家類, 宣祖18年
- 『困知記』(羅整庵先生困知記) : 羅欽順(明)著, 儒家類, 宣祖18年
- 『孔子通紀』 : 潘府(明)校著, 潘正(?)刊行, 儒家類, 宣祖18年
- 『大學衍義輯略』 : 丘濬編/陳明卿(明)評閱/李石亨(朝鮮)等編, 儒家類, 宣祖1年
- 『讀書錄』(薛文淸公讀書錄/3個版種) : 薛瑄(明)撰, 儒家類, 宣祖7年刊(1574)推定 等
- 『明心寶鑑』(2個版種) : 范立本(明), 儒家類, 宣祖1年 等
- 『師律提綱』 : 陳膰(明)撰, 儒家類, 宣祖18年
- 『夙興夜寐箴』(3個版種) : 陳佰(明)撰/盧守愼(朝鮮)註, 儒家類, 宣祖18年 等
- 『理學類編』 : 張九韶(明)編, 儒家類, 宣祖1年
- 『治家節要』 : 范立本(明)著, 儒家類, 宣祖1年
- 『學蔀通辨』 : 陳建(明)著, 儒家類, 宣祖9年刊(1576)推定

子部 137種 가운데 儒家類와 醫家類 및 藝術類가 대부분을 차지한다. 그중에서 儒家類가 가장 많은데 상당수가 儒學入門의 『小學』關聯書籍과 性理學에 대한 서적들이 주류를 이룬다. 특히 성리학의 핵심서적인 『性理群書』(新刊音點性理群書句解)·『性理大全』·『性理大全』(性理大全書節要)·『性理節要』·『性理字義』(北溪先生性理字義)·『朱子書節要』·『經筵講義』·『近思錄』 등이 있는데 대부분 朱熹의 손을 거쳐 나온 서적들이다.

그 중 『近思錄』은 宋代 朱熹와 呂祖謙이 周敦頤의 『太極圖說』과 張載의 『西銘』·『正蒙』 등에서 核心 章句만을 뽑아 편찬한 성리학 解說書로 眞德秀의 『心經』과 쌍벽을 이루는 책이다. 고려 말 성리학이 수입되자 『근사록』도 함께 유입되어 가장 먼저 간행된 것으로 여겨진다. 『근사록』은 비록 중국판의 覆刻이기는 하지만 고려본의 儒學書로 매우 높은 가치를 지닌 자료로 현재 봉화의 충재박물관 등에 소장중이다.[15] 그 외 『朱子書節要』는 朝鮮 李滉이 朱熹의 『朱子大全』중에서 서간문을 뽑아 편집한 책으로 1561年(明宗 16) 등 여러 차례에 걸쳐 간행되었다.[16]

그 외 송대의 朱熹부터 명대의 楊廉에 이르기까지, 이른바 도학의 계보와 연원을 밝힌 책으로 주목해야 할 저술은 朱熹의 『伊洛淵源錄』과 楊廉의 『伊洛淵源錄新增』, 謝鐸의 『伊洛淵源續錄』, 李幼武의 『皇朝道學名臣言行錄』, 楊廉의 『皇明理學名臣言行錄』 등을 꼽을 수 있다. 이 책들은 각각 송대와 명대의 도학 계보를 대표하는 편찬서로서, 시대적 연속성을 가지고 도학의 연원을 정리했다는 의미를 갖는다. 특히 16세기 李滉이 집록한 『宋季元明理學通錄』과 17세기 朴世采가 집록 저술한 『伊洛

15) 보물 제262호. 4책. 목판본. 경상북도 봉화의 충재박물관에 소장되어 있다. 민관동·유승현 공저, 『봉화 닭실마을의 문화유산』, 학고방, 2019, 54쪽.

16) 柳鐸一, 『韓國 文獻學 硏究』, 아세아문화사, 1990, 308쪽.

淵源續錄』·『理學通錄補集』은 그 대표적 결과물이다.[17)]

『心經』은 송나라 眞德秀가 경전과 도학자들의 저술에서 心性修養에 관한 격언을 모아 편집한 책이며,『心經附註』는 眞德秀의『心經』에 명나라의 程敏政이 註를 붙인 책이다. 또『正俗諺解』는 조선전기 金安國이 중국 王逸庵의『正俗編』을 풀이하여 1518년에 간행한 諺解本 敎化書이다. 약 1518년본으로 추정되는 목판본을 계명대학교 李源周가 소장하고 있다.[18)] 醫家類와 農家類를 함께 묶어 분석하면 다음과 같다.

- 『纂圖脈訣』(纂圖方論脉訣/2個版種) : 高陽生(六朝)編輯/許浚(朝鮮)校正, 醫家類, 宣祖1年 等
- 『脉訣』(纂圖方論脉訣) : 高陽生(六朝)編輯, 許浚(朝鮮)校正, 醫家類, 宣祖18
- 『素問』(新刊補註釋文黃帝內經素問/3個版種) : 王氷(唐)註/林億(宋)等校正), 醫家類, 宣祖1年 等
- 『和劑』(增廣太平惠民和劑局方/5個版種) : 許洪(宋)註, 醫家類, 宣祖1年 等
- 『居助道方』(溫氏隱居助道方服藥須知) : 溫大明(宋)撰, 醫家類. 宣祖1年
- 『服藥須知』(溫氏隱居助道方服藥須知) : 溫大明(宋)撰, 醫家類, 宣祖1年
- 『銅人經』(新刊補註銅人腧穴鍼灸圖經/3個版種) : 王惟一(宋)撰, 醫家類, 宣祖1
- 『銅人脉簇圖』(銅人經) : 王惟德(宋)撰, 醫家類, 宣祖1年
- 『濟生方』: 嚴用和(南宋) 撰, 醫家類, 宣祖18年
- 『五臟圖』(歐希範五臟圖/2個版種) : 吳簡(宋)著, 醫家類, 宣祖18年

17) 김정신,「16~17세기 조선 학계의 중국 사상사 이해와 중국 문헌」,『韓國思想史學』제58집, 2018, 177-227쪽 참고

18) https://terms.naver.com/[네이버 지식백과] 金安國 (국어국문학자료사전, 1998. 이응백, 김원경, 김선풍) 참고

- 『山居四要』: 汪汝懋(元)著, 醫家類, 中宗35年刊(1540)推定
- 『得效方』(世醫得效方/2個版種) : 危亦林(元)著, 醫家類, 世宗7年(1425)推定
- 『三元延壽書』(三元參贊延壽書) : 李鵬飛(元)撰, 醫家類, 1438年推定
- 『傷寒指掌圖』(傷寒活人指掌圖/2個版種) : 吳恕(元)撰, 醫家類, 宣祖1年
- 『壽親養老書』(3個版種) : 鄒鉉(元)編, 醫家類, 宣祖1年 等
- 『永類鈐方』: 李仲南(元)撰, 醫家類, 世宗20年刊(1438)推定
- 『養生大要』: 著者未詳(明代), 醫家類, 宣祖18年
- 『丹溪纂要』(丹溪先生醫書纂要) : 盧和(明)撰, 醫家類, 宣祖18年
- 『救急方』(急救易方) : 趙季敷(明)撰, 醫家類, 成宗15年刊行(1484)推定
- 『東垣十書』: 光澤王(明)撰, 醫家類, 宣祖1年
- 『名醫雜著』: 王綸(明)撰, 醫家類, 宣祖18年
- 『心法』(臞仙活人心法) : 朱權(明)撰, 醫家類, 宣祖18年
- 『活人心方』(臞仙活人心方/3個版種) : 朱權(明)撰, 醫家類, 1550年推定
- 『神應經』: 陳會撰/劉槿重校(明), 沈器遠(朝鮮)等奉則編, 醫家類, 朝鮮初推定
- 『醫眼方』(崑山顧公醫眼論) : 顧鼎臣(明)述, 醫家類, 中宗35年刊(1540)推定
- 『醫學正傳』(新編醫學正傳) : 虞摶撰/虞守愚校正(明), 醫家類, 宣祖18年
- 『拯急遺方』: 尹賢葉(明)撰, 醫家類, 世宗年間刊行推定
- 『診脈須知』: 吳洪(明)撰, 醫家類, 宣祖18年
- 『農桑集撮』: 魯明善(元)著, 農家類, 宣祖1年
- 『農書』(6個版種) : 王禎(元)撰, 農家類, 宣祖1年 等
- 『蠶書』(2個版種) : 泰觀(宋)撰, 農家類, 宣祖1年 等

의외로 많은 부분을 점유하는 것이 醫家類 서적이다. 위진남북조의 高陽生부터 명대의 朱權까지 각 시대별로 다양한 의학서가 출간되었다. 그 출간서의 종류도 診脈法·應急處置法·眼科·養生法·和劑·鍼灸 등 다양하다.

그중『纂圖脈訣』은 魏晉六朝時代 高陽生이 편찬한 책인데 1581년(宣祖 4) 許浚이 왕명을 받들어 校正하였고 그 후 1612년(光海君 4)에『纂圖方論脈訣』이라는 서명으로 간행한 鍼灸書이다.

그리고『服藥須知』는 송나라 溫大明이 편찬하여 1216년에 간행된 方書로『居助道方』이라하기도 하고『溫氏隱居助道方服藥須知』라고도 한다. 국내에서는 1568년(宣祖 1) 이전에 이미 간행되었다. 그리고 송나라 仁宗 때 王惟德이 지었다고 전해지는『銅人脈穴鍼灸經』이라는 책은 중국의 鍼灸書로 조선시대 전의감에서 실시한 의과초시의 한 과목으로 매우 중요시되었던 醫書이다. 그 외에도『濟生方』은 본래 宋代 嚴用和가 1253년에 지은 10권본의 醫書로 본명은『嚴氏濟生方』이다. 이 책은 中風·中寒·中暑 등의 내과·외과·부인과 등의 질병 79篇을 포괄하였다.[19)]

또『得效方』은 元代의 危亦林이 지은 책으로 본명은『世醫得效方』이다. 조선시대 醫科初試의 시험과목으로 典醫監에서 講書의 한 과목이었기에 비교적 중시된 醫書였다. 이 책은 이미 世宗 7年(1425)에 출간되었으며 후대 여러 종이 출간되었다. 그리고『活人心方』(臞仙活人心方)과『心法』(臞仙活人心法) 등이 있는데 모두 明代 朱權이 撰한 것이다. 대략 明宗 5年(1550)에 출간된 것으로 推定되며 후에 退溪先生이 주권의 醫書를 참고하여 지은『活人心方』필사본도 전해진다. 이러한 풍부한 醫書들의 출간은 얼마 후 간행된 許浚의『東醫寶鑑』에 많은 영향관계가 있었을 것으로 사료된다.

그 외 農家類의 서적도 적지 않게 출간되었다. 元나라 王禎이 編撰한『農書』는 6회나 출간되었고, 養蠶術의 책으로 秦觀(宋) 編撰本인『蠶書』

---

19) https://terms.naver.com/ (중국 바이두 참고) 및 [네이버 지식백과] 등 참고

역시 2회나 출간되어 당시 농업의 진흥에 관심이 지대했음을 보여준다.

- 『歸去來辭』(3個版種) : 陶潛(晉)著, 藝術類, 宣祖1年 等
- 『大字歸去辭』(大字歸去來辭) : 陶潛(晉)著, 藝術類, 宣祖18年
- 『蘭亭記』(3個版種) : 王羲之(晉)書, 藝術類, 宣祖1年 等
- 『王右軍書』(王右軍墨戱) : 王羲之(晉)書, 藝術類, 宣祖1年
- 『王羲之法』: 王羲之(晉)書, 藝術類, 宣祖18年
- 『王羲之草書』: 王羲之(晉)書, 藝術類, 宣祖1年
- 『九成宮』(九成宮醴泉銘/3個版種) : 魏敬奉勅撰/歐陽詢(唐)奉勅書, 藝術類, 宣祖1年 等
- 『兵衛森』(5個版種) : 韋應物(唐)著/李溥光(元)書, 藝術類, 宣祖1年 等
- 『雪菴書』(雪菴書帖/4個版種) : 李溥光(元)書, 藝術類, 宣祖1年 等
- 『雪菴書體』: 李溥光(元)書, 藝術類, 宣祖1年
- 『春種』(雪菴春種/4個版種) : 李溥光(元)書, 藝術類, 宣祖18年 等
- 『雪菴千字』: 周興嗣(梁)著/李溥光(元)書, 藝術類, 宣祖1年
- 『眞千字』(眞草千字/6個版種) : 周興嗣(梁)著/趙孟頫(元)書, 藝術類, 宣祖1年 等
- 『浣花流水』(浣花體/4個版種) : 趙孟頫(元)書, 藝術類, 宣祖1年 等
- 『趙孟頫屛風書』: 趙孟頫(元)書, 藝術類, 宣祖18年
- 『證道歌』: 趙孟頫(元)書, 藝術類, 成宗5年刊(1474)推定
- 『赤壁賦』(6個版種) : 蘇軾(宋)著, 藝術類, 宣祖1年 等
- 『赤壁賦屛風』: 蘇軾(宋)著, 藝術類, 宣祖18年
- 『赤壁賦屛風草書』: 蘇軾(宋)著, 藝術類, 宣祖18年
- 『赤壁賦詩』(6個版種) : 蘇軾(宋)著, 藝術類, 宣祖18年 等
- 『石板赤壁賦』: 蘇軾(宋)著, 藝術類, 宣祖1年
- 『鮮于樞赤壁賦』: 蘇軾(宋)著/鮮于樞(元)書, 藝術類, 宣祖1年
- 『大赤壁賦』: 蘇軾(宋)著, 藝術類, 宣祖18年
- 『四箴大字法十勝亭屛風書』: 程頤(宋)著, 藝術類, 宣祖18年

- 『四箴屛風書』: 程頤(宋)著, 藝術類, 宣祖18年
- 『岳飛書』: 岳飛(宋)書, 藝術類, 宣祖18年
- 『第一山』(第一山額字/3個版種) : 朱熹(宋)書, 藝術類, 宣祖18年 等
- 『朱子書第一山』(朱子書筆第一山額字) : 朱熹(宋)書, 藝術類, 宣祖18年
- 『張汝弼法帖屛風書』: 張汝弼(金)書, 藝術類, 宣祖1年
- 『張汝弼書法』: 張汝弼(金)書, 藝術類, 宣祖1年
- 『張汝弼草書』: 張汝弼(金)書, 藝術類, 宣祖1年
- 『筆疇』: 王達(明)撰, 藝術類, 宣祖1年

藝術類는 사실 출판물이지만 서적으로 분류하기에는 애매한 부분이 있다. 그럼에도 불구하고 의외로 이 시기에 대량의 작품들이 출간되었다. 출판물들은 대부분 서예가의 書帖이거나 屛風類가 주류를 이룬다. 서첩은 보통 저명인의 글씨를 모아 만든 책으로 흔히 여러 겹으로 접게 되어 있고, 병풍은 보통 두 폭에서 열두 폭까지 만드는데 일반적으로 무엇을 막거나 혹은 가리거나 경우에 따라서는 장식용으로 사용되었으며 주로 그림이나 글씨를 써서 만들었다. 그러기에 書帖이나 屛風類는 서적이기보다는 예술품에 더 가깝다고 할 수 있다.

여기에서 인용된 서예가로는 王羲之(晉)·歐陽詢(唐)·朱熹(宋)·岳飛(宋)·張汝弼(金)·趙孟頫(元)·鮮于樞(元)·李溥光(元) 등이 대표적이다. 또 사용된 명문장은 周興嗣(梁)·陶潛(晉)·魏敬(唐)·韋應物(唐)·蘇軾(宋)·程頤(宋)·朱熹(宋)·王達(明) 등의 글이 사용되었음이 확인된다.

그리고 書帖은 보통 일정한 서명이 없었기에 부르는 사람에 따라 諸名이 각각 다르게 나타난다. 일례를 들면 『雪菴書帖』을 『兵衛森』·『雪菴兵衛森』·『雪菴書』·『雪菴書體』라고 여러 가지 서명으로 기록되어 있으나 사실은 모두 동일한 내용의 서명이다.[20)]

- 『老子』(老子鬳齋口義) : 著者未詳, 道家類, 成宗5年刊行(1474)推定
- 『莊子』(莊子鬳齋口義) : 朴希逸(宋)撰, 道家類, 成宗5年刊(1474)推定
- 『莊子』(2個版種) : 道家類, 宣祖1年 等
- 『列子』(列子鬳齋口義) : 朴希逸(宋)撰, 道家類, 成宗5年刊(1474)推定
- 『陰附經』(陰符經) : 未詳, 道家類, 宣祖18年
- 『太平廣記』(太平廣記詳節/2個版種) : 成任(朝鮮)編輯, 小說家類, 宣祖1年 等
- 『博物志』 : 張華(晉)撰, 周日用(明)等註, 小說家類, 宣祖1年
- 『笑海叢珠』 : 陸龜蒙(唐)著, 小說家類, 宣祖1年
- 『唐段小卿酉陽雜俎』 : 段成式(唐)撰, 小說家類, 成宗23年(1492)刊
- 『剪燈新話』(2個版種) : 瞿佑(明)著, 小說家類, 宣祖1年 等
- 『剪燈餘話』 : 李禎(明)著, 小說家類, 宣祖1年
- 『兩山墨談』 : 陳霆(明)著, 隨錄類, 宣祖8年刊(1575)推定
- 『筆談』(夢溪筆談) : 沈括(宋), 隨錄類, 宣祖1年
- 『宋揚輝算法』 : 揚輝(宋)撰, 天文算法類, 世宗15年刊(1433)推定, 宣祖1年
- 『吳子』 : 兵家類, 宣祖18年
- 『將鑑』(歷代將鑑博議) : 載溪(宋)撰, 兵家類, 宣祖18年
- 『將鑑博議』(歷代將鑑博議/5個版種) : 載溪(宋)撰, 兵家類, 宣祖1年 等
- 『陣書諺解』(8個版種) : 房玄齡(唐)等奉勅撰, 兵家類, 宣祖1年 等
- 『百戰奇法』 : 章漢(明)編, 兵家類, 宣祖18年
- 『黃石公』(黃石公素書) : 張商英(宋), 兵家類, 宣祖18年
- 『天運紹統』 : 曜仙(明)撰, 術數類, 宣祖1年
- 『證道歌』(3個版種) : 永嘉玄覺(唐), 釋家類, 宣祖1年 等

子部의 기타분야로는 道家類인 『老子』·『莊子』·『列子』·『陰附經』 등이 다수 보인다. 그중 『莊子』와 『列子』는 朴希逸(宋)編撰本으로 대략

20) 金致雨, 『고사촬요 책판목록과 그 수록 간본 연구』, 아세아문화사, 2008, 186쪽.

成宗 5年(1474)에 출간된 것으로 推定된다.

그리고 兵家類의 책들로는 『吳子』·『宋揚輝算法』·『將鑑』(歷代將鑑博議)·『將鑑博議』·『陣書』·『陣書諺解』·『百戰奇法』·『黃石公』(黃石公素書) 등이 있는 것으로 보아 당시에 상당히 관심을 끌었던 책들로 보인다.

그 외에도 패관문학인 小說家類와 기타 隨錄類가 보인다. 대표작으로 『博物志』·『太平廣記』(太平廣記詳節)·『笑海叢珠』·『剪燈新話』·『剪燈餘話』·『兩山墨談』·『筆談』(夢溪筆談) 등이 출간되었다. 小說家類에 대한 것은 제4장에서 다시 상세히 분석하기로 한다.

4) 集部 (文集類 70書種)

중국문헌은 총 319種으로 그 가운데 集部는 약 70種으로 분류되며 가장 많은 것이 別集類이고 그다음이 總集類이다.

- 『韓詩外傳』: 韓嬰(漢)著, 別集類, 宣祖1年
- 『陶靖節集』: 陶潛(晉)著, 別集類, 宣祖18年
- 『靖節集』(須溪校本陶淵明詩集): 陶潛(晉)著/何孟春(明)校, 別集類, 宣祖18年
- 『陶淵明集』(須溪校本陶淵明詩集/2個版種): 陶潛(晉)著/何孟春(明)校, 別集類, 中宗17年刊(1522)推定 等
- 『駱賓王集』: 別集類, 宣祖18年
- 『李太白文集』(唐翰林李太白文集): 李白(唐)著, 別集類, 1447年推定
- 『李白詩』(分類補註李太白詩): 李白(唐)著/楊齋賢(宋)註/蕭士贇(元)補註, 別集類, 宣祖18年
- 『杜詩』(分類杜工部詩): 杜甫(唐)著/柳允謙(朝鮮)等受命撰, 別集類, 宣

祖1年

- 『杜律虞註』(2個版種) : 杜甫(唐)著/虞集(元), 別集類, 宣祖1年 等
- 『孟浩然集』: 孟浩然(唐)著, 別集類, 宣祖1年
- 『韋蘇州』(須溪先生校本韋蘇州集/3個版種) : 韋應物(唐)著, 別集類, 宣祖1年
- 『柳記』: 柳宗元(唐)著, 別集類, 宣祖18年
- 『柳文』: 柳宗元(唐)著, 別集類, 宣祖1年
- 『劉賓客集』(劉賓客文集) : 劉禹錫(唐)著, 別集類, 宣祖18年
- 『韓文』(韓文選/2個版種) : 韓愈(唐)著, 別集類, 宣祖1年 等
- 『韓文正宗』: 韓愈(唐)著/申公濟(朝鮮)外編, 別集類, 中宗27年刊(1532)推定
- 『香山三體詩』(香山三體法) : 白居易(唐)著, 別集類, 宣祖1年
- 『白氏文集』: 白居易著/白禎編(唐), 別集類, 宣祖18年
- 『樊川』(樊川文集) : 杜牧(唐)著, 別集類, 世宗22年刊(1440)推定
- 『擊壤集』(伊川擊壤集) : 邵雍(宋)著, 別集類, 宣祖1年
- 『簡齋集』(須溪先生平點簡詩齋集) : 陳與義著/劉辰翁(宋)評, 別集類, 1514年
- 『東坡』(增刊校正王狀元集註分類東坡先生詩) : 蘇軾著/王十明集註/劉辰翁批點(宋), 別集類, 宣祖1年
- 『歐蘇手簡』(4個版種) : 歐陽修/蘇軾(宋)共著, 別集類, 宣祖1年 等
- 『南嶽倡酬』(南嶽倡酬集) : 朱熹/張栻/林用中(宋)共著, 別集類, 宣祖18年
- 『南軒文集』(南軒先生文集) : 張栻(宋)著, 別集類, 宣祖18年
- 『梅先生集』(宛陵梅先生詩選) : 梅堯臣(宋)著/安平大君(朝鮮)編, 別集類, 世宗29年刊(1447)推定
- 『半山集』(匪懈堂選半山精華) : 王安石(宋)撰/安平大君(朝鮮)編, 別集類, 宣祖18年.
- 『陸放翁』(名公妙選陸放翁詩集) : 陸游著/羅綺·劉辰翁共編(宋), 別集

類, 宣祖1年

- 『逸稾』(逸藁) : 陸游(宋)著, 別集類, 宣祖1年
- 『湖山集』: 吳芾(宋)著, 別集類, 宣祖1年
- 『黃山谷詩集』(黃山谷集註/2個版種) : 黃庭堅著/任淵集註(宋), 別集類, 宣祖1年
- 『晦庵詩文抄』: 朱熹(宋)著/吳訥(明)編, 別集類, 宣祖1年
- 『紫陽文集』: 朱熹(宋)著, 別集類, 宣祖18年
- 『朱子詩集』: 朱熹(宋)著, 別集類, 宣祖1年
- 『朱晦庵集』: 朱熹(宋)著, 別集類, 宣祖1年
- 『陳簡齋』: 陳與義(宋) 著, 集部 別集類, 宣祖1年
- 『眞書山集』(眞書山文集) : 眞德秀(宋)撰, 別集類, 明宗14年刊(1559)推定
- 『陳后山詩』(陳后山詩註) : 陳師道著/任淵註(宋), 別集類, 宣祖1年
- 『唐詩鼓吹』: 元好問(金)編, 郝天挺(元)註, 別集類, 宣祖1年
- 『古賦』(新刊類編歷擧三場文選古賦) : 劉仁初(元)編, 別集類, 宣祖1年
- 『唐音』(唐詩正音/3個版種) : 楊士弘(元)編輯/張震(明)集註, 別集類, 宣祖1年 等
- 『鄭鼐杜詩』(杜工部詩范德機批撰) : 鄭鼐(元)撰, 別集類, 1528年推定
- 『醫閭先生集』: 賀欽(明)著/唐順之重校(明), 別集類, 明宗16年刊(1561)推定
- 『朝鮮賦』: 董越撰/吳必顯刊行/王政校刊(明), 別集類, 中宗26年刊(1531)推定
- 『理窟集』: 范正平文集, 別集類, 宣祖18年
- 『花影集』: 陶輔(明)撰, 別集類, 宣祖18年
- 『效顰集』: 趙弼(明)撰, 別集類, 宣祖1年

別集은 중국 고전 詩文集의 한 형태로 개인의 시문 등 작품을 모은 것이고 總集은 여러 명의 작품을 함께 모은 것을 통칭한다. 別集에 나오는 문인으로 漢代의 韓嬰, 魏晉六朝의 陶淵明, 唐代의 李白·杜甫·孟

浩然·韋應物·韓愈·柳宗元·劉禹錫·白居易·杜牧 등이 있으며 宋代에는 邵雍·陳與義·劉辰翁·蘇軾·王十明·歐陽修·朱熹·張栻·林用中·梅堯臣·陸游·羅綺·吳芾·黃庭堅·任淵·吳訥·陳與義·眞德秀·陳師道 등으로 절반을 차지한다. 그 외 金代의 元好問과 元代의 劉仁初·郝天挺·楊士弘·鄭鼐 등이 있으며 明代에는 張震·賀欽·唐順之·董越撰·吳必顯·王政校·范正平·陶輔·趙弼 등이 있다.

이처럼 唐代의 李白과 杜甫 및 唐宋八大家와 宋代의 江西詩派 그리고 明代의 문인들이 주류를 이룬다. 이들의 人名을 통해 조선전기 중국문인에 대한 朝鮮文人들의 이해수준과 수용양상 및 선호도를 파악할 수 있다. 또 이들은 크게 문학가와 철학사상가로 분류되지만 문학가가 대부분을 차지하고 문학 장르에 있어서도 시집과 산문집이 대부분이다. 특이 사항으로는 주희와 같은 성리학자가 철학사상의 書籍 外에도 詩文集이 다수 출간되었다는 점은 조선 문단에서 그의 위상을 가늠할 수 있는 지표가 된다.

그리고 『朝鮮賦』는 成宗 19年(1488) 명나라에서 사신으로 온 董越이라는 문인이 당시 조선의 풍토를 賦로 서술한 책으로 매우 의미가 깊은 책이며[21] 그 외 『花影集』과 『效顰集』은 문언소설집으로 희귀본이다.

- 『楚辭』: 屈原(楚)原著/朱熹(宋)註, 楚辭類, 宣祖1年
- 『楚辭』(楚辭後語): 屈原(楚)原著/朱熹(宋)註, 楚辭類, 端宗2年刊(1454) 推定
- 『大雨賦』: 未詳, 詞曲類, 宣祖1年
- 『阿房賦』(阿房宮賦): 杜牧(唐)著, 詞曲類, 宣祖18年
- 『古文眞寶』(詳說古文眞寶大全/6個版種): 黃堅(宋)編/伯貞(宋)音釋/劉

21) 유홍렬 감수, 『國史大事典』, 교육도서, 1988, 1328쪽.

刻(明)校正, 總集類, 成宗3年(1472)推定 等

- 『唐三體詩』(箋註唐賢絶句三體詩法) : 周弼(宋)撰/圓至(元)註, 總集類, 宣祖18年
- 『三體詩』(箋註唐賢絶句三體詩法) : 周弼(宋)撰/圓至(元)註, 總集類, 宣祖1年
- 『唐詩絶句』(箋註唐賢絶句三體詩法/2個版種) : 周弼(宋)撰/圓至(元)註, 總集類, 宣祖1年
- 『詩人玉屑』: 魏慶之(宋)編, 總集類, 世宗21年刊(1439)推定
- 『濂洛風雅詩』(濂洛風雅) : 金履祥(宋)編/唐良瑞(元)編, 總集類, 1565年刊
- 『文章軌範』(5個版種) : 謝枋得(宋)編, 總集類, 宣祖1年 等
- 『遊山樂府』: 元好問(金)撰, 詞曲類, 宣祖18年
- 『遺山樂賦』(遺山樂府) : 元好問(金)撰, 詞曲類, 成宗23年刊(1492)推定
- 『歷代世年歌』: 曾先之(元)撰, 詞曲類, 宣祖1年
- 『聯珠詩格』(精選唐宋千家聯珠詩格/2個版種) : 于濟(元)等編/蔡正孫補(元), 徐居正(朝鮮)等增註, 總集類, 宣祖1年 等
- 『千家詩』(精選唐宋千家聯珠詩格) : 于濟等編/蔡正孫補編(元), 總集類, 宣祖1年
- 『瀛奎律髓』: 方回(元)編, 總集類, 宣祖1年
- 『故事金壁』: 著者未詳(元), 總集類, 宣祖1年
- 『文章歐冶』: 陳繹曾(元)著, 總集類, 宣祖1年
- 『文選對策』(新刊類編歷擧三場文選對策) : 劉仁初(元)編輯, 功令類, 宣祖1年
- 『北京八景詩』(北京八景圖詩) : 鄒緝等著/張光啓編(明), 總集類, 宣祖1年
- 『詩家一旨』: 懷悅(明)著, 總集類, 宣祖1年
- 『玉壺氷』(2個版種) : 都穆(明)著, 總集類, 宣祖18年 等

다수의 작품을 모아 만든 것을 總集이라 하는데 대부분이 詩·文·小說·評論 등 다양하다. 장르별 대표작품을 살펴보면 다음과 같다.

詩集『三體詩』는 唐詩의 선집으로 宋代 周弼이 엮은 것인데『唐詩三體家法』·『唐賢三體詩法』·『唐三體詩』·『唐詩絶句』·『箋註唐賢絶句三體詩法』이라고도 한다. 여기에는 七言絶句·七言律詩·五言律詩의 3체시 494수로 총 167명의 시인의 시가 수록되었다.

文集으로 당대 陸贄의『陸宣公奏議』(唐陸宣公集)이 있는데 이 책은 신하가 군주에게 간언한 글을 모아 엮은 책으로 그의 奏議는 명백하면서도 핵심을 찔러 신하가 임금에게 上奏하는 글의 모범 사례로 꼽힌다. 成宗 5年(1474)에 간행된 것으로 推定된다.

小說集『玉壺氷』은 明代 都穆이 著述한 것으로 '玉壺氷'은(玉으로 만든 병 속의 얼음이란 뜻으로 隱者의 고결함을 비유) 명대의 文言體 筆記集으로 총 72개의 짧은 이야기로 구성되었다.

評論集『聯珠詩格』은 原題가『精選唐宋千家聯珠詩格』이며 七言絶句의 作詩法이다. 元代 于濟의 저서를 蔡正孫이 증보하여(20권) 1300년에 간행하였고 조선시대에 徐居正이 增注하고 다시 安琛 等이 增削한 刊本이다.

그 외에도 詩文評論集인『文章歐冶』가 있고, 科擧試驗 入格對策文인『文選對策』(新刊類編歷擧三場文選對策表題)도 있다.[22)]

3. 중국고전문학의 출판과 유형 분석

朝鮮前期에 출간된 약 319種의 중국고전문헌 가운데 중국고전문학에 해당하는 작품들을 따로 선별하니 대략 94종정도가 확인된다. 이들을 장르별로 나누면 크게는 詩類·散文類·小說類·其他 韻書類로 분류된다.

22) https://www.nl.go.kr/korcis/ (한국고전적종합목록시스템) 참고

1) 詩類 (詩歌 / 詞曲賦類) 46種

- 『無註毛詩』: 經部 詩類, 宣祖18年
- 『詩大文』(3個版種): 經部 詩類, 宣祖1年 等
- 『詩傳』(4個版種): 經部 詩類, 宣祖1年 等
- 『詩傳大文』: 經部 詩類, 宣祖1年
- 『楚辭』: 屈原(楚)原著/朱熹(宋)註, 集部 楚辭類, 宣祖1年
- 『楚辭』(楚辭後語): 屈原(楚)原著/朱熹(宋)註, 集部 楚辭類, 端宗2年刊(1454)推定
- 『韓詩外傳』: 韓嬰(漢)著, 集部 別集類, 宣祖1年
- 『陶靖節集』: 陶潛(晉)著, 集部 別集類, 宣祖18年
- 『靖節集』(須溪校本陶淵明詩集): 陶潛(晉)著/何孟春(明)校, 集部 別集類, 宣祖18年
- 『陶淵明集』(須溪校本陶淵明詩集/2個版種): 陶潛(晉)著/何孟春(明)校, 集部 別集類, 中宗17年刊(1522)推定 等
- 『李白詩』(分類補註李太白詩): 李白(唐)著/楊齋賢(宋)註/蕭士贇(元)補註, 集部 別集類, 宣祖18年
- 『李太白文集』(唐翰林李太白文集): 李白(唐)著, 集部 別集類, 世宗29年刊(1447)推定
- 『杜詩』(分類杜工部詩): 杜甫(唐)著/柳允謙(朝鮮)等受命撰, 集部 別集類, 宣祖1年
- 『杜律虞註』(2個版種): 杜甫(唐)著/虞集(元), 別集類, 宣祖1年 等
- 『孟浩然集』: 孟浩然(唐)著, 集部 別集類, 宣祖1年
- 『香山三體詩』(香山三體法): 白居易(唐)著, 集部 別集類, 宣祖1年
- 『白氏文集』: 白居易著/白禎編(唐), 別集類, 宣祖18年
- 『阿房賦』(阿房宮賦): 杜牧(唐)著, 集部 詞曲類, 宣祖18年
- 『唐三體詩』(箋註唐賢絶句三體詩法): 周弼(宋)撰/圓至(元)註, 集部 別集類, 宣祖18年

- 『三體詩』(箋註唐賢絶句三體詩法) : 周弼(宋)撰/圓至(元)註, 集部 別集類, 宣祖1年
- 『唐詩絶句』(箋註唐賢絶句三體詩法/2個版種) : 周弼(宋)撰/圓至(元)註, 集部 別集類, 宣祖1年 等
- 『東坡』(增刊校正王狀元集註分類東坡先生詩) : 蘇軾著/王十朋集註/劉辰翁批點(宋), 集部 別集類, 宣祖1年
- 『梅先生集』(宛陵梅先生詩選) : 梅堯臣(宋)著/安平大君(朝鮮)編, 集部 別集類, 世宗29年刊(1447)推定
- 『半山集』(匪懈堂選半山精華) : 王安石(宋)撰/安平大君(朝鮮)編, 集部 別集類, 宣祖18年
- 『詩人玉屑』: 魏慶之(宋)編, 集部 總集類, 世宗21年刊(1439)推定
- 『黃山谷詩集』(黃山谷集註/2個版種) : 黃庭堅著/任淵集註(宋), 集部 別集類, 宣祖1年
- 『朱子詩集』: 朱熹(宋)著, 集部 別集類, 宣祖1年
- 『晦庵詩文抄』: 朱熹(宋)著/吳訥(明)編, 集部 別集類, 宣祖1年
- 『陳后山詩』(陳后山詩註) : 陳師道著/林淵註(宋), 集部 別集類, 宣祖1年
- 『簡齋集』(須溪先生平點簡詩齋集) : 陳與義(宋)著/劉辰翁(宋)評, 集部 別集類, 中宗39年(1514)推定
- 『陸放翁』(名公妙選陸放翁詩集) : 陸游著/羅綺 · 劉辰翁共編(宋), 集部 別集類, 宣祖1年
- 『遊山樂府』: 元好問(金)撰, 集部 詞曲類, 宣祖18年
- 『遺山樂賦』(遺山樂府) : 元好問(金)撰, 集部 詞曲類, 成宗23年刊(1492)推定
- 『唐詩鼓吹』: 元好問(金)編, 郝天挺(元)註, 集部 別集類, 宣祖1年
- 『唐音』(唐詩正音/3個版種) : 楊士弘(元)編輯/張震(明)集註, 集部, 集部 宣祖1年 等
- 『鄭鼒杜詩』(杜工部詩范德機批撰) : 鄭鼒(元)撰, 集部 別集類, 中宗23年刊(1528)推定

- 『聯珠詩格』(精選唐宋千家聯珠詩格/2個版種) : 于濟等(元)編/蔡正孫補(元), 徐居正(朝鮮)等增註, 集部 總集類, 宣祖1年 等
- 『千家詩』(精選唐宋千家聯珠詩格) : 于濟等編/蔡正孫補編(元), 集部 總集類, 宣祖1年
- 『濂洛風雅詩』(濂洛風雅) : 金履祥(宋)編/唐良瑞(元)編, 集部 總集類, 1565年推定
- 『瀛奎律髓』: 方回(元)編, 集部 總集類, 宣祖1年
- 『歷代世年歌』: 曾先之(元)撰, 集部 詞曲類, 宣祖1年
- 『古賦』(新刊類編歷擧三場文選古賦) : 劉仁初(元)編, 集部 別集類, 宣祖1年
- 『北京八景詩』(北京八景圖詩) : 鄒緝等著/張光啓編(明), 集部 總集類, 宣祖1年
- 『詩家一旨』: 懷悅(明)著, 集部 總集類, 宣祖1年
- 『朝鮮賦』: 董越撰/吳必顯刊行/王政校刊(明), 集部 別集類, 中宗26年刊(1531) 推定
- 『大雨賦』: 未詳, 集部 詞曲類, 宣祖1年

일반적으로 고전문학에서 詩類는 經·史·子·集 가운데 集部의 別集類나 總集類 및 詞曲類에 해당된다. 그러나 간혹 『詩經』같은 작품들은 經部의 詩類에 해당되기도 한다. 詩類에는 대략 46종이 보인다.

대표적인 작가로는 楚나라의 屈原, 晉나라의 陶淵明, 唐代의 李白·杜甫·孟浩然·白居易·杜牧, 宋代의 蘇軾·朱熹·梅堯臣·陸游·黃庭堅·陳師道·王安石·陳與義·周弼, 金나라의 元好問, 元代의 楊士弘·于濟·劉仁初, 明代의 懷悅·董越 등이 주목되고 唐宋代의 시인들이 주류를 이룬다.

대표작으로 『詩傳大全』·『楚辭』·『陶淵明集』·『李白詩』·『杜詩』(分類杜工部詩)·『香山三體詩』(白居易)·『三體詩』(箋註唐賢絶句三體詩法)

·『黃山谷詩集』·『聯珠詩格』(精選唐宋千家聯珠詩格)·『唐音』·『遊山樂府』·『瀛奎律髓』 등이 관심을 끌었던 책으로 후대에 여러 차례 출간되었다.

그 중 『黃山谷詩集』은 송대 江西詩派의 대표인물인 黃庭堅의 시집으로 世宗年間에 간행되었고 그 후 中宗·明宗年間에 『山谷詩註·內·外·別集』이 따로따로 출간되었고 後印도 다수 있다.[23]

또 중국 남송의 魏慶之가 편찬한 시화집 『詩人玉屑』은 주로 남송 諸家들의 시화를 모아 만든 책이며, 『東坡』(增刊校正王狀元集註分類東坡先生詩)는 송대 王十朋이 편찬한 소동파의 시문집을 편찬한 것으로 25권 26책으로 되어있는 희귀본이다.

그리고 『唐音』은 조선시대 서당에서 익히던 한시 교재로 본명은 『唐音精選』이다. 이 책은 본시 원나라 楊士弘이 당나라 사람의 詩 作品을 시기별로 始音 1권, 正音 6권, 遺響 7권 등 총 5책 14권으로 구분하여 편찬한 것이다. 그 외에도 원나라의 方回가 편찬한 『瀛奎律髓』는 唐宋代의 五言·七言 律詩 3,014首를 선정해 편찬한 책이다.[24] 이 책은 조선시대에 詩의 學習書로 널리 읽힌 중요한 서적이다. 현재 1475년(成宗 6) 覆刻本의 後刷本으로 추정되는 판본이 전해진다.

2) 散文類 (27種 / 詩文全集 包含)

- 『韓文』(韓文選/2個版種) : 韓愈(唐)著, 別集類, 宣祖1年 等
- 『韓文正宗』: 韓愈(唐)著/申公濟(朝鮮)外編, 別集類, 中宗27年刊(1532) 推定

23) 김학주, 『조선시대 간행 중국문학 관계서 연구』, 서울대출판부, 2000, 223-258쪽
24) https://baike.baidu.com/item/(중국 바이두 참고), / (한국민족문화대백과 참고)

- 『柳記』: 柳宗元(唐)著, 別集類, 宣祖18年
- 『柳文』: 柳宗元(唐)著, 別集類, 宣祖1年
- 『樊川』(樊川文集) : 杜牧(唐)著, 別集類, 世宗22年刊(1440)推定
- 『駱賓王集』: 著者未詳, 別集類, 宣祖18年
- 『韋蘇州』(須溪先生校本韋蘇州集/3個版種) : 韋應物(唐)著, 別集類, 宣祖1年 等
- 『劉賓客集』(劉賓客文集) : 劉禹錫(唐)著, 別集類, 宣祖18年
- 『陸宣公奏議』(唐陸宣公集) : 陸贄(唐)著, 詔令奏議類, 成宗5年刊(1474)推定
- 『古文眞寶』(詳說古文眞寶大全/6個版種) : 黃堅(宋)編/伯貞(宋)音釋/劉剡(明)校正, 總集類, 成宗3年(1472)推定 等
- 『文章軌範』(5個版種) : 謝枋得(宋)編, 總集類, 宣祖1年 等
- 『擊壤集』(伊川擊壤集) : 邵雍(宋)著, 別集類, 宣祖1年
- 『歐蘇手簡』(4個版種) : 歐陽修/蘇軾(宋)共著, 別集類, 宣祖1年 等
- 『南嶽倡酬』(南嶽倡酬集) : 朱熹/張栻/林用中(宋)共著, 別集類, 宣祖18年
- 『南軒文集』(南軒先生文集) : 張栻(宋)著, 別集類, 宣祖18年
- 『逸稾』(逸藁) : 陸游(宋)著, 別集類, 宣祖1年
- 『紫陽文集』: 朱熹(宋)著, 別集類, 宣祖18年
- 『朱晦庵集』: 朱熹(宋)著, 別集類, 宣祖1年
- 『筆談』(夢溪筆談) : 沈括(宋), 隨錄類, 宣祖1年
- 『理窟集』: 范正平文集, 別集類, 宣祖18年
- 『陳簡齋』: 陳與義(宋) 著, 別集類, 宣祖1年
- 『眞西山集』(眞西山文集) : 眞德秀(宋)撰, 別集類, 明宗14年刊(1559)推定
- 『湖山集』: 吳芾(宋)著, 別集類, 宣祖1年
- 『名臣言行錄』(宋名臣言行錄) : 朱熹撰/李幼武續撰(宋), 傳記類, 宣祖1年 等
- 『故事金壁』: 著者未詳(元), 總集類, 宣祖1年

- 『文章歐治』: 陳繹曾(元)著, 總集類, 宣祖1年
- 『醫閭先生集』: 賀欽(明)著/唐順之重校(明), 別集類, 明宗16年刊(1561) 推定

散文類는 약 27종이 보이는데 그중에는 『古文眞寶』처럼 산문집이긴 하지만 詩와 散文이 합쳐진 文集도 상당수 있다. 산문집은 역시 唐宋八大家가 주류를 이룬다. 주요문인으로 唐代의 韓愈·柳宗元·韋應物·杜牧, 宋代의 蘇軾·歐陽修·朱熹·謝枋得·邵雍·張栻·陸游·陳與義·眞德秀, 元代의 陳繹曾, 明代의 賀欽·唐順之 등이 있다.

韓愈의 작품 『韓文』과 『韓文正宗』 가운데 『韓文』은 1540년(中宗)에 갑인자로 나왔고 『韓文正宗』은 대략 中宗 27年(1532)에 간행된 것으로 推定되며, 柳宗元의 『柳記』와 『柳文』역시 모두 1585년(선조 18)이전에 출간된 귀중본이다.[25)]

또 『歐蘇手簡』은 宋代 歐陽脩와 蘇東坡가 주고받은 書札을 모은 책으로, 특히 한문 서찰을 작성할 때의 지침서로 사용되었다. 4회에 거쳐 출간된 것으로 보아 선호도가 높았던 책으로 사료된다.

당송팔대가 외에 주목되는 문인이 바로 朱熹이다. 그의 대표 문집으로 『四書章句集注』·『楚辭集注』·『詩集傳』·『資治通鑑綱目』·『宋名臣言行錄』 등이 있으며, 그의 제자들이 편찬한 『朱子語類』·『文公家禮』·『朱晦庵集』 등이 있다. 성리학서적 외에도 詩文에서 많은 작품이 출간되었다.

그리고 宋代 유학자이며 정치가인 眞德秀 역시 적지 않은 저서가 출간되었다. 그의 『眞西山集』(眞西山文集/明宗 14年刊[1559]推定)외에도 조선 전기에는 『大學衍義』가 널리 읽혔고 조선 중·후기에는 『心經』이 朝

25) 민관동, 「중국고전문학의 국내출판과 판본분석」, 『中國學報』제89집, 2019, 155쪽.

鮮 文人들의 필독서로 각광받았다. 그 외 저서로『唐書考疑)』·『讀書記)』·『文章正宗』·『西山甲乙稿』 등이 있는데『文章正宗』은 中國의 詩文選集으로 국내에서도 일찍이 출간되어 폭넓게 유통되었다.[26)]

다음은 謝枋得(宋)의『文章軌範』과 陳繹曾(元)의『文章歐治』로 비교적 주목되는 서적이다. 먼저 散文集『文章軌範』은 南宋 謝枋得이 편찬한 책으로 특히 초학자들이 모범으로 삼아야 할 문장 69편이 수록되어있다. 내용은 주로 唐代의 韓愈·柳宗元·元結·杜牧과 宋代의 蘇東坡·歐陽修·蘇洵·范仲淹·李覯·李格非·辛棄疾 등 唐宋의 古文派 작가들이 대부분이다. 5회나 출간된 것으로 보아 선호도가 높았던 작품으로 추정된다.[27)] 그 외『文章歐治』는 元代의 陳繹曾이『文筌』을 바탕으로 하여 文章體制와 作文法에 대해 서술한 것으로 1550년(明宗 5)에 刊行되었다.

3) 小說類 (12種)

- 『劉向說苑』: 劉向(漢)撰, 儒家類, 宣祖1年
- 『列女傳』: 劉向(漢)撰, 儒家類, 宣祖1年
- 『博物志』: 張華(晉)撰, 周日用(明)等註, 小說家類, 宣祖1年
- 『笑海叢珠』: 陸龜蒙(唐)著, 子部 小說家類, 宣祖1年
- 『唐段小卿酉陽雜俎』: 段成式(唐)撰, 子部 小說家類, 成宗23年(1492)刊
- 『太平廣記』(太平廣記詳節/2個版種): 成任(朝鮮)編輯, 小說家類, 宣祖1年 等
- 『剪燈新話』(2個版種): 瞿佑(明)著, 小說家類, 宣祖1年 等
- 『剪燈餘話』: 李禎(明)著, 小說家類, 宣祖1年
- 『兩山墨談』: 陳霆(明)著, 子部 隨錄類, 宣祖8年刊(1575)推定

26) 김학주,『조선시대 간행 중국문학 관계서 연구』, 서울대출판부, 2000, 123-131쪽.
27) https://baike.baidu.com/item/ (중국 바이두 참고)

- 『玉壺氷』(2個版種) : 都穆(明)著, 總集類, 宣祖18年 等
- 『花影集』: 陶輔(明)撰, 別集類, 宣祖18年
- 『效顰集』: 趙弼(明)撰, 別集類, 宣祖1年

소설류는 대부분 子部 小說家類에서 나오지만 간혹 子部 儒家類(『劉向說苑』·『列女傳』)와 隨錄類(『兩山墨談』)에서도 나오고 또는 集部 別集類(『花影集』·『效顰集』) 와 總集類(『玉壺氷』)에서도 나온다.

이상에서 언급된 작품들은 현재 대부분 발굴되었지만 『笑海叢珠』는 아직 미확인 상태이다. 그중 『列女傳』은 한글 번역본으로 1543년(中宗38)에 출간된 희귀본이고, 또 劉向의 『說苑』은 安東에서 1492-1493년에 출간된 책이다. 이때에 劉向의 『新序』역시 함께 출간되었지만 『攷事撮要』에는 관련기록이 없다. 동 시기에 唐代의 『酉陽雜俎』도 경주에서 출간되었다.

가장 많이 출간된 판본은 『剪燈新話』이고, 『效顰集』·『花影集』·『剪燈餘話』·『博物志』는 최근에 일본에서 발굴된 희귀본이다. 그 외 최근 계명대 등에서 발굴된 『兩山墨談』과 문언소설의 寶庫인 『太平廣記詳節』 역시 서지학적 가치가 높은 희귀본들이다.[28]

이처럼 당시에 출간된 작품들은 모두가 文言小說로 白話通俗小說에 대한 출판기록은 하나도 보이지 않는다. 사실 『攷事撮要』에는 언급이 없지만 白話通俗小說의 작품도 출간이 되었다. 이것이 바로 1560년 初·中期에 출간된 것으로 추정하는 朝鮮 金屬活字本 『三國志通俗演義』이다.[29]

---

28) 閔寬東, 『中國古代小說在韓國硏究之綜考』, 中國 武漢大學出版社, 2016, 16-32쪽. 長澤規矩也, 『和刻本漢籍分類目錄』, 日本 汲古書院, 2006年版 等 參考.
29) 박재연, 『중국고소설과 문헌학』, 역락출판사, 2012, 245-274쪽 참고

4) 其他 韻書類 (9種)

- 『大廣益會』(大廣益會玉篇) : 顧野王(梁)/巖松堂(明)校, 經部 小學類, 中宗32年刊(1537/明永樂版覆刻)推定
- 『大廣益會』(大廣益會玉篇) : 陳彭年(宋)等受命撰, 經部 小學類, 宣祖1年
- 『詩韻釋義』: 經部 小學類, 宣祖18年
- 『雅音會編』: 姜麟集次/王純校正(明), 經部 小學類, 宣祖1年
- 『禮部韻』(排字禮部韻略/7個版種) : 丁度(宋)註, 經部 小學類, 1450年 等
- 『龍龕手鑑』(3個版種) : 行均(遼)撰, 經部 小學類, 宣祖1年 等
- 『洪武正韻』: 樂韶鳳(明)等奉勅撰, 經部 小學類, 宣祖18年
- 『草書韻會』: 張天錫(梁)集, 經部 小學類, 宣祖1年
- 『字訓』: 程若庸(元) 撰, 子部 儒家類, 宣祖18年

漢字의 辭典에는 보통 訓詁·字書·韻書의 세 가지가 있는데, 韻書는 漢字를 그 韻으로 분류 주석한 사전을 의미한다. 중국의 韻書 가운데 高麗中期 이후에 애용된 것은 주로 『禮部韻略』과 『古今韻會擧要』였다. 이 책은 처음부터 科擧를 위해 편찬된 책으로 문인들 사이에서 폭넓게 이용되었다.

특히 『禮部韻略』의 경우, 『新刊排字禮部韻略』5권(1524), 『禮部韻略』(1574), 『排字禮部韻略』4권(1615), 『排字禮部韻略』5권(1678), 『排字禮部韻略』5권 2책(1679) 순으로 출간이 이루어졌고, 또 『古今韻會擧要』는 1434년 이래 여러 번 간행되었지만 『攷事撮要』에는 누락되어 보이지 않는다. 그 외에도 1455年(端宗 3)에 출간된 『洪武正韻譯訓』과 宣祖 18年(1585)以前에 출간된 『洪武正韻』이 있다.[30]

---

30) https://terms.naver.com/[네이버 지식백과] 韻書 (한국민족문화대백과)

그 외 顧野王(梁)이 撰集하고 巖松堂(明)이 校正한 『大廣益會』(大廣益會玉篇)이 있는데 대략 中宗 32年(1537)에 간행되었다. 이 책은 明代 永樂版의 覆刻本으로 推定된다. 또 『龍龕手鑑』(997)은 요나라의 行均이 펴낸 책으로 『說文解字』와 『玉篇』에서 26,430餘 字를 뽑아 만든 字典이다.

이상의 연구결과를 종합해보면 다음과 같다.

『攷事撮要』는 朝鮮前期에 간행된 典籍들을 총괄할 수 있는 최고의 책판목록으로 서지문헌학 연구에 매우 중요한 자료이다. 김치우의 분석에 의하면 약 988版種이 조선전기(임진왜란 이전)에 출간된 것으로 추정하고 있다. 필자가 書名의 重複과 同一書籍의 誤脫字 등을 감안하여 다시 조사하니 總書名數는 약 640餘 種으로 확인되었다. 그중 국내 문헌으로는 211종, 중국 문헌으로는 319종, 그 외 國籍 未確認으로 110여 종이 확인된다.

중국 문헌을 다시 經史子集으로 나누면, 經部 78種, 史部 34種, 子部 137種, 集部 70種이었고 또 중국문헌 가운데 중국고전문학을 다시 선별하여 장르별로 분류하니 詩類 46종, 散文類 27종, 小說類 12종, 其他 韻書類 9종 등 총 94종이나 되었다. 이러한 분류와 분석을 통해 중국 학술문화에 대한 조선 문인들의 수용양상과 이해수준 그리고 愛好까지도 추측할 수 있었다.

『攷事撮要』는 조선전기의 모든 책판목록을 수록하지는 못하였다. 예를 들어 1492년 安東에서 간행된 『新序』같은 일부 地方刊本이나 혹은 1560年 初中期에 출간된 朝鮮 金屬活字本 『三國志通俗演義』처럼 중앙에서 출간된 금속활자본 등 일부가 누락된 것도 확인된다. 그럼에도 불구하고 조선 문단에 끼친 영향과 서지문헌학적 가치는 지대한 것으로 사료된다.

특히 조선 판본으로 중국 서적들을 출간하였다는 점은 매우 주목할 만한 부분이다. 이들 가운데는 중국에서도 보기 드문 희귀한 자료이거나 또는 현존하는 중국자료보다 시기적으로 앞서는 版本도 상당수 보인다. 이러한 자료는 韓中 出版文化 交流史에 있어서도 상당한 의의가 있으며 또 이러한 자료에 대한 지속적인 發掘과 복원이 필요하다. 본 연구를 통해 조선출판본의 가치와 조선 문단에 끼친 중국 학술의 영향 그리고 서지문헌학적 가치 등이 재조명되는 계기가 되었으면 하는 바람이다.

Ⅱ. 中國古典文學의 국내 出版과 판본 분석

- 朝鮮時代 간행된 판본을 중심으로

우리는 언제부터 중국문학을 수용하였을까? 이는 필자가 中國古典文學을 연구하면서 늘 궁금했던 話頭였고 또 평생의 研究課題이기도 하다. 이 과제를 풀기위해 처음으로 연구를 시작하였던 분야가 바로 중국고전소설의 국내 流入·版本·出版·飜譯의 문제였다. 이 분야에 대한 연구결과 국내에 유입된 중국고전소설은 대략 440여 종이고 그 외 약 24종의 출판과 70여 종의 번역이 이루어졌음을 확인하였다. 일련의 연구과정에서 특히 필자는 주로 국내에서의 출판문제에 주목을 하였다. 朝鮮時代에 출판된 중국고전소설의 목록을 조사하면서 점차적으로 중국문학 전반에 대한 궁금증으로 이어지게 되었고 결국 본 연구를 촉발시키는 계기가 되었다.

조선시대 간행된 중국고전문학에 대한 出版目錄을 조사하는 과정에서 小說과 戲曲의 분야는 이미 필자가 이전에 연구한 자료를 사용할 수 있었으며 詩와 散文에 관한 출판자료 목록은 선행연구로 김학주의 『조선시대 간행 중국문학 관계서 연구』가[1] 있어 많은 도움을 받았다. 그러나 깊게

* 본 논문은 2016년 한국연구재단의 지원(일반 공동연구과제)을 받아 수행된 연구결과로(NRF-2016S1A5A2A03925653) 2019, 『中國學報』제89집에 투고된 논문을 일부 수정 보완한 것이다.

조사를 하다 보니 당대 대표시인과 당송팔대가 위주의 산문은 비교적 양호하게 조사되었으나 다른 분야에 있어서는 누락되거나 오류가 난 부분이 상당수가 발견되었다. 특히 소설분야에 있어서 조선출판본 약 24종 가운데 불과 6종만 조사되어 있고, 또 기타 散文類 가운데 『鶴林玉露』와 『夢溪筆談』같은 작품들은 상당수 漏落되었다. 그 외에도 『大明律詩』(田以采·朴致維梓)와 『鍾離葫蘆』(笑山子)처럼 조선시대 문인이 自體編輯하여 출판한 판본들은 대부분 누락되어 있었다.

필자는 이러한 누락을 보충하기 위해 먼저 韓國古書의 통합 데이터베이스인 韓國古典籍綜合目錄시스템(https://www.nl.go.kr/korcis/)[2)]과 전인초 등이 편찬한 『韓國所藏中國漢籍總目』[3)]을 통하여 전면적으로 재조사를 하였고, 그 외 부족한 부분은 『韓國典籍調査目錄』과 『韓國國學振興院所藏 國學資料目錄集』 및 『韓國國學振興院 受託 國學資料目錄集』 등을 참고하여 보충하였다.

그 외 자료로는 대략 임진왜란 이전의 출판목록을 정리한 魚叔權의 『攷事撮要』[4)]를 이용하여 현재 失傳本을 조사하였고, 尹炳泰의 『조선후

---

1) 김학주, 『조선시대 간행 중국문학 관계서 연구』, 서울대학교 출판부, 2000. 이 책에서 김학주는 조선시대 간행 중국문학 관계 책 목록을 도표로 작성하여 소개하였다. 대략 詩文集 / 詩文選 / 小說·類書 / 詩文論·韻書 등으로 구분하여 분류하였다. 필자는 중복연구를 피해서 주로 출판본의 목록분석과 장르별 출판개황 및 문헌학적 가치를 중점적으로 연구하였다.

2) '한국 고전적 종합목록 시스템'은 전국의 국립중앙도서관 및 박물관·전국대학도서관·사찰과 서원·문중 고서와 개인문고 등의 고서들 상당부분은 DB로 구축되었으나 아직도 일부 사찰과 서원·문중·개인문고 등은 DB로 구축되어 있지 않기에 완전하다고는 할 수 없다.

3) 이 책은 전국 주요국립도서관과 일부서원 및 대학도서관의 고서목록은 정리되었으나 그 외의 사찰이나 문중 및 개인 소장본은 누락되어 있다. 이에 필자는 『한국 전적 조사목록』을 참고하여 보충하였다.

기의 활자와 책』과 『韓國書誌年表』·柳鐸一의 『韓國文獻學 연구』·천혜봉의 『韓國 書誌學』 등을 근거로 출판관련 자료들을 수집하여 보충하였다. 그 외 唐宋八大家의 조선출판본을 집중적으로 연구한 당윤희[5] 등의 논문을 참고하였고, 기타 전문적이고 세밀한 부분은 개별 연구논문 등을[6] 참고하여 조선출판목록을 보충정리 하였다.

이러한 결과 조선시대 출판된 중국문학 관련서적은 적어도 90%이상이 목록화 되었으리라 사료된다. 이상의 결과를 근거로 조선에서 출판된 중국문학의 전반적인 출판개황과 분석 그리고 조선출판의 특징과 학술적 가치 및 문헌학적 가치를 집중적으로 고찰해보고자 한다.

---

4) 『攷事撮要』에는 조선시대 초기부터 1585년(宣祖 18)까지 출판된 서적 988종의 목록이 수록되어 있어 조선출판문화 연구에 귀중한 자료가 되고 있다. 특히 여기에 언급된 서적가운데는 현재 발굴되지 않은 판본이 여러 종이 있어 조선출판본의 발굴과 복원에 귀중한 단서를 제공하고 있다. 특히 실전된 고서를 찾는데 중요한 자료가 되고 있다. 김치우, 『고사촬요 책판목록과 그 수록 간본 연구』, 아세아문화사, 2008.

5) 당윤희, 「조선의 중국본 시문집 유입, 간행 및 수용 양상 略考」, 『중국문학』제69집, 2012. 당윤희·오수형, 「唐宋八大家 문선집의 조선에서의 수용과 유통」, 『중국문학』제66집, 2011. 이외에도 당윤희는 소식·한유·유종원에 대한 개별 연구를 통하여 조선출판본에 대한 많은 자료를 제공하였다.

6) 조선출판본에 대한 개별논문으로는 황선주(한국본 纂註分類杜詩의 제 판본, 『중국어문학논집』제107호, 2017), 李奉相(백씨문집 한국 소장 현황 및 그 특징, 『중국어문논총』제51집, 2011), 김경동(백거이 문집의 성립과정과 제판본, 『중국학보』제77집, 2016), 천혜봉(고문진보 대전에 대하여, 『歷史學報』61, 1974), 宋永程(문선 통행본 8종 및 연구서 17종 簡介, 『중국어문학』제8집), 林奎完(18세기 韓中 통합 詩選集에 대하여, 『漢文學報』제31집, 2014), 林奎完(張混編 詩宗연구, https://blog.naver.com/bhjang3/), 崔恩周(17세기 詩選集 편찬에 대한 연구, 「경북대 박사논문」2006), 윤재민(국내 소장 한국고문헌 정리의 현황과 과제, 『대동한문학』제18집, 2003) 등의 개별논문을 참고하여 목록을 보충하였다.

1. 朝鮮出版本 目錄紹介와 分析

필자는 조선출판본으로 간행된 중국문학 관련서적을 크게 3개 부분으로 분류하였다. 첫째가 個人著書 및 全集類로 한 개인의 저작물을 총 망라한 개인전집의 성격을 가진 작품집이다. 둘째는 其他編著(註) 및 選集類로 주로 여러 문인의 작품을 선별하여 새롭게 편집한 책을 의미한다. 간혹 분류가 애매한 문헌도 있으나 연구의 편리를 위해 이 부류로 분류한 문헌도 몇 종 있음을 밝혀둔다. 셋째는 朝鮮文人이 自體的으로 編輯하여 출판한 서적이다. 먼저 이상의 분류기준에 의거하여 조선출판본의 목록을 소개하면 다음과 같다.

1) 個人著書 및 全集類

번호	時代	書名(著者)	장르	出版事項 (出版年代와 後印與否)	版式狀況 (其他)	所藏處[7]
1	周	風雨賦(姜子牙) *韓構字	賦	仁祖年間	금속활자	奎章閣等
2	漢	韓詩外傳(韓嬰)	詩	1568年 以前	未詳	失傳
3	漢	新序(劉向)	小說	1492-3年, 有後印	목판본	後彫堂等
4	漢	說苑(劉向)	小說	1492-3年, 有後印	목판본	後彫堂等
5	漢	列女傳(劉向)	小說	1543年, 飜譯出刊	목판본	한글박물관
6	魏晉	博物志(張華)	小說	1568年以前, 南原刊	목판본	中央圖/內閣/東洋等
7	六朝	陶淵明集(陶淵明) 등 5種[8]	詩文	1483年, 類似本多數	목판·활자	忠南大等
8	唐	魏鄭公諫錄(王方慶) *中宗甲寅字	散文	1538年, 有後印	금속활자	忠南大等
9	唐	新刊五百家註音辨昌黎先生文集(韓愈) 등 11種	詩文	1419年(世宗1), 類似本多數	목판·활자	奎章閣等

번호	時代	書名(著者)	장르	出版事項 (出版年代와 後印與否)	版式狀況 (其他)	所藏處[7)]
10	唐	唐柳先生集(柳宗元) 등 13種	詩文	1440年, 類似本多數	목판·활자	高麗大等
11	唐	寒山子詩集(寒山子)	詩	刊年未詳	목판본	中央圖等
12	唐	分類補注李太白詩 (李白) 등 6種	詩	1435年, 類似本多數	금속활자	韓中硏等
13	唐	纂注分類杜詩(杜甫) 등 22種	詩	1444年, 類似本多數	목판·활자	高麗大等
14	唐	劉隨州文集(劉長卿)	詩	1545-1567年(明宗)	목판본	奎章閣
15	唐	須溪先生校本韋蘇州集 (韋應物)	詩	1568年 以前, 後印	목판·활자	高麗大等
16	唐	白氏文集(白居易) *甲寅字 / 香山詩抄 / 白氏策林	詩	朝鮮前期, 後印 成宗年間	금속활자 활자본	韓中硏等 未確認
17	唐	須溪先生批點孟浩然集 (孟浩然)	詩	世宗 27年(1445)	목판본	啓明大等
18	唐	李長吉集(李賀)	詩	成宗年間, 後印	목활자	失傳(日本?)
19	唐	樊川集(杜牧)/ 樊川外集/ 阿房宮賦	詩	1440年, 後印	목판·활자	中央圖等
20	唐	李商隱詩集(李商隱) / 玉溪生集纂解	詩	中宗年間, 後印 1692年(肅宗年間)	목판·활자	成均館大等 / 高麗大等
21	唐	劉賓客詩集(劉禹錫)	詩	1585年 以前(宣祖)	목판본	中央圖
22	唐	陸宣公集(陸贄) / 陸宣公奏議	詩	1428年, 後印	목판본	忠南大等
23	唐	駱賓王集(駱賓王)	詩	1585年 以前(宣祖)	未詳	失傳
24	唐	酉陽雜俎 (段成式)	小說	1492年, 後印	목판본	成均館大等
25	唐	笑海叢珠(陸龜蒙)	小說	1568年 以前	未詳	失傳
26	宋	增刊校正王狀元集註分類東坡先生詩(蘇軾)등 11種 *金屬活字甲寅字	詩	世宗年間, 後印, 類似版本多數	목판·활자	中央圖等
27	宋	南豊先生近體詩抄(曾鞏) / 宋大家曾文定公文抄	詩	成宗年間, 後印	목활자	奎章閣

번호	時代	書名(著者)	장르	出版事項 (出版年代와 後印與否)	版式狀況 (其他)	所藏處[7)]
28	宋	山谷詩注(黃庭堅) / 內·外·別集, 등 7種	詩	世宗朝, 後印多數	목판·활자	奎章閣等
29	宋	須溪先生批點簡齋詩集(陳與義)	詩	1485年, 後印	목판·활자	高麗大等
30	宋	伊川擊壤集(邵雍) / 伊川擊壤集選	詩	1475年(成宗), 後印	목판본	高麗大等
31	宋	名公抄選陸放翁詩集(陸游) / 澗谷精選陸放翁詩集	詩	世宗朝, 後印多數	목판·활자	成均館大等
32	宋	詩人玉屑 (魏慶之)	詩	1439年(世宗)	목판본	奎章閣
33	宋	歐陽文忠公集(歐陽修) / 歐陽文抄 / 宋大家歐陽文忠公文抄	詩文	1530年(中宗), 後印	목활자	中央圖等
34	宋	南嶽唱酬集 (朱熹·張栻)	詩文	1585年 以前	목판본	奎章閣
35	宋	精選三蘇文老泉先生集(蘇洵)	詩文	中宗·明宗年間	목활자	高麗大
36	宋	宋大家蘇文定公文抄(蘇轍)	詩文	肅宗年間	금속활자	中央圖等
37	宋	王荊公詩集(王安石) / 王荊文公集, 등 8種	詩文	1484年, 後印多數	목판·활자	奎章閣等
38	宋	陳後山詩注(陳師道) / 後山先生集	詩文	中宗年間, 後印	활자본	高麗大等
39	宋	南軒先生文集(張栻) / 南軒集	詩文	1574年, 後印	활자본	中央圖等
40	宋	黃勉齋先生文集 (黃幹)	詩文	1778年(正祖), 後印	목판본	高麗大等
41	宋	朱子大全(朱熹) / 續集·別集 / 文公朱先生感興詩 / 雅誦(頌)	詩文	1543年(中宗年間), 類似本多數	목판·활자	中央圖等 / 奎章閣
42	宋	文山先生文集(文天祥) / 別集	詩文	1493/1578年, 後印	활자본	高麗大等
43	宋	鶴林玉露(羅大經)	散文	中宗·明宗(甲寅字)	금속활자	奎章閣
44	宋	夢溪筆譚(沈括)	散文	1568年 以前(明宗)	목판본	韓中硏等
45	宋	精選東萊先生博議句解(呂祖謙)	散文	1417年(太宗), 後印	목판본	中央圖等

번호	時代	書名(著者)	장르	出版事項 (出版年代와 後印與否)	版式狀況 (其他)	所藏處[7)]
46	元	增修詩學集成押韻淵海(嚴毅)	詩	中宗年間	금속활자	성암문고
47	元	歐陽論範(歐陽起鳴)	散文	成宗年間, 甲辰字	古活字本	中央圖
48	元	嬌紅記(宋遠)	小說	燕山君(未確認)	未詳	失傳
49	明	方正學文抄(方孝孺) *韓構字	散文	1683年(肅宗)	金屬活字	中央圖等
50	明	明太祖文集(朱元璋)	散文	未詳	未詳	未詳
51	明	敬軒薛先生文集(薛宣)	散文	1506-1567(中·明宗)	금속활자	高麗大等
52	明	醫閭先生集(賀欽)	散文	1561年(明宗)	목판본	成均館大等
53	明	皇明大家茅鹿門文抄(茅坤)	散文	肅宗年間	금속활자	中央圖等
54	明	皇明大家王弇州文抄(王世貞)	散文	1653年(孝宗)	금속활자	高麗大等
55	明	升菴詩話(楊愼) *訓鍊都監字	詩	宣祖末期	활자본	中央圖
56	明	懷麓堂詩集(李東陽) / 懷麓堂文藁 / 西厓擬古樂府	詩	宣祖年間 / 後印 1613年(光海君)	금속활자 / 목판본	中央圖等 / 高麗大等
57	明	詩餘圖譜(張綖)	詩	宣祖年間	활자본	未詳
58	明	詩藪(胡應麟)	詩	英正朝年間	목판본	韓中硏
59	明	藝苑巵言(王世貞) *顯宗實錄字	詩論	肅宗年間 (1674-1720)	목활자	中央圖
60	明	剪燈新話句解(瞿佑)	小說	1549年, 後印多數	목판·활자	奎章閣等
61	明	剪燈餘話(李昌祺) *國內失傳	小說	1550-1568年	목판본	내각문고/日
62	明	世說新語補(何良俊)	小說	1708年(肅宗)	활자본	中央圖等
63	明	皇明世說新語(李紹文)	小說	1725-1800年, 後印	목판본	中央圖等
64	明	花影集(陶輔)	小說	1586年	목판본	日本와세다 대학
65	明	效顰集(趙弼)	小說	1568年(宣祖)	목판본	日本逢左
66	明	玉壺氷(都穆)	小說	1580年前後, 後印	목판본	奎章閣等

번호	時代	書名(著者)	장르	出版事項 (出版年代와 後印與否)	版式狀況 (其他)	所藏處7)
67	明	兩山墨談(陳霆)	小說	1575年, 後印	목판본	啓明大等
68	明	孤树裒谈(李默)	小說	1558년(明宗)	금속활자	高麗大等
69	明	三國演義(羅貫中) *異種 : 5종이상	小說	1560年代中期, 後印	활자·목판	이양재 등
70	明	水滸傳(羅貫中·施耐菴)	小說	조선후기, 飜譯出刊	방각본	김동욱
71	明	西遊記(吳承恩)	小說	1856년경, 飜譯出刊	방각본	파리 등
72	明	楚漢傳(鍾惺) / 西漢演義 *완판본	小說	1907年, 飜譯出刊	방각본	中央圖等
73	明	薛仁貴傳(著者未詳)	小說	조선후기, 飜譯出刊	방각본	李能雨等
74	淸	錦香亭記(著者未詳)	小說	1850년경, 飜譯出刊	방각본	李能雨等
75	其他	唐宋句法(著者未詳)	詩	世宗年間	금속활자	忠南大等
76	其他	呂律新書解(著者未詳)	詩	中宗年間	활자본	失傳

이상의 도표에서와 같이 대략 76종의 판본이 個人著書 및 全集類로 간행된 것들로 보이지만 사실 그중에는 간행을 달리하는 異種의 판본이 90여 종이나 있어 실제 170여 종 이상의 판종이 출판되었다고 할 수 있다. 예를 들어 조선시대 출판된 도연명의 시문집은 『陶淵明集』·『箋注靖節先生集』·『陶靖節集』·『陶靖節集抄』·『須溪校本陶淵明詩集』 등 여러 種이 版을 달리하여 출판되었기 때문이다. 그 외에도 『三國演義』의 경우에도 나관중본 『三國志通俗演義』·周曰校의 『新刊校正古本大字音釋三

7) 소장처 표기에서 中央圖는 국립중앙도서관, 韓中硏은 한국학중앙연구원, 內閣文庫는 일본 내각문고, 蓬左文庫는 일본 봉좌문고를 축약한 것이다.

8) 도연명의 전집 중 각기 다른 판본의 수량을 언급한 것으로 이 부분은 제3장에서 다시 상세히 분석하기로 한다.

國志傳通俗演義』·毛宗崗評點本『四大奇書第一種』·京本/完本/安城本『三國志』 등 여러 판본이 출간되었으며, 『剪燈新話句解』처럼 판을 달리하여 출판한 것은 물론 동일 판에 여러 차례 修正補完한 것까지 포함하면 그 수량은 不知其數로 늘어난다.

작품들의 출현 시대를 분석하면 크게 唐·宋·明代로 분류된다. 이는 역시 중국문학사에서 차지하는 비중과도 일치한다. 특히 漢詩의 완성을 이룬 당대의 李白과 杜甫, 그리고 당·송대 唐宋八大家들이 활약을 하였던 시기의 작품들이 두드러지고 또 조선의 건국과 함께 개국하여 밀월시기를 보낸 명대시기의 문학작품이 상당한 비중을 차지한다. 의외로 원대와 청대의 작품들은 매우 희소하다. 물론 元·淸 두 나라 건국주체가 蒙古族와 滿洲族이라는 이민족의 특수성도 있지만 수용자의 입장에서도 정치적·문화적 사항이 고려되었다고 보인다. 특히 청나라의 경우는 임진왜란 이후 明나라를 누르고 갑자기 등장하였기 때문에 淸나라에 대한 反清의 정서와 일련의 文體反正 등으로 청대 문학작품이 적극적으로 수용되지 못한 배경이 되었을 뿐만 아니라, 조선 말기에는 서구의 문화에 밀려 상대적으로 소외되는 현상까지 겹치면서 청대 작품에 대한 출판은 크게 위축된 것으로 추정할 수 있다.

조선에서 출간된 작품들의 저자들을 살펴보면 漢代에는 劉向이 특히 두드러지고. 당대에는 唐詩를 주도하였던 李白·杜甫 같은 시인들과 한유와 유종원 등 당송팔대가들의 작품들이 주목된다. 특히 송대에는 黃庭堅과 같은 江西詩派와 주자학을 완성시킨 朱熹 等 성리학자들의 작품도 다수 보이는 것은 특이사항이라 할 수 있다. 또 명대에는 擬古主義派와 宋文運動派 문인들이 주축을 이루고 새롭게 소설작품들이 크게 부각되며 출판된 점이 특징이라 할 수 있다. 소설의 작품에 있어서는 문언소설도 다수 출간되었지만 통속소설도 적지 않은 수가 출간되었을 뿐만 아니라 번역본까지 출현하였다. 이처럼 문인위주의 정통문학에서 통속문학으로 영역을 확장시킨 점은 문학사적 측면에서 매우 긍정적인 발전이기도 하다. 출간된 중국문학 작품의 장르를 살펴보면 역시 詩文이 주류를 이루고 있다. 세분하여 분석하면 당대작품은 역시 詩集이 주류를 이루었고, 송대에는 詩와 散文을 함께 엮은 詩文集위주로 이어지다가, 명대에는 시문집은 물론 소설의 장르까지 다양하게 영역이 넓혀지는 양상을 보여주고 있다.

조선출판본의 出版年代를 살펴보면 朝鮮 初期와 中期로 이어지는 시기, 즉 世宗時期와 文宗 및 中宗時期에 출판문화가 크게 꽃피웠음을 알 수 있다. 명나라와의 돈독한 외교관계의 배경아래 중국문학을 포함한 문사철의 서적들이 明으로부터 유입되면서 출판문화의 극성기를 이루었다고 추정된다. 그 후 임진왜란으로 적지 않은 피해를 입다가 겨우 顯宗과 肅宗時期에 이르러서 복원이 완료되고 英·正祖에 이르러 다시 출판문화의 2차 부흥이 시작되었다고 사료된다. 2차 부흥시기의 출간의 특징은 서서히 정통문학에서 통속문학으로의 방향전환이 이루어지고 있다는 점이다. 물론 임진왜란 이후 당·송대의 문학서적도 다시 빠르게 복원이 이루어지고 의고주의파의 작품도 출간되었지만 『世說新語補』와 같은 세설체 소설과 『三國演義』같은 통속소설도 출판의 핵으로 등장하였다. 이러한 출판문화의 변화는 먼저 坊刻本의 출현을 우선으로 꼽을 수 있다. 방각본은 조선의 출판문화에 또 다른 방향성을 제시하였다. 즉 조선 전·중기까지 官刻으로 주도되던 출판문화가 상업성에 기반을 둔 방각본의 출현으로 출판의 대중화가 급속도로 확장되면서 소설의 출판이 크게 번창하는 계기가 되었다.

조선출판본으로 판각된 印刷形態를 살펴보면 크게는 목판본·활자본과 나뉘고 활자본은 목활자와 금속활자로 나눈다. 이 시기에 출판된 판본들은 목판본과 활자본이 거의 비슷한 비율로 이루어졌지만 특이한 점은 금속활자까지도 등장하였다는 점이다. 특히 『白氏文集』·『鶴林玉露』·『敬軒薛先生文集』같은 정통문학도 출간되었지만 『三國志通俗演義』와 같은 통속소설도 금속활자로 출판되었다는 사실은 매우 주목할 부분이다. 또 조선중기까지는 주로 원문출판이 대부분을 차지하지만 조선후기로 들어오면서 번역출판까지도 경계를 확장시키며 새로운 출판문화를 형성하였다.

2) 其他編著(註) 및 選集類

번호	時代	書名(編者)	장르	出版事項 (出版年代와 後印與否)	版式狀況 (其他)	所藏處
1	周	詩經(詩傳) / 詩傳大全·詩經諺解·詩傳諺解 等 8種, 無注毛詩(失傳)	詩	16C中葉(宣祖), 後印多數	목판·활자	문경새재 박물관 등
2	楚漢	楚辭集註·後語·辨證(劉向 / 朱熹)	詩	世宗(1429), 有後印	목판·활자	奎章閣等
3	六朝	文選(蕭統 / 六臣注·五臣注)	詩文	世宗(1428), 有後印	목판·활자	奎章閣等
4	六朝	選賦抄評注解刪補(蕭統)	詩文	1750年, 有後印	목판본	四友堂
5	唐	古文苑(未詳)	詩文	1542年(中宗)	未詳	未詳
6	唐	藝文類聚(歐陽詢)	詩文	1515年(中宗)	甲辰字本	高麗大
7	唐	唐百家詩呂溫集(呂溫著 / 朱警編)	唐詩	宣祖年間, 甲辰字	금속활자	中央圖
8	宋	文苑英華(李昉)	詩文	1516年(中宗), 後印	활자본	韓中硏等
9	宋	詳說古文眞寶大全(黃堅)	詩文	1420年, 後印多數	활자본	高麗大等
10	宋	西山先生眞文忠公文章正宗(眞德秀) / 續眞文忠公文章正宗 / 眞西山文集	詩文	1428年, 後印多數 續文章正宗(1555)	활자본	高麗大等

번호	時代	書名(編者)	장르	出版事項 (出版年代와 後印與否)	版式狀況 (其他)	所藏處
11	宋	歐蘇手簡(歐陽修·蘇軾) *書簡文	散文	1568年 以前	목판본	中央圖等
12	宋	疊山先生批評文章軌範(謝枋得)	散文	中宗·宣祖間(乙亥字飜刻)	목판본	성암문고
13	宋	迂齋先生標記崇古文訣(樓昉)	散文	1519年	금속활자	高麗大等
14	宋	聖宋名賢五百家播芳大全文粹(魏齊賢) *金屬活字乙亥字本	散文	1542年	금속활자	성암문고
15	宋	新編古今事文類聚(祝穆)	散文	1469-1494, 後印	목판·활자	高麗大等
16	宋	東萊先生唐詩詳節(呂祖謙)	詩	未詳(嶺南大寫本)	활자본	失傳
17	宋	唐百家詩(王安石)	詩	1570年	활자본	김태석
18	宋	唐詩絶句(趙蕃編·謝枋得解)	詩	宣祖年間	활자본	高麗大
19	宋	選詩演義(曾原一) *國內失傳(日本)	詩	1434年, 庚子字	금속활자	봉좌문고
20	宋	精選唐宋千家聯珠詩格(于濟)	詩	1488年, 多後印	금속활자	성암문고
21	宋	唐賢七言律詩三家法 (周弼) / 表題 : 唐賢三體詩 / 唐三體詩	詩	世宗18年(1436)刻, 清州牧刊	목판본	성암문고/ 中央圖等
22	宋	精選名賢古今叢話詩林廣記(蔡正孫)	詩	燕山君(1505)	금속활자	高麗大
23	宋	四大家文抄(한유·유종원·구양수·소식)	詩	1674-1720(肅宗)	芸閣筆體	奎章閣
24	金	唐詩鼓吹 (元好問) / 新刻蘇板古本句解唐詩鼓吹大全 / 遺山樂府(1492)	詩	成宗年間(1469-94), 後印(宣祖年間)	금속활자 / 목판본	忠南大 / 韓中硏等
25	金	標音古文句解精粹大全(河如愚)	詩文	1568年 以前	未詳	失傳
26	元	新刊類編歷學三場文選古賦(劉仁初)	散文	世宗年間	목판·활자	高麗大等
27	元	新刊類編歷學三場文選對策(劉仁初)	散文	世宗年間, 後印	목판·활자	奎章閣等

번호	時代	書名(編者)	장르	出版事項 (出版年代와 後印與否)	版式狀況 (其他)	所藏處
28	元	文選對策輯略(劉仁初)	散文	中宗·明宗間	금속활자	성암문고
29	元	選文撰英(未詳)	散文	宣祖年間	활자본	未詳
30	元	聖元名賢播芳續集	散文	1542年, 國內失傳	목판본	內閣文庫
31	元	賦選(未詳)	詩	明宗年間, 後印	금속활자	啓明大
32	元	律賦表箋(未詳)	詩	中宗·宣祖間,	금속활자	建國大
33	元	瀛奎律髓(方回)	詩	1467年, 後印	활자본	梨花女大
34	元	風雅翼選詩補注·補遺·續編(劉履)	詩	1553年(中宗), 後印	금속활자	성암문고
35	元	五言唐音(楊士弘) / 唐詩始音輯注	詩	1870年, 後印	목판본	奎章閣
36	元	唐詩遺響輯註(楊士弘)	詩	朝鮮後期	목판본	高麗大
37	元	唐詩正音輯注唐(楊士弘) / 詩正音抄(楊士弘編·張震註)	詩	1439年(世宗), 後印. 1549年(仁祖)	목판본 금속활자	全南大 / 中央圖等
38	元	增廣事聯詩學大成(毛直方)	詩	1496年(燕山君)	금속활자	中央圖等
39	宋明	文天祥方孝孺文集(文天祥·方孝孺)	散文	1585年(宣祖年間)	활자본	失傳
40	明	元詩體要(宋公傳)	詩	1505(燕山君)	목판본	高麗大
41	明	雅音會編(康麟)	詩	1540년(中宗)	활자본	中央圖
42	明	皇明五大家律詩抄(李夢陽) / 皇明五大家律續抄 *韓構字	詩	1681年(肅宗)	금속활자	奎章閣等
43	明	鼓吹續編(朱紹·朱積)	詩	1483年(成宗), 後印	금속활자	中央圖
44	明	唐詩品彙(高棅)	詩	1484年(成宗), 後印	금속활자	성암문고
45	明	皇明茅鹿門王弇州二大家文抄(茅坤·王世貞) / 唐宋八大家文抄(현종실록자)	詩文	刊年未詳 / 肅宗年間, 英正祖	활자본 / 금속활자	失傳 / 高麗大等
46	明	文翰類選大成(李伯璵)	詩文	1486年(成宗)	금속활자	高麗大等
47	明	文章辨體(吳訥)	散文	1555年(明宗)	금속활자	忠南大等

번호	時代	書名(編者)	장르	出版事項 (出版年代와 後印與否)	版式狀況 (其他)	所藏處
48	明	名世文宗(胡時化) *訓鍊都監字	散文	1623-1659年	활자본	高麗大等
49	明	大宋眉山蘇氏家傳心學文集大全(李良師) / *大宋眉山蘇氏家傳文集大全	散文	1516年, 後印	금속활자	韓中硏等
50	淸	古詩選(王士禎) *顯宗實錄字	詩	1685年(肅宗)	금속활자	高麗大

이상의 도표는 주로 其他編著(註) 및 選集類 작품을 정리한 목록이다. 選集이란 주로 여러 문인들의 각종 작품을 선별하여 새롭게 編輯 出刊한 책으로 범위를 다소 확대하여 選集類라고 하였다.[9] 選集類에 해당하는 작품 수는 50여 개로 집계되지만 續·別集과 後集 등 유사한 版種까지 포함하면 대략 70여 종에 이른다. 그 외에도 간혹 분류가 애매한 고서도 있으나 연구의 편리를 위해 부득불 選集類로 분류한 고서도 있음을 밝혀 둔다. 또 위 도표는 작품의 출현 시기에 맞추어 구성한 것이 아니라 주로 편저자의 출간시대에 맞추어 작성하였다.

작품들의 출현 시대를 분석하면 크게 宋·元·明代로 분류된다. 個人著書 및 全集類의 경우는 唐·宋·明代로 크게 분류되었지만 其他編著(註) 및 選集類의 경우에는 唐代가 크게 감소하고 元代가 주목할 만하게 늘었다는 점이 특이사항이라 할 수 있다. 이러한 원인은 元·明代 문인들이 당·송대의 대표작품들을 모범으로 삼고 중점적으로 선별하여 編註를 하고 출간하였던 것이라 할 수 있고, 또 이러한 명저 選集類가 조선시대에 중점적으로 유입되면서 간행되었던 것이라 판단할 수 있다. 또 다른 특이

9) 앞서 소개한 全集類에도 후대에 編註하여 간행도 있지만 연구의 편리를 위하여 전집류로 분류한 것도 있음을 밝혀둔다.

사항으로 청대의 작품이 거의 보이지 않는다는 점으로 오직 王士禎의 『古詩選』만이 보일 뿐이다. 이 또한 전집류의 경우와 같이 淸나라에 대한 崇明反淸意識·文體反正·서구문화의 유입 등에 밀려 철저히 소외되는 현상으로 분석된다.

선집류에 대한 장르별 出刊狀況을 살펴보면 詩選集·詩文選集·散文選集이 대부분이다. 송대에는 詩選集·詩文選集·散文選集가 골고루 출간되었고 원·명대에는 詩選集과 散文選集 위주로 출간되었다. 詩選集類로 가장 대표적인 작품으로는 『詩經』·『楚辭集注』·『唐百家詩』·『瀛奎律髓』·『唐詩品彙』를 꼽을 수 있고 또 가장 많은 횟수에 걸쳐 간행된 책이기도 하다. 詩文選集類로는 『文選』·『古文眞寶』·『文苑英華』 및 『文章正宗』을 뽑을 수 있으며 특히 『文選』과 『古文眞寶』는 수없이 간행되었던 고전이기도 하며 문인들의 주요 텍스트이기도 하였다. 그리고 散文選集類로는 『文章軌範』과 『文章辨體』 등이 대표적이다.

選集類의 出版年代 역시 世宗·文宗·中宗·宣祖時期에 두드러지고 임진왜란 이후 顯宗과 肅宗時期를 거쳐 英·正祖에 이르러 다시 활기를 되찾는 양상을 보인다. 특히 『詩經』·『唐百家詩』·『瀛奎律髓』·『唐詩品彙』·『文選』·『古文眞寶』같은 著名書籍들은 후대에 지속적으로 再版되었다. 再版의 방법으로는 覆刻의 형태로 간행한 것도 있고 또 완전히 판을 달리하여 새롭게 출간하기도 하였다. 또 출판된 판본들은 목판본과 활자본 등이 다양하고 또 금속활자로 출간된 책들이 의외로 다수가 발견된다. 예를 들어 『唐百家詩呂溫集』(呂溫著 / 朱警編)·『選詩演義』(曾原一)·『精選唐宋千家聯珠詩格』(于濟)·『精選名賢古今叢話詩林廣記』(蔡正孫)·『唐詩鼓吹』(元好問)·『鼓吹續編』(朱紹·朱積)·『文翰類選大成』(李伯璵)·『文章辨體』(吳訥)·『古詩選』(王士禎)·『唐詩品彙』(高棅) 등 주로 詩·文集들이 금속활자로 출간되었다. 이러한 금속활자의 출간은 조선인의 정통문학에 대한 존중과 崇文意識을 보여주는 한 단면이기도 하다.

이러한 판본들은 대부분 규장각이나 국립중앙도서관 등에 다양하게 소장되어 있지만 『選詩演義』는 日本 蓬左文庫에만 존재하고 또 『聖元名賢播芳續集』은 오직 日本 內閣文庫에만 존재한다.(내각문고 영인본은 현재 국립중앙도서관에 소장되어 있다) 또 『東萊先生唐詩詳節』(呂祖謙)·『文天祥方孝孺文集 (文天祥·方孝孺)·『皇明茅鹿門王弇州二大家文抄』(茅坤·王世貞)·『標音古文句解精粹大全』(河如愚) 등과 같은 책들은 현재 국내에서는 失傳된 것으로 추정된다.

3) 朝鮮文人 自體編輯 出版本 目錄

번호	書名(編者)	장르	出版事項 (出版年代와 後印與否)	版式狀況 (其他)	所藏處
1	風騷軌範(成俔) / 前·後集	古詩	1484年(成宗)	목판본	성암문고 등
2	古詩選(李敏敍)	漢魏古詩	1685年(肅宗)	금속활자	성암문고
3	古詩選(許筠)	漢魏晉六朝詩	1569-1618年	未詳	失傳
4	漢魏晉詩選 (南有容)	漢魏晉詩	1698-1773年	未詳	失傳
5	詩選(吳瑗·李天輔·南有容)	先秦-唐代 까지 詩	17C末-18C	未詳	失傳
6	詩觀(正祖) *필사본만 보임	中國歷代詩	1792年(正祖)	未詳	中央圖(寫本)
7	詩憲源流(柳希齡)	古詩選集	約 1524-1528(中宗)	未詳	未詳
8	精言妙選(李珥)	古詩選	1573年(宣祖)	목판본	奎章閣 等
8	手編(朴瀰)	詩選 (近體·古體)	1592-1645年	未詳	失傳
10	聯句續選(謙齋·河弘度)	儒家詩	1640年(仁祖)	未詳	失傳
11	詩選(金萬基·金萬重)	漢魏-唐代 까지 詩	1710(肅宗)	목활자본	高麗大等

번호	書名(編者)	장르	出版事項 (出版年代와 後印與否)	版式狀況 (其他)	所藏處
12	唐詩類選(閔晉亮)	唐詩	1653年	목판본	대구가톨릭대
13	唐律廣選(李敏求)	唐詩	1634年(仁祖)	활자본	韓中硏等
14	三大家詩全集(金堉)	李白 · 杜甫 · 韓愈詩	1658年(孝宗), 後印	활자본	嶺南大等
15	唐詩彙選(李睟光)	唐詩	宣祖末年	목활자	성암문고
16	唐律集英(張混)	唐詩	1810年	활자본	忠南大
17	香山三體法(安平大君)	白居易詩	世宗年間	목판본	일본동양문고
18	唐詩選(許筠)	唐詩	1569-1618年	未詳	失傳
19	四體盛唐(許筠)	唐詩	1569-1618年	未詳	失傳
20	聯珠詩(成汝信) *韓構字	唐(聯珠詩格抄)	1612年(光海君)	활자본	檀國大 · 栗谷
21	唐百家詩刪(金錫胄)	唐詩	1634-1684年	未詳	失傳
22	唐五言古詩(任埅)	唐詩	1640年(仁祖)	未詳	失傳
23	歌行六選(任埅)	盛唐-晚唐詩	1691年(肅宗)	未詳	失傳
24	唐律輯選(任埅)	唐律詩	1721年(景宗)	未詳	失傳
25	千首唐絶(安鼎福)	唐詩	1772年(英祖)	未詳	中央圖(影印)
26	杜律分韻(摛文院奉敎匯編)	唐詩(杜甫)	1798年(正祖)	生生字	高麗大
27	分類杜工部詩(柳允謙)	詩	1568年 以前	未詳	失傳
28	百選詩(安鼎福)	唐宋元明詩	18世紀中後期	未詳	失傳
29	十家近體詩(崔岦)	唐宋詩	約 1539-1612年	未詳	失傳
30	御定杜陸千選(正祖)	詩(杜甫 · 陸游)	1799年(正祖)	정유자본	奎章閣等
31	八家詩選(安平大君)	唐宋大家詩選	約 1418-1453年	未詳	未詳
32	祖宗詩律(柳希齡)	宋 江西詩派 詩選	1527年(中宗)	활자본	高麗大等
33	宋詩正韻(夢庵 柳希齡)	宋詩	中宗年間	활자본	해군사관학교
34	雅誦(正祖御定)	宋詩(朱熹)	正祖年間	갑인자본	연세대
35	半山精華(安平大君)	王安石詩	1446년(世宗), 後印	목판본	日本成簣堂
36	山谷精髓(安平大君)	黃庭堅詩	1446년(世宗)	未詳	未詳
37	宛陵梅先生詩選(安平大君)	梅堯臣詩	1447년(世宗), 後印	목판본	啓明大等
38	荊公二體詩抄(許筠)	王安石詩	約 1569-1618年	未詳	성균관대/필사
39	宋五家詩抄(許筠)	宋五大家詩	約 1569-1618年	未詳	失傳

번호	書名(編者)	장르	出版事項 (出版年代와 後印與否)	版式狀況 (其他)	所藏處
40	宋詩抄(金萬重)	宋詩	約 1637-1692年	未詳	失傳
41	文史咀英(朴宗薰奉令編)	宋詩(歐陽修·蘇軾)	純祖 29(1829)刊	금속활자	成均館大等
42	歷代律選(金致萬)	唐宋元明詩選	1729年(英祖)	未詳	未詳(筆寫?)
43	唐絶選删(許筠)	元明詩選	1569-1618年	未詳	中央圖
44	明四家詩選(許筠)	明詩	1569-1618年	未詳	失傳
45	明詩删補(許筠)	明詩	1569-1618年	未詳	失傳
46	錦帆集(金錫胄)	明詩 (袁宏道 3人)	1634-1684年	未詳	失傳
47	盛明五大家律詩抄(未詳)	明代 (王世貞 5人)	17世紀	금속활자	奎章閣等
48	大明律詩(田以采·朴致維梓)	明詩	1800년(正祖)	목판본	高麗大等
49	古文選(金錫胄)	散文	1568年 以前	금속활자	高麗大等
50	歐蘇手柬抄選(南夢賚)	散文	1674년(顯宗), 後印	목판본	啓明大等
51	唐宋八子百選(正祖)	散文	1781년(正祖), 後印	금속활자	中央圖
52	儷語類編(趙仁奎)	散文 *騈儷文	1542년(中宗年間)	금속활자	성암문고
53	儷文抄(金錫胄)	散文	肅宗年間, 後印	금속활자	高麗大等
54	儷文集成(金鎭圭)	散文	1712년(肅宗), 後印	금속활자	奎章閣等
55	大家文會(柳夢寅) / 删補大家文會(李進 / 訓鍊都監字)	散文	1606年, 後印	목판본	高麗大等 / 啓明大
56	陸奏約選(正祖) *丁酉字	散文 (唐陸贄文集)	1797年	금속활자	韓中硏等
57	詳節太平廣記(成任) *縮約	小說	1460年(世祖)	목판본	忠南大等
58	鍾離葫蘆(笑山子) / 絶纓三笑에서 選編	小說	16C末-17C初	목판본	雅丹文庫
59	訓世評話(李邊) *日本蓬左	小說	1473年/1480年, 後印	목판본	中央圖等
60	删補文苑楂橘(未詳)	小說	1669-1760年, 後印	활자본	中央圖等
61	世說新語姓彙韻分(未詳)	小說	1724-1776年, 後印	목활자	奎章閣等
62	新編勸化風俗南北雅曲五倫全備記(赤玉峯道人)	戲曲(소설독본으로 축약)	1721年(肅宗)	활자본·목판본	奎章閣等

번호	書名(編者)	장르	出版事項 (出版年代와 後印與否)	版式狀況 (其他)	所藏處
63	詩律精選(未詳) *個人所藏	中·韓統合詩	未詳	목판본	奎章閣(寫本)
64	律家警句(南龍翼)	唐宋明과 國內詩	1628-1692年	未詳	失傳
65	太平通載(成任)	中·韓統合小說類	成宗23年(1492)	목판본	韓中硏等
66	唐宋句法(朝鮮人編纂 推定)	詩	壬辰倭亂 以前	갑인자본	忠南大等
67	皇華集(世祖·成宗·宣祖等)	朝中遠接使詩集	世祖以來 數次刊行	목활자	奎章閣等

이상의 도표는 朝鮮文人이 중국 문학작품 가운데 自體編輯하여 출간한 서적목록이다. 확인된 총 수량이 대략 67종이나 될 정도로 많은 분량이다. 이 책들은 중국에는 없는 판본으로 오직 국내에만 존재하기에(일부는 失傳) 매우 의미가 있는 문헌들이다.

이 책들의 編纂作業에 참여한 인물들은 위로는 國王부터 왕실과 관료 및 문인에 이르기까지 매우 다양하다. 여러 문인들 가운데 비교적 다량의 출간을 주도한 인물로는 우선 正祖大王을 꼽을 수 있다. 작품으로는 『御定杜陸千選』·『雅誦(正祖御定)』·『詩觀』·『唐宋八子百選』·『陸奏約選』 등이 있다. 여기에서 어정(御定)이란 임금이 정했다는 뜻으로 국왕이 편찬의 방향을 잡아주었다는 의미이다. 또 안평대군은 세종대왕의 셋째 아들로 학문과 예술에서 뛰어난 인물이다. 그는 『香山三體法』·『半山精華』·『山谷精髓』·『宛陵梅先生詩選』·『八家詩選』 등을 편찬하였다. 이처럼 왕족이 편찬출판에 참여하기도 하였다. 그 외 문인으로는 許筠을 꼽을 수 있다. 『홍길동전』의 저자이기도 한 허균은 『古詩選』·『唐詩選』·『四體盛唐』·『荊公二體詩抄』·『宋五家詩抄』·『唐絶選刪』·『明四家詩選』·『明詩刪補』 등 대량의 작품들을 편찬하였다. 소설가로 유명한 그가 출간한 책이 대부분 시집이었다는 것은 매우 흥미로운 반전이기도 하다.

또 肅宗年間에 우의정을 지낸 金錫冑라는 문신을 꼽을 수 있는데 그의 할아버지는 영의정을 지낸 金堉으로 『三大家詩全集』을 편찬한 문신이다. 그의 손자 김석주 또한 『唐百家詩刪』·『錦帆集』·『古文選』·『儷文抄』 등 다량의 책을 출간하였다. 그 외에도 任埅과 柳希齡을 꼽을 수 있다. 任埅은 『唐五言古詩』·『歌行六選』·『唐律輯選』 등을 편찬하였고, 柳希齡은 『詩憲源流』·『宋詩正韻』·『祖宗詩律』 등을 편찬하였다.[10)]

장르별로 분석해 보면 詩集이 絶對多數를 차지하고 그다음에 散文과 小說로 이어진다. 그 외 『新編勤化風俗南北雅曲五倫全備記』라는 희곡도 하나 있는데 『五倫全備記』는 희곡대본으로 사용하려는 것이 아니라 소설독서용으로 나온 책이다. 이처럼 詩集이 대부분을 차지하는 원인은 일단은 산문집이나 소설집에 비하여 편집이 간편하고 편집자나 독자의 기호에 맞게 편찬이 가능했기 때문으로 추정된다.

朝鮮文人의 自體編纂 가운데는 독특한 형태의 출간도 발견되는데 이것이 바로 韓·中 文人 작품들을 합하여 合刊한 형태이다. 이러한 책들은 위 도표 중 63~67번에 해당된다. 즉 『詩律精選』(著者未詳)·『律家警句』(南龍翼)·『唐宋句法』(朝鮮人編纂 推定)·『皇華集』(世祖·成宗·宣祖等)·『太平通載』(成任) 등의 책들이다. 韓·中 대표문인들의 시집을 합하여 만든 것이 대부분이지만 『皇華集』같은 경우에는 조선시대 명나라의 사신과 조선의 원접사가 서로 주고받은 시를 모아 편찬한 책이다.[11)] 그리

10) https://www.naver.com/ 이상 네이버 인문사전 참고.

11) 이 책의 서명은 詩經의 구절인 황황자화(皇皇者華)에서 따온 것이다. 이 책은 한번만 출간된 것이 아니라 世祖·成宗·宣祖·英祖 等 수차에 거쳐 御命에 의하여 편찬되었다. 그 외 『律選』·『東律』·『玲瓏集』 등도 있지만 출판본이 아닌 필사본이기에 논외로 한다.

고 『太平通載』는 成任이 편찬한 책으로 중국과 우리나라 역대 문헌에서 奇聞異說을 뽑아 집대성한 책이다. 이러한 책들은 韓·中 학술교류에 있어서 매우 의미가 있는 출판이라 평가된다.

出刊年代를 살펴보면 임진왜란 이전 보다는 이후로 집중되는 양상을 보인다. 이러한 이유는 조선초기에는 중국의 원서를 직접 수입하여 사용하다가 수요의 급증으로 중국책을 들여와 국내에서 직접 覆刻하는 형태로 출간을 하였다. 그러나 후대에는 조선 문인들의 다양한 기호에 따라 필요한 부분만 應用하여 出刊하는 경향이 나타나기 시작한 것으로 보인다.

朝鮮文人의 自體 編纂本들은 현재 국내 여러 도서관에 散在되어 所藏되어 있지만 아쉽게도 失傳된 수량이 상당수이다. 특히 임진왜란 이전의 판본들은 문헌적 가치가 매우 높은 책들이기에 시급히 실전된 책을 발굴하여 복원해야 할 필요성이 절박하다.

2. 장르별 출판개황 분석

조선시대 출판된 중국 문학작품을 장르별로 분석하면 크게 詩類·散文類·小說類로 분류된다. 국내에서 가장 많이 출간된 횟수와 판본 수량 등을 근거로 조사해본 결과 詩類에는 『詩經』·陶淵明詩集·李白詩集·杜甫詩集·黃庭堅詩集 등이 있고, 散文類로는 韓愈文集·柳宗元文集·蘇東坡文集·王安石文集 등이 있으며, 小說類에는 『三國演義』·『剪燈新話句解』·『世說新語補(世說新語姓彙韻分 및 皇明世說新語)』 등의 작품들이 가장 여러 차례 출간된 판본들로 확인된다. 본장에서는 이러한 판본을 위주로 출판개황을 분석해 보았다.

1) 詩類

詩類에 속하는 작품과 작가는 매우 다양하다. 그중 단행본으로 출판된 작가들은 도연명·이백·두보·백거이·이상은·황정견 등 수십 명에 이른다. 그중 수차에 거처 가장 많이 출간된 작품으로 『詩經』·『陶淵明詩集』·『李白詩集』·『杜甫詩集』·『黃庭堅詩集』 등이 있는데 시대 순으로 정리해 보면 다음과 같다.[12)]

(1) 詩經

[1] 無注毛詩 : 1585년 이전(壬辰倭亂 以前), 밀양출판, 失傳

[2] 詩釋 : 1585년 이전(壬辰倭亂 以前), 해주출판, 失傳

[3] 詩傳大全 : 성종·중종년간, 목판본, 고려대 등, 後印多數(숙종·영조년간 / 正祖年間 / 純祖 / 哲宗 / 高宗年間)

[4] 詩大文 : 中宗·宣祖年間, 목판본, 고려대, 後印多數

[5] 詩傳 : 壬辰倭亂 以前, 목판본, 고려대 등, 後印多數(英祖 / 正祖年間)

[6] 詩傳大文 : 임진왜란 이전, 목판본, 성균관대 등, 後印(光海君·仁祖/英祖年間)

---

12) 여기에서 도연명·이백·두보·황정견 등은 시집류로 분류하였고 한유·유종원·소식·왕안석 등은 산문류로 분류하였지만 실제 출판본에는 시와 산문이 함께 수록되어 있는 것이 대부분이다. 필자의 분류기준은 이들의 더 상징적으로 알려진 장르를 기준으로 삼았다. 당송팔대가들의 경우에도 비록 많은 시가 있으나 상징성은 문장이기에 산문으로 분류하였다.
조선출판본의 출간 목록은 주로 김학주의 『조선시대 간행 중국문학 관계서 연구』와 韓國古典籍綜合目錄시스템(https://www.nl.go.kr/korcis/) 그리고 전인초 主編의 『韓國所藏中國漢籍總目』 등의 고서목록을 참조하였다. 오류가 발생한 부분과 누락된 부분은 필자가 보충하여 다시 만들었다.

[7] 詩正文 : 명종·선조년간, 목판본, 옥산서원 등, 後印
[8] 詩傳正文 : 조선후기, 목판본, 雅丹文庫

『詩經』의 경우는 대략 8차례 출간이 이루어진 것으로 보인다. 판만 바꾸어 後印한 것까지 합치면 수십 차례 출판되어진 것으로 추정된다. 『詩經』은 조선초기부터 말기까지 활발하게 간행되었으며 그중 『詩傳大全』本이 가장 넓게 보급되었고 後印도 가장 많다. 그 다음으로 『詩大文』·『詩傳』·『詩傳大文』도 후대에 여러 차례 출간되었다. 그 외 『無注毛詩』과 『詩釋』은 아쉽게도 실전된 것으로 보인다.

(2) 陶淵明 詩集

[1] 須溪校本陶淵明詩集 : 1483년(成宗年間), 목판본, 진주출판
[2] 陶淵明集 : 1522년(중종), 활자본, 충주출판
[3] 箋注靖節先生集 : 1583년(선조), 활자본
[4] 陶靖節集 : 1585년 이전(임진왜란 이전), 목판본, 後印多數
[5] 陶靖節集抄 : 未詳, 활자본

도연명 시집은 대략 5차례 출간되었는데 전집의 형태이지만 모두 詩集으로 이루어진 것은 아니라 산문도 섞여있다. 가장 빠른 판본은 1483년에 진주에서 간행된 『須溪校本陶淵明詩集』이며 『陶靖節集』이 여러 차례 後印이 있는 것으로 보아 가장 광범위하게 유포된 판본이다.

(3) 李白 詩集

[1] 分類補注李太白詩 : 1435년(세종), 활자본, 後印(선조·정조 등)

[2] 唐翰林李太白文集 : 1447년(세종), 상주출판, 後印
[3] 分類補注李太白詩文集 : 1616년(광해군), 활자본
[4] 李太白文集 : 光海君年間, 활자본
[5] 李謫仙七言古詩 : 未詳, 활자본
[6] 三大家詩全集(이백·두보·한유시집) : 1658년(효종), 목활자, 조선 자체 편찬

이백 시집은 대략 6종이 있는데 그중 『三大家詩全集』은(1658년 孝宗 때에 출간) 이백·두보·한유의 合刊本이다. 世宗時期에 이미 『分類補注李太白詩』와 『唐翰林李太白文集』이 출현하였으며 후대에 여러 차례 다시 출간되어 광범위하게 유포되어 있다.

⑷ 杜甫 詩集

[1] 杜工部詩范德機批選 : 太宗年間, 목판본, 海州出刊, 後印(중종)
[2] 杜工部草堂詩箋 : 1431년(세종), 목판본, 密陽出刊, 後印(中宗)
[3] 黃氏集千家注杜工部詩史補遺 : 世宗年間, 목판본
[4] 纂注分類杜詩 : 1444년(세종), 甲寅字·활자본, 後印多數(성종·중종)
[5] 虞注杜律 : 1471년(성종), 목판본, 後印(선조·현종)
[6] 分類杜工部詩諺解 : 성종년간, 활자본, 後印(인조·현종), 조선자체 출간
[7] 杜工部七言律詩 : 成宗年間, 목활자본, 後印(숙종)
[8] 杜工部分類五七言律詩 : 燕山君年間, 목판본, 後印(효종)
[9] 杜工部五言律詩 : 중종 25년, 목판본, 後印(효종)
[10] 趙註杜律 : 중종 25년, 목판본, 後印(현종)

[11] 須溪先生批點杜工部排律 : 中宗年間, 활자본, 後印(명종)

[12] 分類杜工部詩 (柳允謙), 1568年 以前 출간, 失傳

[13] 范太史精選杜詩 : 1579년(선조9), 활자본

[14] 杜工部詩集 : 1600-1650年間, 訓鍊都監字, 後印

[15] 纂註杜詩澤風堂批解 : 1640年(인조18), 목판본, 李植 批解(조선 자체출간)

[16] 杜少陵先生詩集注抄 : 光海君~仁祖年間, 訓鍊都監字

[17] 杜工部集 : 光海君年間, 활자본, 後印

[18] 杜少陵五言律詩 : 孝宗年間(1650-1659), 목판본

[19] 三大家詩全集(이백·두보·한유시집) : 1658년(효종), 목활자, 조선 자체 편찬

[20] 精選杜詩五言律 : 肅宗年間, 목판본

[21] 杜律分韻 : 1798年(正祖), 生生字, 後印

[22] 御定杜陸千選(杜甫·陸游詩集) : 1799년(正祖), 정유자본, 조선자체 출간

두보 작품은 22종으로 가장 많고 다양한 판본이 출현하였으며 後印도 가장 많다. 이미 太宗때에 『杜工部詩范德機批選』이 나왔고 世宗때에는 후대 가장 대중화된 『纂注分類杜詩』와 『杜工部草堂詩箋』·『黃氏集千家注杜工部詩史補遺』 등이 출간되었다. 두보는 오히려 李白 보다도 더 독자들의 愛好가 있었던 것으로 보인다. 작품들 대부분 임진왜란 이전에 출간되기 시작하였으며 임진왜란 이후에 나온 『杜工部詩集』과 『杜少陵先生詩集注抄』는 訓鍊都監字로 나왔다. 또 1798年 正祖御定으로 나온 『杜律分韻』은 生生字로 출간되어 宮中에서의 관심이 어느 정도인가 짐작할 수 있다.

(5) 黃庭堅 詩集

[1] 山谷詩注 : 世宗年間, 활자본, 後印(訓鍊都監字)

[2] 山谷精髓 : 1446년(世宗), 安平大君 편찬

[3] 山谷詩注·內·外·別集 : 中宗·明宗年間, 목판본·활자본, 後印(訓鍊都監字)

[4] 山谷詩集注 : 1568년 이전(임진왜란 이전), 활자본, 後印

[5] 山谷別集詩注 : 光海君年間, 목판본·활자본, 後印

[6] 山谷內集詩注 : 未詳, 목판본·활자본, 後印

[7] 山谷外集詩注 : 未詳, 목판본, 後印

송대 江西詩派의 대표인물인 황정견의 시집은 약 7종으로 『山谷詩注』의 경우 世宗年間에 이미 간행되었다. 또 中宗·明宗年間에 『山谷詩注·內·外·別集』이 출현하였다. 內·外·別集 등으로 따로따로 나누어 출간되기도 하였으며 여러 차례 後印도 나온 것으로 보인다. 고려대와 연세대에 많이 소장되어 있다.

2) 散文類

散文類는 역시 唐宋八大家가 주축이 된다. 당·송·원·명대에 거쳐 수십 명 문인들의 문집이 출간되었지만 그중 한유·유종원·소식·왕안석의 문집이 가장 많이 출간되었다. 당송팔대가들은 사실 散文家 이며 詩人이기도하기에 그들의 文集에는 종종 詩集도 따로 출간되었고 또 詩文合集으로 출간되기도 하였다.[13)]

13) 사실 韓愈·柳宗元·蘇軾·王安石 등의 문인들은 산문가인 동시에 시인이기도

(1) 韓愈 文集

[1] 新刊五百家註音辨昌黎先生文集 : 1419년(세종), 활자본·목판본, 後印多數

[2] 朱文公校昌黎先生集 : 1438년(세종), 목판본·활자본(甲寅字), 後印多數(중종·명종·선조 등)

[3] 韓昌黎詩 : 中宗·宣祖年間, 활자본, [판본 미확인]

[4] 韓文正宗 : 1532년(中宗年間), 목판본·활자본(甲辰字), 後印多數

[5] 唐大家韓文公文抄 : 壬辰倭亂 以前, 활자본

[6] 韓文 : 1540년(中宗), 甲寅字本, 고려대 소장

[7] 韓文選 : 1568년 이전(임진왜란 이전), 목판본, 성균관대 소장

[8] 韓文抄 : 肅宗年間, 활자본·목판본, 後印(孝宗 等)

[9] 昌黎文抄 : 肅宗年間, 활자본

[10] 韓昌黎先生碑誌 : 未詳, 활자본

[11] 三大家詩全集(이백·두보·한유시집) : 1658년(효종), 목활자, 조선자체 편찬

주로 韓昌黎의 서명으로 출간된 韓愈의 문집은 총 11종이나 되며 이미 世宗年間에 『新刊五百家註音辨昌黎先生文集』과 『朱文公校昌黎先生集』이 출판되었다. 또 시집과 문집이 병행되어 출간되기도 하였다. 특히 『朱文公校昌黎先生集』과 『韓文正宗』계열의 책들이 많이 後印되었고 널리 유포된 것으로 보인다. 1540년(中宗)에 甲寅字本로 나온 『韓文』과 『韓昌黎先生碑誌』도 주목된다.

하다. 詩集도 다수 출간되었지만 연구의 편리를 위하여 散文類에 포함하여 소개한다.

(2) 柳宗元 文集

[1] 唐柳先生外集 : 1439년(세종), 목판본

[2] 唐柳先生集 : 1440년(세종), 목판본·활자본(甲寅字), 後印多數

[3] 京本校正音釋唐柳先生集 : 1534년(中宗), 목판본

[4] 諸家注柳先生集 : 宣祖年間, 활자본

[5] 唐柳先生新編外集 : 未詳, 활자본

[6] 唐柳先生別集 : 未詳, 목판본

[7] 柳記 : 1585년 이전(임진왜란 이전), 해주출판, 失傳

[8] 柳文 : 1568년 이전(임진왜란 이전), 영천출판, 失傳

[9] 柳文抄 : 肅宗年間, 활자본

[10] 柳柳州文集 : 1684년(肅宗年間), 활자본

[11] 柳柳州詩集 : 肅宗年間, 목판본·활자본, 後印

[12] 茅鹿門抄評柳柳州文 : 肅宗年間, 활자본, 後印

[13] 唐大家柳柳州文抄 : 1690年, 顯宗實錄字, 활자본

유종원의 문집은 대략 13종이나 되는데 대부분 柳先生이나 柳柳州라는 서명이 들어간 문집으로 출간되었다. 또 한유처럼 시집과 문집이 병행되어 출간되기도 하였다. 世宗年間인 1439년과 1440년에 『唐柳先生外集』과 『唐柳先生集』이 출간되었다가 대략 肅宗年間(1684)부터 『柳柳州文集』계열이 널리 출간되었다. 後印도 상당수 있으며 또 영천, 해주 등 지방 監營에서도 활발히 출간되었다. 또 1690年에 顯宗實錄字로 나온 『唐大家柳柳州文抄』도 있다.

(3) 蘇軾 文集

[1] 增刊校正王狀元集註分類東坡先生詩 : 世·成宗年間, 목판본·활

자본, 後印(中宗)

[2] 分類東坡詩 : 中宗年間, 활자본, 後印(覆刻)

[3] 蘇詩抄 : 中宗年間, 활자본

[4] 蘇詩摘律 : 中宗·明宗年間, 활자본

[5] 增刪校正東坡先生詩集 : 1616年(光海君年間), 활자본

[6] 蘇文抄 : 1616年(光海君年間), 활자본, 後印

[7] 蘇東坡文抄 : 仁祖年間 / 肅宗年間, 활자본, 後印

[8] 歐蘇手柬抄選 : 1674년(顯宗), 後印, 목판본, 조선 문인 南夢賚 편찬

[9] 宋大家蘇文忠公文抄 : 肅宗-英祖年間, 활자본·목판본, 後印

[10] 蘇東坡文 : 英祖年間(1765年序), 금속활자본(芸閣筆書體字)

[11] 東坡文粹 : 刊行年度未詳, 목판본

蘇東坡 文集은 대략 11종이나 출간되었는데 역시 시집과(시집이 5종) 문집도 병행하여 출간되었다. 世宗年間에 『增刊校正王狀元集註分類東坡先生詩』가 나온 이래 中宗年間에는 『分類東坡詩』·『蘇詩抄』·『蘇詩摘律』 등 다양한 작품들이 後印으로 간행되었다.14) 『增刊校正王狀元集註分類東坡先生詩』가 후대에 가장 널리 유통되었다.

(4) 王安石 文集

[1] 半山精華 : 1446년(世宗), 安平大君 評纂, 後印, 日本成簣堂 소장

[2] 王荊公詩集 : 1484년(성종), 활자본, 後印

[3] 王荊文公集 : 成宗年間, 활자본, 후인(명종·선조년간)

[4] 荊公二體詩抄 : 約 1569-1618年, 許筠 편찬, 성균관대에 필사본소장

14) 당윤희, 「朝鮮刊 소식 시문집 및 문집 판본 小考」, 『중국문학』제63집, 2010. 전체참고

[5] 王荊文公詩 : 刊行年度未詳, 활자본

[6] 宋大家王文公文抄 : 成宗年間, 甲寅字本, 高麗大 等所藏(後印)

[7] 王文抄 : 刊行年度未詳, 목판본

[8] 王臨川文抄 : 刊行年度未詳, 목판본

王安石 文集은 대략 8종이 출간된 것으로 보인다. 대략 成宗年間에 『王荊公詩集』(1484)·『王荊文公集』·『宋大家王文公文抄』 등 많은 작품이 출간되었고 『宋大家王文公文抄』는 甲寅字(高麗大等所藏)로 출간되기도 하였다. 비록 종류는 많지 않지만 동일 판으로 많은 後印이 나와 광범위하게 유포되었다. 詩集도 3종이나 된다.

3) 小說類

소설류는 약 24종의 작품이 출간되었지만 그중 『三國演義』·『剪燈新話句解』·『世說新語補』가 가장 많이 출간되었다.

(1) 『三國演義』

『三國演義』는 조선시대에 覆刻이 아닌 다른 版種으로 출판된 횟수만도 최소 6차 이상으로 확인된다. 고려 말에 『삼국지평화』가 최초로 유입된 이래 1560년대 初·中期에 나관중본 『三國志通俗演義』가 금속활자로 처음 출간되었고, 그 후 대략 1627년(1687年 出版說도 있음)에 周曰校의 『新刊校正古本大字音釋三國志傳通俗演義』가 출간되었다. 또 조선시대에 가장 통행되었던 판본은 毛宗崗評點本『四大奇書第一種』이다. 一名 『貫華堂第一才子書』라고도 한다. 이 책은 대략 肅宗年間(1675-1720)에 유입되어 적어도 英·正祖年間(1725-1800)에는 출간되었을 것으로 보인다.[15] 그 후 출간된『三國演義』는 번역본이다. 이 책들은 모두 坊刻本으로 나왔으며 京本으로 紅樹洞·美洞·宋洞에서 출간되었으며, 그 외에도 完本과 安城本『三國志』가 간행되어 널리 보급되었다.

(2)『剪燈新話句解』

『剪燈新話句解』는 조선의 尹春年과 林己가 편찬한 책으로 2권 2책으로 되어 있다. 조선 明宗 4년(1549)·명종 14년(1559)·명종 19년(1564) 등 여러 차례 출간되었다. 방각본의 보급과 함께 수십 차례 출간이 이루어진 것으로 보인다. 위에서 언급한 출판기록 외에도 1600년 전후·1614년·1633년·1642년·1704년·1719년·1801-1863년 및 조선말기 및 일제시기까지 출판이 이어졌다. 이 책은『三國演義』에 버금갈 정도로 많이 출간되었고 전국 도서관에 광범위하게 보급되어 있다. 剪燈類 계열인『剪燈餘話』도 1568년 이전에 淳昌에서 간행되었다.

(3) 世說類

세설류에는『世說新語補』와『世說新語補』를 姓氏別로 다시 편집 간행한『世說新語姓彙韻分』그리고『皇明世說新語』가 있다.『世說新語補』는 대략 1708년(숙종 34)경에 출간되었으며 후대에 여러 차례 覆印도 이루어졌다.『世說新語姓彙韻分』과『皇明世說新語』은 대략 英·正祖年間에 집중적으로 출간되기 시작하여 朝鮮末期까지 간행되었다. 이러한 세설류 작품은 현재에도『剪燈新話句解』만큼이나 다양한 판본이 전국 도서관에 소장되어 있다.[16]

15) 민관동 외 공저,『중국통속소설의 유입과 수용』, 학고방, 2014, 151-166쪽 참고.

3. 조선출판본의 특징과 意義

1) 朝鮮文壇에 영향을 끼친 中國文學家와 文學作品

三國時代부터 국내에 유입된 중국문학은 高麗를 거쳐 朝鮮에 이르러 성리학과 함께 문학의 꽃을 만개하였다고 할 수 있다. 조선출간본으로 간행된 중국문학가는 약 백여 명이나[17] 되는데 이들 가운데 특히 조선 문단에 비교적 많은 영향을 끼친 10대 중국문학가를 조사해보니 대략 劉向·陶淵明·李白·杜甫·韓愈·柳宗元·蘇軾·王安石·黃庭堅·羅貫中 등으로 분류된다. 물론 이들이 꼭 10대 중국문학가라 단정할 수는 없지만 대략 중국 문학작품에 대한 국내 출판횟수와 현존하는 판본수량 그리고 각종 논평 등을 근거로 삼았다. 이러한 분류는 단지 연구의 편리를

---

16) 민관동 외 공저, 『국내 소장 희귀본 중국문언소설의 소개와 연구』, 학고방, 2014, 105-127쪽 참고.

17) **漢代**: 韓嬰·劉向·張華.
魏晋六朝: 曹植·蕭統·陶淵明.
唐代: 李白·杜甫·寒山子·歐陽詢·韓愈·柳宗元·劉長卿·韋應物·白居易·孟浩然·杜牧·李賀·李商隱·劉禹錫·陸贄·駱賓王·段成式·陸龜蒙.
宋代: 李昉·黃堅·蘇軾·王安石·黃庭堅·曾鞏·蘇洵·蘇轍·陳與義·歐陽修·陸游·張栻·魏慶之·陳師道·黃幹·朱熹·文天祥·羅大經·沈括·呂祖謙·陳德秀·謝枋得·樓昉·魏齊賢·祝穆·曾原一·于濟·蔡正孫.
金代: 元好問·何如愚.
元代: 嚴毅·歐陽起鳴·宋遠·劉仁初·方回·劉履·楊士弘·毛直方.
明代: 方孝孺·朱元璋·薛宣·賀欽·茅坤·王世貞·謝榛·楊愼·李東陽·張綖·胡應麟·瞿佑·羅貫中·周曰校·李昌祺·何良俊·李贄·李紹文·陶輔·趙弼·都穆·陳霆·李默·施耐菴·吳承恩·鍾惺·康麟·李夢陽·朱紹·朱積·高棅·李伯璵·吳納·胡時化·李良師.
清代: 王士禎 등이 있다.

위해 선정하였을 뿐임을 밝혀둔다. 이들에 대해 간략하게 소개하면 다음과 같다.

漢代와 魏晉六朝에는 劉向과 陶淵明이 가장 두드러진다. 먼저 유향의 『列女傳』·『新序』·『說苑』 등 3종이 이미 편찬되었으며 그 외 詩歌集 『楚辭』와 散文集 『戰國策』 등 유향의 대표작 모두가 조선시대에 출판되었다는 사실은 수용과 영향의 측면에서 매우 중요한 의미를 내포하고 있다.[18] 또 전원시인 陶淵明은 고려는 물론 조선에도 문인들로 부터 크게 주목을 받으며 약 5종 이상의 작품들이 출간되었다.

唐代에는 李白·杜甫·韓愈·柳宗元을 꼽을 수 있다. 中國詩歌의 상징으로 조선시대에 최고의 인기를 끌었던 李白과 杜甫의 작품집이 출간이 이루어졌다는 사실만으로도 그들의 위상을 짐작할 수 있다. 또 당송팔대가 韓愈와 柳宗元의 작품집 역시 11차례와 13차례씩 출간되었는데 文集은 물론 詩集도 함께 출간되었다. 이는 당시 조선에서 그들이 차지하는 비중이 어느 정도였는지 가늠해 볼 수 있는 증거이다.

또 宋代에는 蘇軾·王安石·黃庭堅 등이 주목된다. 蘇軾과 王安石의 작품집은 11차례와 8차례에 거쳐 출간되어 조선시대 당송팔대가들의 위상을 가늠해 볼 수 있다. 그리고 黃庭堅의 작품집은 7차례 출간되었는데 역시 송대 江西詩派의 宗主로 조선 문단에 많은 영향을 끼쳤음이 확인된다.

그리고 明代에는 羅貫中을 꼽을 수 있다. 나관중은 『三國演義』 및 施耐庵과 공저인 『水滸傳』을 비롯하여 『隋唐演義』·『殘唐五代史演義』·『平妖傳』 등 많은 작품의 저자이며 『三國演義』만도 조선시대에 5차 이상의 출간이 이루어지며 통속문학의 유입과 형성에 크게 영향을 끼친 인

18) 민관동, 「劉向 文學作品의 국내 유입과 수용」, 『中國學報』제76집, 2016, 138-139쪽 참고.

물이다.

이상 조선 문단에 영향을 끼친 10대 중국문학가에 이어 조선시대에 문단을 움직인 10대 작품으로는 『詩經』·『文選』·『古文眞寶』·李白詩集·杜甫詩集·韓愈文集·柳宗元文集·蘇軾文集·『三國演義』·『剪燈新話句解』 등을 꼽을 수 있다.[19] 그중 李白詩集·杜甫詩集·韓愈文集·柳宗元文集·蘇東坡文集·『三國演義』·『剪燈新話句解』 등은 앞에서 개략적인 설명을 했기에 생략하고 『詩經』·『文選』·『古文眞寶』에 대하여 간략하게 소개한다.

『詩經』은 일찍이 국내에 유입되어 가장 광범위하게 영향을 끼친 작품으로 꼽힌다. 특히 유가의 주요 經典이었기에 文人은 물론 儒生들의 必讀書였다. 앞장에서 소개한 것처럼 조선에서 간행된 판본은 8종이나 되며 後印도 지속적으로 이루어졌다.

또 『文選』은 梁나라의 昭明太子 蕭統이 秦·漢 이후 齊·梁代의 대표적인 시문을 모은 책으로 조선출판본으로는 『五臣註文選』과 『六臣註文選』이 있다. 출판연대는 대략 世宗年間(推定)·中宗 4年(1509)刻(그 외 中宗 4年後刷初鑄甲寅字 飜刻混入補本도 있음)·明宗年間(1546-1553)에 金屬活字本(甲寅字)·明宗·宣祖年間([1545-1608]의 목판본)·宣朝 32·仁祖年間(1599-1627)의 木活字本(訓練都監字)·光海君年間(1608-1623)의 木活字本(校書館)·顯宗年間의 顯宗實錄字本 등 후대에도 다양하게 출간되어 현재 奎章閣·成均館大·嶺南大·高麗大 등 여러 곳에 소장되어 있다. 그중 世宗年間에 처음 간행된 것으로 추정되는 규장각 소장 활자본 60권 60책(현존하는 책은 후대에 인쇄된 것임)은 문헌학 관점에서

19) 조선 문단에 영향을 끼친 10대 중국문학가와 10대 작품은 필자의 연구결과 나온 단순 수치이지 절대적인 결과는 아니기에 서열화하지도 않았다. 연구의 편리를 위하여 분류한 결과일 뿐이다.

매우 희귀한 책으로 가치가 높은 판본으로 평가된다.[20]

그 외 『古文眞寶』는 전국시대부터 송나라에 이르기까지의 시문집이다. 1420년(세종 2)에 『善本大字諸儒箋解古文眞寶』라는 서명으로 옥천에서 처음 간행되었다가 1452년(문종 2)에 『詳說古文眞寶大全』라는 서명으로 다시 출간되었다. 고려 말에 수입된 이래 조선시대 서당에서 학문으로 들어서는 入門書로 주로 사용되었다. 그 후 1472年(成宗年間)에 晉州에서 出版되었으며 그 외에도 平壤·昌原·咸興·全州·淳昌 등지에서 다수 출판되었다. 1450年(世宗年間), 文宗 1451年, 中宗·宣祖年間, 宣祖·仁祖年間, 顯宗年間, 1680年(肅宗), 1676年(肅宗年間), 光海君年間, 正祖年間, 1803年(純祖), 1890年, 1895年(高宗) 등 여러 차례 출간되어 광범위하게 분포되어 있다.

2) 朝鮮出版本의 특징

조선판본으로 간행된 중국문학 작품들은 크게 官刻과 私刻으로 나눌 수 있다. 대략 임진왜란 이전에는 관각이 주류를 이루며 주로 중앙정부의 校書館이나 지방의 관청에서 출간되었다. 특히 世宗·成宗·中宗·宣祖年間에는 중국의 정통문학 즉 詩文集위주의 출판문화가 꽃을 피우게 된다. 하지만 임진왜란과 병자호란으로 크게 파괴되었다가 顯宗과 肅宗年間에 이르러 출판문화가 다시 안정을 되찾으며 官刻은 물론 寺刹과 書院을 중심으로 한 私刻의 출간이 나오기 시작하였다. 이러한 바탕위에 상업성에 바탕을 둔 방각본까지 출현하면서 英·正祖時代에는 『三國演義』와

20) 규장각 소장 『六臣註文選』은 중국에 알려진 어떤 판본 보다 이른 이선주와 오신주를 바탕으로 하여 만든 것이다. 김학주, 『조선시대 간행 중국문학 관계서 연구』, 서울대학교 출판부, 2000, 77쪽.

세설체 소설들이 왕성하게 출간되었다. 이 시기에는 중국의 詩文은 물론 小說까지 영역이 크게 확대되어 출판문화가 다시 꽃을 피웠으며 또 19세기로 들어오면서 방각본으로 소설 『三國志』·『水滸志』·『西遊記』 등의 번역본까지 출간되었다.

출핀은 중앙인 漢陽에서만 이루어진 것이 아니라 지방에서도 활발하게 이루어졌다. 지방에서 출간된 기록으로는 『博物志』(1568년 이전, 南原出版), 『無注毛詩』(1585년 이전, 密陽出版), 『詩釋』(1585년 이전, 海州出版), 『須溪校本陶淵明詩集』(1483년, 晉州出版), 『陶淵明集』(1522년, 忠州出版), 『唐翰林李太白文集』(1447년, 尙州出版), 『柳記(柳宗元)』(1585년 이전, 海州出版), 『酉陽雜俎』(1492년, 慶州出版), 『鍾離葫蘆』(平壤出版), 『太平廣記』(草溪/晉州出版), 『新刊校正古本大字音釋三國志傳通俗演義』(濟州出版), 『剪燈餘話』·『效顰集』(淳昌出版), 『說苑』(安東出版) 등 전국각지에서 출간이 골고루 이루어졌다.

출판된 판식으로는 목판본과 목활자본이 거의 비슷하게 이루어졌고 또 금속활자까지도 등장한 것이 특징이라 할 수 있다. 『分類補註李太白詩』·『白氏文集』·『精選唐宋千家聯珠詩格』·『皇明大家王弇州文抄』·『文選對策輯略』·『文章辨體』·『三國志通俗演義』·『唐宋八子百選』 등 주로 詩·文集들이 금속활자로 출간되었지만 간혹 『三國志通俗演義』(丙子字)와 『世說新語補』(顯宗實錄字)의 경우에는 소설이 금속활자로 출간되기도 하였다.

그 외 조선판본으로 출간된 중국문학 전반의 서적은 크게는 全集類와 選集類 및 조선 自體編輯類로 분류된다. 또 장르별로는 시와 산문 및 소설로 분류할 수 있다. 김학주는 중국문학에 대한 전집류와 선집류 등을 포함한 모든 조선출판본 가운데 그것들의 간행에 영향을 끼친 사항에 대하여 크게 6가지로 분석하고 있다. 첫째 : 唐宋八大家를 중심으로 한 古

文家의 尊重, 둘째 : 황정견을 중심으로 한 江西詩派의 영향, 셋째 : 性理學의 영향, 넷째 : 唐詩 자체의 嗜好, 다섯째 : 明나라에 대한 事大風潮, 여섯째 : 非文學的인 동기(諸葛亮과 文天祥 및 朱元璋文集) 등으로 설명하고 있다.[21] 그러나 필자는 여기에 明代 擬古主義派 문인들의 영향과 그 외 새롭게 등장한 『三國演義』나 『剪燈新話』같은 소설작품들의 부각을 첨가하는 것이 타당하다고 사료된다.

조선출판본의 또 하나의 특징은 바로 조선 문인이 자체 편집하여 출간한 판본이다. 대략 67종이나 되는 이 책들은 중국에는 없고 오직 국내에만 존재하기에 의미가 깊다. 이러한 책으로는 詩集과 散文集은 물론 『鍾離葫蘆』와 『世說新語姓彙韻分』같은 小說까지도 자체적으로 편집하여 출간하였다는 점은 매우 주목할 만한 일이다.

3) 文獻學的 價値

조선에서 출간된 중국문학 서적들은 朝鮮初期부터 朝鮮末期까지 지속적으로 출간되었다. 이들 문헌 가운데는 사료적 가치가 매우 큰 판본도 종종 보인다. 특히 魚叔權의 『攷事撮要』는 失傳된 書誌文獻을 찾는데 중요한 역할을 한다. 이 책에는 宣祖 18年(1585) 이전까지의 출판서적 목록 988종이나 소개되어 있어 당시 출판 상황을 알 수 있는 매우 중요한 단서가 되고 있다. 다시 말해 조선 초·중기에 출간된 중국문학 판본들 상당수는 중국에서 조차도 일실된 판본으로 문헌학적 가치가 큰 판본들이다.

예를 들어 張華의 『博物志』같은 경우 『攷事撮要』에는 1568년(宣祖 1)

21) 김학주, 『조선시대 간행 중국문학 관계서 연구』, 서울대학교 출판부, 2000, 27쪽.

이전에 南原에서 출간되었다고 기록되어 있으나 失傳되어 아직 찾아내지 못하고 있다가 최근에 일본 내각문고 등에서 발굴하였다.[22] 또『攷事撮要』에 1568년 이전 淳昌에서 출간되었다는『剪燈餘話』는 국내에서 원판본을 찾아내지 못하고 있다가 근래 최용철에 의하여 이 책이 일본 내각문고에 소장되어 있는 것을 발굴해 내기도 하였다. 이처럼 앞서 소개한 全集類·選集類·朝鮮自體編輯類 도표 가운데 失傳이나 未詳으로 표기되어 있는 부분이 상당수 있다. 즉 출간기록만 있고 실제 판본이 없는 遺失本 케이스인 것이다. 이러한 판본은 중국에서도 희귀본으로 분류되는 판본이기에 발굴이 시급한 실정이다.

또 1492년 경주에서 慶尙監司 李克墩과 都事 李宗準에 의하여 간행된『唐段少卿酉陽雜俎』의 경우, 중국에 현존하는 完帙本으로 명대 1607년 李雲鵠이 趙琦美의 校補本을 근거로 간행한 판본이 있으나 조선출판본『唐段少卿酉陽雜俎』보다도 오히려 115년이나 늦은 판본이다. 그러기에『唐段少卿酉陽雜俎』야 말로 현존하는『酉陽雜俎』가운데 원형에 가장 가까운 값진 판본으로 확인된다.[23] 그 외 근래 국내에서 새로 발굴된 조선 활자본『三國志通俗演義』는 중국에서 현존하는 가장 이른 판본인 嘉靖本(1522)이 나오고 불과 40여 년 후인 1560년대 初·中期에 국내에서 출간된 판본이다. 경이롭게도 이 판본은 왕조실록을 찍어냈던 금속활자로 출간하였다는 점이 문헌학적 가치를 크게 높여주고 있다. 그러기에 중국 및 일본의 학자들조차 주목하는 이유이기도 하다. 이처럼 조선출판본 중에는 사료적 가치가 높은 판본들이 不知其數로 존재하기에 관심과 연구

22) 『博物志』의 발굴에 대한 논문은 정영호·민관동,「신 발굴 조선간본 박물지 연구」,『중국소설논총』제59집, 2019.

23) 민관동,「유양잡조의 국내 유입과 수용」,『中國語文論譯叢刊』제34집, 2014, 112-113쪽 참고.

가 더욱 필요한 분야이다. 특히 조선 초기에 국내에서 출간한 중국문헌들은 당시 중국에서 가장 우수한 善本을 선택하였고 출판방식 또한 대부분 覆刻의 방식을 취하였기에 중국서지문헌 연구에도 중요한 자료가 된다.

그 외 문헌학적 가치가 높은 것으로 安平大君의 『香山三體法』이나 編者未詳의 『世說新語姓彙韻分』처럼 중국 문학작품에 대한 조선 문인의 編輯出刊本이 있다. 이러한 편찬은 그 분야에 전문적 지식이 있어야만 할 수 있고 또 수요가 있어야만 가능한 작업이다. 또 朝鮮文人의 編纂 가운데 韓·中文人의 작품들을 合刊한 책이 있는데 이것이 바로 南龍翼의 『律家警句』나 成任의 『太平通載』같은 책들이다. 이 책들은 문헌학적 가치는 물론 韓·中 학술교류사에 있어서도 귀중한 자료가 되는 판본들이다.

이상의 논점을 종합하면, 삼국시대 이래 중국문학이 국내에 유입되면서 직·간접으로 우리문단에 끼친 영향은 지대하다. 이러한 문학적 수용과 영향은 高麗時代부터 出刊이 이루어지기 시작한 것과 궤를 같이 한다. 그 후 朝鮮時代에는 印刷術의 발달과 함께 수백 종의 중국문학이 출간되는 성과를 거두게 되었는데 출판은 주로 목판본과 목활자로 이루어졌지만 경우에 따라서는 금속활자까지 동원하여 출간되기도 하였다. 이러한 성과는 당시 朝鮮 文人의 학술에 대한 높은 문화의식과 수준 높은 출판문화를 보여주는 한 단면이기도 하다.

중국 문학작품에 대한 국내 출판횟수와 현존하는 판본수량 그리고 각종 논평 등을 근거로 조선 문단에 비교적 많은 영향을 끼친 중국문학가로는 대략 劉向·陶淵明·李白·杜甫·韓愈·柳宗元·蘇軾·王安石·黃庭堅·羅貫中 등을 꼽을 수 있고, 조선의 문단을 움직인 주요작품으로는 『詩經』·『文選』·『古文眞寶』·李白詩集·杜甫詩集·韓愈文集·柳宗元

文集·蘇軾文集·『三國演義』·『剪燈新話句解』 등이 비교적 주목되는 작품들이다.

임진왜란 이전까지는 주로 중국의 정통문학인 詩와 散文 위주의 詩文集을 중심으로 출간이 활발하다가 임진왜란 이후에는 일반 詩와 散文은 물론 소설분야까지 출판의 영역을 확대하였다. 급기야 영리목적의 방각본까지 등장하며 출판문화가 더욱 대중화되었고 후대에는 번역본까지 출간되었다. 초창기 출판은 대개 中國善本을 그대로 覆刻하여 출간하는 경우가 대부분이지만 간혹 조선 문인이 중국문학 가운데 自體編輯하여 出刊하는 경우도 상당수 있었으며 더 나아가 韓·中 문인들의 작품을 총괄하여 合刊하는 경우도 생겼다. 이는 당시 중국문학에 대한 조선인의 수용양상을 통찰해 볼 수 있는 귀중한 자료이기도 하며 또 중국문학에 대한 조선 문인들의 높은 학식을 보여주는 傍證이기도 하다.

사실 본 연구는 조선시대 문인들의 중국문학에 대한 이해와 관심 및 수용양상을 검토하는 차원에서 시작되었다. 그러나 이러한 연구를 통하여 조선출판본에 대한 문헌학적 가치를 재점검할 수 있는 계기가 되기도 하였다. 특히 임진왜란 이전에 출간된 판본들 중에는 상당수가 중국에서도 그리 흔하지 않은 희귀본으로 문헌학적 가치가 높은 판본들이기에 더욱 주목할 필요가 있다. 다시 말해 조선출판본 중에는 사료적 가치가 높은 판본들도 다수 확인된다. 그러나 일부 판본들은 이미 실전되었거나 확인조차도 어려운 판본들도 상당수 되기에 좀 더 세밀한 관심이 필요하다. 그러기에 이제부터라도 본격적인 발굴과 희귀본의 복원문제에 대하여 체계적인 조사와 연구가 이뤄져야 한다고 사료된다.

第 二 部

中國古典小說의 受容과 變容

Ⅰ. 中國古典小說의 國內 出版과 書誌學的 考察

최근 필자가 조사한 바에 의하면, 조선시대에 국내 유입된 중국고전소설은 대략 440여 종이며, 그 중 국내에서 번역된 소설이 약 72종, 또 국내에서 출판된 소설은 약 24종이나 되는 것으로 확인되었다.[1)]

440여 종의 중국고전소설이 국내에 유입되었다는 것은 중국에서 출판된 주요 소설들 대부분이 국내에 유입되었다는 것을 의미하며, 그 중 72종이나 되는 소설들이 번역되어졌다는 것과 또 24종[2)]이나 되는 중국고전소설들이 조선시대에 출판으로까지 이어졌다는 사실은 실로 중국소설에 대한 關心과 熱氣가 대단했다는 것을 방증해 주는 것이다. 이러한 애호와

---

* 이 논문은 2010년 한국연구재단의 정부재원(교육과학기술부 인문사회연구 역량강화사업비 토대연구)의 지원을 받은 연구 성과(NRF-2010-322-A00128)이며 2013년『중국소설논총』제39집에 투고된 논문을 보완 수정하였다.

1) 민관동,「중국고전소설의 출판문화 연구」,『中國語文論譯叢刊』제30집(2012.1.)에서는 국내 유입본을 460여종, 번역본을 68종 출핀본을 22종으로 소개한 바 있다. 그러나 최근 국내 유입본 가운데 중복된 것을 제외하였고, 번역본 및 출판본 가운데는 새로운 발굴에 힘입어 수정되었음을 밝혀둔다.

2) 여기에『삼국연의』처럼 판종을 달리하여 출간한『三國志通俗演義』·『新刊校正大字音釋三國志傳通俗演義』·『四大奇書第一種』과 飜譯出版本『三國志』까지 합치면 수량은 더 늘어난다.

관심이 우리의 중국소설 수용에 어떠한 의미가 있는지 다시 한 번 그 의의와 가치를 조명해 볼 필요가 있어 보인다.3)

한 작품이 다른 나라에 유입되는 것은 그리 어려운 일이 아니지만 한 작품이 他國에 수용되어 영향을 끼치는 것은 결코 쉬운 일이 아니다. 더군다나 유입되어 번역까지 이루어졌다는 것은 상당히 적극적인 수용의 표현이기도 하다. 또 여기에 출판으로 까지 이어졌다는 것은 수용자의 입장에서 전적인 수용의지가 있어야만 가능한 것이다. 그러기에 번역과 출판은 그 자체만으로도 상당한 의미를 내포하고 있는 것이다.

조선시대에 출간된 24종의 작품은 과연 어떻게 출간이 이루어졌으며 또 무엇을 底本으로 출간을 하였을까? 하는 문제가 본 논문을 쓰게 된 취지이다. 본 논문에서는 조선시대 출간된 24종의 작품을 분석하고 이 작품들이 중국의 어떤 판본을 저본으로 삼아 출간하였으며 또 출판방식은 어떠한지에 중점을 두고 고찰하였다. 아울러 국내 출판의 의의와 가치를 알아보고 국내 출판된 판본의 서지학적 價値分析에 주목하였다.

1. 朝鮮時代 中國古典小說의 출판 현황

조선시대에 출판된 중국고전소설의 출판방식은 크게 原文出版과 飜譯出版으로 나누어지며, 원문출판은 다시 覆刻出版과 原文 再編輯出版 및 國內 自體編輯出版으로 분류된다. 조선시대에 원문으로 출판된 작품으

3) 조선시대 중국고전소설의 출판에 대한 글은 필자가 2012년 『中國語文論譯叢刊』제30집에 「중국고전소설의 출판문화 연구」라는 제목으로 발표하였다. 여기에서는 중국고전소설의 출판현황과 출판유형 및 출판양상 위주로 소개한 바 있다. 본 논문에서는 서지학적 관점에서 조선출판본이 중국의 어떤 판본을 底本으로 판각을 하였는지 주로 版本에 중점을 두고 考察하고자 한다.

로는 『新序』·『說苑』·『博物志』·『世說新語補』·『世說新語姓彙韻分』·『唐段小卿酉陽雜俎』·『詳節太平廣記』·『剪燈新話句解』·『剪燈餘話』·『玉壺氷』·『效顰集』·『花影集』·『鍾離葫蘆』·『兩山墨談』·『皇明世說新語』·『訓世評話』·『刪補文苑楂橘』·『三國志通俗演義』·『新刊校正古本大字音釋三國志傳通俗演義』·『四大奇書第一種』 등이 있고,[4] 번역출판으로는 『列女傳』·『삼국지』·『수호지』·『서유기』·『초한지』·『설인귀전』·『금향정기』 등이 있다.

원문출판을 좀 더 세밀하게 분석하면 覆刻出版과 再編輯出版 및 國內 自體編輯出版이 있는데 覆刻出版[5]이란 중국의 판본을 원문그대로 출판하는 방식이며 再編輯出版은 국내에서 원문은 그대로 둔 채 체제를 달리하여 첨삭을 가하거나 해설을 첨가하는 방식이다. 또 自體編輯出版은 국내에서 아예 중국의 여러 책에서 내용을 따다가 자체적으로 편집하여 출판하는 방식을 의미한다.

覆刻出版으로 나온 작품으로는 『新序』·『說苑』·『博物志』·『世說新語補』·『唐段小卿酉陽雜俎』·『剪燈餘話』·『玉壺氷』·『效顰集』·『花影集』·『兩山墨談』·『皇明世說新語』·『三國志通俗演義』·『新刊校正古本大字音釋三國志傳通俗演義』·『四大奇書第一種』 등이 있으며, 原文再編輯出版으로는 『世說新語姓彙韻分』·『詳節太平廣記』·『剪燈新話句解』 등이, 또 國內 自體編輯出版으로는 『訓世評話』·『刪補文苑楂橘』·『鍾離葫蘆』 등이 있다.

4) 『교홍기』는 『조선왕조실록』에 출판하라는 기록만 있지 그 후 출판되었다는 기록이 未詳이기에 여기에서는 분류하지 못하였다.

5) 복각출판은 일반적으로 이전에 간행한 서적을 그 활자·체제·내용·裝本 등의 원형을 그대로 모방하여 새로 판을 만들어 제판하는 방식으로 완전 동일하게 하기도 하고 또는 行과 字數 약간 변형하기도 하는 출판방식을 의미한다.

여기에서 번역 출판은 문자를 완전히 달리한 출판방식이기에 논외의 대상으로 한다. 우선 조선시대 출판된 중국고전소설의 출판개황을 도표로 살펴보면 다음과 같다.

1) 原文 覆刻 出版

書名	著者 及 最初成書時期	國內流入 時期	國內出版時期 및 刊行地方	朝鮮出版本의 版式	中國版本概況
新序	劉向(前漢)撰 / BC24年(10卷)	約1091年以前(推定)	朝鮮成宗23-24年(1492-1493) / 安東刊行(推定)	10卷2冊, 朝鮮木版本, 31×20㎝, 四周雙邊, 半郭 : 18.5×15㎝, 有界, 11行18字, 內向黑魚尾, 紙質 : 楮紙	*宋 曾鞏 纂輯(10卷/失傳) *四部叢刊本 : 明嘉靖(1522-1566)宋本復刻出刊本
說苑	劉向(前漢)撰 / BC17年(20卷)	約981-997年(推定)	朝鮮成宗23-24年(1492-1493) / 安東刊行	20卷4冊, 朝鮮木版本, 26.9×17.8㎝, 四周雙邊, 半郭 : 18.7×15㎝, 有界, 11行18字, 註雙行, 內向一葉花紋魚尾, 紙質 : 楮紙	*宋 曾鞏 纂輯(10卷/失傳), *四部叢刊本 : 明嘉靖(1522-1566)宋本復刻出刊本
博物志	張華(西晉)撰 / 232-300年(10卷)	高麗時代	1568年以前 / 南原刊行	10卷1冊, 朝鮮木版本, 四周雙邊, 有界, 10行18字, 註雙行, 上下內大黑口, 內向魚魚尾, 紙質 : 楮紙	*『古今逸史』本 : 1586年頃明 吳棺輯刻本
世說新語補	劉義慶(宋)撰, 劉孝標(梁)注, 劉辰翁(宋)批, 何良俊(明)增, 王世貞(明)刪定, 王世懋(明)批釋, 鍾惺(明)批點, 張文柱(明)校註 / 403-444年(8卷), 1556年(20卷)	約1195年以前(推定)	朝鮮肅宗34年(1708) / 漢陽刊行	總20卷7冊, 顯宗實錄字, 左右雙邊, 10行18字, 註雙行, 內向黑魚尾, 紙質 : 楮紙序文 : 嘉靖丙辰(1556)王世貞撰, 萬曆庚辰(1580)王世懋撰, 乙酉(1585)王世懋再識, 萬曆丙戌(1586)秋日沔陽陳文燭玉叔撰	*世說新語本403-444年(8卷/失傳). *世說新語補 1556(20卷/失傳). *明萬曆32年(1585)張文柱刻, 李卓吾評點本. *清乾隆壬午(1762)黃汝琳刊本

書名	著者 및 最初成書時期	國內流入時期	國內出版時期 및 刊行地方	朝鮮出版本의 版式	中國版本概況
唐段小卿酉陽雜俎	段成式 (唐 ?-863) / 前集 : 20卷 續集 : 10卷 總30卷	高麗時代	朝鮮成宗 23年(1492) / 慶州刊行	李克墩·李宗準編輯, 10卷2冊, 四周雙邊, 29×16.8 cm, 半郭 : 18.4×12.5cm, 10行19字, 有界, 註雙行, 版心題 : 俎, 紙質 : 楮紙, 20卷3冊(後印)	*南宋本(失傳) *李雲鵠据趙琦美校補本印行本 : 萬曆35年本(1607) *清本 : 張海鵬(學津討原本)
嬌紅記	宋遠(元)/ 1300年初, 上下2卷	1506年以前	1506年頃(推定)	未詳	*明 建安 鄭雲竹刻本
剪燈餘話	李昌祺 (明/1376-1452), 1420年(永樂18)頃, 4卷20篇	1443年以前	約1568年以前 / 淳昌刊行	1冊(殘本), 四周雙邊, 11行22字, 有界, 紙質 : 楮紙, 國內失傳, 日本內閣文庫(後半部 所藏)	*1433年張光啓初刻(失傳) *1487年 余氏 雙桂堂 重刊本 5卷
花影集	陶補(明, 1441-?) /1523年頃, 4卷20篇	1546年	1586年 / 昆陽刊行	4卷, 四周雙邊, 10行18字, 有界, 版心題 : 花影集, 紙質 : 楮紙. 昆陽郡守,尹景禧編纂·崔岦跋文·昆陽板刻(現 泗川地方), 日本所藏	*明 建安鄭雲竹刻本 : 新鍥校正評釋申王奇遘擁爐嬌紅記(上/下卷)
效顰集	趙弼(明初) / 明 宣德年間(1426-1435), 3卷26篇	1506年以前	1568年以前, 約1600-1650(木版本. 後印) / 淳昌刊行	3卷, 四周單邊, 30.8× 21.8 cm, 半郭 : 22.6×1 7.1cm, 12行21字, 有界, 白口內向黑魚尾, 紙質 : 楮紙, 日本所藏	*明版本 : 明宣德年間(1426-1435) 刊行本
玉壺氷	都穆(1458-1525) / 1520年頃 1卷 72條	1580年以前	庚辰10月日務安縣刊(大略1580) / 延安, 固城, 務安刊行	1卷1冊, 四周單邊, 25.2×16.3cm, 半郭 : 17.9×13.6cm, 9行17字, 有界, 白口內向黑魚尾, 紙質 : 楮紙 *(9行18字, 10行18字, 10行20字本 等 後印本 多數)	*『續說郛』本 *明 天啓年間(1621-1627) 孫如蘭 校勘本 *宋呂祖謙『臥遊錄』明刊本 附錄本
兩山墨談	陳霆(1477-1550) /明 嘉靖18年(1539), 18卷	1575年以前	宣祖8年(1575) / 慶州刊行	18卷4冊, 朝鮮木版本, 四周雙邊, 半郭 : 21.6×15 cm, 有界, 9行18字, 內向黑魚尾, 紙質 : 楮紙	*明嘉靖十八年(1539)刊行本 *惜陰軒叢書本 : 清(1839)三原李錫齡 惜陰軒刊行

書名	著者 및 最初成書時期	國內流入 時期	國內出版時期 및 刊行地方	朝鮮出版本의 版式	中國版本槪況
皇明世說新語	李紹文(明, 1600年代 文人) / 明末 1606年, 8卷本	約1610-1618年	英·正祖(1725-1800) 推定 / 刊行地 未詳	8卷4冊, 朝鮮木版本, 四周雙邊, 半郭 : 18.5×14.9㎝, 有界, 10行20字, 註雙行, 上二葉花紋魚尾, 紙質 : 楮紙	*1610年(萬曆38) 雲間李氏原版本
三國志通俗演義	羅貫中(明), / 明 嘉靖壬午本(1522), 24卷24冊	1560年以前	明宗年間 1560年初中期 / 刊行地 未詳	1冊(卷8), 朝鮮金屬活字本, 30.5×19.5㎝, 四周雙邊, 11行20字, 大黑口上下內向三葉花紋魚尾, 紙質 : 楮紙	*明代 嘉靖 任午本(1522) *周曰校本(1552)
新刊校正古本大字音釋三國志傳通俗演義	羅貫中(明), 周曰校校正 / 明 周曰校甲本(1552), 12卷12冊	1560年前後	朝鮮仁祖5年(1627年 : 推定) / 耽羅(濟州道) 刊行	12卷12冊, 朝鮮木版本, 四周雙邊, 半郭 : 21.4×17㎝, 有界, 13行24字, 註雙行, 上下內向一葉花紋魚尾, 紙質 : 楮紙 丁卯耽羅開刊, 紙質 : 楮紙	*周曰校甲本(1552) *李卓吾先生批評三國志(全120回)
四大奇書第一種	羅貫中(明), 毛宗崗評 / 1644年, 20卷 20冊	1600年代後期	肅宗年間(1674-1720)以後, 後印多數 / 全國各地	貫華堂第一才子書, 四周單邊, 20卷20冊, 卷首 : 金聖歎序, 讀三國志演義法25則, 凡例10則, 總目, 12行26字, 註雙行, 紙質 : 楮紙	*李卓吾先生批評三國志(全120回) *毛宗崗父子修訂通行本(1679)前後

2) 原文 再編輯 出版

書名	著者 및 最初成書時期	國內流入 時期	國內出版時期 및 刊行地方	朝鮮出版本의 版式	中國版本槪況
世說新語姓彙韻分	劉義慶(宋)撰, 王世貞(明) 删定	無	英·正祖(1725-1800) / 漢陽刊行(推定)	12卷本, 朝鮮木版本, 四周單邊, 半郭 : 21.9×14.6㎝, 有界, 10行18字, 註雙行, 上下內向花紋魚尾, 紙質 : 楮紙	無

書名	著者 및 最初成書時期	國內流入時期	國內出版時期 및 刊行地方	朝鮮出版本의 版式	中國版本概況
詳節太平廣記	北宋太平興國2年(978)編纂完成, 太平興國6年(981)板刻	太平廣記 : 1080年 (高麗文宗34)以前	朝鮮世祖8年(1462) / 晉州, 草溪刊行	成任編纂, 總50卷(現存7卷2冊), 四周單邊, 34×20.7㎝, 半郭 : 23.7×16㎝, 10行17字, 上下黑口內向黑魚尾, 紙質 : 楮紙	*原版本 : 太平6年(981)本 *南宋(1127-1279)翻印本. *明版本 : 嘉靖45年(1566), 談愷
剪燈新話句解	瞿佑(明, 1347-1433) / 初刊本 : 1381年, 4卷本, 2卷21回本, 1381	剪燈新話 : 1443年以前 (推定)	朝鮮明宗4(1549), 明宗14(1559), 明宗19(1564), 1704年 等 / 全國各地	尹春年訂正·林芑集解, 2卷2冊, 四周單邊, 10行18字·10行19字·10行20字·10行22字·11行18字·11行19字·11行20字·11行21字·12行18字·12行19字·12行20字·12行28字·14行18字·14行25字, 有界, 註雙行, 紙質 : 楮紙	*永樂本 : 1421 *구섬 항주간행본. *成化丁亥(1467)刻本 : 2卷. *正德6年(1511)楊氏 淸江書堂刻本 : 4卷. *萬曆21年(1593)刻本.

3) 國內 自體編輯 出版

書名	國內出版時期 및 刊行地方	朝鮮出版本의 版式	編輯參考書籍
訓世評話	1473年(未確認), 1480年·1518年(中宗13) / 江陵, 襄陽 等	李邊·柳希仁跋文, 木活字本, 上下2卷1冊, 10行17字, 黑魚尾, 白話文 : 10行16字, 紙質 : 楮紙	*太平廣記·搜神記等 中國書籍과 三國史記·三國遺事·高麗史 等 韓國書籍
刪補文苑楂橘	約1669年-1760年(推定) / 漢陽刊行(推定)	2卷2冊, 四周雙邊, 木活字本, 第一校書館印書體, 27×17㎝, 半郭 : 21.4×13.2㎝, 10行20字, 上二葉花紋魚尾, 紙質 : 楮紙	*太平廣記 作品과 明代文言小說集 : 艷異編·情史·國色天香 等參考
鍾離葫蘆	天啓 壬戌年(1622) 春 / 平壤刊行	1冊(30張), 朝鮮中期木版本, 23× 14㎝, 7行15字, 內向二葉魚尾, 紙質 : 楮紙	*明笑話集 : 絶纓三笑

2. 出版의 類型과 版本의 分析

原文 出版本으로는 앞에서 覆刻出版과 再編輯出版 및 國內 自體編輯出版의 방식이 있다고 소개하였다. 본 장에서는 출판방식에 의거하여 국내 출판된 중국소설의 조선시대 출판개황과 中國版本에 대하여 알아보고 朝鮮出版本이 과연 중국의 어떤 판본을 底本으로 삼아 출판되었는지 그리고 그 판본의 가치를 중점적으로 고찰해 보고자 한다.

1) 覆刻出版本

(1)『新序』

『新序』는 西漢末期 劉向(BC77-AD6)이 총 10권으로 편찬한 歷史故事集이다. 이 책은 대략 1091년 이전에 이미 국내에 유입[6]된 것으로 추정되며, 국내출판은 朝鮮『成宗實錄』에 성종 24년(1493)頃에 刊行되었다는 기록이 있는 것으로 보아 대략 1492년이나 1493년에 간행되었음이 확인된다. 이 책은 10권 2책으로, 한 면이 11행 18자로 되었으며 安東에서 출간된 것으로 추정된다.[7]

『新序』는 중국에서 대략 漢 成帝 陽朔 元年(BC24)에 완성된 것으로(王應麟의『漢書藝文志考證』에 根據) 추정되며 총 10권으로(제1~5권은 雜事, 제6권은 刺奢, 제7권은 節士, 제8권은 義勇, 제9~10권은 善謀上·下)로 만들어진 책이다.[8] 現存하는 版本은 宋代 曾鞏이 찬집해서 총 10

---

6)『高麗史』卷10, 宣祖8年(1091) 書目이 보임.

7) 민관동,「조선출판본 신서와 설원 연구」,『中國語文論譯叢刊』제29집, 2011.7, 155-169쪽 참고.

8) 그 외『漢書』〈藝文志〉에는 67편,『隋書』〈經籍志〉에는 30권이라 언급되어있다.

권 166장으로 분류한 판본을 明 嘉靖 時期(1522-1566)에 宋本을 復刻하여 出刊하였는데 이것이 바로 四部叢刊本이다.[9] 그 외에도 후대에 나온 叢書集成本·百子全書本·諸子百家叢書本 등이 있다.

朝鮮出版本『新序』는 시기적으로 1492년에서 1493년에 출간된 책이기에 明 嘉靖 時期(1522-1566)에 宋本을 復刻하여 出刊한 四部叢刊本 보다도 이른 판본으로 현존하는 중국판본 보다도 30~70여 년이나 앞서기에 書誌學的 價値가 매우 높은 책으로 평가된다. 朝鮮出版本『新序』가 무엇을 底本으로 판각했는지 밝혀내기는 쉽지 않다. 그러나 대략 宋代 曾鞏이 찬집한 10권본을 근거로 만든 것으로 추정되지만 송대 판본이 조선 초기까지 존재하기는 어려웠을 것이고, 명대 초·중기에 중국에서 새로 간행한『新序』가 있었을 것으로 추정되며, 朝鮮出版本『新序』도 이것을 底本으로 간행되었을 가능성이 크다.

(2)『說苑』

『說苑』은 西漢의 劉向이 총 20권(君道·臣術·建本·立節·貴德·復恩·政理·尊賢·正諫·法誡·善說·奉使·權謀·至公·指武·談叢·雜言·辨物·修文·反質)으로 편찬한 것으로, 先秦부터 漢代까지의 歷史故事를 기술한 책이다.[10] 이 책은 대략 981-997년에 국내에 유입되었으며[11] 출판에 대한 기록은『新序』와 함께 朝鮮『成宗實錄』(권285-21)에 성종 24년(1493)頃 안동에서 刊行되었다는 기록이 있다. 이 책은 20권 4책으로 되어 있으며, 한 면이 11행 18자로 되어있다.[12]

---

9)『中國古典小說百科全書』, 中國大百科全書出版社, 1993. 621쪽 참고

10) 이 책은 주로 위정자를 교육하고 훈계하기 위한 독본으로 활용되었다.

11) 高麗 成宗年間(981-997) 金審言의 疏에『설원』이 언급됨.

이 책이 중국에서 처음 나온 시기는『新序』가 나온(BC 24)지 7년 뒤인 BC 17년(成帝 鴻嘉 4)에 완성되었다.[13] 그 후 北宋 初에는 殘卷 5卷만 남아 있었는데 曾鞏이 輯補하여 20권 639장으로 모습이 복원되었다고 한다.[14] 그 뒤 淸代에 고증을 통하여 663장으로 보충하였고, 최근에는 다시『說苑疏證』에서는 845장으로,『說苑全譯』에서는 718장으로 나누어 출간하였다.

現存하는 版本은『新序』와 같이 宋代 曾鞏의 찬집(총 10권 166장) 판본을 明 嘉靖 時期(1522-1566)에 復刻한 四部叢刊本이다. 朝鮮出版本『說苑』도 1492년에서 1493년에 출간된 책이기에 明 嘉靖 時期(1522-1566)에 復刻한 四部叢刊本 보다도 이른 판본으로 판본적 가치가 매우 큰 책이다. 朝鮮出版本『說苑』도 宋代 曾鞏이 찬집한 10권본을 근거로 만든 것으로 추정되지만 송대 판본이 조선 초기까지 존재하기는 어려웠던 점을 감안하면 명대 초·중기에 중국에서 새로 간행한『說苑』을 底本으로 간행했을 것으로 보인다.『新序』와『說苑』판본은 국내에 고스란히 남아있어 중국으로의 복원이 가능하며 현존하는 明 嘉靖 時期(1522- 1566)에 復刻한 四部叢刊本 보다도 이른 시기에 나온 것이기에 사료적 가치가 매우 크다.

---

12) 민관동,「조선출판본 신서와 설원 연구」, 위의 책, 156-168쪽 참고.

13) 劉向撰, 林東錫譯註,『新序』, 동서문화사, 2009,「서문」해제 참조.

14) 陸游의 〈渭南集〉에는 李德芻의 말을 인용하여, 曾鞏이 얻은 것은「反質篇」이 빠진 것이어서「修文篇」을 上下로 나누어 20卷으로 하였던 것이며, 뒤에「高麗本」이 들어와서야 비로소 책 전체의 면모가 갖추어졌다고 한다. 여기에서 고려본이라는 것은 李資義 등이 宋나라로 보낸 책으로 추정된다.『高麗史』世家, 卷10 宣宗 8年(宋, 哲宗 元祐 6)의 기록 참조.

3) 『博物志』

『박물지』는 西晉의 張華(232-300)가 총 10권으로 編撰하여 만든 책으로 전해진다. 이 책은 대략 고려시대에 유입된 것으로 추정되며[15] 국내출판은 宣祖 1年(1568) 刊行本 『攷事撮要』에 근거하면 적어도 1568년 이전에는 출간된 것으로 추정된다. 이 책은 최근 본 연구팀에 의하여 발굴되었다, 판본은 국립중앙도서관과 일본의 내각문고와 동양문고에서 발굴되었으나 동일판이 아니고 최소 2회 이상 출판되었던 것으로 확인되었다.[16]

『博物志』는 총 10卷(신화·신선고사·인물고사·박물·잡설·민간전설 등으로 구성되었으며 처음에는 400권으로 만들어졌으나 晉 武帝의 의견에 따라 10권으로 줄였다고 함)으로 구성되어 있는 책이다. 현존하는 판본으로는 두 계통이 있는데 하나는 39개 항목으로 나뉘어진 通行本으로 『古今逸史』本·『稗海』本 등이 여기에 속하고, 또 하나는 分卷 및 項目을 나누지 않은 판본으로 『士禮居叢書』本(1804년 黃丕烈 刊行) 등이 있는데 내용은 모두 동일하다. 그 중 가장 주목할 판본이 『古今逸史』本으로 이 책은 明 吳棺이 1586년경 輯刻한 판본이다.[17]

朝鮮 宣祖 1年(1568)에 刊行된 『攷事撮要』에 『博物志』가 남원에서 간행되었다는 서목과 기록이 있다. 宣祖 1年版 『攷事撮要』는 1568년 이전에는 출간된 책의 목록을 수록한 것이기에 『博物志』는 1568년 이전에 국내에서 출간된 것이 확실하며 그 서지학적 가치도 상당히 크다. 이 판본

15) 유입기록은 『剪燈新話句解跋』(1599)에 처음 보이나 관련기록을 가지고 추정하면 고려시대에 유입된 것으로 보인다.

16) 『博物志』의 발굴에 대한 논문은 정영호·민관동, 「신 발굴 조선간본 박물지 연구」, 『중국소설논총』제59집, 2019에 자세하다.

17) 『中國古典小說百科全書』, 中國大百科全書出版社, 1993, 16-17쪽. 寧稼雨, 『中國文言小說總目提要』, 1996, 7쪽 참고.

은 현존하는 明 吳棺의『古今逸史』本보다도 더 이른 시기에 출판하였기에 상당한 의미가 있다.

(4)『世說新語補』

『世說新語』는 宋 劉義慶(403-444)이 당시 여러 사대부의 일화를 기록한 책이다.『세설신어』는 관련기록에 근거하면 적어도 1195년 이전에는 유입되었으며[18]『世說新語補』는 명나라의 사신 주지번이 조선에 와서 기증했던 宣祖 39年(1606)의 기록으로 보아『세설신어보』가 明 嘉靖 35年(1556)에 처음 간행되고 얼마 후 바로 국내에 유입되었음을 알 수 있다. 이 책은 朝鮮 肅宗 34年(1708)에『世說新語補』라는 서명으로 출간되었다는 기록이 있으며 또 後印으로 보이는 판본도 상당수 현존한다. 그 후『세설신어보』를 姓氏 別로 재편집한『世說新語姓彙韻分』이 출간되었고, 또 아류 소설이라 할 수 있는『皇明世說新語』도 국내에서 간행되었다.

『世說新語』는 劉義慶이 後漢부터 東晉時代에 걸쳐 사대부의 일화를 기록한 책으로 본래 8권이었으나 현재 전해지는 판본은 3권으로 되어 있다.[19] 후에 다시 만들어진『세설신어보』는 명대 王世貞(1526-1590)이 南北朝 宋代 유의경의『세설신어』와 明代 何良俊의『何氏語林』중 일부분을 삭제해 合刻해 놓은 책으로 알려져 있다.[20] 편찬 시기는 대략 嘉靖 35年(1556)이다.

중국에서 현존하는 판본으로는 萬曆 32年(1585) 張文柱刻, 李卓吾評

18) 이규보의『東國李相國集』(권5, 古律詩)[1195]에 관련 기록이 있다.

19) 이 책은 後漢 말부터 東晉까지의 政治家·士大夫·文人·僧侶·庶民 등 700여 명에 이르는 인물의 특이한 언행과 일화 1130條를 기록한 책으로,「德行」篇부터「仇隙」篇까지 총 36편을 주제별로 수록해 놓은 책이다.

20) 일부에서는 王世貞 위탁설도 있고 何良俊 편찬설도 있다.

點本이 있는데 서두에 劉義慶(宋)撰·劉孝標(梁)注·何良俊(明)增·李贄(明)批點·張文柱(明)校라고 되어 있고 또 이전의 王世貞 嘉靖 丙辰(1556)序, 王世懋 萬曆 庚辰(1580)序와 乙酉(1585)再識, 萬曆 丙戌(1586)陳文燭序와 李卓吾〈批點世說新語補凡例〉十則이 있다. 그 외 淸 乾隆 壬午年(1762) 黃汝琳刊本 등이 있다.

국내 출판본으로는 朝鮮 肅宗 34年(1708)경에 顯宗實錄字體로 간행한『世說新語補』가 있다. 이 판본은 劉義慶(宋)撰·劉孝標(梁)注·劉辰翁(宋)批·何良俊(明)增·王世貞(明)刪定·王世懋(明)批釋·鍾惺(明)批點·張文柱(明)校註로 總 20卷 6冊本과 20卷 7冊本 등으로 편집되어 있는 것으로 보아 後代에 몇 차례 覆印되었음이 확인된다. 중국 판본은 대부분 9行 18字인 반면 조선판본은 10行 18字로 되어 있는 것이 특징이다. 또 後代에 覆印된 것으로『世說新語姓彙韻分』이 있는데 이 책은『世說新語補』를 다시 姓氏 別로 나누어 재편집한 책으로 상당히 주목을 끄는 작품이다.[21] 이 부분은 뒤에서 다시 상세하게 소개하기로 하겠다.

(5)『唐段小卿酉陽雜俎』

『酉陽雜俎』는 唐代 段成式(?-863)이 지은 筆記小說集으로 총 30권으로 된 책이다.『酉陽雜俎』가 언제 국내에 유입되었는지 확실한 기록은 없으나 비교적 이른 시기에 유입된 듯하다. 또 조선시대 초기에 이미 널리 유통되어 많은 문인들의 관심과 논란의 대상이 된 책이기도 하다.

『酉陽雜俎』는 조선시대 成宗 23年(1492)에『唐段少卿酉陽雜俎』라는 제목의 목판본으로 국내에서 발간[22]되었고 또 後印되기도 하였다. 이 책

21) 민관동·김명신 공저,『중국고전소설 비평자료 총고』, 학고방, 2003, 42-47쪽 참고.

22)『조선왕조실록』성종 285권, 24년(1493 계축 / 明 弘治6年 12월 28일(戊子) 3번

은 1492년에 李克墩과 李宗準이 편집하여 간행한 책으로 총 20권 2책이며 한 면이 10行 19字로 되어있다. 또 宣祖 1年(1568) 刊行本『攷事撮要』에서는 慶州에서 간행되었다고 밝히고 있다. 이 판본은 여기저기 흩어져 完整本은 없는 상태이나 여러 곳의 판본을 합치면 원상태로의 복원이 가능하다.[23)]

唐代 筆記小說의 대표작이라 할 수 있는『酉陽雜俎』는 前集 20권, 續集 10권을 합하여 총 30권 1288조로 되어 있으며, 독창성이 비교적 높은 작품으로 段成式이 異事奇文을 위주로 지은 책이다.『酉陽雜俎』라는 책이름은 梁 나라 元帝의 賦 〈訪酉陽之一典〉에서 따온 것이라 하며, 여기에 引用된 책 가운데에는 이미 그 원전이 없어진 것들도 상당수 있어 문헌적 가치도 높다.

중국에서는 남송시대에 여러 판본이 간행되었으나 이미 散失되었고, 명대 간행본은 대부분 전집 20권을 위주로 만든 책인데 비교적 완정한 完帙本으로 萬曆 35年(1607)本[24)]이 있다. 그 외 청대 張海鵬이 발행한『學津討原』本이 있다. 그러나 조선 초기『唐段少卿酉陽雜俎』라는 서목으

째 기사.『유양잡조』 등의 책의 괴탄과 불경함을 아뢰는 부제학 김심 등의 차자 : 弘文館副提學 金諶 등이 箚子를 올리기를, "삼가 듣건대, 지난번 李克墩이 慶尙監司가 되고, 李宗準이 都事가 되었을 때『酉陽雜俎』·『唐宋詩話』·『遺山樂府』 및『破閑集』·『補閑集』·『太平通載』 등의 책을 刊行하여 바치니, 이미 內府에 간직하도록 명하셨습니다. 그리고 다시『唐宋詩話』·『破閑集』·『補閑集』 등의 책을 내려 신 등으로 하여금 歷代의 年號와 人物의 出處를 대략 註解하여 바치게 하셨습니다.

23) 현재 成均館大學校·誠庵文庫·奉化 沖齋宗宅 등에 소장되어 있다. 본서는 본 연구팀에 의하여 2018년에 복원되었다.(민관동·정영호·박종우,『朝鮮刊本 酉陽雜俎의 복원과 연구』, 학고방.)

24) "李雲鵠据趙琦美校補本印行本", 寧稼雨,『中國文言小說總目提要』, 1996, 106쪽 참고.

로 간행된 이 판본은 1492년에 경주에서 간행된 책으로 중국에서는 찾아 볼 수 없는 희귀본에 속한다. 이 책은 남송대의 판본을 저본으로 출간하였겠지만 명대 초기에 간행되었다가 逸失된 명대 판본을 저본으로 삼았을 가능성도 높다. 현존하는 중국의 完帙本이 萬曆 35年(1607)本이기에 1492년 조선출판본 『唐段少卿酉陽雜俎』는 서지학적 사료로써 가치가 매우 크다고 할 수 있다.

(6) 『嬌紅記』

『嬌紅記』는 元代 宋遠(1300年代 初期 文人)이 편찬한 傳奇小說이다. 이 책은 『燕山君日記』에 처음 유입기록이 있는 것으로 보아 유입시기가 1506년 이전이라 할 수 있으며, 당시 연산군이 이 책을 출간하라는 기록은 보이지만[25] 실제 출간되었는지는 未詳이며 현재 국내 도서관에서도 판본을 찾아 볼 수 없다.

元代 傳奇小說 『嬌紅記』는 上·下 2卷(全文이 17,000餘 字)으로 되어 있다. 이 책은 『百川書志』外史類에 2卷이 기재되어 있으며, 현존 하는 단행본으로 明 建安 鄭雲竹刻本이 있는데 「申王奇遘擁爐嬌紅記」라고 題되었다. 이 판본은 명 판본으로 全名이 『新鍥校正評釋申王奇遘擁爐嬌紅記』(上·下卷)라고 되어 있다. 당시 이 판본이 국내에 유입되었던 판본으로 추정되며 만약 국내에서 출판되었다면 이 판본을 底本으로 출간되었을 것으로 예견된다. 그 외 『艷異編』·『國色天香』·『繡谷春容』·『情史類略』·『風流十使』·『燕居筆記』와 같은 소설총집에 두루 실려 있다.[26]

25) 『燕山君日記』(권63-3, 연산군12)에 서명과 출간하라는 기록이 보임.

26) 이시찬, 「원대 교홍기 문체와 인물에 관한 소고」, 『중국어문학논총』제67호, 2011, 398쪽.

『嬌紅記』의 국내 유입기록은 『朝鮮王朝實錄』「燕山君日記」(卷 63-3, 燕山君 12年[1506] 4월 13일)에 처음 보이는데, 여기에서 연산군이 전교하기를, "『剪燈新話』·『剪燈餘話』·『效顰集』·『嬌紅記』·『西廂記』 등을 謝恩使로 하여금 사오게 하라."라고 하는 書名을 직접 언급하며 사오라고 하는 기록으로 보아, 이미 이 시기에 어느 정도 유통되었을 것으로 보인다. 또 출판하라는 전교는 있었지만 얼마 후 연산군이 퇴위되는 바람에 실제 출판이 되었는지는 고증하기 어렵다. 또 전국 각지 도서관에서도 국내 간행 『嬌紅記』판본을 찾아 볼 수 없다.

(7) 『剪燈餘話』

『剪燈餘話』는 明代 1420년경 李昌祺(1376-1452)가 편찬한 傳奇小說集이다. 이 책의 유입기록은 1443년에 나온 「용비어천가」에 『전등여화』의 문구가 언급된 것을 감안하면 1443년 이전에 유입된 것으로 추정되며[27] 『攷事撮要』에 淳昌에서 출간되었다고 기록되어 있다. 그러나 안타깝게도 국내에서는 판본을 찾아 볼 수 없고 일본 내각문고에 이 책의 후반부 부분이 소장되어 있다고 한다.[28] 이 책은 『攷事撮要』의 출간년도를 근거로 보면 대략 1568년 이전에 淳昌에서 출간된 것으로 추정된다.

『剪燈餘話』는 『百川書志』小史類에 4卷 20篇이라 기록되어 있다. 이

27) 『燕山君日記』(卷63-3, 연산군 12)에 서명이 보인다. 그러나 1443년에 나온 「용비어천가」에 『전등여화』의 문구가 언급된 것을 감안하면 그 이전에 유입된 것으로 추정된다.

28) 이 책은 최근 최용철이 일본 내각문고에서 발굴하였다. 최용철, 「금오신화와 전등신화의 판본에 대하여」, 「책을 좋아하는 사람들 모임」 발표문(2010.12.17), 6쪽. 그 외 최용철, 『전등삼종』하권, 소명출판사, 2005, 577쪽 일본 내각문고 소장 『전등여화』판본의 사진 참조.

책은 매 권 5편씩 구성되어 있으며, 책 말미에 부록으로 『還魂記』1篇이 첨부되어 있다. 현존하는 판본으로는 明 成化 刊本과 淸 乾隆 刊本 및 同治 刊本 등이 있으며 모두 3卷本이다. 그러나 근래 董康 誦芬室[29)]이 日本의 慶長·元和 年間의 日本活字翻刻本을 근거로 20篇을 회복시켰고, 또 뒤에 붙어있던 附錄『還魂記』1篇을 한 권으로 독립시켜 모두 5卷 21篇으로 출간하였다.

李昌祺의 『剪燈餘話』는 瞿祐의 『剪燈新話』를 모방하여 지은 것으로 李昌祺가 房山으로 귀양 갔을 때 20여 편을 엮었다고 한다. 대략 1419년에 『剪燈餘話』가 완성되었으나 처음에는 필사본으로 전해지다가 宣德 8年(1433) 張光啓에 의해 初刻되었다. 또 후에 張光啓는 『剪燈新話』와 『剪燈餘話』를 합본으로 '剪燈二種'을 간행하여 널리 전파했다고 한다. 현재 통행본은 明代 憲宗 成化 23年(1487) 余氏 雙桂堂 重刊本 5권이 있는데 이는 張光啓 刊本을 底本으로 한 것으로 현재 일본 內閣文庫에 소장되어 있다. 이외에도 일본 에도[江戶] 초기에 간행된 활자 5권본과 元和 活字本이 있다.[30)]

그런데 여기에서 주목되는 것은 일본 내각문고에 소장되어 있는 조선 간행본 『剪燈餘話』(11行 22字)이다. 朝鮮 宣祖 1年(1568)에 刊行된 『攷事撮要』에 『剪燈餘話』가 淳昌에서 출간되었다는 기록과 이 책의 서목이 뚜렷하게 있는 것으로 보아 『剪燈餘話』는 1568년 이전에 국내에서 출간된 것이 확실하다. 그렇다면 조선 출판본은 당시 통행본이었던 明代 憲宗 成化 23年(1487) 余氏 雙桂堂 重刊本(5권)을 底本으로 삼았다는 추론이 가능해 진다.

---

29) 董康(1867-1947), 字는 授經·經金·綬經, 號는 誦芬室主人으로 江蘇 武進 사람이다.

30) 구우 외 저, 최용철 역, 『전등삼종』, 소명출판, 2005, 494-496쪽.

(8) 『花影集』

『花影集』은 明代 陶輔(1441-?)가 쓴 文言小說集이다. 『화영집』은 국내에서 출판된 『花影集』序文에 의하면 1546년 尹溪가 중국에서 가져와 곤양(현 泗川)군수 尹景禧가 1586년에 편찬한 책이라고 한다. 『고사촬요』에도 이 책이 곤양에서 출간되었다고 언급되어 있다. 이 책은 현재 국내에는 실전되었고 일본 와세다대(早稻田大)에 소장되어 있다.

『花影集』은 총 4권 20편으로 된 文言小說集으로 이 책의 출간에 대해서는 卷首에 '正德 丙子(1516)張孟敬「花影集序」'와 '嘉靖 二年(1523)作者自撰「花影集引」'이 있는 것으로 보아 1523년경에 중국에서 간행되었음을 알 수 있다. 이 책은 중국에서도 일찍이 실전되었다가 일본에서 발견된 寫刻本으로 복원되었다.

그러나 『花影集』은 이미 임진왜란 이전에 조선에서 출판되어진 사실이 근래에 중국의 王汝梅와 선문대 박재연에 의해서 확인되었다. 조선출판본 『花影集』의 跋文을 쓴 崔岦(1539-1612)은 이 글에서 朝鮮 中宗 때 첨지 尹溪가 중국에 갔을 때 구해온 『花影集』을 약 40여 년 뒤인 1586년 신천과 곤양군수 등을 역임한 그의 손자 尹景禧가 昆陽(현 경남 사천지방)에서 새로 찍어낸 것이라고 밝히고 있다.[31]

이 책의 판본은 중국은 물론 한국에서도 발견되지 않고 오직 일본 와세다 대학에만 소장되어 있는 매우 희귀한 판본이다. 또 조선에서 출판된 唯一本이며 이 책의 底本은 1523년경 陶輔가 출간한 판본임이 확인된다.

31) 박재연, 『뉴방삼의뎐-화영집』, 선문대 중한번역문헌연구소, 1999, 1-5쪽 참고.

(9)『效顰集』

『效顰集』은 명대 초기 趙弼(約 永樂·宣德 年間[1403-1435]에 活動한 文人)이 편찬한 文言體의 傳奇·志怪小說集이다. 이 책의 서명이『연산군일기』에 처음 유입기록이 보이는 것으로 보아 1506년 이전에 유입된 것으로 추정되며[32], 국내출판은 1568년 이전에 淳昌에서 출간되었다.[33] 後印도 있는 것으로 보여 진다. 이 책은 국내에는 이미 오래전에 실전되었고 오직 일본 逢左文庫에 유일본(12行 21字)만 소장되어 있다.

중국에 현존하는『效顰集』판본은 明 宣德 年間(1426-1435)에 간행된 刻本이 있으며 1957년에 이 책을 저본으로 古典文學出版社에서 출판하였다. 이 책의 後序에 총 3권 26편이라고 되어 있으나 지금 남아있는 것은 총 3권 25편만 전해진다.[34]

이 책의 중국출판이 明 宣德 年間(1426-1435)임을 감안하면 대략 1400년대 중·후기나 1500년대 초기에 조선에 유입되어 이 책을 저본으로 바로 출간되어진 책으로 추정된다. 이는 1568년판『고사촬요』에『효빈집』의 書目과 전라도 순창에서 출간된 기록이 있는 것으로 보아 대략 1500년대 초·중기에는 출간이 되었다는 결론이 나오기 때문이다.

『효빈집』은 국내에서 실전되어 오직 일본 逢左文庫에서만 찾아볼 수 있는 희귀본으로 사료적 가치가 매우 큰 판본이다. 明 宣德 年間(1426-1435)에 간행된 明版本과 대조를 통하여 원래 총 3권 26편이었던『효빈집』이 왜 후대에 3권 25편으로 재편집되었는지의 원인과 또 판본 개황에 대한 의문점도 풀릴 가능성이 크다.

32)『燕山君日記』(권63-3, 연산군 12)에 서명이 보임.

33) 1568년판『고사촬요』에『효빈집』서목이 보이며 순창에서 출간되었다고 기록되어 있다.

34) 寧稼雨 撰,『中國文言小說總目提要』, 1996, 231-232쪽 참조.

(10)『玉壺氷』

『玉壺氷』은 明代 都穆(1458-1525)이 편찬한 雜俎小說集이다. 이 책은 늦어도 조선시대 1580년경 이전에는 유입되었으며 출판시기는 대략 1580년경 務安縣 등지에서 출판된 것으로 추정된다.35) 또 판본도 9행 17자본, 9행 18자본, 10행 18자본, 10행 20자본 등 여러 판종이 있는 것으로 보아 後印도 있었음을 추정할 수 있다.36)

『玉壺氷』은 총 1권 72조로 구성되었으며 焦竑의『國史經籍志』와 黃虞稷의『千頃堂書目』小說類에 1卷이 著錄되어 있다고 전한다. 현존하는 중국 판본은『續說郛』등 여러 곳에서 찾아 볼 수 있다.『續說郛』외에도 明 天啓 年間(1621-1627)에 孫如蘭이 교감한 판본과 宋代 呂祖謙의『臥遊錄』明刊本 부록에 첨부되어 있는 판본이 臺灣 國家圖書館에 소장되어 있다.37)

『玉壺氷』의 국내 出刊場所는 크게 3곳으로 보인다. 朝鮮 宣祖 18年(1585)에 刊行된『攷事撮要』에『玉壺氷』의 서목과 간행지가 延安과 固城으로 되어 있다. 宣祖 18年(1585)刊行本『攷事撮要』는 1585년 이전에 간행된 서목을 정리한 책이기에『玉壺氷』이 적어도 1585년 이전에는 국내에서 간행되었다는 것을 확인시켜 주는 것이며, 또 고려대 만송문고 소장본『玉壺氷』(朝鮮木版本, 9行 18字)에는 庚辰年 務安縣刊의 刊記가 있는데 여기서의 庚辰年은 1580년으로 추정된다. 결론적으로『玉壺氷』은

35) 1585년판『고사촬요』에『옥호빙』이 延安과 固城에서 출간된 기록이 있다.

36) 김장환,「조선간본 명대필기집 옥호빙 연구」,『중어중문학』제26집, 2006.6, 190-196쪽.

37) 김장환은『옥호빙』(지만지, 2010)에서 현존하는『옥호빙』刻本은 국내에 4종으로 소개하였는데 필자의 조사에 의하면 10여 종의 출판본과 수종의 필사본이 있는 것으로 확인된다.

務安·延安·固城 등지에서 간행되었으며 간행 시기는 1585년 이전으로 정리되며, 현재 규장각·국립중앙도서관·고려대·연세대·한국학중앙연구원·경북대·계명대·안동 군자마을·밀양 신병철·박재연 등 10여 곳에 소장되어 있다.

여기에서 주목할 것은 『續說郛』本(현재 淸 順治 3年本과 4年本만 존재)과 明 天啓 年間(1621-1627) 孫如蘭의 교감본은 1580년경에 나온 조선출판본 『玉壺氷』에 비하여 늦은 시기에 나왔으며 宋代 呂祖謙의 『臥遊錄』明刊本 부록에 첨부된 판본은 편집이 불완정한 상태이기에 조선출판본 『玉壺氷』이 더욱 가치와 의미가 있는 판본으로 평가된다. 아울러 朝鮮出版本 『玉壺氷』이 무엇을 底本으로 출간이 되었는지 아직까지는 단언하기 어렵다.

(11) 『兩山墨談』

『兩山墨談』은 明代 陳霆(約1477-1550)이 편찬한 작품으로 국내 유입되었다는 기록은 정확히 남아있지는 않지만, 국내에서 1575년에 경주에서 출판된 판본이 남아있다.

『兩山墨談』은 明나라 德淸의 知顯이던 李檗이 초고를 읽은 후에 감탄하여 明 嘉靖 十八年(1539)에 이 책을 간행하였다고 하다. 이 初刻本에는 간행자 李檗의 序文뿐아니라 저자 陳霆의 跋文이 있다. 이후 淸 道光 19年(1839) 三原 李錫齡이 惜陰軒에서 간행한 惜陰軒叢書本(總 四冊本, 李檗의 序文과 重刻者 李錫齡의 序文이 들어있다.)이 있으며 그 외에도 주요 판본으로는 淸 道光 26年(1846)刊本과 淸 光緒 14年(1888)刊本 등이 있다.[38]

38) 明 嘉靖十八年(1539), 德淸知顯李檗刊, 刻本(善本), 1冊 [上海圖書館, 天津圖

『兩山墨談』의 국내 출판기록은 『攷事撮要』에 경주에서 출판했다는 기록이 있으며 1575년에 출판된 판본이 현재 남아있다. 현존하는 조선출판본 『兩山墨談』에는 朝鮮 宣祖 8年(1575) 慶尙道 慶州官廳에서 간행하였다는 기록과 嘉靖 乙亥年(1539)에 陳霆이 쓴 跋文이 있다. 이 책은 당시 경학에 뛰어난 성균관 유생 崔起南(1559-1619)의 교정에 의해 편찬되었으며 당시 간행에 참여한 경상도 관찰사 尹根壽 등 28名의 이름이 책 뒤에 명기되어 있다. 이 판본으로는 啓明大學校에 소장되어 있는 1575년 慶州 간행본 『兩山墨談』의 完整本(9行 18字)이 남아 있다. 조선출판본 『兩山墨談』은 明 嘉靖 18年(1539)에 간행된 初刻本이 국내에 유입되어 이 판본을 底本으로 삼아 간행한 것이 확실해 보인다.

(12) 『皇明世說新語』

『皇明世說新語』는 李紹文이 편찬한(總 8卷) 명대 文言小說集이다. 이 책의 국내 유입에 대한 구체적인 기록은 없지만 許筠(1569-1618)의 『惺所覆瓿藁』「한정록」 제1권「隱遁」, 제2권「高逸」, 제3권「閒適」에 『皇明世說新語』의 내용이 언급되어 있는 것으로 보아 이 시기에 유입된 것으로 보여 진다. 더 구체적으로 추론해보면 『皇明世說新語』原刊本이 1610년에 간행되었고, 또 許筠의 사망연대가 1618년임을 감안해 볼 때 국내 유입 시기는 1610년에서 1618년 사이에 유입되었다는 추론이 가능하다.

著者 李紹文은 『世說新語』의 형식을 빌려 明初부터 嘉靖·隆慶까지

書館] / 日本 天保六年(1835) 日本筆寫本, 10卷 [北京國家圖書館] / 淸 道光十九年(1839), 三原李錫齡惜陰軒刊, 刻本, 18卷4冊, 惜陰軒叢書本[北京大圖書館] / 淸 道光二十六年(1846)刊, 宏道書院本 [臺灣大圖書館]

의 逸聞瑣語와 名士들에 관한 이야기들을 기록한 책으로 『世說新語』나 『世說新語補』와는 전혀 다른 내용을 수록한 책이다. 이 책은 『皇明世說新語』 또는 『明世說新語』라고도 하며 현재 중국에서는 萬曆 38年(1610) 雲間李氏 原刊本이 전해진다. 또 이 책의 서두에는 沈懋孝·王圻·陸從平·陳繼儒 등의 序文이 있는데, 그 중 陸從平의 서문은 萬曆 丙午(1606)에 쓴 것이라서 책의 成書時期도 추정할 수 있는 자료가 되고 있다.

그 후 조선 후기에 10行 20字로 조선에서 간행된 『皇明世說新語』는 刊行時期와 刊行地가 아직 未詳이지만 대략 『世說新語姓彙韻分』의 출현시기와 연관이 있는 英正祖(1725-1800) 사이일 것으로 추정된다.[39] 朝鮮出版本 『皇明世說新語』의 底本은 현재 중국에서 원판본으로 전해지는 萬曆 38年(1610) 雲間李氏 原刊本일 가능성이 높다.

(13) 『三國演義』

『三國演義』는 明代 羅貫中이 편찬한 長篇 歷史演義小說이다. 이 책의 최초 유입기록은 『宣祖實錄』에 처음 보이나 『三國演義』의 前身이라 할 수 있는 『三國志評話』가 『老乞大』에 언급되어 있는 것으로 보아 이미 고려 말에는 유입된 것으로 보인다. 그러나 나관중본 『三國志通俗演義』는 대략 1560년 초·중기 이전에 유입된 것으로 추정된다. 이 책의 국내 최초 출간은 최근 국내에서 발견된 『三國志通俗演義』一冊[殘本 卷8存]이며 朝鮮 金屬活字本으로 간행되었는데(11行 20字, 현재 제주 이상재 소장) 대략 1560년 초·중기에 간행된 것으로 보인다. 그 후 1600년대 초기에 『新刊校正古本大字音釋三國志傳通俗演義』[40]가 출간되었고, 肅宗

39) 조선출판본 『皇明世說新語』는 木版本이며 紙質은 楮紙로 현재 成均館大와 규장각, 국립중앙도서관, 계명대 등에 소장되어 있다.

年間(1674-1720) 이후에는 『四大奇書第一種』[41]이 출간된 것으로 추정된다. 그 후에도 여러 차례가 後印이 있었으며, 방각본으로 京本과 安城本 등 다수가 번역되어 출간되었다.

중국에서는 현존하는 『삼국연의』가운데 가장 이른 판본인 明代 嘉靖任午本(1522)과 周曰校本(1552)이 나온 以後 明淸代에 걸쳐 수십 종의 서로 다른 版本이 나왔다. 그 중 李卓吾(1527-1602)가 編輯하였다고 하는 120회본 『李卓吾先生批評三國志』의 출현 이후 淸初에 毛綸·毛宗崗 父子가 거듭 修訂한 通行本 『三國演義』가 淸代 이래로 주종을 이루게 되었는데 이때가 대략 淸 康熙 18年(1679) 前後이다. 최근 박재연에 의하여 발굴된 조선 금속활자본 『三國志通俗演義』는 대략 1560년대 초·중기에 발행한 것으로 추정하고 있다.[42] 이 책의 底本에 대해서는 여러 가지 異說이 있으나 대략 중국에서 『三國演義』의 가장 이른 판본인 明代 嘉靖 任午(1522) 간행본 계열이나 周曰校本 계열에서 나온 것은 확실해 보인다. 중국에서 가장 이른 판본인 『三國志通俗演義』本[43]과도 다소 차이

40) 1627년 간행된 것으로 보이나 1567년 혹은 1687년으로 보는 학자도 있다. 심지어 1747년으로 보는 학자도 있다. 13行 24字로 耽羅(제주도)開刊이다.

41) 이 책은 『貫華堂第一才子書』로 알려진 책이다. 총 20권 20책으로 되어 있고 12行 26字로 된 판본으로 국내에 가장 광범위하게 분포되어 있다. 後印이 여러 종 있다.

※ 『新刊校正古本大字音釋三國志傳通俗演義』와 『四大奇書第一種』의 출간 년대에 대해서는 아직도 각기 다른 많은 견해가 있다.

42) 박재연·김영교주, 「새로 발굴된 조선 활자본 三國志通俗演義에 대하여」, 『三國志通俗演義』, 학고방, 2010, 12-23쪽 참조.

43) 이 책은 서두에 '庸愚子 弘治 7年(1494) 序'와 '修髯子嘉靖元年引'이 있으며 전 24권 24책 240則으로 되어 있다. 또 '晉平陽侯陳壽史傳, 後學羅貫中編次'라고 題되었고 한 면은 9行 17字이다. 이 책은 현존하는 『삼국지통속연의』의 가장 이른 판본이지만 原版本은 아니다.

가 있고 周曰校甲本과도 차이가 있어 지금은 실전된 또 다른 판본이 저본으로 사용되었을 가능성이 가장 높다.

그 후 조선에서 출간된 12권 12책 『新刊校正古本大字音釋三國志傳通俗演義』(13行 24字)은 周曰校甲本인 『新刻校正古本大字音釋三國志通俗演義』(12卷 12冊 240則本, 13行 26字)의 복각본임이 확인되었다.[44]

현재 한국의 각 도서관에 소장된 『三國演義』의 版本은 대개 金聖歎原評, 毛宗崗評點의 中國版本과 國內版 『四大奇書第一種』이 주류를 이루고 있다. 그 중 肅宗以後 대략 1700년대 이후부터 『四大奇書第一種』(20권 20책, 12行 26字, 序 : 順治歲次甲申[1644]嘉平朔日金人瑞聖歎氏題)이 출간되었다. 이 책은 一名 『貫華堂第一才子書』라고도 하며 金聖歎編, 毛宗崗評으로 되어 있다. 이 책의 底本은 『四大奇書第一種』의 복각본으로 국내에서 가장 널리 유행했던 판본이다.

2) 原文 再編輯 出版本

(1) 『世說新語姓彙韻分』

앞에서 필자는 『세설신어』는 적어도 1195년 이전에는 유입되었으며 대략 朝鮮 肅宗 34年(1708)에 『世說新語補』라는 이름으로 최초 출간되었고, 후에 이 책을 姓氏 別로 나누어 재편집한 책이 『世說新語姓彙韻分』이라고 언급하였다, 『世說新語姓彙韻分』은 총 12권본으로 顯宗實錄字體 木活字로 되어있으며 한 면이 10行 18字이다. 이 책은 『세설신어보』

44) 이 책은 앞 부분에 "晉平陽侯陳壽史傳, 後學羅貫中編次, 明書林周曰校刊行"이라 적혀 있다. 박재연, 『중국고소설과 문헌학』, 도서출판 역락, 2012, 215-219쪽 참고.

가 간행된 후 바로 출간된 것으로 시기적으로 대략 英正祖(1725-1800) 사이일 것으로 추정된다.

이 책은 중국판『世說新語補』를 底本으로 조선에서 姓氏 別로 나누어 再編輯하여 출간한 책으로[45] 중국에는 없는 희귀본이라 할 수 있다. 이 책은 중국에서도 試圖하지 못한 방법을 조선 문인들이 姓氏 別로 재편집하여 출판하였다는 관점에서 의의가 있다. 아울러 작품의 인물을 효율적으로 찾아 볼 수 있는 장점을 가지고 있어 나름의 가치가 돋보이는 판본이라 할 수 있다.

⑵『詳節太平廣記』

『太平廣記』는 宋代 文言小說集으로 李昉(925-996) 등 12명이 편찬한 책이다. 이 책은 적어도 高麗 文宗 34年(1080) 이전에는 유입되었으며[46] 그 후 朝鮮 世祖 8年(1462)에 成任 등이 총 50권으로 축약하여『詳節太平廣記』라는 이름으로 편찬하였다. 이 책은『攷事撮要』에 의하면 晉州와 草溪에서 출간하였다고 기록이 있으며 현재는 50권중 26권만 전해지고 있다.

『太平廣記』는『崇文總目』에 類書類 500卷이라고 되어 있으며,『郡齋讀書志』와『直齋書錄解題』에는 小說家類로 분류되어 있다. 北宋 太宗의 命을 받아 扈蒙·李穆 등과 함께 太平興國 3年(978)에 편찬을 완성하여 太平興國 6年(981)에 판각하였다. 이 책의 원본은 981년에 처음 목판 인쇄되었다가 남송시기에 翻印本이 나왔다고 하나 실전되었다. 그 후 明末 嘉靖 45年(1566)에 이르러서야 談愷가 당시 떠돌아다니던 傳抄本을

45) 김장환,『世說新語姓彙韻分』上卷, 학고방, 2012, 9-12쪽 참고.

46) 김장환·박재연·이래종 역주,『太平廣記詳節』一卷, 학고방, 2005. 4-7쪽 참고.

校補하여 출간을 하였는데 이 판본이 현전하는 가장 이른 판본이다. 또 명대 말기에 許自昌이 교정하여 다시 간행하였고 또 淸나라에 들어와 다시 黃晟이 소형본으로 출판하여 널리 보급하였는데 이 판본이 가장 완전하게 전해지는 판본이다.[47)]

그러면『詳節太平廣記』는 무엇을 底本으로 출간하였는가? 하는 문제이다. 시기적으로 明末 嘉靖 45年(1566)에 談愷가 출간한 판본은 1462년에 출간한『詳節太平廣記』(한 면이 10行 17字, 註雙行)보다는 시기적으로 100여 년 후의 일이기에 불가능하다. 그러면 太平興國 6年(981)에 판각하였다는 원판본이거나 남송시기(1127-1279)에 나온 翻印本일 가능성이 높다. 太平興國 6年(981)의 원판본이 조선 초기 1400년대 중기까지 남아있기는 시기적으로 무리가 있어 보이고 오히려 남송본이 底本으로 쓰였을 가능성이 높아 보인다.

(3)『剪燈新話句解』

『剪燈新話』는 21회본으로 明代 初期 瞿佑(1347-1433)가 지은 傳奇小說集이다.『전등신화』는 대략 1506년 이전에는 국내에 유입되었으며[48)] 朝鮮 明宗4(1549)·明宗 14(1559)·明宗 19(1564)·1704年 等 여러 차례 출간되었다. 이 책은 宣祖 9年(1576)刊『攷事撮要』에 의하면 原州에서 출간되었다고 하고, 宣祖 18年(1585)刊『攷事撮要』에는 永川에서 출간되었다고 기록되어 있다. 또 이 책은 尹春年과 林己가 총 2권 2책으로

47) 寧稼雨 撰,『中國文言小說總目提要』, 1996, 160쪽 참조.

48)『燕山君日記』(권62-3, 연산군 12년[1506]). 그러나 일반적으로 1443년에 나온 「용비어천가」에『전등여화』의 문구가 언급된 것을 감안하면 그 이전으로 추정된다.

편찬한 이래 후대에 방각본으로 수십 차례 출간된 것으로 보인다. 국내에서 가장 많이 볼 수 있는 판본 중의 하나가 바로 『剪燈新話句解』本이다.

중국에서 『剪燈新話』 초간본의 출현은 1381년일 것으로 추정된다. 瞿佑의 自序(1378) 및 凌雲翰의 서문(1380), 吳植의 引語(1381), 金冕의 跋文(1381) 등에 언급된 기록이 이를 뒷받침해준다. 그 후 1442년 국자감 좨주 李時勉(1374-1450)의 상소로 인해 이 책은 간행과 판매 및 소장이 금지되어 오늘날 초기 판본은 거의 볼 수 없게 되었다. 또 일본 간행본으로 慶長 年間(1596-1614) 활자본과 元和 年間(1615-1623) 활자본 등이 있어[49] 중국과는 달리 조선과 일본에서는 많이 주목을 받았던 책이다.

중국에서 간행된 『剪燈新話』의 판본을 살펴보면 1) 초교본 : 『전등록』 40권본. 2) 유통본 : 두 종류 이상 유통. 3) 중교본 : 永樂本(1421년 간행본). 4) 재간본 : 구섬, 항주 간행본. 5) 成化 丁亥(1467) 刻本 - 2권본. 6) 正德 6年(1511) 楊氏 淸江書堂刻本 : 4권본. 7) 萬曆 21年(1593) 刻本. 8) 萬曆 34年(1606) 황정위 刻本 등이 있었으며 이 들 간행본은 대개 2권본과 4권본으로 간행되었음이 확인된다.[50]

국내에서의 출판은 크게 2권본과 4권본이 출판되었는데 4권본은 충남대본 외에 발견되지 않고 대부분 2권본이 주류를 이루고 있다. 간행 시기는 1549년(명종 4년 송분), 1559년(명종 14 임기·윤계년), 1564년(윤춘년, 일본 내각문고본), 1614년(만력 42, 연세대본), 1633년(인조 11년, 조선대본), 1704년(숙종 30, 만송문고본), 1719년(강희 58, 숙대본), 1863년(철종 14, 해군사관학교본) 등 後印本이 있으며 일제식민시기에 들어서 1914년 · 1915년 · 1916년 · 1917년 · 1918년 등 여러 차례 출간되었다. 또 『剪燈新

49) 최용철 역주, 『전등삼종』(상), 소명출판사, 2007, 6-13쪽, 469-527쪽.
50) 정용수 역주, 『剪燈新話句解 譯註』, 푸른사상, 2003, 374-375쪽 참조.

話句解』는 전국 15곳 이상에서 간행하였으며 10행 18자, 10행 19자, 10행 20자, 10행 22자, 11행 18자, 11행 19자, 11행 20자, 11행 21자, 12행 18자, 12행 19자, 12행 20자, 12행 28자, 14행 18자, 14행 25자, 18행 18자, 13행 34자(현토본), 13행 35자(현토본) 등 다양하게 출판되었다.51)

국내 출간된 2권본『剪燈新話句解』의 底本은 正德6年(1511) 楊氏 淸江書堂刻本이 있으나 4권본이기에 가능성이 낮고, 또 萬曆 21年(1593)刻本은 시기적으로 늦어 대략 구섬의 항주 간행본과 成化 丁亥(1467)刻本이 底本으로 사용되었을 것으로 추정된다.

3) 國內 自體編輯 出版本

(1)『訓世評話』

『훈세평화』는 조선시대에 조선인이 만든 중국어교육용 學習工具書로 조선시대 李邊(1391-1473)이 편찬한 책이다. 이 책의 출간시기는 대략 1473年(未確認)·1480年·1518年 등 여러 차례 간행되었으며 上·下 2권 1책으로 되어 있다. 또『攷事撮要』(1568년 간행본)에 의하면 江陵에서 출간하였다고 한다.52)

『訓世評話』는 사실 독서용소설이 아니라 조선시대에 中國語敎育用 學習工具書로 만들어진 책임에도 불구하고 65편의 고사가 나오는데 그 중 60편이『太平廣記』나『搜神記』등에서 발췌인용 하였고 나머지 5편

51) 이상의 근거는 본 연구팀이 정리한 민관동·유희준·박계화 공저,『한국 소장 중국문언소설의 판본 목록과 해제』(학고방, 2013년 2월 간행)를 근거로 작성하였다.

52) 이에 대한 고증은 이 책을 처음 발견한 박재연의 저서에 자세하다. 박재연 외 역해,『훈세평화』, 태학사, 1998, 16-23쪽.

은 국내 설화로 구성되었다.

高麗末 朝鮮初에 살았던 편저자 李邊(1391-1473)이 중국의 講史話本에 착안하여 名賢과 節婦에 관련된 대부분의 고사를 중국 전적에서 취하고, 또『三國史記』·『三國遺事』·『高麗史』와 같은 국내의 문헌설화에서도 몇 편을 간추려 중국어 구어체로 번역했다.[53] 이 책은 조선시대에 조선인이 만든 國內 自體編輯本이기에 특정한 底本이 따로 없고 당시 세간에 떠돌던『太平廣記』나『搜神記』등의 중국 책자와『三國史記』·『三國遺事』·『高麗史』와 같은 국내 책자를 참고하여 自體編輯後 출판한 것이 확실하다.

현존하는 판본으로는 1518년 尹希仁이 10行 17字로 간행한 판본이 일본 나고야(名古屋) 蓬左文庫에 소장되어 있고, 국내 國立中央圖書館에 그 영인본이 있다.

2)『刪補文苑楂橘』

『문원사귤』은 총 2권 2책으로 되어 있으며 출판연대는 英祖 36年(1760) 이전, 대략 1669-1760년경으로 추정된다. 서목은『刪補文苑楂橘』이라 되어 있다. 혹자는 중국 明版本을 조선 사람이 翻刻하여 만들었다는 하지만 중국에서는 판본뿐만 아니라 書目조차도 보이지 않는 것으로 보아 국내 자체편집 출판본이 확실해 보인다. 또 이 책은 한 면이 10行 20字이며 第一校書館印書體 木活字本으로 되어 있다.[54]

53) 박재연,「15세기 역학서 訓世評話에 대하여」,『한국중국소설논총』제7집, 1998, 132쪽 참조.

54)『文苑楂橘』은 文言 短篇小說集으로 일찍이 孫楷第는『日本東京所見小說書目』에서 이 책을 조선 사람이 明本을 翻刻한 것이거나 또는 조선 사람이 작품을 뽑아 편집 인쇄한 것으로 추정한 바 있다. 또 박재연은 이 책이 중국에서 逸失된

『刪補文苑楂橘』은 序文과 刊記는 물론 편찬자도 언급되어 있시 않아 이 책의 유래에 대해 알 수가 없지만 대략 수록된 작품의 내용을 보면 『太平廣記』의 작품과 明代에 나온 문언소설집 『艷異編』·『情史』·『國色天香』 등에서 일부작품을 뽑아 편찬한 것으로 추정된다.[55] 여기에 수록된 문언소설은 총 20편으로 唐代 傳奇小說이 15편(『虯髥客傳』·『紅線傳』·『崑崙奴』·『無雙傳』·『汧國夫人』[一名 『李娃傳』]·『崔鶯鶯』[一名 『鶯鶯傳』]·『裴諶』·『韋鮑生』·『崔玄微』·『韋丹』·『靈應』·『柳毅』·『薛偉』·『淳于棼』[一名 『南柯太守傳』]·『張直方』)·宋明 文言小說 5편(『韋十一娘』·『義倡』·『負情儂』·『趙飛燕』·『東郭先生』)이 수록되어 있다.[56]

또 이 책은 박재연이 발굴한 尹德熙의 『小說經覽者』(1762)와 完山李氏의 『中國小說繪模本』序文(1762)에 그 서목이 처음보이고 그 후 유만주의 독서일기 『欽英』에서도 1784년에 이 책을 읽었다는 기록이 있는 것으로 보아 당시 문인들 사이에 널리 읽혀졌던 책으로 보여 진다.[57]

중국 문언소설집이 아니라, 조선인이 명대에 나온 문언소설을 참고하여 자체편집후 편찬한 것이며, 사용된 활자가 肅宗 10年(1684) 경부터 英祖36年(1760)경까지 사용된 第一校書館 印書體字인 것으로 보아 출판연대를 대략 1760년 이전으로 추정하고 있다. 박재연, 『刪補文苑楂橘』校註本, 선문대 중문과 출판, 1994.

55) 『오주연문장전산고』경사편1-경전류1「經傳總說」「經傳注疏를 널리 섭렵하는 데 대한 변증설」에서도 『태평광기』에서 작품을 뽑았다는 대목이 있다. "누대로 우리집 藏書 중에『文苑楂橘』2卷이 있었는데, 『廣記』를 鈔略한 것으로 그 속에도 역시 河上老人의 말이 실려 있어서 참고할 만했다. 그러나 다른 사람에게 빌려주었다가 잃어버리니 한탄할 노릇이다. (予家藏書中, 有『文苑楂橘』者二卷, 乃『廣記』之鈔略. 而其中, 亦詳載河上老人語, 可考也. 借人見佚, 可歎)."

56) 박재연, 『刪補文苑楂橘』校註本, 선문대 중문과 출판, 1994, 85-94쪽 참조.

57) 이 책은 현재 國立中央圖書館. 韓國學中央硏究院(藏書閣)에 木活字本이 있고, 國立中央圖書館(1부), 延世大學校(2부), 启明大學校(1부), 박재연(1부) 등

이 책도 조선시대에 조선인이 만든 國內 自體編輯本이 확실시되기에 특정한 底本이 따로 없고 당시 세간에 널리 읽혀졌던 『太平廣記』와 明代의 『艶異編』·『情史』·『國色天香』 등을 참고하여 自體編輯한 出版本으로 추정된다.

(3) 『鍾離葫蘆』

『종리호로』는 대략 16세기 말이나 17세기 초에 조선인에 의하여 간행된 것으로 추정되는 책이다.[58] 이 책은 1冊本으로 조선에서 自體編輯하여 출간된 책으로 알려져 있다. 현재 雅丹文庫에 소장되어 있으며 한 면이 7行 15字인 유일본이다.

『鍾離葫蘆』는 明代 笑話集 『絶纓三笑』의 작품을 가져다가 추려서 조선에서 간행한 소화집이다. 조선중기 문인 柳夢寅(1559-1623)이 자신이 엮은 『於于野談』에서 이 책에 관한 기록을 남겼고,[59] 조선 후기 작가 鄭泰齊(1612-1669)가 지은 『天君演義』의 서문에서도 우리나라에서 나온 책이라고 언급[60]되어 있다. 이 책은 근래 최용철이 아단문고에서 발굴하여

이 필사본을 소장하고 있다.

58) 柳夢寅(1559-1632)의 『於于野談』에 언급되어 있다. 필자도 이전에는 『鍾離葫蘆』를 『鍾離』와 『葫蘆』로 따로 별개의 책으로 보았으나 최용철의 발굴로 그 의문점이 풀리게 되었다.

59) 최용철, 「조선간본 中國笑話 종리호로의 발굴」, 『중국소설논총』제16집, 2002. 267-268쪽. : 금년 봄에 새로 간행된 中原作品인 70편의 (필기)소설이 있는데 제목이 『鍾離葫蘆』로서, 西伯으로부터 들여온 것이다. 그러나 외설스럽기 그지없어 차마 눈을 뜨고 볼 수 없었다. 다만 그 중의 두 가지 고사는 世敎에 도움이 될 만하다.

60) 최용철, 「조선간본 중국소화 종리호로의 발굴」, 『중국소설논총』, 2001, 269쪽. 근세의 소설과 잡기 중에서 세상에 전해지는 것이 많지만 그 중에서 이름난 것으

세상에 알려지게 되었다. 그 후 김준형은 金烋(1597-1638)가 엮은『海東文獻總錄』에『鍾離葫蘆』의 기록과『鍾離葫蘆』의 출처가 明나라 笑話 모음집인『絶纓三笑』라는 것과 天啓 壬戌年(1622) 봄에 평양 가촌에서 간행하였다는 것을 알아내었다.[61)]

또 최근 최용철은 日本 東京大 所藏本『絶纓三笑』가운데『鍾離葫蘆』의 내용 78편중 71편이 거의 같은 내용으로『絶纓三笑』에서 가져왔다는 사실을 증명하였다.[62)]

『鍾離葫蘆』역시『訓世評話』나『删補文苑楂橘』처럼 조선시대의 문인에 의해 만들어진 國內 自體編輯 出版本임이 확실시된다. 그러기에 이 책도 특정한 底本이 따로 없고 당시 세간에 떠돌던 明 笑話集『絶纓三笑』등을 중심으로 만들어진 自體編輯 出版本이기에 나름의 가치와 의의가 있는 작품으로 평가된다.

로 말하면 중국에서 온 책으로『전등신화』·『염이편』등이 있고, 우리나라에서 나온 것으로는『종리호로』·『어면순』등의 책이 있다.

61) 김준형,「종리호로와 우리나라 稗說문학의 관계양상」,『중국소설논총』, 2003. 133쪽.
『절영삼소』는 명나라 사람의 웃음의 도구다. 예전에는 4본이 있었는데, 지금 내가 더하고 깎아 그 셋은 버리고 하나만 취하여 이름을『종리호로』라 하였다. 무릇 78편의 이야기는 비록 정권을 잡거나 국가의 大計를 결정하는 데에는 관계하지 못하지만 정신을 수렴하는 데에는 도움이 될 것이다. …〈中略〉… 天啓 壬戌(1622) 봄에 笑山子가 箕城(평양)의 可村에서 쓰다.

62) 최용철,「명대소화 절영삼소와 조선간본 종리호로」,『중국어문학』제36집. 2005.

3. 出版의 意義와 版本의 價値

1) 국내 출판의 의의

조선시대 中國語 原文으로 출판된 중국고전소설은 약 19종 21작품으로(後印本과 번역 出版本 세외) 조사되었다. 그중에서 漢代의 작품으로 『新序』·『說苑』, 위진육조의 작품은 『博物志』·『世說新語補』, 당대의 작품은 『唐段小卿酉陽雜俎』, 송대의 작품은 『詳節太平廣記』, 원대의 작품은 『嬌紅記』, 명대의 작품으로 『剪燈新話句解』·『剪燈餘話』·『玉壺氷』·『效顰集』·『花影集』·『兩山墨談』·『皇明世說新語』·『三國志通俗演義』·『新刊校正古本大字音釋三國志傳通俗演義』·『四大奇書第一種』[63] 등이 있다. 이처럼 명대 작품이 조선출판의 주류가 되었음이 확인된다.

문체에 있어서는 『三國演義』 계열을 제외한 작품들 대부분이 문언소설이라는 특징이 있으며, 또 국내 출판시기를 살펴보면 1400년대에 출판한 작품으로 『新序』·『說苑』·『唐段小卿酉陽雜俎』·『詳節太平廣記』·『訓世評話』 등이 있고, 1500년대는 『博物志』·『嬌紅記』(推定)·『剪燈新話句解』·『剪燈餘話』·『花影集』·『玉壺氷』·『效顰集』·『兩山墨談』·『三國志通俗演義』 등이, 1600년대에는 『鍾離葫蘆』·『新刊校正古本大字音釋三國志傳通俗演義』(推定) 등이, 1700년대에는 『世說新語補』·『世說新語姓彙韻分』·『皇明世說新語』·『刪補文苑楂橘』(推定)·『四大奇書第一種』[64] 등이 있다.

---

63) 『世說新語補』와 『四大奇書第一種』의 경우, 『世說新語補』는 그 뿌리가 『世說新語』에서 나왔기에 위진육조로 분리하였고, 『四大奇書第一種』은 뿌리가 나관중의 『삼국연의』이기에 명대로 분류하였다.

64) 필자가 2012년에 발표한 논문 「중국고전소설의 출판문화 연구」(『중국어문논역

이상의 결과를 가지고 분석해 보면, 朝鮮初期부터 유학의 장려와 함께 흥성한 학술풍토는 출판문화의 형성에 많은 영향을 주었는데 이러한 영향은 소설에까지도 영향을 끼쳐 많은 소설들이 출판되었음이 확인된다. 특히 1400년대와 1500년대에는 왕성한 출판문화가 형성되어 다량의 책들이 민간에 보급된 것으로 추정된다. 그러나 壬辰倭亂(1592-1598)은 번창하던 우리의 출판문화에 상당한 타격을 입히게 되어 결국 1600년대는 출판이 급격히 위축되고 또 판본 상태도 졸렬해지는 현상이 소설 출판에서도 나타난다. 그러다 1700년대에 들어서며 다시 출판이 왕성해 지며 이전의 상태로 회복이 되는 양상을 보이고 있다.[65]

朝鮮出版本의 版式을 살펴보면 다양한 출판형태를 보여주고 있는데 그중 가장 주목되는 부분은 한 면이 몇 行·몇 字로 판각되었나 하는 문제이다. 대략 출판시대 순으로 살펴보면 다음과 같다.

> 『新序』(11行 18字)·『說苑』(11行 18字)·『唐段小卿酉陽雜俎』(10行 19字 / 10行 23字)·『詳節太平廣記』(10行 17字)·『訓世評話』(10行 17字 / 白話文 10行 16字)·『博物志』·『嬌紅記』(未確認)·『剪燈新話句解』(10行 18字 / 10行 19字 / 10行 20字 / 10行 22字 / 11行 18字 / 11行 19字 / 11行 20字 / 11行 21字 / 12行 18字 / 12行 19字 / 12行 20字 / 12行 28字 / 14行 18字 / 14行 25字 등 多樣)·『剪燈餘話』(11行 22字)·『三國志通俗演義』(11行 20字)·『兩山墨談』(9行 18字)·『玉壺氷』(9行 17字 / 9行 18字 / 10行 18字 / 10行 20字)·『效顰集』(12行 21字)·『花影集』(10行 18字)·『鍾離葫蘆』(7行 15字)·『新刊校正古本

총간』제30집, 230-231쪽)에 약간의 오류와 新發掘本을 보충하여 다시 작성한다.

65) 조선출판본의 출판목적을 살펴보면 조선전기에는 주로 신학문에 대한 갈망과 호기심 그리고 풍속교화와 교육의 목적으로 이루어진 반면 조선 후기에는 영리목적으로 이루어진 상업적 출판이 주종을 이룬다.

大字音釋三國志傳通俗演義』(13行 24字)·『刪補文苑楂橘』(10行 20字)·『世說新語補』(10行 18字)·『世說新語姓彙韻分』(10行 18字)·『皇明世說新語』(10行 20字)·『四大奇書第一種』(12行 26字).

이상의 결과에서 판식의 판형은 대략 7行 15字부터 13行 24字까지 다양한 형태를 보여준다. 그 중 10行 18字, 10行 20字, 11行 18字 판형을 비교적 선호한 편으로 보인다. 또 활자형태를 살펴보면 일반적으로 목활자와 금속활자로 출판되었는데 대부분 소설이 목활자가 주류를 이룬다. 그러나 특이하게도 金屬活字로 찍은 것이 있는데 이것이 곧『三國志通俗演義』와『世說新語補』이다.『三國志通俗演義』는 1560년 初·中期에 '丙子字'로 출판되었고『世說新語補』는 1708年頃에 '顯宗實錄字'로 출간되었다. 이렇게 金屬活字로까지 중국고전소설이 출간되었다는 사실은 朝鮮의 出版史에 상당한 의미를 내포하고 있다고 평가할 수 있다. 출판지역도 漢陽·安東·南原·慶州·江陵·襄陽·草溪·晉州·原州·淳昌·昆陽·延安·固城·務安·耽羅(濟州) 등 전국 각지에서 고르게 출판되어 출판강국으로의 위상을 보여주고 있다.

2) 판본의 가치

조선시대에 출판한 중국고전소설 가운데는 이미 중국에서조차 逸失되어 없거나 설사 있더라도 원형을 복원하기 어려운 판본들이 다수 존재한다. 또 복원되었다고 하더라도 시기적으로 조선출판본 보다 늦은 시기에 나온 판본이기에 조선출판본이 더 높은 가치를 가지게 된다. 이러한 판본으로는『新序』·『說苑』·『唐段小卿酉陽雜俎』·『花影集』·『玉壺氷』등을 들 수 있다. 특히『花影集』의 경우에는 중국에서도 일찍 실전되어 일본 筆寫本으로 복원한 경우인데 그 원형을 조선출판본『花影集』으로 복원이 가능하기에 판본적 가치가 높다고 할 수 있다. 또『唐段小卿酉陽雜俎』등 대부분 소설들은 현재 국내 도서관 등에 분산되어 소장되어 있지만 이 판본들을 합치면 복원이 가능하다. 실례로 본 연구팀은 현재 안동 군자마을 소장본『新序』·『說苑』과 계명대 소장본『新序』을 합쳐 복원에 성공하였다.

그리고 국내에서 비교적 이른 시기에 출판하여 가치가 생긴 판본으로 『三國志通俗演義』를 들 수 있다. 이 책은 현재 중국에서『三國演義』의 가장 이른 판본인 明代 嘉靖 任午本(1522)이 나온 지 불과 40여 년 만에 간행된다가 한·중·일 최초의 金屬活字本으로 출간되어 상당한 가치와 의미를 지닌다. 그 외 原文을 再編輯하여 출판한 판본으로『詳節太平廣記』와『剪燈新話句解』가 있는데『詳節太平廣記』의 경우 중국본『太平廣記』에는 없는 6편이 수록되어 있어 談愷本(1566) 이후『太平廣記』의 遺漏를 채워줄 수 있는 소중한 자료가 되고 있다.[66)]『剪燈新話句解』의 경우에는 원문『剪燈新話』에 나름의 句解를 달아 서지학적 가치를 높인 것은 물론『剪燈新話』 자체가 중국에서는 일실되었던 것을 일본에서 복원한 점을 감안하면『剪燈新話句解』의 판본적 가치는 상당히 높은 것으로 인정된다.

또 원문을 재편집하여 출간한『世說新語姓彙韻分』이나 국내 자체편집하여 출간한『訓世評話』·『删補文苑楂橘』·『鍾離葫蘆』의 경우는 또 다른 의미와 가치가 있다. 먼저『世說新語姓彙韻分』의 경우, 이 책은 작품인물 찾기의 효율성을 감안해 姓氏 別로 재편집하여 출판하였다는 관점에서 매우 의의가 있고 또 중국에는 시도하지 않은 발상이기에 가치가

66) 김장환·박재연·이래종 譯註,『太平廣記詳節』一卷, 학고방, 2005, 28-29쪽 참고.

더해지고 있다. 그리고 중국에서는 없는 작품을 조선인이 창의적으로 자체편집하여 출간한『訓世評話』·『刪補文苑楂橘』·『鍾離葫蘆』는 창의적 관점에서 매우 높은 가치가 부여된다. 그것도 한 책에서 주로 발취한『鍾離葫蘆』가 있는가 하면 여러 책을 참고로 취향에 따라 발취하여 출간한『訓世評話』와『刪補文苑楂橘』도 있다. 이러한 유형의 출간은 중국소설의 수용사적 측면에서 매우 중요한 의미를 함유하고 있다.

그 외에도 서지학적 가치를 더하는 것으로『兩山墨談』을 들 수 있다. 이 책은 朝鮮 宣祖 8年(1575) 慶尙道 慶州官廳에서 간행하였다는 기록과 嘉靖 乙亥年(1539)에 原著者 陳霆이 쓴 跋文이 명확하게 기록되어 있다. 그리고 崔起南(1559-1619, 성균관 유생)이 校訂編纂하였으며 당시 간행에 참여한 경상도 관찰사 尹根壽 등 28名의 이름이 책 뒤에 명기되어 있어 사료적 가치가 높다. 그 외 서문이나 발문을 통해 출간 연대와 출간자가 명확히 기록된 판본으로는『訓世評話』·『花影集』·『詳節太平廣記』·『剪燈新話句解』 등이 있다. 또『조선왕조실록』이나 기타 문헌사료들을 통해 刊記 등을 확인할 수 있는 작품에는『說苑』·『唐段小卿酉陽雜俎』 등이 있어 겨우 출간시기 혹은 出刊者를 추정할 수 있으나『皇明世說新語』나『世說新語姓彙韻分』 등의 판본은 전혀 간기가 없어 출간시기의 추정과 간행자의 추적에 어려움이 따르고 있다.

또 국내에서 가장 여러 차례 출간한『剪燈新話句解』와『四大奇書第一種』의 경우는 간기가 있는 것과 없는 것이 혼재하여 혼선을 빚고 있다.『剪燈新話句解』의 경우 간행시기가 명확한 것으로 1549년본·1559년본·1564년본·1614년본·1633년본·1704년본·1719년본·1863년본 등에는 刊記가 표시되어 있으나 나머지 판본은 기록이 전혀 없어 출판시기를 추정하기가 매우 어렵다. 이러한 현상은『四大奇書第一種』(모종강 비평본)에서 더 심하게 나타난다.

끝으로 현재 조선시대 출판본 중 아직까지 발굴하지 못한 판본은『列女傳』·『嬌紅記』 등 2종이 있고, 발굴은 하였으나 애석하게도 일본에 소장되어 있는 판본은『博物志』·『剪燈餘話』·『花影集』·『效顰集』·『訓世評話』 등 5종이 있다.

결론적으로 조선시대에 출판된 중국고전소설의 출판방식은 크게 原文出版과 飜譯出版으로 나뉘며 原文出版은 다시 覆刻出版과 原文 再編輯出版 및 國內 自體編輯出版으로 분류된다. 覆刻出版本으로는『新序』·『說苑』·『博物志』·『世說新語補』·『唐段小卿酉陽雜俎』·『剪燈餘話』·『玉壺氷』·『效顰集』·『花影集』·『兩山墨談』·『皇明世說新語』·『三國志通俗演義』·『新刊校正古本大字音釋三國志傳通俗演義』·『四大奇書第一種』 등이 있고, 原文 再編輯 出版本으로는『世說新語姓彙韻分』·『詳節太平廣記』·『剪燈新話句解』 등이 있으며, 國內 自體編輯出版本으로는『訓世評話』·『刪補文苑楂橘』·『鍾離葫蘆』 등이 있다.

조선시대에 原文으로 출판된 중국고전소설은 약 19종 21작품으로 이들 대부분은 명대 작품을 가지고 출판하였음이 확인된다. 또『三國演義』 계열을 제외한 작품들은 대부분이 문언소설이라는 특징이 있으며 1400년대와 1500년대에는 왕성한 출판문화가 형성되어 다량의 책들이 민간에 보급된 것으로 추정된다. 그러나 壬辰倭亂(1592-1598)으로 번창하던 우리의 출판문화가 상당한 타격을 입어 1600년대는 출판이 급격히 위축되거나 판본 상태도 졸렬해지는 현상이 나타난다. 그러다 1700년대에 들어서며 다시 출판이 다시 回復되는 양상을 보이고 있다.

朝鮮出版本의 版式은 대략 7行 15字부터 13行 24字까지 다양한 형태로 나타나지만 그 중 10行 18字, 10行 20字, 11行 18字 版을 비교적 선호한 편으로 확인된다. 또 활자도 대부분 소설이 목활자가 주류를 이루지만

『三國志通俗演義』와 『世說新語補』처럼 金屬活字로 찍은 것도 나타난다. 출판지역도 漢陽·安東·南原·慶州·江陵·襄陽·草溪·晉州·原州·淳昌·昆陽(泗川)·延安·固城·務安·耽羅(濟州) 등 전국 각지에서 고르게 출판되었음이 확인할 수 있다.

조선시대 출판한 중국고전소설 가운데 『新序』·『說苑』·『唐段小卿酉陽雜俎』·『花影集』·『玉壺氷』 등은 이미 중국에서 실전되었거나 또는 원형을 복원하기 어려운 판본(복원되었어도 조선출판본 보다 늦은 판본)들로 가치가 높은 작품들이다.

그리고 한·중·일 최초의 金屬活字本으로 출간된 『三國志通俗演義』와 原文을 再編輯하여 출판한 판본으로 『詳節太平廣記』·『剪燈新話句解』 등도 서지학적 가치를 높인 작품으로 작품들이다. 또 원문을 재편집하여 출간한 『世說新語姓彙韻分』이나 국내 자체편집하여 출간한 『訓世評話』·『刪補文苑楂橘』·『鍾離葫蘆』의 경우도 또 다른 의미와 가치가 있다. 즉 중국에는 없는 작품을 조선인의 손으로 自體編輯하였기에 창의적 관점에서 매우 높은 가치가 부여된다. 이러한 유형의 출간은 중국소설의 수용사적 측면에서 매우 중요한 의미를 함유하고 있다.

그 외에도 서지학적 가치를 더하는 것으로 『兩山墨談』·『訓世評話』·『花影集』·『詳節太平廣記』·『剪燈新話句解』처럼 序文이나 跋文에 출간 연대와 출간자가 명확히 기록되어 있어 사료적 가치가 높은 작품도 있다. 그러나 대부분의 판본들은 간기가 없어 출간시기의 추정과 간행자의 추적에 어려움이 따르고 있다.

Ⅱ. 中國 '世說體' 小說의 국내 流入과 受容

위진남북조의 대표작인『世說新語』는 비록 街談巷語나 道聽塗說 등 확실치 않은 이야기가 포함되어 있긴 하지만, 劉孝標 註까지 포함해서 작품에 등장하는 천오백여 명의 인물들은 대부분 역사에 실존했던 인물들로서 이들을 중심으로 엮은 志人類 志怪小說이다.

劉義慶은 漢末부터 東晉 名士의 각종 言談이나 逸事를 채집하여 魏晉 위주로 내용을 분류하고 魏晉時代 사대부들의 思想과 가치관, 風貌, 일상생활, 그 시대의 風氣 문제 등을 정리하였다.『世說新語』는 비록 인물의 家世를 기술하지는 않았지만 인물의 언행이나 생활의 단편적인 일들을 간단한 대화로 기록한 독특한 책이다. 물론 이런 형태의 문체가 사전류의 문체와도 비슷한 점이 있지만『세설신어』만의 특색 있는 서술 양식을 만들어 낸 것은 사실이다.『세설신어』가 세상에 선보인 후에 이를 모방해서 글을 쓰는 '世說體'라는 독특한 문학 체제가 형성되었고, '세설체'식의 인물품평 방식이 확립되어 후대 '세설체' 소설 창작에 영향을 주었다. 이뿐 아니라『세설신어』에 등장하는 인물들의 이야기는『三國演義』와 같

* 본 논문은 2016년 한국연구재단의 지원(일반 공동연구과제)을 받아 수행된 연구결과로(NRF-2016S1A5A2A03925653) 2018년『中國小說論叢』제54집에 투고된 논문을 일부 수정 보완한 것이다. 主著者: 劉僖俊, 交信著者: 閔寬東.

은 소설에도 상당한 영향을 주었을 정도로 그 영향력은 지대하다고 볼 수 있다.

寧稼雨는 『中國志人小說史』에서 '世說體' 소설에 대해 다음과 같이 언급했다. "瑣言小說은 여러모로 世說新語類의 체례를 본받아 문인들의 사적을 위주로 하여 정리하였는데, 이것은 『世說新語』의 흥성에 부흥한 것이다. 逸事小說은 형식적인 면에서 『西京雜記』를 따라 '門類'로도 나누지 않아 내용이 매우 방대하고 잡다하다. 하지만 항간에서 전해들은 이야기를 수록한 野史위주의 고사여서 편히 볼 만하다. 필자는 이 두 종류의 소설을 '世說體'와 '雜記體'로 구분한다."[1] 라고 했다. 하지만 이런 '세설체'식 문체는 魏晉時代를 거치면서 한 순간에 만들어진 것이 아니라 길고 오랜 시간 동안 이전 문인들의 서술 방식의 영향을 받아 계승된 문체라고 보아야 한다. 형식이나 내용, 사상 및 창작수법 등 전대의 우수한 성과들을 채용하였고 이런 기초를 바탕으로 독특한 풍격을 완성해낼 수 있었던 것이다.

春秋時代 『詩經』의 〈關雎〉에 나오는 '窈窕淑女'라는지 '君子'라는 단어를 접하면 굳이 설명하지 않아도 정숙하고 현명한 여인과 또 학식과 덕망을 갖춘 멋진 남자가 떠오른다. 이 시대의 詩에 나오는 상당수의 단어들이 이미 고사성어로 고착화되어 지금까지 사용될 정도로 단어만 듣고도 그 사람의 됨됨이를 명확히 알 수 있게 해주는 말들이 상당히 많다. 이런 사실만으로도 중국에서는 이미 선진시대부터 한 두 단어로 인물에 대해

---

1) 寧稼雨, 『中國志人小說史』, 遼寧人民出版社, 1991, 9-10쪽.
"瑣言小說多模倣世說新語以類相從的體例, 以記載文人事迹爲主,是世說新語的附庸和餘波, 逸事小說在形式上則追隨西京雜記不分門類, 只分卷次. 內容龐雜, 只收錄閭巷傳聞, 野史故事爲主. 爲方便起見, 筆者將此2類小說分別稱爲'世說體'和'雜記體'"

품평하는 일들이 종종 있었음을 어렵지 않게 짐작해 볼 수 있다.

또한 『論語』에 사용된 '文學'과 『세설신어』의 '文學'이 같은 의미로 사용된 예를 보면, 『논어』의 영향을 받았을 수 있다는 점도 무시할 수 없다고도 한다.[2] 劉向의 『說苑』은 내용이나 형식적인 측면에서 그 후대에 쓰여진 『세설신어』 창작에 영향을 주었고, 『풍속통의』 10권 중 각종 사물에 대해 서술한 부분들은 『세설신어』 '品第'편과도 상당히 비슷한 양상을 보인다고 볼 수 있다. 더욱이 『세설신어』가 정리되었을 당시 이미 기본 36門 편명이 확정되어 있었던 것을 보면 이전의 저작들과의 상당한 영향관계가 있었음을 짐작할 수 있다. 宋代에 유실되었다고 하는 『魏晉世語』역시 『세설신어』에 영향을 주었을 것으로 추측하지만, 현존하지 않아 그 영향관계를 정확히 고증하기는 어렵다. 裴棨의 『語林』도 절반 이상이 『세설신어』에 습용되었다고 하니, '世說體'식 문체는 이전 여러 문체방식과 내용을 종합하되, 실존하는 역사인물들의 언행을 기록한 방식이라고 보아야 할 것이다. 허구는 아니지만, 재미있고 생동감 있는 실존 인물의 이야기를 기록하는 독특한 풍격 때문에 후대 상당한 모방작이 나오는 여파를 만들어 냈다. 淸代 작품인 嚴蘅의 『女世說』에 나오는 규방여인들은 역사서에서 찾을 수 없는 인물들도 있지만 모두 실존인물들이기 때문에 당시 여인들의 삶과 문화를 엿볼 수 있는 귀한 자료가 되고 있다.

寧稼雨가 『世說新語』를 모방해서 문인들의 사적을 기록한 瑣言小說들을 '世說體' 소설이라고 칭했던 것처럼 '세설체' 소설은 일반 단편소설과는 확연히 다르기 때문에 더 매력적인 유행을 만들어 낼 수 있었다. 이런 작품들은 비록 문인들의 사적을 정리해 놓긴 했지만 실제 사실을 바탕

2) 馮棟鈞, 「『世說新語』: '世說體' 確立的豐碑」, 重慶師範大學 碩士學位論文, 2005, 3쪽.

으로 소설적 요소를 덧붙여 기록해 놓았기 때문에 사료적 가치 뿐 아니라 소설적인 흥미까지 더해져 많은 문인들의 사랑을 받아온 것이다.

중국의 '세설체' 소설에 관심을 가지고 자료를 찾다보니, 생각보다 꽤 많은 작품들이 쓰여졌다는 사실을 알 수 있었다. 이런 붐은 허구적 소설이 유행하던 明代에 가장 성행하여 서른 두 種의 작품이 창작되기에 이른다. 이런 흥행이 있었기 때문에 언어의 장벽에도 불구하고 국내에 여섯 작품이 유입되기에 이른다. '세설체' 소설의 유입은 당시 국내 독서시장의 트렌드를 읽어내기에도 좋은 정보를 제공해 준다고 볼 수 있다. 문인들의 사랑은 결국 국내출판까지 이어져 이와 관련된 서적 3종이 간행되어 유포될 수 있었던 것이다.

본 논문에서는 魏晉南北朝 時代 志人小說인 유의경의『世說新語』이후, 그 영향으로 중국에서 '세설체' 소설 작품이 쓰여진 시기와 작품을 시대별로 분류해보고, 국내 유입된 작품들을 중심으로 출판사항 및 수용 양상까지 살펴보고자 한다. 특히 이번 연구를 통해 자세히 살펴보게 된 이화여자대학교에 소장중인 9권 2冊『세설신어보』목활자본에 대해서도 약간의 지면을 할애하여 소개하고자 한다.

1. 중국 世說體 소설의 발전과 국내 유입

(1) 唐·宋·元代의 世說體 소설

인물의 품평을 위주로 한 유의경의『世說新語』가 인기를 끈 이후, 이를 모방한 작품은 시대를 막론하고 꾸준히 창작되기에 이른다.

우선 唐代의 대표적인 작품들을 들자면 王方慶이 撰한『續世說新語』十卷과 劉肅이 撰한『大唐新語』十三卷 등이 있다. 표로 정리하면 다음과 같다.

표 1. 唐代의 '世說體' 小說

書名	作者	成書時間	存佚
唐 :『續世說新語』	王方慶(?-702)		
唐 :『大唐新語』	劉肅	元和二年(807)	存

宋代에는 李垕가 撰한 『南北史續世說』十卷, 孔平仲이 撰한 『續世說』十二卷과 王讜이 撰한 『唐語林』八卷 등이 있는데, 이 작품들은 모두 '世說體' 형식을 빌려 새롭게 창작을 한 소설들이다.

표 2. 宋代의 '世說體' 小說

書名	作者	成書時間	存佚
宋 :『南北史續世說』	李垕	唐朝人李垕寫了『南北史續世說』, 記錄三國兩晉南北朝期間幾百年的名人逸事.	存
宋 :『續世說』	孔平仲	北宋(『宋史 · 艺文志』著錄十二卷, 北宋孔平仲撰)	存
宋 :『唐語林』	王讜	元祐四年(1089)	存

元代에 이르면 이 시대의 특성상 '世說體'를 모방한 새로운 소설 작품을 창작하기 보다는 기존 『世說新語』에 나와 있는 내용을 각색하여 雜劇이나 南戲로 개편한 작품들이 주로 선보였다. 대표적인 雜劇으로는 關漢卿의 『溫太眞玉鏡臺』(假譎 9) · 『漢元帝哭昭君』(賢媛 2) · 『石崇妾綠珠墜樓』(仇隙 1) · 『終南山管寧割席』(德行 1)이 있는데, 비록 이 작품들은 『溫太眞玉鏡臺』를 제외하곤 현재 유실되어 남아있지 않지만 모두 『世說新語』의 내용을 가지고 劇을 만든 것이다. 이외에도 馬致遠의 『破幽夢孤雁漢宮秋』(賢媛 2) · 『劉伯倫酒德頌』(文學 69)와 王實甫의 『曹子建

七步成章』(文學 66) 등이 있다.

표 3. 元代『世說新語』를 인용한 희곡 작품

作品	作者	『世說新語』편명	存佚
『溫太眞玉鏡臺』	關漢卿	假譎 9	存
『漢元帝哭昭君』	關漢卿	賢媛 2	佚
『石崇妾綠珠墜樓』	關漢卿	仇隙 1	佚
『終南山管寧割席』	關漢卿	德行 1	佚
『破幽夢孤雁漢宮秋』	馬致遠	賢媛 2	存
『劉伯倫酒德頌』	馬致遠	文學 69	存
『曹子建七步成章』	王實甫	文學 66	存

唐代는 傳奇의 유행에도 불구하고 世說體로 쓰여진 작품이 두 작품이 있고, 宋代에도 세 작품이 있을 정도로 그 명맥이 유지되었다. 그리고 이민족의 지배를 받았던 시기였던 원대에는 비록 世說體 작품이 쓰여지지는 않았지만 雜曲으로 다시 재창작되어 대중에게 현장감 있게 다가갔다. 이런 작품들은 비록 소설로 창작되지는 않았지만 문인들의 전유물로만 여겨지던『世說新語』의 내용들이 서민들에게 한 걸음 다가갈 수 있었다는 점에서 큰 의의를 지닌다. 이런 흐름은 明代에도 이어져 徐渭의『狂鼓史漁陽三弄』이나 汪道昆의『洛水悲』등 많은 작품이 각색되기에 이른다.

2) 明代의 世說體 소설

하지만 무엇보다도 주목할 사항은 明代에 이르러, 특히 중·후기에 대량으로 '世說體' 작품들이 쏟아져 나와 '世說體' 소설 창작의 일대 興盛期를 맞았다는 점이다. 寧稼雨의『中國文言小說總目提要』나, 陳大康의

『明代小說史』의 부록으로 나와 있는 『明代小說編年史』를 위주로 통계를 내보면 명대 중·후기 '世說體' 작품은 대략 32種으로 그 중 弘治·嘉靖·天啓·崇禎年間 4代에 이르는 동안에는 단지 6篇만이 세상에 선을 보인 반면, 그 나머지에 해당하는 20種이 넘는 작품들은 모두 萬曆年間에 창작되었다. 34년이라는 시간동안 현존하는 작품의 21種이 창작되어진 것이다. 이런 통계는 이 시기에 얼마나 많은 '世說體' 작품들이 창작되고 유행했는지를 보여주는 중요한 증거자료가 된다.3)

표 4. 明代 '世說體' 小說

書名	作者	成書時間	存佚
『吳中往哲記』/『往哲記』 一卷	楊循吉(1458-1546)	弘治十年(1497)	存
『何氏語林』/『語林』 三十卷	何良俊(1506-1573)	嘉靖三十年(1551)	存
『續吳中往哲記』 一卷	黃魯曾(1487-1561)	嘉靖三十六年(1557)	存
『續吳中往哲記補遺』 一卷	黃魯曾	嘉靖三十六年(1557)	存
『世說新語補』 二十卷	劉義慶撰 劉孝標注 何良俊增 李贄評點 張文柱校	嘉靖三十五年(1556)萬曆十三年(1585)萬曆十四年(1586)萬曆十五年(1587)	存
『世說新語補』 四卷	何良俊撰補、王世貞刪、張懋辰考訂	萬曆十三年(1585)	存
『初潭集』 二十八卷/三十卷	李贄(1527-1602)	萬曆十六年(1588)	存
『清賞錄』 二十卷	包衡 張冀	萬曆二十九年(1601)	存
『說儲』/『說麈』 八卷	陳禹謨(1548-1618)	萬曆十五年(1587) 萬曆三十七年(1609)	存
『說儲二集』 八卷	陳禹謨	萬曆年間(十五年 1587、二十七年1609、三十九年 1611)	存

3) 유희준·민관동, 「『황명세설신어』의 국내 출판과 수용 연구」, 『중국소설논총』, 2013 참조.

書名	作者	成書時間	存佚
『邇訓』 二十卷	方學漸(1540-1561)	萬曆年間	存
『皇明世說新語』/『明世說新語』 八卷	李紹文	成書萬曆三十四年(1606)刻于萬曆三十八年(1610)	存
『西山日記』 二卷	丁元薦	萬曆年間(中後期)	存
『霞外麈談』 十卷	周應治	成書萬曆年間、刻于崇禎六年(1633)	存
『舌華錄』 九卷	曹臣	萬曆四十三年(1615)	存
『蘭畹居淸言』/『淸言』 十卷	鄭仲夔	成書萬曆三十或三十一年(1602、1603)刻于萬曆四十五年(1617)	存
『玉堂叢語』 八卷	焦竑(1541-1620)	萬曆四十六年(1618)	存
『琅嬛史唾』 十六卷	徐象梅	萬曆四十七年(1619)	存
『耳新』 八卷	鄭仲夔	天啓六年初刻(1626)崇禎七年重刻(1634)	存
『說雋』 四卷	華淑	今有明刊本及『快書六種』本	未見
『燕都妓品』	佚名	現存『重訂欣賞編』、『綠窓女史』及『續說郛』本。萬曆年間	存
『明世說』 八卷	焦竑	『千頃堂書目』、『明史·藝文志』小說家類著錄。萬曆年間	佚
『問奇類林』 三十六卷	郭良翰	『千頃堂書目』、『明史·藝文志』小說家類著錄。現有萬曆三十八年(1610)刊本	存
『問奇類林續』 三十卷	郭良翰	『千頃堂書目』、『明史·藝文志』小說家類著錄。現有萬曆三十八年(1610)刊本	存

書名	作者	成書時間	存佚
『問奇一臠』 三十卷	郭良翰	『千頃堂書目』、『明史·藝文志』小說家類著錄	未見
『廣世說新語』 無卷數	賀虞賓	何舜齡撰『空凡賀公墓志』載有此書。据書名知爲志人小說。參見宋慈抱『兩浙著述考』子部小說家類	佚
『唐世說』 無卷數	賀虞賓	上同	佚
『宋世說』 無卷數	賀虞賓	上同	佚
『明世說』 無卷數	賀虞賓	上同	佚
『兒世說』 一卷	趙瑜	現存『續說郛』本	存
『南北朝新語』 四卷	林茂桂	現有天啓刻本	存
『集世說』 六卷	孫令弘	『千頃堂書目』小說類著錄	佚

이렇게 다양하게 창작된 작품들 중에서 가장 인기를 누렸던 작품은 당연 何良俊의 『何氏語林』이었다. 『何氏語林』은 단독 작품으로 알려지기보다는 王世貞에 의해 『世說新語』와 합본으로 묶여 『世說新語補』라는 제목으로 다시 간행되어 인기를 끌었다. 중국뿐 아니라 우리나라에서도 많은 사대부들의 관심과 사랑을 받았기 때문에 국내에서 여러 차례 간행되었다. 결국 『世說新語補』는 문언소설 가운데 『剪燈新話句解』 다음으로 국내에서 가장 많이 사랑받았고, 『剪燈新話句解』에 버금갈 만큼 여러 번 국내에서 출판된 서적이 되었다.

何良俊의 『何氏語林』으로 인해 『世說新語補』작품이 많은 사랑을 받아서 인지, '세설신어'라는 말이 들어간 李紹文의 『皇明世說新語』역시 국내에서 많은 호응을 받고 간행되었다. 특이한 점은 작가 李紹文은 중국에서는 그다지 알려진 문인이 아니었기에 『皇明世說新語』이라는 작품도 큰 반향을 일으키지 못했는데, 국내에서는 許筠이 그의 책에서 여러 번

언급을 할 만큼 애독하였고, 조선후기에는 국내 유입된 판본을 바탕으로 국내 출판도 이루어졌다. 아마도 許筠에 의해 국내 유입되었을 것이고, 許筠은 이 작품을 소장하고 있었던 듯 보인다. 그 후 許筠이 세상을 떠난 뒤, 아마도 許筠의 『閑情錄』에 의해 이 작품이 문인들 사이에서 더욱 회자되었을 것이고, 그 때문에 許筠의 소장본 또는 그 이후에 국내로 유입된 원본을 바탕으로 국내에서 간행된 것으로 보인다.

3) 清代의 世說體 소설

清代에 들어서도 明代만큼 많은 작품은 아니더라도 '世說體' 작품이 끊임없이 창작되어졌다. 梁維枢의 『玉劍尊聞』를 비롯해서 李延昰의 『南吳舊話錄』, 吳肅公의 『明語林』, 李清의 『女世說』, 王晫의 『今世說』, 章撫功의 『漢世說』, 宋弼의 『州乘餘聞』, 周嘉猷의 『南北史捃華』, 高承勳의 『豪譜』, 嚴蘅의 『女世說』, 徐士鑾의 『宋艷』, 易宗夔의 『新世說』 등의 작품이 창작되었다. 이것을 표로 정리하면 아래와 같다.

표 5. 清代의 '世說體' 小說

書名	作者	成書時間	存佚
『玉劍尊聞』	梁維樞(1589-1662)	顺治 十一年(1654)	存
『南吳舊話錄』	李延昰(1628-1697)	順治 初年	存
『明語林』	吳肅公(1626-1699)	康熙二十年(1681)	存
『女世說』	李淸(1602-1683)	約 康熙年刊	存
『今世說』	王晫(1636-?)	康熙二年	存
『漢世說』	章撫功	康熙年刊	存
『州乘餘聞』	宋弼	乾隆年刊	存

書名	作者	成書時間	存佚
『南北史捃華』	周嘉猷	乾隆年刊	佚
『豪譜』	高承勳	道光年刊	存
『女世說』	嚴蘅	同治年刊	存
『宋艶』	徐士鑾	光緖十七年	存
『新世說』	易宗夔(1874-1925)	1918年	存

위의 표를 통해 소개한 작품 중에서 비교적 가치 있게 연구해볼 수 있는 대표적인 작품으로는 梁維樞(1589-1662)의 『玉劍尊聞』, 吳肅公(1626-1699)의 『明語林』, 李淸(1602-1683)의 『女世說』, 王晫(1636-?)의 『今世說』, 章撫功의 『漢世說』, 易宗夔(1874-1925)의 『新世說』 등이 있다. 이런 작품들은 世說體의 형식을 빌어 실존했던 인물들에 대한 에피소드를 소개하고 있어 역사서에 등장하지는 않지만 소홀히 다룰 수 없는 인물들에 대한 새로운 재발견을 할 수 있게 해준다는데 의미가 있으며, 시대상은 물론 당시 인물들의 가치관과 사상까지도 엿볼 수 있게 해주는 가치 있는 작품들이다.

2. 국내 유입된 '世說體' 소설 작품

이미 앞에서 소개한 수많은 '世說體' 작품들 중에서 유의경의 『世說新語』를 비롯해서, 唐代부터 淸代까지 '世說體' 작품 중 국내 유입된 작품으로는 『何氏語林』·『世說新語補』·『皇明世說新語』·『今世說』·『宋艶』 등 여섯 작품에 해당된다. 이 중 『何氏語林』은 『世說新語補』로 합본이 되어 국내에 유입된 후 여러 차례 출판도 이루어졌다. 그 외 『今世說』과 『宋艶』은 국내 유입은 되었으나 간행까지 이루어지지는 못했다.

1) 世說新語

『世說新語』에 대한 유입기록은 이전까지 구체적 증거가 없이 추측만 해왔으나, 김장환의 연구에 의해 그 근거가 고증되었다. 김장환은 최치원이 그의 詩에 『世說新語』의 이야기를 전고로 사용한 것을 근거로 유입시기를 통일신라로 추정하였다.[4] 또한 이규보의 『東國李相國集』권5 〈古律詩〉〈次韻吳東閣世文呈誥院諸學士三百韻詩〉威已慴王姨(위엄은 이미 왕이를 복종시켰네)라는 句節 끝의 註에 〈王夷甫姨也, 事見世說〉(왕이는 왕이보의 이모이다. 이 고사는 『세설』에 보인다)라고 되어 있는데, 이 글에서 『세설』에 보인다고 한 것은 바로 『세설신어』「規箴」편의 고사를 의미한다고 한다. 즉 이 시가 지어진 시기는 고려 명종 25년(1195)으로, 이미 1195년 이전에 『세설신어』가 국내에 유입되었음을 언급한 것이다. 이렇게 『世說新語』라는 서명이 있는 것을 발견하여 유입시기를 고증하였다. 그 이후 기록을 살펴보면 조선 宣祖 39年(1606) 『陶谷集』에 남아있다.

> "청담지풍의 담론을 논한 서책의 문장은 모두 담박하고 고상하여 즐길만하다. 이러하기에 劉義慶의 『世說』이 문인들에게 사랑 받는 이유이다. 이런 까닭에 생각해보니, 당시에 그 인물들을 친히 만나보고 그의 말을 직접 듣는 것 같으니 어찌 매료되지 않을 수 있겠는가! 明代 사람이 그 繁雜함을 刪定하고 그 奇特한 것은 補充하여 한 권의 서책을 만들

4) 최치원이 당나라에 유학을 하고 『世說新語』읽었다는 점은 확실하다고 여겨지지만, 인쇄에 의한 출판이 이루어지지 않았던 시대적인 상황을 고려해본다면, 통일신라시대에 필사본을 가지고 국내로 돌아왔을 것이라는 가능성은 희박하다. 따라서 최치원의 예는 『世說新語』의 열람기록으로 볼 수는 있지만 문헌 자체의 유입기록으로 확정할 수는 없어 보인다.

> 었으니, 진실로 문단의 진귀한 보배로다. 明나라 사신 朱之蕃이 가지고 와서 西坰[5]에게 증정하여 마침내 우리나라 文人들이 즐겨 보게 되었다"[6]

또한 朝鮮正祖『弘齋全書16』卷162, 〈日得錄〉 75-76쪽에 "소설가는 심히 번잡하고 외람되며 명칭은 다르지만 그 지향은 한 가지이다. 오직 유의경의『세설』만이 가장 볼만하여, 東晋 자제들의 눈썹과 눈, 뺨과 입, 귀밑머리와 머리카락, 집과 방, 수레와 의복, 술잔 등이 마치 직접 보는 것처럼 역력하다"라는 기록이 있다. 그 외『西浦漫筆』에도『世說新語』에 대한 기록이 있다.

> 劉孝標의『世說新語』註에는, 劉向의『列仙傳』序에 제자백가를 역사적으로 살펴서 서로 점검하여 보면 신선이 된 사람은 146인이다. ……[中略]……『漢武帝故事』에는 昆邪王이 休屠王을 살해하고 그 무리를 이끌고 투항하여 왔다. ……[中略]……[7]

또한 許筠의『惺所覆瓿稿』卷之五에도 다음과 같은 기록이 있다.

> 劉說(劉義慶의『世說新語』)과 何書(何良俊의『語林』)가 우리나라에 전해진 것이 오래 되었지만, 그것을 補充하고 뺀 것이 있다는데 아직 그것을 보지 못하였다. 일찍이 弇州의 文部에서 그 序를 본 적이 있었

5) 西坰은 조선시대 文臣인 柳根(1549-1627)을 지칭한다. 그의 字는 晦夫이고, 號는 西坰, 孤山이다. 1591년 建儲問題로 鄭澈이 화를 당했을 때 그 일파로 몰려 탄핵을 받기도 하였으나 평소 그의 학식을 아끼던 宣祖의 배려로 화를 면하였다. 또 1613년에는 廢母論을 반대하다 官職削奪되었다가 1619년에 復職되었다.

6) 이의현,『陶谷集』(雜著, 陶峽叢說), 保景文化社, 1985, 629쪽.

7) 김만중,『西浦漫筆』, 下卷, 일지사, 239-240쪽.

> 다. 그래서 늘 그 全書를 사서 얻고자 했는데, 뜻을 이루지 못하고 있었다. 그러다가 丙午年 봄에 太史(之若)가 皇帝의 命을 받고 우리나라에 왔을 때 내가 接待를 하게 되었다. 후하게 待接하였더니, 돌아갈 때에 여러 가지 책을 나에게 주였는데 그 中에서 한 卷이 이 책이다[8)]

이처럼『世說新語』를 讚美하고 閱讀하고자 하는 상황을 勘案하면 당시 상당히 流行했음을 추측할 수 있다. 現在 국내에 보존되어 있는 版本은 朝鮮 刊本과 中國 刊本으로 分類된다.

그중 중국 간본은 대부분 明淸代 刊行한 것으로 明 萬曆 9年(1581)刊 8권 8책, 明 萬曆 13年(1585)刊 6책, 明 萬曆 37年(1609)刊 6권 6책, 淸 光緖 3年(1877) 崇文書局刊 6권 4책, 淸 光緖 17年(1891) 思賢講舍刻 6권 6책, 淸 光緖 22年(1896)刊 6권 4책 등이 있다. 이밖에도 刊年 미상의 完本과 殘本이 10여종 더 있으며, 明代에 증보된『世說新語補』가 여러 종 있다.[9)] 비교적 이른 판본으로는 韓國學中央硏究院과 高麗大學校에 소장되어 있으나 대부분은 後印으로 보여 진다. 뿐만 아니라 정확한 시대를 추정할 수 없는 筆寫本 판본이 韓國學中央硏究院, 雅丹文庫, 淑明女子大學校 등에 소장되어 있다.

2) 何氏語林과 世說新語補

明代 何良俊(1506-1573)이 편찬한『何氏語林』은,『國史經籍志』·『明史』〈藝文志〉 小說家類에『語林』30卷이 저록되어 있고,『千頃堂書目』

---

8) 한국고전종합 DB 참조(http : //db.itkc.or.kr) [성소부부고 제4권 文部1 序 世說刪補注解序]

9) 유의경 撰, 김장환 역주,「세설신어에 대하여」,『세설신어』(상), 살림출판사, 1996.

과 『四庫全書總目』小說家類에는 『何氏語林』으로 기록되어 있다. 明 嘉靖 何氏淸森閣刻本과 何氏繙經堂刻本, 套板本들을 原刻本으로 보고 있다. 東晋 裴啓가 지은 『語林』에서 제목을 취하였고, 劉義慶의 『世說新語』를 모방하여 체재를 구성하여 嘉慶 30年(1551) 前後로 만들어진 책이다. 기본적으로 『世說新語』의 구성을 따르고, 〈言志〉·〈博識〉 두 門을 더 덧붙였을 뿐이다. 後漢부터 元代에 이르는 동안 문인들의 언행을 모두 38門으로 나누고 2천 7백여 條의 이야기로 엮어, 兩漢에서 東晉까지 약 300년간을 시대 범위로 하고 있는 『世說新語』에 비해 『何氏語林』은 兩漢에서 宋·元代까지 약 1500년간을 그 범위로 하고 있어 긴 역사와 다채로운 문화를 배경으로 탄생된 여러 인물의 이야기가 더 폭넓게 수록되어 있어, 그 가치를 인정받고 있다. 작가 何良俊은 사상적으로 왕학 좌파의 영향을 받아 개성과 眞情을 중요시 여겨 위선적인 창작을 반대하였기 때문에, 이 작품에 기재된 이야기들 역시 인물의 정감이나 개성을 위주로 그려내었다고 평가받는다.[10)]

국내유입은 許筠(1569-1618)의 『惺所覆瓿稿』에 그 書名이 보인다.

> "『한정록』…… 張薦(字 孝擧. 唐 나라 사람)은 은거하며 뜻을 수양했다. 집에 참대[苦竹] 수십 이랑이 있었는데, 장천이 그 대밭 속에 집을 짓고 항시 그 속에서 지내므로 王右軍(왕휘지의 별칭)이 듣고서 찾아갔으나, 장천이 대밭 속으로 도피해 버리고 만나주지 않았다. 『하씨어림』陶處靜(晉 陶淡의 字)은 나이 15세에 어느새 服食(道家의 양생법)을 하고 곡식을 끊었으며, 집에 수천 金이 있고 종과 食客이 수백 명이 있었으나, 도처정은 종일토록 단정하게 拱手하고, 절대로 결혼하거나 벼슬하지 않았다. 臨湘縣의 산중에 살며 조그마한 초가집을 지었는데 겨우 몸을

10) 寧稼雨, 『中國文言小說總目提要』, 齊魯書社, 1996, 302-303쪽 참조.

용납할 만했고, 때로 집에 돌아오면, 작은 평상을 가져다 혼자 앉아 다른 사람들과 어울리지 않았다. 『하씨어림』……[중략][11] ”

이런 기록으로 보아 1600年代 初期 以前에는 국내에 유입된 것으로 추정된다. 許筠은 이 서책을 구하게 된 계기에 대해 자세히 서술하였을 뿐 아니라 자신의 文集에 『何氏語林』의 내용을 여러 차례 인용하였다. 국내 소장된 『何氏語林』판본으로는 嘉靖 29年(1550)에 간행된 何氏繙經堂刻本이 韓國學中央硏究院에 소장되어 있고, 天啓 4年(1624)에 간행된 木版本이 서울大 奎章閣에 소장되어 있다.

국내에서는 『世說新語補』로 인해 『何氏語林』이 더 많이 알려지기도 하였다. 明代 王世貞(1526-1590)은 劉義慶의 『世說新語』와 何良俊의 『何氏語林』 중에서 각각 일부분을 삭제해 합쳐 『世說新語補』를 엮었다. 물론 처음에는 두 책이 刪定된 한 형태로 있다가 나중에는 두 책이 혼합한 형태로 발전한 것으로 보인다. 1606년 명나라 사신 朱之藩이 조선 방문 때 가지고 들어와 우리나라 문인들이 즐겨 보게 되었다. 이런 기록은 앞에서 언급한 大提學 李宜顯(1669-1745) 『陶谷集』의 뒤늦은 기록에서도 찾을 수 있다.[12] 이렇게 유입된 『世說新語補』는 국내에서 상당한 인기를 끌었다. 몇 차례에 걸쳐 출판이 이루어졌으며, 성씨 구별을 바탕으로 한 새로운 구성으로 간행되는 유행을 낳기도 하였다. 그것이 바로 국내에서 많은 인기를 끌었던 『世說新語姓彙韻分』이다.

11) 한국고전종합 DB 참조(http : //db.itkc.or.kr).

12) "明代 사람이 그 繁雜함을 刪定하고 그 奇特한 것은 補充하여 한 권의 서책을 만들었으니, 진실로 문단의 진귀한 보배로다. 明나라 사신 朱之蕃이 가지고 와서 西坰에게 증정하여 마침내 우리나라 文人들이 즐겨 보게 되었다"

3) 皇明世說新語

명대 李紹文이 편찬한 『皇明世說新語』는 萬曆 38年(1610) 雲間李氏 原刊本이 전해진다. 하량준의 『何氏語林』과 비슷하게 李紹文 역시 『世說新語』의 형식을 빌려와 다양하고 광범위한 소재를 취하여 明初부터 嘉靖·隆慶에 이르기까지의 逸聞瑣語와 명사들에 관한 떠도는 이야기들을 다루면서 인물의 이름과 시호·직위·고향 등에 이르기까지 상세히 기록하였다. 明代 사회 전반을 다루고 있어 당시 사회의 여러 면모들을 살피기에 좋은 자료를 제공해 주고 있다.

국내 유입된 시기에 관한 구체적은 기록은 없지만 許筠(1569-1618)의 『惺所覆瓿藁·閑情錄』에 여러 차례 『皇明世說新語』의 내용이 언급되어 있다.[13] 『閑情錄』은 허균이 광해군 때 중국의 각종 서적들을 참고해 세상을 피해 사는 사대부들의 은둔생활에 대해 편찬한 책이다. 『閑情錄』은 隱遁·攝生 등 모두 16개 분야 16권으로 나뉘어져 있다. 1610년부터 집필을 시작하여 죽기 1년 전 그동안 국내에 알려져 있지 않던 『世說新語補』·『玉壺氷』·『臥遊錄』·『何氏語林』·『皇明世說』 등의 작품들을 인용하여 마지막을 정리하였다. 이런 정황으로 본다면 1617년 이전에 유입되었을 가능성이 짙어 보인다. 허균의 『한정록』은 문인들 사이에서 큰 인기를 끌었고, 특히 입신양명을 버리고 隱逸을 생각하는 학자들에게는 상당히 매력적인 서적으로 다가왔을 것이다. 『皇明世說』의 내용이 언급된 『한정록』의 몇 곳을 살펴보면 다음과 같다.

제1권 〈隱遁〉 "太祖(明太祖)의 옛 친구 焦某는 태조가 여러 번 불렀

---

13) 유희준·민관동, 「황명세설신어의 국내출판과 수용 연구」, 『중국소설논총』, 2013, 참조.

으나 오지 않으므로 사람을 시켜 그를 찾도록 하였다. 하루는 焦가 닭과 술을 가지고 御街로부터 곧장 궁궐로 들어오니, 上은 기뻐서 光祿寺에 음식을 장만하게 하여 함께 술을 마시고 서로 매우 즐거워하였다. 술자리가 파한 뒤 태조는 金帶·銀帶·角帶를 내어 놓고 초에게 마음대로 고르게 하여 그가 고른 帶에 따라 벼슬을 주려 하였는데, 초가 각대를 취하므로 千戶에 除授하였다. 며칠 뒤 초는 高橋門으로 나아가서 冠과 帶를 뽕나무에 걸어 놓고 돌아갔다"(『明世說新語』)14)

제2권 〈高逸〉 -王恭이 나이 60여 세에 천거되어 京師에 가게 되었는데, 같은 고을에 사는 王偁이 우스갯소리로 말하기를, "자네는 會稽太守의 인끈을 숨겨가지고 오는 일이 없도록 하게" 하니, 왕공이 웃으며 대답하였다. "山中의 도끼자루가 다행히 별탈이 없네." (『明世說新語』). 이 수레를 버리고 몸소 그 집 문 앞에 이르니, 왕빈이 누구냐고 물었다. 요선이라고 대답하자 그제야 문을 열고 맞아들여 서로 담소하였다. 다음날 왕빈이 府門 앞에 가서 두 번 절하고 돌아오려 하니, 요선이 몸소 나와서 맞아들이려 했다. 그러자 왕빈이 사양하면서 말하였다. "公事가 아니므로 감히 들어갈 수가 없습니다." (『明世說新語』)15)

제3권 〈閒適〉-莫雲卿은, "내가 일찍이 산 속에서 僧房을 빌려 혼자 거처할 적에 매번 林巒이 막 개고 새 소리가 요란하고 巖扉가 환해지고 雲山이 눈앞에 흔들리는 듯하는 사이에 山椒가 걷히고 紫翠가 머리맡에 와서 떨어지는 듯하곤 하므로, 마치 금방 신선이라도 된 듯이 이 몸과 이 세상이 허공으로 붕 떠오르는 것만 같았다."하였다. (『明世說新語』)16)

14) 한국고전종합 DB 참조(http : //db.itkc.or.kr).

15) 한국고전종합 DB 참조(http : //db.itkc.or.kr).

16) 한국고전종합 DB 참조(http : //db.itkc.or.kr).

李紹文이 편찬한 『皇明世說新語』는 중국에서 1610년에 간행되었다. 許筠의 사망연대가 1618년임을 감안해서 추정해보면, 국내 유입 시기는 아마도 중국에서 간행된 시기인 1610년에서 허균이 『한정록』을 마무리했던 시점인 1617년 사이일 것으로 추단할 수 있다.

4) 今世說

王晫이 편찬한 『今世說』은 『四庫全書總目』과 『淸史稿』〈藝文志〉小說家類에 8권으로 기록되어 있다. 현재 康熙 22년(1683) 原刊本이 전해지며, 咸豊 2년(1852) 伍崇曜가 간행한 『粤雅堂叢書』本이 통행본이다. 순치 연간에 諸生이 되었으나 후에 과거 응시를 포기하고 저술 활동에 전념하였던 王晫은 당시의 현사, 호걸들과 주로 교제하였는데, 이 책의 창작목적은 명현들을 표창하고 미덕의 왕성함을 고취하려는 데 있었으므로, 책 속에서 모두 순치, 康熙 연간의 문사들의 嘉言懿行을 기록하였다. 『世說新語』의 체재를 모방하였으나 『世說新語』와 똑같지는 않고 '自新', '黜免', '儉嗇', '讒險', '紕漏', '仇隙'의 부류는 제외시켜, 인물들의 장점만을 들고 단점은 지적하지 않았다. 이것은 당시 문인들 사이에 서로 치켜세우며 칭찬하는 풍조와도 관련이 있지만,[17] 한편 당시 사람들의 시비를 불러일으키는 것을 피하려는 의도가 있었다고 할 수 있겠다. 그래서 표면적으로는 王晫이 당시의 풍류와 문인들의 '嘉言懿行'만을 칭송한 것처럼 보이는 것이다.

王晫은 『今世說』〈서〉에서, 예로부터 저술가의 책 중에 후대까지 계속 전해지는 것은 읽는 이들로 하여금 깊이 생각하도록 만들고 마음과 정신

17) 『四庫全書總目』: "蓋標榜聲氣之書, 猶明代詩社餘習也."

을 즐겁게 만드는(心曠神怡)『世說新語』뿐이라고 지적하며, 자신의 저서도 '心曠神怡'할 수 있기를 기대하였다.[18] 즉 王晫은『世說新語』와 같은 志人小說이 주는 심미적 효과로서 정신적 즐거움을 인식한 것이다. 또한 표현 기법에 있어서 '생생함은 바로 눈동자에 있음(傳神正在阿堵)'을 강조하여, 인물의 인생에 있어서 핵심을 찌르는 한 장면을 묘사함으로써 그 인물의 정신을 나타내고 여운을 남기는 것을 추구하였다.

『今世說』[19]에서 언급하고 있는 인물들을 살펴보면 명 유민들의 정신과 생활에 대해 묘사한 것을 많이 발견할 수 있다.[20] 특히, 周亮工·毛奇齡·王猷定·徐喈鳳·毛際可·徐芳·魏禧·林嗣環·毛先舒·王士禎·林雲銘·錢謙益·徐士俊·繆彤·尤侗·侯方域·宋曹·宋犖 등은 명 유민이거나 혹은 명 유민 의식을 공유했던 인물들이다. 王晫은『今世說』에서 단순히 문인들의 가언의행만을 기록한 것이 아니라, 그것을 통해 청초 문인들의 독특한 심리와 청초의 사회상을 드러낸 것이다.[21] 국내에 유입된

---

18) 『今世說』序 : "自經史而外, 著述之家, 不知幾千萬計, 而其書或傳或不傳; … 獨『世說新語』一書, 纂於南宋, 多摭晉事, 而兼及於漢, 魏, 垂千百年, 學士大夫家, 無不玩而習之者, … 至於今讀其書, 味其片語, 猶能令人穆然深思, … 予度後之人得覩是編, 或亦如今之讀臨川書者, 心曠神怡, 未可知也."

19) 『今世說』序 : "或疑名賢生平, 大節固多, 豈獨藉此一端而傳? 不知就此一端, 乃如頰上之毫, 眼中之點, 傳神正在阿堵." "傳神正在阿堵"는 본래 顧愷之가 인물화를 그릴 때 눈동자를 그리지 않는 까닭에 대해 "정신을 불어 넣어 살아 있는 듯이 그려내는 비법이 바로 이(눈동자) 가운데 있다(傳神寫照, 正在阿堵中)"라고 한 데서 나온 말이다. (『世說新語』「巧藝」)

20) 「方正」편의 孫豹人 條에서는 손표인은 청조의 부름에 끝까지 응하지 않는 모습을 묘사하고 있고, 「棲逸」편의 邱維正 條에서는 명대에 淸官으로 유명했던 구유정이 청대에는 산에 은거하며 세상으로 나가지 않는 모습을 묘사하고 있다.

21) 박계화, 「청초 문언소설의 서사특징 연구」, 연세대학교 중문학과 박사학위 논문, 2004, 79-82쪽 참조.

기록은 李德懋의 『青莊館全書』권36 〈磊磊落落書〉引用書目에서 찾아 볼 수 있으며, 현재 고려대 도서관에 康熙 癸亥年(1683)의 왕탁의 自序를 수록한 8卷 2冊의 筆寫本이 소장되어 있다.[22)]

5) 宋艶

淸代 志人小說集으로 徐士鑾(1833-1915)이 編輯한『宋艶』은 光緖 17年(1892) 刻本과 『筆記小說大觀』本 등에 12卷이 남아 있다.[23)]

『宋艶』은 주로 宋代 筆記小說과 詩話, 『宋史』의 내용들을 취해서 편집했기 때문에, 간혹 宋代 이후의 작품이 섞여있을 뿐 대부분 宋代의 작품들이다. 주로 『世說新語』의 체례를 본받아 12卷 36門으로 나누었으나 門類의 명칭은 『世說新語』를 그대로 따르지 않았다. 婢妾이나 娼妓들의 이야기를 주로 다루고 있어 『宋艶』이라 명칭 하였고, 여인들의 일상적인 생활과 情感의 세계를 다루었을 뿐 아니라 宋代 귀족사회의 모습과 생활, 풍속 등 문인들의 풍류적인 삶을 엿볼 수 있어 소설적 가치가 큰 작품으로 꼽힌다. 이 작품이 국내 유입된 기록은 남아있지 않지만, 현재 東亞大學校와 成均館大學校에 각각 木版本이 소장되어 있다.

東亞大學校 소장본을 보면 刊記는 光緖 辛卯(1891)로 되어 있다. 판식사항은 12卷 6冊, 木版本, 20.4×13.4㎝, 四周雙邊, 半郭 : 13.3×9.3㎝, 有界, 9行 21字, 註雙行, 黑口, 上白魚尾로 되어 있다. 하지만 光緖 癸巳(1893)

22) 23.9×18㎝, 上下單邊, 半郭 : 19.×13.6㎝, 有界, 9行 20字, 小字雙行, 上下黑口, 無魚尾. 版心 : 楓石庵書屋 序 : 歸安嚴允肇修人撰, 同邑丁澎約園撰遂安毛際可會候撰, 宜興徐개鳳竹逸撰, 同郡馮景香遠撰, 康熙癸亥(1683)仲春武林王晫題于牆東草堂.

23) 寧稼雨, 『中國文言小說總目提要』, 齊魯書社, 1996, 425쪽 참조.

에 지은 序文이 있고 史夢蘭의 題辭까지 있는 것으로 보아 1893년에 간행된 것으로 보인다. 成均館大學校에 소장되어 있는 판본 역시 같은 기록이 있고 光緖 19년(1893)에 간행된 9行 21字 木版本이지만 東亞大學校 소장본과는 판의 크기가 달라 같은 판본으로 볼 수는 없을 듯하다.[24)]

3. 국내 출판된 '세설체' 소설 작품

1) 현종실록자본과 목활자본 『世說新語補』

앞에서 언급했던 국내 유입된 『世說新語』·『何氏語林』·『世說新語補』·『皇明世說新語』·『今世說』·『宋艶』 등의 世說體 작품 중에서 국내 간행으로 이어진 작품은 두 작품에 겨우 불과하다. 바로 『세설신어보』와 『황명세설신어』이다. 물론 『세설신어보』가 간행된 이후 그것을 다시 재구성하여 『세설신어성휘운분』으로 간행을 완성했지만, 여기 언급한 世說體 작품 중에서는 두 작품이 간행된 것으로 봐야할 것이다. 하지만 국내에서 『세설신어성휘운분』의 인기 또한 상당했기에 이번 章에서 다루도록 하겠다.

明代 간행된 『세설신어』는 크게 세 계통으로 구분할 수 있다. 『세설신어』원래의 본문과 주석만을 수록한 원문본계, 『세설신어』에 비점을 붙인 비점본계, 마지막으로 王世貞이 편찬한 『세설신어보』 계열본이 그것이다.

유의경의 『세설신어』가 통일신라시대에 국내에 유입되었다고 단정할

24) 판식 사항은 12卷 6冊, 中國木版本, 23.5×13.5㎝, 四周雙邊, 半郭 : 13.2×6.4㎝, 有界, 9行 21字, 註雙行, 大黑口, 上黑魚尾, 紙質 : 竹紙로 되어 있다.

수 없지만, 최치원의 詩에 언급한 典故를 바탕으로 보면, 최치원이 유학 시절 『세설신어』를 읽었던 것이 확실하고, 그 후 국내 유입되어 고려시대와 조선시대를 거치면서 줄곧 지식인들의 애독물이 되었다. 이러한 인기를 저변으로 1600년대 초에 허균과 주지번의 친분으로 인해 국내로 유입된 『세설신어보』는 당시 지식인들의 독서층에 더욱더 큰 영향력을 발휘하였다. 漢·魏·晉·唐·宋·元·明에 이르기까지 천오백년이라는 긴 시간 동안의 인물, 그 역사적 지식과 배경을 얻을 수 있었기에 중국과 국내에서 큰 인기를 끌었던 것으로 보인다. 왕안석에 관한 이야기 및 당 고종의 사냥에 관한 짤막한 에피소드와 같이 기존의 『세설신어』에서 접할 수 없는 새로운 인물들, 역사서에는 나오지 않는 그들의 재밌는 일화들은 가독성 있는 흥미로운 이야기일 수밖에 없다. 그렇기 때문에 국내 유입된 판본도 『세설신어보』가 더 우위를 점할 수밖에 없었고, 그런 수요계층이 있었기에 조선시대에 經書나 史書와 같은 국가 전적을 간행했던 현종실록자로 『세설신어보』가 간행될 수 있었던 것이다.

『세설신어보』의 간행이 주목을 끄는 이유는, 이미 언급한 바와 같이 肅宗때 현종실록자로 간행을 했다는 점 때문이다. 소설이라면 대부분 목판본이나 필사본으로 전해지고 있던 당시 시대적 상황을 감안한다면, 실록이나 왕실의 서적을 위주로 출판하던 금속활자를 이용하여 일반 소설을 출판한다는 사실은 굉장히 이례적인 상황이 아닐 수 없다.

원래 顯宗實錄字는 肅宗 3年인 1677년 『顯宗實錄』을 간행하기 위해 만든 銅活字로, 민간의 洛東契字 3만여 자를 구득하고 그에 4만자를 더 주조하여 이름 붙인 것이라고 한다. 빌려온 낙동계자와 현종실록자와 매우 흡사하여 뒤에 이를 가려낼 수 없어 활자주인에게 반환하지 못하게 되자 인쇄된 『前漢書』·『後漢書』 등을 한 벌씩 주기로 하고 조정에서 이 낙동계자를 받아서 교서관으로 이관하였다고 한다. 이 활자로 간행된 서적은 현종·숙종·경종·경종개수·영조·정조·순조·헌종 및 철종 등의 실록을 비롯하여 列聖御製, 각종 誌狀類,『당송팔대가문초』,『사기평림』,『대학혹문』 및『세설신어보』와 같은 일반전적들이 전해지고 있다.[25] 당시 출판 상황이 왕명 없이도 교서관 책임자의 권한으로 현종실록자로 책을 간행할 수 있는 여건이 형성되어 숙종 34년인 1708년『세설신어보』의 간행 역시 이런 상황에서 간행되었을 것으로 추정한다. 국내에서 유통된『세설신어보』의 판본은 한국고전적종합목록시스템[26]에 의하면 세 가지 형태로 유전되었다고 전해진다. 현종실록자본과 목활자본과 필사본의 형태가 그것이다.

世說新語補序
余少時得世說新語善本吳中私心已好之每
讀輒患其易竟又恠是書僅自後漢終於晉以
為六朝諸君子即所持論風旨寧無一二可稱
者最後得何氏語林大抵規摹世說而稍衍之
至元末然其事詞錯出不雅馴要以影響而已
至於世說之所長或造微於單辭或徵巧於隻
行或因美以見風或因刺以通贊往往使人短
詠而躍然長思而未罄何氏蓋未之知也余治
燕趙郡國獄小間無事探槖中所藏則二書在

사진 1. 현종실록자본『세설신어보』

〈사진1〉로 제공된 판본이 국립중앙도서관을 비롯해서 고려대학교·仁壽文庫·동국대학교·성암문고 등 대다수 도서관에서 소장하고 있는 현종실록자본『세설신어보』로 숙종 34년인 1708년에 간행된 판본이다. 서울대학교 규장각소장 '현종실록자' 간행『세설신어보』의 판식상황을 보면 上下는 單邊이고, 左右는 雙邊으로 되어있으며 半郭의 크기는 22.9×15.4cm로 10行 18字으로 되어있고 註가 雙行으로

25) 이 부분에 대한 연구는 울산대 노경희의 논문에 표로 작성되어 자세히 언급되고 있다. 노경희,「현종실록자본 세설신어보 간행과 유전의 문화사적 의미」,『한국한문학연구』제52집, 512-513쪽.

26) 한국에 소장된 중국문언소설에 대한 전반적인 연구를 하면서 고전적종합목록시스템에 정리된 자료를 바탕으로 연구를 진행하였다(https://www.nl.go.kr/korcis/).

달려있다. 주요한 점은 上下가 모두 黑魚尾로 되어있다는 것이다. 전체 크기가 30.5×19.6cm 정도로, 현종실록자로 간행된 부분의 판본은 이 판식에서 벗어나지 않는다.

현종실록자본 이외에, 고전적종합목록시스템에 올려져있는 자료의 서지사항을 보면 국립중앙도서관을 비롯한 이화여자대학교, 단국대학교 율곡도서관과 개인소장자 김민영 등이 목활자로 간행된『세설신어보』를 소장하고 있다고 한다. 하지만 이번 연구를 위해 목활자본이라고 표기된 판본 중 국립중앙도서관과 단국대 소장본을 살펴보니 글자의 굵기 정도만 차이가 날뿐 현종실록자본과 판식과 글자 모두가 일치하였다.

목활자본이라고 된 여러 판본의 사진 중 〈사진2〉는 국립중앙도서관에서 제공하고 있는 목활자 판본이다. 현종실록자본인 〈사진1〉과 비교해서 살펴보았지만, 판식상황이나, 魚尾 등을 비롯해서 글자 하나하나의 세세한 삐침까지 같은 것을 확인할 수 있다. 만약 현종실록자본을 그대로 탁본을 떠서 목판본으로 이렇게 똑같은 판을 뜬다면 판을 거의 똑같이 만들 수 있다고 추정해 볼 수 있지만, 목활자로 이렇게 같은 판을 짤 수 있는지 의문이 든다. 글자는 거의 같게 만들어 낼 수 있지만 그 활자를 판에 끼워서 판식을 맞추어야 하는 상황을 감안해 보면 이렇게 똑같은 판이 나오기는 사실상 불가능하기 때문이다. 그렇다면 소장처에서 현종실록자본을 목활자본으로 오기한 것인지 여전히 의문이 남는다.

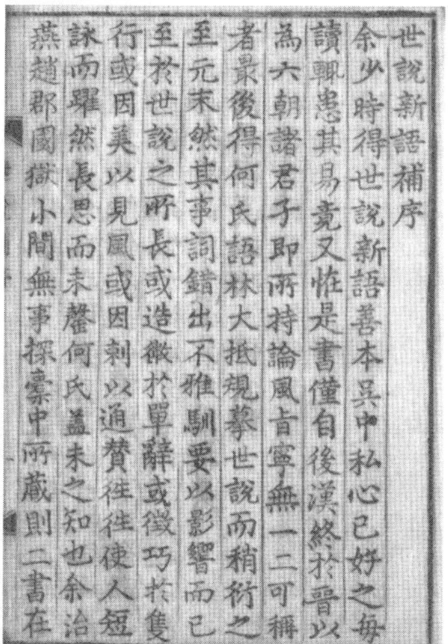

사진 2. 목활자본『세설신어보』

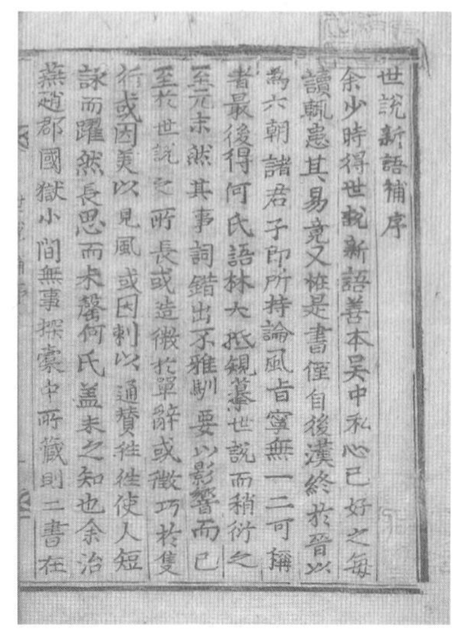

世說新語補序
余少時得世說新語善本吳中私心已好之每
讀輒患其易竟又恠是書僅自後漢終於晉以
為六朝諸君子即所持論風旨寧無一二可稱
者最後得何氏語林大抵規摹世說而稍衍之
至元末然其事詞錯出不雅馴要以影響而已
至於世說之所長或造微於單辭或徵巧於隻
行或因美以見風或因刺以通贊往往使人短
詠而躍然長思而未罄何氏蓋未之知也余治
燕趙郡國獄小間無事探橐中所藏則二書在

사진 3. 이화여자대학교 소장 목활자본

그 외 〈사진3〉의 판본은 이화여자대학교에서 소장하고 있는 목활자본으로 〈사진1〉의 현종실록자본과, 또 〈사진2〉의 판본과 비교해 보아도, 확실히 다른 판본임을 알 수 있었다. 비록 零本으로 2冊만 소장되어 있고, 刊記가 누락되어 정확히 언제 간행되었는지는 알 수가 없으나, 간행의 전후를 따져본다면 마땅히 현종실록자본이 먼저이고, 그 판본을 바탕으로 현종실록자본을 모방한 목활자를 만들어 다시 간행했을 것으로 보여 진다. 이후에 간행된 『세설신어성휘운분』역시 현종실록자를 본떠서 만든 목활자로 간행한 판본이기 때문에 『세설신어보』목활자본도 비슷한 시기로 추정하고 있다.

이 논문에서는 비록 『세설신어보』의 序文의 첫 페이지만을 비교하는 것이지만 판식과 글자가 확연히 다른 형태를 취하고 있고, 현종실록자만큼은 아니지만 비교적 깔끔하고 정갈한 활자를 사용하였으며, 보관상태 또한 매우 양호하였다. 『세설신어보』의 국내 출판 및 소장된 판본을 연구하면서 먼저 현종실록자로 간행을 한 후, 민간에서 다시 목활자로 재간행했을 것이라고 했던 추정이 확실해진 것이다. 이화여자대학교에서는 목활자로 간행된 『세설신어보』 9卷 2冊만을 소장하고 있다. 半郭의 크기가 23×17cm로 되어있으며, 현종실록자본과 마찬가지로 10行 18字[27]로 전체

27) 이화여대도서관에 소장되어 있는 목활자본의 서지사항 중, 행자수가 10행 17자

크기 또한 31.5×20.5cm로 별 차이가 없어 보인다. 하지만 현종실록자본과의 커다란 차이점으로는 현종실록자본이 上下單邊 左右雙邊인 판식인데 반해 이대 소장 목활자본은 四周가 모두 雙邊인 판을 사용하였다. 魚尾도 현종실록자본이 上下黑魚尾의 판식이었다면 이대 소장 목활자본은 上下花紋魚尾로 된 판을 사용하였다. 더 자세한 비교를 위해 〈사진1〉의 현종실록자본과 〈사진3〉의 이화여대 소장 목활자본의 대표적인 활자를 살펴보면 아래와 같다.

표 6. 『세설신어보』序文 첫페이지 현종실록자본과 목활자본(이대 소장) 비교

	현종실록자본	목활자본(이대)
1행 다섯 번째 글자 '補'의 비교	補	補
2행 두 번째 글자 '少'의 비교	少	少
2행 열한 번째 글자 '吳'의 비교	吳	吳
3행 열일곱 번째 글자 '晉'의 비교	晉	晉
4행 여덟 번째 글자 '所'의 비교	所	所
5행 열한 번째 글자 '規'의 비교	規	規
6행 세 번째 글자 '末'의 비교	末	末

로 기록되어 있었으나, 이번에 직접 방문하여 판본을 열람하면서 10행 18자임을 확인하고 도서관 관계자에게 서지사항을 수정해달라고 요청하였다.

	현종실록자본	목활자본(이대)
6행 아홉 번째 글자 '出'의 비교	出	出
10행 일곱 번째 글자 '間'의 비교	間	間
10행 열한 번째 글자 '槖'의 비교	槖	槖

위의 표에서 볼 수 있듯이 『세설신어보』 현종실록자본와 목활자본의 글자를 비교해본 결과 두 판본의 글자 및 판식이 확연히 달라 서로 다른 시기에 간행된 다른 판본임이 명확하게 확인되었다.

좀 더 명확한 분석을 위해 국립중앙도서관 소장 20권 5책 현종실록자본 『세설신어보』와 이화여자대학교 소장 9권 2책 목활자본 『세설신어보』가 엮어진 순서를 비교해 보면 다음과 같다. 우선 표지 '世說' 이라고 되어있는 仁·義·禮·智·信의 20권 5책 현종실록자본 『세설신어보』는 附釋名이 제일 먼저 나오고, 世說新語補序, 世說新語序, 刻世說新語補序, 世說新語補舊序二首, 世說舊題一首舊跋二首, 笠澤陸游書(何氏語林舊序二首), 世說新語補目錄 순으로 되어있다. 그 다음에 世說新語補卷之一 德行上의 내용이 나온다.

世說新語補目錄의 순서대로 어떻게 엮었는지 各 冊을 살펴보면 1冊에는 卷之一의 德行上, 卷之二의 德行下과 言語上, 卷之三의 言語中의 내용이 들어있고, 2冊에는 卷之四의 言語下, 政事, 文學上, 卷之五의 文學中, 卷之六의 文學下, 方正上, 卷之七의 方正下과 雅量上이 들어있고, 3冊에는 卷之八의 雅量下, 識鑒, 卷之九의 賞譽上, 卷之十의 賞譽下, 品藻上, 卷之十一의 品藻下, 規箴上이 들어있다. 4책에는 卷之十二의 規箴下, 捷悟 夙惠, 卷之十三의 豪爽, 容止, 自新, 企羨, 卷之十四의

傷逝, 棲逸, 卷之十五의 賢媛, 術解이 들어있으며, 마지막 5冊에는 卷之十六의 巧藝, 寵禮, 任誕上, 卷之十七의 任誕下, 簡傲, 排調上, 卷之十八의 排調下, 輕詆上, 卷之十九의 輕詆下, 假譎, 黜免, 儉嗇, 汰侈, 忿狷, 讒險, 卷之二十의 尤悔, 紕漏, 惑溺, 仇隙의 순으로 5冊으로 엮었다.

그에 반해 이화여자대학교 소장 9권 2책 목활자본 『세설신어보』는 전체 몇 冊으로 구성되었는지는 알 수 없으나, 앞에 나와야 할 附釋名과 目錄이 빠져있다. 겉표지를 열면 바로 世說新語補序가 나오고 그 다음에 世說新語序, 刻世說新語補序, 世說新語補舊序二首, 世說舊題一首舊跋二首, 笠澤陸游書(何氏語林舊序二首) 순으로 글이 소개되어 있다. 그리고 목록 없이 바로 德行上의 내용으로 들어간다. 이렇게 구성된 이대 소장본 1冊에는 卷之一의 德行上, 卷之二의 德行下와 言語上, 卷之三의 言語中, 卷之四의 言語下와 政事, 그리고 文學上, 卷之五의 文學中 등의 내용이 담겨있고, 2冊은 卷之六의 文學下와 方正上, 卷之七의 方正下와 雅量上, 卷之八의 雅量下와 識鑒 卷之九의 賞譽上의 내용이 담겨있다.

비록 완질상태로 보관되어 있지는 않지만, 이화여자대학교에 소장된 목활자본은 민간에서 목활자로 『세설신어보』를 간행했다는 것을 증명해준다는 점에서도 상당한 의미를 지닐 뿐 아니라, 당시 『세설신어보』를 향유했던 계층을 파악하는 데에도 중요한 단서를 제공할 수 있다. 비교적 보관상태가 양호한 것을 보면 함부로 책을 다루지 않았던 상황을 추측해 볼 수 있을 것이며, 책이 귀중본으로 보관되고 있는 상황 등을 감안해서, 누가 이 책을 이화여자대학교에 기증했는지를 역추적 해볼 수 있다면, 출판의 과정 및 독자층까지 유추하는 것이 가능해진다. 이렇듯 이화여자대학교에 소장중인 『세설신어보』 목활자본이 남아있는 사실 만으로도 충분히 그 서지학적 가치가 있다고 보인다.

조사에 의하면 국내 출판된 『세설신어보』는 중국에서 수입된 중국판본과 더불어 총 서른 곳이 넘는 도서관 및 개인소장자들에 의해 소장되어 있다.[28] 『세설신어보』가 현종실록자로 간행되었다는 것은 당시에 『세설신어보』가 특별한 중시를 받을 만큼 가치를 인정받고 있었기 때문일 것이다. 또한 민간에서 간행된 것으로 보이는 이화여자대학교 소장 『세설신어보』목활자본은 상당한 귀중본으로 앞으로 간행시기 및 출판 상황에 대해 더 상세히 연구할 가치가 있어 보인다.

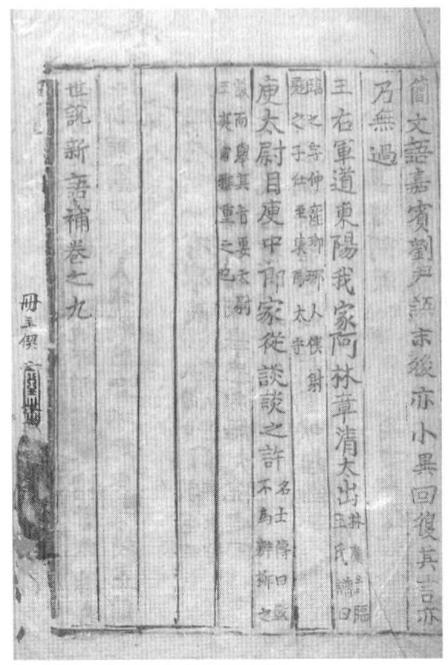

사진 4. 이대소장 목활자본 『세설신어보』 2冊 마지막 쪽

2) 목활자본 『世說新語姓彙韻分』

『세설신어성휘운분』은 『세설신어보』를 완전히 해체하여 전체 고사를 등장인물의 성씨별로 재배치한 것으로, 우리나라에만 있는 희귀한 판본이다. 우리나라 사람들만의 편의성을 제공한 책이어서 그런지 중국의 학자들도 『세설신어보』보다 『세설신어성휘운분』에 많은 관심을 가지고 있다.

『세설신어』의 결점 가운데 하나로 종종 지적되는 것은 등장인물이 여러 편에 산재되어 있어서 한 인물의 전체 면모를 종합적으로 이해하기 어

28) 이 부분에 대해서는 민관동·유희준·박계화, 『한국 소장 중국문언소설 목록과 해제』 학고방, 2013, 98-110쪽 참조.

렵다는 것이었는데, 『세설신어성휘운분』은 바로 이러한 점을 효과적으로 해결하였으며, 또한 일종의 검색역할을 하는 다양한 장치를 마련하여 독자들에게 열독의 수월성을 제공해 주고 있다.[29] 『세설신어보』가 인기를 끌면서 700여명에 이르는 인물들의 1400조에 달하는 이야기를 보다 수월하게 읽고 이해할 수 있기를 열망하였을 테고 그런 독자의 열망이 반영된 결과물이 『세설신어성휘운분』인 것이다. 간행년도를 정확히 고증할 수는 없지만, 김장환 교수에 의하면 대략 숙종 34년 『세설신어보』가 간행된 이후 英祖의 재위연간에 간행된 것으로 추정하고 있다. 두 판본의 차이점은 『세설신어보』는 현종실록자로 간행된 것인데 반해 『세설신어성휘운분』은 현종실록자를 본뜬 목활자본이라는 점이다. 하지만 두 판본 모두 활자본으로 간행을 했다는 점은 시사하는 바가 매우 크다. 물론 『세설신어성휘운분』이라는 책이 만들어지기까지는 『세설신어보』의 국내인기가 상당했었기 때문에, 안정적인 수요에 대한 공급이 이루어질 수 있는 기본 바탕이 형성되어 있었을 것이다. 지식인들의 열독하고자 하는 애정이 없었다면 간행이 힘들었을 것이다.

김장환교수의 논문을 참조하여 『세설신어성휘운분』 범례의 내용을 살펴보면[30] 당시 이 책을 간행하게 된 정황을 이해할 수 있다.

> -1. 세설의 구본은 제목으로 편을 나누었는데, 인명이 뒤섞여 나오고 자나 관직도 달리 불려지며 편장이 짤막하여 고찰하기 어렵다. 그래서 성씨로 편을 나누고 운으로 성을 나누었으며 각 이름 아래에 고사들을 모아

29) 김장환, 「한국 고활자본 세설신어성휘운분 연구」, 『중국어문학논집』제13호, 404쪽 인용.

30) 김장환, 「한국 고활자본 세설신어성휘운분 연구」, 『중국어문학논집』제13호, 412쪽 인용.

서 적었다. 복성 무명씨 승려 여성에 대해서도 역시 각각 분류했다.

-1. 한 사람이 여러 편에 나뉘어 보이거나 한 고사가 여러 사람에게 나뉘어 걸려 있는 경우는 이곳과 저곳에서 중복할 수 없기 때문에, 맨 처음 나온 자에 대해서는 그 시말을 함께 기록하고 그 문의가 귀착되는 바에 따라 중심인물일 경우는 '互'자를 붙이고 부차적인 인물일 경우는 '祥'자를 붙임으로써 참고하도록 했다.

-1. 구주는 혹은 남사와 북사에서 채록하거나 혹은 동경의 사실을 개괄하면서 당서와 오대사 등의 책에서 빠짐없이 상세하게 적어 놓았지만 또한 너무 번잡한 병폐가 있기 때문에, 약간의 수정과 삭제를 가했으니 독자들은 이를 잘 알아두기 바란다.

-1. 구본의 제목은 지금 삭제하는 것이 마땅하지만, 잠시 각 제목 중에서 한 글자를 취하여 각 조 아래에 표시하여 옛것을 보존한다는 뜻을 담았다.

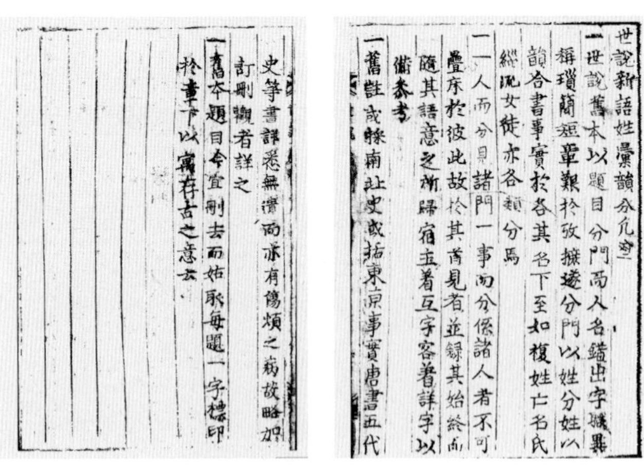
世說新語姓彙韻分凡例
一世說舊本以題目分門而人名錯出字號異稱瑣碎短章難於致據遂分門以姓分姓以韻合書事實於各其名下至如複姓亡名氏緇流女徒亦各類分焉
一一人而分見諸門一事而分係諸人者不可疊序於彼此故於其首見者並錄其始終而隨其語意之所歸宿主者互字客者詳字以備參考
一舊註或採南北史或括東京事實唐書五代史等書詳悉無遺而亦有傷煩之病故略加訂删覽者詳之
一舊本題目今宜删去而姑取每題一字標印於事下以寓存古之意云

사진 5. 세설신어성휘운분 범례

판본의 비교를 위해 범례가 새겨진 〈사진 5〉판본을 살펴보면, 확실히 현종실록 금속활자로 간행한 『세설신어보』판본에 비해 글자가 더 투박하고 질서가 잡혀 있지 않은 형태를 띠고 있다. 현종실록자를 모방하여 만든 목활자로 간행을 했다고 하는데, 활자를 판에 끼우고 맞춤에 있어서 섬세함이나 글자의 완성도가 『세설신어보』에 한참 미치지 못한다.

현종실록자 『세설신어보』의 〈說〉과 목활자 『세설신어성휘운분』의 〈說〉은 확실히 비슷하게 본뜬 글자체임이 확실하며, 현종실록자를 모방한 목활자로 『세설신어성휘운분』을 간행했다는 것도 이해가 된다. 단지 목활자라서 금속활자에 비해 판이 더 조열하다는 점은 차이점이라고 볼 수 있다. 또한 국내 '세설'이라고 된 표지의 판본들을 대량 살펴보다 보니, 주의해야 할 점이 있었다. 목활자본 『세설신어성휘운분』도 겉표지에 '世說'로 되어 있고 바로 '世說新語補序'가 나오기 때문에 『세설신어보』와 혼동을 일으키기도 한다. 이런 혼란을 막기 위해서라도 더 정확한 표기가 필요해 보인다.

판식상황을 살펴보면 四周單邊이고 판의 크기에 약간씩 오차범위가 있긴 하지만 대략 半郭 : 22×14.9㎝이며, 10行18字, 內向二葉花紋魚尾로 되어 있다. 국내 국립중앙도서관에 소장되어 있는 『세설신어성휘운분』의 판식사항은 다음과 같다.[31]

31) 그 외 연세대학교, 고려대학교, 건국대학교에 소장되어 있는 『세설신어성휘운분』의 판식사항은 아래와 같다.

- 延世大學校([고서]812.38) : 12卷 6冊, 木活字本, 四周單邊, 匡郭 : 22×15.5㎝, 有界, 10行 18字, 上下花紋魚尾/ 舊序 : 嘉靖乙未(1535)袁褧, 序 : 嘉靖丙辰(1556)王世貞
- 高麗大學校(晩松文庫C14-A37D) : 12卷 4冊, 木活字本, 28×19.2㎝, 四周單邊, 半郭 : 22×14.9㎝, 10行 18字, 小字雙行, 內向二葉花紋魚尾/ 序 : 嘉靖丙辰(1556)季夏琅瑘王世貞撰, 舊序 : 嘉靖乙未(1535)歲立秋日也吳郡袁褧撰, 印 :

● 國立中央圖書館([한]48-223) : 12卷 4冊, 古活字本(顯宗實錄字體木活字), 28×17.7㎝, 四周單邊, 半郭 : 22×15㎝, 10行 18字, 註雙行, 內向二葉花紋魚尾/ 補序 : 嘉靖丙辰(1556)…王世貞, 舊序 : 嘉靖乙未(1535)…袁褧

『세설신어성휘운분』에 나타나는 인물의 수는 총 1105명이지만 김장환 교수의 연구에 의하면 정확히 761명의 고사가 1373조의 이야기로 구성되어 있다고 한다. 인명만 있고 실제 이야기가 빠져있는 경우의 47조까지 합하면 총 1420조의 이야기가 된다. 이 숫자는 『세설신어성휘운분』의 저본이 되는 『세설신어보』보다 6조가 적은 것이지만 수록된 전체 고사는 기본적으로 『세설신어보』와 같기 때문에 내용상 특별히 다른 점은 없다고 한다.

3) 목판본 『皇明世說新語』

『皇明世說新語』가 국내에 유입된 경로는 앞에서 언급한 바와 같이 허균에 의해서였고, 그가 숨을 거두기 전에 남긴 『한정록』에 다른 새로운 서적들을 비롯한 『皇明世說新語』의 여러 내용을 정리하여 소개하였기에 국내에 알려지게 되었다. 허균이란 사람의 영향은 상당했었기에 그가 남긴 『한정록』에서 언급된 작품들의 관심도 대단했었던 듯하다. 그런 연유

完山李彦藎國獻圖書 愛吾廬藏

• 建國大學校([고]812.34-세53) : 8卷 4冊(缺帙, 卷1-8), 木活字本(訓鍊都監字), 30.7×19.5㎝, 四周單邊, 半郭 : 21.8×14.5㎝, 有界, 10行 18字, 註雙行, 上下內向二葉花紋魚尾/ 文化財登錄番號 : 139號, 世說新語補序 : 嘉靖丙辰(1556)季夏琅耶王世貞撰, 舊序 : 嘉靖乙未(1535)立秋日吳郡袁褧撰, 書記 : 崇禎後戊戌(1658)七月買得以爲傳家…

로 인해 호사가들과 문인들 사이에서 『세설신어보』가 인기를 끌어 간행되고, 『세설신어성휘운분』까지 간행되면서 '世說'이라는 말이 들어간 『황명세설신어』까지 인기를 얻게 되었음을 어렵지 않게 짐작할 수 있다.

皇明世說新語卷之一

雲間李紹文節之甫撰

德行

太祖召宋濂問廷臣臧否第言善者復問否者爲誰濂曰其善者與臣交臣故知之其否者縱有之臣不知也卒無所毁

浦江鄭氏十世勿異爨食指千餘人田賦各有所司出納絲毫無敢私者諸婦事女功不與家政子孫馴行孝謹家畜兩馬一出則一爲之不食入國朝曰濂曰湔曰濂曰湜皆以行誼聞　上召問治家長久之

사진 6. 국내 출판 皇明世說新語

『황명세설신어』에 관한 논문을 준비하면서 국내에서 간행되어 남아있는 판본들을 살펴보니 판식의 형태가 일치하는 판본임에도 불구하고 각 소장처에 따라 冊을 묶은 상태가 약간씩 차이가 있었다. 국립중앙도서관에 소장되어 있는 판본은 상태가 좋지 않아 복사본을 열람했는데 표지와 속표지 모두 '皇明世說'이라고 되어 있고 그 다음 페이지부터 바로 萬曆 庚戌 陽月에 陸從平이 쓴 '皇明世說新語序'가 들어간다. 그 다음에 '皇明世說新語目錄'이 들어가고, 釋名이 부록으로 첨가되어 있다. 釋名 다음에는 이 책을 校閱 본 사람들이 소개되고 있다.[32]

성균관대학교에 소장되어 있는 『皇明世說新語』판본은 주목할 가치가 있는데 비교적 보관상태가 양호하다. 하지만 국립중앙도서관에 소장되어 있는 판본과 冊을 엮은 순서가 다르다. '皇明世說新語序'이 먼저 나오고, 부록에 있던 釋名과 校閱者가 먼저 소개되고, 그 다음에 '皇明世說新語目錄'가 소개되고 있다. 그리고 중요한 건 이 책을 소장하고 있던 黙容室

32) 〈附名公校閱姓氏〉
惺所許樂善　伯生陸應陽　七澤張所望　完三杜士全　咸甫馮大受　眉公陳繼儒　伯還朱本淳　侗初張　鼐　景和朱本洽　彥恭杜士基　伯復張齊顏　仁甫林有麟　神超姜雲龍　弟峻甫凌雲

에 대해 소개하는 내용의 종이가 붙어 있고, 소장자 집안에 대한 내력이 한문으로 소개되어 있다는 점이다.[33]

곡성의 錦城 丁씨[34] 가문의 장서는 1932년 연희전문학교에 9,458책이 기증되었고,[35] 그 책은 지금도 연세대 도서관에 묵용실 문고로 남아 있으며, 그 집안 후손이었던 성균관대학교 교수 정래동은 퇴임할 때 약 1,500권의 책을 성균관대에 기증했다.

물론 정확한 간기가 남아있지 않아 『皇明世說新語』를 언제 어디서 간행했는지 정확히 고증하기는 어려운 일이다. 하지만 금성 정씨 집안에서 기증한 연세대학교와 성균관대학교 소장 『황명세설신어』에 유독 가문과

---

33) 『황명세설신어』 성균관대학교 소장본 참조.
粵我正宗大王丙寅秋高祖考雲谷公諱志黙始寓浴川竹洞
錦城丁氏寓居谷城珍藏
先考府君諱日宇字永叔號栗軒潛叟所閱
甲子四日十七日不省鳳泰抆血再拜書子大
東湖南谷城郡西山下栗里前館洞洙雲齋內不惑軒
伯兄 舜泰春沂　仲兄 海泰曾庵　次弟 淵泰潛庵　季弟 河泰淸庵
姪 來吉 來聖 來明 來仁 來善 來熹 來烈
子 來東 來範 來睦

34) '전라남도 곡성군 읍내리 411번지'가 바로 곡성 지역의 대지주이자 유력한 향리 가문인 금성 丁氏家이다. 이 집의 삼형제 중 막내 정일흥은 27세 때인 1894년 갑오년에 사망했고, 맏아들인 율헌 정일우가 1923년, 둘째인 석우 정일택이 1929년에 세상을 떴다. 그 이후 가문을 이은 것은 정일우의 차남인 오재 정봉태였다. 정봉태는 아버지 정일우의 유언대로 가문 대대로 7대째 내려온 墨容室의 막대한 장서와 유물을 1932년 9월에 연희 전문학교 도서관에 기증하였다. 연희 전문학교가 넘겨받은 문헌만 해도 총 728종 9,458책과 거문고, 가야금, 인장, 현판 오륙십 개가 포함되어 있었다.

35) 이런 정황으로 보면 연세대학교에 남아있는 국내 간행본 『皇明世說新語』를 비롯한 필사본은 아마도 1932년도에 금성 정씨 가문에서 기증한 것으로 보인다.

관련된 글귀가 남아있는 정황을 감안한다면 곡성지역 대지주이면서 유력한 향리 가문인 금성 정씨네가 출판과 깊은 연관이 있어 보인다. 1918년 丁秀泰 등 14인에 의하여 만들어진 『곡성군지』[36]등의 정황을 보면 금성 정씨 집안에서 간혹 책을 간행하기도 했다. 주로 영남지방에서 많은 서적들이 출판된 시대적 상황을 보면 전남지역의 출판은 이례적인 일이 아닐 수 없다. 10행 20자로 비교적 깔끔하게 판이 잘 짜여진 정황으로 볼 때 상당히 많은 돈과 정성을 들여 간행했을 것으로 보인다.

현재 國立中央圖書館과 延世大學校·啓明大學校·서울大 奎章閣·成均館大學校와 全羅南道 長城郡 筆巖書院에 소장되어 있는 木版本은 紙質이 楮紙로 되어 있는 확실한 국내 간행본이다.[37]

---

36) 1918년 丁秀泰 등 14인에 의하여 만들어진 『곡성군지』 등의 정황을 보면 금성 정씨 집안에서 간혹 책을 간행했던 것으로 보인다. 『곡성군지』에는 呂圭亨이 서문을 썼는데, 그가 1894년(고종31) 유배로부터 풀려나 谷城郡의 경계를 지나게 되었는데, 이때 곡성의 수려한 산수와 푸근한 인정에 매료되었던 인연이 있었다고 한다. 그 후 10년이 지난 1917년 丁鳳泰가 새로 군지 편찬을 마치고 서문을 부탁해서 기꺼이 응했다고 한다. 정수태는 이 군지의 편찬이 父親 栗軒公의 가르침과 지시, 그리고 스승인 梧岡 金正昊의 遺志를 따랐다고 하며, 張志淵은 역시 서문에서 이 같은 작업의 의미를 근자 10년 동안 郡縣의 官制가 폐합이 無常하고, 항상 城, 堡, 樓, 亭의 沿革이 날로 바뀌어지니 편찬 修補를 한번 하려하나 일의 어려움은 글로 다할 수가 없었다고 한다. 栗軒 丁日宇는 항시 이를 개탄하여 아들 丁鳳泰에게 명하여 郡誌를 편찬하게 하였다고 한다.

37) • 國立中央圖書館([한]48-221) : 8卷 4冊, 木版本(覆刻), 30.9×20.4㎝, 四周雙邊, 半郭 : 18.5×14.9㎝, 10行 20字, 註雙行, 上二葉花紋魚尾
• 延世大學校(元氏文庫[고서]950.952) : 8卷 4冊, 木版本, 四周雙邊, 匡郭 : 19.5×16㎝, 有界, 10行 20字, 上花紋魚尾 / 序 : 萬曆庚戌(1610)陸從平
• 啓明大學校(082-이소문ㅎ) : 8卷 4冊, 木版本, 30×20.3㎝, 四周雙邊, 半郭 : 19.8×15.4㎝, 有界, 10行 20字, 上花紋魚尾/ 卷頭書名 : 皇明世說新語 序 : 萬曆庚戌(1610)…陸從平

이상의 논점을 마무리 하자면, 劉義慶의『世說新語』인기로 魏晉時代 이후 淸代에 이르기까지,『世說新語』의 체례를 본뜬 '世說體' 소설들이 많이 간행되었다. 그 작품 중에서 국내에 유입된 작품은 총 여섯 작품으로『世說新語』·『何氏語林』·『世說新語補』·『皇明世說新語』·『今世說』·『宋艶』등이 있었다.

통일신라시대에『世說新語』가 유입된 이래 문인들 사이에서 많은 인기를 끌었고, 조선시대는 劉義慶의 원본『世說新語』보다는 明代 何良俊의『何氏語林』과 동시대의 王世貞이 刪定한『世說新語補』가 더 크게 유행하게 되었다.[38)]『世說新語補』는 중국에서 1556년에 처음 간행되었고, 김장환은『世說新語補』의 국내 유입에 대해서 英祖 때의 大提學 李宜顯(1669-1745)의『陶谷集』에서 찾고 있지만, 이미 1606년 朱之蕃이 조선에 사신으로 왔을 때 전해졌거나, 許筠이 두 차례 북경에 방문했을 때 사가지고 들어왔을 가능성이 크다. 허균이 북경에서 4천권의 책을 사오기 전에는 그 어디에서도『世說新語補』에 대한 기록이 없는 것으로 봐서는, 허균이 구입해서 왔을 가능성에 무게가 실린다. 그래서 허균은 자신의『한정록』에『하씨어림』을 비롯한『世說新語補』의 내용을 많이 인용하게

- 서울大 奎章閣(4660-17) : 8卷 4冊, 木版本, 31×20㎝ 四周雙邊, 半郭 : 19×14.8㎝, 有界, 10行 20字, 上花紋魚尾
- 成均館大學校(B09FC-0029) : 8卷 4冊, 木版本, 32.8× 21.4㎝, 四周雙邊, 半郭 : 18.7×15㎝, 有界, 10行 20字, 註雙行, 上二葉花紋魚尾, 紙質 : 楮紙
- 全南 長城郡 筆巖書院 : 8卷 4冊, 木版本, 30.3×19.5㎝, 四周雙邊, 半郭 : 18.9×14.8㎝, 有界, 10行 20字, 上下向二葉花紋魚尾, 紙質 : 楮紙/ 表題 : 皇明世說, 版心題 : 皇明世說, 序 : 萬曆庚戌(1610)陽月友人陸從平頓首書, 所藏印 : 筆巖書院之章.

38) 김장환,「한국 고활자본『세설신어성휘운분』연구」,『중국어문학논총』제13호, 407쪽.

된다.

이 『世說新語補』의 유행으로 많은 수요자들이 생겨남에 따라 필사본으로는 그 요구를 감당해 낼 수 없었던 것으로 보인다. 그래서 1708년 肅宗 34年 현종실록자로 『世說新語補』20권 5책본, 20권 6책본과 20권 7책본을 출판하였고, 민간에서도 현종실록자를 본뜬 목활자를 만들어 간행하기도 하였다. 그 후 『世說新語補』를 더욱 효과적으로 읽어내기 위해 기존의 『世說新語』판본의 체제와는 완전히 다르게 편집한 『世說新語姓彙韻分』까지 간행하게 된 것이다. 『世說新語姓彙韻分』은 『세설신어보』의 체례를 다시 해체해서 성씨를 기준으로 새롭게 정리해서 출판한 작품인데, 이런 사실은 당시 지식인들이 얼마나 『世說新語』류의 소설에 빠져있었는지를 잘 대변해 주고 있다.[39] 이미 조선시대 지식인들 사이에서 『世說新語補』에 대한 연구가 어느 정도 이루어졌기 때문에 나름대로의 분류도 하고 새로운 형식의 책을 만들어낼 수도 있었다. 이러한 사회분위기는 『皇明世說新語』까지 유행하여 출판까지 이루어지게 하는 상황을 만들어 낸 것이다. 옛날의 먼 이야기가 아니라 동시대를 살고 있는 明代 지식인들의 삶을 들여다볼 수 있다는 것은, 이야기 자체도 흥미진진할 뿐 아니라, 세상을 좀 더 거시적으로 바라볼 수 있게 만들어 주기 때문에 더 큰 의미가 있다. 조선의 지식인들은 明代 개국공신들의 이야기를 비롯한 다양한 내용이 담겨진 『皇明世說新語』를 통해 명대 사회 전반을 이해하는 데 도움을 받고자 했을 것이다.[40]

조선의 문인들이 애독했던 이 '世說體' 작품들은 소설이라기보다는 실

---

39) 김장환, 「한국 고활자본 『세설신어성휘운분』 연구」, 『중국어문학논총』제13호, 410쪽, 참고.

40) 유희준·민관동, 「『황명세설신어』의 국내 출판과 수용 연구」, 『중국소설논총』, 2013, 참고 정리.

존 인물들의 생생한 이야기를 적어놓은 재미있는 '기록지' 로의 가치도 있다고 본다. 문인들에게는 이런 진실성있는 사실들을 접하고 때론 교훈으로 삼고 때론 반면교사를 삼았다. 더욱이 허균이 『한정록』에서 자신의 은일한 삶을 위해 『世說新語補』와 『皇明世說新語』를 유독 많이 인용 한 것을 보면, 소설과는 또 다른 일종의 교훈서로 받아들였던 듯하다. 이미 500여년이 지난 현재에 과거 문인들의 출판문화를 통해 그들의 가치관과 사상을 좇고 연구한다는 점은 상당히 매력적인 의미를 지닌다. 비록 조선시대 문인들의 사고의 전반을 다 이해할 수는 없지만 몇몇 작품을 통해 그들의 독서풍토와 문화를 조금이나마 느끼고 향유할 수 있었다는 점에서 나름 그 의미를 찾을 수 있다.

Ⅲ. 韓國·日本의 中國古典小說 出版樣相

한 문학작품이 외국에 나가 출판까지 이어진다는 것은 流入과 受容의 관점에서 매우 중요한 의미를 내포하고 있다. 즉 이러한 出版은 수용국의 독자들에게 상당한 愛好와 需要가 충족되어야만 가능하기 때문에 그 영향력 또한 무시할 수 없다.

일반적으로 외국에서의 출판은 번역출판이 주류를 이루는데, 중국고전소설의 경우 특이하게도 飜譯出版과 原文出版의 두 가지 방식으로 출판되어졌다. 먼저 번역출판의 경우 『好逑傳』의 예를 들 수 있다. 이 작품은 서양에서 가장 일찍이 번역되어 출판된 중국소설중의 하나로 대략 康熙年間(1662-1722)에 영어와 포르투갈어로 번역되어 세상에 알려졌다. 그 후 18세기 중엽에는(1766년 이전) 프랑스 리앙에서 4卷本이 출판되었고, 또 同年에 독일에서 출판되었으며 다음해에는 네덜란드의 암스테르담 출판사에서 출판되었다. 그 외 19세기 초에 다시 영문 출판과 19세기 중엽 프랑스어로 파리에서 다시 출판하는 등 가장 많은 보급이 이루어진 중국소설로, 대략 20세기 초까지 15종의 외국어로 번역되어 출판된 소설이다.[1]

* 본 논문은 2015년 『中國小說論叢』제46집에 투고된 논문을 일부 수정 보완하여 재편집한 논문이다.

1) 吳郇編撰, 『200種 中國通俗小說述要』, 臺灣 漢欣文化事業公司, 1990, 140쪽.

또『平山冷燕』역시 청초에 滿洲文字로 번역 출간되었고 후에 프랑스어로 출간되어 유럽에 소개되었다. 그 외에도『玉嬌梨小傳』역시 프랑스어로 번역되어 출간되었다.[2] 이 모두는 飜譯出刊된 경우에 해당된다.

그러나 原文出版의 경우는 韓國과 日本에서만 나타나는 특이한 현상이다.[3] 사실 원문출판은 동일한 漢字文化圈이기에 가능한 것이며 번역출판보다도 저자의 창작의도가 직접적으로 반영되기에 영향력 또한 더 크다고 할 수 있다.

필자가 본 연구에서 주목한 것은 "과연 한국과 일본에서는 얼마나 많은 중국고전소설이 출판되었나?"하는 문제였다. 본 연구에서의 자료수집 대상은 원문출판본과 번역출판본을 모두 포함하였고, 時期的으로는 한국은 朝鮮末期(1910)까지, 일본은 明治時代(1912)로 한정하였다. 특히 이 시기 兩國에서 출판된 중국고전소설의 출판개황을 총 정리하고, 또 출판문화의 특징을 一目瞭然하게 분석하는 데에 본 연구의 의미를 두었다.

1. 韓·日의 중국고전소설 출판개황과 分析

조선시대 초기부터 말기까지 국내에서 출판되어진 중국고전소설은 현재 대략 24種으로 확인된다.

> (1)『列女傳』·(2)『新序』·(3)『說苑』·(4)『博物志』·(5)『世說新語補』·(6)『酉陽雜俎』·(7)『訓世評話』·(8)『太平廣記』·(9)『嬌紅記』·(10)『剪燈新話句解』·(11)『剪燈餘話』·(12)『文苑楂橘』·(13)

2) 吳郇編撰,『200種 中國通俗小說述要』, 上同書, 114-115쪽.

3) 越南의 경우 출판이 없었던 것으로 확인된다.

『三國演義』·(14)『水滸傳』·(15)『西遊記』·(16)『楚漢傳』·(17)『薛仁貴傳』·(18)『鍾離葫蘆』·(19)『花影集』·(20)『效顰集』·(21)『玉壺氷』·(22)『兩山墨談』·(23)『皇明世說新語』·(24)『錦香亭記』[4)]

일본 서지학자 長澤規矩也의 『和刻本漢籍分類目錄』에는 대략 50여 종의 중국고전소설이 일본에서 출판된 것으로 확인된다.[5)] 그 목록은 다음과 같다.

(1) 『山海經』·(2) 『穆天子傳』·(3) 『神異經』·(4) 『高士傳』·(5)『列女傳』·(6)『列仙傳』·(7)『新序』·(8)『說苑』·(9)『拾遺記』·(10)『搜神記(搜神後記)』·(11) 『博物志』·(12) 『續博物志』·(13) 『述異記』·(14)『資暇錄』·(15)『鶴林玉露』·(16)『五雜俎』·(17)『西京雜記』·(18)『世說新語(世說新語補)』·(19)『南北史續世說』·(20)『唐世說新語』·(21)『皇明世說新語』·(22)『今世說』·(23)『唐國史補』·(24)『開元天寶遺事』·(25)『冷齋夜話』·(26)『輟耕錄』·(27)『智囊(智囊補)』·(28)『塵餘』·(29)『太平淸話』·(30)『咫聞錄鈔』·(31)『續齋諧記』·(32)『酉陽雜俎』·(33)『虞初新志』·(34)『癖顚小史』·(35)『笑府』·(36)『笑林廣記』·(37)『白門新柳記』·(38)『秦淮豔品』·(39)『美人譜』·(40)『遊仙窟』·(41)『長恨歌傳』·(42)『剪燈新話句解』·

4) 閔寬東外, 『國內 所藏 稀貴本 중국문언소설 소개와 연구』, 학고방, 2014, 106-107쪽 參考.

5) 長澤規矩也(日本)가 쓴 『和刻本漢籍分類目錄』은 최초 1976년에 출간하였고 1980년과 2006년(長澤孝三에 의해 증보판이 나옴)에 누락분을 增補하여 다시 출간하였다. 이 책을 조사한 결과 약 50여 종의 중국고전소설이 일본에서 출간되었던 것으로 확인된다. 그 외 밑줄 친 5개 작품목록은 민관동의 「국내 소장 일본판 중국고전소설 연구」(『中國語文論譯叢刊』제36집)과 孫楷第의 『日本東京所見小說書目』(人民文學出版社, 1981), 大塚秀高編의 『增補中國通俗小說書目』(汲古書院, 1987) 등을 참고하여 보충하였다.

(43)『剪燈餘話』·(44)『情史抄』·(45)『水滸傳』·(46)『閫娛情傳』·(47)『癡婆子傳』·(48)『五色石』·(49)『肉蒲團』·(50)『燕山外史』·(51)『夷堅志』·(52)『檐曝雜記』·(53)『繪本通俗三國志』·(54)『增圖像足本金瓶梅』·(55)『濟公全傳』. 총 55종 [6)]

이처럼 조선에서는 약 24종이, 일본에서는 약 55종이 출간된 것으로 확인된다. 출간된 중국소설 가운데는 대부분이 문언소설이다. 이는 양국에서 동일하게 나타나는 현상으로 조선의 경우 약 24종 가운데『三國志演義』·『水滸傳』·『西遊記』·『楚漢傳』·『薛仁貴傳』·『錦香亭記』 등 6종이 백화통속소설이고 나머지는 18종이 문언소설이다. 일본은 총 55종 가운데 『繪本通俗三國志』·『水滸傳』·『增圖像足本金瓶梅』·『閫娛情傳』·『五色石』·『肉蒲團』·『燕山外史』·『濟公全傳』 등 8종이 백화통속소설이고 나머지 47종이 문언소설이다. 이처럼 문언소설의 강세가 두드러진다.

또 출판의 형태를 살펴보면 양국 모두가 原文出版이 대부분이다. 서양에서는 飜譯을 위주로 출판되었지만 韓·日의 경우는 原文을 그대로 출판하였다. 출판본의 경우를 살펴보면 조선은 24종 가운데『水滸傳』·『西遊記』·『楚漢傳』·『薛仁貴傳』·『錦香亭記』 등 5종을 제외한 20종이 원문으로 출판되었다. 그 중『三國志演義』경우는 원문출판본과 번역출판본이 모두 이루어지기도 하였다. 또 일본의 경우는 완전 원문출판본도 있지만 訓點本(혹은 오쿠리가나)[7)]으로 되어있는 것도 상당수 있다. 사실 이러

---

6) 劉世德의『中國古代小說百科全書』(中國大百科全書出版社, 1993)와 寧稼雨의『中國文言小說總目提要』(齊魯書社, 1996)에 수록된 중국고전소설 목록을 근거로 소설여부를 확인하였다.

7) 훈점본은 일본어를 표기하는 문자로 본래 한자에서 그 일부분만을 취하거나 변형하여 일본어의 한 음절에 해당하는 부호를 만든 것이며, 오쿠리가나(送り仮

한 판본은 완전한 번역본으로 볼 수 없기에 일반적으로 원문출판에 해당된다고 할 수 있다.[8)]

또 韓·日 출판본 가운데는 공통으로 출판된 작품이 다수 보인다. 즉 『列女傳』·『新序』·『說苑』·『博物志』·『世說新語補』·『酉陽雜俎』·『剪燈新話句解』·『剪燈餘話』·『三國志演義』·『水滸傳』·『皇明世說新語』 등 약 11종이 있다. 이러한 작품 가운데 문언소설로는 世說新語類와 剪燈類가 다수 출간되었고 백화통속소설로는 역시 『三國志演義』와 『水滸傳』이 주목된다. 이는 당시 독자들의 選好度와도 밀접한 관계가 있는 것이며 인기의 척도라고 보아도 무방할 것이다. 특히 世說新語類의 출판은 의미하는 바가 크다. 이 문제에 대해서는 뒤에서 다시 분석하기로 하고 우선 韓·日 양국의 판본개황을 살펴보기로 한다.

名)는 일본어를 한자와 가나를 섞어 표기할 때 쓰이며, 주로 한자를 훈독으로 읽을 때만 사용된다.

8) 부길만·황지영의 『동아시아 출판문화사 연구1』(오름, 2009)에는 에도시대에 『水滸傳』의 영향을 받아 이를 모방하여 나온 작품이 20여 종이나 되었다고 하나, 이를 번역본으로 분류하기에는 무리가 따르기에 생략한다.

2. 韓·日의 중국고전소설 출판목록[9)]

1) 문언소설의 출판개황

【조선의 출판본】

書名	出版事項	版式狀況	出版時期	出版處/出版者
列女傳	7卷, 漢 劉向撰, 申珽·柳沆飜譯, 柳耳孫寫·李上佐畵, 禮曹主管出版	근래 1冊 발견(국립 한글박물관), (1918年에 刊行된 坊刻本도 있음)	朝鮮中宗38年 癸卯(1543)	官版, 申珽·柳沆飜譯, 光州
新序	10卷, 漢 劉向撰, 1492-1493年, 李克墩, 安東(推定)出刊	10卷2冊, 朝鮮木版本, 四周雙邊, 11行18字, 內向黑魚尾, 紙質 : 楮紙	朝鮮成宗23-24年(1492-1493)	官版, 安東(推定) 李克墩 等
說苑	20卷, 漢 劉向撰, 1492-1493年 李克墩, 安東刊行	20卷4冊, 朝鮮木版本, 四周雙邊, 11行18字, 註雙行, 紙質 : 楮紙	朝鮮成宗23-24年(1492-1493)	官版, 安東(推定) 李克墩 等
博物志	10卷, 西晉 張華撰, 1568年以前, 南原刊行	10卷1冊, 朝鮮木版本, 四周雙邊, 有界, 10行18字, 註雙行, 上下內大黑口, 內向魚魚尾, 紙質 : 楮紙	1568年 以前	官版, 南原刊行, 중앙도서관, 일본 내각문고 동양문고 등 소장
世說新語補	宋 劉義慶撰, 梁 劉孝標注, 宋 劉辰翁批, 明 何良俊增, 明 王世貞刪定, 明 王世懋批釋, 明鍾惺批點, 明 張文柱校註, 1708年 校書館刊行	總20卷7冊, 顯宗實錄字(金屬活字本), 左右雙邊, 10行18字, 註雙行, 內向黑魚尾, 紙質 : 楮紙, 有後印. 世說新語姓彙韻分(後代覆印本, 姓氏別分類再編輯)	世說新語補 : 朝鮮肅宗34年(1708) 世說新語姓彙韻分(英祖年間 : 1724-1776)	官版, 顯宗實錄字(金屬活字本), 校書館刊 等

9) 아래 도표의 자료에서 한국자료는 민관동 외,『한국 소장 중국문언소설 판본과 해제』(도서출판 학고방, 2013년 2월)와『한국 소장 중국통속소설 판본과 해제』(도서출판 학고방, 2013년 4월)를 근거로 다시 만들었고 일본의 자료는 長澤規矩也가 쓴『和刻本漢籍分類目錄』(2006년에 증보판)을 참고로 하였으며 누락된 부분은 필자의 논문「국내 소장 일본판 중국고전소설 연구」(『중국어문논역총간』36집)을 참고하여 다시 보충하였다.

書名	出版事項	版式狀況	出版時期	出版處/出版者
		序文 : 嘉靖丙辰(1556)王世貞撰, 萬曆庚辰(1580)王世懋撰, 乙酉(1585)王世懋再識, 萬曆丙戌(1586)秋日汭陽陳文燭玉叔撰		
唐段小卿酉陽雜俎	前集 : 20·續集 : 10 總30卷, 唐 段成式撰, 李克墩·李宗準編, 1492年 慶州刊	10卷2冊, 朝鮮木版本, 四周雙邊, 10行19字, 註雙行, 版心題 : 俎, 紙質 : 楮紙. 20卷3冊(後印)	朝鮮成宗23年(1492)	官版, 慶州, 李克墩·李宗準等
訓世評話	朝鮮 李邊·柳希仁撰, 1473年(推定) 江陵(襄陽)刊行	上下2卷1冊, 10行17字, 白話文 : 10行16字, 有後印	1473年(未確), 1480 年·1518年 (中宗13)	官版, 江陵, 李邊·柳希仁 等
詳節太平廣記	500卷, 宋 成任編纂, 1462年 晉州·草溪 等地刊行	總50卷(現存7卷2冊), 四周單邊, 10行17字, 紙質 : 楮紙, 有飜譯本	朝鮮世祖8年(1462)	官版, 晉州·草溪等地, 成任等
嬌紅記	2卷, 元 宋遠撰, 其他未詳	未詳	1506年頃(推定)	未詳
剪燈新話句解	21回本, 明 瞿佑撰, 朝鮮尹春年訂正, 林芑集解, 1549/1559年等, 校書館·慶州等全國各地	2卷2冊, 四周單邊, 10行20字(11行20字.10行18字.12行18字等 各版不一定), 註雙行. 紙質 : 楮紙, 校書館發行本. 坊刻本 等 多數	朝鮮明宗4(1549),明宗14(1559), 明宗19(1564), 1704 等	官版/ 坊刻本, 全州·順天·濟州·原州·居昌·陜川·密陽 等
剪燈餘話	4卷, 明 李昌祺撰, 約1568年以前 淳昌刊行	國內失傳(日本 內閣文庫所藏)	約1568年以前	官版(推定). 淳昌刊行
刪補文苑楂橘	編撰者未詳, 約1669-1760年 漢陽刊行	2卷2冊, 木活字本, 10行20字, 紙質 : 楮紙. 第一校書館印書體	約1669-1760年	官版, 漢陽刊行
鍾離葫蘆	朝鮮 笑山子(朴燁推定) 17世紀初葉以前 平壤刊	1冊(30張), 朝鮮木版本, 7行15字, 絶纓三笑中78篇選別	17世紀初葉以前	平壤刊行
花影集	4卷, 明 陶輔撰, 昆陽郡守尹景禧編·崔岦跋, 1586年 昆陽(現泗川)出刊	國內失傳(日本 早稻田大所藏)	1586年	官版, 昆陽(現泗川地方) 尹景禧·崔岦 等

書名	出版事項	版式狀況	出版時期	出版處/出版者
效顰集	3卷, 明 趙弼撰, 1568年以前 淳昌刊行	3卷1冊, 朝鮮木版本, 四周單邊, 12行21字, 紙質：楮紙, 失傳(日本 逢左文庫所藏)	宣祖1年(1568年以前)	官版(推定). 淳昌刊行
玉壺氷	1卷, 明 都穆撰, 1580年 務安刊行	1卷冊, 四周單邊, 9行17字, 紙質：楮紙, 後印：9行18字本, 10行18字本, 10行20字本 等 多數	庚辰10月(大略1580)	官版, 務安·延安·固城 等
兩山墨談	18卷, 明 陳霆撰, 1575年 崔起南校訂, 慶州刊行	18卷4冊, 朝鮮木版本, 四周雙邊, 9行18字, 紙質：楮紙	宣祖8年(1575)	官版, 慶州 尹根壽·崔起南 等(總28名)
皇明世說新語	8卷4冊, 明 李紹文撰, 1725-1800(推定)	8卷4冊, 朝鮮木版本(覆本), 四周雙邊, 10行20字, 註雙行, 紙質：楮紙	英·正祖(1725-1800)推定	刊行地·出版者未詳

【일본의 출판본】

書名	出版事項	版式狀況	出版時期	出版處/出版者
山海經	8卷, 晉 郭璞注, 明 蔣應鎬畵, 大阪 前川文榮堂	大 7冊,[10] 後印：河內屋吉兵衛(大 5冊) / 文化8印 / 明治35印, 名古屋, 文光堂梶田勘助(大 7冊)	文化8年(1811) 等	前川文榮堂/河內屋吉兵衛/名古屋/(韓國中央圖所藏)
穆天子傳	8卷, 晉 郭璞注, 明 汪明際訂, 漢武帝內傳(1卷/漢班固) 飛燕外傳(1卷/漢伶玄), 延享4年刊, 京都 田中市兵衛	大 2冊, 日本木版本, 後印：明和3印, 東京, 伏見屋善六等(大 2冊)外 多數	延享4年(1747)	京都 田中市兵衛 / 東京, 伏見屋善六等 / (韓國中央圖所藏)
神異經	漢 東方朔撰, 貞享5年刊, 中村孫兵衛	大 1冊, 日本木版本, 後印：河南四郞右衛門(大 1卷)	貞享5年(1688)	中村孫兵衛
列女傳/新續列女傳	新刻古列女傳：8卷/新續列女傳：3卷, 漢 劉向撰, 明 胡文煥校, (續)明	大 11冊, 返送縱[11] 後印：京都 上村次郞右衛門(大 6冊) / 京都 水玉堂葛西	承應2-3年(1653-1654)	京都, 小島弥左衛門 等 / (忠南大所藏)

書名	出版事項	版式狀況	出版時期	出版處/出版者
	黃希周等, 承應2·3年刊, 京都 小島弥左衛門	市郎兵衛(大 8冊) / 大阪 上田卯兵衛(大 8冊) / 寶曆12印, 大阪 上田嘉嚮堂(大 8冊)外 多數		
列仙傳	2卷, 漢 劉向撰, 岡田挺之校, 寬政5年刊, 名古屋 文光堂 片野東四郎	大 1冊, 日本木版本, 後印 : 寬政6印, 名古屋 永樂屋東四郎等(大 1冊)	寬政5年(1793)	名古屋 片野東四郎 / (서울大所藏)
新序	10卷, 漢 劉向撰, 明 程榮校, 平玄仲點, 享保20刊行, 東京 錦山堂植村藤三郎	大 5冊, 後印 : 京都 植村藤三郎(大 5冊) / 京都 柳枝軒植村藤三郎右衛門(大 5冊) / 天保3修 秋田屋太右衛門等(大 2冊)外 多數	享保20年(1735)	東京, 錦山堂植村藤三郎等 / (韓國國立中央圖所藏)
說苑	20卷, 漢 劉向撰, 明 程榮校, 寬文8年刊, 武村三郎衛兵	大 10冊, 日本木版本, 後印 : 瀨尾源兵衛(大 5冊) / 須原屋茂兵衛(大 10冊) 外 多數	寬文8年(1668)	武村三郎衛兵 /(韓國國立中央圖所藏)
高士傳	3卷, 晉 皇甫謐撰, 安永4年刊, 大阪 搜樹館柏原屋與左衛門	大 3冊, 日本木版本, 返送縱. 後印 : 種玉堂河內屋儀輔(大 3冊)	安永4年(1775)	大阪, 搜樹館柏原屋與左衛門 等 / (韓國國立中央圖所藏)
博物志	10卷, 晉 張華撰, 宋 周日注, 天和3年刊, 京都 伏見屋藤右衛門	博物志(大 4冊), 後印 : 柳原喜兵衛	天和3年(1683) 等	京都 伏見屋藤右衛門
續博物志	續博物志10卷, 宋 李石撰, 延寶2年刊, 大阪 西河堂池內八兵衛	續博物志(大 2卷), 後印 : 大阪 西河堂池內八兵衛(大 2卷)	延寶2年(1674)/	大阪 西河堂池內八兵衛
西京雜記	6卷, 晉 葛洪撰, 明 程榮校, 元祿3年刊, 唐本屋又兵衛	大 2冊, 後印 : 東京 須原屋市兵衛(大 1冊) / 寬政8印 川口宗兵衛等(大 2冊)外	元祿3年(1690)	唐本屋又兵衛/ 須原屋市兵衛 等

書名	出版事項	版式狀況	出版時期	出版處/出版者
世說新語/世說新語補	3卷, 宋 劉義慶撰, 梁 劉孝標注, 宋 劉辰翁評, 天保2年刊	官版, 大 6冊, 日本木版本, 後印 : 1835年(大 10冊)	天保2年(1831)	官版, 未詳 / 大阪書林 / (高麗大等所藏)
	20卷, 明 何良俊撰, 李贄評, 王世貞校, 張文柱注, 京都 林九兵衛, 元祿7年刊	大 10冊, 後印 : 戶崎允明校 安永8年刊, 京都 林九兵衛(大 10冊) /京都 石田治兵衛(大 10冊)外	元祿7年(1694)	京都 林九兵衛 / 石田治兵衛
拾遺記	10卷, 苻秦王嘉撰, 梁 蕭綺編, 明 吳琯校, 寶曆2年, 京都 靈耆軒上板勘兵衛·華文軒中西卯兵衛	大 5冊	寶曆2年(1752)	京都 靈耆軒上板勘兵衛·華文軒中西卯兵衛
搜神記/搜神後記	搜神記(20卷/ 晉 干寶撰, 明 胡震亨·毛晉校), 搜神後記(10卷/晉 陶潛), 津逮秘書本, 元祿12年刊, 井上忠兵衛·林正五郎	大 9冊, 後印 : 寬政8年以後印, 大阪 河內屋喜兵衛(大 5冊) / 北村佐兵衛(大 5冊)	元祿12年(1699) /寬政8年(1796) 等	井上忠兵衛·林正五郎 / 大阪 河內屋喜兵衛 / 北村佐兵衛
述異記	2卷, 梁 任昉撰, 明 商濬校, 享保元年刊, 京都 川勝五郎右衛門·美濃屋又右衛門	大 2冊, 後印 : 寬延2印, 京都 植村藤右衛門等 / 寶曆3修, 大阪 淺野彌兵衛 / 安永4修, 大阪 淺野彌兵衛	享保元年(1716)	京都 川勝五郎右衛門·美濃屋又右衛門 / 淺野彌兵衛
續齋諧記	梁 吳均撰, 源與叔校, 文政9年刊, 鈴木氏	日本木活字本, 大 1冊	文政9年(1826)	鈴木氏
遊仙窟	唐 張鷟撰, 江戶初期 元祿3年刊, 東京 松山堂書店	大 1冊, 後印 : 慶安5年刊, 中野太良左衛門(大 1冊)	元祿3年(1690)/慶安5年(1652)	東京 松山堂書店 / 中野太良左衛門 等/(서울大所藏)
長恨歌傳	1卷, 唐 陳鴻撰, 附錄(長恨歌/琵琶行), 慶長年間刊	大 1冊, 後印 : 元和本(覆古活字, 大 1冊) / 寬永4印, 風月宗知(大 1冊) / 寬永, 正保, 慶安等 多數	慶長年間(1596-1615)	寬永本(風月宗知) / 京都(仁左衛門) 等

書名	出版事項	版式狀況	出版時期	出版處/出版者
南北史續世說	10卷, 續世說新語, 唐 李垕撰, 明 兪安期校, 天保3年刊	官版, 大 5冊	天保3年(1832)	官版, 未詳
唐世說新語	13卷, 唐 劉肅撰, 天保3年刊	官版, 大 3冊	天保3年(1832)	官版, 未詳
酉陽雜俎	20卷 續集:10卷 總30卷, 津逮秘書本, 唐 段成式撰, 明 毛晉校, 元祿10年刊, 京都 井上忠兵衛等	大 10冊, 後印; 京都 弘簡堂須磨勘兵衛(大 5冊等)	元祿10年(1697)	京都 井上忠兵衛 等 / (韓國國立圖所藏)
資暇錄	書簏蟫雋第一種·說郛本, 唐 李匡乂刊, 文政3年刊	大 1冊	文政3年(1820)	未詳
唐國史補	3卷, 汲古閣本, 唐 李肇撰, 龍公美校, 天明2年刊, 京都 柏屋喜兵衛等	大 3冊	天明2年(1782)	京都 柏屋喜兵衛 等
開元天寶遺事	開元(1卷)天寶遺事(2卷), 五代 王仁裕撰, 寛永16年刊, 京都 風月宗智	大 1冊, 後印:京都 田原仁左衛門(大 1冊) / 唐本屋吉左衛門(大 1冊), 錢屋儀兵衛(大 1冊)外	寛永16年(1639)	京都 風月宗智/ 田原仁左衛門 等
冷齋夜話	10卷, 宋 釋惠洪撰, 正保2年刊, 京都 林甚右衛門	大 2冊, 後印:寛文6印, 京都 上村次良右衛門(大 2冊) / 須原屋伊八(大 2冊) 外 多數	正保2年(1645)	京都 林甚右衛門 / 上村次良右衛門 等
鶴林玉露	3集各6卷, 宋 羅大經撰, 慶安元年刊, 林甚右衛門,	大 9冊, 日本木版本, 後印:寛文2年印, 京都 中野市右衛門(大 9冊)	慶安元年(1648)	林甚右衛門/ 京都 / (서울大等所藏)
夷堅志	南宋, 洪邁撰, 釋齊賢評, 序:元祿三載近雅散人, 刊記:元祿六癸酉仲春11日中村孫兵衛繡梓	8卷8冊, 日本木版本, 表題:夷堅志和解, 跋:時貞亭三歲次丙寅…桑門齊賢	元祿6年(1693)	中村孫兵衛繡梓. (韓國國立中央圖所藏)

書名	出版事項	版式狀況	出版時期	出版處/出版者
輟耕錄	20卷, 元 陶宗儀撰, 承應元年刊, 中野是誰	大 16冊, 後印 : 京都 須磨勘兵衛(大 8冊)外 多數	承應元年(1652)	中野是誰 / 京都 須磨勘兵衛
五雜俎	16卷, 明 謝肇淛撰, 寬文元年, 京都 松敏軒	半 8冊, 後印 : 半 16冊 / 寬政7修, 松梅軒中川騰四郎等(半 8冊) / 大阪 前川源七郎等(半 8冊)外	寬文元年(1661)	松梅軒中川騰四郎/大阪 /(서울大等 所藏)
剪燈新話句解	4卷, 明 瞿佑撰, 朝鮮 尹春年撰, 林芑訂, 慶安元年刊, 京都 仁左衛門	大 4冊, 後印 : 京都 井筒屋六兵衛(大 4冊) / 京都 林正五郎(大 4冊)	慶安元年(1648)	京都 仁左衛門 / 井筒屋六兵衛 / 林正五郎
剪燈餘話	7卷, 明 李昌祺撰, 劉子欽編, 元祿5年刊, 京都 林九兵衛	大 4冊, 日本木版本, 後印 : 河南四郎右衛門(大 4冊)	元祿5年(1692)	京都 林九兵衛/(韓國國立中央圖所藏)
智囊/智囊補	智囊 : 28卷, 智囊補 : 4卷, 明 馮夢龍撰	智囊 : 官版, 大 14冊, 後印 : 文政4年刊 京都 楠見甚右衛門(半 3冊) /京都 津逮堂大谷仁兵衛(半 3冊), 智囊補 : 明治3年刊(中 4冊)外	文政4年(1821) 明治3年(1870)	官版, 楠見甚右衛門 / 津逮堂大谷仁兵衛 等
皇明世說新語	8卷, 明 李紹文撰, 寶曆4年刊, 京都 器貫堂萬屋仁右衛門	大 8冊, 後印 : 明和8印, 京都 菊屋喜兵衛(大 8冊)	寶曆4年(1754)	京都 器貫堂萬屋仁右衛門 / 菊屋喜兵衛
塵餘	2卷, 明 謝肇淛撰, 三宅芳隆點, 菱屋孫兵衛等	半 2冊, 後印 : 文政元年以後刊, 京都 菱屋孫兵衛(半 2冊)外	文政年間(1818-1830)	京都 菱屋孫兵衛 等
太平淸話	2卷, 明 陳繼儒撰, 大島文校, 慶應元年刊	官版, 大 2冊, 後印 : 明治印, 入干昌平叢書(大 2冊)外	慶應元年(1865)	官版, 未詳
癖顚小史	明 聞道人撰, 袁石公評, 天保2年刊, 大阪 不自欺齋京屋莊二郎等	中 1冊	天保2年(1831)	大阪 不自欺齋京屋莊二郎 等
笑府	2卷, 明 馮夢龍撰, 明和5年刊, 京都 圓屋淸兵衛·文臺屋多兵衛	半 1冊, 後印 : 弘化3年以後印, 京都 菱屋孫兵衛 / 明治16年刊, 活字本, 森仙吉	明和5年(1768)	京都 圓屋淸兵衛·文臺屋多兵衛 等

書名	出版事項	版式狀況	出版時期	出版處/出版者
情史抄	3卷, 明 馮夢龍撰, 田中正彛編, 明治12年刊, 東京 內藤傳右衛門	半 2冊, 後印 : 明治38年印, 東京, 松山堂(半 3冊)	明治12年(1879)	東京 內藤傳右衛門 / 東京, 松山堂
咫聞錄鈔	2卷, 淸 慵訥居士撰, 土橋莊編, 明治11年刊, 京都 土橋氏	日本木活字本, 中 2冊	明治11年(1878)	京都 土橋氏
今世說	8卷, 淸 王晫撰, 享和3年刊, 名古屋 片野東四郎	中 4冊	享和3年(1803)	名古屋 片野東四郎 等
虞初新志	20卷補遺1卷, 淸 張潮編, 荒井公廉點, 文政6年刊, 大阪 岡田儀助等	大 10冊, 日本木版本, 訓點本, 後印 : 大阪 河內屋源七郎等 / 嘉永4年以後印, 大阪 近江屋平助·河內屋德兵衛(大 10冊)	文政6年(1823)	大阪 岡田儀助 等 / 河內屋源七郎 / 漢陽大所藏
(譯解)笑林廣記	2卷, 淸 遊戲主人編, 遠山圓陀點, 文政12年刊, 玉巖堂和泉屋金右衛門	半 2冊, 後印 : 東京 和泉屋金右衛門(半 4冊)	文政12年(1829)	玉巖堂和泉屋金右衛門
白門新柳記	1卷(有附錄), 淸 許豫撰, 楊亨校, 明治11年刊, 貯書樓磯部屋	日本活字本, 小 2冊, 附錄 : 淸 楊亨撰	明治11年(1878)	貯書樓磯部屋
秦淮豔品	1卷(有附錄), 淸 張曦昭撰, 田島象二點, 明治11年刊, 東京 若林喜兵衛	小 1冊, 附錄 : 西秦曲譜(田島象二編)	明治11年(1878)	東京 若林喜兵衛
痴婆子傳	2卷, 芙蓉主人編, 情痴子校, 明治辛卯(1882)年刊, 京都 聖華房	大 1冊, 後印 : 明治24年刊(日本木活字本), (大 1冊)	明治15年(1882)	京都 聖華房 等 / (崇實大所藏)
美人譜	艶情奇觀之內, 淸 徐震撰, 明治13年刊	日本木活字本	明治13年(1880)	未詳
檐曝雜記	淸 趙翼編, 刊寫地未詳, 奧山翼, 文政12年.	4卷3冊, 日本木版本 / 序 : 文政戊子(1828)…奧山翼	文政12年(1829)	奧山翼, (韓國國立中央圖所藏)

이상의 자료에 근거하면, 조선시대 출판된 문언소설은 『列女傳』을 포함하여 총 18종이 있고, 일본에서 출판된 문언소설은 『山海經』을 포함하여 총 47종으로 확인된다. 이들 작품의 대부분은 原文으로 출판되었으며 오직 朝鮮의 『列女傳』만 飜譯出版 되었다. 劉向의 『列女傳』은 朝鮮 中宗 38年(1543)에 申珽·柳沆이 飜譯하고 柳耳孫寫·李上佐畵로 禮曹에서 主管하여 出版했다는 기록이 『中宗實錄』卷28과 卷101條에 나온다. 근래 1책이 발견되어 국립 한글 박물관에 소장중이다.[12)]

그러면 과연 韓·日 兩國에서는 어느 시대에 어떠한 소설작품을 출간하였을까? 하는 문제이다. 출간작품들을 시대별로 나누어 보면, 조선의 경우 漢代의 작품에는 『列女傳』·『新序』·『說苑』 등 3종이 있고, 魏晉南北朝의 작품은 『博物志』·『世說新語』 등 2종이 있으며, 唐代作品으로는 『酉陽雜俎』 등 1종이 있다. 또 宋·元代의 작품에는 『太平廣記』와 『嬌紅記』 등 2종이 있으며, 明代의 작품으로는 『剪燈新話句解』·『剪燈餘話』·『文苑楂橘』·『鍾離葫蘆』·『花影集』·『效顰集』·『玉壺氷』·『兩山墨談』·『皇明世說新語』 등 9종이 있다. 그러나 清代의 작품은 없고 其他의 作品으로 『訓世評話』가 있다.

일본의 경우는 漢代의 작품에는 『山海經』·『神異經』·『列女傳』·『新序』·『說苑』·『列仙傳』 등 6종이 있고, 魏晉南北朝의 작품은 『穆天子傳』·『高士傳』·『拾遺記』·『搜神記(搜神後記)』·『博物志』·『續博物

---

10) 일본의 출판서적 크기와 권수 : 大는 大本 이고, 27×19cm(세로×가로) / 中 은 中本이고, 19×13cm, 大本의 약 반 크기, 半은 半紙本이고, 24×16cm, 小는 小本이고, 16×12cm, 半紙本의 약 반 크기

11) 返送縱은 한문을 번역하여 읽는 순서를 기록한 것임

12) 『稗官雜記』권4, (大東稗林27, 國學資料院, 1992, 407쪽), 필자는 최근에 새로 발굴되었다는 판본을 아직 확인하지 못하였다.

志)』·『述異記』·『西京雜記』·『世說新語(世說新語補)』·『續齋諧記』 등 10종이 있으며, 唐代의 작품으로는 『遊仙窟』·『長恨歌傳』·『南北史續世說』·『唐世說新語』·『酉陽雜俎』·『資暇錄』·『唐國史補』 등 7종이 있다. 또 宋·元代의 작품에는 『開元天寶遺』·『冷齋夜話』·『鶴林玉露』·『夷堅志』·『輟耕錄』 등 5종이 있고, 明代의 작품으로는 『五雜俎』·『剪燈新話句解』·『剪燈餘話』·『情史抄』·『皇明世說新語』·『智囊(智囊補)』·『塵餘』·『太平淸話』·『癖顚小史』·『笑府』 등 10종이 있으며, 淸代의 작품에는 『咫聞錄鈔』·『今世說』·『虞初新志』·『笑林廣記』·『白門新柳記』·『秦淮豔品』·『癡婆子傳』·『美人譜』·『檐曝雜記』 등 9종이 있다. 이상의 자료를 분석하면 조선은 대략 명대작품 위주로 출간을 한 반면 일본에서는 전시대의 작품을 시대구별 없이 고르게 출간하였음이 확인된다.

또 이들 작품들의 自國內 출판시기를 살펴보면 먼저 조선의 출판은 대략 1400년대 말기에서 壬辰倭亂(1592-1598)前인 1590년까지가 출판의 주종을 이루는 반면, 일본의 출판은 1600년대 중·후기를 기점으로 1700-1800년대에 출판문화의 꽃을 만개하는 양상을 보이고 있다. 이는 임진왜란 시기에 우리의 출판기술과 기능공을 약탈하여 일본의 출판문화가 크게 번창하는 계기가 된 것과 무관하지 않다. 특히 일본의 출판가운데는 朝鮮의 尹春年 訂正, 林芑 集解本인 『剪燈新話句解』가[13] 일본 慶安元年(1648)에 京都(仁左衛門)에서 覆刻本으로 간행된 사실이 이를 여실히 증명해 준다.

그 외 출판을 주관한 主體는 조선의 경우 대부분 관각본이 주종을 이루다가 임진왜란 후에 간혹 방각본이 나타나기 시작한다. 그러나 일본의 경

13) 이 책은 朝鮮 明宗4년[1549], 明宗14년[1559], 明宗19년[1564], 1704年 等 校書館 및 全國各地에서 간행되었다.

우는 초기에 일부에서 官刻本이 나타나고 후대에는 대부분 私刻本이 주종을 이루었던 것으로 보인다. 또 출판양상에 있어서 覆刻本이 양국에서 공통으로 나타나는 특징을 보이고 있다.

2) 백화통속소설의 출판개황

【조선의 출판본】

書名	出版事項	版式狀況	出版時期	出版處/出版者
三國演義	明 羅貫中編撰, 三國志通俗演義, 1560年代初中期刊	朝鮮金屬活字本(丙子字), 30.5×17.5㎝. 11行20字	朝鮮明宗年間 1560年初中期	未詳(現李亮載所藏)
	明 周曰校正, 新刊校正古本大字音釋三國志, 丁卯耽羅開刊,	13行24字, 朝鮮木版本, 覆刻本	朝鮮仁祖5年(1627年推定),	耽羅開刊等
	清 金聖嘆編, 毛宗崗評, 四大奇書第一種(貫華堂第一才子書)	20卷20冊, 覆刻本, 卷首:金聖歎序, 讀三國志演義法25則, 凡例10則, 總目, 有後印. 坊刻本多數	肅宗年間(1674-1720)-英正祖年間	未詳(全國各地)
	朝鮮末期 飜譯 坊刻本	京本, 安城本 等	1850年代以後	全國各地
水滸傳	明 施耐庵·羅貫中編撰, 朝鮮後期	飜譯出版本, 坊刻本(京本:2冊, 安城本:3冊) 等	朝鮮後期	漢陽·安城等
西遊記	明 吳承恩撰, 孟冬華山新刊[現 紫霞門外廓])	飜譯出版本, 坊刻本(京本:2冊)	丙辰年(1856)	漢陽
楚漢傳(西漢演義)	丁未本(2冊, 丁未孟夏完南龜石里新刊), 戊申本(1冊, 隆熙2年戊申秋7月, 西漢記完西溪新刊)	1冊本/2冊本, 飜譯出版本, 坊刻本(全州)	丁未年(1907), 戊申年(1908)	全州
薛仁貴傳	薛仁貴征遼事略, 19世紀刊	坊刻本(京本:1冊本[30張], 2冊本[17張])	朝鮮後期	漢陽

書名	出版事項	版式狀況	出版時期	出版處/出版者
錦香亭記	4卷16回, 淸代才子佳人小說, 19世紀中期刊	京本2種(2卷2冊本 : 由洞新刊, 3卷3冊本 : 1860年前後本)	約1847-1856年, 1860年前後 (3卷本)	漢陽

【일본의 출판본】

書名	出版事項	版式狀況	出版時期	出版處/出版者
繪本通俗三國志	池田東籬校正, 葛飾戴斗書圖, 大阪 岡田茂兵衛, 序 : 天保六年(1835)…東籬亭主人, 原敍 : 元祿己巳(1689)…湖南文山	75冊(初編-7編 各 卷之1-10, 8編 卷之1-5), 日本石版本, 有圖, 11行字數不定. *飜譯本으로는 湖南文山이 1691年에 번역한 通俗三國志가 있다.	天保7-12年(1836-1841)	大阪, 岡田茂兵衛, (釜山市民圖所藏)
忠義水滸傳	引首·第1-10回, 施耐庵撰·羅貫中編, 享保13年刊, 京都 林九兵衛	大 5冊, 後印 : 第11-20回, 寶曆9刊, 林權兵衛·林九兵衛(大 2冊) / 合印1-20回, 京都 林權兵衛(大 4冊) / 第1-9回(活版), 明治41刊外 多數	享保13年(1728)/寶曆9年(1759)等	京都 林九兵衛 / 林權兵衛等 / (嶺南大所藏)
增圖像足本金甁梅	明 笑笑生撰, 1900年頃, 刊記 : 日本東京二八番地三町目愛田書室印刷所,	8卷8冊(第1回-48回), 日本石印本, 四周單邊, 23行51字, 註雙行, 紙質 : 和紙 序 : 康熙歲次乙亥(1695)淸明中澣秦中覺天者謝頣題於皐鶴堂	(1900)頃刊	東京二八番地三町目愛田書室印刷所(成均館大所藏)
闖娛情傳	一名 : 如意君傳, 明徐昌齡撰, 寶曆13年刊, 東京 小川彦九郎·小川庄七	大 1冊, 後印 : 明和六印(大 1冊) / 明治年間刊, 日本木活字, 京都 聖華房(大 1冊)外	寶曆13年(1763)	東京 小川彦九郎·小川庄七 / 京都 聖華房等
五色石	8卷, 服部誠一點, 明治18年刊, 高田書屋定訓堂	中 4冊, 日本木活版本	明治18年(1885)	高田書屋定訓堂
肉蒲團	4卷20回, 一名覺後禪, 情隱先生編次, 寶永2年刊, 靑心閣	半 4冊, 後印 : 明治25年刊, 中川佐吉(小 4冊)外 多數	寶永2年(1705)	靑心閣 / 中川佐吉 等

書名	出版事項	版式狀況	出版時期	出版處/出版者
燕山外史	2卷, 淸 陳球撰, 大鄕穆點, 酒井三治校, 明治11年刊, 東京 河井源藏·長野龜七	中 2冊. 訓點本, 9行20字	明治11年(1878)	東京 河井源藏·長野龜七 / (延世大所藏)
濟公全傳	淸 墨浪子撰, 光緖4年(1878)京都隆神社刊行	4卷4冊, 日本木版本, 卷頭書名 : 繡顚大師醉菩堤全傳	明治11年(光緖4年 : 1878)	京都隆神社刊, (奎章閣所藏)

이상의 자료에서 확인되듯, 조선시대 출판된 중국통속소설은 『三國志演義』를 포함하여 총 6종이 있고, 일본에서 출판된 통속소설은 『忠義水滸傳』을 포함하여 총 8종이 확인된다. 이들 작품의 대부분은 原文으로 출판되었으나, 朝鮮後期에는 『三國志演義』·『水滸傳』·『西遊記』 等 주로 四大奇書와 演義類(楚漢演義)[14] 작품 위주로 번역본도 함께 출판되는 양상을 보인다. 일본의 경우는 『水滸傳』을 모방한 번안류의 작품들도 대거 등장한다.[15]

韓·日 兩國에서 출간된 중국통속소설을 시대별로 분석하면, 조선의 경우 6종 가운데 『錦香亭記』만 제외하고 5종이 명대의 작품이며 청대 작품으로는 『錦香亭記』1종만 있다. 일본의 경우는 총 8종 가운데 명대 작품으로 『水滸傳』·『閨娛情傳』·『繪本通俗三國志』·『增圖像足本金甁梅』 등 4종이 있고, 청대작품으로 『五色石』·『肉蒲團』·『燕山外史』·『濟公全傳』 등 4종이 있다. 이처럼 조선에서는 문언소설의 출판양상에서 보이듯이 통속소설에서도 대부분 명대작품이 출판의 주종을 이루는 반면 일본에서는 명·청 시대에 관계없이 비교적 고르게 출판하는 양상을 보인다.

14) 『초한연의』는 『서한연의』의 別稱이다.

15) 부길만·황지영, 『동아시아 출판문화사 연구』1, 오름출판사, 2009, 153-154쪽 참고.

出版時期를 살펴보면 조선의 경우 1500년대 중·후기부터 출판이 시작되었으나 壬辰倭亂의 영향으로 주춤하다가 1700년대를 거쳐 1800년대에 간행이 집중되었고, 일본의 경우는 1700년대와 1800년대에 집중되는 현상을 보인다. 또 일본의 경우에는 서양의 영향을 받아 비교적 일찍이 石印本도 출현하였다.

출판의 主體도 조선의 금속활자본 『三國志通俗演義』를 제외하고는 대부분 방각본으로 전환되는 양상을 보인다. 일본의 경우도 대부분 방각본이 주종을 이루고 있다. 또 출판양상에 있어서 조선에서는 原文出版된 『三國志演義』가 모두 覆刻本으로 출간되는 특징을 보이고 있다.

3. 兩國 出版文化의 特徵 分析

1) 출판의 일반적 개황

筆者는 제2장에서 兩國이 공통으로 출판된 작품 11종을 소개하며, 그 중 문언소설 가운데는 世說新語類와 剪燈類가 많이 출간되었고, 백화통속소설 중에는 『三國志演義』와 『水滸傳』계열이 많이 출간되었다고 언급한 바 있다. 작품의 출간은 곧 작품의 선호도를 상징하는 것이기에 兩國에서 가장 選好했던 작품위주로 좀 더 세밀하게 분석해 보고자 한다.

조선의 경우는 世說新語類와 剪燈類 및 『三國志演義』를 꼽을 수 있다. 世說新語類는 『世說新語補』와 『皇明世說新語』 그리고 『世說新語補』에 나오는 수많은 인물을 姓氏別로 편집한 『世說新語姓彙韻分』을 들 수 있다. 이 책들은 英·正祖年間 여러 번에 걸쳐 출간된 책으로 독자들의 愛好가 상당했던 것으로 추정된다.[16] 그 외 剪燈類로는 『剪燈新話句解』와 『剪燈餘話』를 꼽을 수 있다. 특히 『剪燈新話句解』는 朝鮮 明

宗 4(1549)과 明宗 14(1559)에 校書館에서 출간된 이래 전국각지에서 방각본으로 수차례 출간된 책으로 가장 광범위하게 보급된 판본중의 하나이다. 또 통속소설의 대표작『三國志通俗演義』는 1560年代 初·中期에 처음 金屬活字(丙子字)로 간행한 이래 周曰校의『新刊校正古本大字音釋三國志』가 耽羅(濟州道)開刊本으로 출간되었고 후에 金聖嘆編·毛宗崗評『四大奇書第一種』(貫華堂第一才子書)이 수차례 출간되어 전국에 보급되었다. 현재 국내 도서관에서 흔히 볼 수 있는 판본이다. 그 외에도 조선 말기에는 飜譯本『삼국지연의』와 飜案本이 출간되어 최고의 인기를 누리기도 하였다.

일본의 경우는 愛情類 小說과 世說類 小說을 꼽을 수 있다. 먼저 애정류의 경우『遊仙窟』·『長恨歌傳』·『金瓶梅』·『情史抄』·『美人譜』·『閫娛情傳』·『癡婆子傳』·『五色石』·『肉蒲團』·『燕山外史』·『白門新柳記』·『秦淮豔品』등 무려 10餘 種이나 출간되었다. 이는 엄격한 性 倫理의 통제를 받았던 조선과는 달리 비교적 개방적 이었던 일본의 社會 雰圍氣와도 무관하지 않다. 또 世說類에 있어서는『世說新語(世說新語補)』·『南北史續世說』·『唐世說新語』·『今世說』·『皇明世說新語』등 매우 다양한 작품들이 출간되어 일본인들의 關心과 愛好를 추측할 수 있다.

兩國에 나타나는 또 다른 특징으로는 後印과 續書가 많다는 점이다. 後印이 여러 차례 이루어졌다는 점은 사실 독자의 반응이 뜨거울 때 나타나는 현상으로 한번 출판하기도 어려운 상황에서 再版印刷까지 하였다는 것은 收容史의 관점에서 매우 중요한 의미를 함유하고 있다. 조선의 경우『世說新語補』·『酉陽雜俎』·『玉壺氷』·『剪燈新話句解』[17] 및 周曰校

16) 민관동,「조선출판본 중국고전소설의 서지학적 고찰」,『중국소설논총』제39집, 2013년 4월. 192-195쪽 참고.

17)『剪燈新話句解』의 경우 (10行18字 / 10行19字 / 10行20字 / 10行22字 / 11行18字

의 『新刊校正古本大字音釋三國志』와 金聖嘆編·毛宗崗評 『四大奇書第一種』(貫華堂第一才子書) 등이 여러 차례 再版을 찍어냈다. 반면 일본의 경우는 대부분의 책들에서 재판이 이루어졌는데, 총 55종 가운데 약 36종에서 再版이 이루어진 것으로 확인된다. 그중 비교적 많은 再版이 있었던 작품으로는 『穆天子傳』·『列女傳』·『新序』·『說苑』·『世說新語(世說新語補)』·『冷齋夜話』·『長恨歌傳』·『剪燈新話句解』·『虞初新志』·『水滸傳』·『肉蒲團』 등이 있다.

또 續書 및 亞流小說의 출간은 국내에서 『世說新語(世說新語補)』와 『皇明世說新語』·『剪燈新話』와 『剪燈餘話』정도가 출간되었지만 일본의 경우는 상당히 많은 續書와 亞流作品이 출간되었다. 예를 들면 『列女傳』과 『新續列女傳』, 『搜神記』와 『搜神後記』, 『博物志』와 『續博物志』, 『世說新語』와 『世說新語補』·『南北史續世說』·『唐世說新語』·『皇明世說新語』·『今世說』, 그리고 『智囊』과 『智囊補』, 『剪燈新話』와 『剪燈餘話』 등 매우 다양하게 나타난다. 이러한 현상은 나라별 嗜好와 愛好가 반영된 독특한 출판문화로 평가된다.

또 국내출판의 특징 중 하나는 다양한 출판방식을 취했다는 점이다. 예를 들어 『世說新語補』와 같이 原文 그대로의 出版뿐만 아니라, 『剪燈新話句解』같은 註解 出版, 『世說新語姓彙韻分』같은 體制變形 出版, 또 『詳節太平廣記』나 『刪補文苑楂橘』같은 縮約 및 部分編輯 出版, 『초한지』와 같은 飜譯 出版, 『訓世評話』같은 用度變更 出版 등 다양한 형태의 출판이 이루어졌다.[18]

/ 11行19字 / 11行20字 / 11行21字 / 12行18字 / 12行19字 / 12行20字 / 12行28字 / 14行18字 / 14行25字)등 다양한 판본이 출간되었다.

18) 閔寬東 等, 『국내 소장 희귀본 중국문언소설 소개와 연구』, 학고방, 2014.4. 116-117쪽.

다음은 "어떤 목적으로 출간을 하였는가?"하는 문제이다. 이 문제에 있어서는 양국에서 동일한 결론이 도출된다. 즉 "신지식에 대한 욕구"와 "풍속의 교화 및 교육성" 그리고 "영리목적의 상업성"을 들 수 있다. 초기에 있어서는 주로 "신지식에 대한 욕구"와 "풍속의 교화 및 교육성"에 의거해서 출판이 이루어졌고 후기에는 "영리목적의 상업성"이 부각되면서 娛樂的 讀書物이 주로 출간되었다.

사실 출판을 하는데 있어서 출판의 주체가 누구이냐에 따라 출판도서의 성향이 드러나기 마련이다. 官刻本인 경우는 서적의 학술성과 교육성에 따라 출판여부가 결정되지만 私刻本인 경우 특히 坊刻本은 철저히 상업성에 따라 출판여부가 결정된다. 조선시대에서 발간된 서적 24종 가운데 관각본으로 확인되는 것이 대략 16종에 해당되며 문언소설이 대부분을 차지한다. 나머지 소설들은 대부분 통속소설이며 이 책들은 주로 상업성에 입각한 방각본이다. 그러나 일본의 경우에는 또 다른 양상을 보인다. 임진왜란 이후 초기에는 몇몇 종에 있어서 官刻本이 출현하였지만 얼마 후에는 바로 私刻으로 넘어가는 양상을 보인다. 필자가 확인한 바에 의하면 『世說新語(世說新語補)』·『南北史續世說』·『唐世說新語』·『智囊(智囊補)』·『太平淸話』 등이 관각으로 출간되었고 나머지 대부분은 私刻에 해당된다. 특히 통속소설에 있어서는 대부분이 조선의 방각본과 같이 營利目的이 강한 상업성 출판에 해당된다.

2) 양국의 出版樣式 比較

兩國의 出版樣式에 있어서 가장 큰 차이점은 紙質에서의 差異이다. 조선의 경우는 대부분 楮紙로 이루어진 반면 일본은 和紙로 출간되었기 때문에 외관상으로는 구별이 가능하다. 그 외에도 조선출판본과 일본 출판본은 출판의 양식에 있어서도 다른 양상을 보이고 있다. 먼저 출판의 형태를 살펴보면 크게 木版本·木活字本·金屬活字本으로 나눌 수 있다.

조선의 경우는 최초 목판본의 출현은 통일신라시대로 올라가지만 중국소설의 출간은 대략 1492년에 출간된 『說苑』과 『酉陽雜俎』로 보인다. 또 목활자본은 임진왜란 이전에도 간혹 출간이 되었지만 임진왜란이후에 정착되다가 방각본이 나오면서 본격적으로 대중화된 것으로 추정된다. 그중 주목되는 부분이 금속활자본의 출간이다. 최근에 발굴된 丙子字 『三國志通俗演義』(1560년대 초·중기 출간), 顯宗實錄字 『世說新語補』(1708年刊), 顯宗實錄字 및 戊申字本 『剪燈新話句解』 등이[19] 금속활자로 출간되었다. 특히 1560년대에 통속소설을 금속활자로 출간하였다는 것은 韓·中·日 三國에 있어서 매우 이례적인 일로 사료적 가치가 매우 크다.

일본의 경우 임진왜란 이후에 조선의 인쇄기술과 서양의 활자가 유입되면서 출판문화가 서서히 활발해지던 가운데, 17세기가 되어 일본에서도 대량출판의 길이 열렸다. 그러나 活字印刷는 漢文書體의 인쇄에 적합하지 않았고 무엇보다 저렴한 가격에 대량의 서적을 출판하려면 목판인쇄가 더 유리했기 때문에 古活字版은 쇠락하기 시작하였다. 대략 寬永年間(1624-1643) 무렵부터 다시 목판인쇄가 발전하기 시작하였는데 이는 대량으로 유입된 중국서적들을 빠르게 飜刻해서 판매하는 데는 목판인쇄가 한결 유리했기 때문이다. 당시 일본에서는 중국서적을 그대로 飜刻하는 和刻本 출판이 크게 성행하였다.[20] 이러한 현상은 중국소설의 출판에도 그대로 적용된 것으로 보인다. 그렇다고 목활자본이 사라진 것은 아니다. 대략 1700년대 말기부터 1800년대로 들어오며 『美人譜』·『五色石』 등 여

19) 김영진, 「조선후기 서적출판과 유통에 관한 일고찰」, 『東洋漢文學研究』제30집, 2010, 20쪽.

20) 부길만·황지영, 『동아시아 출판문화사 연구』1, 오름출판사, 2009, 130-145쪽 참고.

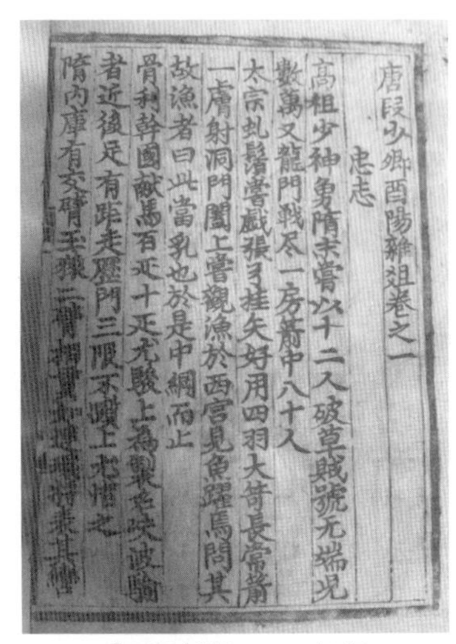
唐段少卿酉陽雜俎卷之一
忠志
高祖少神勇隋末嘗以十二人破草賊號无端兒
數萬又龍門戰尽一房箭中八十人
太宗虬鬚嘗戲張弓挂矢好用四羽大笴長常箭
一膚射洞門闔上嘗觀漁於西宮見魚躍焉問其
故漁者曰此當乳也於是中綱而止
骨利幹國獻馬百疋十疋尤駿上為製名決波騟
者近後足有距走歷門三限不躓上尤惜之
隋內庫有交臂玉猿二臂相貫如連環將表其轉

『酉陽雜俎』1492年版
(충재박물관 소장본)

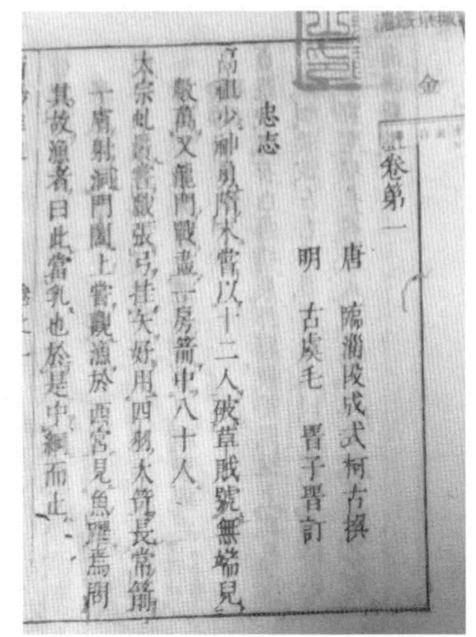
酉陽雜俎卷第一
唐 臨淄段成式柯古撰
明 古虞毛 晉子晉訂
忠志
高祖少神勇隋末嘗以十二人破草賊號無端兒
數萬又龍門戰盡一房箭中八十人
太宗虬鬚嘗戲張弓掛矢好用四羽大笴長常箭
一膚射洞門闔上嘗觀漁於西宮見魚躍焉問
其故漁者曰此當乳也於是中網而止

日本版『酉陽雜俎』1697年版

러 소설을 출간하였고 한편으로는 『繪本通俗三國志』처럼 石印本도 등장하며 출판기술이 급속도로 발전하였다.

그 외 일본에서는 17세기에 들어와 중국소설에 대한 번각이 나타나지만 조선에서는 이미 1400년대 말기부터 번각본 소설이 등장한다. 조선에서의 飜刻版으로는 『新序』·『說苑』·『博物志』·『唐段小卿酉陽雜俎』·『世說新語補』·『玉壺氷』·『效顰集』·『花影集』·『三國演義』(『三國志通俗演義』·『新刊校正古本大字音釋三國志傳通俗演義』·『貫華堂第一才子書』)·『兩山墨談』·『皇明世說新語』 등이 있다. 그 중에서도 『新刊校正古本大字音釋三國志傳通俗演義』·『貫華堂第一才子書』·『世說新語補』 같은 판본은 거의 중국 원판본의 원형 그대로 모방하여 판각하는 형식을 취하고 있다.[21]

출판양식에서 독특한 양상을 보이는 것이 일본의 경우 "오쿠리가나"

(送り假名)[22]의 使用이다. 오쿠리가나 외에도 訓點이나 返送縱[23] 등의 표기가 있어 번역을 용이하게 해준다. 이러한 부호가 朝鮮版과 日本版의 구별을 명확하게 해준다.

또 책의 크기에 있어서도 조선의 경우는 대형판 위주로 출판되었으나 일본은 매우 다양한 판형이 출현한다. 大本은 대략 27×19cm(세로×가로), 中本은 19×13cm(대략 大本의 절반), 半紙本은 24×16cm, 小本은 16×12cm (대략 半紙本의 절반)로 세분화 되었다.

3) 書誌學的 比較와 價値

출판서적에서 판본의 정보를 고증하는데 가장 중요한 정보를 제공하는 것이 바로 刊記이다. 이러한 간기는 출판시기와 출판지역 및 출판자 등의 문제를 일거에 해결해주기 때문에 고서에의 刊記야말로 판본학 연구의 핵심이라 할 수 있다. 그러나 조선 출판본에서의 간기는 매우 아쉬움이

21) 閔寬東 等, 『국내 소장 희귀본 중국문언소설 소개와 연구』, 학고방, 2014. 117쪽.

22) 오쿠리가나는 일본어를 한자와 가나를 섞어 써서 표기할 때, 한자로 표기한 와고(和語), 또는 야마토코토바(大和言葉)를 쉽게 읽게 하기 위해 한자 뒤에 덧붙는 가나를 뜻한다. 이는 한 단어 내에서 한자를 쉽게 읽게 하기 위해 붙은 가나에 해당하고, 단어 자체가 가나만으로 이루어진 조사 같은 경우는 오쿠리가나라고 부르지 않는다. 또한, 오쿠리가나는 한자가 훈독으로 읽혔을 때만 사용되며, 음독으로 읽힐 때는 사용되지 않는다. (네이버 위키백과 참고)

23) 한문 옆에 읽는 방법을 표기한 기호들로, 返(返り點) : 한자를 아래를 먼저 읽으라는 표시, 送(送り假名) : "오쿠리가나"라고 해서 훈으로 읽었을 때 조사 등을 표시한 것, 訓(訓讀, 傍訓) : 한자를 어떻게 읽는지 음을 표시한 것, 縱(縱點[竪點]); 한자를 읽기 쉽게 하기 위해 세로로 줄을 그은 것, 예를 들면 한글 자가 아니라 단어로 끊어 읽는다는 등의 표시. 오른 쪽, 왼쪽 줄에 따라서도 의미가 다름.

남는다. 무슨 연유인지 대부분의 작품에서 간기가 생략되어 있다. 겨우 『剪燈新話句解』과 『花影集』 등 몇몇 작품의 序文과 跋文이 있어 겨우 출판자와 출판시기를 추정할 따름이다. 그나마 가장 刊記가 잘 정리되어 있는 유일한 판본이 『兩山墨談』이다. 현존하는 조선 출판본 『兩山墨談』에는 朝鮮 宣祖 8年(1575) 慶尙道 慶州官廳에서 간행하였다는 기록과 嘉靖 乙亥年(1539)에 陳霆이 쓴 跋文이 있다. 또 책 뒤에는 성균관 유생 崔起南(1559-1619)의 교정에 의해 편찬되었으며 당시 간행에 참여한 경상도 관찰사 尹根壽 등 28名의 이름이 직급 및 출판업무 별로 자세히 표기되어 있다.[24] 이 책은 조선 출판본 가운데 출판의 典型을 보여준 대표적 事例로 평가받고 있다.

반면 일본의 경우는 대부분의 서적에 序文과 跋文이 있고 刊記도 매우 명료하게 잘 기록되어 쉽게 출판자와 출판시기 및 출판장소까지 확인이 된다. 이는 임진왜란 이후 출판문화가 크게 발전하는 과정에서 서양의 출판문화가 유입되며 자연스럽게 수용되어진 결과로 추정된다.

다음은 兩國의 중국소설에 대한 출판시기와 출판지역 및 출판자에 대하여 분석해 보기로 한다. 먼저 출판시기에 있어서는 조선의 출판본이 150여 년 이상 앞서고 있다.

양국의 출판시기를 살펴보면(初版의 出刊年代를 기준) 다음과 같다.

24) 閔寬東 等, 『국내 소장 희귀본 중국문언소설 소개와 연구』, 학고방, 2014.4. 284-288쪽. 이 책의 뒤에는 당시 출판에 관여했던 사람의 직책 등이 명료하게 언급되어 있다. 특히 스님들의 이름이 다수 발견되는 것이 특징인데 이는 당시 출판의 정황을 이해하는데 귀중한 자료가 되고 있다.

年代	朝鮮出版本	日本出版本
1400년대	『新序』·『說苑』·『唐段小卿酉陽雜俎』(이상 1492년경 출간)·『詳節太平廣記』·『訓世評話』	없음
1500년대	『列女傳』·『博物志』·『嬌紅記』(推定)·『剪燈新話句解』·『剪燈餘話』·『花影集』·『玉壺氷』·『效顰集』·『兩山墨談』·『三國志通俗演義』	『長恨歌傳』(1596-1615年間推定)
1600년대	『鍾離葫蘆』·『新刊校正古本大字音釋三國志傳通俗演義』(推定)·『文苑楂橘』	『剪燈新話句解』(1648)·『列女傳』(承應3年 : 1654)·『說苑纂註』·『五雜俎』·『新刊鶴林玉露』·『神異經』·『遊仙窟』·『剪燈餘話』·『夷堅志』·『酉陽雜俎』·『博物志(續)』·『西京雜記』·『世說新語補』·『搜神記』·『開元天寶遺』·『冷齋夜話』·『輟耕錄』·
1700년대	『世說新語補』·『世說新語姓彙韻分』·『皇明世說新語』·『刪補文苑楂橘』(推定)·『四大奇書第一種』	『新序』·『穆天子傳』·『列仙傳』·『高士傳』·『拾遺記』·『搜神後記』·『述異記』·『唐國史補』·『皇明世說新語』·『笑府』·『忠義水滸傳』·『闞娱情傳』·『肉蒲團』
1800년대	『수호지』·『삼국지』·『서유기』·『설인귀전』·『금향정기』등 번역본	『山海經』·『世說新語』·『續齋諧記』·『檐曝雜記』·『笑林廣記』·『繪本通俗三國志』·『燕山外史』·『濟公全傳』·『虞初新志』·『痴婆子傳』·『南北史續世說』·『唐世說新語』·『資暇錄』·『智囊(智囊補)』·『塵餘』·『太平清話』·『癖顚小史』·『今世說』·『情史抄』·『咫聞錄鈔』·『白門新柳記』·『秦淮豔品』·『美人譜』·『五色石』·『燕山外史』
1900년대	『초한연의』등 번역본 (1910년 이전)	『增圖像足本金瓶梅』 (1910년 이전)

이처럼 조선 출판본은 대략 1492년에 처음 출간이 이루어진 반면 일본에서는 1600년대 중엽에 이르러서야 처음 중국소설에 대한 출판이 이루어지기 시작하여 1700년대를 거쳐 1800년대에는 급속한 발전이 이루어지고 있음이 확인된다.

출판시역을 살펴보면 양국에서 매우 흥미로운 사실이 발견된다. 즉 조선의 경우에는 漢陽, 光州, 安東, 南原, 慶州, 江陵, 草溪, 晉州, 原州, 淳昌, 安城, 完州(全州), 昆陽, 延安, 固城, 務安, 耽羅(濟州), 平壤 等 전국 각지의 총 18개 지방에서 고르게 출간된 것으로 조사된다. 그중에서 가장 많이 출간된 곳은 한양으로 9종 11개 작품이 출간되었다.[25] 그러나 일본의 경우에는 일부지역에 국한된다는 점이다. 즉 초기에는 주로 쿄토(京都)와 오사카(大阪)지역에서 출판을 주도하다가 후에는 나고야(名古屋)와 도쿄(東京)지역까지 확대되는 양상을 보인다.

출판의 주체는 주로 官刻과 私刻으로 나누어진다. 조선의 경우는 임진왜란 이전까지는 주로 관각본이 주류를 이루었다. 官刻本도 중앙출판과 지방출판으로 분류되는데 중앙출판은 주로 校書館과 禮部(六部)에서 출간하였고 지방에서는 地方監營(道廳)과 地方州縣(市/郡廳)에서 간행하였다. 그러나 소설의 경우에는 중앙출판보다는 주로 지방출판이 많았던 것으로 확인된다. 그 후 임진왜란이후에는 통속소설위주의 방각본 출판이 부각되었다.

일본의 경우에는 초기에는 물론 官刻本이 나타났지만 주로 私刻本이 출판을 주도를 하게 되는데 당시 일본의 주요 출판사로는 쿄토에는 燕巢樓·隆神社·聖華房·松敏軒·靈耆軒·華中軒·器貫堂 등이 있고 오사

25) 민관동, 「조선출판본 중국고전소설의 서지학적 고찰」, 『중국소설논총』제39집, 2013.4. 202쪽 참고.

카에는 文榮堂·西河堂·大阪書林·搜樹館 등, 도쿄는 萬青堂·愛田書室·松山堂書店·錦山堂 등, 나고야는 文光堂 등이 있었다.[26)]

다음은 "출판을 주도한 出刊人은 과연 누구인가?" 하는 문제이다. 조선에서는 관각의 경우 출판을 주도한 관리들의 이름이 간혹 序跋文에 언급되어 있지만 방각본의 경우에는 거의 주체가 드러나지 않는다. 그러나 일본의 경우에는 刊記가 비교적 명료하기에 상당부분 刊行者가 누구인지 확인된다. 예를 들면 田中市兵衛(다나카 이치베에)梓行·仁左衛門梓行·中村孫兵衛繡梓·井上忠兵衛梓行·植村藤三郎梓行·中野市右衛門梓·日野市右衛門梓行·岡田茂兵衛·林九兵衛 등 출판자에 관련된 다양한 기록이 보인다.

이상 刊記에 근거한 양국의 출간년도와 출간지 및 출간의 주체에 대하여 고찰해보았다. 이상의 자료들은 중국소설의 流入史的 측면에서 매우 중요한 단서를 제공해 줄뿐만 아니라 收容史 측면에서도 상당한 서지학적 의미를 포함하고 있다. 특히 조선 중기 발생한 임진왜란은 韓·日 兩國의 出版史에 있어서 매우 중요한 역사적 분기점이 되었음이 확인된다. 즉 1400-1500년대에 출판문화의 꽃을 피우던 조선은 임진왜란으로 인하여 1600년대 침체기를 맞이하였고, 반면 출판기술을 약탈해간 일본은 이때를 기점으로 출판이 크게 발전하여 에도시대(江戸時代)의 번영을 누리게 된다.

일반적으로 서지학에서 판본의 가치는 통상 판본의 稀少性에 의하여 결정된다. 임진왜란 이후 중국에서는 명나라가 망하고 청나라가 들어서는데, 사실상 청대의 판본은 현재 중국에서도 흔히 볼 수 있는 판본이기에 그리 稀貴한 판본이 못된다. 이러한 관점에서 일본출판본의 경우는 대부

26) 長澤規矩也, 『和刻本漢籍分類目錄』, 汲古書院, 2006년 증보판 참고

분 1600년대 중반에 들어와 출간되었기에 판본의 가치를 논할 만한 희귀본은 그리 많지 않다.

그러나 조선 출판본은 1492년경부터 중국소설이 출간되었기에 서지학적 가치가 높은 판본들이 다수 발견된다. 이러한 판본으로는 대부분 임진왜란 이전에 간행된 판본들이 이에 해당된다. 예를 들면『新序』·『說苑』·『列女傳』·『博物志』·『唐段小卿酉陽雜俎』·『花影集』·『玉壺氷』 등을 들 수 있다. 특히『新序』·『說苑』·『唐段小卿酉陽雜俎』는 대략 1492년에 출간된 책으로 오히려 현존하는 중국판본 보다도 빠르다. 또『花影集』의 경우에는 중국에서도 일찍 실전되어 日本筆寫本으로 복원한 경우인데 그 원형을 조선출판본『花影集』으로 복원이 가능하기에 판본적 가치가 높다고 할 수 있다.[27] 그 외에도『詳節太平廣記』·『訓世評話』·『剪燈新話句解』·『剪燈餘話』·『效顰集』·『兩山墨談』·『三國志通俗演義』 등이 주목할 만한 판본이다.

그 외 흥미로운 사실중의 하나가 국내 소장된 일본출판본 중국고전소설이다. 대략 임진왜란이후 朝鮮通信使나 혹은 日帝時代에 유입된 것으로 보이는 이 판본은 무려 24종 50여 개의 판본이 국내 도서관에 소장되어[28]있어 매우 주목된다.

27) 민관동·김명신,『조선시대 중국고전소설의 출판본과 번역본 연구』, 학고방, 2013, 375쪽.

28) 민관동,「국내 소장 일본판 중국고전소설 연구」,『중국어문논역총간』제36집, 2015 참고. (1)『山海經』·(2)『穆天子傳』·(3)『神異經』·(4)『新序』·(5)『劉向說苑纂註』·(6)『列女傳』·(7)『列仙傳』·(8)『高士傳』·(9)『世說新語』·(10)『酉陽雜俎』·(11)『遊仙窟』·(12)『夷堅志』·(13)『新刊鶴林玉露』·(14)『剪燈餘話』·(15)『五雜俎』·(16)『檐曝雜記』·(17)『燕山外史』·(18)『虞初新志』·(19)『譯解笑林廣記』·(20)『繪本通俗三國志』·(21)『俊傑神稻水滸傳』·(22)『增圖像足本金甁梅』·(23)『濟公全傳(濟顚大師醉菩堤全傳)』·(24)『新刻癡婆子傳』

이상의 논점을 정리하면 다음과 같다. 동일한 한자문화권에 속해있는 韓·中·日은 유사하면서도 또다른 自國의 고유문화를 만들며 발전하여 왔다. 출판에 있어서도 自國만의 독특한 출판문화를 발전시키며 새로운 문화를 창출하였다.

조선시대에 출판된 중국고전소설은 대략 24종(조선 1492년부터 1910년 까지)이며, 일본의 경우는 대략 55종에(주로 에도시대 이후부터 1910년 초기까지) 달한다. 이들은 대부분 文言小說이며 原文出版이 주류를 이루고 있으며, 출판초기에는"신지식에 대한 욕구"와 "풍속의 교화 및 교육성"에 관점을 둔 官刻出版이 주도하였으나 후기에는 "상업성" 위주의 방각본이 출판을 주도하였다. 양국의 출판특징을 분석하면 다음과 같다.

1) 兩國에서 출판을 선호한 책으로는 世說新語類와 剪燈類가 있고, 특히 조선에서는 世說新語類와 剪燈類 및 『三國志演義』를 가장 선호하며 출판을 주도하였고, 일본의 경우는 世說新語類와 『金瓶梅』와 『肉蒲團』 같은 애정류 소설을 많이 출간하였다. 특히 애정류 작품의 출판은 10여종에 달한다.

2) 출판의 특징에 있어서 조선은 原文出版, 註解出版, 體制變形出版, 縮約 및 部分編輯出版, 飜譯出版, 用度變更出版 등 다양한 형태의 출판 방식을 취한 반면 일본의 경우는 後印(再版)과 續書 및 亞流作品의 출판이 두드러지게 많다.

3) 출판의 형식은 木版本·木活字本·金屬活字本으로 이루어졌으며 출판시기는 조선의 경우 대략 1492년경에 『說苑』과 『酉陽雜俎』 등이 출간되기 시작하였고, 일본의 경우는 약 150여년 후인 임진왜란 이후부터 시작되었다. 그중 주목되는 것이 조선의 금속활자본 출간으로 『三國志通俗演義』와 『世說新語補』 등이 있다. 또한 양국 모두 중국 원판본의 원형 그대로 모방하여 판각하는 覆刻本의 출판도 빈번하였다.

4) 출판양식에서 일본의 경우 "오쿠리가나"(送り假名)와 訓點 및 返送縱 등의 표기양식이 특징이고 책의 크기에 있어서도 조선의 경우는 대형판 위주로 출판되었으나 일본은 매우 다양한 판형이 출현한다. 紙質에 있어서는 조선의 경우는 대부분 楮紙로 이루어진 반면 일본은 和紙로 출간되었다.

5) 조선출판본에서의 간기는 대부분 기록되어 있지 않다. 반면 일본의 경우는 대부분의 서적에 序文과 跋文이 있고 刊記도 매우 명료하게 잘 기록되어 출판자와 출판시기 및 출판장소까지 쉽게 확인이 된다.

6) 서지학적 가치가 높은 판본들은 임진왜란 이전에 간행된 朝鮮版本들로 『新序』·『說苑』·『列女傳』·『博物志』·『唐段小卿酉陽雜俎』·『花影集』·『玉壺氷』·『詳節太平廣記』·『訓世評話』·『剪燈新話句解』·『剪燈餘話』·『效顰集』·『兩山墨談』·『三國志通俗演義』 등이 있는데, 일부 版本의 경우는 현존하는 중국판보다도 더 이른 판본이기에 사료적 가치가 높다.

Ⅳ. 國內 所藏 日本版 中國古典小說 研究*

그동안 필자는 한국에 유입된 중국고전소설 판본의 目錄化 작업을 진행하면서 약 440여 종의 중국고전소설이 국내에 유입이 되었고, 그중 조선시대에 약 72종이 번역이 되었으며, 약 24종이 출판되었음을 확인하였다.

그런데 이러한 과정에서 간혹 특이한 판본을 접하게 되었는데, 이것이 바로 일본에서 출판된 중국고전소설 판본이다. 처음에는 대수롭지 않게 생각하다가 그 수량이 적지 않음이 확인되면서 점차 注目을 하게 되었다. 그 후 본격적으로 일본판의 자료를 수집하여 정리해보니 대략 24종이나 되었다.

국내 소장된 일본판 중국고전소설 가운데는 간혹 필사본도 있지만 출판본이 주종을 이루고 있으며 수량방면에서 24종이나 된다는 사실에 놀라움을 금할 수가 없었다. 그 이유는 국내에 소장된 일본판 판본만 24종이라면 실제 국내에 유입되지는 않은 일본판 중국고전소설은 더 많아지기 때문이다.

일본 서지학자 長澤規矩也의 『和刻本漢籍分類目錄』에는 대략 50여 종이 일본에서 출판된 것으로 확인된다.[1] 그 목록은 다음과 같다.

---

* 본 논문은 2015년 『中國語文論譯叢刊』 제36집에 투고된 논문을 일부 수정 보완하여 만든 논문이다.

『山海經』·『穆天子傳』·『神異經』·『漢武帝內傳』·『高士傳』·『列女傳』·『列仙傳』·『新序』·『說苑』·『拾遺記』·『搜神記(搜神後記)』·『博物志(續博物志)』·『述異記』·『資暇錄』·『鶴林玉露』·『五雜組』·『說浮(續說浮)』·『世說新語(世說新語補)』·『南北史續世說』·『唐世說新語』·『皇明世說新語』·『今世說』·『唐國史補』·『開元天寶遺』·『冷齋夜話』·『輟耕錄』·『智囊(智囊補)』·『塵餘』·『太平清話』·『咫聞錄鈔』·『續齋諧記』·『酉陽雜俎』·『虞初新志』·『癖顚小史』·『笑府』·『笑林廣記』·『白門新柳記』·『秦淮豔品』·『美人譜』·『遊仙窟』·『長恨歌傳』·『剪燈新話句解』·『剪燈餘話』·『情史抄』·『水滸傳』·『闔娛情傳』·『癡婆子傳』·『五色石』·『肉蒲團』·『燕山外史』·『夷堅志』·『檐曝雜記』·『繪本通俗三國志』·『增圖像足本金瓶梅』·『濟公全傳』. 총 55종[2)]

일본에서 출판된 중국고전소설에 대한 전반적인 문제는 앞장에서 소개한 바와 같다. 본 논문에서는 국내 소장된 일본판 중국고전소설에 대하여

1) 일본의 長澤規矩也가 쓴 『和刻本漢籍分類目錄』은 최초 1976년에 출간을 하였고 1980년과 2006년(長澤孝三에 의해 증보판이 나옴)에 누락분을 增補하여 출간하였다. 이 책에 의하면 50여 종이 일본에서 출간되었던 것으로 확인된다. 한국의 경우 조선시대에 약 24종의 중국고전소설이 출간되었는데 이에 비하면 일본에서 더 많은 판본이 출판되었음이 확인된다. 그러나 조선의 경우는 1490년대부터 출간이 되었지만 일본은 경우는 1600년대 이후부터(임진왜란 이후) 출간되었음이 다르다.
그 외 孫楷第의 『日本東京所見小說書目』, 人民文學出版社, 1981년판과 大塚秀高編, 『增補中國通俗小說書目』, 汲古書院, 1987년판 참고.

2) 長澤規矩也의 『和刻本漢籍分類目錄』에는 50종만 나오고 밑줄 친 5개 작품은 누락되어 현존하는 판본과 다른 기록을 근거로 보충하였다. 또 필자는 劉世德의 『中國古代小說百科全書』(中國大百科全書出版社, 1993)와 寧稼雨의 『中國文言小說總目提要』(齊魯書社, 1996)에 분류된 중국고전소설 근거로 소설여부를 확인하여 목록을 만들었다.

집중적으로 고찰하기로 한다. 먼저 일본판 중국고전소설의 국내유입과 유입시기를 고찰해 보고, 유입된 작품과 판본에 대한 집중적인 분석을 시도하고자 한다.

1. 유입목록과 유입시기

일본에서 출판된 약 50여 종의 중국고전소설 가운데 국내에 유입된 일본판 중국고전소설은 약 24종이라고 언급하였다. 먼저 그 유입작품 목록을 살펴보면 다음과 같다.

> (1) 『山海經』·(2) 『穆天子傳』·(3) 『神異經』·(4) 『新序』·(5) 『劉向說苑纂註』·(6) 『列女傳』·(7) 『列仙傳』·(8) 『高士傳』·(9) 『世說新語』·(10) 『酉陽雜俎』·(11) 『遊仙窟』·(12) 『夷堅志』·(13) 『新刊鶴林玉露』·(14) 『剪燈餘話』·(15) 『五雜俎』·(16) 『檐曝雜記』·(17) 『燕山外史』·(18) 『虞初新志』·(19) 『譯解笑林廣記』·(20) 『繪本通俗三國志』·(21) 『俊傑神稻水滸傳』·(22) 『增圖像足本金甁梅』·(23) 『濟公全傳(濟顚大師醉菩堤全傳)』·(24) 『新刻癡婆子傳』[3)]

이상 24종의 판본이 국내 국립도서관과 대학의 도서관에 각각 소장되어 있다. 필자는 이러한 판본들이 언제 어떻게 국내에 유입되었을까? 라는 궁금증이 생겼다. 처음에는 1910년부터 1945년까지의 일제 강점기시기

3) 이상의 자료는 국립중앙도서관과 전국대학 도서관(60여 곳)과 서원 및 사찰(40여 곳) 그리고 문중 및 개인소장자(140여 곳)의 고서목록을 종합하여 만든 자료이다. 특히 민관동 외, 『한국 소장 중국문언소설 판본과 해제』(도서출판 학고방, 2013)와 『한국 소장 중국통속소설 판본과 해제』(도서출판 학고방, 2013)를 근거로 일본판 중국고전소설 목록을 만들었고 일부분은 보충하여 다시 목록을 만들었다.

에 유입된 것으로 추정을 하였다. 왜냐하면 초기에 필자가 조사한 판본으로 『燕山外史』·『虞初新志』·『繪本通俗三國志』·『俊傑神稻水滸傳』·『增圖像足本金甁梅』·『濟公全傳』 등 대부분 天保年間(1830-1844)·明治年間(1868-1912) 혹은 大正年間(1912-1934)의 출판본이었기에 일제 강점기에 유입된 판본으로 확신을 하고 있었다.

그러나 최근 조사한 판본 가운데는 『列女傳』(承應3年, 1654)·『五雜俎』(寬文1年, 1661)·『新刊鶴林玉露』(寬文2年, 1662)·『神異經』(貞享5年, 1688)·『遊仙窟』(元祿3年, 1690)·『剪燈餘話』(元祿5年, 1692)·『夷堅志』(元祿6年, 1693)·『酉陽雜俎』(元祿10年, 1697) 등 1600년대 출간된 판본과 『新序』(享保20年, 1735)·『穆天子傳』(延享4年, 1747)·『列仙傳』(寬政5年, 1793)·『劉向說苑纂註』(寬政6年, 1794)·『五雜俎』(寬政7年, 1795) 등 1700년대 출간된 판본이 다수 발견되면서 이 문제를 再考하게 되었다. 즉 일제 강점기시대인 1900년대 초·중기에 1600년대와 1700년대의 판본들이 국내에 유입되었을 이유와 근거가 충분하지 않았기 때문이었다. 물론 일본 학자들의 왕래로 인해 일부는 유입될 수 있지만, 24종이라는 비교적 많은 작품과 또 한 작품의 경우에도 출판시기가 각기 다른 판본이 다양하게 유입된 것으로 보아 일제 강점기에 모두 유입되었다고 단언하기는 어려워 보인다.

그러던 중 문득 日本國王使와 朝鮮通信使를 주목하게 되었다. 일본국왕사는 일본이 조선에 파견하는 使節團이고, 조선통신사는 조선이 일본에 파견하는 사절단을 의미한다. 日本國王使의 경우에는 朝鮮開國初부터 비교적 활발한 교류가 지속적으로 이어졌지만 壬辰倭亂 이후에는 정치적인 변수에 의하여 對馬島主가 임시 외교사행인 別差倭로 계승되었다.[4] 그 후 간혹 정치적 왕래는 있었지만 문화적 교류는 불가했던 것으로 추정되며, 또 일본판 중국고전소설의 출판도 임진왜란 이후에 출현하였기에 日本國王使를 통한 일본판 중국고전소설의 유입은 없었던 것으로 사료된다. 가장 가능성이 높은 것이 바로 朝鮮通信使이다.

조선통신사의 활동은 크게 임진왜란을 전후로 양분된다. 그러나 일본판 중국고전소설의 출현시기가 1600년대에서 1800년대에 집중되어 있으므로 여기에서는 임진왜란 이후를 집중적으로 검토해 보기로 한다.

임진왜란 이후의 조선통신사는 일본의 德川幕府와 외교를 수행했던 1607년부터 1811년까지 총 12회에 걸친 사행을 의미한다.[5] 또 조선통신사의 수행인원은 제8차 1711년(숙종 37)의 경우 총 500여 명에 달하였으며 수행기간은 6~10개월 정도였다[6]고 하니 그 규모와 활동범위가 얼마나 대규모로 시행되었는지 추정할 수 있다.

이렇게 조선통신사는 정치·경제·외교 및 군사적인 내면을 가지고 있

4) 洪性德, 「朝鮮後期 日本國王使 檢討」, 『韓日關係史硏究』제6집, 1996, 77-121쪽 참고.

5) 이혜순, 『조선통신사의 문학』, 이화여자대학교 출판부, 1996, 28-29쪽 참고.
제1차는 1607년(宣祖40年/丁未) 1월 12일-7월 17일.
제2차는 1617년(光海君9年/丁巳) 7월 4일-10월 18일.
제3차는 1624년(仁祖2年/甲子) 8월 20일-1625년 3월 26일.
제4차는 1636년(仁祖14年/丙子) 8월 11일-1637년 3월 9일.
제5차는 1643년(仁祖21年/癸未) 2월 20일-10월 29일.
제6차는 1655년(孝宗6年/乙未) 4월 20일-1656년 2월 20일.
제7차는 1682년(肅宗8年/壬戌) 5월 4일-11월 16일.
제8차는 1711년(肅宗37年/辛卯) 5월 15일-1712년 2월 25일.
제9차는 1719년(肅宗45年/己亥) 4월 11일 -1720년 1월 24일.
제10차는 1747년(英祖23年/丁卯) 11월 28일-1748년 윤7월 13일.
제11차는 1763년(英祖39年/癸未) 8월 3일-1764년 7월 8일.
제12차는 1811년(純祖11年/辛未) 2월 12일-7월 11일 이다.

6) 나카오 히로시 지음·유종현 옮김, 『조선통신사 이야기』, 한울출판사, 2005, 95-132쪽 참고.

었지만 또 다른 측면에서는 善隣友好의 상징이 되기도 하였다. 이 시기에 朝鮮文人과 日本文人들 사이에 많은 교류가 있었음은 使行日記와 使行錄을 통하여 알 수 있다. 비록 일본문인이 조선문인에게 일본판 중국고전소설을 증여하였다거나 구입하였다는 명확한 기록은 발견할 수 없으나 가능성은 자명한 일이다.

또 제9차 1719년 조선통신사로 갔었던 신유한의 『海游錄』의 기록에 의하면 "오사카에는 柳枝軒이나 玉樹堂 같은 書林과 書屋이 있었는데, 여기에는 古今百家 서적이 즐비하고 서적을 출판(복각)하여 판매를 하고 있었다. 수북하게 쌓아놓고 파는 책 중에는 중국의 서적과 조선의 여러 현인들의 撰集 등 없는 것이 없었다." 라는 자료와 "오사카는 서적업이 크게 흥성하여 실로 천하 장관이었다."7) 라고 언급한 부분을 보아도 당시 서적을 증정 받았거나 아니면 조선문인들이 직접 구매하였을 가능성도 농후하다. 특히 이 시기는 임진왜란 때에 일본으로 가져간 활판과 출판기술자로 인하여 1600년대 중 후기와 1700년대는 일본 출판기술이 크게 발전을 하여 전성기를 이루었던 시기이기에 이러한 가설에 힘이 더 실린다.

결론적으로 일본판 중국고전소설은 유입에 대한 기록이 부실하여 명확하게 알 수는 없다. 그러나 비록 일제 강점기시대에 유입된 것이 상당수 있을 것으로 추정되나 그 외에도 적지 않은 판본들은 조선통신사를 통하여 증여를 받았거나 혹은 구입을 통해서 이루어진 것으로 추정된다.

7) 『申靑泉海游錄』, 肅宗己亥九月初四日癸酉條 :
… 其中有書林書屋, 牓曰柳枝軒 · 玉樹堂之屬, 貯古今百家文籍, 剞劂貿販, 轉貨而畜之, 中國之書, 與我朝諸賢撰集, 莫不在焉. / … 大阪書籍之盛, 實爲天下壯觀 … (11월 4일, 壬申條). 조규익 · 정영문 엮음, 『조선통신사 사행록 연구총서 1』, 학고방, 2008, 195-196쪽 재인용

2. 유입된 판본의 소개

국내에 유입된 일본판 중국고전소설의 24종을 좀 더 구체적으로 살펴보면 다음과 같다. 분석의 편리함을 위하여 時代 順으로 目錄化 하였다.8)

1. 山海經

書名	出版事項	版式狀況	一般事項	所藏處/所藏番號
山海經	富田溪仙(日本)畵, 京都, 燕巢樓, 明治45年(1912)	37折1帖, 日本寫眞版本, 25.6×16.2㎝		國立中央圖書館 [古]9-62-가152
山海經	郭璞撰, 大阪, 前川大榮堂, 刊寫年未詳	18卷7冊(卷1-18), 日本木版本, 有圖, 25.1×17.8㎝, 四周雙邊, 半郭 : 19.4× 13.4㎝, 無界, 9行20字, 註雙行, 上白魚尾	序 : 楊愼	國立中央圖書館 [古]6-50-9

2. 穆天子傳

書名	出版事項	版式狀況	一 般事項	所藏處/所藏番號
穆天子傳	郭璞(晉)註, 汪明際(晉)訂, 刊寫地, 刊寫者未詳, 延享4年(1747)	1冊, 日本木版本, 27×18.2㎝	刊記 : 延享四年丁卯(1747)五月吉旦田中市兵衛梓行, 跋 : 延享丁卯(1747)…(日)芥換彦章, 序 : 時至正十年歲在庚寅(1350)…(元)王漸	國立中央圖書館 古6-45-93

8) 본 자료는 민관동·유희준·박계화 공저, 『한국 소장 중국문언소설 판본과 해제』(학고방, 2013)와 민관동·장수연·김명신 공저, 『한국 소장 중국통속소설 판본과 해제』(학고방, 2013)를 근거로 하였고 누락된 부분은 다시 보충하여 목록을 만들었다.

3. 神異經

書名	出版事項	版式狀況	一般事項	所藏處/所藏番號
神異經	東方朔著, 刊寫地未詳, 貞享5年(1688)	1卷1冊, 26.7×17.2㎝	刊記 : 貞享五歲(1688)初夏日中村孫兵衛梓	國立中央圖書館 [古]BA古5-80-24

4. 新序

書名	出版事項	版式狀況	一般事項	所藏處/所藏番號
新序	劉向(漢)著, 程榮(明)校, 刊寫地未詳, 享保20年(1735)	10卷5冊, 日本木版本, 21×17.8㎝	刊記 : 享保二十歲乙卯(1735)二月吉旦江府書鋪錦山堂 植村藤三郎梓行, 敍 : (宋)曾鞏	國立中央圖書館 [古]1-50-8
新序	劉向(漢)著, 程榮(明)校, 刊寫地, 刊寫者未詳, 文化11年(1814)	10券2冊, 日本筆寫本, 24.2×17.7㎝	年記 : 文化九年六月五日ヨリ寫始同年十月五日寫終文化十一年(1814)六月十三日成就	國立中央圖書館 [古]6-45-10
劉向新序	劉向(漢)著, 武井驥(日本)纂註, 刊寫地, 刊寫者未詳, 文政5年(1822)	日本木版本, 10卷4冊, 26.2×18㎝	版心題 : 新序, 表題 : 劉向新序纂註, 文政五祀歲次壬午(1822)…(日)松平定常, 序 : (宋)曾鞏, 序 : 文政壬午(1822)…(日)天賴館主人	國立中央圖書館 [古]6-45-44
劉向新序	劉向(漢)著, 武井驥(日本)纂註, 大阪板, 文政6年(1823)	10卷8冊, 日本木版本, 25.4×17.6㎝, 四周單邊, 半郭 : 20×14㎝, 9行19字, 注雙行, 上黑魚尾	序 : 文政壬午(1822)…(日本)源賴繩, (宋)曾鞏, 跋 : 文政五禩歲次壬午(1822)…松平定常	國立中央圖書館 [古]3741-12
新序	劉向(漢)著, 程榮(明)校, 刊寫地, 刊寫者未詳, 天保3年(1832)	10卷2冊, 日本木版本, 25.7×17.8㎝	表題 : 劉向新序, 刊記 : 天保三年壬辰(1832)仲秋補刻, 敍 : (宋)曾鞏, 藏板記 : 勝野氏藏梓	國立中央圖書館 [古]6-45-12
新序	劉向(漢)著, 刊寫地, 刊寫者未詳, 天保3年(1832)	10卷2冊, 日本筆寫本, 25.6×18㎝	享保二十歲丁卯二月吉日(卷末), 敍 : (宋)曾鞏, 標題紙 : (漢)劉向著(劉向新序)天保三年壬辰仲秋補刻尙古堂梓	國立中央圖書館 [古]1-49-3

5. 說苑

書名	出版事項	版式狀況	一 般事項	所藏處/ 所藏番號
劉向說苑纂註	劉向(漢)撰, 尾張關嘉纂註, 刊寫者未詳, 寬政6年(1794)出刊	20卷10冊(卷1-20), 日本木版本, 27.5×18.9㎝	跋 : 寬政五年(1793)… 岡田挺之	國立中央圖書館 BA051-2-1-9 BA古6-45-1

6. 列女傳

書名	出版事項	版式狀況	一 般事項	所藏處/ 所藏番號
新刻古列女傳	劉向(漢)撰, 胡文煥(明)校, 書種堂, 日承應3年(1654)跋	零本8冊, 日本木版本, 有圖, 24.6×17.4㎝, 四周單邊, 半郭 : 19.9×13.7㎝, 無界, 10行字數不定, 上下向白魚尾, 紙質 : 和紙	裏題 : 列女傳, 序 : 萬曆丙午(1606)孟春日新都黃嘉育懷英父譔汪其瀾仲觀父書, 劉向古列女傳小序 : 嘉定七年甲戌(1214)十二月初五日武夷蔡驥孔良拜手謹書, 跋 : 承應三年甲午(1654)五月(新刻古列女傳卷1-8, 5冊, 新續列女傳 卷1上-下3冊)	忠南大學校 史. 傳記類 中國人-744
參訂劉向列女傳	松本万年(日本)標註, (?)本荻江(日本)校正, 東京, 萬青堂, 明治11年(1878)	3卷3冊(卷1-3), 日本木版本, 23×15.7㎝, 四周雙邊, 半郭 : 18.6×12.4㎝, 無界, 11行21字, 17行16字, 上下向黑魚尾	標題 : 標註劉向列女傳, 刊記 : 明治十一年(1878)五月出版, 序 : 明治十一年(1878)季四月四日四田義?書上段(註記)2.9㎝, 下段(本文)15.7㎝	東亞大學校 (2) : 7 : 2-72

7. 列仙傳

書名	出版事項	版式狀況	一 般事項	所藏處/ 所藏番號
列仙傳	岡田挺之(日本)撰, 日本, 文光堂, 寬政5年(1793)	2卷2冊, 日本木版本, 25.4×18㎝, 四周單邊, 半郭 : 20.7×14.8㎝, 有界, 10行20字, 花口, 上下向黑魚尾	版心題 : 列仙傳 版心題 : 列仙傳考異, 裝幀 : 藍色表紙黃絲四綴	서울大 中央圖書館 4660-155-1-2

書名	出版事項	版式狀況	一般事項	所藏處/所藏番號
列仙傳	劉向(漢)撰, 日本, 名古屋, 文光堂, 明治35年(1902)	東裝2卷2冊, 日本木版本, 25.2×18.2㎝, 四周單邊, 半郭 : 20.5×14.8㎝, 有界, 10行20字, 上黑魚尾	序 : 寬政五年(1793)…/ 岡田挺之	啓明大學校 920.952-유향ㅇ

8. 高士傳

書名	出版事項	版式狀況	一般事項	所藏處/所藏番號
高士傳	皇甫謐(晉)著, 張遂辰(淸)閱, 刊寫地未詳, 文化2年(1805)	3冊, 日本木版本, 25.6×18㎝	刊記 : 文化二乙丑歲(1805)求版, 序 : 皇甫謐	國立中央圖書館 BA古6-45-95

9. 世說新語

書名	出版事項	版式狀況	一般事項	所藏處/所藏番號
世說箋本	劉義慶(宋)撰, 劉孝標(梁)註, 尾張泰士鉉(日本)校讀, 刊寫者未詳, 文政9年(1826)	20卷10冊, 日本木版本, 28×18.9㎝, 左右雙邊, 上下單邊, 2段10行18字, 半郭 : 22×13.1㎝, 有界, 註雙行, 上欄小字頭註, 上內向黑魚尾, 紙質 : 和紙	序題 : 世說新語, 補序 : 嘉靖丙辰(1556)季夏…王世貞撰, 序 : 萬曆丙戌(1586)…陳文燭玉叔撰. 刊記 : 文政丙戌(1826)春新刊	東國大學校 도전D819.8 유68ㅅㅁ
世說箋本	劉義慶(宋)撰, 劉峻(梁)注, 滄浪·無彊箋, 尾張秦士鉉(日本)校讀, 大阪書林, 天保6年(1835)	20卷10冊, 日本木版本, 24.5×17.2㎝	序 : 天保乙未(1835)…源誨輔識, 世說新語補序 : 嘉靖丙辰(1556)…王世貞譔, 世說新語序 : 萬曆庚辰(1580)…王世懋譔	高麗大學校 C14-C1
世說箋本	刊寫地, 刊寫者, 刊寫年未詳	4冊, 日本木版本, 25.8×17.9㎝, 左右雙邊, 半郭 : 22.8×13㎝, 有界, 10行18字, 上內向黑魚尾	內容 : 卷13-14, 豪夾外, 卷15-16, 賢媛, 術解, 功藝, 寵禮, 任誕, 卷17-18, 任誕外, 卷19-20, 輕詆外	漢陽大學校 812.34-세53 31 -v.7-10

10. 酉陽雜俎

書名	出版事項	版式狀況	一 般事項	所藏處/所藏番號
酉陽雜俎	段成式(唐)撰, 刊寫地, 刊寫者未詳, 元祿10年(1697)	20卷8冊, 日本木版本, 27×19㎝		國立中央圖書館[古]10-30-나3

11. 遊仙窟

書名	出版事項	版式狀況	一 般事項	所藏處/所藏番號
遊仙窟	張文成(唐)作, 東京, 松山堂書店, 元綠3年(1690)	5卷2冊, 有圖, 日本木版本, 22.3×14.8㎝, 四周雙邊, 半郭 : 18×11.3㎝, 無界, 10行11字, 無魚尾	表題 : 頭書圖畵遊仙窟, 序題 : 遊仙窟, 序 : 元綠三年(1690)…平休亭(墨書), 遊仙窟序 : 元綠三年(1690), 遊仙窟後序 : 文寶三年(1319)…英房, 裝幀 : 黃色表紙白絲四綴	서울大中央圖書館3477-150-1-2

12. 夷堅志

書名	出版事項	版式狀況	一 般事項	所藏處/所藏番號
夷堅志	釋齊賢(日本)評, 元祿6年(1693)	8卷8冊, 日本木版本, 27.8×19.3㎝	表題 : 夷堅志和解, 刊記 : 元祿六癸酉(1693)仲春十一日中村孫兵衛繡梓, 跋 : 時貞亭三歲次丙寅(1686)…桑門齊賢, 序 : 元祿三載(1690)…近雅散人	國立中央圖書館BA古5-80-21

13. 鶴林玉露

書名	出版事項	版式狀況	一般事項	所藏處/所藏番號
新刊鶴林玉露	羅大經撰, 刊寫地, 刊寫者未詳, 寬文2年(1662)	18卷8冊, 日本木版本, 25×18㎝, 四周雙邊, 半郭 : 20×13.2㎝, 8行19字, 註雙行, 上白魚尾	刊記 : 寬文二壬寅(1662)仲秋日野市右衛門梓行, 序 : 萬曆甲申(1584)…黃貞升, 序 : 時宋淳祐戊申(1248)…(宋)羅大經	國立中央圖書館 BA1221-11
新刊鶴林玉露	羅大經著, 日本, 守野市右衛門, 寬文2年(1662)	18卷3冊, 日本木版本, 25×16.4㎝, 四周單邊, 半郭 : 20.2×13㎝, 無界, 8行19字	序 : …後學黃貞升撰…萬曆甲申(1584)一陽月下浣之吉; …時宋淳祐戊申(1248)正月望日廬陵羅大經景綸, 刊記 : …寬文二(1662)壬寅仲秋日守野市右衛門梓行	大邱市立圖書館 OL820.82-나222-1-18 卷1-18
新刊鶴林玉露	羅大經(宋)著, 刊年未詳	1冊(卷3-4), 日本木版本, 25.1×17.9㎝, 四周單邊, 半郭 : 20.2×13.3㎝, 8行19字, 注雙行, 上白魚尾	印記 : 遠藤氏藏書記, "おくりがな"	國立中央圖書館 [古]3848-7
新刊鶴林玉露	羅大經(宋)著, 刊寫地未詳, 中野市右衛門梓, 寬文2年(1662)	18卷9冊, 日本木版本, 27×18.5㎝	序 : 萬曆甲申(1584)…(明)黃貞升	國立中央圖書館 BA古10-30-나2
新刊鶴林玉露	羅大經(宋)著, 日本	6冊, 日本木版本, 26.8×16.8㎝, 四周單邊, 半郭 : 20.3×14㎝, 8行19字, 註雙行, 花口, 上下向白魚尾	表題/版心題 : 鶴林玉露, 朱墨傍點, 重梓鶴林玉露題詞 : 萬曆甲申後學黃貞升, 集序 : 宋淳祐戊申羅大經, 地集序 : 宋淳祐辛亥, 人集序 : 宋淳祐王子	서울大中央圖書館0330-24B-1-6 冊1
新刊鶴林玉露	羅大經(宋)撰, 日本	1冊(第2-9冊缺), 日本木版本, 25×17.5㎝, 四周單邊, 半郭 : 20×13.2㎝, 8行19字, 上白魚尾	表紙書名 : 鶴林玉露, 序 : 萬曆甲申(1584)…黃貞升 : 時宋淳祐戊申(1248)…羅大經景綸	韓國學中央研究院C14B-6 全9冊

14.《剪燈餘話》

書名	出版事項	版式狀況	一 般事項	所藏處/所藏番號
剪燈餘話	李昌祺(明)編著 張光啓(明)校, 日本, 元祿5年(1692)	7卷1冊, 日本木版本, 25.7×17.3㎝	版心題 : 餘話, 表題 : 新編剪燈餘話, 刊記 : 元祿五年壬申(1692)十月之吉林○兵衛壽梓, 序 : 永樂庚子(1420)…曾棨, 序 : 張光啓	國立中央圖書館 BA古5-80-22

15. 五雜俎

書名	出版事項	版式狀況	一 般事項	所藏處/所藏番號
五雜俎	謝肇淛(明)撰, 京都, 松敏軒, 寬文1年(1661)	16卷8冊(卷1-16), 日本木版本, 22.4×15㎝, 半郭 : 19.2×13.3㎝, 無界, 9行18字, 花口, 上下向黑魚尾	日漢混用本彩筆書入, 序 : 李維楨, 裝幀 : 藍色表紙藍絲四綴	서울大中央圖書館0330-13A-1-8
五雜俎	謝肇淛(明)撰, 日本, 松梅軒, 寬政7年(1795)	16卷8冊(卷1-16), 日本木版本(補刻), 23×16.8㎝, 四周單邊, 半郭 : 19.3× 13㎝, 無界, 9行18字, 上花口, 上下向黑魚尾	刊記 : 寬文元辛丑歲(1661)仲冬刊行寬政七乙卯歲(1795)仲夏補刻松梅軒, 序 : 大泌山人李維楨	서울大中央圖書館081-Sa11o-v.1-8
五雜俎	謝肇淛(明)撰, 寬政7年(1795)	16卷8冊, 日本木版本, 22.4 ×15.8㎝	序 : 李維楨	韓國學中央硏究院 J3-439
五雜俎	謝肇淛(明)撰, 日本, 寬政7年(1795)	16卷8冊, 日本木版本, 22.4 ×15.8㎝	序 : 李維楨	國立中央圖書館 BA古10-30-나4

16. 檐曝雜記

書名	出版事項	版式狀況	一 般事項	所藏處/所藏番號
檐曝雜記	趙翼(淸)編, 刊寫地未詳, 刊寫者未詳, 文政12年(1829)	4卷3冊, 日本木版本, 26.1×17.2㎝	序 : 文政戊子(1828)…奧山翼	國立中央圖書館[古]BA古10-30-나39

17. 燕山外史

書名	出版事項	版式狀況	一般事項	所藏處/所藏番號
燕山外史	陳球著, 大鄕穆訓點, 東京, 長野龜七, 明治11年(1878)	2卷2冊, 日本木版本(訓點本), 19cm, 四周雙邊, 12.5×9.1cm, 有界, 9行20字, 上下大黑口	序 : 嘉慶辛未(1811)仲冬吳展成拜手題	延世大學校 812.36/43

18. 虞初新志

書名	出版事項	版式狀況	一般事項	所藏處/所藏番號
虞初新志	張潮(淸)輯, 荒井公廉(日本)訓點, 刊寫地, 刊寫者, 刊寫年未詳	全20卷10冊(3, 卷5-6), 日本木版本, 26×17.8cm, 四周單邊, 半郭 : 18.5×12.5cm, 有界, 9行20字, 註雙行, 上內向黑魚尾	淸 張潮가 撰한 小說集, 日本人 廉廉平이 訓點을 붙인 日本版, 內容 : 冊3, 魯顚傳 外	漢陽大學校 812.36-장74ㅇ-v.3
虞初新志	張潮(淸)輯, 荒井 公廉(日本)訓點, 刊寫地, 刊寫者, 刊寫年未詳	全20卷10冊(1-10, 卷1-20), 日本木版本, 26×17.8cm, 四周單邊, 半郭 : 18.5×12.5cm, 有界, 9行20字, 註雙行, 上內向黑魚尾	日本人 廉廉平이 訓點을 붙인 日本版冊, 內容 : 冊3, 魯顚傳外, 內容 : 卷3-4, 馬伶傳外, 卷7-8, 書戚三郎事外, 卷9-10. 劍俠傳外, 卷11-12, 過百遠令傳外, 卷13-14, 曼殊別誌書外, 卷15-16, 記同夢外, 卷17-18, 紀袁樞遇仙始末外	漢陽大學校 812.36-장74ㅇ-v.2812.36-장74ㅇ-v.4-9
奇文觀止本朝虞初新誌	菊池純(日)著, 依田百川(日)評點, 日明治15年 (1882)序	3卷3冊, 日本木版本, 19.1×12cm, 四周單邊, 半郭 : 15.8×8.8cm, 有界, 9行18字, 頭註, 大黑口, 紙質 : 綿紙	序 : 明治壬午(1882)八月日學海依田百州(日)撰并序, 跋 : 時慶應丁卯(1867)六月松園道人鹽田泰識	全南大學校 3Q2-본75ㄱ

19. 笑林廣記

書名	出版事項	版式狀況	一 般事項	所藏處/ 所藏番號
譯解笑林廣記	遊戲主人纂輯, 艾草山人(日本)校閱, 三都書物問屋, 文政12年(1829)	2卷2冊, 日本木版本, 上下單邊, 左右雙邊, 半郭：15.7×10.6㎝, 有界, 9行21字, 無魚尾	表題：譯解笑林廣記	서울大中央圖書館3472-64-1-2卷 1-2

20. 三國演義

書名	出版事項	版式狀況	一 般事項	所藏處/ 所藏番號
繪本通俗三國志	池田東籬校正, 葛飾戴斗畵圖, 大阪, 岡田茂兵衛, 天保7-12年(1836-1841)	75冊(初編-7編：各卷之1-10, 8編：卷之1-5), 日本石版本, 有圖, 22×15.5㎝, 四周單邊, 內邊：18.4×12.8㎝, 上一下向黑魚尾, 11行字數不定	序：天保六年(1835)…東籬亭主人, 原敍：元祿己巳(1689)…湖南文山	釜山市民圖書館 古823.5-2

21. 水滸傳

書名	出版事項	版式狀況	一 般事項	所藏處/ 所藏番號
俊傑神稻水滸傳	施耐菴(淸)撰, 寶文堂, 刊年未詳	1冊(零本, 卷51), 日本木版本, 有圖, 21.4×15㎝, 四周單邊, 半郭：17.9×13.1㎝, 無界, 10行字數不定, 上黑魚尾	版心題：神稻水滸傳, 版心下端記錄(木版)：寶文堂藏	嶺南大學校[古南]823.5 시내암ㅇ
標註訓譯水滸傳 9)	平岡龍城譯, 東京(日本), 近世漢文學會, 大正3年(1914)	2卷2冊(卷1,6), 日本新鉛活字本, 22×14.9㎝, 四周單邊, 半郭：18.4× 11.3㎝, 無界, 10行21字, 註雙行, 無魚尾		京畿大學校 경기-k1220 34-1
	平岡龍城譯, 東京, 近世漢文學會, 大正5年	14冊, 15×22㎝, 四周單邊, 半郭：11.4×18.5㎝, 無界, 10行21字, 註雙行	刊記：朝比奈知泉識	明知大學校 812.3 -1
	平岡龍城譯, 刊寫地, 刊寫者, 刊寫年未詳	2卷2冊(卷8, 10), 日本新鉛活字本, 22×15.3㎝, 四周單邊, 半郭：18.1× 11.3㎝, 無界, 10行21字, 無魚尾		京畿大學校 경기-k1217 66-10

22. 金瓶梅

書名	出版事項	版式狀況	一般事項	所藏處/所藏番號
增圖像足本金瓶梅	撰者未詳, 東京(1900)頃刊, 日本東京二八番地三町目愛田書室印刷所	8卷8冊(第1回-48回), 石印本, 19.5×13.5㎝, 四周單邊, 半郭 : 16.7×12㎝, 無界, 23行51字, 註雙行, 頭註 紙質 : 和紙	書名 : 題簽에 依함, 序 : 康熙歲次乙亥(1695)清明中澣秦中覺天者謝頤題於皐鶴堂, 刊記 : 日本東京二八番地三町目愛田書室印刷所, 備考 : 一名(金瓶梅)	成均館大學校 D7C-8
	撰者未詳, 東京, 愛田書室, 日本大正年間刊	16卷16冊, 日本石印本, 20.2×13㎝, 四周單邊, 半郭 : 16.7×12㎝, 23行51字, 紙質 : 洋紙	書名 : 裏題에 依함, 序 : 康熙歲次乙亥(1755)清明中浣秦中覺天者謝頤題於皐鶴堂, 刊記 : 日本東京廿八番地三町目愛田書室印刷所	成均館大學校(曺元錫) D7C-8a
	撰者未詳, 東京, 刊寫者未詳, 大正年間(1912-1934)	16卷16冊(卷1-16), 有有圖, 四周單邊, 半郭 : 16.4×12.1㎝, 無界, 23行51字, 無魚尾	書名 : 題簽題임, 標題 : 增圖像皐鶴草堂奇書全集, 上欄外에 小字頭註, 序 : 康熙歲次乙亥(1755)清明中浣秦中覺天者謝頤題於皐鶴堂	東亞大學校 (3) : 12 : 2-19

23. 濟公全傳 : (濟顚大師醉菩提全傳)

書名	出版事項	版式狀況	一般事項	所藏處/所藏番號
新刊繡顚大師醉菩提全傳	墨浪子(淸)撰, 光緖4年(1878)京都隆神社刊行	4卷4冊, 日本木版本, 22.3×13.7㎝	卷頭書名 : 繡顚大師醉菩提全傳	奎章閣 6187

9) 『標註訓譯水滸傳』은 平岡龍城이 번역한 것으로 원문출판이 아닌 번역본이기는 하나 일본출판본이기에 목록에 포함시켰다.

24. 新刻痴婆子傳

書名	出版事項	版式狀況	一 般事項	所藏處/ 所藏番號
新刻痴婆子傳	芙蓉主人編, 明治辛卯年(1882) 京都聖華房刊	2卷1冊, 日本木活字本, 26×18.1㎝, 四周單邊, 半郭 : 21.6×15.1㎝, 10行20字, 上內向黑魚尾	不槪如電跋文, 序 : 乾隆甲申(1764)挑浪月	韓國基督敎博物館813.38

3. 유입된 판본의 분석

1) 일본판의 출간시기와 출간지역

국내 유입된 일본판 중국고전소설의 出刊時期는 대략 1600년대 중기에서 1900년대 초기까지로 분류할 수 있다. 가장 이른 판본으로는 1654년(日本 承應3)에 출간된『列女傳』으로 확인된다. 1900년대의 판본도 다수가 있으나 판본적 가치를 고려하여 1910년대 초기 판본으로 제한하여 정리하였다. 먼저 출간시기별로 분석하면 다음과 같다.

- 1600년대 :『列女傳』(承應3年, 1654)·『五雜俎』(寬文1年, 1661)·『新刊鶴林玉露』(寬文2年, 1662)·『神異經』(貞享5年, 1688)·『遊仙窟』(元祿3年, 1690)·『剪燈餘話』(元祿5年, 1692)·『夷堅志』(元祿6年, 1693)·『酉陽雜俎』(元祿10年, 1697) 등 총 8종.
- 1700년대 :『新序』(享保20年, 1735)·『穆天子傳』(延享4年, 1747)·『列仙傳』(寬政5年, 1793)·『劉向說苑纂註』(寬政6年, 1794)·『五雜俎』(寬政7年, 1795) 등 총 5종.
- 1800년대 :『新序』(文政5年, 1822 / 文政6年, 1823 / 天保3年, 1832)·『世說新語』(文政9, 1826 / 天保6年, 1835)·『檐曝雜記』(文政12年, 1829)·『笑林廣記』(文政12年, 1829)·『通俗三國志』(天保7-12年,

1836-1841) ·『列女傳』(明治11年, 1878) ·『燕山外史』(明治11年, 1878) ·『濟公全傳』(明治11年, 1878) ·『虞初新志』(明治15年, 1882) ·『新刻痴婆子傳』(明 治辛卯年, 1882) 등 총 10종.

- 1900년대 : 『列仙傳』(明治35年, 1902) ·『山海經』(明治45年, 1912) ·『俊傑神稻水滸傳』(大正3年, 1914 / 大正5年, 1916) ·『增圖像足本金瓶梅』(大正年間) 등 총 4종.

그 외 出刊年代 未詳 : 『山海經』·『世說新語』·『新刊鶴林玉露』·『虞初新志』·『俊傑神稻水滸傳』·『增圖像足本金瓶梅』 등 총 6종[10]이 있다.

이처럼 1800년대와 1900년대 출간된 판본은 일제 강점기 시기에 유입된 것으로 보아도 거의 틀림이 없을 것으로 보이나 1600년대 1700년대에 출간된 판본은 조선통신사 등의 다른 방법으로 유입되었다고 보는 것이 타당해 보인다.

출판지역으로는 일부는 출판지를 확인할 수 없으나 확인이 가능한 것을 위주로 살펴보면, 먼저 京都(쿄토)出版으로 『山海經』·『五雜俎』·『濟公全傳』·『新刻痴婆子傳』이 있고, 東京(도쿄)出版은 『列女傳』·『遊仙窟』·『燕山外史』·『俊傑神稻水滸傳』·『增圖像足本金瓶梅』가 있으며, 大阪(오사카)出版으로는 『山海經』·『新序』·『世說新語』·『通俗三國志』가 있다. 그 외 名古屋(나고야)출판으로 『列仙傳』이 있다. 이렇게 출판의 대부분은 대도시를 중심으로 이루어졌으며, 이 지역들은 모두 조선통신사의 使行路線이기에 조선통신사를 통한 유입설에 무게를 실어준다.

또 이상의 출판시기에서도 확인되듯이 일본의 출판문화는 임진왜란 이후를 기점으로 크게 번창하는 양상을 보인다. 이는 임진왜란 시기에 조선

10) 『新序』나 『世說新語』처럼 同種作品이면서 出版年代가 다른 작품들은 연대별로 중복하여 나열하였다.

의 출판과 출판기술자를 대거 약탈과 포로로 끌고 간 결과임이 명확히 드러난다.

2) 국내 유입문제와 소장처

현재 국내에 소장된 일본판 중국고전소설 약 24종 가운데 동일 작품의 중복되는 판본과 동일 작품의 각기 다른 판본을 포함하면 약 50여 종에 이른다.

> 『山海經』(2개)·『穆天子傳』(1개)·『神異經』(1개)·『新序』(6개)·『劉向說苑纂註』(1개)·『列女傳』(2개)·『列仙傳』(2개)·『高士傳』(1개)·『世說新語』(3개)·『酉陽雜俎』(1개)·『遊仙窟』(1개)·『夷堅志』(1개)·『新刊鶴林玉露』(6개)·『剪燈餘話』(1개)·『五雜俎』(4개)·『檐曝雜記』(1개)·『燕山外史』(1개)·『虞初新志』(3개)·『譯解笑林廣記』(1개)·『繪本通俗三國志』(1개)·『俊傑神稻水滸傳』(4개)·『增圖像足本金瓶梅』(3개)·『濟公全傳(濟顚大師醉菩提全傳)』(1개)·『新刻痴婆子傳』(1개)
>
> * 그 외 몇 개의 필사본도 확인된다.[11)]

이처럼 절반 이상이 單本으로만 남아 있으나, 『新序』·『鶴林玉露』·『五雜俎』·『水滸傳』·『世說新語』·『虞初新志』·『金瓶梅』 등은 각기 다른 판본이 여러 개 남아있다. 특히 『新序』와 『鶴林玉露』는 6개나 되는 판본으로 가장 많이 남아있다. 이는 일본판이 한번이 아닌 여러 번에 거쳐

11) 이상의 자료는 필자의 『한국 소장 중국문언소설 판본과 해제』와 『한국 소장 중국통속소설 판본과 해제』를 근거로 만들었으나 개인 소장본 등 일부는 누락될 수도 있음을 밝혀둔다.

국내에 유입되었다는 사실을 간접적으로 고증해주는 또 하나의 實證이기도 하다.

또 국내 소장처별로 살펴보면 한국국립중앙도서관(20개)·규장각(7개)·한양대(3개)·한국학중앙연구원·성균관대·경기대·동아대에 각 2개씩 소장되어 있으며, 고려대·연세대·충남대·계명대·동국대·전남대·영남대·명지대·부산시립도서관·대구시립도서관·한국기독교박물관 등에 각 1개씩 소장되어 있다. 대략 국립중앙도서관과 규장각 및 한국학중앙연구원 등 국가 기관에 집중적으로 소장되어있으며 특히 서울에 대부분이 소장되어 있다. 그 외 판본은 영남권에 집중되어있다.

3) 판식 상황과 출판의 특징

국내 유입된 일본판 중국고전소설 24종 가운데는 대부분이 문언소설을 위주로 출간을 하였다. 문언소설로는 『山海經』·『穆天子傳』·『神異經』·『新序』·『說苑』·『列女傳』·『列仙傳』·『高士傳』·『世說新語』·『酉陽雜俎』·『遊仙窟』·『夷堅志』·『鶴林玉露』·『剪燈餘話』·『五雜俎』·『檐曝雜記』·『燕山外史』·『虞初新志』·『笑林廣記』 등 총 19종이 있으며 백화 통속소설에는 『通俗三國志』·『水滸傳』·『金瓶梅』·『濟公全傳』·『新刻痴婆子傳』 등 5종만 존재한다. 의외로 백화 통속소설이 매우 적은 양상을 보여주는 것이 특징이다.[12]

또 작품의 출현 시기별로 분류하면 唐代以前 작품은 『山海經』·『穆天子傳』·『神異經』·『新序』·『說苑』·『列女傳』·『列仙傳』·『高士傳』·『世

12) 이는 국내의 경우도 같은 양상을 보여준다. 특히 원문 출판에 있어서는 『삼국지연의』를 제외하고는 대부분은 문언소설이 주종을 이룬다.

說新語』 등 9종이 있으며, 唐·宋·元代의 작품으로 『酉陽雜俎』·『遊仙窟』·『夷堅志』·『鶴林玉露』 등 4종이 있다. 그리고 명대의 작품으로는 『剪燈餘話』·『五雜俎』·『通俗三國志』·『水滸傳』·『金甁梅』 등 5종이 있으며 청대의 작품은 『檐曝雜記』·『燕山外史』·『虞初新志』·『笑林廣記』·『濟公全傳』·『新刻痴婆子傳』 등 6종이 있다.

이상의 결과에서 명·청대 이전의 작품들이 절반이 넘게 출간되었으며 명대 작품까지 포함하면 대부분을 차지하고 있음이 확인된다. 이는 일본판 중국고전소설의 출간시기가 주로 청나라 시대임을 감안하면 매우 異例的인 일이기도 하다. 이러한 사실은 善本에 대해서는 시대와 관계없이 우선적으로 출판을 하였다는 것을 간접적으로 증명해 주고 있다. 그 외 일본의 출판경향은 대략 1600년대와 1700년대에는 주로 문언소설이 출간이 되었고 1800년대로 들어오면서 비로소 백화 통속소설이 출간된 것이 확인된다. 이는 조선의 출판현황과 같이 초기에는 학술위주의 출판이 이루어지다가 후기에 상업적인 출판으로 바뀌는 과정이라고 추정된다.

또 일본판의 특징을 살펴보면 대부분 木版本이며 종이는 和紙를 사용하였다. 글자 수는 8行 19字·9行18字·9行19字·9行20字·9行21字·10行11字·10行18字·10行20字·10行21字·11行21字 등 매우 다양한 판식으로 간행하였다.

그 외 일본판을 간행한 출판사로는 燕巢樓(京都)·前川大榮堂(大阪)·江府書鋪錦山堂·尙古堂·書種堂·萬靑堂(東京)·文光堂(名古屋)·寶文堂·松敏軒(京都)·三都書物問屋·愛田書室(東京)·大阪書林(大阪)·松山堂書店(東京)·隆神社(京都)·聖華房(京都) 등이 있고, 그 외 刊行地方이나 출판사는 명확하지 않지만 刊行者가 확인되는 것으로는 田中(다나카)市兵衛(이치베에)梓行·中村孫兵衛繡梓·岡田茂兵衛(大阪)·中野市右衛門梓·日野市右衛門梓行·植村藤三郎梓行 등 다양한

출판기록이 보인다.

일본판의 또 다른 특징은 "오쿠리가나"(おくりがな : 일본어 훈토)[13]를 삽입하여 출판하였다는 점이다. 먼저 한국국립중앙도서관 소장 일본판『유양잡조』의 사진자료를 살펴보면 다음과 같다.

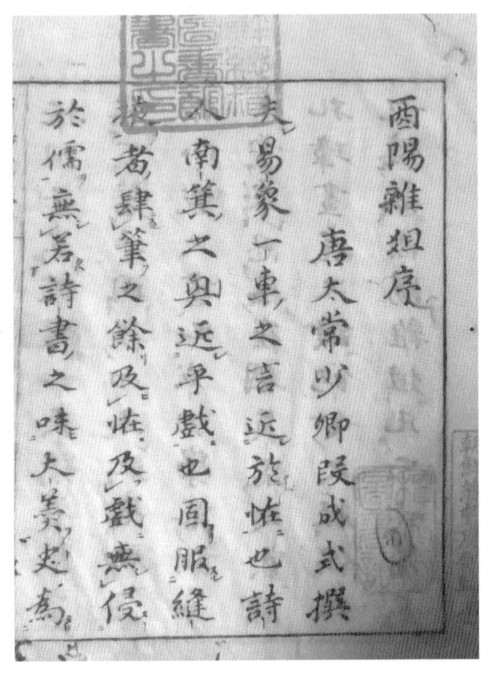
酉陽雜俎序
唐太常少卿段成式撰
夫易象一車之言近於怪也詩
人南箕之興近乎戲也固服縫
掖者肆筆之餘及怪及戲無侵
於儒無若詩書之味大羹史爲

사진 1. 한국 국립중앙도서관 소장본『유양잡조』

이처럼 뚜렷하게 "오쿠리가나"(送り假名)를 사용하여 쉽게 조선판이나 중국판과 구별이 가능하다.

13) "오쿠리가나"(送り假名) 는 한자가 訓讀으로 읽혔을 때만 사용되며 音讀으로 읽힐 때는 사용하지 않는다.

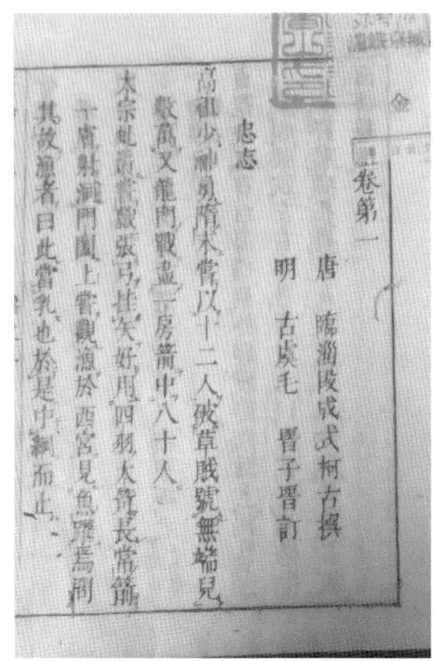
卷第一
唐 臨淄段成式柯古撰
明 古虞毛 晉子晉訂
忠志
高祖少神勇隋末嘗以十二人破草賊號無端兒
數萬又龍門戰盡一房箭中八十人
太宗虬鬚嘗戲張弓挂矢好用四羽大笴長常箭
一膚射洞門闔上嘗觀漁於西宮見魚躍焉問
其故漁者曰此當乳也於是中網而止

사진 2. 국립중앙도서관 소장본
(일본판)

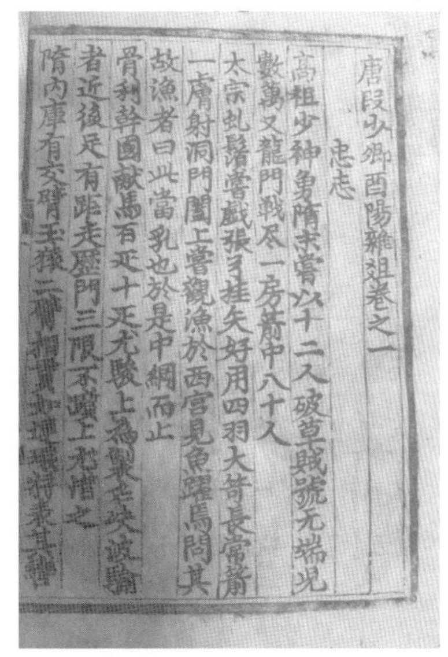
唐段少卿酉陽雜俎卷之一
忠志
高祖少神勇隋末嘗以十二人破草賊號无端兒
數萬又龍門戰尽一房箭中八十人
太宗虬鬚嘗戲張弓挂矢好用四羽大笴長常箭
一膚射洞門闔上嘗觀漁於西宮見魚躍焉問其
故漁者曰此當乳也於是中網而止
骨利幹國獻馬百疋十疋尤駿上爲製名決波騟
者近後足有距走歷門三限不躓上尤惜之

사진 3. 충재박물관 소장본
(1492년/국내판)

그렇다고 모든 판본이 "오쿠리가나"가 있는 것은 아니다. 일본판『剪燈餘話』의 경우처럼 "오쿠리가나"가 없는 판본도 있다.14) 이러한 현상은 에도시대(江戶時代 : 1603-1867) 초기에 출간한 판본이거나 혹은 "오쿠리가나"가 필요 없는 문인들을 대상으로 한 출판일 가능성이 높다.15)

이처럼 국내에 24종 50여 개의 일본출판 판본이 존재한다는 사실은 한·일 문화교류사에 있어서 또 다른 의미가 내포되어 있는 것이기에 나름의 의의와 가치를 가진다고 사료된다.

14) 최용철이 저술한『剪燈三種』(소명출판사, 2005, 577쪽)의 사진 자료에 근거.

15) 에도시대(江戶時代)에 들어오면서 서민 독자층에 부응하여 오쿠리가나가 있는 출판이 집중적으로 이루어졌다.

이상의 고찰을 통하여 얻어진 결론은 다음과 같다.

1) 국내에 소장된 일본판 중국고전소설 24종의 국내 유입은 단지 일제강점기로만 국한 되지 않고 조선후기 조선통신사 등을 통하여도 유입된 것으로 추정된다. 비록 유입되었다는 구체적인 근거는 발견하지 못하였지만 여러 고전문헌의 관련기록으로 보아 가능성은 충분하다고 본다.

2) 일본판의 出刊時期는 대략 1600년대 중기부터 시작하여 1900년대 초기까지 다양하게 출간되었는데, 그 중 1600년대 8종·1700년대 5종·1800년대 10종·1900년대 4종으로 주로 1600년대와 1800년대에 많이 출간되었으며 출간지역도 교토와 동경 및 오사카를 중심으로 출판되었음이 확인된다. 그리고 국내 소장처별로 살펴보면 국립중앙도서관과 규장각 및 한국학중앙연구원 등에 대부분 소장되어 있으며 기타 영남권에 많이 소장되어 있다.

3) 출판의 특징으로는 문언소설이 19종으로 대부분을 점유하고 있으며 작품에 있어서도 명·청대 이전 소설이 13종으로 절반을 넘기고 있다. 또 대부분 목판본으로 출간하였고 종이는 和紙를 쓰고 있다. 또 일본식 懸吐作業인 "오쿠리가나"가 있는 것이 특징이나 간혹 『剪燈餘話』의 경우처럼 "오쿠리가나"가 없는 판본도 있다. 이러한 현상은 에도시대(江戶時代) 초기에 출간한 판본이거나 혹은 "오쿠리가나"가 필요 없었던 문인층과 상류층을 대상으로 출판한 것으로 추정된다.

4) 에도시대(江戶時代)를 중심으로 일본의 출판문화가 꽃을 피웠으며 특히 일본판 중국고전소설은 일본에서도 상당한 愛好가 있었던 것으로 보인다. 또 이러한 출판은 당시 일본인들의 독서 취향을 알 수 있는 중요한 척도가 되기도 한다.

일반적으로 임진왜란 때에 도자기를 굽는 도공 등 기술자들이 많이 끌려간 과정에 대하여는 많은 연구가 있었으나 출판인쇄술의 일본 유입과 수용에 대해서는 상대적으로 연구가 매우 소홀한 감이 있다. 이 또한 연구자들의 몫이라 하겠다.

第 三 部

中國 敍事文學 研究의 多樣性

Ⅰ. 중국 고전소설의 書名과 異名小說에 대한 고찰*

**'내가 그의 이름을 불러 주기 전에는 그는 다만 하나의 몸짓에 지나지 않았다.
내가 그의 이름을 불러 주었을 때 그는 나에게로 와서 꽃이 되었다.'**

이는 김춘수의 '꽃'이라는 시 가운데 나오는 문구로 한 사물의 존재가 어떠한 과정을 통하여 우리의 삶에 어떤 의미로 다가오는지를 가장 함축성 있게 표현해주는 詩句이다.

세상에 존재하는 모든 사물에는 고유의 이름이 있다. 사람은 물론 동·식물, 그리고 자연물과 인공물에까지도 나름의 이름을 가지고 있다. 심지어 보이지는 않으나 우리의 인식 체계에 반영된 사상과 추상적인 표현 등에도 인지해야 할 이름이 따로 존재한다. 이러한 이유는 인식의 대상이 되는 모든 것에는 그것에 알맞은 이름이 있어야만 그 대상에 대하여 구체적이고 정확하게 인식할 수 있고, 또 타자와의 소통이 원활해지기 때문이다. 즉 어떤 인식의 대상은 그 사물 자체가 아닌 이름이라는 언어 형식을 통해 비로소 우리 마음속에 의미와 가치로 태어나는 것이기 때문이다.

---

* 본 논문은 2018년『中語中文學』제73집에 투고된 논문을 일부 수정 보완하여 재편집한 논문이다.

사람이 태어나면 가장 먼저 하는 일이 '이름 짓기' 이다. 사람의 이름은 그 사람의 얼굴이라고 한다. 그러기에 작명은 예전이나 지금이나 매우 중요한 의미를 지닌다. 그렇다고 작명이 꼭 인간의 이름에만 국한되지는 않는다. 우리가 살아가는 모든 공간에는 地名이라는 이름이 붙어있는데 이는 그 이름을 통해 그 지역의 이미지를 구축하고 혹은 타 지역과 구별하는 기능을 수행한다. 또 어떤 기업과 그 기업의 제품에는 상호나 상표가 붙는다. 기업의 상호와 브랜드 역시 그 이미지를 타자에게 전하고자 하는 상업적 메시지와 홍보적 의미를 담고 있다. 이렇게 작명은 점차 이미지 구축과 타자와의 구별이라는 개념에서 상업적 홍보의 개념으로 다양화되고 있다.

저서의 출간과 서명의 진화 역시 바로 이러한 전철을 밟으며 발전하였다. 책을 출간하기 전에 반드시 하는 작업이 서명을 만드는 작업이다. 중국 문언소설에 있어서는 인물을 중심으로 한『○○傳』과 역사적 기록 중심의『○○記』가 함축된 傳記的 槪念이 강조되어 출현하였다. 즉『李娃傳』·『鶯鶯傳』과『太平廣記』·『閱微草堂筆記』 등에는 주인공 중심의 서명과 史的 기록중심의 서명으로 비교적 단순하게 만들어 졌다. 그러나 백화 통속소설에서는 상업성과 기타 정치 및 사회적 변수가 가미되면서 다양화된 서명이 출현하였다. 급기야 본래의 서명이 만들어진 연후에 또 다른 異名의 소설들이 대량으로 출간되며 매우 혼란한 양상을 보이기도 하였다.

필자는 오랫동안 서지문헌을 수집하여 정리하면서 다양한 同書異名의 문헌들을 접하게 되었다. 그리하여 이에 관심을 가지고 관련된 자료를 수집하다보니 매우 흥미로운 연구결과를 도출하였다. 본 논문에서는 書名과 異名의 소설들을 총괄적으로 조사하여 그 유형에 대하여 소개 및 고찰을 하고 또 異名이 나온 각종 원인들을 체계적으로 분석해 보고자 한다.

1. 書名의 作名原理

1) 書名의 作名原理와 類型

책을 출간하면서 가장 고민하는 작업 중의 하나가 '이름 짓기'이다. 어떻게 제목을 붙여야 할까 하는 문제는 예전이나 지금이나 여전히 쉽지 않은 고민거리이다. 사람의 '이름 짓기'에도 성명학이라는 작명원리가 있듯이 서적의 이름 짓기 또한 일정한 원리가 있다.

중국고전문헌 가운데 일반 서적의 작명원리는 크게 두 가지 유형으로 분류된다. 하나는 작가 본인과 연관된 서명이 있고, 또 하나는 작품내용과 관련된 서명이 있다. 즉 작가 본인과 연관된 서명으로는 직접 저자의 성명을 따온 『李商隱集』(唐代 李商隱), 관직이나 휘호를 따온 『蔡中郞集』(東漢代 蔡邕), 관직을 하였던 지명이나 생활한 지명을 따온 『韓昌黎集』(唐代 韓愈)·『劍南詩稿』(宋代 陸游), 당시의 연호나 관련시대에서 따온 『白氏長慶集』·『元氏長慶集』(唐代 白居易와 元稹), 저자의 사상이나 염원 및 생각을 담은 『指南錄』(宋代 文天祥) 등이 있고, 작품의 내용에서 취한 서명으로는 『文心雕龍』(漢代 劉勰)·『子不語』(淸代 袁枚)·『宋史』·『上林賦』(漢代 司馬相如)·『江湖集』(宋代 江湖詩派)·『顔氏家訓』(北齊 顔之推) 등이 있다.[1)]

그러나 중국고전소설에 있어서는 약간 다른 양상을 보인다. 즉 소설의 명칭은 작가 본인과 연관된 서명이 없고 대부분 작품의 내용과 연관된 독특한 특징을 보이는데, 이들 가운데에서도 문언소설과 백화 통속소설은 또 다른 미세한 차이를 보이고 있다.

---

1) hhttps://zhidao.baidu.com/quest..-百度快照, www.360doc.com/content..【文学常识】古代书名趣谈 참고.

문언소설은 그 자체가 傳記的 요소가 강한 특징으로 만들어진 소설이다. 그러기에 서명에 있어서도 '○○傳', '○○記', '○○錄', '○○志', '○○集', '○○話', '○○語(言)' 등의 이름이 주류를 이룬다. 이에 따른 중국 고전소설의 서목을 소개하면 다음과 같다.

○○傳 :『李娃傳』·『鶯鶯傳』·『梅妃傳』·『李師師外傳』
○○記 :『搜神記』·『太平廣記』·『嬌紅記』·『閱微草堂筆記』
○○錄 :『玄怪錄』·『輟耕錄』·『閒談消夏錄』·『夜雨秋燈錄』
○○志 :『博物志』·『睽車志』·『博異志』·『夷堅志』·『虞初新志』
○○集 :『效顰集』·『花影集』·『異聞集』·『靈怪集』·『資暇集』
○○話 :『說冷話』·『剪燈新話』·『剪燈餘話』·『覓燈因話』
○○語(言) :『世說新語』·『此中人語』·『子不語』·『花陣綺言』 등.[2)]

이처럼 傳記的 요소가 가미된 문언소설의 경우 비교적 단순한 書目이 대다수를 이룬 반면, 백화 통속소설에 있어서는 매우 다양하고 복잡한 방식의 서명들이 출현하였다. 즉 문언소설과 백화 통속소설은 서로 다른 출현배경과 창작배경을 가지고 있기에 생태적 차이가 드러나기 마련이다. 다시 말해 문언소설은 내용상 傳記的 작명원리에 충실한 양상을 보이는 반면, 그 태생부터가 상업성에서 출발한 백화 통속소설은 서명에 있어서도 광고 및 홍보성을 가미한 다양성과 사회문화적 현실성이 농축되어 있다.

---

2) 寧稼雨, 『中國文言小說總目提要』(齊魯書社, 1996)와 劉世德 外, 『中國古代小說百科全書』(中國大百科全書出版社, 1993)를 근거로 만듦.

2) 書名의 作名類型

중국고전소설에서 가장 짧은 서명은 2글자 소설로 『情史』(一名 情史類略)·『蟫史』(一名 新野叟曝言)·『浪史』(一名 巧因緣)·『快書』(一名 照世杯)·『幻影』(一名 型世奇觀) 등이 있고, 가장 긴 서명으로는 21자의 『新刻湯學士校正古本按鑒演義全像通俗三國志傳』(一名 湯賓尹本)과 18자의 『新鍥重訂出像注釋通俗演義東西兩晉志傳』(一名 東西兩晉志傳)·『新刊校正古本大字音釋三國志傳通俗演義』가 있고, 17자의 『後續大宋楊家將文武曲星包公狄青初傳』(一名 萬花樓) 그리고 16글자의 『異說後唐傳三集薛丁征四樊莉花全傳』(一名 說唐征四傳)·『新刊全相平話樂毅圖齊七國春秋後集』(一名 七國春秋平話) 등 千差萬別이다.[3] 이렇게 다양한 중국고전소설의 서명 중에는 일정의 작명원리를 발견할 수 있는데 대략 6가지 유형으로 분류할 수 있다.

(1) 소설 스토리의 대강을 함축한 유형

이러한 경우는 중국고전소설에서 가장 많이 발견된다. 한 소설의 얼굴이 題目이라고 할 수 있기에 書名은 소설의 내용을 가장 함축적으로 표현해야 한다. 예를 들어 위·오·촉나라 삼국의 역사를 다룬 『三國志通俗演義』, 유생들의 正史가 아닌 외적인 이야기를 묘사한 『儒林外史』, 전생과 현생의 인연관계를 묘사한 『醒世姻緣傳』, 아녀자의 영웅적 이야기를 그린 『兒女英雄傳』 등이 여기에 해당된다. 그 외에도 춘추전국시대(특히 동주시대)의 역사를 다룬 『東周列國志』와 같은 대부분의 演義類 小說들이

3) 蕭相愷 外, 『中國通俗小說總目提要』(中國文聯出版公社, 1991), 寧稼雨, 『中國文言小說總目提要』(齊魯書社, 1996) 참고.

이러한 부류에 속한다. 즉 이러한 서목은 제목만 보아도 그 소설의 내용이 무엇인지를 추측할 수 있는 가장 일반적인 작명원칙이다.

2) 소설의 주인공에서 취한 유형

중국고전소설 가운데 내용의 중심인물 즉 주인공의 이름으로 서명을 만드는 경우로 傳記體가 근간을 이루는 문언소설에서 흔히 보는 작명원리이다. 이러한 경우는 주인공 한명을 취하여 서명을 만드는 경우와 여러 명을 취하여 만드는 경우 및 남녀 주인공을 함께 취하여 만드는 경우 등 다양하다.

단수로 취하는 경우에는 여자 주인공의 이름을 취한 『李娃傳』·『瑤華傳』과 남자 주인공의 이름을 취한 『馮燕傳』·『說岳全傳』(송대 岳飛將軍) 등이 있고, 복수로 취하는 경우에는 여자 주인공 이름 가운데 潘金蓮·李瓶兒·紅梅에서 한 글자씩 따온 『金瓶梅』와 許雪姐·王月娥·何小梅 에서 한 글자씩 따온 『雪月梅』가 있고, 그리고 平如衡·山黛·冷絳雪·燕白頷의 성씨를 따서 만든 『平山冷燕』이 있다. 또 『玉嬌梨』[4]의 경우 여자 주인공 白紅玉과 그녀의 화명인 無嬌에서 玉嬌를 합친 상태에 또 다른 여자 주인공인 盧夢梨의 마지막 글자를 따서 『玉嬌梨』로 만든 것이다.

복수로 취한 경우에 한 집안의 영웅들을 모두 다룬 『楊家將通俗演義』 같은 경우도 있다. 그 외에도 남자 주인공과 여자 주인공을 함께 취한 케

4) 『玉嬌梨』는 一名 『雙美奇緣』이라고도 하며, 荑荻山人 編次의 4권 20회로 구성된 才子佳人 소설이다. 秀才 蘇友白과 才女 白紅玉, 盧夢梨가 함께 일생을 약속하는 내용으로 되어 있다. 吳郁, 『200種 中國通俗小說述要』, 홍콩 중화서국, 1988, 115-116쪽.

이스로 중국 민간고사에서 소설화 된 『양산백과 축영태(梁山伯與祝英台)』(一名 梁祝故事)와 『견우와 직녀(牽牛與織女傳)』도 있다.

(3) 소설 가운데 중요한 地名(背景)을 취한 유형

중국고전소설에서 내용상의 중요한 地名(背景)을 상징적으로 취하는 경우도 있다. 예를 들어 『水滸傳』의 경우 '水滸'라는 뜻은 강이나 호수의 물가라는 뜻으로 산동성 梁山泊을 중심으로 108영웅들이 활약한 영웅담을 묘사한 것이다. 또 『聊齋志異』의 경우 '聊齋'가 바로 蒲松齡의 서재이름이다. 즉 "서재 聊齋에서 기이한 것을 기록한다."라는 지명의 함축적인 의미를 담고 있다.[5] 또 『閱微草堂筆記』의 경우도 '열미초당'이 바로 紀昀의 서재이름이다. 그 외 『西遊記』의 경우 西域(즉 인도 및 중앙아시아)을 순행한 기록에서 서명이 유래하였는데 후대에 『四遊記』(『東遊記』·『西遊記』·『南遊記』·『北遊記』) 및 『西洋記』·『海遊記』까지 지리적 배경의 성격을 띤 서명이 등장하였다.

그 외에도 『燕京評花錄』은 燕京(지금의 北京)의 명배우 杜琴言과 명사 梅子玉의 동성연애를 그린 외설적인 작품으로 연경이라는 지리적 배경을 취하여 작명하였다.[6] 또 『掃魅敦倫東度記』는 일명 『東度記』라고 하는데 인도 등을 유람한 지리적 배경에서 서명을 취하였다.[7]

---

5) 그 외 당 현종과 양귀비의 사랑을 그린 『長生殿』(洪昇)은 바로 사랑을 나눈 궁전 이름에서 취했으며, 앵앵과 張生의 사랑이야기를 다룬 唐代의 전기소설 『鶯鶯傳』은 나중에 희곡 『西廂記』로 발전되는데 이들이 사랑을 나누었던 곳이 바로 西廂이다.

6) 이 책은 陳森이 60회로 쓴 책으로 청대 장편 狹邪小說의 효시이다. 一名 『品花寶鑑』으로 널리 알려졌다.

7) 이 책은 明代小說로 方汝浩가 쓴 소설이다. 남인도에서 서·동인도를 거쳐 震旦

(4) 소설 스토리의 상징성을 추상화하여 서명을 취한 유형

중국고전소설에서 스토리의 상징성을 추상화 하여 서명을 만드는 경우가 많은데 이러한 實例가 바로『紅樓夢』·『儒林外史』·『鴛鴦夢』·『錦香亭』·『女仙外史』·『青樓夢』·『子不語』 등의 서명들이다. 이 제목들은 책의 스토리에서 직설적으로 서명을 취한 것이 아니라 소설의 내용과 저자가 전하고자 하는 메시지를 추상화 하여 상징적인 이미지로 가공한 경우에 해당된다. 예를 들어 청대 袁枚가 지은『子不語』가 있는데, 이 서명을 보면 바로『論語』의 '怪力亂神'이라는 말이 연상된다.[8] 이처럼 중국고전소설의 서명에는 직접적이기 보다는 추상적으로 스토리의 이미지를 상징화 하는 서명들이 상당수 있다.

(5) 소설을 시리즈로 간행하며 서명을 취한 유형

중국고전소설을 시리즈로 간행하는 방식을 일명 叢書나 叢刊이라고 한다. 총서 시리즈로 간행하다보니 일련의 번호가 따라붙게 되는데 대표적인 것이 十大才子書 시리즈 이다. 이 시리즈는 서명을 대표하여 부르기도 한다. 이 叢書 시리즈는 최초 명대 1644年(順治元)에 나오기 시작하여 대략 1782년 前後(淸 乾隆中葉)에 순서가 확정되었다.[9]

國 등을 순행한 기록이다.

8) 子不語怪力亂神 :『논어』에서 유래한 말로 "괴이한 일과 물리적인 힘을 쓰는 일 또는 문란한 일과 귀신에 관한 일들은 모두 道에서 벗어난 것이기에 공자께서 말씀하지 않으셨다."라는 의미이다.

9) 중국에서의 총서 시리즈는 김성탄의 第六大才子書에서 유래되었다. 김성탄의 第六才子書는 "一莊(莊子)·二騷(離騷)·三史(史記)·四杜(杜詩)·五水滸(水滸傳)·六西廂(西廂記)"로 천명하여 당시 문단을 뒤흔들었다. 그때 그의 친구 극작가 李漁는 金聖嘆에게『수호전』은 소설류이기에 경사류와 함께 순서를 배

第一才子書『三國演義』: 元明 羅貫中 編著, 清代 毛宗崗父子의 評點.
第二才子書『好逑傳』: 一名『俠義風塵傳』, 清初 明教中人編次.
第三才子書『玉嬌梨』: 一名『雙美奇緣』, 明末清初 荑荻散人編次.
第四才子書『平山冷燕』: 清初 佚名氏編著로 經荻岸山人編次.
第五才子書『水滸傳』: 元明 施耐庵·羅貫中 合著, 金聖嘆評點批注.
第六才子書『西廂記』: 元代 王實甫著.
第七才子書『琵琶記』: 元代 高明著.
第八才子書『華箋記』: 明末清初 佚名氏著.
第九才子書『捉鬼傳』: 清初 樵雲山人編次.
第十才子書『駐春園』: 清中葉 吳航野客編次.

그리고 "四大奇書"라는 명칭은 명대 문인 馮夢龍에 의하여 통용되었는데 明代 四大奇書로는『三國演義』·『水滸傳』·『西遊記』·『金瓶梅』를 일컫는다. 그 중 四大奇書第一種이 바로『三國演義』를 지칭한다. 또 '三言二拍'이 있는데 '三言'은 明代 馮夢龍이 쓴『喻世明言』·『警世通言』·『醒世恒言』(每卷40篇, 총120篇)을 지칭하며 '二拍'은 明代 凌濛初가 쓴『初刻拍案驚奇』·『二刻拍案驚奇』(每卷40篇, 총80篇)를 약칭하는 서명이 되었다.

시리즈 간행물로는 公案類 小說에서 의외로 많이 나왔다. 대표적인 예가『施公案』과『彭公案』이다.『施公案』의 경우『施公案後傳』·『三續施公案』·『四續施公案』·『五續施公案』·『六續施公案』·『七續施公案』·

열하기 보다는 따로 분류하자고 건의하여 第一才子書로『三國演義』를 선정한 데서 시초를 이룬다. 그리하여 후대에 많은 문인들이 소설과 희곡 위주로 순서를 정하여 第十才子書까지 출현하게 되었다. 대략 138여년이나 걸려 만들어졌지만 후대에『紅樓夢』·『儒林外史』등의 巨作이 나오면서 의미가 크게 상실되었다. https://baike.baidu.com/ 十大才子書 참고.

『八續施公案』·『九續施公案』·『全續施公案』 등이 나왔고, 『彭公案』의 경우는 『續彭公案』·『再續彭公案』·『三續彭公案』·『四續彭公案』·『五續彭公案』·『六續彭公案』·『七續彭公案』·『八續彭公案』 등이 있다.

그 외에도 동서남북의 방향에 따라서 시리즈가 나왔는데 이것이 바로 『東遊記』·『西遊記』·『南遊記』·『北遊記』·『四遊記』·『西洋記』 등과 같은 서명들이며 또 역사를 敷衍說明하여 만든 『三國志演義』·『西漢演義』·『東漢演義』·『隋唐演義』·『殘唐五代史演義』·『北宋演義』·『南宋演義』 등 각종 연의류 소설들이 모두 이러한 방식으로 서명을 취하였다.

⑹ 續(後)書와 같은 後續物(亞流小說)에서 서명을 취한 類型

"속서"와 "시리즈"는 크게는 같은 의미이나 자세히 살펴보면 미세한 차이가 있다. 續書는 크게 주목을 끌었던 前書의 영향을 받아서 그 다음 후속으로 이어져 나오는 서적물로 일명 亞流小說이라고도 할 수 있다. 반면 시리즈물은 같은 내용은 아니지만 유사한 유형의 출판물을 통괄하여 일련의 순서대로 나오는 것을 의미한다. 현대에서는 일종의 연속 기획물로 보통 연속 출판물이나 방송 프로의 연속극 따위가 있다. 결론적으로 속서는 주종관계의 성격이 강하지만 시리즈는 비교적 동격관계의 성격이 두드러진다고 볼 수 있다.

중국고전소설 가운데 속서가 많은 소설로는 『수호전』·『서유기』·『금병매』·『홍루몽』 등을 꼽을 수 있다. 그중에서 최고는 역시 『홍루몽』이다. 『紅樓夢』의 續書로는 逍遙子의 『後紅樓夢』, 秦子忱의 『續紅樓夢』, 蘭皐居士의 『綺樓重夢』, 陸士諤의 『新紅樓夢』, 陳少海의 『紅樓復夢』, 海圃主人의 『續紅樓夢』, 夢夢先生의 『紅摟圓夢』, 歸鋤子의 『紅樓夢補』, 郎袁山樵의 『補紅樓夢』, 花月癡人의 『紅樓幻夢』, 雲槎外史의 『紅樓夢影』, 張曜孫의 『續紅樓夢』, 無名氏의 『紅樓拾夢平話』, 膺叟의 『紅樓逸

編』, 惜花主人의 『太虛幻境』, 吳沃堯의 『新石頭記』 등이 있다.[10]

그다음으로 많은 것이 『水滸傳』으로, 陳忱의 『水滸後傳』, 俞萬春의 『蕩寇志』, 石逸叟의 『宣和譜』, 青蓮室主人의 『後水滸』, 程善之의 『殘水滸』, 薑鴻飛의 『水滸中傳』, 褚同慶의 『水滸新傳』, 張青山의 『水滸拾遺』, 穀斯範의 『新水滸』, 張恨水의 『水滸新傳』, 劉盛亞의 『水滸外傳』 등이 있다.

그 외 『西遊記』續書로는 『後西遊記』·『續西遊記』·『西遊補』·『新西遊記』·『也是西遊記』·『西遊新記』 등이 있으며, 『金瓶梅』의 속서로는 『續金瓶梅』·『隔簾花影』·『金屋夢』·『玉嬌李』·『三續金瓶梅』 등이 있다.[11]

이상 대략 6가지의 작명유형에 대하여 분석하였다. 이렇게 서로 다른 연유로 작명된 소설은 한 가지 서명으로 일생을 다하는 것이 아니라 여러 가지 변수에 의하여 또 다른 명칭으로 태어나 또 다른 일생을 살아가는 경우가 허다하였다. 이렇게 만들어진 異名小說에 대한 고찰은 다음 장에서 본격적으로 분석해보기로 한다.

---

10) 그 외 청대 이후에 나온 속서로는 顯川秋水의 『紅樓殘夢』, 毗陵綺緣의 『紅樓全夢』, 郭則澐의 『紅樓眞夢』, 陶明浪의 『紅樓夢別本』, 劉承彦의 『紅樓夢醒』, 薑淩의 『紅樓續夢』등 여러 종이 있다.

11) 의외로 『三國志演義』續書는 많지 않다. 『續三國演義』·『三國志後傳』·『新三國志』·『新三國』과 민국시기에 나온 『反三國志演義』가 있다.

2. 異名小說의 유형과 소개

1) 異名小說의 출현과 소개

소설이 출간된 이후에는 종종 異名이 따라 붙는다. 이러한 경향은 문언소설 보다는 통속소설에서 더 많이 발견된다. 물론 책이름을 간편하게 약칭으로 부르는 경우에 이명이 출현하기도 하였지만 異名이 나오는 일반적 원인은 출판업자의 상업적 요인에서 기인하거나 혹은 정치·사회·문화적 사건에 의해 연유되는 경우가 더 많았다.

중국고전소설의 書名가운데 가장 다양하고 복잡한 소설이 『三國志演義』이다. 現存하는 『三國志演義』의 간행본만 하더라도 明代에 약 30여 종이 있고, 淸代 刊本으로 70여 종이나 된다. 물론 元代 至治年間(1321-1323) 建陽의 출판업자 虞氏가 간행한 『全相三國志平話』가 있었지만 본격적인 출발은 나관중의 『三國志通俗演義』부터라 할 수 있고, 또 가장 이른 판본의 서명 역시 『三國志通俗演義』라고 할 수 있다. 그 후 명·청대에 부단히 출간되어 출판시마다 각기 다른 이름으로 새로운 이명을 출현시켰다. 먼저 『三國志通俗演義』의 異名을 총괄하여 나열하면 다음과 같다.

> 『三國志通俗演義』·『新刻校正古本大字音釋三國志通俗演義』·『新刊校正古本大字音釋三國志傳通俗演義』·『新鐫校正京本大字音釋圈點三國志演義』·『古今演義三國志』·『新鋟全像大字通俗演義三國志傳』·『新刻按鑒全像批評三國志傳』·『新刊校正演義全像三國志傳評林』·『新刻京本按鑒考訂通俗演義全像三國志傳』·『新刻京本補遺通俗演義三國全傳』·『新刻湯學士校正古本按鑒演義全像通俗三國志傳』·『重刻京本通俗演義按鑒三國志傳』·『新鍥京本校正通俗演義按鑒三國志傳』·『新鍥全像大字通俗演義三國志傳』·

『新刻按鑒演義全像三國英雄志傳』·『新刻音釋旁訓評林演義三國志傳』·『鍾伯敬先生評三國志傳』·『天德堂刊本李卓吾先生評三國志』·『三國志』·『新刻按鑒演義京本三國英雄志傳』·『李卓吾批三國志傳』·『李卓吾先生批評三國志』·『李卓吾先生批評三國志真本』·『李笠翁批閱三國志』·『三國演義』·『三國志傳』·『三國志演義』·『毛宗崗評三國演義』·『四大奇書第一種』·『第一才子書』·『貫華堂第一才子書』·『繡像金批第一才子書』·『第一才子書三國志』·『第一才子書繡像三國志演義』·『四大奇書第一種三國志』·『四大奇書第一才子書』·『繡像金聖歎批評三國志』·『繡像全圖三國演義』·『繡像第一才子書』·『增像全圖三國志』·『增像繪圖三國演義』·『增像全圖三國志演義』·『增像全圖三國演義』·『增像三國全圖演義』·『增像全圖三國志演義第一才子書』·『增像全圖第一才子三國志演義』·『繪圖三國演義』·『繪圖三國志演義』·『繪圖三國志演義第一才子書』·『精校繪圖三國志演義』·『精校全圖繡像三國志演義』·『精校全圖足本鉛印三國志演義』·『圖像三國志演義第一才子書』·『繪本通俗三國志』 등 출판확인된 書名만도 50여개가 넘는다.[12)]

이처럼 『三國志通俗演義』는 대부분 출간할 때마다 각기 다른 명칭으로 출간되었기에 서명부터 매우 복잡한 양상을 보인다. 그러나 서명을 자세히 고찰해보면 일련의 작명원칙을 발견할 수 있는데, 예를 들어 『新鐫+校正+京本+大字+音釋+圈點+三國志+演義』라는 서명처럼 아주 난잡하고 무질서하게 붙어있는 것 같아 보이지만 사실 각종 어휘의 의미를 잘 분석하면 그 명칭은 쉽게 이해가 된다. 먼저 나관중의 『三國志通俗演義』 판본부터 서명의 뿌리를 간추려 분석해보면 다음과 같다.

---

12) 閔寬東, 『중국고전소설의 전파와 수용』(아세아문화사, 2007), 閔寬東 외, 『한국 소장 중국통속소설 판본목록과 해제』(도서출판 학고방, 2013), 蕭相愷 外, 『中國通俗小說總目提要』(中國文聯出版公社, 1991) 등 참고.

(1) 三國志 + 傳 :【例】『新刻按鑒全像批評三國志傳』

(2) 三國志 + 通俗演義 :【例】『新刊校正古本大字音釋三國志通俗演義』

(3) 三國志 + (史)傳 + 通俗演義 :【例】『三國志傳通俗演義』

또는 通俗演義 + 三國志 + (史)傳[13] :【例】『通俗演義三國志傳』

(4) ○○○批評 + 三國志 :【例】『李卓吾先生批評三國志』

(5) 기타 시리즈 유형 :【例】『第一才子書』

이처럼 "삼국지"의 명칭유형은 크게 三國志傳 類型·三國志通俗演義 類型·三國志(史)傳通俗演義 類型·○○○批評三國志 類型·기타 시리즈 유형으로 분류된다. 대개가 志傳(史傳)과 通俗演義 등의 부연하는 말이나 수식어가 앞뒤로 첨가되어 다양한 서명을 만들어 냈다.[14] 그 외에도 清代 모종강이 여러 차례『三國志演義』를 출간하면서 책 이름 역시 수차례나 바뀌게 되었다. 즉『四大奇書第一種』·『第一才子書』·『貫華堂第一才子書』·『繡像金批第一才子書』[15]등 "삼국지"의 명칭이 아닌 다른 書名으로 수많은 異名小說들을 만들어 냈다.

그리고『新刊校正古本大字音釋三國志傳通俗演義』나『新刻按鑒全像批評三國志傳』또는『新鐫批評繡像玉嬌梨小傳』등과 같은 이명소설 목록에서 일관적으로 보이는 특징이 있는데 이것을 분석하면 다음과 같다. 일반적으로 앞부분에 '新刻'·'新刊'·'新鍥'·'新鐫'·'新鐫'·'新鋟'

13) (1)과 (2)의 통합형 조합으로 陳翔華·周文業 등 학자마다 다소 다른 견해를 보이는 경우도 있다. http://blog.sina.com.cn/liangguizhi176426 周文業의「『三國演義』書名研究」참고.

14) [네이버 지식백과] [삼국지 해제] 정원기.『소설 삼국지와 역사책 삼국지』(우리가 정말 알아야 할 삼국지 상식 백가지, 2005. 12. 30. 현암사).

15) 이러한 서명들은 김성탄과 이어 및 풍몽룡 등과 관련이 깊다. 貫華堂은 김성탄의 서재 이름이며, 金批는 김성탄 批評本이란 뜻이다.『四大奇書第一種』(康熙18年 취경당본)은 김성탄의 序文이 아닌 李漁(李笠翁)의 서문이 실려 있다.

·'初刻' 등의 어휘가 나오는데 이것은 모두가 새롭게 판을 판각하였다는 (간혹 거듭해서 판을 판각했다는 '重刻'·'重刊'이라는 어휘도 있다.)의미이며, '全像'·'繡像'·'全圖'·'增圖'·'增像'·'繪圖'·'全圖繡像'·'圖像'·'繪本' 등의 어휘는 출간서적에 삽화가 들어갔다는 의미이다.[16] 그리고 '音釋'·'大字音釋'은 말을 풀어서 설명한다는 것(틀린 점을 교정하여 音釋을 달다.)이고, '按鑒'은 通鑑같은 역사서적에 근거하여 창작했다는 의미이다. 또 '校正'·'精校'·'考訂' 은 교정 및 고증의 의미이며, '批評'·'批閱'·'評林'·'圈點'·'旁訓評林'은 평점비평을 하였다는 의미이다. 이러한 어휘의 첨삭은 꼭 『三國志演義』에만 국한되지 않는다. 『水滸傳』·『西遊記』·『金瓶梅』·『紅樓夢』 등 대부분의 백화 통속소설 서명에 두루 통용되어 사용되었다. 이처럼 중국고전소설들은 다양한 작명원리에 의하여 혹은 '新刻'·'繡像'·'音釋'·'按鑒'·'批評' 등과 같은 다양한 어휘를 첨삭하며 이명소설들을 만들어 냈다.

또 이명은 꼭 새로운 책을 간행하면서 나타나는 것만은 아니다. 한 권의 책 안에서도 이명이 여럿 나타나는 경우도 있다. 즉 標題名(서적의 겉표지에 붙이는 이름)과 內題名(卷首題 혹 卷首名이라고도 한며, 서적의 속표지나 본문의 첫머리에 붙이는 이름)이 다르게 나타나는 경우에 해당된다. 심지어는 版心題(고서적의 출판과정에서, 책장의 가운데를 접어서 양면으로 나눌 때 그 접힌 가운데 부분에 붙이는 서명을 말한다.)[17] 에서도 서로 다른 서명이 붙는다. 實例로 『三國志演義』의 경우 표제는 『三國志』, 내제는 『四大奇書第一種』, 판심제는 『第一才子書』로 각기 다르게 서명이 붙는 경우가 다반사이다. 이처럼 한권의 책에서도 각기 다른 서명

16) 삽화는 서두에만 나오는 경우도 있고 중간 중간에 나오는 경우도 있다.

17) 조선출판본의 경우 대개 판심에 물고기 꼬리 모양의 도형이 위쪽에 있고 그 아래에 冊名을 넣으며 그 옆 부분에는 面數를 인쇄한다.

과 이명이 나타나는 경우가 종종 나타난다.

2) 異名小說의 유형분석

이명소설의 범주를 어디까지로 잡아야 할까?[18] 필자는 그동안 중국고전소설의 수많은 이명소설을 수집 및 정리하여 고찰한 결과 나름의 유형분류가 가능하다는 것을 발견하였다. 즉 이들을 '類似 異名'·'完全 異名'·'混合 異名'으로 분류할 수 있는데, '類似 異名' 은 서명들 가운데 한글자만 다르더라도 모두를 이명소설로 분류하는 유형을 말하며, '完全 異名'은 완전히 서로 다른 서명으로 原名과 거리감이 있는 것을 의미한다. 나머지 '混合 異名'은 2가지 이상의 서명들이 복합적으로 혼합되어 만들어진 서명을 말한다. 예를 들어 『三國志演義』의 경우, 『三國演義』처럼 한 글자라도 다르면 모두가 '類似 異名' 이며, 『三國志演義』나 『四大奇書第一種』 및 『第一才子書』처럼 완전히 다른 서명(同書異名)은 '完全異名'이고, 또 『第一才子書繡像三國志演義』나 『四大奇書第一種三國志』처럼 각기 다른 2가지 이상의 서명들이 前後混合되어 만들어진 것은 "混合 異名"으로 분류할 수 있다.

필자가 그동안 수집하여 만든 異名小說 目錄은 '完全 異名'과 '混合異名'까지만 目錄化하여 정리하였다. '類似 異名'까지를 정리하면 너무 방대해 지는 것은 물론이고, 또 출판업자들이 출간을 하면서 상업적 차별성을 부각시키기 위해 붙인 '新刻'·'繡像'·'音釋'·'按鑒'·'批評' 등과 같

18) 위에서 언급한 『三國志演義』의 모든 서명들을 전부 이명소설로 분류할지 아니면 『第一才子書』처럼 완전히 다른 이름의 서명만 이명소설로 분류할지에 관한 문제이다. 물론 판을 바꿔서 별개의 이름으로 출간을 하였으니 모두가 이명소설로 분류하는 것이 합당해 보인다.

은 어휘의 첨삭은 이명소설 연구에 큰 의미가 없다고 판단되어 '完全 異名'과 '混合 異名' 위주로 목록화 하였다.[19] 그 결과 이명소설로 확인되는 것만도 대략 750여 종[20]이나 되었으며 그중에서 한 가지 書名에 異名(同書異名)이 8종 이상이나 되는 소설만도 약 20여 종이나 되었다. 먼저 同書異名의 소설을 소개하면 다음과 같다.

- 『三國志演義』:『全相三國志平話』·『三國演義』·『三國志通俗演義』·『貫和堂第一才子書』·『四大奇書第一種』·『三國赤帝餘編』·『京本校正通俗演義按鑒三國志』·『三國志傳』·『三國英雄志傳』·『三國志』·『第一才子書』·『繡像金批第一才子書』·『古今演義三國志』·『新鍥全像大字通俗演義三國志傳』·『李卓吾先生批評三國志真本』
- 『東周列國志』:『春秋列國志』·『新列國志』·『列國志』·『列國志傳』·『東周列國全志』·『批評東周列國志傳』·『新刊京本春秋五霸全相列國志傳』
- 『後列國志』:『鋒劍春秋』·『鋒劍春秋後列國志』·『萬仙鬪法後列國志』·『萬仙鬪法興秦傳』·『孫臏大破諸仙陣』·『後東周鋒劍春秋』·『後東周列國志』
- 『隋唐演義』:『隋唐志傳』·『秦王演義』·『唐書志傳通俗演義』·『唐書志傳』·『唐傳演義』·『四雪草堂訂通俗隋唐演義』·『隋唐演義全傳』
- 『薛家將平西演義』:『混唐平西演傳』·『繡像薛家將平四演義』·『繡像混唐平西後傳』·『大唐後傳』·『混唐平西傳』·『混唐後傳』·『混唐平西

19) 蕭相愷 外, 『中國通俗小說總目提要』(中國文聯出版公社, 1991), 寧稼雨, 『中國文言小說總目提要』(齊魯書社, 1996), 劉世德 外, 『中國古代小說百科全書』(中國大百科全書出版社, 1993), 『中國小說史叢書』(漢魏六朝小說史[王枝忠], 隋唐五代小說史[侯忠義], 宋元小說史[蕭相愷], 明代小說史[齊裕焜], 淸代小說史[張俊]),(中國浙江古籍出版社, 1997) 등 참고.

20) 필자가 조사한 바로는 백화 통속소설이 대략 350여 종이고 문언소설이 300여 종으로 총 750여 종이나 되는 것으로 확인된다.

全傳』

- 『大唐演義鐵丘墳』:『反唐演義傳』·『武則天改唐演義』·『南唐演義』·『中興大唐演義傳』·『鐵丘墳』·『征西南唐薛家將演義』·『薛家將反唐全傳』·『反唐女媧鏡全傳』
- 『大宋中興通俗演義』:『大宋演義中興英烈傳』·『大宋中興嶽王傳』·『武穆王演義』·『武穆精嶽傳』·『宋精忠傳』·『精忠傳』·『嶽武穆王精忠傳』·『嶽鄂武穆王精忠傳』
- 『新史奇觀』:『新世弘勳』·『盛世弘勳』·『定鼎奇聞』·『順治皇過江全傳』·『新世弘勳大明崇禎定鼎奇聞』·『鐵冠圖全傳』·『順治過江』·『新史奇觀演義全傳』·『新史奇觀全傳』
- 『水滸傳』:『大宋宣和遺事』·『忠義水滸傳』·『水滸全傳』·『水滸志』·『第五才子書』·『第五才子書水滸傳』·『第五才子書水滸全傳』·『京本忠義傳』·『貫和堂第五才子書』·『繪像全圖第五才子書水滸奇書』
- 『西遊記』:『大唐三藏取經詩話』·『大唐三藏取經記』·『西遊記平話』·『西遊唐三藏出身傳』·『三藏出身傳』·『唐三藏西遊全傳』·『西遊眞詮』·『西遊記傳』·『西遊記全傳』·『新說西遊記』
- 『金瓶梅』:『金瓶梅詞話』·『原本金瓶梅』·『繡像八才子詞話』·『四大奇書第四種』·『第一奇書鍾情傳』·『多妻鑒』·『改過勸善新書』·『第一奇書金瓶梅』·『金瓶梅奇書』
- 『紅樓夢』:『石頭記』·『金玉緣』·『情僧緣』·『風月寶鑑』·『金陵十二釵』·『大觀瑣錄』·『風月寶鑑情僧緣』·『還淚記』·『紅樓全傳』
- 『好逑傳』:『義俠風月好逑傳』·『第二才子好逑傳』·『俠義風月傳』·『風月傳』·『第二才子書』·『俠義風月二才子』·『好逑全傳』
- 『肉蒲團』:『覺後禪』·『耶蒲緣』·『野叟奇語鍾情錄』·『循環報』·『巧姻緣』·『巧奇緣全傳』·『巧奇緣』
- 『兩交婚』:『四才子二集兩交婚小傳』·『雙飛鳳全傳』·『兩交婚小傳』·『續四才子』·『玉覺禪』·『巧合情絲緣』·『兩交婚惡姻緣』
- 『女才子書』:『閨秀佳話』·『女才子傳』·『美人書』·『情史續傳』·『閨秀英才』·『女才子集』·『名媛集』

- 『白圭志』:『第十才子書白圭志』·『第一才女傳』·『第一才女傳白圭志』·『第八才子書』·『第十才子書』·『第八才子書白圭志』·『白圭志八才子書』
- 『海上花列傳』:『花國春秋』·『海上花』·『海上看花記』·『海上百花趣樂演義』·『最新海上繁華夢』·『靑樓寶鑑』·『繪圖海上靑樓奇緣』
- 『歡喜寃家』:『貪歡報』·『歡喜奇觀』·『喜奇歡』·『艶鏡』·『續今古奇觀』·『三續今古奇觀』·『醒世第一書』
- 『駐春園小史』:『第十才子綠雲緣』·『一笑緣』·『綠雲緣』·『十才子駐春園』·『第十才子書』·『雙美緣』·『第十才子雙美緣』·『第十才子書駐春園小史』

이상의 同書異名 小說 20종을 살펴보면 몇 가지 특징이 보인다.

첫 번째 특징은 문언소설보다는 역시 백화 통속소설이 주류를 이룬다는 점이다. 이러한 현상은 문언소설과 백화 통속소설의 창작배경 및 출판 취지부터가 다르기에 나타난 것으로 사료된다. 또 백화 통속소설 가운데에서는 단편소설보다는 장편소설이 대부분이다. 이처럼 백화 통속소설은 일반대중을 상대로 한 영리목적의 상업성과 연관이 깊기에 다양한 이명소설이 출현한 것으로 보인다.

두 번째 특징은 백화 통속소설 가운데서도 연의류 소설이 주류를 이룬다는 점이다. 즉 『三國志演義』·『東周列國志』·『隋唐演義』·『新史奇觀』(이자성의 난을 다룬 소설로 一名 『新史奇觀演義全傳』이라고도 함) 등 演義類 小說이 20종 가운데 8종이나 된다. 이러한 점은 당시에 연의류 소설의 위상과 인기가 어떠하였는지를 대변해주는 좋은 예라 할 수 있다.

세 번째 특징은 명대 사대기서인 『三國志演義』·『水滸傳』·『西遊記』·『金甁梅』가 모두 포함되어 있다는 것이다. 그만큼 명대 사대기서는 당시 독자층을 광범위하게 확보하고 있었으며 이들의 선호도에 따라 각양각색의 출판이 이루어졌다는 것을 의미한다. 이처럼 명대 사대기서의 흥행

성공으로 인하여 다양한 續書가 간행되었다.

네 번째 특징은 『紅樓夢』을 포함한 『金瓶梅』·『好逑傳』·『肉蒲團』 등 대부분이 애정류 소설이 절반을 점유한다는 점이다. 이 원인은 역시 상업성에 근거한 출판이 주류를 이루며 다양한 이명소설들이 출현한 것도 있지만 애정류 소설의 경우에 있어서는 해적판 소설의 출현에 기인한다. 즉 음란성으로 인하여 판매금지가 되자 약삭빠른 출판업자들이 타 지역에 가서 이름만 바꿔 출간하는 경우가 非一非再하였다. 이에 따라서 同書異名의 출현이 급증하는 계기가 되기도 하였다.

3. 異名小說 出現의 원인 분석

사람이 태어나 처음 소유하는 것이 이름이라고 한다. 옛날 사람들은 이름 하나만 가지고 일생을 살지 않았다. 태어나기도 전에 이미 胎名을 지었고, 태어나면서 本名을 만들었다. 또 아이 시절에는 兒名이 있었고 성장하면서 字와 號를 만들었으며 그 외에도 別名이 있었다. 이처럼 많은 異名을 만든 이유는 무엇일까? 이는 아마도 사람이 사회문화적 신분에 맞게 적절한 변화가 필요하기에 다수의 이명이 필요했으리라 추정된다.

책이라는 것 역시 여러 가지 이명을 가지고 있다. 그러면 서적에 있어서 특히 중국고전소설에 있어서 이명은 어떠한 연유에서 만들어졌으며 어떤 의미를 지니는 것일까? 필자는 대략 6가지로 분류하여 그 해답을 찾아보았다.

1) 최초 書名에 대한 축약

먼저 문언소설 가운데 비교적 여러 가지 이명을 가지고 있는 소설의 목록을 소개하면 다음과 같다.

- 『甄異傳』(晉 戴祚撰) : 『甄異記』·『甄異錄』·『甄異志』
- 『步飛煙傳』(唐 皇甫枚撰) : 『非煙』·『步飛煙』·『非煙傳』·『飛煙傳』
- 『王氏見聞集』(五代 後晉 王仁裕撰) : 『王氏聞見集』·『見聞錄』·『王氏見聞』·『王氏聞見錄』
- 『補江總白猿傳』(唐 無名氏撰) : 『白猿傳』·『集補江總白猿傳』·『續江氏傳』
- 『隋唐嘉話』(唐 劉束撰) : 『國朝傳記』·『傳記』·『國史異纂』·『小說』
- 『次柳氏舊聞』(唐 李德裕撰) : 『明皇十七事』·『柳氏舊聞』·『柳氏史』·『柳史』

이처럼 문언소설의 異名의 수는 통속소설에 비하여 제한적이다. 앞에서 언급하였듯이 『三國志演義』나 『大宋中興通俗演義』같은 백화 통속소설들은 이명이 무려 10여개나 되는 경우도 있지만 문언소설에 있어서는 비교적 많은 것이 4~5개 정도 이다. 또 작명에 있어서도 『甄異傳』(『甄異記』·『甄異錄』·『甄異志』)처럼 '○○傳', '○○記', '○○錄', '○○志', '○○集'의 한계를 벗어나지 못하는 경우와 축약형 이명이 대부분이다.

異名이 나오는 원인은 여러 가지가 있지만 그 중 하나는 기존에 나온 서명을 편리성에 근거하여 縮約한 형태라고 할 수 있다. 이러한 縮約型 異名은 일찍이 문언소설에도 보이는 것으로 보아 이른 시기부터 통용된 것으로 보인다. 예를 들면 문언소설 가운데 『世說新語』를 『世說』로, 『補江總白猿傳』을 『白猿傳』으로, 『聊齋志異』를 『聊齋』로, 또 백화 통속소설에서는 『三國志通俗演義』를 『三國志』로, 『東周列國志』를 『列國志』로, 『水滸傳』을 『水滸』로 축약하여 부르며 이른바 縮約型 異名을 만들어 냈다. 이러한 縮約型 異名은 문언소설에서 흔히 발견된다.

2) 신간 소설의 출간으로 인한 차별화와 상업성 전략

신간 서적을 출간하면서 가장 큰 급선무는 기존 서적과 어떻게 차별화를 하는가 하는 문제이다. 以前의 서명을 그대로 사용하게 되면 중복을 면할 수 없기 때문에 다양한 방법으로 차별화를 하면서 다른 이름의 소설을 만들어 냈다. 먼저 명·청대에 출간된 『水滸傳』·『西遊記』·『西漢演義』 등의 異名들을 살펴보면 다음과 같다.[21)]

> 『忠義水滸志』:『評論出像水滸傳』·『繪圖增像水滸傳』·『第五才子書』·『貫華堂第五才子書』·『第五才子書水滸傳』·『評注繪圖五才子書』·『繪圖第五才子書水滸志全傳』·『繪圖增像第五才子書水滸傳』·『繪像全圖五才子奇書』·『繡像繪圖第五才子奇書』·『繪圖增像五才子書』·『第五才子書水滸全傳』·『增圖增像第五才子書水滸全書』·『繪圖增像第五才子書水滸全書』·『繪圖增像第五才子書水滸傳』·『評注圖像五才子書』

> 『西遊記』:『西遊真詮』·『西遊原旨』·『西遊釋厄傳(鼎鍥全像唐三藏西遊釋厄傳)』·『西遊唐三藏出身傳』·『西遊證道書』·『通易西遊正旨』·『繡像西遊記』·『繡像西遊記全傳』·『繪圖增像西遊記』·『新說西遊記』·『新說西遊記圖像』·『金聖歎加評西遊真詮』·『增像全圖加批西遊記』·『增圖加批西遊記』·『全圖西遊記』·『改良繪圖加批西遊記』·『繪圖批點西遊記』·『繡像西遊真詮』

> 『西漢通俗演義』:『新刻劍嘯閣批評西漢演義傳』·『新刻劍嘯閣

21) 閔寬東, 『중국고전소설의 전파와 수용』(아세아문화사, 2007), 閔寬東 외, 『한국 소장 중국통속소설 판본목록과 해제』(도서출판 학고방, 2013), 蕭相愷 外, 『中國通俗小說總目提要』(中國文聯出版公社, 1991) 등을 참고하여 만들었다.

批評西漢演義』·『新刻劍嘯閣批西漢演義評』·『繡像西漢演義』·『增像全圖西漢演義』·『繪圖西漢演義』·『東西漢全傳』·『繡像東西漢全傳』·『繡像東西漢通俗演義』·『增像全圖東西漢演義』·『新刻劍嘯閣批評東西漢演義』·『繡像東西漢演義』·『繪圖東西漢演義』

이처럼 신간소설을 간행할 때 기존 소설과의 차별화를 위해 이명이 출현하지만 그 출현의 저변에는 상업적 의도가 깔려있었다. 특히 백화 통속소설에 있어서는 실리추구가 출판사의 흥망을 결정하는 관건이기에 독자의 호기심을 유발시킬만한 새롭고 참신한 서명이 요구되었다. 그러기에 '新刊'과 '重刻'같은 출간시기 관련 어휘와 '繡像'과 '繪圖'같은 삽화 관련 어휘, 그리고 '校正'·'音釋'·'批評'과 같은 고증과 평점에 대한 어휘를 첨가하여 독자의 관심과 호기심을 유발시키는데 주력하였다.

앞에 인용문 가운데『水滸傳』의 경우, '新刻'·'繡像'·'音釋'·'按鑒'·'批評' 등과 같은 다양한 어휘를 첨삭하며 차별화를 의도하였고 여기에『水滸傳』과『第五才子書』라는 고유 명칭의 앞뒤 순서를 바꾸어가며 다양한 이명소설을 만들어 냈다. 그리고『西遊記』의 경우에도 '原旨'·'証道'·'正旨'·'改良'·'繪圖加批'·'新說'·'金聖嘆加評' 등의 어휘를 첨가하여 독자의 관심을 자극할만한 참신한 이름을 지으려 노력한 흔적이 보인다. 또『西漢演義』의 경우는『西漢演義』와『東西漢演義』의 차별화를 강조하며 출간하였다. 즉 단행본 출간과 합본 출간의 의미에 대하여 차별화를 부각시키며 여러 종의 이명이 출현하였다.

3) 禁書(販賣禁止)로 인한 해적판의 출현

중국에서 금서의 기원은 戰國時代 초기 商央의 變法에 "『시경』이나『서경』을 태우고 법령을 바로 했다."라는 기록이 최초로 보이지만 본격적

인 금서의 시작은 진시황의 焚書坑儒로 보는 것이 정설이다.[22)]

중국고전소설에 있어서 금서의 시작은 명대라고 할 수 있다.[23)] 공식적으로 최초의 금서소설로 지정된 작품으로는 명나라 초기에 나온 瞿佑의 『剪燈新話』와 崇禎年間에 금지조치가 된 『水滸傳』이 대표적이고 청대에 금서가 된 『金瓶梅』가 있다. 금서의 이유로는 대략 정치적 사유(나라의 정책이나 정치적 사건)나 도덕적 사유(미풍양속을 해치는 외설적 내용) 및 개인적 사유(작가가 개인적으로 죄를 지어 금서 조치되는 경우)에 연유되었다. 특히 『水滸傳』에 대해서는 도적질을 가르친다(誨盜) 하였고 『金瓶梅』에 대해서는 음탕함을 조장한다(誨淫) 하는 이유가 금서의 주된 이유였다.[24)]

명·청대의 禁書小說의 목록은 학자마다 그 수량의 차이를 보이고 있지만 대략 120여 종으로 추정된다.[25)] 120여 개의 소설 중 대부분이 애정류

22) 강태권, 「중국 금서 연구 – 명대 애정소설을 중심으로」, 『중국어문학논집』 제7호, 중국어문학연구회, 1995, 1-3쪽 참고.

23) 『교홍기』는 원대의 작품이나 청대에 금서조치 되었기에 최초의 금서소설은 명대의 『전등신화』로 보는 것이 정설이다.

24) 최용철, 「중국의 역대 금서소설 연구」, 『중국어문논총』 제13집, 중국어문연구회, 1997, 193-225쪽 참고.

25) 최용철의 조사에 따르면 중국금서소설로 丁日昌은 122종, 李夢生은 121종, 敖堃은 120종으로 밝히고 있다. 이들 금서소설의 대부분 애정류 소설로 내용이 색정적이거나 음란한 작품이 주류를 이룬다. 李夢生이 저술한 『中國禁毁小說百話』(2017년 上海辭書出版社)의 목록을 소개하면 다음과 같다.
『嬌紅記』·『剪燈新話』·『剪燈餘話』·『水滸傳』·『如意君傳』·『三妙傳』·『癡婆子傳』·『金瓶梅』·『素娥篇』·『豔異編』·『濃情快史 附 武則天四大奇案』·『國色天香』·『英烈傳』·『浪史』·『山中一夕話 附 笑贊』·『繡榻野史 附 怡情陣』·『禪真逸史』·『情史』·『僧尼孽海』·『昭陽趣史 附 玉妃媚史』·『拍案驚奇』·『石點頭』·『禪真後史』·『隋煬帝豔史』·『燈草和尚 附 風流和尚』·『遼海丹忠錄 附 鎮海春秋、近報叢譚平虜傳』·『今古奇觀』·『孫龐鬪志演義』·『歡喜冤

소설로 외설적인 표현이 문제가 되어 금서가 되었다. 이러한 소설들의 저자들은 대부분 자신의 이름이 드러나는 것을 극도로 꺼려하여 『金瓶梅』는 笑笑生, 『肉蒲團』은 情隱先生처럼 필명으로 대치하였다. 또 강력한 금서조치가 단행된 이후에 법망을 벗어나려고 온갖 방법을 강구한 출판업자의 대응방식이 주목된다. 즉 朝廷의 통제를 벋어나기 위해 새롭게 제목을 바꿔 간행하거나 일부 문제가 되는 대목을 삭제 또는 수정하여 간행하는 경우도 많았다.[26] 이리하여 만들어진 것이 바로 이명소설의 대량 출현이다. 즉 최초로 해적판 소설이 출현하게 된 것이다.

명대이후 청대까지 계속 금서가 되었던 『水滸傳』의 경우에도 약 27가지 판본이 있었다고 하니 금서조치를 내리는 조정과 이를 시행하는 관리, 법을 어기면서 판각하고 판매하는 출판서적상 그리고 막으면 막을수록 읽

家』·『宜春香質』·『弁而釵 附 龍陽逸史』·『剿闖小說』·『 檮杌閑評 附 警世陰陽夢、皇明中興聖烈傳、魏忠賢小說斥奸書』·『肉蒲團 附 豔芳配、群佳樂』·『新世鴻勳』·『無聲戲』·『一片情』·『載花船』·『十二樓』·『續金瓶梅 附 隔簾花影』·『樵史通俗演義』·『梧桐影』·『桃花影』·『燈月緣』·『好逑傳』·『飛花豔想』·『錦香亭』·『五鳳吟』·『催曉夢』·『繡屏緣』·『歸蓮夢』·『說嶽全傳』·『隋唐演義』·『錦繡衣』·『十二笑』·『鬧花叢』·『巫山豔史』·『巫夢緣 附 戀情人』·『杏花天 附 濃情秘史』·『醉春風』·『虞初新志』·『女仙外史』·『五色石 附 八洞天、快士傳』·『紅樓夢』·『金石緣』·『株林野史』·『異說反唐全傳』·『八段錦』·『綠野仙蹤』·『解人頤』·『碧玉樓 附 歡喜浪史、春情野史』·『桃花豔史』·『春燈迷史』·『妖狐豔史』·『兩肉緣』·『野叟曝言』·『笑林廣記』·『北史演義』·『雙姻緣』·『子不語』·『後紅樓夢』·『續紅樓夢』·『綺樓重夢』·『紅樓復夢』·『豈有此理更豈有此理』·『鏂史』·『蜃樓志』·『繡戈袍』·『萬花樓』·『雙鳳奇緣』·『紅樓圓夢』·『補紅樓夢』·『天豹圖』·『空空幻』·『紅樓夢補』·『清風閘』·『風月鑒』·『增補紅樓夢』·『龍圖公案』·『五美緣』·『綠牡丹』·『品花寶鑒』·『繡球緣』·『歡喜緣』.

26) 최용철, 「중국의 역대 금서소설 연구」, 『중국어문논총』제13집, 중국어문연구회, 1997, 218-219쪽.

고자 하는 독자층 사이에는 악순환이 계속 되었던 것이다.[27] 그 외에도 『金瓶梅』의 경우에는 『繡像八才子詞話』·『四大奇書第四種』·『多妻鑒』·『校正加批多妻鑒全集』·『新携繪圖第一奇書鍾情傳』 등으로 서명을 바꾸어 출간하였고, 『歡喜寃家』의 경우는 『貪歡報』·『歡喜奇觀』·『喜奇歡』·『艶鏡』·『三續今古奇觀』·『四續今古奇觀』 등의 이명이 나왔으며, 『肉蒲團』의 경우에도 『覺後禪』·『耶蒲緣』·『野叟奇語鍾情錄』·『循環報』·『巧姻緣』·『巧奇緣』 등이 모두 이런 연유에서 나온 이명들이다.[28] 이처럼 애정류 소설들의 서명은 금서와 연관된 異名들이 대부분이다.

4) 소설의 진화에 따른 차별화(未完의 책에서 完整의 책으로 진화)

백화 통속소설은 화본소설에서 평화소설로 또 평화소설에서 장회통속으로 꾸준히 진화하였다. 일반적으로 잘 알려진 『東周列國志』의 경우 송·원대에 크게 유행하였던 『武王伐周平話』·『樂毅圖齊七國春秋後集』·『秦幷六國平話』 등의 저본을 근거로 명대 余邵魚가 『春秋列國志傳』으로 꾸몄고, 명말에는 馮夢龍이 이를 바탕으로 다시 『新列國志』로 새롭게 편집하였다가, 청대에 蔡元放이 『東周列國志』로 약간의 수정과 윤색을 가하여 나온 소설이다.[29]

이처럼 『列國志』는 수백 년을 거쳐 未完의 책에서 完整의 책으로 진화하였기에 서명은 지속적으로 바뀌어 출간되었다. 대략 확인되는 서명만

27) 최용철, 「중국의 역대 금서소설 연구」, 『중국어문논총』 제13집, 중국어문연구회, 1997, 217쪽 참고.

28) 강태권, 「중국 금서 연구 - 명대 애정소설을 중심으로」, 『중국어문학논집』 제7호, 중국어문학연구회, 1995, 6-19쪽 참고.

29) 閔寬東, 『중국고전소설의 전파와 수용』, 아세아문화사, 2007, 284쪽.

살펴보더라도 『新鐫陳眉公先生批評春秋列國志』·『春秋列國志傳』·『新列國志』·『東周列國志』·『東周列國全志』·『繡像東周列國志』·『訂正東周列國志善本』·『增像全圖東周列國志』·『足本大字繡像全圖東周列國志』·『繪圖東周列國志』·『繡像全圖東周列國志』 등 다양한 이명이 출현되었다. 이러한 경우는 비단 『列國志』에만 해당하지는 않는다. 『三國志演義』와 같은 대부분의 연의류 소설과 『水滸傳』과 『西遊記』등도 진화하는 과정에서 수많은 이명소설을 만들어냈다.

5) 중복된 서명(同名異書)이거나 서명이 부적합한 경우

지금까지 필자는 同書異名에 대하여 고찰하였다. 그러나 그 반대로 서로 다른 책에 동일한 서명이 붙는 同名異書의 현상에 대하여 살펴보기로 한다. 이렇게 중복된 서명이 나타난 대표적 케이스가 바로 청대 문인 袁枚의 文言短篇小說 『子不語』이다. 이 책은 대략 1788년 경 만들어진 책인데 이미 원나라 시대 無名氏가 쓴 책과 제목이 동일하다는 것을 알게 되자 후에 새로 『新齊諧』라는 이름으로 다시 바꾸어 사용하였다. 그 외 同名異書로 『諧佳麗』의 경우이다. 이 책은 12회로 된 실명씨의 『諧佳麗』(一名『風流和尚』)와 四卷 十二回로 된 雲遊道人編의 『諧佳麗』(一名『換夫妻』·『顚倒姻緣』, 청대 애정류 금서소설)가 따로 존재하는 특이한 케이스도 있다.

가장 독특한 현상은 『金玉緣』과 같은 경우이다. 『金玉緣』은 『紅樓夢』 程甲本 系統의 版本中 하나로 일명 『增評補像全圖金玉緣』이다. 이 책은 1884년 上海同文書局에서 石印本으로 출간된 적이 있다. 또 『金玉緣』이라는 서명은 『兒女英雄傳』과 『畫圖緣』에도 동일한 서명을 사용한 적이 있다.

- 『紅樓夢』:『評補像全圖金玉緣』·『石頭記』·『情僧緣』·『風月寶鑑』·『金陵十二釵』·『大觀瑣錄』·『風月寶鑑情僧緣』·『還淚記』·『紅樓全傳』
- 『兒女英雄傳』:『金玉緣』·『日下新書』·『正法眼藏五十三參』·『俠女奇緣』
- 『畫圖緣』:『花田金玉緣』·『畫圖緣小傳』·『新鐫評點畫圖緣小傳』·『畫圖緣平夷全傳』·『花天荷傳』

이처럼 『金玉緣』의 경우에는 『紅樓夢』·『兒女英雄傳』·『畫圖緣』 등 여러 소설에 동일 이름으로 출간되어 상당한 혼선을 야기하였다. 이러한 원인은 금서로 인한 이명소설의 출현과도 관계가 깊은 것으로 보인다.

6) 외국에서의 출간

다음은 중국의 고전소설이 외국으로 진출하며 생기는 異名이다. 국내나 일본에 진출하여 출간하는 경우는 원본을 그대로 유지하여 覆刻 出版하는 것을 원칙으로 하나 가끔씩은 출간의 취지에 맞게 변형하는 경우도 생긴다. 예를 들어 『剪燈新話』의 경우 국내에서 내용의 난해한 부분에 句解를 첨가하였다고 하여 『剪燈新話句解』라는 이명을 만들었고, 『世說新語補』의 경우는 이 책에 등장하는 수많은 인물들을 찾아보기 쉽게 성씨별로 재편집하여 만들었다고 하여 『世說新語姓彙韻分』이라고 命名하였다. 이처럼 조선이나 일본은 동일 한자문화권이기에 한자로 서명을 붙일 수 있지만 영어권으로 진출하여 출간할 경우는 상황이 달라진다. 먼저 지금까지 영어로 번역된 중국고전소설의 영어식 서명을 살펴보면 다음과 같다.

- 『三國志演義』:『Romance of The Three Kingdoms』
- 『水滸傳』:『The Water Margin』/『The Outlaws of the Marsh』
- 『西遊記』:『The Pilgrimage to the West』
- 『金瓶梅』:『The Golden Lotus』
- 『紅樓夢』:『A Dream in Red Mansions』/『A Red-Chamber Dream』
- 『儒林外史』:『The Scholars』
- 『聊齋志異』:『Strange Stories from a Scholar's Studio』
- 『官場現形記』:『Exposure of the Official World』
- 『醒世恒言』:『Stories to Awaken Men』
- 『喻世明言』:『Stories to Enlighten Men』
- 『警世通言』:『Stories to Warn Men』

이처럼 英文書名은 중국 원본 제목에 충실하게 번역하려고 노력한 흔적이 엿보인다. 더 나아가 『水滸傳』·『紅樓夢』의 경우에 있어서는 원문 내용의 의미까지도 함축하려고 고민한 흔적을 발견할 수 있다. 『水滸傳』의 경우 한 판본에서는 단순히 "물가의 이야기"(The Water Margin) 정도로 원제목에 충실하게 번역한 반면 다른 판본에서는 "물가의 무법자들"(The Outlaws of the Marsh)이라고 하며 원문 내용의 의미를 함축하여 취명하였다. 이러한 예는 『紅樓夢』에서도 발견할 수 있다. 그 외에도 『儒林外史』에서는 단순히 "학자들"(The Scholars) 정도로 번역하였고 또 『聊齋志異』에서는 저자 蒲松齡의 서재이름인 "聊齋"를 단순히 "학자의 서재 혹 사랑방"(a Scholar's Studio)으로 명명하였다.

이상의 논점을 총괄하면 다음과 같다.

일반적으로 고전문헌의 書名은 크게 두 가지 관점에서 作名하였는데 하나는 작가 본인(人名·地名·官職名)과 연관된 서명이고 또 하나는 작품의 내용과 관련된 서명이 대부분이다. 그러나 중국고전소설에 있어서는 작가 본인과 연관된 서명은 거의 없고 대부분 작품의 내용과 연관된 서명이며, 또 문언소설의 경우는 내용상 傳記的 작명원리에 충실한 양상을 보이는 반면 백화 통속소설은 상업성이 가미된 광고 및 홍보 전략이 내포되어 있다.

중국고전소설의 작명원리는 크게 소설의 내용을 함축하여 만들거나 혹은 상징화하여 취한 경우, 주인공의 이름에서 따온 경우, 소설의 지명 및 배경에서 취한 경우, 일련의 시리즈로 출간하며 서명으로 대체한 경우, 속서를 출간하며 모방하여 서명을 취한 경우 등 다양한 서명을 만들어냈다.

또 중국고전소설의 특징 가운데 하나는 다양한 異名小說이 출현하였다는 것이다. 처음에는 간편성을 위하여 약칭으로 부르는 이명이 출현하기도 하였지만 異名小說이 대량으로 나온 가장 큰 원인은 출판업자의 상업적 요인에서 기인하거나 혹은 정치·사회·문화적 사건과 연관된 경우가 대부분이었다. 이명소설의 출현 배경은 대략 6가지로 분석이 가능한데, 첫째는 편리성에 의한 縮約型 異名, 둘째는 신간소설의 출간으로 인한 차별화와 상업적 광고, 셋째는 금서로 인한 異名의 해적판 소설 등장, 넷째는 미완의 소설에서 완정의 책으로 진화하는 과정에서 나타난 새로운 명칭, 다섯째는 중복된 서명(同名異書), 여섯째는 외국에서의 출간 등으로 다양한 이명소설들이 만들어졌다.

Ⅱ. 中國禁書小說의 目錄分析과 국내 수용

필자는 근래 중국고전소설의 書名과 異名의 製作原理를 연구하던 중 수많은 異名小說의 출현이 禁書小說과 무관하지 않다는 것을 확인하였다. 즉 明·淸代에 대량의 소설들이 금서로 지정되자 출판업자들은 朝廷의 통제를 벗어나기 위해 소설이름을 교묘하게 다른 이름으로 대체출판하면서 다량의 이명소설들을 만들어냈던 것이다. 예를 들어 『金甁梅』의 경우 『金甁梅詞話』·『原本金甁梅』·『第一奇書』·『第一奇書鍾情傳』·『多妻鑒』·『改過勸善新書』 등의 이명이 있었고, 『肉蒲團』의 경우 『覺後禪』·『耶蒲緣』·『野叟奇語鍾情錄』·『循環報』·『巧姻緣』·『巧奇緣全傳』·『耶蒲緣』 등 다양한 異名小說들이 등장하게 되었는데 이러한 이명소설들이 출현하게 된 배경에는 금서소설의 통제와 매우 밀접한 관계가 있었던 것이다.

이러한 연유로 시작된 중국 금서소설에 대한 연구가 이번에는 금서소설의 목록수가 학자마다 서로 일치하지 않는 점을 발견하였다. 즉 蕭相愷는 140종,[1] 李時人은 93종,[2] 李夢生은 102종(부록포함 120종),[3] 최용철은

* 본 논문은 2016년 대한민국 교육부와 한국연구재단의 지원을 받아 수행된 연구결과로 (NRF-2016S1A5A2A03925653) 2018년 『中國小說論叢』제56집에 투고된 논문을 수정 보완하여 재편집한 논문이다.

122종[4]으로 각기 다른 견해를 보이고 있었다. 결국 이러한 궁금증을 풀기 위해 시작된 연구가 바로 본 논문이다.

먼저 금서소설에 대한 기존의 연구개황을 살펴보면, 강태권[5]과 최용철[6]의 연구 실적이 주목된다. 강태권은 1995년 국내에서 처음으로 「중국 금서 연구」라는 논문으로 이 분야 연구를 시작하였다. 그 후 그는 주로 『金瓶梅』와 『肉蒲團』등 애정류 금서소설 20여 종을 선정해 작품에 대한 소개 및 분석위주로 연구를 진행하였다. 또 최용철은 1996년부터 「중국 금서소설의 정리와 연구현황」과 「중국의 역대 금서소설 연구」를 발표하며 본격적인 연구에 뛰어들었다. 그는 주로 중국의 금서소설 연구개황과 역대 금서소설의 출판목록 및 금서소설이 국내에 끼친 영향문제에 대하여 집중적인 소개와 분석을 하여 비교적 많은 연구실적을 올렸다. 그 후 2007년 양승민[7]은 「중국 금서소설 속의 명청교체기 조선」이라는 논문을 발표

1) 蕭相愷, 『珍本禁毁小說大觀』, 鄭州 : 中州古籍出版社, 1992.

2) 李時人 主編, 『中國禁毁小說大全』, 黃山書社, 1992.

3) 李夢生, 『中國禁毁小說百話』, 上海古籍出版社, 1994.

4) 최용철, 「중국의 역대 금서소설 연구」, 『중국어문논총』 제13집, 1997, 220-225쪽 참고. 최용철은 논문의 부록에서 금서목록을 122종이라 밝히고 重複이나 異名을 합하여 247종을 나열하였다. 총 목록에는 희곡이나 탄사도 포함되어 있다.

5) 강태권, 「중국 금서 연구」(『중국어문학논집』제7집, 1995), 「중국의 性文化와 四大禁書」(『중국학논총』제14집, 1998), 「淸代禁毁小說硏究 1」(『중국어문논총』제22집, 2002), 「淸代禁毁小說硏究 2」(『중국학논총』제22권, 국민대, 2006) 등이 있다.

6) 최용철, 「중국 금서소설의 정리와 연구현황」(『중국소설연구회보』 제25호, 1996), 「중국 금서소설의 국내전파와 영향」(『동방문학비교연구총서』 제7권, 1997), 「중국의 역대 금서소설 연구」(『중국어문총서』제13권, 1997), 「명청시대 금서소설과 정치 이데올로기」(『중국인문학회발표논문집』 2003.11), 「명청시대의 금서소설과 문인의 이중적 소설관」(『중국어문논총』제31집, 2006) 등이 있다.

7) 양승민, 「중국 금서소설 속의 명청교체기 조선」, 『고소설 연구』제24집, 2007.

했는데 이 논문은 『鎭海春秋』 한 권만 연구한 논문이다.

그 외 2009년 譚妮如[8]의 박사학위논문 「元明淸時期 禁毁 小說·戲曲 硏究」가 주목된다. 譚妮如는 금서가운데 소설과 희곡을 총괄하여 연구하였는데, 특히 금서정책과 금서목록 및 금서원인에 대하여 비교적 치밀하게 분석을 하였다. 그러나 오탈자가 너무 많고 또 금서목록 도표에서 동일한 소설목록을 10여 개나 중복시키는 오류를 범해 아쉬움이 남는다.

본고에서는 중국금서소설의 목록에 대한 정밀한 조사와 고찰 그리고 금서소설의 체계적인 유형분석 등을 도표를 통하여 명료하게 분석하고, 아울러 중국금서소설 가운데 얼마나 많은 금서소설들이 국내에 유입되었으며 또 국내의 반응과 수용양상을 집중적으로 고찰해 보고자 한다.

1. 中國禁書小說 目錄의 시대적 고찰

역대 중국의 금서소설에 대한 總量이 학자마다 일정하지 않다는 것은 앞서 이미 언급하였다. 그 이유와 원인을 살펴보면, 명청시대부터 시작된 금서소설에 대한 단속이 문화대혁명을 거쳐 지금에까지도 부분적 통제를 받다보니 혼란이 생긴 것은 당연한 일이기도 하다. 지금도 중국 바이두에 들어가면 수백 종의 다양한 금서소설 목록이 출현한다. 어떤 소설은 명청대 이후에 금서소설로 지정된 것과 또 학자 임의대로 음란한 성격이 강한 소설을 淫詞小說로 지정하여 소개한 논문이나 출판한 책자, 심지어 소설이 아닌 희곡이나 탄사까지 마구 뒤섞이어 어떤 것이 명청대에 지정된 금

8) 譚妮如는 대만인 유학생으로 전남대 중문과에서 이등연교수의 지도 아래 박사학위를 하였다. 학위논문 제목은 「元明淸時期 禁毁 小說·戲曲 硏究」이며 2009년에 학위를 취득하였다.

서소설인지 쉽게 구별이 되지 않는다.

중국고전소설에 대한 본격적인 禁書政策은 明淸代부터 시작된다. 물론 명대이전 작품들 가운데 『嬌紅記』와 같은 금서소설이 있었지만 오히려 금서로 지정된 시기는 當時代가 아닌 청대에 이르러서이다. 또 명청대 이전에도 간혹 금서에 대한 건의와 정책이 부분적으로 이루어진 기록이 있지만 본격적 소설작품이 거명되면서 금서로 지정되었던 시기는 명대부터 시작된다. 명청대에는 대략 10여 차례 금서소설의 목록이 지정되어 공포되었는데, 본 장에서는 비교적 사소한 사건들은 큰 사건과 함께 묶어 크게 7단계로 나누어 소개하고자 한다.[9] 또 본고에서는 명청대에 지정된 금서소설을 위주로 연구되었음을 밝혀둔다.

1) 明代年間

明代에는 수많은 소설들이 출현하였지만 실제 금서소설로 지정된 소설은 대략 『剪燈新話』·『剪燈餘話』·『山中一夕話』·『水滸傳』 4종정도에 지나지 않는다. 금서소설로 지정된 이유도 오히려 사회풍속의 단속과 정치적 문제에서 기인한다.

(1) 『剪燈新話』·『剪燈餘話』

명대에 들어 처음 발생한 금서소설 사건은 바로 正統 7年(1442)의 일이다. 당시 李時勉은 國子監 祭酒로서 『剪燈新話』가 국자감의 문인들에게

9) 본 논문의 주안점이 목록이고 또 사건의 배경에 대한 설명은 기존에 연구한 논문과 중복되기에 생략하였다. 사건의 배경과 작품의 내용 등에 대한 자세한 사항은 기존에 발표된 최용철과 강태곤 및 譚妮如의 논문을 참조하기 바란다.

까지 좋지 않은 영향을 끼치고 있다고 판단하여『剪燈新話』와『剪燈餘話』 합간본에 대하여 조정에 금서를 주청한 사건에서 시작되었다. 결국 그 여파로 인하여 금서로 지정되었다.

(2)『山中一夕話』

萬曆 30年(1602)에 '童心說'을 제창한 李卓吾가 당시 보수파 張問達 등 儒生들에게 이단으로 몰려 탄핵을 받고 목숨을 잃게 된다. 이어 神宗은 그의 저서들을 모두 찾아 소각하라는 명령을 내렸고, 그중에는『一夕話』도 포함되었다. 이 책은 작가 이탁오와 연루되어 금서가 되었지만 이 역시 사상에 의한 금서라고 할 것이다.[10)]

(3)『水滸傳』

崇禎 15年(1642)에 전국 각지에서 민란이 일어나자 그 근본원인을 제공한 것이『水滸傳』이라고 단정하고 刑科給事中 左懋第가 진정하자 조정에서 금서소설로 지정하였다. 이러한 연후로『水滸傳』은 명청대의 대표적인 誨盜小說로 낙인찍히는 결과를 초래하였다.

2) 清代 順治(1643-1661)·康熙年間(1661-1722)

청대는 이민족인 滿洲族이 원주민인 漢族을 통치하는 입장이기에 이들을 통치하기 위해서는 많은 정치적 통제와 사상적 통제를 필요로 하였

10) 譚妮如,「元明淸時期 禁毁 小說·戲曲 硏究」, 전남대 중문과 박사학위논문, 2009, 50-51쪽 참고.

다. 이러한 통제의 일환으로 順治年間부터는 소설전체에 대한 개괄적 통제에서 소설항목에 대한 개별적 통제로 전환하였다.

(1) 『無聲戲』[連城璧]

順治年間(1644-1661)에 李漁가 쓴 작품으로 順治 17年(1660)에 정치적 이유로 좌천되었다가 친구 劉正宗이 탄핵되는 바람에 연루되었다. 결국 『無聲戲』도 함께 금지조치를 당하고 말았다.[11)]

(2) 『續金瓶梅』

順治 9年(1652)부터 淫詞書籍에 대한 간행을 금지한 바 있지만 본격적인 금지조치는 康熙年間부터 시작되었다. 특히 강희 2년(1663)에 淫詞書籍의 私的인 간행을 금지하였고 강희 4년(1665)에는 『續金瓶梅』를 금서로 지정하며 저자인 丁耀亢을 하옥시켰다.[12)] 丁耀亢은 옥살이의 충격으로 얼마 후에 병사(1669)하였다.

3) 乾隆年間(1735-1795)

淸代初期부터 이어진 정치적 사상통제가 빈번히 文字獄으로 이어지기도 하였다. 특히 정치성이 농후한 '時事小說'이 출현하는 계기가 되었다.

*『水滸傳』·『五色石』·『八洞天』·『英烈傳』·『歸蓮夢』·『說嶽全傳』·『遼海丹忠錄』·『鎭海春秋』·『近報叢譚平虜傳』·『剿闖小說』·『虞初新志』·『五雜粗』·『九籥集』·『觚賸』·『新世鴻勳』[定鼎奇聞]·『樵史通

11) 安平秋·章培恒, 『中國禁書大觀』, 上海文化出版社, 1990, 121쪽 참고.

12) 崔溶澈, 「중국의 역대 금서소설 연구」, 『중국어문총서』제13권, 1997, 205쪽 참고.

俗演義』·『武穆精忠傳』: 乾隆年間에 금서소설로 지정된 작품은 대략 17종으로 추정된다. 乾隆 18年(1753)과 乾隆 19年(1754)에 『水滸傳』(희곡 『西廂記』도 함께 금서조치 됨)이 만주족의 풍속을 도적질 해간다는 죄목으로 금서가 되었다. 또 건륭 28년(1763)에는 문인 徐述夔가 그의 詩句에 민족의식을 고취하는 내용이 있다고 누명을 쓰고 죽게 되는데, 그의 저서인 『五色石』과 『八洞天』도 금서조치를 받게 되었다. 그 외 『遼海丹忠錄』·『鎮海春秋』·『近報叢譚平虜傳』·『剿闖小說』·『新世鴻勳』[定鼎奇聞]·『樵史通俗演義』 등은 일명 '時事小說'이라고 한다. 시사소설이란 사회적 또는 정치적 사건을 기술한 소설을 의미한다. 특히 만주족의 청나라는 정치적인 부분에 있어서 매우 민감하게 반응하였다. 즉 건륭 38년(1773)부터 건륭 47년(1782)에 이르기까지 금서정책은 『四庫全書』의 편찬과 관련이 있다고 볼 수 있다.[13] 청나라 정부는 『四庫全書』편찬을 빌미로 만주족 배척사상이나 청나라 정통성 확립에 장애가 되는 소설과 희곡을 금지하고 훼손하려는 의도가 숨어 있었기 때문이다.[14]

4) 嘉慶年間(1795-1820)

嘉慶年間에 白蓮教徒의 亂(1796-1804)이 일어나자 청나라 조정에서는

13) 譚妮如, 「元明淸時期 禁毁 小說·戲曲 硏究」, 전남대 중문과 박사학위논문, 2009, 56-64쪽 참고.

14) 이들 작품 중에는 명말청초의 정치상황을 묘사한 『近報叢譚平虜傳』·『剿闖小說』·『新世鴻勳』[定鼎奇聞]이 있고, 조선의 임진왜란을 배경으로 毛文龍이 멸망한 명을 복원하려 고군분투하는 것을 묘사한 『遼海丹忠錄』·『鎮海春秋』, 명나라 남명정권을 묘사한 『樵史通俗演義』 등이 대부분이다. 또 『虞初新志』·『五雜粗』 등도 작품의 내용에서 문제가 되어 청나라 조정의 단속을 받았다. 그 외에도 『歸蓮夢』은 인정소설이기는 하지만 백련교 창시와 연관되어 있다.

백련교가 소설과 희곡을 이용해 교리를 전파한다고 간주하고 백련교를 더 억압하였으며, 또 한편으로는 사회의 기강을 바로잡는다는 명목으로 소설과 희곡에 대한 통제를 강화하였다.

* 『如意君傳』·『肉蒲團』·『濃情快史』·『燈草和尚』·『株林野史』: 嘉慶 15年(1810) 禦史 伯依保는 풍속을 해치는 淫亂小說을 금지시켜 달라고 上奏하였는데 嘉慶皇帝는 이에 응답하여 어명을 내렸다. 이때 금서목록에 올려진 禁書小說 名單이 바로 『如意君傳』·『肉蒲團』·『濃情快史』·『燈草和尚』·『株林野史』 등이다.[15)]

5) 道光 18年(1838)

청말부터 지방관청에서는 淫詞小說들을 집중적으로 단속을 시작한다. 주로 남방지역이 그 대상이 되었다. 크게 소설목록을 제시하며 단속했던 시기는 道光 十八年(1838), 道光 二十四年(1844), 同治 七年(1868)이다. 먼저 道光 十八年(1838)에는 강소성 지방관청에서 116종의 淫詞小說을 단속하였는데 그 기록은 다음과 같다.

道光 十八年(1838) 江蘇按察使設局查禁淫詞小說 – 計毁淫書目單

『昭陽趣史』·『桃花影』·『七美圖』·『碧玉塔』·『玉妃媚史』·『梧桐影』·『八美圖』[百美圖]·『碧玉獅』·『呼春稗史』·『鴛鴦影』[飛花豔想]·『杏花天』·『攝生總要』·『風流豔史』·『隔簾花影』·『桃花豔』·『檮杌閑評』·『妖狐媚史』·『如意君傳』·『載花船』·『反唐』[異說反唐演義全傳]·『春燈迷史』·『三妙傳』·『鬧花叢』·『文武元』·『濃情快史』·『姣紅傳』

15) 譚妮如, 「元明淸時期 禁毁 小說·戲曲 硏究」, 전남대 중문과 박사학위논문, 2009, 64-65쪽 참고.

[嬌紅記]·『燈草和尚』·『鳳點頭』·『隋陽豔史』·『循環報』[肉蒲團]·『癡婆子』·『尋夢柝』[醒世奇書]·『巫山豔史』·『貪歡報』[歡喜冤家]·『醉春風』·『海底撈針』·『繡榻野史』·『紅樓夢』·『恰情陣』·『國色天香』·『禪真逸史』·『續紅樓夢』·『倭袍』·『拍案驚奇』·『禪真後史』·『後紅樓夢』·『摘錦倭袍』·『十二樓』·『幻情逸史』·『補紅樓夢』·『兩交歡』·『無稽讕語』·『株林野史』·『紅樓圓夢』·『一片情』·『雙珠鳳』·『浪史』·『紅樓復夢』·『同枕眠』·『摘錦雙珠鳳』·『夢約姻緣』·『綺樓重夢』·『同拜月』·『綠牡丹』·『巫夢緣』·『金瓶梅』·『皮布袋』·『芙蓉洞』[玉蜻蜓]·『金石緣』·『唱金瓶梅』·『弁而釵』·『乾坤套』·『燈月緣』·『續金瓶梅』·『蜃樓志』·『錦繡衣』·『一夕緣』·『豔異編』·『錦上花』·『一夕話』·『五美緣』·『月月環』·『溫柔珠玉』·『解人頤』·『萬惡緣』·『紫金環』·『八段錦』·『笑林廣記』·『雲雨緣』·『天豹圖』·『奇團圓』·『豈有此理』·『邪觀緣』·『前七國志』[孫龐鬪志演義]·『蒲蘆岸』·『小說各種』[福建板]·『夢月緣』·『天寶圖』·『清風閘』·『更豈有此理』·『聆癡符』·『增補紅樓夢』·『石點頭』·『宜春香質』·『桃花豔史』·『紅樓補夢』·『今古奇觀』·『子不語』·『水滸』·『絲絲黨』·『七義圖』·『何文秀』·『西廂』·『三笑姻緣』·『花燈樂』·『野叟曝言』. (清餘治『得一錄』卷十一之一)[16]

이처럼 총 116종 작품이 淫詞小說로 단속의 대상이 되었지만 대부분의 학자들은『小說各種』[福建板]의 경우는 구체적 서명이 없기에 淫詞小說 명단에서 제외하여 실제 115종만 인정한다.[17] 그러나 위에서 언급한 목록 가운데 밑줄 친 『七美圖』·『碧玉塔』·『八美圖』·『碧玉獅』·『攝生總要』·『風流豔史』·『桃花豔』·『文武元』·『海底撈針』·『倭袍』·『摘錦倭袍』·『兩交歡』·『雙珠鳳』·『同枕眠』·『摘錦雙珠鳳』·『夢約姻緣』·『同拜月』

16) 李時人 主編,『中國禁毁小說大全』, 黃山書社, 1992年, 419-420쪽 참고.

17) 李夢生 등 대부분 학자들은 금서목록에서『小說各種』[福建板]이라고 언급한 부분에 대하여 작품으로 인정을 않고 있다.

·『皮布袋』·『芙蓉洞』·『唱金瓶梅』·『乾坤套』·『一夕緣』·『月月環』·『溫柔珠玉』·『萬惡緣』·『紫金環』·『雲雨緣』·『奇團圓』·『邪觀緣』·『蒲蘆岸』·『夢月緣』·『天寶圖』·『絲絲黨』·『七義圖』·『何文秀』·『西廂』·『三笑姻緣』·『花燈樂』 등 38종은 사실 소설이 아니라 戱曲이거나 彈詞 및 說唱들이다. 그러기에 엄밀히 따지면 116종 서목 가운데 실제 77종만이 금서소설에 해당된다.

6) 道光 24年(1844)

두 번째 대대적인 단속이 道光 24年(1844)에 절강지역을 중심으로 벌어졌다. 이때 발표한 淫詞小說은 총 120종이다. 그 목록을 살펴보면 다음과 같다.

道光 二十四年(1844)浙江巡撫設局査禁淫詞小說 – 禁毁書目

『昭陽趣史』·『玉妃媚史』·『呼春稗史』·『風流艶史』·『妖狐媚史』·『春燈迷史』·『濃情快史』·『隋陽艶史』·『巫山艶史』·『繡榻野史』·『禪真逸史』·『禪真後史』·『幻情逸史』·『株林野史』·『浪史』·『夢約姻緣』·『巫夢緣』·『金石緣』·『燈月緣』·『一夕緣』·『五美緣』·『萬惡緣』·『雲雨緣』·『夢月緣』·『邪觀緣』·『聆癡符』·『桃花艶史』·『水滸』·『西廂』·『何必西廂』·『桃花影』·『梧桐影』·『鴛鴦影』·『隔簾花影』·『如意君傳』·『三妙傳』·『姣紅傳』·『循環報』·『貪歡報』·『紅樓夢』·『續紅樓夢』·『後紅樓夢』·『補紅樓夢』·『紅樓圓夢』·『紅樓復夢』·『綺樓重夢』·『金瓶梅』·『唱金瓶梅』·『續金瓶梅』·『艶異編』·『月月環』·『紫金環』·『天豹圖』·『天寶圖』·『前七國志』·『增補紅樓夢』·『紅樓補夢』·『牡丹亭』·『脂粉春秋』·『風流野志』·『七美圖』·『八美圖』·『杏花天』·『桃花艶』·『載花船』·『鬧花叢』·『燈草和尚』·『癡婆子』·『醉春風』·『恰情陣』·『倭袍』·『摘錦倭袍』·『兩交歡』·『一片情』·『同枕眠』·『同拜

月』·『皮布袋』·『弁而釵』·『蜃樓志』·『錦上花』·『溫柔珠玉』·『八段錦』·『奇團圓』·『清風閘』·『蒲蘆岸』·『石點頭』·『今古奇觀』·『情史』·『空空幻』·『漢宋奇書』·『碧玉塔』·『碧玉獅』·『攝生總要』·『檮杌閑評』·『反唐』·『文武元』·『鳳點頭』·『尋夢柝』·『海底撈針』·『國色天香』·『拍案驚奇』·『十二樓』·『無稽讕語』·『雙珠鳳』·『摘錦雙珠鳳』·『綠牡丹』·『芙蓉洞』·『乾坤套』·『錦繡衣』·『一夕話』·『解人頤』·『笑林廣記』·『豈有此理』·『更豈有此理』·『小說各種』[福建板]·『宜春香質』·『子不語』·『北史演義』·『女仙外史』·『夜航船』.

(『勸毀淫書征信錄』)[18]

道光 24年에 淫詞小說로 단속된 작품은 총 120종이다. 道光 18年(1838)에는 없으나 道光 24年에 淫詞小說로 새로 추가된 서목으로는『何必西廂』·『空空幻』·『漢宋奇書』·『牡丹亭』·『脂粉春秋』·『情史』·『風流野志』·『北史演義』·『女仙外史』·『夜航船』 등이 있다.

서목 가운데『小說各種』[福建板]은 구체적 서명이 없다는 이유로 淫詞小說 명단에서 제외하여 실제 119종만 인정한다. 그러나 위에서 언급한 목록 가운데 밑줄 친『風流豔史』·『夢約姻緣』·『一夕緣』·『萬惡緣』·『雲雨緣』·『夢月緣』·『邪觀緣』·『西廂』·『何必西廂』·『唱金瓶梅』·『月月環』·『紫金環』·『天寶圖』·『牡丹亭』·『脂粉春秋』·『風流野志』·『七美圖』·『八美圖』·『桃花豔』·『倭袍』·『摘錦倭袍』·『兩交歡』·『同枕眠』·『同拜月』·『皮布袋』·『錦上花』·『溫柔珠玉』·『奇團圓』·『蒲蘆岸』·『碧玉塔』·『碧玉獅』·『攝生總要』·『文武元』·『鳳點頭』·『海底撈針』·『雙珠鳳』·『摘錦雙珠鳳』·『芙蓉洞』·『乾坤套』 등 39종 역시 소설이 아니라 희곡이거나 탄사 및 說唱들이다. 그러기에 정확히 따지면 나열된

18) 李時人 主編,『中國禁毁小說大全』, 黃山書社, 1992, 422-423쪽 참고.

120종 가운데 80종만이 금서소설에 해당된다. 또 道光 24年의 목록에는 상당수의 서명들이 道光 18年의 서명과 중복되는 특징을 보여주고 있는데 이는 아마도 시기적으로 비슷하게 발표되었기에 이러한 현상이 일어난 것으로 추정된다.

7) 同治 7年(1868)

세 번째 대대적인 단속은 同治 7年(1868)에 江蘇省 일대를 중심으로 벌어졌다. 이때 발표한 淫詞小說은 총 122종인데 얼마 후 추가로 34종이 더 발표되어 총 156종의 작품이 금서소설로 지정되었다. 그 목록을 살펴보면 다음과 같다.

同治七年(1868)江蘇巡撫丁日昌査禁毁淫詞小說 – 計開應禁書目

『龍圖公案』·『品花寶鑑』·『昭陽趣史』·『玉妃媚史』·『呼春稗史』·『春燈迷史』·『濃情快史』·『隋陽豔史』·『巫山豔史』·『繡榻野史』·『禪真後史』·『禪真逸史』·『幻情逸史』·『株林野史』·『浪史』·『夢約姻緣』·『巫夢緣』·『金石緣』·『燈月緣』·『一夕緣』·『五美緣』·『萬惡緣』·『雲雨緣』·『夢月緣』·『邪觀緣』·『聆癡符』·『桃花豔史』·『水滸』·『西廂』·『何必西廂』·『桃花影』·『梧桐影』·『鴛鴦影』·『隔簾花影』·『如意君傳』·『三妙傳』·『姣紅傳』·『循環報』·『貪歡報』·『紅樓夢』·『續紅樓夢』·『後紅樓夢』·『補紅樓夢』·『紅樓圓夢』·『紅樓復夢』·『綺樓重夢』·『金瓶梅』·『唱金瓶梅』·『續金瓶梅』·『豔異編』·『月月環』·『紫金環』·『天豹圖』·『天寶圖』·『前七國志』·『增補紅樓夢』·『紅樓補夢』·『牡丹亭』·『脂粉春秋』·『風流野志』·『七美圖』·『八美圖』·『杏花天』·『桃花豔』·『載花船』·『鬧花叢』·『燈草和尚』·『癡婆子』·『醉春風』·『恰情陣』·『倭袍』·『摘錦倭袍』·『兩交歡』·『一片情』·『同枕眠』·『同拜月』·『皮布袋』·『弁而釵』·『蜃樓志』·『錦上花』·『溫柔珠玉』·『石點

頭』·『奇團圓』·『清風閘』·『蒲蘆岸』·『八段錦』·『今古奇觀』·『情史』·『空空幻』·『漢宋奇書』·『碧玉塔』·『碧玉獅』·『攝生總要』·『檮杌閑評』·『反唐』·『文武元』·『鳳點頭』·『尋夢柝』·『海底撈針』·『國色天香』·『拍案驚奇』·『十二樓』·『無稽讕語』·『雙珠鳳』·『摘錦雙珠鳳』·『綠牡丹』·『芙蓉洞』·『乾坤套』·『錦繡衣』·『一夕話』·『解人頤』·『笑林廣記』·『豈有此理』·『更豈有此理』·『小說各種』[福建板]·『宜春香質』·『子不語』·『北史演義』·『女仙外史』·『夜航船』·『風流豔史』·『妖狐媚史』. 총 122종

(『江蘇省例藩政』同治7年, 李時人主編 再引用)

同治七年(1868)江蘇巡撫續查禁淫書 – 計開續查應禁淫書

『隋唐演義』·『九美圖』·『空空幻』[醒世奇書]·『文武香球』·『蟫史』·『十美圖』·『五鳳吟』·『龍鳳金釵』·『二才子』[好逑傳]·『百鳥圖』·『劉成美』·『綠野仙蹤』·『換空箱』·『一箭緣』·『眞金扇』·『鸞鳳雙簫』·『探河源』·『四香緣』·『錦香亭』·『花間笑語』·『盤龍鐲』·『繡球緣』·『雙玉緣』·『雙鳳奇緣』·『雙剪髮』·『百花臺』·『玉連環』·『巫山十二峰』·『萬花樓』·『金桂樓』·『鍾情傳』[肉蒲團]·『合歡圖』·『玉鴛鴦』·『白蛇傳』 총 34종

(『江蘇省例藩政』 同治7年, 李時人主編 再引用)[19]

同治 7年(1868)에 발표된 淫詞小說은 총 122종에 추가로 발표된 34종을 더하면 총 156종이나 된다. 同治 7年 추가로 발표하기 전 122종의 목록은 대부분 道光 24年의 淫詞小說 목록과 중첩된다. 새로 추가된 서목이 『龍圖公案』·『品花寶鑑』 정도이다. 그러나 추가로 발표된 34종에는 『空空幻』[醒世奇書]과 『鍾情傳』[金瓶梅 / 肉蒲團] 정도만 중복될 뿐 모두 새로운 서명들이다.

19) 李時人 主編, 『中國禁毁小說大全』, 黃山書社, 1992, 424-426쪽 참고.

同治 7年에 발표된 총 156종을 분석해 보면 역시 상당수가 소설이 아닌 희곡이나 탄사 및 說唱이 뒤섞여 있다. 위에서 언급한 156종 가운데 밑줄 친 『夢約姻緣』·『一夕緣』·『萬惡緣』·『雲雨緣』·『夢月緣』·『邪觀緣』·『西廂』·『何必西廂』·『唱金瓶梅』·『月月環』·『紫金環』·『天寶圖』·『牡丹亭』·『脂粉春秋』·『風流野志』·『七美圖』·『八美圖』·『桃花豔』·『倭袍』·『摘錦倭袍』·『兩交歡』·『同枕眠』·『同拜月』·『皮布袋』·『錦上花』·『溫柔珠玉』·『奇團圓』·『蒲蘆岸』·『碧玉塔』·『碧玉獅』·『攝生總要』·『文武元』·『鳳點頭』·『海底撈針』·『雙珠鳳』·『摘錦雙珠鳳』·『芙蓉洞』·『乾坤套』·『風流豔史』·『九美圖』·『文武香球』·『龍鳳金釵』·『百鳥圖』·『劉成美』·『換空箱』·『一箭緣』·『眞金扇』·『鸞鳳雙簫』·『探河源』·『四香緣』·『花間笑語』·『盤龍鐲』·『雙玉緣』·『雙剪髮』·『百花臺』·『玉連環』·『巫山十二峰』·『金桂樓』·『合歡圖』·『玉鴛鴦』·『白蛇傳』 등 61종과 구체적 서명이 없어 淫詞小說 명단에서 제외된 『小說各種』[福建板]을 합하면 총 62종이나 된다. 결국 156종 가운데 94종만[20] 淫詞小說에 해당된다고 할 수 있다.

결론적으로 학자들마다 금서소설의 목록이 서로 다른 이유는 다양하게 나타난다. 가장 큰 이유로는 禁書小說에 대한 통제가 明代부터 시작하여 文化大革命까지 이어지다보니 구태여 시대를 구분하며 금서소설을 따로 분리할 필요가 없었던 것으로 보인다. 더욱이 중국소설 가운데는 금서소설 보다도 더 음란한 소설이 명청대의 금서목록에서 교묘히 벗어난 소설도 즐비하다. 이러한 연유에서 일부 학자들은 자신의 논문이나 출판할 관

20) 음사소설의 최종 개수가 뒤에서 제시한 도표와 일치하지 않는 이유는 목록 가운데 『小說各種』[福建板]과 같은 것은 소설 목록에서 제외하였고 또 중복되거나 同書異名 혹은 同名異書 소설들을 1종으로 구별하기 때문이다.

련 책자에 음란한 성격이 강한 소설을 임의대로 淫詞小說로 지정하고 출판하기도 하였다. 또 어떤 학자는 음서목록의 음란 정도를 上·中·下로 등급을 부여하여 소개하거나 혹은 中國 十大禁書小說 目錄을 만들기도 하였다.

또 다른 이유는 위에서 분석한 것처럼 소설이 아닌 희곡이나 탄사 및 說唱까지 마구 뒤섞이어 淫詞小說 목록에 첨가되었다는 것이다. 특히 『西廂記』와 같은 戲曲類나 『白蛇傳』·『百花臺』·『三笑姻緣』 등과 같은 彈詞類가 주종을 이룬다. 오히려 鼓詞는 거의 보이지 않는데 어찌된 원인일까? 이러한 원인은 통속문학의 중심지가 항주·소주·남경·상해 등지로 특히 彈詞는 남방을 중심으로 발전한 반면 鼓詞는 북방을 중심으로 발전하였기 때문이다. 즉 청나라 조정에서는 淫詞小說의 근거지인 남방지역을 중점적으로 단속하다보니 이러한 현상이 나온 것으로 추정할 수 있다. 이처럼 청대에는 淫亂物을 세세히 구별하여 장르별로 금서목록을 公布하지 않고, 크게 淫詞小說 혹은 毁淫書目單으로 발표하여 통제하였기에 이러한 금서소설의 목록이 서로 다르게 나타나는 원인을 제공하였다.

그 외 명청대의 금서소설 목록에는 『空空幻』[醒世奇書]처럼 동일 소설이 다른 이름으로 중복해서 출현하는 경우도 종종 나타난다. 즉 異名小說로 인한 혼선이 나타나기도 하였던 것이다. 그 외에도 서목 가운데 구체적 서명이 없이 『小說各種』[福建板]이라고 되어 있는 것을 소설로 보지 않는 견해와 소설로 보는 견해도 종종 나타난다.

중국금서소설에 대한 특징을 시대적으로 고찰해보면 대략 다음과 같은 분석이 가능하다. 명대 금서소설의 특징은 사회윤리와 풍속단속 및 정치적 문제에서 기인하였고, 청대 초기인 順治·康熙年間에는 주로 만주족의 한족 통치를 위한 민족주의가 주요한 변수로 작용을 하였다. 그러기에 정치 및 사상 통제를 위한 금서소설이 출현하게 되었다. 청대 중기인 乾隆

·嘉慶年間 역시 한족통치를 위한 정치 및 사상에 대한 통제는 지속되었다. 특히 이 시기에는 '文字獄'과 '白蓮敎徒의 亂' 등 정치적 사건이 터지면서 이를 기술한 一名 '時事小說'에 대하여 민감하게 통제를 하였다. 이때 청나라 정부는 사회의 기강을 잡으려는 의도에서 淫詞小說을 포함한 금서소설들을 단속하기 시작하였다. 특히 『四庫全書』의 편찬을 빌미로 청나라 정통성 확립과 통치에 문제가 되는 소설과 희곡들은 모두 금서로 묶어 버렸다. 청대 후기인 道光·同治年間에는 중앙정부가 주도하는 통제가 아닌 남방의 江蘇·浙江地方을 중심으로 한 지엽적 단속이 특이한 점이고 또 이 시대는 정치성 보다는 미풍양속을 해치는 淫詞小說의 단속에 중점을 두고 있는 것이 특징이라 할 수 있다.

2. 中國禁書小說 類型分析

중국의 금서소설에 대한 단속은 元代부터 시작되었으나 원대에는 금서목록을 지목해서 금서로 지정한 것이 아니라 雜劇위주로 단속하는 정도에서 그쳤기에 본격적인 시기는 명대부터 시작된다. 명대에도 주로 사회풍속 교화와 정치색채를 띤 사상통제로 구체적 금서목록을 제시한 통제는 대략 4종정도에 불과하다. 그러나 청대에 들어오면서 금서소설에 대한 통제는 크게 강화되었다. 이러한 단속은 청대 초기 順治年間부터 청대 후기인 光緖年間까지 지속되었다.

대략 청대에 금지령이 나온 통계만 보아도, 順治 9年(1652), 順治 17年(1660), 康熙 2年(1663), 康熙 4年(1665), 康熙 40年(1701), 康熙 48年(1709), 康熙 53年(1714), 雍正 2年(1724), 乾隆 3年(1738), 乾隆 18年(1753), 乾隆 28年(1763), 嘉慶 7年(1802), 嘉慶 15年(1810), 嘉慶 18年

(1813), 道光 18年(1838), 道光 24年(1844), 同治 7年(1868), 同治 10年(1871), 光緒 11年(1885), 光緒 16年(1890), 光緒 20年(1894)[21] 등 이십여 차례 이상 금서조치 포고령이 내려졌다. 그중 절반인 順治 17年(1660), 康熙 2年(1663), 康熙 4年(1665), 乾隆 18年(1753), 乾隆 28年(1763), 嘉慶 15年(1810), 道光 18年(1838), 道光 24年(1844), 同治 7年(1868)에 내려진 포고령은 구체적 금서목록을 제시하였지만 나머지 포고령은 소설 전반에 대한 단속차원이기에 단시간의 통제는 가능하였으나 지속적으로 큰 효과를 보았다고 보기는 어렵다. 왜냐하면 수십 차례 포고령이 지속적으로 내려졌다는 것은 오히려 통제와 단속에 문제가 있었다는 것을 역설적으로 증명하는 증거이기도 하다. 또 구체적 금서목록을 제시하며 통제하는 수량이 초기보다는 후대로 갈수록 늘어나는 현상이 보인다. 그러다가 대량의 금서목록을 공포한 시기는 사실 청대 후기인 道光年間 및 同治年間(1800년대 중후기)에 집중된다. 이 시기에는 중앙 통제가 아닌 남방의 지방 관청위주로 집중적 단속이 이루어졌다.

앞장에서 언급하였듯이 명청대에 대략 10여 차례 금서 목록이 발표되었지만 이들 상당수는 실제 소설이 아닌 희곡이나 탄사 혹은 說唱 등으로 확인되었다. 필자가 분석한 결과로 명청대에 금서로 지정된 소설은 대략 112개로 추정된다. 즉 명대에는 4종이 청대는 108종이 되는 셈이고 그 외에 소설이 아닌 희곡이나 탄사 혹은 說唱 등이 대부분이다.[22] 본 장에서

21) 安平秋·章培恒,『中國禁書大觀』(上海文化出版社, 1990)과 李時人 主編,『中國禁毁小說大全』(黃山書社, 1992) 및 王利器 主編,『元明清三代禁毁小說·戲曲史料』(上海古籍出版社, 1981) 등 서적 참고.

22) 필자가 확인한 희곡류는 대략 100여 종에 이른다.『西廂記』·『奇團圓』·『兩交歡』·『花燈樂』·『牡丹亭』·『四香緣』·『妻上夫墳曲』·『昭君出塞』·『曹大本收租』·『小秦王跳澗』·『寡婦征西』·『鳴鳳記』·『乾坤鞘』·『種玉記』·『千金記』·『黑白衛』·『紅門寺』·『讀離騷』·『桃花源』·『鴛鴦絛傳奇』·『弔琵琶』·『喜逢春

는 약 112종의 금서소설 유형에 대한 좀 더 치밀한 분석을 위하여 도표로 꾸며 보았다.[23)]

* 도표에서는 禁書指定時期·文體·禁書原因·其他著作時代(異名)·國內流入與否로 나누어 소개하였다. 그중 도표에서 금서지정시기의 1번은 明代年間, 2번은 順治·康熙年間, 3번은 乾隆年間, 4번은 嘉慶年間, 5번은 道光 18年, 6번은 道光 24年, 7번은 同治 7年에 금서로 지정된 것을 의미한다.

傳奇』·『淸平調』·『金雀記』·『凰求鳳』·『意中緣』·『憐香伴』·『蜃中樓』·『風箏誤』·『奈何天』·『玉搔頭』·『巧團圓』·『筆歌』·『十種傳奇』·『愼鸞交』·『全家福』·『廣爰書傳奇』·『比目魚』·『徧行堂雜劇』·『奇服齊雜劇』·『三淸石』·『桃笑跡』(이상 戱曲)·『天寶圖』·『錦上花』·『芙蓉洞』·『摘錦雙珠鳳』·『雙珠鳳』·『摘錦倭袍』·『倭袍』·『八美圖』·『碧玉獅』·『七美圖』·『碧玉塔』·『綠牡丹』·『三笑姻緣』·『何必西廂』·『劉成美』·『玉鴛鴦』·『合歡圖』·『盤龍鐲』·『白蛇傳』·『百花臺』·『十美圖』·『玉連環』·『金桂樓』·『探河源』·『雙玉緣』·『雙剪髮』·『鸞鳳雙簫』·『換空箱』·『一箭緣』·『百鳥圖』·『龍鳳金釵』·『九美圖』·『廿一史彈詞』·『文武香球』(이상 彈詞)·『蒲蘆岸』·『夢月緣』·『邪觀緣』·『雲雨緣』·『萬惡緣』·『紫金環』·『月月環』·『溫柔珠玉』·『一夕緣』·『乾坤套』·『唱金瓶梅』·『皮布袋』·『同拜月』·『同枕眠』·『夢約姻緣』·『海底撈針』·『文武元』·『鳳點頭』·『風流艷史』·『攝生總要』·『絲滌黨』·『七義圖』·『脂粉春秋』·『風流野志』·『眞金扇』·『花間笑語』·『巫山十二峰』(나머지는 미확인으로 대략 說唱으로 추정됨). 대략 103종.

23) 본 도표에 나오는 금서목록은 孫楷第, 『中國通俗小說書目』(臺灣 : 廣雅出版公社, 1983), 蕭相愷 外, 『中國通俗小說總目提要』(中國文聯出版公社, 1991), 劉世德 外, 『中國古代小說百科全書』(中國大百科全書出版社, 1993), 寧稼雨, 『中國文言小說總目提要』(齊魯書社, 1996), 민관동·유승현, 『한국 소장 중국고전희곡(탄사/고사포함) 판본과 해제[부록]』(학고방, 2012) 등과 중국 바이두를 참고로 하여 백화소설·문언소설·희곡·탄사 등의 장르를 구별하였다.

番號	書名	禁書 指定 時期								文體	禁書原因	[著作時代] 및 其他事項	國內流入
		1	2	3	4	5	6	7	合				
1	蛟紅傳					0	0	0	3	문언	淫亂性	[元] 嬌紅記	○
2	剪燈新話	0							1	문언	사회풍속	[明]	○
3	剪燈餘話	0							1	문언	사회풍속	[明]	○
4	一夕話	0				0	0	0	4	문언	정치적사건	[明]山中一夕話	○
5	水滸傳	0		0		0	0	0	5	백화	사회풍속	[明]五才子	○
6	續金瓶梅		0			0	0	0	4	백화	淫亂性	[明]兩種	○
7	無聲戲		0						1	백화	정치적사건	[淸]連城璧	
8	五色石			0					1	백화	정치적사건	[淸]	○
9	八洞天			0					1	백화	정치적사건	[淸]	○
10	英烈傳			0					1	백화	時事小說	[明]雲合奇縱	○
11	歸蓮夢			0					1	백화	時事小說	[淸]백년교관련	○
12	說嶽全傳			0					1	백화	時事小說	[淸]	○
13	遼海丹忠錄			0					1	백화	時事小說	[明]	
14	鎭海春秋			0					1	백화	時事小說	[明]	
15	近報叢譚平虜傳			0					1	백화	時事小說	[明]退虜公案	
16	剿闖小說			0					1	백화	時事小說	[淸]	
17	虞初新志			0					1	문언	時事小說	[淸]	○
18	五雜粗			0					1	문언	時事小說	[明]	○
19	九籥集			0					1	문언	時事小說	[明]	
20	觚賸			0					1	문언	時事小說	[淸]	
21	定鼎奇聞			0					1	백화	時事小說	[淸]新世鴻勳	○
22	樵史通俗演義			0					1	백화	時事小說	[淸]	○
23	武穆精忠傳			0					1	백화	時事小說	[明]	○
24	如意君傳				0	0	0	0	4	백화	淫亂性	[明][淸]兩種	
25	循環報				0	0	0	0	4	백화	淫亂性	[淸]肉蒲團	○
26	濃情快史				0	0	0	0	4	백화	淫亂性	[淸]	
27	燈草和尙				0	0	0	0	4	백화	淫亂性	[淸]	
28	株林野史				0	0	0	0	4	백화	淫亂性	[淸]	
29	昭陽趣史					0	0	0	3	백화	淫亂性	[明]	○
30	桃花影					0	0	0	3	백화	淫亂性	[淸]	○
31	玉妃媚史					0	0	0	3	백화	淫亂性	[明]	

番號	書名	禁書 指定 時期								文體	禁書原因	[著作時代] 및 其他事項	國內流入
		1	2	3	4	5	6	7	合				
32	梧桐影					0	0	0	3	백화	淫亂性	[淸]	
33	呼春稗史					0	0	0	3	백화	淫亂性	[淸]	
34	鴛鴦影					0	0	0	3	백화	淫亂性	[淸]飛花豔想	○
35	杏花天					0	0	0	3	백화	淫亂性	[淸]紅杏傳	○
36	隔簾花影					0	0	0	3	백화	淫亂性	[淸]	○
37	綠牡丹					0	0	0	3	백화	淫亂性	[淸]兩種	○
38	檮杌閑評					0	0	0	3	백화	淫亂性	[淸]	
39	妖狐媚史					0	0	0	3	백화	淫亂性	[淸]	
40	載花船					0	0	0	3	백화	淫亂性	[淸]	
41	反唐演義全傳					0	0	0	3	백화	사회풍속	[淸]	
42	春燈迷史					0	0	0	3	백화	淫亂性	[淸]	
43	三妙傳					0	0	0	3	백화	淫亂性	[淸]三妙摛錦	
44	鬧花叢					0	0	0	3	백화	음란/사회	[淸]	○
45	隋煬帝豔史					0	0	0	3	백화	淫亂性	[明]	○
46	癡婆子傳					0	0	0	3	문언	淫亂性	[明]	○
47	尋夢柝					0	0	0	3	백화	淫亂性	[淸]醒世奇書	
48	巫山豔史					0	0	0	3	백화	淫亂性	[淸]意中情	
49	貪歡報					0	0	0	3	백화	淫亂性	[明]歡喜冤家	○
50	醉春風					0	0	0	3	백화	淫亂性	[淸]	
51	繡榻野史					0	0	0	3	백화	淫亂性	[明]	
52	紅樓夢					0	0	0	3	백화	淫亂性	[淸]	○
53	怡情陣					0	0	0	3	백화	淫亂性	[淸]	
54	國色天香					0	0	0	3	문언	淫亂性	[明]	○
55	禪真逸史					0	0	0	3	백화	사회풍속	[明]	○
56	續紅樓夢					0	0	0	3	백화	淫亂性	[淸]	○
57	拍案驚奇					0	0	0	3	백화	淫亂性	[明]	○
58	禪真後史					0	0	0	3	백화	사회풍속	[明]	○
59	後紅樓夢					0	0	0	3	백화	淫亂性	[淸]	○
60	十二樓					0	0	0	3	백화	淫亂性	[淸]覺世名言	
61	幻情逸史					0	0	0	3	백화	淫亂性	[淸]	
62	補紅樓夢					0	0	0	3	백화	淫亂性	[淸]	○

番號	書名	禁書 指定 時期								文體	禁書原因	[著作時代] 및 其他事項	國內流入
		1	2	3	4	5	6	7	合				
63	無稽讕語					0	0	0	3	문언	淫亂性	[清]	○
64	紅樓圓夢					0	0	0	3	백화	淫亂性	[清]	
65	一片情					0	0	0	3	백화	淫亂性	[清]	○
66	浪史					0	0	0	3	백화	淫亂性	[明]巧姻緣	○
67	紅樓復夢					0	0	0	3	백화	淫亂性	[清]	○
68	綺樓重夢					0	0	0	3	백화	淫亂性	[清]	
69	巫夢緣					0	0	0	3	백화	淫亂性	[清]	○
70	金瓶梅					0	0	0	3	백화	淫亂性	[明]鍾情傳	○
71	金石緣					0	0	0	3	백화	淫亂性	[清]	
72	弁而釵					0	0	0	3	백화	淫亂性	[明]	○
73	燈月緣					0	0	0	3	백화	淫亂性	[清]春燈鬧	○
74	蜃樓志					0	0	0	3	백화	음란/사회	[清]	
75	錦繡衣					0	0	0	3	백화	淫亂性	[清]	
76	豔異編					0	0	0	3	문언	淫亂性	[明]	○
77	五美緣					0	0	0	3	백화	淫亂性	[清]再生緣	○
78	解人頤					0	0	0	3	문언	淫亂性	[清]	
79	八段錦					0	0	0	3	백화	淫亂性	[清]	
80	笑林廣記					0	0	0	3	문언	淫亂性	[清]	○
81	天豹圖					0	0	0	3	백화	淫亂性	[清]	
82	豈有此理					0	0	0	3	문언	사회풍속	[清]	
83	更豈有此理					0	0	0	3	문언	사회풍속	[清]	
84	前七國志					0	0	0	3	백화	사회풍속	[明]孫龐鬪志演義	○
85	清風閘					0	0	0	3	백화	음란/사회	[清]	
86	聆癡符					0	0	0	3	문언	淫亂性	[清]諗癡符	
87	增補紅樓夢					0	0	0	3	백화	淫亂性	[清]	
88	石點頭					0	0	0	3	백화	淫亂性	[明]	○
89	宜春香質					0	0	0	3	백화	淫亂性	[明]	
90	桃花艷史					0	0	0	3	백화	淫亂性	[清]	
91	紅樓補夢					0	0	0	3	백화	淫亂性	[清]	
92	今古奇觀					0	0	0	3	백화	淫亂性	[明]	○
93	子不語					0	0	0	3	문언	淫亂性	[清]新齊諧	○

番號	書名	禁書 指定 時期								文體	禁書原因	[著作時代] 및 其他事項	國內流入
		1	2	3	4	5	6	7	合				
94	野叟曝言					0			1	백화	淫亂性	[淸]	○
95	醒世奇書						0	0	2	백화	淫亂性	[淸]空空幻	
96	漢宋奇書						0	0	2	백화	사회풍속	[明]삼국연의/수호지 합본	○
97	情史						0	0	2	문언	淫亂性	[明]	○
98	北史演義						0	0	2	백화	사회풍속	[淸]	
99	女仙外史						0	0	2	백화	淫亂性	[淸]	○
100	夜航船						0	0	2	문언	淫亂性	[淸]	
101	龍圖公案							0	1	백화	사회풍속	[明]	○
102	品花寶鑒							0	1	백화	淫亂性	[淸]	○
103	隋唐							0	1	백화	사회풍속	[明]隋唐演義	○
104	蟫史							0	1	문언	淫亂性	[淸]新野叟曝言	
105	五鳳吟							0	1	백화	淫亂性	[淸]	○
106	二才子							0	1	백화	사회풍속	[淸]好逑傳	○
107	綠野仙蹤							0	1	백화	淫亂性	[淸]	○
108	錦香亭							0	1	백화	淫亂性	[淸]	○
109	繡球緣							0	1	백화	사회풍속	[淸]	
110	萬花樓							0	1	백화	時事小說	[淸]	○
111	雙鳳奇緣							0	1	백화	淫亂性	[淸]昭君傳	○
112	十美圖							0	1	백화	淫亂性	[明]兩種	

이상의 도표에서 확인되듯 禁書指定時期를 보면 어떤 소설이 언제·어떻게 금서가 되었는지 명확하게 확인된다. 특히 청대 初中期까지는 청나라의 통치와 연관된 시사소설 계통과 사회풍속을 저해하는 작품위주로 금서를 단속하다가 청대후기에는 음사소설 위주로 집중적인 단속이 이루어진 것이 확인된다. 음사소설이라고 해서 전시대에 걸쳐 금서가 된 것은 아니다. 특히 일반적으로 음사소설의 대표격인 『금병매』의 경우에도 비록 명대에 지탄과 비난의 대상은 되었지만 금서목록에 오른 적은 없었다. 이

처럼 대부분의 금서소설들은 간혹 음란소설에 대한 금지령이 내렸을 때는 단속의 대상이 되었지만 평상시에는 다른 이름(異名)으로 출간하여 은밀하게 유통시켰다. 그러다가 집중적인 단속이 있으면 잠적하였다가 다시 나타나길 반복하는 일종의 해적판 소설이 크게 유통되었던 것이다.

금서지정시기에 가장 많이 명단에 오른 소설은『水滸傳』이다. 이 책은 명대부터 도적질을 가르치는 誨盜小說이라 하여 금서가 된 이래 청대에도 지속적으로 금서로 지정되었다. 그 외에는 음사소설인『肉蒲團』·『如意君傳』·『濃情快史』·『燈草和尚』·『株林野史』·『續金甁梅』 등이 금서목록에 많이 오른 소설들이다. 또『嬌紅記』같은 경우는 유일하게 元代에 나온 작품으로 오히려 청대 후기인 道光·同治年間에 금서의 명단에 오른 작품이다. 그리고 112종 금서소설 가운데 작품의 著作時期를 살펴보면 원대의 소설이 1종이고, 명대소설은 37종, 청대소설이 74종이다. 물론 청대의 소설이 주류를 이루지만 구시대의 유물이라 할 수 있는 명대의 소설이 1/3이나 되는 것은 시사하는 바가 크다. 명대소설의 내용을 살펴보면 물론 음사소설이 상당수 있지만 政治思想性을 띤 '시사소설'이 적지 않은 비중을 차지한다. 명대소설까지 소급해서 금서로 지정하였다는 것은 정권유지를 위한 청나라 조정의 조급성과 초조함이 내포되어 있다고 볼 수 있다.

또 문체방면으로 살펴보면 총 112종의 금서소설 가운데 백화 통속소설이 91종으로 대부분을 차지하는 반면 문언소설은 단지 21종에 불과하다. 이는 일반대중을 상대로 상업성을 우선한 출판물이기에 난해한 문언체 소설보다는 소통과 이해가 쉬운 백화 통속소설이 주류가 됨은 당연한 결과이기도 하다. 또 禁書目錄 가운데는 同名異書의 경우도 종종 발견된다. 즉『續金甁梅』의 경우는 秦子忱이 저술한『續金甁梅』가 있고 海圃主人이 저술한『續金甁梅』가 따로 있는데 모두가 음란성에 가까운 애정소설들이다. 또『如意君傳』의 경우에도 徐昌齡이 쓴 애정소설『如意君傳』(一名 闔娛情)이 있고 陳天池가 쓴 영웅소설『如意君傳』이 따로 존재한다. 徐昌齡의『如意君傳』은 금서소설이 확실하지만 陳天池의『如意君傳』도 금서목록에 들어갔는지는 확실하지 않다. 그리고『鍾情傳』의 경우에는 동일한 서명이『金瓶梅』의 이명으로『第一奇書鍾情傳』이 있고『肉蒲團』의 이명에도『野叟奇語鍾情錄』이 있으며 탄사에도 同名異書의『鍾情傳』이 있어 어느『鍾情傳』이 금서인지 구별이 쉽지 않다. 그 외『綠牡丹』과『十美圖』 등의 경우, 小說에도『綠牡丹』과『十美圖』가 있지만 彈詞에도 同一名의 작품이 각각 존재하는 케이스도 있다. 이러한 同名異書나 同名異種의 케이스는 모두가 금서인 경우도 있고 또 확인이 어려운 경우도 있다.

그 외 특이한 현상으로『漢宋奇書』와 같은 케이스도 있다. 사실 이 책은『三國演義』와『水滸傳』을 함께 묶어놓은 책이다.『水滸傳』이 금서로 지정되자 슬그머니『三國演義』와『水滸傳』을 合刊하였는데, 서명은『三國演義』와『水滸傳』의 시대배경인 한나라와 송나라의 나라이름을 따서『漢宋奇書』라고 하였다.

금서의 원인을 살펴보면 크게는 '사회풍속'·'정치적 사건'·'시사소설'·'음란성'으로 분류된다. '사회풍속'은 왕권과 나라의 기강을 확립하려는 차원에서 사회의 치안이나 미풍양속을 해치는 서적을 의미하며, '정치적 사건'은 저자가 정치적 사건에 연루되어 처벌을 받으면서 그의 저서까지 통제된 케이스에 해당된다. '시사소설'은 청대 만주족이 한족을 통치하는 과정에서 민족주의 사상이나 통치에 저해가 되는 당시의 이념 및 역사소설에 대해 통제된 소설을 의미하며, '음란성'은 넓은 범주에서 '사회풍속'에도 포함되지만 작품내용 가운데 지나치게 음란성이 강조된 것을 의미한다. 이러한 분류기준에 의거하면, 약 112종의 금서소설 가운데 '사회풍속'

에 해당하는 금서가 약 14종이고, '정치적 사건'과 연관된 금서는 약 4종이며, '시사소설'에 해당하는 금서는 약 15종정도로 분류된다. 그 외 나머지 80여 종은 대부분 '음란성'에 의한 음사소설들이 주류를 이루고 있다.[24)]

금서목록 가운데는 동일서적이 중복되어 언급되는 경우도 종종 발견된다. 즉 同書異名의 경우이다. 이러한 경우는 금서소설 가운데 다량으로 발견되는데, 대부분이 출판업자에 의하여 만들어진 결과이다. 즉 朝廷의 단속이 강화되자 出版業者들은 이러한 위기를 벗어나고자 금서들을 전혀 다른 이름으로 바꾸어 다시 출판하게 되는데 이것이 바로 해적판 異名小說들의 출현이다. 필자가 조사한 주요 금서소설의 이명목록을 보면 다음과 같다.

- 『金瓶梅』:『金瓶梅詞話』·『原本金瓶梅』·『第一奇書』·『第一奇書鍾情傳』·『多妻鑒』·『改過勸善新書』
- 『續金瓶梅』:『玉樓月』·『金屋夢』·『醒世奇書續編』·『金瓶梅續集』
- 『定鼎奇聞』:『新世弘勳』·『盛世弘勳』·『新史奇觀』·『順治皇過江全傳』·『鐵冠圖全傳』·『順治過江』·『新世弘勳大明崇禎定鼎奇聞』
- 『肉蒲團』:『覺後禪』·『耶蒲緣』·『野叟奇語鍾情錄』·『循環報』·『巧姻緣』·『巧奇緣全傳』
- 『燈草和尙』:『和尙緣』·『奇僧傳』·『和尙奇緣』·『燈花記』·『燈花夢全傳』
- 『歡喜寃家』:『貪歡報』·『歡喜奇觀』·『喜奇歡』·『艷鏡』·『續今古奇觀』·『三續今古奇觀』·『醒世第一書』
- 淸風閘』:『如意君傳淸風閘』·『春風得意奇緣如意君傳』·『春風得意奇緣』·『艷情小說如意君』

24) 『鬧花叢』·『蜃樓志』·『淸風閘』 같은 유형의 소설들은 다른 음사소설에 비하면 '음란성'이 두드러지지 않지만 '사회풍속'에 저해가 되는 내용이 많은 작품들이다. 이러한 연유로 상기 도표에서는 '음란/사회' 라고 표기하였다.

- 『品花寶鑑』:『京華群花寶鑑』·『燕京評花錄』·『怡情快史』·『都市新談』
- 『好逑傳』:『義俠風月好逑傳』·『第二才子好逑傳』·『俠義風月傳』·『風月傳』·『第二才子書』·『俠義風月二才子』
- 『紅樓夢』:『石頭記』·『金玉緣』·『情僧緣』·『風月寶鑑』·『金陵十二釵』·『大觀瑣錄』·『風月寶鑑情僧緣』
- 『野叟曝言』:『大俠艷史』·『劍骨琴心』·『第一奇書』·『興替寶鑑』·『第一奇書野叟曝言』[25]

이상의 자료에서 확인되듯 다량의 異名小說 출현의 배경에는 금서정책이 적지 않은 영향을 끼쳤음이 확인된다. 특히 음사소설에 있어서는 이명소설이 두드러지게 나타났다. 음사소설 가운데는 모두가 일정 기준에 의하여 금서로 지정되지는 않은 듯하다. 간혹 음란소설에 해당하는 소설인데도 무슨 연유인지 금서목록에 보이지 않은 경우도 종종 발견된다. 예를 들어 『龍陽逸史』·『姑妄言』·『素娥篇』·『僧尼孽海』·『催晓梦』·『繡屏缘』·『碧玉樓』·『兩肉緣』·『換夫妻』·『風流和尙』과 같은 작품들은 음란성이 다분한데도 금서목록에서는 벗어나 다른 금서소설들과 형평성의 문제가 제기된다. 이러한 원인은 아마도 음사소설의 단속시기와 연관이 있는 듯하다. 즉 집중적인 단속이 있기 이전에 출간되어 소진되었거나 아니면 금서지정 이후에 출간되어 화를 면하는 경우로 추정된다.

25) 異名小說目錄은 孫楷第, 『中國通俗小說書目』(臺灣 : 廣雅出版公社, 1983), 蕭相愷 外, 『中國通俗小說總目提要』(中國文聯出版公社, 1991), 劉世德 外, 『中國古代小說百科全書』(中國大百科全書出版社, 1993), 寧稼雨, 『中國文言小說總目提要』(齊魯書社, 1996)를 근거로 분류하였다.

3. 중국금서소설의 국내 유입과 수용

약 112종의 明淸代 禁書小說 가운데 얼마나 많은 소설들이 국내에 유입이 되었을까? 결론부터 내리자면 대략 66종의 소설이 국내에 유입되었다. 본장에서는 조선시대에 유입된 66종의 중국금서소설에 대한 유형별 분석 그리고 중국금서소설의 국내 수용과 조선의 禁書政策에서 파생된 각종문제를 중점적으로 검토해 보고자 한다.

1) 국내 유입된 중국금서소설 분석

앞에서 명청대의 금서소설 112종 가운데 약 66종이 조선에 유입되었다고 언급하였다. 그중 문언소설이 약 14종이고 백화통속소설은 약 52종으로 역시 백화통속소설이 주류를 이룬다. 그 외에도 희곡은 약 3종, 탄사는 약 10여 종이 유입된 것으로 확인된다.[26] 본 장에서는 기존 연구의 오류를 바로 잡고 정밀한 분석을 위해 도표로 꾸며 보았다.[27]

---

26) 대만 학자 譚妮如는 그의 박사학위논문(「元明淸時期 禁毁 小說·戱曲 硏究」, 전남대 중문과 박사학위논문, 2009, 169-174쪽) 에서 국내에 유입된 금서소설은 55종이라고 언급하고 그중 문언소설이 8종이며 백화통속소설은 47종으로 분류하였으며, 희곡은 탄사를 포함하여 3종만 유입되었다고 언급하고 있으나 필자가 재조사를 해본 결과 많은 차이가 발견된다.

27) 본 도표는 閔寬東·劉僖俊·朴桂花, 『국내 소장 희귀본 중국문언소설 소개와 연구』(학고방, 2014), 閔寬東·정영호·張守連·金明信, 『중국통속소설의 유입과 수용』(학고방, 2014), 민관동·유승현, 『한국 소장 중국고전희곡(탄사/고사포함) 판본과 해제』(학고방, 2012)를 참고하여 만들었다.

* 소장처명 : 한중연(한국학중앙연구원) / 국중도(국립중앙도서관) / 이화대(이화여자대학교) / 성대(성균관대학교) / 燕亭國學(大田市 燕亭國學院) / 내각문고(일본 내각문고)로 略稱한다.

番號	書名	文體	著作年代	國內流入關聯最初記錄	國內流入時期	出版	飜譯	所藏處
1	嬌紅記	문언	元代	朝鮮王朝實錄(燕山君條)	1506年以前	○		未確認
2	剪燈新話	문언	明代	金時習/龍泉談寂記(金安老)	15世紀頃	○	○	奎章閣 等
3	剪燈餘話	문언	明代	龍飛禦天歌(第99章)/王朝實錄	1450年代以前	○		內閣文庫
4	山中一夕話	문언	明代	中國小說繪模本(完山李氏)	1762年以前			이화대
5	五雜粗	문언	明代	星湖僿說/五洲衍文長箋散稿	1800年代以前			失傳
6	豔異編	문언	明代	閑情錄	1618年以前			樸在淵
7	國色天香	문언	明代	陶穀集(庚子燕行雜識)	1720年以前			失傳
8	情史	문언	明代	小說經覽者	1762年以前			奎章閣 等
9	癡婆子傳	문언	明代	中國木活字本(無記錄,有版本)	朝鮮中後期			崇實大
10	水滸傳	백화	明代	惺所覆瓿稿 卷13等	1618年以前	○	○	奎章閣 等
11	金瓶梅	백화	明代	惺所覆瓿稿/澤堂別集	1618年前後			奎章閣 等
12	英烈傳	백화	明代	中國小說繪模本/朝鮮飜譯本	1762年以前		○	奎章閣 等
13	武穆精忠傳	백화	明代	流入記錄 未見/朝鮮飜譯本	朝鮮中後期		○	한중연
14	昭陽趣史	백화	明代	中國小說繪模本	1762年以前			失傳
15	隋煬帝豔史	백화	明代	中國小說繪模本/朝鮮飜譯本	1762年以前		○	高麗大 等
16	歡喜冤家	백화	明代	字學歲月/中國小說繪模本	1744年以前			京畿大
17	石點頭	백화	明代	流入記錄 未見	朝鮮中後期			京畿大
18	拍案驚奇	백화	明代	中國小說繪模本	1762年以前			이화대
19	弁而釵	백화	明代	中國小說繪模本	1762年以前			失傳
20	孫龐鬪志演義	백화	明代	中國小說繪模本/朝鮮飜譯本	1762年以前		○	樂善齋
21	今古奇觀	백화	明代	字學歲月/朝鮮飜譯本	1744年以前		○	奎章閣 等
22	龍圖公案	백화	明代	宮中書劄/中國小說繪模本	1600年代中期		○	奎章閣 等
23	隋唐演義	백화	明代	惺所覆瓿稿 卷13等	1618年以前		○	국중도
24	禪真逸史	백화	明代	中國小說繪模本	1762年以前		○	樂善齋

番號	書名	文體	著作年代	國內流入關聯最初記錄	國內流入時期	出版	飜譯	所藏處
25	禪真後史	백화	明代	中國小說繪模本	1762年以前			失傳
26	浪史	백화	明代	字學歲月	1744年以前			失傳
27	續金瓶梅	백화	明代	五洲衍文長箋散稿	1800年代初期			奎章閣
28	虞初新志	문언	清代	五洲衍文長箋散稿 권7	1800年代以前			奎章閣 等
29	無稽讕語	문언	清代	中國木版本(無記錄,有版本)	朝鮮後期			奎章閣
30	笑林廣記	문언	清代	中國木版本(無記錄,有版本)	朝鮮後期			東亞大 等
31	子不語	문언	清代	五洲衍文長箋散稿 권7	1800年代以前			奎章閣
32	蟫史	문언	清代	中國木版本(無記錄,有版本)	朝鮮後期			奎章閣
33	好逑傳	백화	清代	中國小說繪模本	1762年以前		○	奎章閣 等
34	五色石	백화	清代	中國小說繪模本	1762年以前			失傳
35	八洞天	백화	清代	中國小說繪模本	1762年以前			失傳
36	歸蓮夢	백화	清代	小說經覽者	1762年以前			失傳
37	說嶽全傳	백화	清代	中國木版本(無記錄,有版本)	朝鮮後期			奎章閣 等
38	定鼎奇聞	백화	清代	欽英(유만주)	朝鮮中期			失傳
39	樵史通俗演義	백화	清代	中國小說繪模本	1762年以前			燕亭國學
40	肉蒲團	백화	清代	松泉筆談(심재)	1600年代初中			失傳
41	桃花影	백화	清初	欽英(유만주)	朝鮮中期			失傳
42	鴛鴦影	백화	清初	小說經覽者	1762年以前			失傳
43	杏花天	백화	清代	字學歲月	1744年以前			失傳
44	隔簾花影	백화	清代	中國木版本(無記錄,有版本)	朝鮮後期			연세대 등
45	綠牡丹	백화	清代	朝鮮飜譯本(無記錄,有飜譯本)	朝鮮後期		○	奎章閣
46	鬧花叢	백화	清代	中國木版本(無記錄,有版本)	朝鮮後期			박재연
47	紅樓夢	백화	清代	五洲衍文長箋散稿	1800年代前後		○	奎章閣 等
48	後紅樓夢	백화	清代	朝鮮飜譯本(無記錄,有飜譯本)	1800年代		○	成大 等
49	續紅樓夢	백화	清代	五洲衍文長箋散稿	1800年代前後		○	奎章閣 等
50	補紅樓夢	백화	清代	朝鮮飜譯本(無記錄,有飜譯本)	1800年代		○	樂善齋

番號	書名	文體	著作年代	國內流入關聯最初記錄	國內流入時期	出版	飜譯	所藏處
51	紅樓復夢	백화	淸代	朝鮮飜譯本(無記錄,有飜譯本)	1800年代		○	奎章閣 等
52	巫夢緣	백화	淸代	中國小說繪模本	1762年以前			失傳
53	五美緣	백화	淸代	朝鮮飜譯本(無記錄,有飜譯本)	朝鮮後期		○	樂善齋 等
54	燈月緣	백화	淸代	中國小說繪模本	1762年以前			失傳
55	野叟曝言	백화	淸代	中國木版本(無記錄,有版本)	朝鮮後期			成大 等
56	女仙外史	백화	淸代	潭庭叢書(卷28)	1812年以前		○	奎章閣 等
57	品花寶鑑	백화	淸代	中國木版本(無記錄,有版本)	朝鮮後期			成大 等
58	五鳳吟	백화	淸代	字學歲月	1744年以前			失傳
59	綠野仙蹤	백화	淸代	中國木版本(無記錄,有版本)	朝鮮後期			成大 等
60	錦香亭	백화	淸代	小說經覽者	1762年以前	○	○	국중도
61	萬花樓	백화	淸代	中國木版本(無記錄,有版本)	朝鮮後期			연세대
62	雙鳳奇緣	백화	淸代	中國木版本(無記錄,有版本)	朝鮮後期			고려대 등
63	一片情	백화	淸代	小說經覽者	1762年以前			失傳
64	檮杌閑評	백화	淸代	中國木版本(無記錄,有版本)	朝鮮後期			奎章閣
65	反唐演義	백화	淸代	中國木版本(無記錄,有版本)	朝鮮後期			奎章閣
66	濃情快史	백화	淸代	字學歲月	1744年以前			동아대 등

필자가 조사한 바에 의하면, 고려 및 조선시대에 국내에 유입된 중국고전소설은 대략 440여 종으로 문언소설이 200여 종, 백화통속소설이 240여 종이나 된다. 또 국내에서 출판한 중국소설은 약 24종이고, 번역한 소설은 약 70여 종에 달한다.[28] 국내에 유입된 440여 종 가운데 또 중국의 금서소설 약 110여 종 가운데 약 66종이나 되는 금서소설이 국내에 유입되었으며 또 그중에서 국내 출판은 5종, 번역은 20여 종이나 된다는 사실은 의미

28) 민관동·김명신, 『조선시대 중국고전소설의 출판본과 번역본 연구』, 학고방, 2013, 26-32쪽 참고.

하는 바가 매우 크다. 그만큼 별다른 통제나 단속도 없이 자유롭게 유입 및 유통이 되었고 또 출판 및 번역까지도 이루어졌다는 것을 의미한다.

또 문체별로는 66종 중국소설 가운데 문언소설이 14종이고 백화통속소설이 52종으로 그중 대부분은 淫詞小說에 해당하는 작품들이다. 시대별 著作年代는 원대가 『嬌紅記』 1종이고, 명대는 『水滸傳』과 『剪燈新話』 등 26종이나 되며, 청대는 『紅樓夢』 등 39종으로 가장 많다. 그러나 의외로 명대의 소설들이 26종이나 된다는 것은 주목할 만한 일이다. 이는 명나라와의 출판교류가 금서정책이나 금서소설과는 관계없이 자유롭게 유통되었다는 의미하는 것이기도 하다.

중국금서소설들의 국내 유입시기를 살펴보면, 가장 이르게 유입된 판본으로 『剪燈新話』와 『剪燈餘話』를 꼽을 수 있다. 『剪燈新話』는 金時習의 『金鰲新話』 저본으로 사용했던 기록과 『龍泉談寂記』(金安老)의 기록, 그리고 『剪燈餘話』는 『龍飛禦天歌』(第99章) 기록과 『朝鮮王朝實錄』의 기록에 근거하면 대략 15세기 중엽에는 이미 조선에 유입된 것으로 추정된다. 그리고 『嬌紅記』의 경우에도 『朝鮮王朝實錄』(燕山君/1506)에 기록이 있는 것으로 보아 적어도 1506년 이전에는 유입된 것으로 보인다. 또 『水滸傳』과 『金瓶梅』는 許筠의 『惺所覆瓿稿』(卷13等)에 나란히 언급된 것으로 보아 늦어도 1618년 이전에는 국내에 유입되었음이 확인된다. 그 외에도 문헌상의 기록에 의거해 비교적 이른 시기에 유입된 작품으로 『豔異編』·『龍圖公案』·『肉蒲團』 등이 있으며 그 외 대부분의 작품들은 1700년대 중엽이후부터 1800년대에 집중적으로 조선에 유입된 것으로 보이며, 이 시기에 유입된 소설은 대부분은 淫詞小說이 주류를 이룬다.[29)]

29) 閔寬東 외, 『국내 소장 희귀본 중국문언소설 소개와 연구』(학고방, 2014, 49-59쪽), 閔寬東 외, 『중국통속소설의 유입과 수용』(학고방, 2014, 34-43쪽)을 참고.

또 유입관련 기록이 없고 오직 판본만 국내 도서관에 소장되어 있는 소설들로는 『癡婆子傳』·『武穆精忠傳』·『石點頭』·『無稽讕語』·『蟫史』·『笑林廣記』·『說嶽全傳』·『隔簾花影』·『綠牡丹』·『鬧花叢』·『後紅樓夢』·『補紅樓夢』·『紅樓復夢』·『五美緣』·『野叟曝言』·『品花寶鑒』·『綠野仙蹤』·『萬花樓』·『雙鳳奇緣』·『檮杌閑評』·『反唐演義』 등 20여 종에 이른다.

그 외에도 국내 유입되어 출판된 소설이 약 5종이고 번역되어진 소설이 약 20종이나 된다. 국내 출판한 소설은 『嬌紅記』(推定/失傳)·『剪燈新話』·『剪燈餘話』(日本 內閣文庫 所藏)·『水滸傳』·『錦香亭』이 있고 『水滸傳』의 경우는 방각본으로 번역출판 되었다. 그 외 번역된 소설로는 『剪燈新話』·『水滸傳』·『英烈傳』·『武穆精忠傳』·『隋煬帝豔史』·『孫龐鬪志演義』·『今古奇觀』·『龍圖公案』·『隋唐演義』·『禪真逸史』·『好逑傳』·『綠牡丹』·『紅樓夢』·『後紅樓夢』·『續紅樓夢』·『補紅樓夢』·『紅樓復夢』·『五美緣』·『女仙外史』·『錦香亭』 등이 있는데 특히 『紅樓夢』 시리즈와 같은 애정류 소설들이 주류를 이루고 있다.

국내 유입된 66종의 금서소설 가운데는 현재 유입기록만 있지 실전된 판본이 의외로 많다. 약 19종이나 실전되었는데 대부분이 淫詞小說에 해당하는 판본들이다. 음란물에 대하여 금기시하는 조선사회에서 보관하여 소장하기가 쉽지 않았음을 보여주는 일면이기도 하다. 그 외에 국내에 유입된 희곡과 탄사 역시 결코 적지 않은 작품들이 유입되었다. 국내에 유입된 희곡은 3종, 탄사는 10종으로, 희곡은 『西廂記』·『奇團圓』·『牡丹亭』 등이 있고, 彈詞에는 『天寶圖』·『錦上花』·『芙蓉洞』·『雙珠鳳』·『八美圖』·『碧玉獅』·『綠牡丹』·『玉鴛鴦』·『玉連環』·『一箭緣』 등이 유입된 것으로 확인된다.

2) 중국금서소설의 수용과 朝鮮의 禁書政策

다음은 명청대에 집중적으로 통제와 단속이 이루어진 중국의 금서소설들에 대하여 조선에서는 어떠한 반응을 보였을까? 또 어떻게 수용하였을까? 하는 문제이다. 결론부터 내리자면 중국의 금서정책과는 별다른 영향이 없었고 수용에 있어서도 별 어려움이 없었던 것으로 보인다. 명대의 금서소설들은 수량도 많지 않았고 대부분이 나라의 기강확립을 위해 사회풍속을 단속하는 차원이거나 사상통제 정도였다. 또 청나라에 들어와서도 前期에는 주로 청나라 정권유지를 위한 정치적 사상통제와 단속이 주요 관심사였다. 그러기에 文字獄이나 時事小說에 대한 단속이 빈번하였지만 그 외 기타소설에는 단속이 심하지 않았다. 이러한 것들은 조선의 입장에서 보면 이웃나라의 사사로운 사건에 불과한 것으로 조선정부와는 별 관련도 없었다. 그러기에 이러한 소설들은 비교적 자유롭게 유입되어 유통되었고 또 조선 조정에서도 특별히 통제할 명분과 필요성도 없었다.

그러나 1700년대 중엽으로 들어오며 중국의 淫詞小說들이 홍수처럼 들어오자 조선정부에서는 단속의 움직임이 나타나기 시작한다. 이러한 단속은 중국에서 道光年間(1820-1850)과 同治年間(1861-1874)에서 남방을 중심으로 淫詞小說에 대하여 집중적인 통제가 이루어진 사건과는 무관한 것으로 보인다. 왜냐하면 시기적으로 조선이 앞서기 때문이다. 또 조선 말기로 접어들어 노도처럼 밀려드는 서양문화에 정신이 혼미해진 상태였고, 청나라는 열강대열에서 상대적으로 위축된 상태였기에 조선은 이러한 중국의 정책에 관심을 기울일 여지도 없었다. 결론적으로 중국의 금서정책과 조선의 금서문제는 별 영향이 없었으며 조선의 중국소설에 대한 禁輸論과 禁書論은 조선 조정의 독자적 정책에서 나온 것이라 할 수 있다.

먼저 금서소설에 대한 조선의 정책에 대하여 알아 볼 필요가 있다. 조선에서 발생한 소설에 대한 최초의 금서사건이 바로 『설공찬전』이다. 이 사건은 1511년 『설공찬전』을 지은 蔡壽(1449-1515)의 筆禍事件으로 중국소설과는 직접적인 관계는 없었다. 그러나 당시 『설공찬전』은 '輪回禍福之說'이라 하여 저자 채수가 사헌부의 탄핵을 받았고, 책은 王命에 의하여 불살라지며 금서가 되었다. 이 사건의 쟁점은 비록 중국소설에서 연유된 것이 아니지만 소설이 "世敎에 관계되고 治道에 해롭다"는 것으로 사회윤리와 기강을 해친다는 非倫理性에 대한 필화사건이다.30)

조선시대에는 중국소설에 대한 甲論乙駁이 조정에서 빈번하게 일어났다. 중국소설에 대한 최초의 論爭記錄은 成宗 23年(1492)에 『唐段少卿酉陽雜俎』가 경상감사 이극돈과 都事 이종준에 의하여 출판되자 副提學 金諶이 이극돈을 탄핵하면서 발생하였다. 점점 사태의 심각성이 더해져 나중에는 권력의 암투로 까지 비화되자 성종이 급히 무마시키며 사건을 종결시켰다. 이처럼 중국소설에 대한 出刊問題로 朝廷에서 君臣間에 큰 논쟁이 벌어졌다는 것은 매우 흥미롭고 또 주목할 만한 사실이다.31) 그 외에도 宣祖 2年(1569)에 기대승이 선조에게 上啓한 내용으로, 당시 많은 유생들은 『剪燈新話』가 사사로이 교서관에서 출판되는 것과 『三國演義』마저 印出되어 시중에 유통되고 있는 사실에 대해 심한 거부감을 표하면서 조정에서 이 문제를 공론화하였던 사건이다.32) 당시 대량으로 유입되고 있는 중국소설에 대한 우려와 적개심이 그 기저에 깔려있으면

30) 中宗 6年(1511)에 발생한 사건으로 민관동의 『중국고전소설의 전파와 수용』(아세아문화사, 2007), 124-126쪽에 자세하다.

31) 閔寬東·劉僖俊·朴桂花, 『국내 소장 희귀본 중국문언소설 소개와 연구』, 학고방, 2014, 177-198쪽 참고.

32) 『朝鮮王朝實錄』 宣祖實錄 卷三(선조 2년[1569])

서 중국소설에 대한 유입 禁止論이 대두되기 시작하였다. 이후에도 종종 관료나 문인들 사이에서 중국소설에 대한 부정적 견해와 폐지론을 주장하는 문인은 있었으나 정작 조정으로부터의 공식적인 금서조치는 나오지 않았다.

그러다가 영정조에 이르러 정치사회가 크게 안정을 찾고 문화가 번창하면서 청나라로부터 봇물처럼 밀려오는 중국서적들이(특히 중국통속소설) 많은 문제를 야기 시켰다. 즉 젊은이들이 중국소설에 빠져 經書를 멀리한다거나, 부녀자들이 家事는 돌보지 않고 소설에 빠져 가산을 탕진한다든지 하는 문제가 대두되었다. 더더욱 충격적인 것은 소설로 인하여 종각에서 벌어진 살인사건이다.[33] 이 사건은 『조선왕조실록』에도 보이는 것으로 보아 당시에는 장안의 화제가 되었던 사건인 듯하다. 이러한 일련의 사건이 잇따르자 유생들의 상소가 빗발치게 되었고 결국 이러한 사건들은 文體反正과 禁輸令으로 이어지는 계기가 되었다. 사실 文體反正은 正祖에 의해 주도된 사건으로 문체를 개혁하여 순정고문(醇正古文)으로 환원시키려 한 일련의 정치적의도가 깔려있었던 사건이다. 그러나 그 내면에는 중국통속소설의 확산으로 인한 正統文學의 危機와 문체의 변질, 그리고 그에 따른 여러 가지 부작용이 출현하였는데 그 대책이 바로 문체반정과 중국소설에 대한 搬入禁止라 할 수 있다. 중국 불온서적에 대한 최초의 수입금지는 정조 10년(1786)에 처음으로 시작되었다.

33) 판관이 말하기를, "항간에 들리는 소문에 의하면 종로거리 연초 가게에서 짤막한 야사를 듣다가 영웅이 뜻을 이루지 못한 대목에 이르러 눈을 부릅뜨고 입에 거품을 물면서 풀 베던 낫을 들고 앞에 달려들어 책 읽는 사람을 쳐 그 자리에서 죽게 하였다"고 한다. 이따금 이처럼 맹랑한 죽음도 있으니 참으로 가소로운 일이다. (判曰, 諺有之, 鐘街煙肆, 聽小史稗說, 至英雄失意處, 裂眥噴沫, 提折草刀, 直前聲讀的人, 立斃之, 大低往往有麥浪死, 可笑.) 『朝鮮王朝實錄』, 正祖實錄 卷三一·6(正祖 14年 8月).

丙午十年春正月 大司憲金履素奏言 近來燕購冊子 多不經書籍 左道之熾盛 邪說之流行 職由於此 請嚴禁 從之.〈大同紀年, 卷五〉

(正祖 10년(1786) 병오 정월에 金履素가 아뢰기를: "근래 중국으로부터 사오는 책이 떳떳치 못한 것이 많아 바르지 못한 도가 성행하고 그릇된 사설이 유행합니다. 저는 이 때문에 이러한 책의 수입을 엄금해 주시기를 주청합니다." 하니, 왕이 허락하였다.)

이렇게 정조 10년을 기점으로 중국패관소설들에 대한 금지령은 지속적으로 나왔다. 그 후『正祖實錄』(卷三六, 正祖 16年[1792])의 기록에 의하면 당시의 상황이 얼마나 심각했는지 가히 짐작된다.34)

〈正祖實錄, 卷三六·17-18, 正祖 16年 10月, 甲申〉

박종악에게 전교하기를…[中略]…이러한 폐단의 근원을 아주 뽑아서 없애버리려면 애당초 雜書들을 중국에서 사오지 못하게 하는 것이 제일이다. 그리하여 앞서의 使行 때도 물론 누누이 당부해 왔었지만 이번 使行에는 더욱더 엄히 단속하여 稗官小說은 말할 것도 없고 經書나 歷史書籍이라도 唐板인 경우 절대로 가지고 오지 말도록 하고, 돌아오는 길에 압록강을 건널 때 하나하나 조사해서 군관이나 역관 무리라도 만일 가지고 오는 자가 있으면 바로 교서관에서 압수하여 널리 유포되는 폐단이 없게 하라."라고 말씀하셨다.

(上敎宗嶽曰,…[中略]…如欲拔本而塞源, 則莫如雜書之初不購來. 前此使行, 固已屢飭, 而今行則益加嚴飭, 稗官小說, 姑無論, 雖經書史記, 凡係唐板者, 切勿持來, 遠渡江時, 一一搜驗, 雖軍官譯員輩, 如有帶來者, 使卽屬公於校館, 俾無廣布之弊.)

이처럼 정조는 중국통속소설과 唐板書籍에 대한 통제를 매우 강경하

34) 민관동,『중국고전소설의 전파와 수용』, 아세아문화사, 2007, 140-141쪽 참고.

게 하였음을 알 수 있다. 특히 정조는 使行의 무리들을 더욱더 엄격하게 단속하고, 稗官小說은 물론 經書나 歷史書籍까지도 唐板인 경우에는 절대로 가지고 오지 말 것이고, 또 돌아오는 길에 압록강에서 철저히 조사해서 만일 가지고 오는 자가 있으면 바로 교서관에서 압수하여 폐기하라고 어명을 내렸다.

그러나 이 禦命은 正祖의 의도대로 잘 시행되지 않았고 또 큰 효과도 없었다. 당시 관리들은 터진 봇물처럼 밀려오는 중국소설들을 감당해 낼 수가 없었고 또 강하게 금지시키고자 하려는 의도도 없었던 듯하다. 『조선왕조실록』에 언급된 禁輸令에 대한 기록을 살펴보면, 정조 10년(1786), 정조 11년(1787), 정조 15년(1791), 정조 16년(1792), 정조 19년(1795), 순조 7년(1807), 순조 8년(1808), 헌종 5년(1839) 등 여러 차례에 걸쳐 금수령의 기록이 보인다. 이러한 금수령은 정조에서 순조 및 헌종에 이르기까지 이어졌다. 이렇게 禁輸令이 거듭하여 내려졌다는 것은 禁輸令이 잘 지켜지지 않았다는 반증일 뿐만 아니라 오히려 몰래 더 많은 중국소설들이 국내에 유입되었음을 추측하게 한다.[35]

결론적으로 중국소설에 대한 문제점과 부작용을 바로잡기 위해 조선 조정에서는 文體反正·禁輸論·焚書論·禁止論 등 여러 가지 방법을 제시하였지만 사실 적극적인 제지와 통제에 대해서는 소극적이었다. 왜냐하면 禦命을 받드는 관리들과 문인들조차도 중국소설을 즐겨 읽었고 또 궁중에서도 이 책들을 譯院으로 가지고 와 공공연히 번역을 하였던 것이다. 이러한 번역물이 추후에 昌德宮내의 王室圖書館인 낙선재로 흘러들어간 번역본 『紅樓夢』과 속서들이 이를 증명해준다.

35) 민관동, 『중국고전소설의 전파와 수용』, 아세아문화사, 2007, 144쪽 참고.

이상의 논점을 종합하면 다음과 같다.

중국의 금서정책은 이미 진시황 이전부터 시작되었지만 금서소설이 나온 시기는 명대부터이다. 명대에 『전등신화』를 기점으로 『水滸傳』 등이 나왔지만 정작 금서소설로 지정된 작품은 4종에 불과하다. 명대는 주로 사회기강을 바로잡고 사회풍속을 교화하는 차원에서 또는 정치적 사건에 연루된 사상숙청이 대부분이었다. 청대에 이르러 乾隆以前에는 사상통제로 인한 時事小說과 사회풍속과 기강 확립을 위한 금서가 대부분이었지만 道光年間 이후에는 본격적 음사소설의 단속에 집중되었음이 확인된다.

명청대에는 대략 20여 차례에 걸쳐 금서 단속령이 있었지만 대부분은 소설과 희곡 등 잡서전체에 대한 단속이었고 구체적으로 목록을 지정하여 단속령이 나온 것은 10여 차례에 불과하다. 필자가 조사한 명청대 금서소설은 약 112종정도이며 그중 문언소설이 21종, 백화통속이 91종이다. 시대별로는 원대가 1종, 명대가 37종, 청대가 74종으로 청대의 작품이 가장 많다.

금서의 원인은 대략 사회풍속정화·정치적사건 연루·시사소설·음란성 등으로 분류할 수 있다. 또 금서소설의 출현은 결국 다량의 異名小說을 만들어 냈다. 즉 다급해진 出版業者들은 이러한 위기를 벗어나고자 또 다른 이름으로 출판하였는데 이것이 바로 해적판 異名小說의 출현이다. 그리고 음사소설은 모두가 일정한 기준에 의하여 금서로 지정되지는 않았으며 오히려 단속시기와 연관이 있는듯하다. 집중적인 禁書令이 나오기 이전에 출간되어 이미 다 소진되었거나 혹은 금서지정 이후에 출간되어 화를 면하는 경우도 종종 있었기 때문이다.

명청대의 금서소설 112종 가운데 약 66종이 조선에 유입되었다. 그중 문언소설이 약 14종이고 백화통속소설은 약 52종이며, 그중에서 국내 출판은 5종, 번역은 20여 종이나 된다. 그 외 희곡은 약 3종, 탄사는 약 10여 종이 유입된 것으로 확인된다. 이러한 사실은 금서소설이 별다른 통제나 단속도 없이 자유롭게 유입되었고 또 출판 및 번역까지도 이루어졌다는 것은 중국의 금서정책에 별다른 영향이 없었고 수용에 있어서도 별 어려움이 없었다는 것을 의미한다. 그러기에 조선의 중국소설에 대한 禁輸論과 禁書論은 조선 조정의 독자적 정책에서 나온 결과라는 것이라 할 수 있다.

영·정조에 이르러 정치와 문화가 크게 번창하면서 중국 통속소설류를 포함한 중국서적들이 대량으로 유입되어 각종 사회문제를 일으켰다. 결국 이러한 사건들은 文體反正과 禁輸令으로 이어지는 계기가 만들어지게 되었다. 즉 정조 10년(1786), 정조 11년(1787), 정조 15년(1791), 정조 16년(1792), 정조 19년(1795), 순조 7년(1807), 순조 8년(1808), 헌종 5년(18390 등 여러 차례에 걸쳐 중국소설에 대한 禁輸令이 내려졌지만 잘 지켜지지는 않았다. 왜냐하면 당시 관리들과 문인들조차도 중국소설을 즐겨 읽었고 또 궁중에서도 번역본 소설이 크게 유통되었기 때문이다. 이처럼 중국의 금서소설들이 국내에 유입되어 오히려 우리의 古小說 발전에 적지 않은 밑거름이 되었다는 점은 부인할 수 없는 사실이다.

Ⅲ. 중국고전소설에 나타난 죽음의 세계

"인간의 삶에 있어서 종착역은 죽음일 것이다."

이 문제에 대해서는 東西古今을 막론하고 수많은 사람들이 수많은 이론을 전개하며 고민하고 또 토론하여 왔지만 아직도 一目瞭然하게 정의되어진 것은 아무것도 없다. 이 문제는 아마도 영원히 풀지 못 할 우리들의 숙제인지도 모른다. 그러기에 우리는 이러한 문제를 더욱더 敬畏하는 마음으로 조심스레 접근해야 한다.

본 논문에서는 중국의 고전소설[1] 가운데 나타난 죽음의 세계에 대하여 고찰을 하고자 한다. 중국에서는 전통적으로 "사람의 영혼은 죽지 않는다."라는 관념이 존재하여 왔다. 이러한 永生의 관념은 청말까지 중국문화 및 문학 전반에 깊은 영향을 끼쳐왔다. 즉 소설·시·산문·희곡 등 수많은 문학작품 속에서 끊임없이 文學的 素材가 되어 등장하였는데 이것이 곧 永生을 향한 중국인들의 염원이기도 하다.

본 논문에서 다루고자 하는 것은 역대 중국인들이 죽음의 문제를 어떻게 생각하고 수용했으며 또 어떠한 자세를 보여 왔는지를 알아보고, 또

---

* 본 논문은 1999년『中國小說論叢』제10집에 투고된 논문을 일부 수정 보완한 것이다.

1) 중국고전소설의 범위가 너무 광대하여 주로 위진 남북조의 지괴소설과 당대 전기소설을 위주로 하였고 그 외 화본소설 가운데 몇몇 작품을 참고하였다.

그들의 문학에서는 어떠한 방법으로 용해하고 수용하였는지를 살펴보는 것이다. 실제 중국인들의 죽음에 대한 인식과 고전소설에 나타난 죽음의 세계는 매우 밀접한 관계를 띄고 있으리라 생각된다. 따라서 먼저 중국인의 의식 속에 나타난 죽음의 세계를 고찰해 보고, 그 다음 중국고전소설에 나타난 죽음의 제 문제를 분석해 보고자 한다.

중국고전소설 가운데는 죽음의 세계에 대한 체험담을 묘사한 것이 매우 많이 나타나는데, 이를 통해 죽음의 세계를 분석해 보고, 또 죽음에 임박해서는 어떠한 방법으로 대처하고 극복하였는지를 여러 유형으로 나누어 고찰하였다. 그리고 소설 가운데 흔히 나타나는 生과 死의 공존방식을 통하여 이들이 추구하는 의미가 무엇이며 영원한 삶의 의미가 무엇인지를 좀 더 체계적으로 연구해 보고자 한다.

1. 중국인의 죽음에 대한 의식

죽음이란 예나 지금이나 어느 누구를 막론하고 두려움과 공포의 대상이었다. 그러기에 인간은 죽지 않고 영원히 살 수 있는 방법을 끊임없이 추구하여 왔다. 그리하여 얻어진 결론이 永生의 방법인데, 이러한 영생을 追求하는 방법에는 크게 두 가지로 나누어진다. 그 하나는 現世에서 永生을 추구하는 것이고, 또 다른 하나는 來世에서 永生을 추구하는 것이다. 前者는 後者보다 더 원시적이고 초보적인 형태이다. 현상세계에서 永生不死를 추구하는 현상은 후대로 내려가면서 永生不死의 추구가 더 이상 불가능 하다는 것을 느끼게 되어 결국 不老長生의 추구로 타협을 하게 된다. 또한 더 후대로 내려가서는 다시 外丹의 服用으로는 不老長生이 불가능함을 인식하고는 결국 現生의 永生追求 方式에서 來世의 永生追

求 方式으로 바뀌게 된다. 이러한 의식변화는 진정한 의미에서 종교를 낳는 母體가 되었다고 할 수 있다.[2] 이러한 永生觀念의 기원은 道家 및 道敎思想에서 찾아야 할 것 같다. 『莊子』가운데 이르길:

> 옛날의 眞人은 삶을 기뻐할 줄 모르고, 죽음을 미워할 줄도 모른다. 태어남을 기뻐하지 않고, 죽음을 거역하지도 않는다. 無心히 자연을 따라 가고 무심히 자연을 따라 올 뿐이다.
> (古之眞人, 不知說生, 不知惡死. 其出不欣, 其入不距. 翛然而往, 翛然而來而已矣.)

> 자연은 나에게 형체를 주었다. 삶으로 나에게 나를 수고롭게 하고 늙음으로 나를 편하게 하며, 죽음으로 나를 쉬게 해준다. 그러므로 내 삶을 좋다함은, 바로 내 죽음도 좋다고 하는 것이 된다.
> (大塊載我以形. 勞我以生, 佚我以老, 息我以死. 故善吾生者, 乃所以善吾死也.)[3]
>
> 〈장자 대종사편〉

이렇게 장자는 生死에 대한 초연성과 초탈성 그리고 자연의 이치에 따라 사는 방법을 제시하였으나 대부분의 중국인들은 오히려 生에 대한 집착을 더욱 강하게 갖고 있었다. 즉 진나라 때 진시황이 使臣을 시켜 長生不老의 仙藥을 구해 오도록 하는 등, 求仙行爲를 한 것이나 또 그의 무덤에 지하궁전을 만든 것이 그 예라 할 수 있다.

한나라에 들어와서는 더욱더 많은 求仙行爲와 不老長生의 養生行爲가 이루어졌다. 그러나 현세에서의 永生不死가 현실적으로 불가능 하다

2) 이인호, 『巫와 중국문화와 중국문학』, 중문출판사, 1994, 61-62쪽.

3) 이성원 편저, 『노장의 철학사상』, 명문당, 1988, 114-116쪽.

는 自覺을 한 후에는 來世觀을 가지고 있는 중국 토착종교인 도교를 만들어 냈고, 또 인도에서 불교를 유입하여 來世에서 永生을 추구하는 형태로 국면을 전환시켰다.

불교의 중국 유입 시기는 아직도 여러 가지 설이 있으나 일반적으로 前漢時期에 유입되었고 영향력을 발휘한 본격적인 유입은 後漢末期로 보는 것이 정설이다. 이처럼 한대에는 이미 불교가 중국에 들어와 서서히 자리를 잡던 시기로 당시 정치 및 사회의 혼란에 따라 불안과 염증을 느낀 중국인들에게 새로운 교리에 내세관을 구비한 불교는 永生에 목말라 하는 민중에게 새로운 자극이 되었음은 틀림없는 사실이다. 불교의 사상 가운데 輪廻說은 永生에 대하여 잘 설명해 주고 있다.

> 윤회라는 말은 우리들 일체 중생이 광고의 영원한 옛날로부터 무궁한 미래를 향하여, 三界와 六道를 돌고 헤매이면서, 나고. 죽고, 죽고. 또 나는 것이 마치 구르는 수레바퀴와 같이 다함이 없다는 뜻에서 이름 되어진 말이다. 4)

이상에서 불교의 윤회설은 인간의 죽음이 단순히 無의 世界로 돌아가는 자연현상이 아니라, 다시 有로 잉태하는 또 다른 삶의 시작이며 또 다른 生의 반복인 것이다. 이렇게 중국인들은 도교와 불교의 사상에서 永生의 돌파구를 찾고자 하였다.

그러나 유교에 있어서는 後生에 대하여 다소 다른 입장을 띄고 있다. 일찍이 공자는 「不知生乎, 知死耶!」라고 하며 죽음에 대하여 알 수 없다는 회의론적 입장을 보이며 죽음을 하나의 필연적 사실로 인정하고 있다. 즉 인간이 죽으면 그 물질적인 힘은 해체되어 버린다. 그러나 일시에 해체

4) 황성기, 『불교학개론』, 동국대출판부, 1965.

되어 버리는 것이 아니라 우리의 祭祀儀式을 통하여 영혼의 응답을 받으며 우리의 삶속에 살아 움직이다가 서서히 사라지는 것이다.

이처럼 중국의 삼대 종교라 할 수 있는 유교, 도교, 불교는 시대가 흘러감에 따라 자신의 固有色도 민중에 의하여 점차 퇴색되어 버리고 중국의 여러 무속들과 융합하고 타협하면서 새로운 양상을 보이게 되었다. 그리하여 중국인들은 종교를 통하여 영생을 얻게 되었고, 또 그들의 생사관 역시 이러한 의식 속에서 자리를 잡게 되었다. 이러한 사상의 융화와 조화는 곧 "사람은 죽어도 영혼은 죽지 않는다."는 관념을 만들어 내는 배경이 되기도 하였다.

중국인들이 생각하는 죽음이란 영혼이 잠시 어느 한 곳으로 돌아가는 것이라 여겼다. 漢代의 문자 해설서인 『說文解字』는 "인간이 돌아가 귀신이 된다(人歸爲鬼)"라고 기술하고 있다. 귀(鬼)란 귀(歸)와 동음으로 같은 발음을 통해 동일한 의미로 연결되고 있음을 보여 준다. 때문에 중국인들은 사람이 죽은 영혼은 귀(鬼), 인간 외의 다른 신령의 존재를 신(神)으로 구별하였다.[5] 또 중국인들은 인간의 영혼을 상이한 두 요소 즉 혼(魂)과 백(魄)으로 구분하였는데, 이들이 조화상태에서 육체에 생명력을 넣어주고 육체를 유지시킬 때 인간이 살아 있는 것이고, 魂·魄·肉體 이 3요소가 분리되면 죽는다는 것이다. 인간이 살아 있을 때 魂과 魄은 서로 다른 기능을 한다. 魂은 행동을 지시하는 힘에 해당하는 것으로 정신적인 경험과 지적인 활력이 있다. 이에 비해 魄은 몸통과 사지를 움직이게 하는 것으로 육체의 각 부분에 힘과 운동을 불어넣는다. 그러다가 죽음에 이르면 魂과 魄은 자연스레 분리되는 것이다. 일반적인 중국인의 관념 속에서 육체를 떠난 魄은 黃泉이라는 또 다른 세상으로 간다고 생각 하였다.

5) 이수웅·김경일 공저, 『중국문화의 이해』, 대한교과서(주), 1995, 177쪽.

그러나 이전에는 황천길 외에도 여러 유형의 죽음의 세계가 있어 왔다. 즉 동해의 이상향을 향하여 접근하는 것이 그 하나이고, 우주의 근저를 이루는 전체적인 존재구조의 관점에서 설명하는 것이 그 두 번째 방식이다. 세 번째는 동해의 이상향과 평행하는 것으로서 西王母가 지배하는 신비로운 서방세계에 대한 관념이다. 마지막이 다소 막연하기는 하나 지하의 관리들이 다수 존재하는 黃泉의 관념인데, 魄이 이곳으로 추방된다는 것이다.

이렇게 황천에 도달한 魄은 이미 먼저 온 다른 魄들과 뒤섞이게 되는데, 魄이 생전의 신원을 그대로 유지하도록 예전에 魂과 육체와 공존하던 시기, 즉 생전의 신분을 상징하는 물건들이 제공되었다. 그 상징물은 死者가 생전에 가졌던 관직이나 명예직을 분명히 밝혀주는 印章인 경우도 있고, 지위나 재산에 상응하여 그가 생전에 거느렸던 從僕이거나 혹은 從僕의 인형일 수도 있었다. 또 값비싼 부장품을 넣는 것도 위에서 언급한 여러 가지 목적을 달성하기 위한 것과 비슷한 성격을 띠고 있는 것이라 할 수 있다. 그러나 대부분의 중국인들은 일반적으로 이러한 黃泉에서의 생활이 아무런 즐거움도 없는 음울한 거처로서 다소 쓸쓸하게 사는 것으로 생각하였다.

이렇게 중국인들은 여러 신앙이나 巫俗을 통하여 다각적으로 영원한 삶을 추구하여 왔다. 그들은 한 가지 목적을 위한 방법, 또는 특정한 신앙에서 나온 방법에만 관심을 가지지 않고 다각적으로 예측불허의 사태에 대처하는 조처를 취하거나, 틀림없이 존재하는 것으로 생각되는 여러 종류의 세계 속에서 계속 살아갈 준비를 하였던 것이다.[6)]

6) 마이클 로이·이성규 역, 『고대 중국인의 생사관』, 지식산업사, 1995, 42-51쪽 참고 정리.

이러한 의식은 후대에 올수록 문학이라는 매개체를 통하여 더욱 상세해지고 진실성을 갖춘 것처럼 묘사되어졌다. 특히 민간고사와 소설이라는 형식으로 좀 더 구체화되고 生動力있게 표현되어 중국인의 의식세계를 더욱 풍요롭게 해주었다.

2. 죽음의 세계에 대한 체험

삶이란 예정된 죽음을 향하여 한발 한발 다가서는 엄숙한 행진이다. 또 누구나 한 번씩은 찾아드는 마지막 歸路이기에 그 누구도 예외가 될 수는 없다. 그러기에 죽음은 절대적 畏敬의 대상이 되어왔고 또 문학의 중요한 素材가 되어 그 실체와 의미를 고찰하고자 부단한 연구가 시도 되어 왔다.

그리하여 중국고전소설 가운데는 죽음의 세계에 대한 幻影이 나타나게 되었고 이러한 幻影은 독자로 하여금 죽음의 세계를 간접체험 할 수 있는 가교를 만들어 주었다. 죽음의 세계에 대한 체험을 기록한 소설로는 위진남북조의 志怪小說과 당대의 傳奇小說에서 가장 많이 찾아 볼 수 있다.

죽음의 세계에 대하여 알려주는 소설에는 삼국시대 魏 文帝(曹丕 : 西紀187-226)가 지었다고 하는 『列異傳』가운데 「蔣濟故事」(卷276)에서 처음 나타난다. 그 고사의 내용은 "꿈을 통하여, 죽은 아들이 地下世上(泰山)에서 괴로운 생활을 하고 있다고 蔣濟(領軍)의 妻인 어머니에게 泣訴하자, 곧 죽어서 자기의 상관인 泰山令으로 오게 될 孫阿에게 부탁하여 어려움을 면하게 한다."[7]는 이야기로 꾸미고 있다. 즉 꿈을 통해 죽은 자와 산 자가 메시지를 전하는 형태를 취하고 있는데, 여기에서 泰山이라는

7) 전인초, 『중국고대소설연구』, 연세대학교출판부, 1985, 162쪽.

죽음의 장소가 언급된다. 이 당시에는 사람이 죽으면 지옥으로 간다는 사상이 보편화되지 않아 일반적으로 泰山으로 간다고 생각하였다. 泰山은 다분히 도교적인 개념이라 할 수 있다. 중국인들이 말하는 지옥이라는 개념은 본디 중국문화에서 나온 것이 아니라 불교적인 개념이다. 춘추전국시대 초나라 사람들은 죽어서의 세계를 '幽都'라 하였고, 이 세계는 지옥의 세계처럼 아주 무서운 곳이지만 그 성격에 있어서는 약간 다르다. 즉 지옥은 인간의 善惡을 재판하여 형벌을 주는 곳이지만 '幽都'는 결코 善惡과는 상관없이 그저 무시무시한 곳으로 그려지고 있다.[8] 또한 앞의 「蔣濟故事」에서 언급한 것처럼 통상적인 위계질서가 있고 또 어떤 활동을 하려면 통치하는 관리들의 통제를 받아야 하는 봉건주의 통치사회이다. 그러기에 이것에서도 인간의 사회에서 볼 수 있는 뇌물 혹은 請託의 비리가 통하는 사회로 묘사되고 있다.

晋 陶淵明의 『搜神後記』(권4, 李除)에 언급된 내용을 보면 :

> 襄陽의 李除라는 사람이 갑자기 죽어, 그의 아내가 시신 옆에서 밤샘을 하였는데, 삼경쯤 되자 시신이 벌떡 일어나 아내의 황금 팔지를 빼앗으려 하였다. 아내가 팔찌를 빼어 남편에게 쥐어주니 남편은 다시 죽어버렸다. 아내는 밤샘을 하며 시신을 살피고 있었는데 새벽이 되자 시신은 되살아났다. 되살아난 이제는 아내에게 말하길 : "저승사자에게 끌려가는 사람이 나 혼자가 아니고 여러 사람이 있었는데 그중 한 사람이 저승사자에게 뇌물을 주니 놓아주는 것이 아니겠소. 나도 그에게 황금 팔지를 줄 테니 눈 감아 달라고 하니 허락을 합디다. 그래서 황급히 달려와 당신의 팔지를 빼들고 와 그것을 바치니 슬그머니 풀어줍디다."라고 하였다.[9]

8) 臺靜農, 「佛敎故事與中國小說」, 『中國文學史 論文精選』, 臺灣 : 學海出版社, 1984, 632-636쪽.

9) 陶淵明, 『搜神後記』, 臺灣 : 木鐸出版社, 1985, 26쪽 縮約.(原文省略)

이처럼 저승과 이승을 이어주는 관리 즉 저승사자가 나타나 그 죽음을 인도해 주고 또 그 관리는 우리네 사회와 같이 뇌물을 받고 죽음을 눈감아 주거나 혹은 생명을 연장시켜 주는 비리가 있는 것으로 묘사하였다. 또한 잘못된 命簿로 인하여 일어나는 해프닝도 간혹 벌어진다. 또『搜神記』(권 15, 賈文合)에 이르길:

> 한나라 獻帝 建安年間에 하남 땅 남양에 성은 賈, 이름은 偶, 자는 文合이라는 젊은이가 살았는데 어느 날 갑자기 병을 얻어 죽었다. 저승사자가 문합을 泰山으로 데리고 오자, 泰山의 司命職 장관이 장부를 보더니 호통을 치며: "이자가 아니다. 네놈은 某郡에 사는 문합과 이자를 착각한 모양이구나. 속히 돌려보내 거라."하였다. 그 말이 떨어지기 무섭게 문합은 이승으로 돌아왔으나, 그러나 이미 날이 저물어 큰 나무 밑에서 유숙하게 되었다. 그때 멀리서 한 젊은 여인이 다가오는지라 문합이 의아하여 누구인지 물어보니: "저는 익양현 지사의 딸로 이틀 전 태산에 끌려왔는데 사람이 틀리다 하여 돌아오는 길입니다."라고 하였다. 이들은 서로의 인연이 보통이 아님을 알고 결혼을 약속하였다. 한편 문합의 집에서는 문합의 시신을 매장 할 단계에, 문합이 숨을 쉬고 핏기가 돌아 급히 의원을 부르니 문합은 소생하였다. 그 후 문합은 익양현에 가서 지사를 만나 自初至終을 설명하니 그 말과 딸의 말이 일치하는지라 문합의 청혼을 받아들였다.[10)]

이처럼 잘못된 命簿로 인하여 일어나는 우스꽝스런 이야기 가운데는 다분히 인간들의 의도적인 염원을 엿볼 수 있다. 또 인간들은 사후의 세계를 人格化시켜 우리들에게 그 무시무시한 공포의 대상을 좀 더 친숙하고 다정하게 유도해 주는 저의가 담겨있는 것이기도 하다.

---

10) 干寶,『搜神記』, 臺灣: 木鐸出版社, 1985, 180쪽 縮約.

위진남북조 중후기로 접어들면서 불교는 급속도로 확산 및 보편화되었다. 이때 불교의 영향을 받은 지괴소설들이 다량으로 출현하는데, 그중 『冥祥記』의 「趙泰故事」에서는 지옥의 개념이 처음으로 언급되기 시작하였다.

> 晉나라의 趙泰는 자가 文和로 淸河의 貝邱人이었다. 35세 때 갑자기 심장병으로 죽었는데 심장은 아직도 식지 않고 움직이고 있었다. 그 후 10일이 지나 갑자기 소생하였다. 그의 말에 의하면: "처음 죽었을 때 꿈에 한 사람이 나타나 심장 가까이 다가오더니 이어 다시 두 사람이 황마를 타고 나타나 泰를 데리고 동쪽으로 갔다. 얼마 후 어느 성문으로 데리고 들어갔는데, 이곳이 바로 前生의 죄를 다스리는 地獄이었다. 이 지옥에는 六部使者가 있어 전생의 죄들을 소상히 기록하여 관리하였는데 泰가 죄가 없음을 알고 벼슬을 주어 지옥의 여러 곳을 순례하도록 하였다. 또 佛法을 지키는 자만 속죄를 받는다는 사실을 알게 되었다. 순례가 끝난 후 主官은 노끈으로 묶인 상자를 열어 보고는 泰의 수명이 아직도 30년이나 남았다며 이승으로 되돌려 보냈다."고 한다.11)

이상에서의 자료를 종합해 보면 중국인의 관념속에 처음에는 '幽都'. '泰山'이라는 개념이 사후의 세계를 지배하고 있다가 불교가 보편화되면서 지옥이라는 개념이 들어오게 되었다. 또 중국인들은 지옥이라는 세계를 별 거부감 없이 수용한 듯하다. 왜냐하면 '幽都'라는 개념에 진일보하여 善惡을 재판하는 지옥의 세계가 그들에게는 새롭고 또 진일보한 문화개념 이였기에 쉽게 중국인의 의식세계로 수용되었던 것이다. 그 후 지옥이라는 단어가 死後의 世界를 통칭하는 대명사로 쓰여 졌지만 그 단어 이외에도 '九泉'·'幽都'·'幽府'·'陰府'·'地府'·'泉臺'·'九原'·'冥府'·

11) 魯迅 著·丁範鎭 譯:『중국소설사략』, 범학사, 1978, 61-63쪽을 參照하여 縮約.

黃泉'·'幽冥'·'冥曹' 등 여러 가지 이름으로 불리어 졌다.

唐代로 들어오면서 死後의 世界는 좀 더 구체적이고 또 다양하게 자리를 잡아간다. 李復言의 『杜子春傳』에 이르길:

> 두자춘은 젊은 시절부터 주색잡기에 빠져 방탕한 생활을 하다가 결국 모든 재산을 탕진하고 만다. 어느 날 이상한 道士가 나타나 300만전을 주자, 이내 탕진해 버렸고 또 1000만전을 주자 그것마저 얼마 되지 않아 모두 탕진하였다. 마지막으로 3000만전을 주자 그는 곰곰이 생각한 끝에 일가친척과 불우한 이웃들에게 그 돈을 골고루 나누어 주고 자신은 도사를 따라 나섰다. 도사는 그에게 약을 주며 神仙修鍊을 시켜 주었다. "절대로 말을 해서는 아니 되네. 설사 尊神, 악귀, 험악한 사람, 맹수, 지옥, 더 나아가 자네의 친족이 누군가로 부터 해를 입고 붙들려 꽁꽁 묶인다고 해도 말일세. 이러한 광경은 고통스러운 일이지만 모두가 진실이 아니네. 자네는 단지 움직이지 않고 말하지 않기만 하면 되네." 그리하여 차례대로 尊神, 악귀, 험악한 사람, 맹수 등이 나타나 괴롭혔으나 그는 꿈쩍도 하지 않았다. 그러자 대장군이 나타나 그의 목을 베어 염라대왕에게 보냈다. 염라대왕은 그를 지옥에 보내 여러 가지 형벌로 고문하였으나 그는 소리를 내지 않고 버티어 냈다. 염라대왕은 다시 그를 이승의 세상으로 보내 왕근의 딸로 환생시켰다. 그녀는 온갖 고초에도 불구하고 말없이 성장하였다. 그 후 노규라는 사람에게로 시집을 갔으나 여전히 말이 없었다. 어느 날 남편은 그녀의 입을 열고자 갖가지 시도를 하였으나 끝내 성공하지 못하였다. 그러자 남편은 극도로 화가나 그의 자식을 돌 위에 팽개쳐 버리니 아이는 머리가 터져 선혈이 낭자하였다. 그때 그녀는 순간적으로 모성애가 발동하여 "아이고"라고 소리를 질렀다. 그러자 그는 원래의 모습으로 돌아와 결국에는 신선이 될 수 없었다.[12]

12) 정범진 편역, 『당대소설전집 앵앵전』, 성균관대학교 출판부, 1995, 「두자춘전」을 축약정리.

여기에서 지옥의 세계는 상당히 구체화 되어 묘사되었다. 즉 죽은 두자춘이 염라대왕 앞에 끌려와서는 지옥의 세계로 떨어져 모진 고문을 받다가 다시 환생하는 내용을 묘사하고 있다. 이 소설의 전반적인 흐름은 도교의 신선세계에 대한 동경과 수련을 테마로 하고 있지만 내재되어 있는 내용 중에는 불교의 환생개념이 함께 도입되어 표현되었다. 일반적으로 불교에서는 이승의 세계에서 덕업을 충분히 쌓으면 바로 극락의 세계로 가고 죄를 지으면 지옥으로 간다고 하였다. 그렇다고 지옥의 세계에서 고통이 영원히 계속되는 것은 아니다. 일정한 형량을 마치면 다시 이승으로 환생되는 것이다. 또 지상의 친척들이 명부의 판결 때마다 그 관속을 달래고 위로하는 행사를 행하면 수월하게 형벌을 치루고 환생할 수 있다고 생각하였다.[13] 이러한 阿鼻叫喚의 死後世界를 묘사한 것 외에도 당대의 牛僧孺가 쓴 전기소설『古元之』에 새로운 이상향의 死後世界가 제시되어 있다.

> 後魏 尙書令 古弼에게는 元之라는 조카가 있었다. 그는 어려서부터 고필의 집에서 자랐는데, 어느 날 술을 과음하여 죽어버렸다. 고필은 애통해하며 장례를 치르다 마지막으로 관을 열어보니 원지는 이미 되살아나 있었다. 그리고 원지는 자신이 경험했던 死後의 世界에 대해 말하길 : 그가 혼미해 있을 때 고열이라는 먼 할아버지가 나타나 그를 和神國으로 데리고 갔다. 그곳은 오곡백과가 풍성하고 사람들도 모두 착하며 惡한 것이라고는 아무것도 없는 그야말로 이상향의 세계였다. 기후도 사계절이 따뜻하고 포근하며, 사람들은 근심, 걱정을 모르고 살아가는 사회이며, 군주는 군주대로, 관리는 관리대로 백성을 사랑하는 매우 화목한 사회였다. 또 사람들은 모두 婢僕들을 거느리고 있었는데 그 비복들은 모두 주인의 마음을 능히 알아서 행동하는 근면하고 성실한 사람들 이었

13) 이인복,『韓國文學에 나타난 죽음의식의 史的硏究』, 열화당, 1987, 26쪽.

> 다. 이곳에 이르자 고열은 고원지에게 : "이곳은 화신국으로 신선이 사는 곳은 아니지만 풍속은 그리 나쁘지 않단다. 너는 돌아가서 세상 사람들에게 이곳의 상황을 알게 하라."하고는 그에게 술을 주었다. 그 술이 깨자 그는 다시 소생하였다. 그 후 그는 세상일에 소원하면서 자연과 더불어 한평생을 살았다고 한다.[14)]

이 和神國이란 세계는 분명 도교에서 얘기하는 장생불사의 신선세계가 아니다. 이 세계는 오곡백과가 풍성하고 모든 사람들이 근심걱정을 모르고 행복하게 사는 또 하나의 낙원이며, 또 다른 死後世界인 것이다. 이는 기존에 있어 왔던 死後世界와는 다른 새로운 모델의 사후세계를 제시해주고 있는 것이기도 하다. 그러나 이 세계도 婢僕의 제도가 있는 것으로 보아 불평등한 사회의 틀을 뛰어 넘지 못하는 또 다른 봉건사회인 것이다. 그렇지만 선악의 죄과에 관계없이 이러한 세계가 있다는 것은 그들의 死後觀에 있어서 새로운 자극이 되었음이 틀림 없다.

이상에서 언급된 소설 이외에도 송대의 화본소설 『拗相公』에서는 신법을 주창한 王安石의 꿈에 죽은 아들이 나타나 신법의 폐해로 저승에 원한의 기운이 충천하다고 사후세계의 상황을 전달해주는가 하면 명대의 『西遊記』에서는 손오공이 옥황상제와 염라대왕을 농락하고 양쪽세계를 마음대로 넘나드는 내용을 묘사하고 있다. 심지어 청대의 『聊齋志異』에서는 잠시 염라대왕을 대신하여 재판을 보고 돌아온다는 내용 등 매우 다양하게 나타나고 있다. 이렇게 고전소설에서는 현세와 사후의 세계를 뛰어넘는 초현실적 모습으로 다양하게 묘사되었다.

또 이들이 취했던 죽음의 세계에 대한 체험방식도 다양하게 묘사되었

---

14) 정범진 편역, 『당대전기소설 앵앵전』, 성균관대학교 출판부, 1995, 206-264쪽 縮約整理

다. 첫째는 꿈을 통하여 죽은 자가 산 자에게 읍소하거나 죽음의 세계에 대한 동향 및 상황을 전달하는 방식을 취하기도 하고, 둘째는 실제 주인공이 잠시 죽은 상태에서 그곳의 상황을 직접 답습한 다음에 깨어나 그곳의 세계를 알려주는 방식을 취하기도 한다. 셋째는 간혹 非夢似夢間에 幻影을 통하여 사후의 세계를 접하기도 하고, 넷째는 무속을 통하여 메시지를 전달하거나 전달 받기도 한다. 그리고 여기에서 그들이 체험한 죽음의 세계는 종교와 매우 밀접한 관계를 맺고 있다. 불교가 대중화되기 전에는 도교적 한계에서 벗어나지 못하다가 불교가 일반화되면서 죽음의 세계도 불교의 영향을 받아 불교식으로 변천해 갔다. 그러나 이러한 불교의 사상이 중국인의 의식세계를 모두 지배한 것은 아니다. 유교의 제사의식, 도교의 神仙 및 長生不死의 意識 외에 토착 신앙의식까지도 모두 결합하여 혼합된 死後 世界觀을 형성하였던 것이다.

3. 生과 死의 共存

인간은 죽음에 이르면 여러 형태의 반응을 보이게 된다. 모든 것을 포기하고 운명에 순응하는 유형이 있는가 하면, 운명을 거부하고 끝까지 살아남으려 발버둥치는 유형도 있다. 대부분의 인간들은 죽음 앞에 무기력해지고 이러한 죽음의 공포에서 벗어나고자 또 다른 환상을 꿈꾸게 된다. 그러한 환상중의 하나로 나타나는 것이 바로 生과 死를 공존시키려는 시도이다. 중국고전소설 특히 위진남북조의 지괴소설과 당대의 전기소설 가운데 흔히 보이는 테마 중의 하나가 바로 生者와 死者의 共生樣式이다. 生者와 死者의 共生이란 일반적으로 살아있는 자가 죽은 자의 환영을 보고 함께 살아가는 양상을 취하고 있는데, 보통 우리에게 가장 널리 알려진 유형은 『異苑』의 「秦樹篇」이다.

> 江蘇의 曲阿에 秦樹라는 사람이 있었다. 그는 도성에서 일을 보고 돌아오는 길에 해가 저물어 길을 잃었다. 멀리 반짝이는 것이 보여 그곳에 가보니 자그마한 초가집이 있었다. 문을 두드리니 어느 한 여인이 나타나 진수는 하룻밤의 유숙을 청하였다. 그녀는 혼자 사는 몸이라며 청을 거부하였으나 그의 처지를 불쌍히 여겨 방으로 들어오라고 하였다. 허겁지겁 허기를 때우고 난 그는 젊은 여인을 보고 마음이 동하여 청혼을 하였다. 이내 두 남녀는 하나가 되어 뜨거운 사랑을 나누었다. 다음날 진수는 그녀의 손을 잡고 며칠 후 정식으로 맞이하러 온다고 하며 서로 정표를 나누었다. 얼마를 간 후, 뒤를 돌아보니 집은 보이지 않고 잡초가 무성한 무덤 하나만 덩그렇게 서 있었다. 그의 허리춤에는 그녀가 매달아 준 금지환이 그대로 매달려 있었다. 그 후 그는 해마다 그곳에 와서 제사를 지내고, 자신은 독신으로 살다가 임종에 이르러서는 그녀의 무덤에 합장해 달라는 유언을 남겼다.[15]

이처럼 무섭게만 느껴지던 귀신은 언제부턴가 쉽게 인간들에게 접근하기도 하고 쉽게 사라지기도 한다. 이와 같이 산 자가 죽은 자의 幻影을 보고 짧은 인연을 맺는 경우도 있지만 간혹 장시간에 걸쳐 부부의 인연을 맺고 살아가는 유형도 보인다. 이렇게 生과 死의 한계를 초월한 삶을 묘사한 작품에는 위진남북조의 지괴소설에서 가장 많이 찾아볼 수 있다. 여기에는 奇異하고 怪異한 것을 기록한다는 지괴소설의 本意 외에도 生死를 초월하여 영원한 삶을 갈구하는 위진남북조인들의 염원도 담겨져 있는 것이다.

다음은 『搜神記』중 「漢談生篇」으로 :

> 한나라 때 談生이라는 선비는 나이가 40이 되도록 벼슬도 못하고 가

15) 陳萬益 等編, 『역대단편소설선』, 臺灣 : 大安出版社, 1992, 66쪽 縮約.

> 난하게 살고 있었다. 어느 날 밤 15,6세 정도 되는 아리따운 아가씨가 나타나 아내가 되겠다고 자청하였다. 그 대신 조건으로 3년 동안 절대로 잠자는 모습을 불로 비춰보면 안된다고 하였다. 그리하여 두 사람은 그날로 부부의 연의 맺고 살았다. 1년 만에 아들을 낳고 2년이 지나자 또 하나의 아들을 낳았는데 담생은 3년이라는 약속을 지키지 못하고 호기심에 잠자는 아내의 모습을 비추게 되었다. 그러나 아내의 상체는 인간처럼 살이 붙어 있었으나 무릎 아래로는 백골 그대로였다. 그때 아내가 일어나 "이제는 끝장입니다. 작별을 해야 합니다" 라고 하며 그녀의 붉은 저고리를 정표로 남편에게 주고 자신은 남편의 옷소매를 찢어 정표로 삼더니 연기처럼 사라졌다. 그 후 담생은 생활이 곤궁해지자 그 붉은 저고리를 내다 팔았는데 때마침 睢陽王의 家臣이 그곳을 지나가다 그 옷을 보고 사서 왕에게 바쳤다. 왕은 깜짝 놀라 "이 옷은 공주의 관속에 넣어둔 관복인데 어느 놈인가 공주의 무덤을 파헤친 것이 분명하니 그놈을 잡아들여라" 라고 하였다. 잡혀온 담생이 自初至終을 낱낱이 고하였으나 왕은 끝내 믿으려 하지 않았다. 결국 무덤을 파보니 담생이 말한 대로 공주의 손에는 담생의 옷자락이 쥐어져 있었다. 그제 서야 왕은 담생을 사위로 인정하고 아이들을 손자로 입적시켰다.[16)]

이처럼 이들은 약 3년 여간 부부의 연을 맺고 살아가지만 결국 3년이라는 기간을 채우지 못하고 불빛을 비춤으로써 그 인연이 깨지고 아내는 다시 죽음의 세계로 떠나고 만다. 이렇게 生과 死의 세계는 가까우면서도 먼 세계이며, 쉽게 초월하기도 하고 또 영원히 초월할 수도 없는 양면성의 세계로 그려지고 있다. 또 경우에 따라서는 죽은 자를 소생시켜 함께 살아가는 유형도 등장한다.

16) 干寶, 『搜神記』, 臺灣 : 木鐸出版社, 1985, 202-203쪽 縮約飜譯.

『搜神後記』의 「徐玄方女」를 보면:

> 晉나라 東平의 馮孝將이 光州의 태수가 되어 부임하였다. 그의 아들 馬子도 아버지를 따라 광주의 관사에 기거하게 되었는데 어느 날 꿈속에 17.8세가량 되는 낭자가 나타나 "저는 전임태수 徐玄方의 딸로 4년 전에 요괴에게 죽임을 당하였는데, 저승관리가 장부를 조사해보더니 80세까지 살 사람이라며 부활을 허락하였습니다. 제가 蘇生할 수 있도록 도와주시면 그대의 아내가 되겠습니다."라고 하였다. 馬子가 흔쾌히 허락하자 그녀는 세상에 출현할 날짜를 알려주었다. 정말 약속한 날짜에 그녀는 나타났지만 혼백만 있을 뿐 육신은 없었다. 그렇게 얼마가 지나 마침내 육체마저 소생하는 날이 다가왔다. 낭자는 여러 가지 방법과 절차를 그에게 일러주었고 馬子는 그에 따라 정성껏 보살피니 그녀는 서서히 소생하였다. 그리고 그녀의 집에도 이 사실을 알려 일가친척들과 상봉할 수 있도록 하였다. 그 후 양가에서는 吉日을 잡아 결혼식을 올려주었다. 그리하여 그들은 2男1女를 두고 행복하게 살았다 한다.[17]

이처럼 죽은 자와의 영적교류를 통하여 죽은 자를 살려내고 또 죽은 자와 살아가는 초현실적 세계를 묘사하고 있다. 그들은 소설이라는 허구성을 통하여 그들의 염원인 영생을 실현시키고 영원한 삶을 찾고자 하였던 것이다. 그 외 에도 주인공을 죽음의 단계까지 몰고 가지 않고 잠시 영혼을 다른 곳에 가서 살게 하다가 다시 돌아오게 하는 방식이 있는데 이는 당대 전기소설 진현우의『離魂記』에 잘 나타나 있다.

> 장일에게는 張倩娘이라 하는 예쁜 딸이 하나 있었다. 그 집에는 외조카인 王宙도 함께 머물고 있었는데, 두 사람은 서로 각별한 애정을 가지

17) 陶淵明,『搜神後記』, 臺灣 : 木鐸出版社, 1985, 24-25쪽 縮約飜譯.

> 고 있었다. 그러나 아버지는 천낭을 다른 사람에게 시집 보내려 하였다. 이에 실망한 왕주는 그 집을 떠나게 되었는데 뜻밖에 천낭이 따라와 이들은 함께 사랑의 도피를 하였다. 그들은 인적 뜸한 외지로 도피하여 아이를 둘이나 낳고 행복하게 살았다. 그러던 어느 날 천낭은 부모가 그리워 남편과 함께 친정으로 돌아와 보니 천낭의 육신은 병들어 누워 있었다. 또 다른 천낭이 온다는 말을 들은 천낭은 병상에서 일어나 그녀를 마중하러 나갔는데, 이윽고 두 천낭의 몸이 합쳐지더니 하나가 되었다. 육체와 영혼이 합쳐진 천낭은 그 후 왕주와 40여 년간 행복하게 살았다.[18)]

왕주가 집을 떠날 때 나타난 여인은 다름 아닌 천낭의 영혼이었던 것이다. 이처럼 肉身은 집에 있었지만 靈魂은 사랑하는 사람의 곁으로 가서 살다가 다시 육체와 영혼이 하나가 된다는 이 이야기는 時空을 초월한 숭고한 사랑을 묘사한 작품이다. 또한 여기에서는 주인공을 꼭 죽음의 상태에 이르게 하지 않더라도 영혼을 통하여 共生할 수 있다는 소설적 가능성을 예시해 주기도 하며, 또 죽음을 초월하려는 영속성의 發露가 그대로 투영되었다고도 볼 수 있다.

이상의 작품에서 보이듯이 산 자와 죽은 자의 공존방식은 죽음에 대한 두려움과 공포의식을 조금이라도 해소시키고 또 죽음의 세계에 대한 삭막한 의식을 최소화시켜 독자로 하여금 죽음의 세계에 대해 친숙감마저 들게 해주는 효과를 거두고 있다. 이러한 生者와 死者의 共存方式은 영생을 추구하는 또 다른 방법 중의 하나이기도 하고 또 영생을 추구하고자 하는 그들의 代理滿足일 수도 있다.

---

18) 정범진 편역, 『당대전기소설 앵앵전』, 성균관대학교 출판부, 1995, 65-68쪽 축약 정리.

4. 영원한 삶의 추구

인간은 죽음 앞에서 어떠한 방법으로도 이를 회피할 수 없다는 自覺을 하게 되면서 죽음에 대한 절망감과 공포감에 휩싸이게 된다. 이러한 절망과 공포를 극복하려고 발버둥 치다가 결국에는 다음 세상에 대한 幻影을 꿈꾸게 되는데 이것이 곧 모든 종교에서 내세우는 영원한 삶, 즉 來世의 형태이다. 來世의 설정은 곧 죽음에서의 절망감을 극소화 시켜주고 죽음의 공포에서 다소나마 자유로울 수 있는 유일한 대안으로 인식되었으며 또 生과 死를 이어주는 永續性의 이미지를 구축하게 되었다.

초기 중국인들에게는 來世觀이 매우 희박하였다. 그러던 중 불교가 중국에 유입되면서 來世觀이 점차 체계를 이루며 자리를 잡았고, 중국의 토착종교라 할 수 있는 도교의 경우에도 불교에 자극을 받아 내세관이 체계를 잡아갔다. 불교가 유입되기 전에는 토착무속과 도가사상에서 나온 永生不死의 神仙思想이 중국인들의 관념 속에 깊이 뿌리를 내리고 있었다. 이렇게 超越的 存在로 神仙이 되고자 하였던 인간의 욕망은 生과 死라는 인간으로서 넘을 수 없는 壁에의 도전으로 이끌어 들였다. 이러한 不死를 위한 求仙行爲는 春秋時代부터 시작되어 戰國을 거쳐 그 말년인 秦代와 西漢시대에 크게 흥성하였다. 이 같은 분위기는 神秘를 추구하는 당시 중국인의 心理와 符合하여 크게 上乘作用을 일으킬 수 있었을 것으로 짐작된다. 특히 秦·漢間에 신선사상이 성행한데는 여러 가지 원인을 들 수 있지만 대체로 秦始皇의 求仙行爲, 漢武帝의 求仙行爲, 騶衍의 大九州說[19]의 영향을 들 수 있다.[20] 이러한 사상들은 한나라 말기 도교의

19) 騶衍은 戰國末年 제나라 사람으로, 그는 禹 임금이 차례로 정한 九州 외에도 나라밖에는 赤縣神州 같은 것이 아홉이나 있었다고 하였다. 이것은 후에 道家와 方士들의 상상력과 어울려 이상적인 세계를 창조하였다.

前身인 五斗米教와 영합을 하면서 더욱 확산되었고 또 불교의 유입으로 그 관념은 다소 변화를 맞이하게 되었다.

이렇게 永生不死의 관념은 후대로 오면서 차츰 不老長生의 관념으로 바뀌었고, 不老長生의 관념은 또 養生術이라는 方術을 거쳐 지금에 와서는 한낮 健康增進法 정도의 관념에 불과하게 되었다. 이러한 관념의 변화 속에서 중국인들의 영생에 대한 희망은 차츰 현실화 되어졌고 이렇게 현실화 되어지는 과정에서 또 다른 영생의 돌파구를 열어준 것이 곧 불교의 輪廻說이라 할 수 있다. 불교의 윤회설은 因果應報의 순환질서에 따라 前世, 現世, 來世로 이어지는 구체적인 체계성을 가지고 있어 영생을 갈구하는 이들에게 새로운 가능성을 제시해 주었고 또 의식의 전환을 가져다주었다. 사실 불교가 들어오기 전에는 還生의 개념이 전혀 없었던 것은 아니다.

한나라 劉向의 『列仙傳』 가운데 「平常生」과 「瑕丘仲」에 이르길:

> 穀城鄉의 平常生은 어느 곳 사람인지 모른다. 몇 번 씩 죽고는 다시 환생하자 당시 사람들은 이를 믿지 않았다. 그런 후 洪水가 발생하자 平常生이 欠門山頂에 나타나 洪水는 5日이 지나면 멎을 것이라고 말했다. 洪水가 그쳤기에 그의 神을 모시려고 산에 올라가 보니, 그의 의복과 혁대만이 발견되었을 뿐이다. 그 후 수십 년이 되어 이번에는 華陰의 門衛가 되었다.[21]
>
> 〈平常生〉

> 瑕丘仲은 寗人으로 그곳에서 백여 년간 약을 팔았기에 장수하는 사람이라 불리었다. 지진으로 仲의 집과 그 지방의 수십 호들은 모두 무너

20) 전인초, 『중국고대소설연구』, 연세대학교 출판부, 1985, 101-102쪽.
21) 전인초, 『중국고대소설연구』, 위의 책, 119쪽.

> 져 버리자, 仲의 시체를 물에 버리고 약품을 모조리 팔아먹은 자가 있었다. 그러나 仲이 가죽 옷옷을 입고 약품을 되찾으러 그의 집으로 가자, 仲을 遺棄한 남자가 깜짝 놀라 용서를 빌자 仲은 "자네가 내 것을 다른 사람에게 판 것은 유감스럽게 생각할 뿐이며 나는 자취를 감추겠다."하였다. 그 후 夫餘國 胡王의 文書 送達使가 되어 재차 甯으로 보내져 왔다.[22] 〈瑕丘仲〉

이처럼 주인공들이 환생을 하였으나 엄밀히 말해 이것은 還生이라기보다는 再生의 개념에 가깝다. 불교에서 말하는 因果應報의 因緣에 의하여 다른 모습으로 還生하는 것이 아니고 자기 모습 그대로 다시 태어나는 再生을 하고 있기 때문이다. 그 후 위진남북조로 들어와 불교의 윤회설이 크게 확산되면서 前世·現世·來世가 서로 연결된 還生의 개념이 서서히 언급되기 시작하였다.

王琰(479-501)의『冥祥記』가운데「王練篇」에 이르길:

> 王練은 존경하던 沙門의 후신으로 환생하여 곧 말을 하고 奇珍 銅器 珠貝의 명칭을 알았다. 스스로 前生의 일을 알았고 胡族과 친하였으며 후세에 크게 이름을 냈다.[23]

당대 李復言의『杜子春傳』가운데 두자춘이 閻羅大王에게 끌려가 심판을 받는 장면이 나오는데:

22) 전인초, 위의 책. 121-122쪽 참조.
23) 전인초, 위의 책. 215쪽 참조.

염라대왕이 말하길 : “이 자는 사람됨이 음험하니 그를 다시 남자로 되게 해선 아니 되니, 마땅히 그를 여자로 만들어서 宋州 單父縣의 縣丞 王勤의 집에 태어나게 해야겠다.” 두자춘은 다시 여자로 속세에 태어났는데, 태어날 때부터 늘 병이 나서 針灸와 醫藥이 거의 매일 그치지 않았다.....(이하 생략) [24]

이처럼 서서히 前生의 因緣에 의한 後生의 應報가 나타나며 來世觀은 점차 체계를 갖추게 되었다. 이러한 前生과 後生의 인연에 대해 가장 잘 묘사한 작품으로는 청대의 蒲松齡 作이라고 하는 『醒世姻緣傳』이다.

前生에 晁源이 한 마리의 여우를 쏴 죽이고 여우 껍질을 벗긴다. 그리고 자기 첩 珍哥에 빠져 본부인 計氏를 학대하는 나머지 계씨를 스스로 목매어 죽게 만든다. 이러한 사람들이 금생에 와서는 晁源은 狄希陳으로 태어나고 죽은 여우는 그의 처 薛素姐, 계씨는 그의 첩 童寄姐가 된다. 이 두 처와 첩은 전생의 원한 때문에 상상할 수도 없을 만큼 남편을 학대한다. 두 여자는 시부모도 홧병으로 죽게 만들 뿐만 아니라, 남편을 침대 아래 묶어 놓고 바늘로 찌르기도 하고 방안에 가두어 놓고 죽지 않을 만큼 몽둥이찜질도 한다. 어찌된 셈인지 이 적희진이란 남자는 처와 첩의 앞에만 서면 쩔쩔매면서 말도 제대로 못한다. 이런 때 胡無翳라는 高僧이 나타나 적희진에게 전생의 業報를 일러주고, 金剛經을 만번 읽도록 하였다. 그리하여 마침내 그 업보에서 풀려나게 되었다.[25]

이와 같이 『醒世姻緣傳』은 前生과 今生의 兩世에 걸친 인간들의 잘못된 인연으로 말미암아 그 果報를 받는다는 내용을 서술하고 있다.

이처럼 구체화된 來世觀은 이들에게 죽음에 대한 공포를 상당히 완화

24) 정범진, 위의 책. 336-337쪽 참조.

25) 김학주, 『중국문학사』, 신아사, 1997, 583쪽 참조.

시켜 주었을 뿐만 아니라 도덕 및 윤리적인 관점에서도 적지 않은 역할을 담당하였다. 또 환생이라는 긍정적 돌파구가 마련된 상황에서 죽음이란 공포와 두려움 또는 고통의 대상이 아닌 來世로 통하는 관문으로 받아들였다. 그러나 이러한 還生도 여전히 불안정성을 가지고 있었다. 즉 現世는 죽음을 초월하여 永生界로 들어가 極樂往生을 하느냐 아니면 善業의 미비로 輪廻의 迷路를 거듭하여 방황하느냐 하는 분기점으로, 得道에 이르지 못한 중생들은 또 고충을 견디어야 하는 환생의 반복이 계속되기 때문이다.

그러기에 죽음을 초월한 영원한 삶의 추구란 예나 지금이나 存在하지 않는 허상이지만 그들은 죽음 앞에 상당히 초연한 입장을 견지하려고 부단히 노력을 하였다. 결국 그들은 "죽음이란 인생의 가치를 소멸시키는 것이 아니라 그 가치를 완성시키는 것이다."라는 성숙된 관념을 만들어 냈고 또한 도교와 불교의 來世觀을 통하여 죽음의 공포와 두려움을 다소나마 벗어날 수 있었으며 그 속에서 영원한 삶의 해법을 찾고자 하였던 것이다. 그리고 이들은 소설이라는 허구성을 십분 활용하여 정신적 안정과 위로를 삼았으며 더 나아가 거기에서 永生의 存在와 그 意味를 확인하고자 하였던 것이다.

이상의 논점을 마무리하면 다음과 같다.

중국인들의 永生에 대한 추구는 太初부터 시작되었다. 이들이 추구한 영원한 삶이란 곧 종교적 來世觀으로 도교의 永生不死, 不老長生, 養生術 의 개념에다 불교의 因果應報에 의한 輪廻還生說 그리고 傳統巫俗信仰 等이 융합되면서 그들의 死後觀이 체계화되었다. 이렇게 체계화된 사후관 앞에 중국인들은 죽음의 공포와 두려움에서 다소나마 위안을 얻을 수 있었다.

전통적으로 중국인들은 "사람은 죽어도 영혼은 죽지 않는다."는 관념을 가지고 있었다. 이러한 永生不死의 관념은 그들의 정신세계 속에서 새로운 理想鄕 혹은 死後世界에 대한 幻想과 幻影을 만들어 냈다. 그러한 幻想과 幻影은 대개 꿈을 통하거나 또는 非夢似夢間의 환각을 통하여 주로 체험을 하게 된다. 그들이 체험한 사후세계는 처음에는 원시적인 형태를 띠다가 도교와 불교가 체계를 잡으면서 좀 더 원숙한 死後觀을 만들어냈다. 즉 초기의 중국인들에게는 지옥의 개념이 없었다. 이들은 사람이 죽으면 '幽都' 혹은 '泰山'이라는 세계로 간다고 생각하였다. 이 세계는 지옥의 세계처럼 善惡을 판결하는 곳이 아닌 단순히 무시무시한 세계로만 묘사되었다.

그 후 불교가 유입되면서 이 무시무시한 세계는 지옥의 개념으로 통합하여 수용하였다. 이 死後의 世界는 저승사자가 있고 또 사는 것도 우리의 사회와 다를 바 없는 그러한 세상으로 그려지고 있다. 그래서 그곳에서는 뇌물을 받고 죽음을 눈감아 주거나 생명을 연장시켜주는 비리가 자행되기도 하며 또 잘못된 命簿로 인하여 여러 가지 해프닝도 벌어진다. 이러한 것들은 死後世界를 人格化시켜 그들에게 공포와 두려움을 최소화시켜주었고 또한 친숙감마저 들게 하는 의도와 염원을 내포하고 있다.

또한 중국인들이 生과 死의 갈림길에서 추구한 또 다른 방법은 바로 生과 死의 共存方式이다. 이는 生者와 死者의 共生概念으로 生과 死의 한계를 초월한 영원한 삶의 모습을 묘사하고 있다. 이러한 묘사는 위진남북조의 志怪小說에서 不知其數로 찾아 볼 수 있다. 이렇게 生者와 死者의 共生은 영생을 추구하는 또 다른 방법이기도 하며, 영생을 갈구하는 이들의 代理滿足이기도 하다.

永生追求의 또 다른 돌파구는 來世觀에서 나온 還生概念이다. 불교가 들어오기 전 중국에서는 不死와 再生의 사상이 주류를 이루었다. 재생의 개념은 죽었다가 다시 본래의 모습으로 태어나는 방식으로 불교의 환생과는 의미가 사뭇 다르다. 불교가 유입되어 還生의 개념이 완전히 일반화되면서, 그들은 죽음이 곧 來世로 통하는 관문으로 받아들였다. 즉 永生의 돌파구를 종교의 來世觀에서 찾고자 하였던 것이다. 그러면서 "인생을 완성시키는 것이 곧 죽음"이라는 성숙된 관념을 가지고 죽음 앞에서 의연함과 초연함을 견지할 수 있었다. 그러나 죽음을 초월한 영원한 삶의 추구란 종교적 차원에서 차지하는 일부분일뿐 전체를 대변할 수는 없기에 時時刻刻으로 다가오는 죽음 앞에 대부분의 사람들은 초연함과 의연함을 견지하기란 그리 쉬운 일이 아니다. 또 영원히 반복하여 경험할 수 없는 이 一回性 죽음 앞에 그 죽음의 의미를 묻는다면 예전에도 그러했고 지금도 그러하듯이 그 最終의 質問에 궁색한 답변조차 할 수가 없어진다. 다만 문학 가운데 小說이라는 虛構性을 통하여 그저 永生을 실현시키고 또 영원한 삶과 그 존재의 意味를 확인해 볼 뿐이다.

Ⅳ. 故事成語의 유래와 분류체계 연구
– 韓·中 故事成語를 중심으로

『大學』에 나오는 "格物致知"나 『論語』에 나오는 "有朋自遠方來不亦樂乎" 같은 名言名句도 故事成語일까? 필자는 한동안 中國 故事成語를 강의 하면서 故事成語에 대한 개념정리가 학자마다 다소 다르게 사용되고 있다는 사실을 알게 되었다. 또 故事成語 辭典에서 조차도 개념을 서로 다르게 분류한 경우도 非一非再하게 볼 수 있었다. 實例로 위키백과에 언급된 고사성어의 개념은 "漢字成語 혹은 故事成語는 비유적인 내용을 담은 함축된 글자로 상황·감정·사람의 심리 등을 묘사한 관용구이다. 간단히 成語라고도 한다. 주로 4글자로 된 것이 많기 때문에 四字成語라 일컫는다."라고 되어있다. 그러나 여기에서 漢字成語는 단지 漢字로 된 成語일 뿐 결코 故事成語라고 할 수는 없다. 다시 말해 漢字成語 가운데 일부 故事成語가 있을 수는 있어도 故事成語가 모두 漢字成語가 되진 않는다. 또 故事成語와 四字成語는 전혀 다른 개념이다. 즉 四字成語는 4글자로 이루어진 成語일 뿐 모두가 故事成語가 될

* 본 논문은 2016년 대한민국 교육부와 한국연구재단의 지원을 받아 수행된 연구결과로(NRF-2016S1A5A2A03925653) 2019년『中國小說論叢』제58집에 투고된 논문을 일부 수정 보완하여 재편집한 논문이다.

수는 없기 때문이다.

또 국내에서 출간된 고사성어 사전을 분석해 보면, 먼저 明文堂에서 2종의 고사성어 사전이 나왔는데, 권상로 監修의 『故事成語 辭典』(고사성어사전간행회편저, 1994)은 약 4만 여개의 故事成句와 熟語를 수록하고 있다. 엄밀히 말해 故事成語 辭典이기보다는 一般成語 辭典으로 보는 것이 더 타당하다.[1] 그리고 장기근의 『고사성어 대사전』(2004) 역시 4000여 개의 故事成語와 成句를 混合收錄하였기 때문에 완전한 고사성어 사전으로 보기 어렵다. 그러기에 사전이름을 관용적으로 『故事成語 辭典』 혹은 『고사성어 대사전』이라고 하는 것은 문제가 있어 보인다. 차라리 『成語 大辭典』이나 『한자성어 대사전』이라는 이름이 더 적절해 보인다.

또 임종욱의 『고사성어 대사전』(시대의 창, 2008)은 1500여 개의 故事成語를 수록하였고, 김원중의 『고사성어 백과사전』(민음사, 2007)은 약 500여 개의 故事成語를 수록하였으며, 박일봉의 『고사성어』(육문사, 1994)에는 350여 개의 故事成語를 수록하고 있다. 그 외에도 수많은 고사성어 책들이 즐비하지만 상당수의 책들은 고사성어로 보기 어려운 일반성어들이 적잖게 수록되어 있다.[2]

---

1) 실제 그의 고사성어 사전에는 '伽倻琴'·'家庭'·'銀行'·'外國' 등 故事成語라고 보기 어려운 단어들이 상당수 있다.

2) 본 연구를 위해 다음의 서적들을 참고하였다.
권상로 監修, 고사성어사전간행회편저, 『故事成語 辭典』, 明文堂, 1994.
장기근, 『고사성어 대사전』, 明文堂, 2004.
임종욱, 『고사성어 대사전』, 시대의 창, 2008.
김원중, 『고사성어 백과사전』, 민음사, 2007.
박일봉, 『고사성어』, 육문사, 1994.
진기환, 『三國志 故事成語 辭典』, 명문당, 2001.

이처럼 최근에 출판된 고사성어 사전을 분석해 보면 전반적으로 故事成語에 대한 개념정리도 불분명할뿐더러 또 고사성어로 보기 어려운 一般成語와 명언명구도 부지기수로 수록되어 있음을 발견할 수 있다. 그러면 과연 어디까지를 고사성어의 범주로 볼 것인가?

일반적인 고사성어의 개념을 살펴보면, 먼저 故事란 "옛날부터 전해 내려오는 유래 있는 일"이라고 언급되어 있고, 成語는 "옛 사람이 만들어 널리 세상에 쓰이고 있는 말"이라고 적혀있다. 종합하자면 故事成語는 故事와 成語를 合成하여 만들어진 말이다. 즉 成語는 옛사람이 만들어 널리 사용되고 있는 말로 이에 따른 故事가 있는 것과 없는 것을 모두 포괄하는 폭넓은 개념으로 사용되고 故事成語는 반드시 故事性을 내포하고 있어야만 진정한 고사성어가 될 수 있다. 어떤 면에서 成語는 典故와 부분적으로 일치하는 면이 있다. 典故는 '典例와 故事'가 있는 것을 의미하는 것으로 故事를 내포하고 있는 것이나 비록 고사는 없지만 典籍의 典據가 될 만한 것을 말한다. 결론적으로 故事成語는 "옛날 어떤 사건이나 유래로 만들어져 지금까지 세상에 널리 쓰이고 있는 말"이라고 개념을 정의할 수 있다.[3)]

필자는 이러한 관점에서 고사성어에 대한 개념정리와 분류체계의 재정립을 시도해 보았다. 즉 漢字成語와 四字成語 및 故事成語에 대한 분류와 유형분석 및 특징에 대하여 심층적으로 분석해 보았고 또 고사성어의

임종대, 『한국 고사성어』, 미래문화사, 2015.
創世卓越, 『成語故事百科圖解』, 漢字國際文化有限公司, 2009.
張春華, 『圖說成語故事』, 智揚出版社, 1990. 등 참고.

3) 네이버 백과사전/ 국어대사전(교육도서, 1987)/ 한자대전(교육도서, 1988) 등 참고. 실제 일반적인 사전류에는 "고사에서 연유한 말"이라 간단히 언급하고 있다. 민관동, 「삼국연의에 묘사된 고사성어 연구」, 『중국어문논역총간』제26집, 2010, 92쪽.

제작과 변형과정에 대하여 집중적으로 고찰하였다. 그 외에도 국내에서 사용되고 있는 고사성어와 국내에서 독자적으로 만들어진 韓國型 故事成語도 함께 연구하였다.

1. 成語와 故事成語의 분류

앞서 언급하였듯이 成語란 "옛 사람이 만들어 세상에 널리 사용되고 있는 말"이라 정의하였다. 이러한 성어는 한자로 이루어졌기에 漢字成語라고도 한다. 한자성어는 현재 일반적으로 쓰이고 있는 故事成語와 四字成語를 모두 포괄하는 가장 폭넓은 개념이다. 이러한 성어는 크게 故事가 있는 것과 없는 것으로 분류되는데, 즉 있는 것은 故事成語이고 없는 것은 一般成語라 할 수 있다.

그러면 중국에서는 어떻게 분류하고 있을까? 중국의 사전에서 언급된 개념을 간략하게 정리해 보면, "成語는 熟語의 일종으로 관용적으로 사용하는 말 혹은 短句이다. 대부분 4자로 구성되었으며 출처가 비교적 명확하다. 또 일부는 글자 자체만으로도 의미를 알 수 있지만 일부는 근원을 알아야 그 의미를 이해 할 수 있다."[4]라고 되어 있다. 여기에서 "근원을 알아야 그 의미를 이해 할 수 있다."라고 한 부분이 바로 故事成語를 지칭하는 것이다. 사실 중국에는 故事成語라는 어휘가 없다. 보통 故事性을 가지고 있는 것을 成語故事(典故成语)라고 한다. 그 외 대부분의 것들은 통칭하여 成語라고 부른다.

4) http : //www.baidu.com. 『詞海』, 상해인민출판사, 1994, 『現代漢語詞典』, 中國商務印書館, 1997년 등 참고.

이상을 근거로 고사성어의 개념을 정리하자면 故事와 成語의 합성어인 故事成語는 일반적으로 어떠한 故事에서 유래된 관용어를 의미한다. 다시 말해 옛날 역사적인 사건이나 일화에서 유래하여 후대 사람들이 이를 근거로 만들어낸 관용어를 지칭한다. 보통 故事成語는 짧게는 두 글자에서 시작하여 길게는 열 글자가 넘는 것도 있다. 보통 네 글자로 만들어진 것이 가장 많아서 四字成語라고도 하나 사실 四字成語와 故事成語는 다른 개념이다. 물론 故事成語와 四字成語는 분명 겹치는 부분이 있기는 하다. 즉 四字成語 가운데 상당수는 故事成語로 이루어졌지만 역으로 상당수는 고사의 연유가 없는 一般成語이기 때문이다. 엄밀히 따지면 동일한 개념이 아니다.

漢字成語와 故事成語 그리고 四字成語라는 용어는 각자 다른 의미를 내포하고 있는데 이는 분류 범주가 다르기 때문이다. 즉 故事成語은 그 성어가 "고사에서 유래했는가?"의 유무에 따라 분류 기준이 된다. 또 四字成語는 "그 성어가 몇 글자로 이루어졌는가?"가 바로 분류 기준이 되는 것이다. 먼저 글자 수에 따른 분류를 살펴보면 다음과 같다.

1) 글자 수에 따른 분류

成語에는 그 글자의 수에 따라 二字成語·三字成語·四字成語·五字成語·六字成語·七字成語·八字成語 등으로 구분된다. 심지어 열자가 넘는 成語도 존재한다. 성어 가운데는 글자의 수와 상관없이 故事成語와 一般成語가 共存한다. 그러기에 성어는 모두를 포괄하는 가장 큰 개념이다.

글자 수	일반성어	출전	고사성어	출전
二字成語	麾下*(휘하: 대장의 직속)	史記	斷腸	世說新語
	失言	論語	反骨	三國志
三字成語	紅一點	王安石 詩	背水陣	史記
	三不朽	左傳	解語花	開元天寶遺事
四字成語	身言書判	唐書	喪家之狗	孔子家語
	窈窕淑女	詩經	七縱七擒	三國志
	口禍之門	馮道 詩	沐猴而冠	史記
五字成語	廬山眞面目	蘇軾 詩	苛政猛於虎	禮記
	過則勿憚改	論語	人生如朝露	漢書
六字成語	不俱戴天之讎	禮記	五十步笑百步	孟子
	道可道 非常道	老子	蝸牛角上之爭	莊子
七字成語	別有天地非人間	李白 詩	讀書百遍義自見	欒城遺言
	一葉落天下知秋	淮南子	三年不飛又不鳴	呂氏春秋
八字成語	身體髮膚 受之父母	孝經	萬事俱備 只欠東風	三國演義
	十年樹木 百年樹人	管子	人間萬事 塞翁之馬	後漢書
九字成語	氷凍三尺 非一日之間	論衡	孝子從治命 不從亂命	東周列國志
十字成語 以上	天時不如地利 地利不如人和	孟子	千人之諾諾 不如一士之諤諤	史記

이처럼 성어는 글자 수에 따라 다양하게 분류된다. 그중에서 네 글자로 된 四字成語가 대부분을 차지한다. 이러한 연유에서 成語하면 四字成語를 연상하는 대표성을 갖게 되었다. 상기 도표에서 확인되듯 四字成語에도 일반성어가 있고 고사성어가 함께 공존한다.

그럼 왜 四字成語가 가장 많은가? 하는 문제이다. 이는 漢字가 모여 말을 이룬 成語는 漢字만이 가지고 있는 특징인 表意文字(각 글자마다 의미를 지닌 특징)이기에 한자를 조합하여 문맥을 만드는 요소 가운데 4글자로 만드는 것이 가장 적합하기 때문이다. 예를 들어 左+衝+右+突(주술관계 : A는 B하고, C는 D하다.) 혹은 克+己+復+禮(술목관계 : B를 A하고, D를 C한다.) 라는 등식에 가장 적합하고 그리고 음악적 리듬을 타기도 하며, 또 네 글자로 압축된 힘을 가장 잘 표출할 수 있기 때문이다.

2) 故事의 有無에 따른 분류

成語를 분류하는 또 다른 방식으로 故事性의 유무에 따른 분류기준이다. 즉 成語가 만들어지는 과정에서 故事性(Story)의 有無에 따라 故事成語와 一般成語로 구분할 수 있다. 즉 故事成語에서 가장 먼저 들어가는 분류기준이 바로 옛 이야기나 逸話가 얽혀져 있는 成語여야만 된다는 점이다. 따라서 고사에서 유래되지 않고 만들어진 어휘는 고사성어라고 볼 수 없다. 예를 들어 窈窕淑女나 身體髮膚 受之父母 같은 어휘는 생성과정에서 고사성을 가지고 있지 않기 때문에 故事成語가 아니라 一般成語로 분류되는 것이다.

결론적으로 漢字成語와 四字成語 및 故事成語를 분류하는 방법은 앞에서 소개한 "글자 수에 따른 분류방식"과 "故事의 有無에 따른 분류방식"으로 명확하게 드러난다. 도표로 정리하면 다음과 같다.

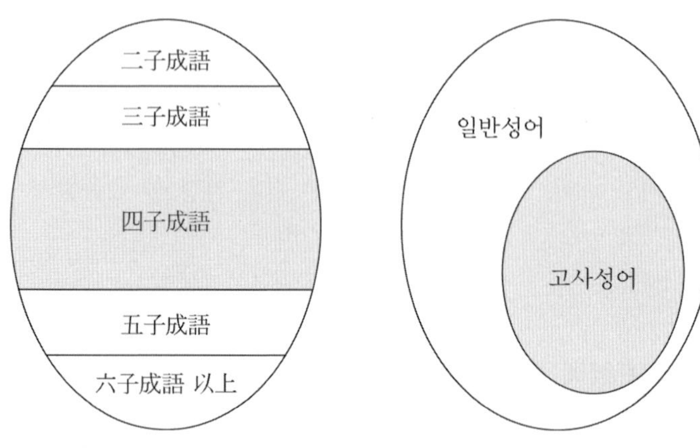

도표 1. 글자 수에 따른 분류　　**도표 2.** 故事(story)의 有無에 따른 분류

이상의 결과로 漢字成語와 四字成語 및 故事成語의 범주와 영역을 정의하여 분류하면 漢字成語는 漢字로 된 모든 성어를 포괄하며 그 漢字成語중에 가장 많은 四字成語는 4글자로 된 것만을 의미한다. 또 四字成語중에서도 故事成語와 一般成語가 있기 때문에 故事成語가 가장 작은 개념이 된다. 그러기에 漢字成語와 四字成語 및 故事成語의 표현을 명확히 해야 할 필요가 있으며 결코 관용적으로 같은 범주의 개념이나 동일 개념으로 혼용하여 사용할 수는 없다.

고사성어는 보통 중국의 역사나 철학사상 그리고 문학 등에서 유래한 어휘들이 주류를 이루는데 보통 대부분의 고사성어는 오랜 세월에 걸쳐 인간의 생활 속에서 만들어진 傳來的 成語를 의미한다. 여기에 역사적 故事性(Story)이 혼합하여 정형화되고 고착화되기도 하고 상황에 따라서는 새롭게 변형을 만들어 내기도 한다. 고사성어의 제작과 정착 및 변형에 대해서는 제4장에서 다시 고찰하기로 한다.

3) 故事成語의 特徵

故事成語는 나름의 독특한 특징을 내포하고 있다. 속담(속어)과도 약간의 차이가 있고 또 일반성어와도 구별된다. 고사성어의 특징은 크게 歷史와 逸話를 내포한 故事性, 優雅하고 格調높은 品格性, 定型과 持續을 추구하는 永續性, 이미지의 含蓄性, 의미의 多样性 등 5가지를 들 수 있다.[5)]

(1) 歷史와 逸話를 내포한 故事性

失言·不夜城·無用之物·見物生心 같은 一般成語들은 한자를 알면 대부분 그 의미를 짐작하거나 뜻을 알 수 있다. 그러나 杞憂·登龍門·管鮑之交·人面桃花 같은 故事成語들은 그 고사에서 연유된 이야기를 알아야만 이해가 가능하다. 이처럼 대부분의 고사성어는 고사내용을 알아야 의미가 파악되는 것이 많고, 일반적인 성어는 글자자체만 봐도 의미가 짐작되는 것이 많은 것이 특징이라 할 수 있다. 즉 일반성어는 고전의 名言名句에서 유래가 되어 나온 것으로 비교적 端雅한 품격의 문장이 많기 때문이다. 반면 고사성어는 역사나 일화의 故事性이 가미된 문장이기에 탄생과정에서 또다시 고사성이 농축된 정리과정을 필요로 하기에 이러한 특징이 나타나는 것이다.

(2) 優雅하고 格調높고 品格性

修辭性이란 言辭의 修飾으로 말과 글을 아름답게 꾸며주는데 바로 고사성어가 그러한 역할을 하고 있다. 고사성어는 정확한 의미의 전달 혹은

5) 바이두 : www.baidu.com 바이두의 각종 자료를 종합하여 필자가 재정리 하였다.

설득의 수단으로 인용되며 또 일반 대중성을 가지고 있는 속담과는 대비가 된다. 즉 고사성어는 고품격의 우아한 文辭로 인해 격조를 높이는 자체의 風格을 가지고 있다. 특히 다양한 어휘의 적절한 구사는 지식과 교양의 잣대가 되기도 한다.

(3) 定型과 持續을 추구하는 永續性

고사성어는 持續性을 가지고 있다. 일부 고사성어는 세월의 흐름에 따라 간혹 글자와 내용이 변화가 있기도 하였지만 대부분은 수천 년의 성어가 지금도 그대로 사용되어지고 있는 특징을 유지하고 있다. 특히 고사성어는 수천 년의 역사와 함께 전해 내려오는 선현들의 경험과 격조 높은 문장에서 비롯한 것이 대부분이기에 내용 중에는 삶의 지혜와 교훈이 많이 농축되어 있으며 이러한 영속성으로 인하여 풍요로운 言語活用은 물론 세상을 바라보는 안목까지 길러준다.

그리고 고사성어는 오랜 세월동안 정형화되어 고착이 되었기에 한번 만들어지면 고정적으로 정착되어진다. 그러기에 話者에 의해 마음대로 순서를 바꿀 수 없고 또 임의대로 쉽게 변형되지도 않는다. 이처럼 고사성어는 한번 정착되면 지속적으로 固定性을 강하게 유지하려는 것이 특징이다.

(4) 이미지의 含蓄性

고사성어의 또 다른 특징은 바로 이미지의 含蓄性이다. 즉 표현의 의미가 한 가지만 나타나는 것이 아니라 또 다른 의미를 암시하거나 내포한다는 것이다. 예를 들어 四面楚歌는[6] 본래 "四方에서 들리는 楚나라의 노래라는 뜻"이다. 그러나 여기에서의 진의는 "적에게 둘러싸여 고립무원의 상태나 누구의 도움도 받을 수 없는 상황에 빠진 것"을 이르는 말로 함축되어 있다. 또 兎死狗烹은[7] 본래 "狡兎死走狗烹"에서 나온 말로 "사냥을 가서 토끼를 잡으면 필요 없어진 사냥개를 삶아 먹는다."라는 뜻이다. 그러나 또 다른 의미는 "필요할 때는 요긴하게 이용하고 필요가 없어지면 냉정하게 버리는 세정을 비유"하는 말로 사용된다. 이처럼 고사성어는 한자 본연의 의미와 또 다른 의미의 이미지를 함축하고 있다.

(5) 의미의 多样性

고사성어에는 동일한 故事成語임에도 불구하고 서로 다른 의미를 내포하고 있다. 심지어 정반대의 의미를 동시에 가지기도 한다. 예를 들어 吳越同舟[8]는 "吳나라 사람과 越나라 사람이 한 배에 탔다."라는 뜻인데 "원수가 외나무다리에서 만났다."라는 의미와 이 배가 태풍으로 전복위기에 이르자 "어려운 상황이 되면 원수라도 힘을 합쳐 위기를 벗어난다."라는 반대의 의미를 동시에 내포하고 있다. 또 尾生之信[9]은 "미생이란 사람의 믿음"이란 뜻으로 "약속과 신의를 굳게 지키는 것"과 "미련하고 고지식하여 융통성이 없는 것"을 의미하기도 한다. 이처럼 고사성어는 다양한 의미를 내포하여 어휘사용을 풍요롭게 해준다.

---

6) 출처는 사마천의『史記』〈項羽本記〉에 나온다.

7) 출처는 사마천의『史記』〈越王句踐世家〉에 나온다.

8) 孫武의『孫子』〈九地篇〉에 나온다.

9)『史記』(蘇秦列傳)『莊子』(盜跖篇) 그 외『戰國策』,『淮南子』(說林訓篇) 등에 춘추시대 魯나라에 尾生이라는 사람이 있었는데, 사랑하는 여자와 다리 아래에서 만나기로 약속하고 기다렸으나 여자가 오지 않았다. 그런데 갑자기 소나기가 내려 물이 밀려와도 미생은 끝내 자리를 떠나지 않고 기다리다가 마침내 교각을 끌어안고 죽었다.(信如尾生 與女子期於梁下 女子不來 水至不去 抱柱而死).

그 외에도 고사성어는 전혀 다른 어휘에서 동일의미를 나타내기도 한다. 예를 들어 미녀를 상징하는 고사성어로는 傾國之色·傾國傾城·沈魚落雁·閉月羞花[10] 등이 있으며, 친구와의 돈독한 우정을 의미하는 고사성어로는 竹馬故友·管鮑之交·刎頸之交·水魚之交 등이 있고, 優劣을 가리기 어렵다는 의미의 伯仲之勢·伯仲之間·莫上莫下·互角之勢·등이 있다. 또 서로 반대의 고사성어로 門前成市와 門前雀羅·白眼視와 靑眼視 그리고 錦衣還鄕과 錦衣夜行 등 다양한 고사성어가 존재한다.

2. 故事成語의 유형분석

故事成語는 보통 역사적인 사건이나 일화에서 유래된 관용어라고 하였다. 이러한 고사성어는 다양한 글자 수를 가지고 있다. 二字型 故事成語부터 十字型 故事成語가 넘는 고사성어도 존재한다. 본장에서는 고사성어의 글자 수에 따른 유형을 분류하고 또 고사성어의 출전에 따른 분류를 시도해 보았다. 고사성어는 대부분 文·史·哲에서 유래되었음이 확인된다. 그중에서도 특히 역사적인 사건과 일화에서 태동하였기에 歷史書가 가장 많았다.

10) 일반적으로 浸魚는 西施를 의미하고 落雁은 王昭君을 지칭한다. 또 閉月은 貂蟬을 의미하고 羞花는 楊貴妃를 지칭한다. 그리고 傾國之色 : 나라를 기울게 할 만한 미모를 의미하는 말로 漢武帝때 協律都尉를 지낸 李延年의 시 "北方有佳人, 絶世而獨立, 一顧傾人城, 再顧傾人國, 寧不知傾城與傾國"에서 유래되었다. 후에 傾國之色으로 대중화 되었다.

1) 고사성어의 유형과 제작원리

(1) 고사성어의 유형

成語에는 그 글자의 수에 따라 二字型 故事成語, 三字型 故事成語, 四字型 故事成語, 五字型 故事成語, 八字型 故事成語 등과 그 이상으로 다양하게 분류할 수 있다. 물론 그중에서 四字型 故事成語가 대부분을 차지한다.

글자 수	고사성어	원문	의미	출전
二字型 故事成語	白眉	馬氏五常 白眉最良	흰 눈썹이라는 뜻으로, 여럿 가운데 가장 뛰어난 이를 가리키는 말	三國志
	杞憂	杞國有人, 憂天地崩墜, 身亡無所倚, 廢寢食者	기나라 사람의 걱정이라는 뜻으로, 쓸데없는 걱정을 이르는 말	列子
三字型 故事成語	白眼視	阮籍不拘禮敎, 能爲靑白眼. 見俗禮之士, 以白眼對之反.	상대를 업신여기거나 냉대하여 무시함	晉書
	登龍門	士有被其容接者 名爲登龍門	입신양명하고 크게 출세함. 선비로서 그의 용접을 받는 사람을 이름하여 등용문이라 함	後漢書
四字型 故事成語	結草報恩	顆見老人結草 以亢杜回 杜回足質而顚 故獲之 夜夢之曰 : 餘而所嫁婦人之父也 爾用先人之治命 餘是以報	풀을 묶어 은혜를 갚다. 즉 죽어서도 고마움을 잊지 않고 은혜를 갚음.	春秋左氏傳
	門前成(若)市	上責崇曰 : 君門如市, 何以欲禁切主上,崇對曰 : 臣門如市,臣心如水	찾아오는 사람이 너무 많아 문 앞이 마치 시장이 선 것처럼 되었다는 뜻.	漢書

글자 수	고사성어	원문	의미	출전
五字型 故事成語	苛政猛於虎	夫子曰 : 小子識之, 苛政猛於虎也	가혹한 정치는 호랑이보다도 더 무섭다는 뜻(혹독한 정치의 폐해가 큼)	禮記
	水清無大魚	水至清卽無魚 人至察卽無徒	물이 너무 맑으면 고기가 없듯이 사람이 너무 살피면 동지가 없다는 의미.	後漢書
六字型 故事成語	五十步笑百步	或百步而後止, 或五十步而止, 以五十步笑百步, 則何如?	다소의 차이는 있으나 크게 보면 별 차이 없다는 의미	孟子
七字型 故事成語	敗軍之將不語勇	敗軍之將不語勇.	실패한 사람(장수)은 구구한 변명을 하지 않는다는 말	史記
八字型 故事成語	燕雀安知, 鴻鵠之志	燕雀安知, 鴻鵠之志哉.	일반 필부가 영웅의 큰 뜻을 알리가 없다는 말	史記
十字型 故事成語 以上	瓜田不納履, 李下不整冠	君子防未然, 不處嫌疑間, 瓜田不納履, 李下不整冠.	오이밭에서 신발을 다시 고쳐 신지 말고, 오얏나무 아래에서는 관(모자)을 고쳐 쓰지 말라. 오해받기 쉬운 일을 삼가라.	文選

이처럼 고사성어는 최소 2자부터 10자 이상까지 다양하게 나타난다. 그러나 4자형 고사성어가 단언코 압도적으로 많다. 이는 우리의 전통 시가인 민요나 시조가 4언 혹은 3언으로 리듬을 타듯이 한자도 4글자가 말하기 쉽고 쓰기도 쉬워 4자 형식을 하고 있는 성어가 약 96%라고 한다. 이러한 實例는 중국 최초의 시가집 『詩經』과 『千字文』 또한 4言 위주로 되어 있고 『尙書』 역시 4言 위주가 많은 것도 이러한 연유이다. 또 4언은 음악적 리듬을 탈수 있으며 短句이기에 기억이 쉬운 장점도 있다. 그 외 4언은

상징적으로 이미지의 함축이 용이하고 상대에게 의미전달이 명료하다는 특징이 있다.

(2) 고사성어의 제작원리

다음은 고사성어의 제작원리이다. 고사성어가 만들어지는 과정과 원리를 살펴보면 크게 3가지로 분류할 수 있다. 첫째가 명언명구의 문장을 그대로 빌려와 사용하는 경우, 둘째는 문구를 약간 가공하여 사용하는 경우(부분 가공), 셋째는 이야기(고사)를 빌려와 새로 만들어 쓰는 경우(전면 가공)이다.

① 명언명구의 문장을 그대로 빌려와 만들어진 경우

이러한 경우로는 위 도표에서 소개한 고사성어 가운데 燕雀安知, 鴻鵠之志(史記)·敗軍之將不語勇(史記)·五十步笑百步(孟子)·登龍門(後漢書)·白眉(三國志)·瓜田不納履, 李下不整冠(文選) 등의 케이스가 해당된다. 이러한 고사성어는 원전의 문구에서 그대로 취하거나 불필요한 허사를 한두 글자 제거하고 원문 그대로를 사용하였다. 그러기에 고사성어의 출전이 가장 명료하게 드러난다.

② 문구를 약간 가공하여 만들어진 경우 (부분 가공)

이러한 경우는 원전의 문구를 액면 그대로 받아들이지 않고 약간 가공하여 사용하는 케이스이다. 예를 들어 『孟子』에 나오는 揠苗助長의 원문은 "助之長者 揠苗者也 非徒無益 而又害之"이다. 이 가운데 밑줄 친 부분의 글자를 다시 조합하여 揠苗助長이라는 고사성어를 만들었다. 그 후 揠苗助長에서 다시 앞의 두 글자를 빼고 지금은 助長이라는 고사성어가 주로 쓰인다. 이 고사성어의 본의는 "너무 조급히 키우려다가 무리하여 오히려 망친다."라는 의미이다. 그러나 실제로는 煽動이란 의미로 쓰인다.

또『史記』에 나오는 良藥苦口의 원문은 "忠言逆於耳而利於行, 毒藥苦於口而利於病"이다.(번쾌가 유방에게 한 諫言中, "충언은 귀에 거슬리나 행실에 이롭고, 독한 약은 입에 쓰나 병에 이롭다.") 이 가운데 毒藥苦於口는 독약이라는 부적절한 어휘를 다시 良藥苦口로 부분 가공하여 쓰이고 있다. 후대에는 주로 "良藥苦口利於病, 忠言逆耳利於行"으로 주로 쓰인다. 그 외에도 杞憂(列子)·白眼視(晉書)·門前成市(漢書) 등이 이러한 유형에 해당된다.

③ 이야기(고사)를 빌려와 새로 만들어진 경우 (전면 가공)

이러한 경우는 고사의 전반적인 내용을 응용하여 만들어 쓰는 케이스이다. 그러기에 문구의 인용보다는 이야기의 상징성에 의해 고사성어가 만들어 진다. 예를 들어『春秋左氏傳』에 나오는 結草報恩의 원문은 "顆見老人結草, 以亢杜回, 杜回足質而顚, 故獲之. 夜夢之曰 : 余而所嫁婦人之父也, 爾用先人之治命, 余是以報."이다.[11] 여기에서 고사의 내용과 흐름에 따라 結草報恩이라는 고사성어를 만들어 냈다.

또『戰國策』에 나오는 畫蛇添足[12]의 경우도 그러하다. 전체의 긴 문장에서 고사의 내용과 상징성을 추려내어 조립하는 방식이다. 畫蛇添足은

11) 위과(魏顆)가 수세에 몰리어 도망치는데 한 노인이 풀을 묶어 두회(杜回)에게 대항하자 두회는 넘어 자빠지게 되어 생포되었다. 그날 밤 꿈속에 노인이 나타나 "나는 그대가 개가시켜준 여자의 아비인데 그대가 선친의 유언을 잘 따랐기 때문에 그 은혜를 보답한 것이오."라고 하였다."

12) 楚有祠者, 賜其舍人巵酒, 舍人相謂曰 : "數人飮之不足, 一人飮之有餘, 請畫地爲蛇, 先成者飮酒."一人蛇先成, 引酒且飮之, 乃左手持巵, 右手畫蛇曰 : "吾能爲之足."未成, 一人之蛇成, 奪其巵曰 : '蛇固無足, 子安能爲之足?' 遂飮其酒。爲蛇足者, 終亡其酒。.

후대에 다시 약칭하여 蛇足(쓸데없는 군더더기로 도리어 일을 그르침)으로 축약되었다.

2) 고사성어의 출전에 따른 분류와 분석

고서성어는 과연 어디에서 유래되어 만들어졌는가? 故事成語는 그 장르에 따라 文學·史學·哲學의 전적들로부터 다양하게 유래되었다. 그러나 고사성어의 특징이 故事性이기에 특히 史學과의 관계가 밀접한 것은 당연한 결과이기도 하다. 먼저 文·史·哲 위주로 분석하면 다음과 같다.

(1) 文學

문학에서 고사성어가 가장 많이 출현하는 장르는 고사성(Story)이 강조되는 소설이다. 그 외 詩와 散文 그리고 戱曲에서도 다양하게 출현한다. 소설 중에서도 통속소설에서는 『三國演義』와 문언소설에서는 『世說新語』가 두드러진다. 그 외에도 『山海經』·『神仙傳』·『列女傳』·『搜神記』·『沈中記』·『水滸傳』 등에서 다양하게 출현하였다.

① 소설

*『三國演義』: 『三國演義』에는 약 70여 개의 고사성어가 나오는데 그 중 오직 『三國演義』에서만 처음 유래된 것이 10여 개가 된다. 桃園結義·過目不忘·九五之分·棄大就小·囊中取物·單刀赴會·萬事具備·謀事在人 成事在天·父精母血·神機妙算·五關斬六將·曹操三笑·縱虎歸山 등이 그것이다. 그중 "謀事在人 成事在天"은 "일을 꾸미는 것은 사람이지만 그 일을 이루는 것은 하늘에 달렸다"라는 의미로 『삼국연의』 제

103회에서 유래되었다. 제갈량은 사마의를 유인하여 호로곡에 가두고 火攻으로 제압하려 하였으나 때마침 소나기로 인하여 계획이 수포로 돌아갔다. 그때 제갈량이 탄식하며 "謀事在人 成事在天 不可強也."라고 한데서 유래되었다.[13)]

*『世說新語』:『世說新語』에는 割席分坐·斷腸·蒲柳之質·群鷄一鶴·月下氷人·難兄難弟 등이 있다. 그중 割席分坐는 친구 간에 뜻이 달라 절교하는 것을 비유하는 말로『世說新語·德行篇』에 나온다. 漢末 管寧과 華歆의 故事로 관영이 화흠의 비열한 행동과 태도에 화가 나서 "두 사람이 함께 앉아 있던 자리를 칼로 잘라 버리고는 너는 이제부터 내 친구가 아니다"(寧割席分坐曰, 子非吾友也).라고 한데서 유래한다.

그 외에도 唐代傳奇『南柯太守傳』의 南柯一夢,『枕中記』의 邯鄲之夢,『定婚店』의 月下老人과『搜神記』의 鴛鴦契,『列女傳』의 孟母三遷과 孟母斷機,『水滸傳』의 打草驚蛇 등 그 수량이 不知其數이다. 그 외 주목할 것은 寓言으로 邯鄲之步(莊子)·愚公移山(列子)·守株待兎(韓非子)·狐假虎威(戰國策)·刻舟求劍(呂氏春秋) 등 다수가 존재한다. 이러한 우언들은 사실 문학의 범주이지만 출전은 대부분 철학 및 역사서적에서 유래된 점이 자못 흥미롭다.

② 詩

詩에서 유래된 故事成語는 소설에 비하면 많지는 않으나 그래도 상당수가 존재한다. 人面桃花(崔護의 詩)·馬耳東風(李白의 詩)·肝膽相照(韓愈의 글)·明眸皓齒(杜甫의 詩)·捲土重來(杜牧의 詩)·琴瑟相和(詩

13) 민관동,『三國志 人文學』, 학고방, 2018, 321쪽. 이하에 소개하는 고사성어의 출전은 주로 민관동의「삼국연의에 묘사된 고사성어 연구」(『중국어문논역총간』 제26집)를 참고하였다.

經)·偕老同穴(詩經) 등이 많이 알려진 고사성어이다. 그중 崔護의 詩 中에 나오는 人面桃花는 "去年今日此門中, 人面桃花相映紅. 人面不知何處去, 桃花依舊笑春風"(지난해 오늘 이 문 안에서는, 얼굴[여인]과 복숭아꽃이 서로 붉게 비쳤네. 여인은 간 곳을 모르겠건만, 복숭아꽃은 그때처럼 봄바람에 웃고 있구나.)에서 유래되었다. 최초 최호의 시에서는 도화꽃처럼 어여쁜 여인의 모습을 형용하였으나, 후에는 사랑하는 사람을 못 만나게 된 경우나 예전에 그 경치와 함께 했던 연인이 곁에 없음을 아쉬워하는 고사성어로 쓰이고 있다.[14)]

③ 散文

산문에서 유래된 고사성어 또한 적지 않다. 예를 들어 寸鐵殺人(鶴林玉露)·畵龍點睛(水衡記)·鐵面皮(北夢瑣言)·龍頭蛇尾(碧巖集)·暗中摸索(隋唐嘉話)·羊頭狗肉(恒言錄) 등이 다양하게 출현한다. 그중 寸鐵殺人(宋代 羅大經 『鶴林玉露』第七卷)은 "譬如人載一車兵器, … (中略) … 便不是殺人手段 ; 我則只有寸鐵, 便可殺人"(비유하자면 한 수레의 병기를 싣고서 … (中略) … 이것이 곧 사람을 죽이는 수단은 아니다.

14) 당대 최호라는 문인은 과거시험에 합격하기 전에 청명절을 맞이하여 홀로 長安의 남쪽 교외를 유람하다가 문득 복숭아꽃이 만발한 인가를 발견한다. 그는 갈증이 나서 물 한잔 얻어먹으려 그 집의 대문을 두드렸다. 그런데 뜻밖에 복숭아꽃처럼 어여쁜 아가씨가 문을 열고나와 물을 얻어 마셨다. 그 아가씨를 마음에 간직하고 있던 최호는 이듬해 청명절에 다시 그 집을 찾아갔다. 그러나 복숭아꽃은 예전처럼 흐드러지게 피어 있었지만 집의 대문은 굳게 잠겨 있고 아쉬운 마음을 누를 수 없어 대문에 시 한수 적어 놓고 돌아왔다. "지난해 오늘 이 문 안에서는, 얼굴과 복숭아꽃이 서로 붉게 비쳤네. 얼굴은 간 곳을 모르겠건만, 복숭아꽃은 그때처럼 봄바람에 웃고 있구나(去年今日此門中, 人面桃花相映紅. 人面不知何處去, 桃花依舊笑春風)."[네이버 지식백과] 인면도화 [人面桃花] (두산백과)

나는 단지 한 치도 못되는 쇠(칼)만 있어도 사람을 죽일 수 있다.)에서 유래되었다.

④ 戲曲

희곡에서 유래된 고사성어는 그리 많지 않지만 馬腳露出을 대표적으로 들 수 있다. 馬腳露出(元代 無名氏의 『陳州糶米』第三折)에 "兄弟, 這老兒不好惹, 動不動先斬後聞, 這一來我們露出馬腳來了"에서 유래되었다. 고사의 전말은 연극에서 소의 다리로 분장해야 되는데 실수로 말의 다리가 그대로 드러나는 사고가 발생한데서 유래되었다. 즉 의도를 숨기고 어떤 일을 추진하다가 전모가 들어날 때 보통 "마각이 들어났다"고 쓰인다.

이처럼 문학의 장르에서는 소설·시·산문·희곡 등에서 다양하게 출현하였다. 그 외 신화나 민간고사 및 우언 등에서도 다량으로 출현하였으며 심지어 辭賦에서도 그 흔적을 찾을 수 있다. 그럼에도 불구하고 이야기 고사성이 강조된 소설에서의 유래가 가장 많이 확인된다.

(2) 史學

故事成語 自體가 歷史故事와 逸話에서 태동하였기에 고사성어의 절반 이상은 역사류 서적들에서 유래되었다. 특히 25史 가운데 4史인 『史記』·『漢書』·『後漢書』·『三國志』와 『春秋左氏傳』이 상당한 비중을 차지한다.

①『史記』

사마천의 『史記』는 고사성어의 寶庫라고 할만하다. 광대한 역사기록과 무궁무진한 名言名句 및 수많은 歷史故事와 逸話는 고사성어의 출현에 最適을 조건을 갖추고 있다. 『史記』에서 유래된 고사성어로는 喪家之狗

·管鮑之交·國士無雙·錦衣夜行·多多益善·焚書坑儒·刎頸之交·捲土重來·鷄口牛後·鷄鳴狗盜 등 不知其數로 많다. 그중 대표로 喪家之狗(孔子世家)를 소개하면 다음과 같다. 喪家之狗(상갓집 개라는 뜻으로 매우 수척하고 초라한 모습을 비유)는 "孔子欣然笑曰; 形狀未也 而似喪家之狗 然哉然哉"라고 언급 한데서 유래되었다. 내용은 공자가 鄭나라에서 자공과 길이 엇갈려 서로 수소문하여 찾는 부분에, 공자의 모습에 대해 형용한 부분이 나오는데, 이때 공자는 껄껄 웃으며 "외모는 그런 훌륭한 사람들에게 미치지 못하지만 상갓집 개와 같다는 말은 맞았을 것이다"라고 하였다.

② 『漢書』

『漢書』에서도 비록 『史記』만큼은 아니지만 상당수의 고사성어가 유래되었다. 曲學阿世·金城湯池·國士無雙·門前成市·強弩之末·九牛一毛 등이 있다. 그 중 強弩之末(韓安國傳)은 "強弩之末, 力不能人魯縞"라고 언급되었는데 즉 힘이 쇠퇴하여 몰락의 처지에 있는 것을 의미한다. 이 말은 『삼국연의』 제43회에서 "強弩之末, 勢不能穿魯縞者也."(강한 화살도 힘이 약해지면 노나라에서 만든 얇은 비단조차도 뚫지 못한다.)라고 재인용되었다.[15]

③ 『後漢書』

『後漢書』 역시 적지 않은 수의 고사성어가 유래되었다. 鷄肋·髀肉之嘆·烏合之衆·梁上君子·連理枝·老益壯·登龍門 등 여러 개가 있다.

15) 적벽대전이 성사되기 전 제갈공명이 오나라의 참전을 유도하기 위해 손권에게 자신감을 불어넣어준 말로 조조의 군대가 백만 대군이라 할지라도 주야로 삼 백 리나 행군해 왔기에 무기력하다는 의미로 사용되었다.

그 중에서 得隴望蜀(욕심의 끝없음을 가리키는 말)은 『後漢書 · 光武紀』에서 비롯된 말이다. 원전에는 “人苦不知足, 旣平隴又望蜀”이라 되어있다. 광무제가 두 성이 함락되거든 곧 군사를 거느리고 남쪽으로 촉나라 오랑캐를 치라고 하며 “사람은 지쳐도 만족할 줄 몰라 이미 농서를 평정했는데 다시 촉을 바라게 되는 구나”라고 한데서 유래되었다.

④ 『三國志』

『三國志』에서도 상당수의 고사성어가 유래되었다. 특히 나관중 『三國演義』의 토대가 되었던 기록이기에 『三國演義』와 관련된 고사성어가 많다. 예를 들면 車載斗量 · 老生常談 · 談笑自若 · 豚犬 · 反骨 · 白眉 · 兵貴神速 · 伏龍鳳雛 · 髀肉之嘆 · 三顧草廬 · 水魚之交, 言過其實 · 陸績懷橘 · 泣斬馬謖 · 以信爲本 · 七縱七擒 등 多數가 유래되었다. 그 중 三顧草廬(인재를 얻기 위해 극진한 예를 갖춘다는 뜻)는 『三國志 · 蜀志 · 諸葛亮傳』에 나오는 것으로 원문에는 “先帝不以臣卑鄙, 猥自枉屈, 三顧臣於草廬之中 帝諮臣以當世之事“라고 되어 있다. 유비가 孔明을 얻기 위해 세 번이나 초옥을 찾아가 정성을 다하는 내용이다.16)

⑤ 『左氏春秋傳』

그 외 역사전적 가운데 『春秋左氏傳』을 꼽을 수 있다. 이 책에서도 結草報恩 · 脣亡齒寒 · 拔本塞源 · 宋襄之仁 · 未亡人 · 彌縫策 · 風馬牛不相及 등 여러 개가 유래되었다. 그 중 脣亡齒寒(서로 떨어질 수 없는 밀접한 관계라는 뜻)은 『春秋左氏傳』 僖公 5年條에 “輔車相依, 脣亡齒寒” 이

16) 민관동, 「삼국연의에 묘사된 고사성어 연구」, 『중국어문논역총간』 제26집, 2010, 103쪽.

라는 말에서 기원하였다. 진나라가 괵나라를 공격하려고 우나라 영토의 통과를 요청하자 우나라의 현인 宮之寄는 헌공의 속셈을 알고 우왕에게 간언했다. “괵나라와 우나라는 한 몸으로 괵나라가 망하면 우리도 망할 것입니다. 옛 속담에 수레의 짐받이 판자와 수레는 서로 의지하고 입술이 없으면 이가 시리다고 했습니다.”에서 유래되었다.

그 외에도 『戰國策』에서 犬免之爭·大義滅親·狐假虎威 등이 나왔고 『晉書』에서는 洛陽紙價(貴)·破竹之勢·風聲鶴唳·挽歌 등이 유래되었다. 이처럼 『史記』·『漢書』·『後漢書』·『三國志』·『春秋左氏傳』 등 수많은 역사서적에서 다량의 고사성어가 출현하였는데 그 원인은 『史記』와 같은 역사서들은 그 문장이 명문인 원인도 있지만 또 가장 광범위하게 人口에 膾炙되었기에 고사성어의 胎動과 流布에 容易했다고 추정된다. 그 중에서 으뜸은 역시 사마천의 『史記』이다.

(3) 哲學(思想)

① 儒家(教)經典

儒家經典 중에는 『論語』와 『孟子』에서 유래된 것이 두드러진다. 『論語』에는 後生可畏·木鐸·敬遠·簞食瓢飲·巧言令色 등이 있고, 『孟子』에서는 五十步笑百步·易如反掌·緣木求魚·匹夫之勇·衆寡不敵·自暴自棄 등 여러 개가 유래되었음이 확인된다.

그중 易如反掌(손바닥을 뒤집는 것과 같이 쉬운 일)은 『孟子·公孫醜章句』에서 유래된 것으로 맹자는 “以齊王, 猶反手也”(제나라에서 왕 노릇하는 것은 손바닥을 뒤집는 것과 같다.)라고 한데서 유래되었다. 후에 易如反掌으로 가공하여 쓰이게 되었다.

② 道家(敎)經典

道家類의 經典中에서는 특히 『莊子』·『列子』·『韓非子』 등에서 많이 유래되었다. 『莊子』에는 螳螂拒轍·亡羊之歎·鵬程萬裏·邯鄲之步·蝸牛之爭·庖丁解牛·莫逆之友 등이 있다. 또 『列子』에는 伯牙絶絃·疑心暗鬼·朝三暮四·多岐亡羊(亡羊之歎) 등이 있고, 『韓非子』에는 三人成虎·矛盾·逆鱗·和氏之璧 등이 있다.

그 중 鵬程萬裏(붕새가 만리를 날아간다는 말로 前途가 양양한 것을 의미)는 출전이 『莊子·逍遙遊篇』에서 유래되었다. 원문에는 "化而爲鳥, 其名爲鵬. … (中略) … 搏扶搖而上者九萬裏"으로 언급되었다. 전설의 새 鵬은 북쪽 바다의 鯤이라는 큰 물고기가 변해서 붕이 되었고 날개 짓을 한번하면 3천리에 달하고 "격랑이 일어나면서 하늘로 구만리를 난다"라는 전설에서 유래되었다.

③ 佛敎經典

불교경전 가운데는 群盲撫象[17](涅槃經)·貧者一燈(賢愚經) 등을 들 수 있다. 그 중 貧者一燈(得已歡喜, 足作一燈)은 가난뱅이의 등불 하나라는 뜻으로, 물질의 多寡보다는 정신이나 정성이 더 소중하다는 의미이다.

이처럼 철학 및 종교의 경전에서도 고사성어가 다량으로 유래되었음이 확인된다. 특히 道家의 『莊子』·『列子』·『韓非子』와 儒家의 『論語』·『孟子』가 주목된다.

17) 장님이 코끼리를 더듬는다는 뜻. 즉 좁은 소견과 주관으로 전체를 잘못 판단함.

(4) 其他(兵法類)

기타에서는 兵家類를 꼽을 수 있다. 특히 『孫子兵法』·『吳子兵法』·『三十六計』 등이 있으며 병법에 관련된 고사성어로는 苦肉之計·空城計·美人計·假道滅虢之計·風林火山 등 다양하다. 그 중 『三十六計』 가운데 空城計는 빈 성으로 적을 유인해 혼란에 빠뜨리는 계책으로 가장 많이 알려진 이야기는 제갈량과 사마의의 한판승부이다.(『三國志·蜀書·諸葛亮傳』 참고). 이처럼 병법과 관련되어 유래된 고사성어도 적지 않다.

이상 고사성어는 대부분 文·史·哲의 인문학에서 다양하게 유래되었음이 확인된다. 그러면 과연 文學·史學·哲學 가운데 주로 어디에서 유래되었을까? 이러한 의문을 풀기위해 필자는 국내의 고사성어 사전 가운데 김원중의 『고사성어 백과사전』(약 500여 개)과 박일봉의 『고사성어』(350여 개)를 표본으로 출전을 조사하였다.[18] 그 결과 김원중의 『고사성어 백과사전』에서 가장 많은 유래를 가지고 있는 출전의 대략적의 순위는 『史記』(78개)·『莊子』(25개)·『後漢書』(22개)·『論語』·『漢書』·『春秋左氏傳』·『列子』·『孟子』·『三國志』·『韓非子』 순이다. 또 박일봉의 『고사성어』에서의 순위는 『史記』(52개)·『論語』(20개)·『莊子』(18개)·『後漢書』·『孟子』·『漢書』·『春秋左氏傳』·『三國志』·『列子』·『韓非子』 순이다.

이처럼 전체 순위는 대동소이한 양상을 보인다. 그러나 특이한 점은 역사류가 『史記』·『後漢書』·『漢書』·『春秋左氏傳』·『三國志』 5종(그 외

18) 앞에서 언급한 것처럼 고사성어 사전에는 실제 고사성어가 아닌 일반성어가 다수 존재한다. 窮餘之策으로 고사성어 빈도가 가장 높은 김원중의 『고사성어 백과사전』(민음사, 2007)과 박일봉의 『고사성어』(육문사, 1994)을 선정하여 단순하게 통계를 내었기에 정확도는 다소 떨어질 수 있다.

『戰國策』과 『晉書』에서도 많이 유래되었다.)으로 가장 많다는 점이다. 이는 고사성어의 특징이 故事性에서 연유되었기에 역사류와 밀접한 관계를 가지는 것은 당연한 결과라 사료된다. 그 다음이 철학류로 『莊子』·『論語』·『孟子』·『列子』·『韓非子』 등이 있고, 오히려 가장 많을 것 같은 문학류는 순위도 많이 뒤처지고 수량도 상대적으로 적다. 또 출현빈도를 따지면 1위가 『史記』인데 2위에 비해 2-3배 가까이 압도적으로 많은 양상을 보인다. 이러한 것으로 보아 역시 사마천의 『史記』가 고사성어의 寶庫임이 재확인된다.

3. 故事成語의 수용과 韓國型 故事成語 분석

고사성어도 언어처럼 생명력이 있다. 신조어로 만들어졌다가 사용치 않으면 사라지고 만다. 또 경우에 따라서는 지속적으로 진화를 하며 변형을 시도한다. 이러한 경우는 중국에서도 변형이 이루어지지만 국내에 유입되어서도 부단히 수용을 통한 변형이 만들어진다. 이러한 결과 동일 고사성어라도 중국과 한국이 다르게 사용되는 결과가 출현하기도 한다. 또 심지어는 중국에는 없는 한국형 고사성어가 만들어지기도 한다.

1) 고사성어의 수용과 변용

중국 고사성어는 국내에 유입되어 여러 형태의 수용과정을 통하여 정착되었다. 본장에서는 중국 고사성어 가운데 중국과 한국에서 사용되는 고사성어의 원형과 변형에 대하여 중점적으로 분석하고자 한다. 즉 고사성어의 수용과 변용과정을 살펴보면 크게는 중국 고사성어 자체를 그대로 사용하는 경우·한두 글자를 바꾸어 사용하는 경우·전면으로 변형하여 사용하는 경우 등으로 분류하여 분석할 수 있다.

(1) 중국 고사성어를 그대로 사용하는 경우

중국 고사성어가 한국에 유입되어 중국과 동일하게 사용하는 경우로 그 수가 절반이 넘는다. 예를 들어 大義滅親(春秋左氏傳)·口蜜腹劍(資治通鑑)·四面楚歌(史記)·刻舟求劍(呂氏春秋)·梁上君子(後漢書)·朝三暮四(莊子)·難兄難弟(世說新語)·九牛一毛(漢書)·月下老人(定婚店)·守株待兎(韓非子)·愚公移山(列子) 등 많은 고사성어가 국내에 유입되어 그대로 사용되고 있다. 일반적으로 중국에 대한 모화사상이 강하고 또 우수한 선진문화가 유입되면 고착과 정착하려는 문화적 현상이 강하기 때문에 이러한 결과가 나타난 것으로 추정된다.

(2) 중국 고사성어를 부분 가공하여 사용하는 경우

중국 고사성어가 국내에 유입된 후 국내의 현황에 따라 부분적으로 가공하여 수용하는 경우이다. 예를 들면, 三顧茅廬 → 三顧草廬(三國志)·邯鄲學步 → 邯鄲之步(莊子)·門前若市 → 門前成市(漢書)·洛陽紙貴 → 洛陽紙價(晉書)·秋高馬肥 → 天高馬肥(杜審言의 詩)·刮目相看 → 刮目相對(三國志)·喪家之犬 → 喪家之狗(史記)·塞翁失馬 → 塞翁之馬(淮南子)·走馬看花 → 走馬看山(舊唐書) 등 상당수가 존재한다. 이러한 현상은 언어표현상의 편리성과 간편성 그리고 한국의 문화 등이 적절하게 작용하여 수용과 변용이 이루어졌음을 의미한다.

天高馬肥의 경우를 들어 설명하면 다음과 같다. 천고마비는 본래 중국 북방의 유목민족 흉노족이 활동하기 가장 좋은 계절이라는 뜻에서 유래한다. 흉노족은 해마다 가을철만 되면 중국 농경지대를 약탈하여 겨울양식을 마련하였기에 중국인들은 가을만 되면 언제 흉노가 침입할지 전전긍긍하였고 바려 여기에서 유래되었다. 중국인들은 하늘이 높고 말이 살찌는 秋高馬肥의 의미를 지금은 주로 누구나 활동하기 좋은 가을철을 이르는 말로 쓰이며 국내에서는 天高馬肥라는 말로 정착되었다. 天高馬肥의 경우는 문자의 변형도 있었지만 의미의 변형도 이루어진 케이스에 해당된다.

(3) 중국 고사성어를 전면 가공하여 사용하는 경우

중국 고사성어중 핵심 키워드를 우리말의 특성이나 편리에 의거하거나 전면 가공하는 경우를 의미한다. 즉 절반이상 문자를 바꾸거나 語順을 조정하거나 또는 축약을 하여 의미전달을 명확하게 하였다. 예를 들면 危如累卵 → 累卵之危(史記)·巫山雲雨 → 雲雨之情(高堂賦)·貪小失大 → 小貪大失(新論)·勢如破竹 → 破竹之勢(晉書)·鷸蚌相爭 漁夫得利 → 漁父之利(戰國策)·畵蛇添足 → 蛇足(戰國策)·毛遂自薦 → 自薦(史記)·自相矛盾 → 矛盾(韓非子)·杞人憂天 → 杞憂(列子)·東施效顰 → 效顰(莊子) 등이 이에 해당된다.

그중 雲雨之情을 예로 들면, 이 고사성어는 宋玉 高唐賦에서 유래되었다. 전국시대 楚나라 襄王이 고당관에서 연회를 즐기다가 문득 꿈속에서 아름다운 여인과 뜨거운 정사를 나누었다. 헤어질 무렵에 그 여인은 "저는 무산 계곡의 폭포에 사는 여인이온데, 아침에는 구름이 되고 저녁에는 비가 되어 양대 아래에서 영원히 당신을 그리워하고 있을 것입니다"라고 하였다.(妾在巫山之陽 高山之岨 且爲朝雲 暮爲行雨 朝朝暮暮 陽臺之下). 그 후 운우는 남녀지간의 뜨거운 성교를 의미하며 雲雨之情과 巫山之夢으로 사용하고 있다. 중국에서는 주로 巫山雲雨라는 말이 대중화되어 있다.

2) 韓國型 漢字成語와 故事成語[19)]

상당수의 중국 고사성어는 국내에 유입된 후 우리의 실정에 맞게 수용하여 다양하게 사용하였다. 심지어는 우리 고유의 한국형 漢字成語와 한글성어, 한국형 故事成語와 한글 고사성어까지 만들어 내기도 하였다. 이러한 한국형 한자성어와 고사성어의 특징은 동일한 한자로 만들어졌다고 하여도 그 由來나 緣由를 알지 못하면 중국인이라도 그 의미를 모른다는 점이다.

(1) 한국형 한자성어 분석

한국에서 유래된 한자성어로는 一子無識·目不識丁·身土不二·倍達民族·大馬不死·一手不退·落張不入·一打雙皮 등 다양하다. 그중 身土不二는 許浚의 『東醫寶鑑』에 나온 말로 "자신의 몸과 태어난 땅은 하나이기에 제 땅에서 나온 것이라야 체질에 잘 맞는다."라는 의미이다. 또 大馬不死(쫓기는 대마가 위태롭게 보여도 필경 살 길이 생겨 죽지 않는다.)·一手不(無 혹은 勿)退(한번 둔수는 무르지 못한다.)는 바둑이나 장기에서 유래되었고, 落張不入(한번 던진 패는 되돌릴 수 없다)과 一打雙皮(화투짝 한 장을 내고 피 두 장을 가져온다)는 근래 화투놀이에서 만들어진 한자성어로 분류할 수 있다.

그 외에도 한국형 한자성어는 속담과도 매우 깊은 관계를 가지고 있다. 예를 들어 초록은 동색이다(草綠同色)·소귀에 경 읽기(牛耳讀經)·금강산도 식후경(金剛山食後景)·까마귀 날자 배 떨어진다(烏飛梨落)·계란

19) 한국형 고사성어의 부분은 주로 임종대의 『한국 고사성어』(미래문화사, 2015)를 참고.

에도 뼈가 있다(鷄卵有骨)·귀에 걸면 귀걸이, 코에 걸면 코걸이(耳懸鈴鼻懸鈴)·등잔 밑이 어둡다(燈下不明)·하룻강아지 범 무서운 줄 모른다(一日之狗 不知畏虎)·계란으로 바위치기(以卵擊石) 등으로 다양하게 만들어졌다.[20] 이처럼 한국형 한자성어는 국내에서 우리의 문화적 배경아래 한자로 재조립된 형태이기에 중국에서는 의미파악이 어렵고 설사 대략의 의미가 전달된다 할지라도 정확한 의미는 한국의 문화배경을 알아야만 이해할 수 있다.

(2) 한국형 고사성어 분석

장구한 역사와 문화의 흐름에 따라 한국형 고사성어도 만들어졌다. 한국형 고사성어는 주로 한자로 만들어지지만 간혹 한글로 만들어지기도 한다. 먼저 한국형 고사성어로는 杜門不出·咸興差使·白衣從軍·興淸亡淸·天生配匹·理判事判·野壇法席·泥田鬪狗 등 상당수가 존재한다.

그중에서 杜門不出·咸興差使·興淸亡淸 및 泥田鬪狗의 유래를 살펴보면 다음과 같다. 杜門不出(문을 닫고 밖으로 나가지 않음)은 이성계가 고려를 멸하고 조선을 건국하자 고려의 충신들은 杜門洞에 들어가 은둔하였다. 회유에 실패한 이방원이 이곳을 모두 불질러버렸다고 한데서 유래되었고, 또한 咸興差使는 태종이 이성계를 모시러 함흥에 파견한 사신이 돌아오지 않은 것을 가리키는 말로, 심부름을 간 사람이 소식이나 회답이 없음을 비유한다. 또 興淸亡淸(흥에 겨워 마음대로 즐기거나 물건을 마구 쓰는 모양)이란 연산군 때 예쁘고 노래와 춤을 잘 추는 미녀들을 뽑아 만든 곳을 興淸이라고 하였는데 결국 中宗反正으로 연산군이 폐위되면서 이 고사성어가 유래되었다. 그 외 泥田鬪狗는 "진흙탕에서 싸우는

20) 임종대, 『한국 고사성어』, 미래문화사, 2015, 837-925쪽 참고.

개"라는 뜻으로 함경도 사람을 비유한다. 예로부터 전해오는 조선팔도인의 기질에 대한 품평으로 京畿道를 鏡中美人·忠淸道를 淸風明月·全羅道를 風前細柳·慶尙道를 泰山喬嶺·江原道를 岩下古佛·黃海道를 石田耕牛·平安道를 猛虎出林·咸境道를 泥田鬪狗로 비유한데서 유래되었다.[21)]

이처럼 한국형 고사성어는 대부분 한국의 歷史故事와 逸話에서 유래되어 한국의 역사와 문화적 배경을 모르면 비록 한자로 만들어졌다고 해도 전혀 의미가 통하지 않은 특징을 가지고 있다.

이상에서 분석한 고사성어에 대한 결론은 다음과 같다.

① 한 成語에는 漢字成語·四字成語·故事成語 등 다양한 성어들이 존재한다. 그중에서 가장 큰 개념이 한자성어이며 고사의 유무에 따라 고사성어와 일반성어로 분류되고 또 글자 수에 따라 3자성어 4자성어 5자성어 등으로 구분된다.

② 고사성어의 제작원리는 첫째가 명언명구의 문장을 그대로 빌려와 사용하는 경우, 둘째는 문구를 약간 가공하여 사용하는 경우(부분 가공), 셋째는 이야기(고사)를 빌려와 새로 만들어 쓰는 경우(전면 가공) 등 3가

21) 조선팔도인의 기질에 대한 일화는 정도전의 일화와 정조 때의 일화 등 다양하게 전해진다. 그리고 위에서 언급한 白衣從軍은 벼슬 없이 말단군인으로 전쟁에 참전한다는 뜻으로 이순신을 상징한다. 天生配匹은 하늘이 정하여 준 단짝이라는 의미로 선조 때 재상 윤명렬의 일화에서 유래되었다.(『매산집』·고금청담) 그 외 理判事判은 理判은 주로 도를 수행하는 스님을, 事判은 절의 사무를 맡아보는 스님을 의미하는데 이판승이든 사판승이든 일단 스님이 되는 것은 막바지 인생으로 전락한다는 의미로 쓰인다. 野壇法席은 불교용어로 야외에 설치된 설법하는 자리로 여러 사람이 모이게 되니 시끌벅적하게 되었다는 의미이다. https://www.naver.com/네이버 백과사전 참고.

지로 분류할 수 있다. 또 고사성어의 특징으로는 歷史와 逸話을 내포한 故事性·優雅하고 格調높고 品格性·定型과 持續을 추구하는 永續性·이미지의 含蓄性·의미의 多样性 등 5가지가 있다.

③ 고사성어가 유래된 出典은 文·史·哲위주의 전적들이 주류를 이루고 있다. 그중 문학에서는 소설이 가장 많은데 특히『三國演義』와『世說新語』등에서 많이 유래되었고 그 외 산문이나 시 및 희곡에서도 다양하게 유래되었다. 文·史·哲에서 가장 많은 고사성어를 만들어 낸 분야가 역사분야 이다. 특히『史記』·『漢書』·『後漢書』·『三國志』와『春秋左氏傳』등이 상당한 비중을 차지한다. 그중 사마천의『史記』는 고사성어의 寶庫라 할 만큼 압도적이다. 또 철학 및 종교의 경전에서도 다량으로 유래되었는데 특히 道家의『莊子』·『列子』·『韓非子』와 儒家의『論語』와『孟子』에서 많은 고사성어를 찾을 수 있다.

④ 중국 고사성어는 국내에 유입되어 고사성어 자체를 그대로 사용하는 경우·한두 글자를 바꾸어 사용하는 경우·전면으로 변형하여 사용하는 경우 등 다양한 방법으로 수용과 변용이 이루어졌다. 그러는 사이에 우리만 사용하는 杜門不出·咸興差使와 같은 한국형 고사성어도 만들어졌다. 이처럼 중국 고사성어는 한국의 사회문화에 융화되어 독특한 한국형 고사성어로 정착되었다.

附錄

1. 中國 古典小說의 書名과 異名 目錄
2. 攷事撮要에 수록된 朝鮮出版本 目錄

附錄 1. 中國 古典小說의 書名과 異名 目錄

1. 中國 古典小說의 書名과 異名(同書異名) / 通俗小說

가

- 可憐蟲 - 學界一斑
- 剛峰公案 - 海剛峰先生居官公案, 海忠介公居官公案傳, 海瑞案傳
- 康梁演義 - 捉拿康梁二逆演義
- 江湖奇觀 - 江湖歷覽杜編新書
- 開辟演義 - 新刻按鑒編纂開辟衍繹通俗志傳, 開辟衍繹
- 隔簾花影 - 三世報隔簾花影, 花影奇情傳, 三世花影奇情果報傳
- 驚夢啼 - 新鐫繡像驚夢啼
- 警世奇觀 - 博古齋評點小說警世奇觀
- 警世奇言 - 綉榻野史
- 鏡圓記 - 破鏡重圓
- 鏡月夢 - 五日緣
- 古今小說 - 喻世明言
- 古本果報錄 - 綉戈袍全傳, 眞倭袍
- 孔公案 - 警富新書, 一捧雪警世新書, 七屍八命, 添說八命全傳
- 空空幻 - 鸚鵡喚

- 巧冤家 – 綉球緣, 烈女驚魂
- 巧姻奇緣 – 繡嶺圖, 遇仙巧姻奇緣, 賽桃源全傳, 奇緣賽桃緣, 水石緣
- 官世界 – 生財大道
- 官場笑話 – 傀儡魂
- 官場維新記 – 新黨昇官發財記, 新黨發財記
- 九尾鱉 – 女優現形記
- 國色天香 – 幽閑玩味奔越群芳, 新鍥公餘勝覽國色天香
- 鬼國史 – 新鬼話連篇
- 鬼董 – 鬼董狐
- 龜生涯 – 烏龜生涯, 烏龜變相
- 鬼神傳 – 新刻鬼神傳終須報, 陰陽顯報鬼神傳
- 貴族之軍人 – 鶴謀記
- 閨密電話 – 眞本隔廉花影
- 閨房野談錄 – 杏花天
- 閨中劍 – 普如堂課子記
- 近十年之怪現狀 – 最近社會齷齪史, 最近十年目睹之怪現狀
- 今古奇觀 – 古今奇觀, 喩世名言二刻, 奇觀纂腋
- 今古奇觀續集 – 續古今奇觀
- 今古傳奇 – 古今傳奇, 古今稱奇傳
- 金瓶梅 – 金瓶梅詞話, 原本金瓶梅, 第一奇書, 第一奇書鍾情傳, 多妻鑒, 改過勸善新書, 繡像八才子詞話, 四大奇書第四種, 第一奇書金瓶梅, 金瓶梅奇書
- 金瓶梅續集 – 續金瓶梅, 玉樓月, 金屋夢, 醒世奇書續編
- 錦上花 – 風月佳期
- 金玉緣 – 兒女英雄傳, 紅樓夢
- 錦疑團 – 錯認錯, 錯錯認錦疑團小傳
- 金雲翹傳 – 貫華堂評論金雲翹傳, 雙奇夢, 雙合歡

- 金鐘傳 - 正明集
- 錦香亭 - 錦香亭綾帕記, 睢陽忠毅錄, 第一美女傳

나

- 藍公奇案 - 鹿洲公案, 公案偶記, 藍公案全傳
- 南宋志傳 - 南宋飛龍傳, 南宋小飛龍傳, 南宋志匡胤出身志傳
- 南遊記 - 五顯靈官大帝光天王傳, 南遊記華光傳, 華光天王南遊志傳
- 南海觀音全傳 - 新鍥全相南海觀世音薩出身修行傳, 觀世音, 觀音出身修南遊記傳, 觀音得道, 大香山
- 緣林變相 - 狐假虎威
- 緣野仙蹤 - 百鬼國, 金不換
- 雷峯塔奇傳 - 白蛇奇傳, 白蛇精記雷峯塔, 雷峯楚史

다

- 多寶龜 - 二十世紀最新小說多寶龜
- 斷腸碑 - 海上塵天影
- 斷腸草 - 蘇州現形記
- 蟫史 - 新野叟曝言
- 唐鍾馗全傳 - 鍾馗斬妖傳, 鍾馗降妖傳, 唐書鍾馗斬妖傳, 唐書鍾馗降妖傳
- 大唐演義鐵丘墳 - 反唐演義傳, 武則天改唐演義, 南唐演義, 中興大唐演義傳, 鐵丘墳, 征西南唐薛家將演義, 薛家將反唐全傳, 反唐女媧鏡全傳
- 大唐秦王詞話 - 唐傳演義, 大說唐全傳
- 大刀得勝傳 - 仙藹奇緣
- 臺灣外志五虎鬧南京 - 三王造反
- 大明奇俠傳 - 雲中雁三鬧太平莊全傳, 雲鐘雁三俠傳

- 大明正德皇遊江南傳 - 遊龍幻志, 遊龍戱鳳, 梁太師江南訪主
- 大少爺回頭看 - 上海大少爺回頭看
- 大宋中興通俗演義 - 大宋演義中興英烈傳, 大宋中興嶽王傳, 武穆王演義, 武穆精嶽傳, 宋精忠傳, 精忠傳, 嶽武穆王精忠傳, 嶽鄂武穆王精忠傳,
- 檮杌閑評 - 明珠緣
- 檮杌萃編 - 宦海鐘
- 桃花女陰陽鬪傳 - 桃花女鬪法奇書, 陰陽鬪異說奇傳, 異說陰陽鬪傳奇
- 桃花影 - 流靄情書, 牡丹奇緣, 牡丹換錦
- 東西兩晉志傳 - 新鍥重訂出像注釋通俗演義東西兩晉志傳
- 東西晉演義 - 後三國東西晉演義, 三國演義續編, 後三國志演義
- 東西漢志傳 - 二十四帝通俗演義全漢志傳
- 東遊記 - 東遊記上洞八仙傳, 八仙出處東遊記, 東遊八仙全出身傳
- 東周列國志 - 列國志, 列國志傳, 新列國志, 批評東周列國志, 新刊京本春秋五霸七雄全像列國志傳, 春秋列國志, 東周列國全志,
- 東厠牡丹 - 女界爛汚史
- 東漢演義 - 東漢十二帝通俗演義
- 燈花夢全傳 - 和尙緣, 和尙奇緣, 燈花記, 奇僧傳, 燈草和尙
- 燈花婆婆 - 劉諫議傳, 龍樹王斬妖

라

- 浪史 - 巧因緣, 浪史奇觀, 梅夢緣
- 蘭花夢奇傳 - 支那兒女英雄遺事
- 麟兒報 - 新編繡像簇新小說麟兒報, 葛仙翁全傳, 節義廉明
- 林蘭香 - 第二奇書, 第二奇書林蘭香, 美益奇觀孝義傳

마

- 萬花樓 - 萬花樓楊包狄演義, 後續大宋楊家將文武曲星包公狄靑初傳
- 木蘭奇女全傳 - 木蘭奇傳, 忠孝勇烈奇女傳, 忠孝勇烈木蘭傳
- 夢月樓 - 新刊批評繡像夢月樓情史, 醒世名言夢月樓
- 無量數世界變相 - 上下古今談
- 武王伐紂平話 - 新刊全相平話武王伐紂書, 呂望興周
- 美人兵 - 冷國復仇記
- 美人計 - 改良仙人跳

바

- 盤古志傳 - 盤古至唐虞傳, 帝王禦世志傳
- 發財祕訣 - 黃奴外史
- 白圭志 - 第十才子書白圭志, 第一才女傳, 第一才女傳白圭志, 第八才子書, 第十才子書, 第八才子書白圭志, 白圭志八才子書
- 白雲塔 - 新紅樓
- 百花野史 - 百花魁
- 範文正公全傳 - 群英傑全傳, 群英傑後宋奇書
- 碧玉樓 - 幃中樂
- 封神演義 - 封神傳, 商周列國全傳, 批評全像武王伐紂外史封神演義
- 鳳凰池 - 新編鳳凰池續四才子書
- 芙蓉外史 - 蜃樓外史
- 富家郎 - 揮金記
- 北京繁華夢 - 夢遊燕京花月記
- 北宋志傳 - 北宋楊家將, 楊家將演義全傳, 北宋金槍全傳
- 北遊記 - 北遊記玄帝出身傳, 北方眞武玄天上帝出身志傳, 北方眞武祖師玄天上帝出身志傳
- 粉妝樓全傳 - 續說唐志傳

- 飛劍記 – 呂仙飛劍記, 唐代呂純陽得道飛劍記
- 飛仙劍俠奇緣 – 仙俠五花劍, 七劍八俠十六義
- 飛花詠 – 新鐫批評繡像飛花詠小傳, 玉雙魚
- 飛行女子 – 祕密女子
- 飛跎全傳 –三教三蠻維揚佳話奇傳
- 秘戲圖 – 優孟衣冠秘戲圖
- 氷山雪海 – 殖民小說

사

- 四大金剛奇書 – 四大金剛傳, 海上四大金剛奇書, 海上名妓四大金剛奇書, 海上秦樓楚館冶遊傳, 大鬧海上秦樓楚館演義
- 四望亭全傳 – 綠牡丹全傳, 宏碧緣, 龍潭鮑駱奇書
- 査潘鬪勝全傳 – 査潘鬪勝香國綺談
- 賽花鈴 – 新編賽花鈴小說
- 賽紅絲 – 新鐫批評繡像賽紅絲小說
- 三國因 – 半日閻王全傳
- 三國演義 – 全相三國志平話, 三國志演義, 三國志通俗演義, 貫和堂第一才子書, 四大奇書第一種, 三國赤帝餘編, 京本校正通俗演義按鑒三國志, 三國志傳, 三國英雄志傳, 三國志, 第一才子書, 繡像金批第一才子書, 古今演義三國志, 新鍥全像大字通俗演義三國志傳, 李卓吾先生批評三國志真本 (더 자세한 서명은 본서 246-247 참고)
- 三國志平話 – 至治新刊全相平話,
- 三國志後傳 – 續三國志, 續編三國志後傳
- 三國後傳 – 後三國石珠演義, 後三國演義
- 三門街 – 守宮砂
- 三寶太監西洋記通俗演義 – 三寶開港記, 西洋記
- 三合明珠寶劍全傳 – 大漢三合明珠寶劍全傳, 第十才子書, 三合劍

- 三俠五義 - 忠烈俠義傳, 龍圖耳錄, 龍圖公案
- 常言道 - 子母錢, 富翁醒世傳
- 生囊袋 - 生囊袋
- 生綃剪 - 花幔樓批評寫圖小說生綃剪
- 西遊記 - 大唐三藏取經詩話, 大唐三藏取經記, 西遊記平話, 西遊唐三藏出身傳, 三藏出身傳, 唐三藏西遊全傳, 西遊眞詮, 西遊記傳, 西遊記全傳, 新說西遊記
- 西遊補 - 改良新西遊記
- 西漢演義 - 西漢通俗演義
- 西湖佳話 - 西湖佳話古今遺蹟, 通俗西湖佳話
- 西湖二集 - 西湖文言
- 石點頭 - 醒世第二奇書, 五續古今奇觀, 鴛鴦譜
- 禪眞逸史 - 殘梁外史, 妙相寺全傳, 新鐫出像批評通俗奇俠禪眞逸史
- 說唐演義 - 說唐演義全傳, 說唐前傳
- 說唐後傳 - 說唐演義後傳, 後唐全傳
- 說唐小英雄傳 - 羅通掃北
- 說唐薛家將傳 - 薛仁貴征東
- 說唐征四傳 - 仁貴征西說唐三傳, 異說後唐傳三集薛丁征四樊莉花全傳, 辭丁山征四
- 說嶽全傳 - 精忠演義說本嶽王全傳
- 說呼全傳 - 繡像呼家後代全傳, 紫金鞭演義
- 閃電窓 - 第一種快書
- 醒名花 - 黑憨齋新編醒名花
- 醒夢錄全傳 - 三分夢全傳
- 醒夢駢言 - 醒世奇言
- 醒世姻緣傳 - 惡姻緣, 明朝姻緣傳
- 醒世恒言二集 - 二刻醒世恒言

- 聖朝鼎盛萬年清 - 乾隆巡幸江南記, 萬年清
- 世無匹 - 新刻世無匹奇傳, 生花夢二集
- 小毛子傳(小鶴) - 梨花怨
- 小毛子傳(冷史) - 烏龜張勳
- 小月燈 - 飾奇小話小月燈
- 小靑傳 - 集詠樓
- 掃魅敦倫東度記 - 續證道書東遊記, 掃魅敦倫東遊記
- 續西遊記 - 續西遊眞銓
- 孫龐演義 - 前七國志孫龐演義, 前後七國志, 孫龐鬪志演義
- 孫龐演義七國志全傳 - 鬼穀四友傳, 四大英雄奇傳
- 繡穀春容 - 騷壇摭粹嚼麝譚苑
- 隋唐演義 - 隋唐志傳, 秦王演義, 唐書志傳通俗演義, 唐書志傳, 唐傳演義, 四雪草堂訂通俗隋唐演義, 隋唐演義全傳
- 隋煬帝艶史 - 風流天子傳, 艶史
- 綉鞋全傳 - 綉鞋記警貴新書, 贈履奇情傳
- 水滸傳 - 大宋宣和遺事, 忠義水滸傳, 水滸全傳, 水滸志, 京本忠義傳, 第五才子書, 第五才子書水滸傳, 第五才子書水滸全傳, 貫和堂第五才子書, 繪像全圖第五才子書水滸奇書
- 施公案 - 施公奇聞, 施大京兆奇案, 百斷奇觀
- 新黨嫖界現形記 - 上海之維新黨
- 蜃樓志 - 濃情快史
- 新史奇觀 - 新世弘勳, 盛世弘勳, 定鼎奇聞, 順治皇過江全傳, 新世弘勳大明崇禎定鼎奇聞, 鐵冠圖全傳, 順治過江, 新史奇觀演義全傳, 新史奇觀全傳
- 新中國 - 立憲四十年後之中國
- 十二樓 - 覺世名言, 醒世恒言十二樓, 今古奇觀續編十二樓
- 雙壇記 - 奇異雙觀記, 宣興奇案雙壇記

- 雙鳳奇緣 - 昭君傳

아

- 兒女濃情傳 - 雪月梅, 第一奇書, 義勇四俠閨媛傳, 孝義雪月梅, 第一才女
- 兒女英雄傳 - 金玉緣, 日下新書, 正法眼藏五十三參, 俠女奇緣
- 亞東潮 - 近世之祕史
- 惡少年 - 狗男女
- 鄂州血 - 血淚黃花
- 樂田演義 - 後七國志樂田演義, 前後七國志, 樂毅圖齊七國春秋後集, 七國春秋平話
- 野叟曝言 - 大俠艷史, 劍骨琴心, 第一奇書, 興替寶鑑, 第一奇書野叟曝言
- 野花園奇書 - 野花園之歷史
- 楊家將通俗演義 - 楊家府世代忠勇通俗演義志傳, 楊家將世代忠勇通俗演義, 楊家將世代忠勇通俗演義,
- 梁武帝四來演義 - 精纑通俗全像梁武帝四來演義, 梁武帝全傳
- 兩交婚 - 四才子二集兩交婚小傳, 雙飛鳳全傳, 兩交婚小傳, 續四才子, 玉覺禪, 巧合情絲緣, 兩交婚惡姻緣
- 女界魂 - 新鏡花緣
- 呂仙飛劍記 - 唐代呂純陽得道飛劍記
- 女仙外史 - 石鬥魂
- 女才子書 - 閨秀佳話, 女才子傳, 美人書, 情史續傳, 閨秀英才, 女才子集, 名媛集
- 如意君傳(徐昌齡) - 如意傳, 闔娛情傳, 則天皇後如意君傳
- 如意君傳(陳天池) - 第一快活奇書如意君傳, 無恨天
- 如意君傳淸風閘 - 春風得意奇緣如意君傳, 淸風閘, 春風得意奇緣, 艶

情小說如意君

- 如意緣 – 才子如意緣, 銀如意, 宛如約, 才美巧相逢宛如約
- 女革命(臥雪生) – 革命女軍首領吳淑卿義俠傳
- 女革命(柳順生) – 新女丈夫二集, 女俠奇傳
- 歷代神仙通鑑 – 三教同原錄
- 連城璧 – 覺世名言連城璧
- 戀情人 – 迎風趣史
- 炎涼岸 – 新編清平話史炎涼岸, 生花夢三集
- 永慶昇平後集 – 續永慶昇平
- 永樂演義 – 永樂定鼎全志, 續英烈傳
- 英烈傳 – 雲合奇蹤, 皇明英烈傳, 皇明開運英武傳, 洪武全傳
- 英雲夢傳 – 三生姻緣, 英雲夢三生姻緣, 英雲三生夢傳
- 五代史平話 – 新編五代史平話
- 梧桐影 – 新編覺世梧桐影, 新編梧桐影詞話
- 娛目醒心編 – 最新今古奇觀
- 五美緣 – 繡像大明傳, 再生緣全傳
- 五鳳吟 – 草閒堂新編繡像五鳳吟, 新刻續六才子書, 素梅姐全傳
- 吳三桂演義 – 明淸兩國志演義
- 五色石 – 八洞天
- 五風音 – 素梅姐, 續說唐志傳
- 五虎平南後傳 – 後續繡像五虎平南狄靑演義
- 五虎平西前傳 – 五虎平西珍珠旗演義狄靑前傳
- 龍圖公案 – 龍圖神斷公案, 包公七十二件無頭奇案, 包公奇案, 百斷奇觀包公全傳
- 玉嬌梨三才子小傳 – 新鐫批評繡像玉嬌梨小傳, 雙美奇緣, 第三才子傳, 雙美奇緣三才子
- 玉樓春 – 覺世姻緣玉樓春

- 玉瓶梅 - 第六奇書, 繡像第六奇書玉瓶梅
- 玉蟾記 - 玉蟾緣, 十二緣玉蟾記, 十二美女玉蟾緣, 玉蟾奇緣
- 玉支磯小傳 - 雙英記, 方正合傳
- 牛郎織女傳 - 新刻全像牛郎織女傳
- 於少保萃忠全傳 - 旌功萃忠錄, 於公太保演義傳
- 雨花香 - 新刻揚州近事雨花香
- 雲仙笑 - 雲仙嘯
- 雲合奇蹤後傳 - 續英烈傳
- 鴛鴦媒 - 鴛鴦配, 第三奇書玉鴛鴦
- 鴛鴦影 - 夢花想, 飛花艷想, 幻中春
- 鴛鴦會 - 療妒緣
- 鴛鴦針 - 覺世棒
- 冤怨錄 - 驢夫慘劇
- 魏忠賢軼事 - 皇明中興聖列傳
- 陸公案 - 陸稼書演義
- 肉蒲團 - 覺後禪, 耶蒲緣, 野叟奇語鍾情錄, 循環報, 巧姻緣, 巧奇緣全傳, 巧奇緣
- 銀瓶梅 - 第一奇書蓮子瓶, 第五奇書銀瓶梅, 第五奇書情中情, 後唐奇書蓮子瓶演義
- 恩怨緣 - 黃劍血
- 醫界鏡 - 衛生小說
- 意內緣 - 燈月傳
- 意外緣 - 再來風傳
- 意中情 - 巫山艷史
- 二度梅全傳 - 二度梅奇說
- 二十四史通俗演義 - 綱鑒演義, 歷朝史演義, 綱鑒通俗演義, 中國歷代興亡鑒通俗演義

- 人間樂 - 新鐫批評繡像錦傳芳人間樂
- 人中畫 - 世途鏡
- 廿載繁華夢 - 粵東繁華夢

자

- 自作孽 - 醉春風
- 殘唐五代史平話 - 李卓吾批點殘唐五代史演義傳, 玉茗堂批點殘唐五代史演義, 五代殘唐
- 爭春園 - 奇中奇, 三俠記新編, 劍俠佩鳳緣全傳, 劍俠奇中奇全傳
- 狄公案 - 梁公全傳, 武則天四大奇案
- 顚倒姻緣 - 換夫妻, 諧佳麗
- 前漢書平話 - 新刊全相平話前漢書續集, 呂後斬韓信, 全相續前漢書評話呂後斬韓信,
- 電術奇談 - 催眼術
- 情樓迷史 - 霞箋記
- 情魔 - 劍花洞
- 情夢柝 - 三巧緣
- 情史 - 情史類略, 情天寶鑑
- 征西演義全傳 - 異說征西演義全傳
- 定情人 - 新鐫批評繡像秘本定情人
- 情天劫 - 文明新小說自由結婚, 杜鵑血
- 濟公傳 - 濟顚大師醉菩提全傳, 濟顚大師玩世奇跡, 醉菩提, 皆大歡喜, 度世金蠅
- 濟公全傳 - 麴頭陀新本
- 濟顚語錄 - 錢塘漁隱濟顚禪師語錄
- 左文襄公征西演義 - 左公平西全傳
- 珠江艶史 - 婆娑海

- 呪棗記 – 薩眞人呪棗記, 五代薩眞人得道呪棗記, 薩仙呪棗記
- 駐春園小史 – 第十才子綠雲緣, 一笑緣, 綠雲緣, 十才子駐春園, 第十才子書, 雙美緣, 第十才子雙美緣, 第十才子書駐春園小史
- 眞君全傳 – 新鐫晉代許旌陽得道擒蛟鐵樹記, 許仙鐵樹記, 鐵樹記, 許旌陽得道擒蛟記, 孽龍精全傳
- 秦並六國平話 – 新刊全相秦並六國平話, 秦始皇傳
- 珍珠舶 – 新鐫繡像珍珠舶

차

- 斬鬼傳 – 第九才子書斬鬼傳, 捉鬼傳, 鐘馗斬鬼傳, 鐘馗捉鬼傳, 鐘馗傳, 平鬼傳
- 天妃濟世出身傳 – 天妃娘媽傳, 宣封護國林娘娘出身濟世正傳
- 天豹圖 – 飛仙天豹圖
- 鐵冠圖 – 忠烈奇書, 崇禎慘事
- 淸廉訪案 – 殺子報全傳
- 靑樓夢 – 綺紅外史
- 聽月樓全傳 – 第一情書, 第一情書聽月樓
- 淸平山堂話本 – 六十家小說
- 忠烈小五義傳 – 小俠五義全傳
- 癡婆子傳 – 癡婦說情傳
- 七劍十三俠 – 三續七劍十三俠, 七子十三生, 劍俠奇蹤
- 七國春秋平話 – 新刊全相平話樂毅圖齊七國春秋後集, 樂毅圖齊平話, 樂毅圖齊七國春秋
- 七峯遺編 – 海角遺編
- 七十二朝人物演義 – 七十二朝四書人物演義
- 剿闖小史 – 馘闖小史, 剿闖通俗演義, 李闖王, 忠孝傳
- 草木新本牡丹亭 – 草木春秋

카

- 快心編 – 儒釋道三劍忠烈傳
- 快書 – 照世杯

타

- 蕩寇志 – 結水滸, 續水滸

파

- 平金川全傳 – 年大將軍平西傳
- 平山冷燕 – 新刻批評平山冷燕, 第四才子書
- 平妖傳 – 三遂平妖傳, 蕩平奇妖傳
- 包公傳 – 包龍圖判百家公案, 包孝肅公百家公案演義, 包公演義
- 品花寶鑑 – 京華群花寶鑑, 燕京評花錄, 怡情快史, 都市新談
- 風流大令 – 知縣搭姘頭
- 風流配 – 姻緣扇
- 風流眼前報 – 無頭公案風流眼前報奇傳
- 風流太保 – 大小騙, 漢口大小騙風流太保
- 風流太守 – 蘇州老騷
- 風流和尙 – 諧佳麗
- 風月夢 – 揚州風月記
- 風箏配 – 錯定緣

하

- 何典 – 第十一才子書鬼話連篇錄
- 學堂笑話 – 學堂現形記, 學究變相
- 學堂笑話二集 – 學堂鏡

- 韓湘子全傳 - 韓湘子得道, 韓湘子十二度韓昌黎全傳, 韓昌黎全傳
- 合錦回文傳 - 繡像合錦回文傳, 奇書大觀, 四續今古奇觀
- 合浦珠 - 新鐫批評繡像合浦珠傳
- 海上風流案 - 海上風流現形記
- 海上花列傳 - 花國春秋, 海上花, 海上看花記, 海上百花趣樂演義, 最新海上繁華夢, 青樓寶鑑, 繪圖海上青樓奇緣
- 海上花柳戲傳 - 花柳深情傳, 海上花魅影, 海上名妓爭風全傳, 醒世新編
- 海烈婦百煉眞記 - 新鐫繡像百煉眞海烈婦傳
- 革命魂 - 革命魂現形記
- 俠義奇女傳 - 第一俠義奇女傳, 宋太祖三下南唐, 宋太祖三下南唐被困壽州城
- 好逑傳 - 義俠風月好逑傳, 第二才子好逑傳, 俠義風月傳, 風月傳, 第二才子書, 俠義風月二才子, 好逑全傳
- 狐狸緣全傳 - 狐仙竊寶錄
- 蝴蝶媒 - 繪圖鴛鴦夢, 蝴蝶媒全傳, 蝴蝶緣, 鴛鴦蝴蝶夢
- 呼春野史 - 傳記玉蜻蜓
- 混唐後傳 - 混唐平西演傳, 繡像薛家將平四演義, 繡像混唐平西後傳, 大唐後傳,混唐平西傳, 薛家將平西演義, 混唐平西全傳
- 混元盒 - 混元盒五毒全
- 紅樓夢 - 石頭記, 金玉緣, 情僧緣, 風月寶鑑, 金陵十二釵, 大觀瑣錄, 風月寶鑑情僧緣, 還淚記, 紅樓全傳
- 紅樓夢(南武野蠻) - 新石頭記
- 紅樓夢續編 - 續紅樓夢
- 紅樓續夢 - 新紅樓夢, 綺樓重夢, 蜃樓情夢
- 紅樓圓夢 - 金陵十二釵後傳, 十二釵傳紅樓圓夢
- 紅樓幻夢 - 幻夢奇緣
- 洪秀全演義 - 洪楊豪俠全集, 繡像太平天國演義, 洪秀全

- 畫圖緣 – 畫圖緣小傳, 新鐫評點畫圖緣小傳, 花田金玉緣, 畫圖緣平夷全傳, 花天荷傳
- 花神三妙傳 – 白潢源三妙傳, 三妙傳錦, 白錦瓊奇會遇
- 花案奇文 – 女開科, 虎邱花案逸史, 花陣奇, 萬斛泉
- 花月痕 – 花月姻緣
- 幻夢奇冤 – 血指印
- 幻影 – 型世奇觀, 三刻拍案驚奇
- 幻中眞 – 批評繡像奇聞幻中眞
- 宦海升沈錄 – 袁世凱
- 歡喜寃家 – 貪歡報, 歡喜奇觀, 喜奇歡, 艶鏡, 續今古奇觀, 三續今古奇觀, 醒世第一書
- 皇明諸司公案 – 續廉明公案傳
- 皇明中興聖烈傳 – 魏忠賢軼事
- 繪芳錄 – 紅閨春夢
- 後水滸傳 – 新鐫施耐庵藏本後水滸全傳
- 後水滸蕩平四大寇傳 – 水滸續集征四寇, 征四寇
- 後續五虎將平南後宋慈雲走國全傳 – 後宋慈雲太子逃難走國全傳
- 後施公案 – 續施公案, 淸烈傳
- 後列國志 – 鋒劍春秋, 鋒劍春秋後列國志, 萬仙鬪法後列國志, 萬仙鬪法興秦傳,孫臏大破諸仙陣, 後東周鋒劍春秋, 後東周列國志
- 後紅樓夢 – 石頭記後編
- 希夷夢 – 海國春秋

2. 中國 古典小說의 書名과 異名(同書異名) / 文言小說

第一 : 先秦에서 隋代

- 十洲記 - 海內十洲記
- 蜀王本紀 - 蜀本紀
- 漢武洞冥記 - 洞冥記, 漢武帝別國洞冥記
- 玄中記 - 郭氏玄中記
- 搜神記 - 搜神異記, 搜神傳記
- 搜神總記 - 搜神摭記
- 雜鬼神志怪 - 雜神志, 雜鬼怪志
- 搜神後記 - 搜神錄, 續搜神記
- 甄異傳 - 甄異記, 甄異錄, 甄異志
- 孔氏志怪 - 志怪
- 拾遺記 - 拾遺錄, 王子年拾遺記
- 名山記 - 拾遺名山記
- 觀(光)世音應驗記 - 應驗記
- 古異傳 - 石異傳, 古今異傳
- 冥驗記 - 宣驗記
- 徵應集 - 徽應傳
- 補續冥祥記 - 續冥祥記
- 神錄 - 神異錄, 伸異錄
- 研神記 - 妍神記
- 周氏冥通記 - 周子良冥通錄
- 神鬼傳 - 神鬼錄
- 冤魂志 - 還冤志, 還冤記, 北齊還冤志
- 旌異記 - 精異記, 積異傳
- 靈異記 - 靈異錄, 靈異志

- 窮怪錄 – 八朝窮怪錄, 八廟怪錄
- 同賢記 – 賢同記
- 穆天子傳 – 周王傳, 周王遊行記
- 漢武帝故事 – 漢武故事
- 漢武內傳 – 漢武帝傳
- 說林 – 孔氏說林
- 張公雜記 – 雜記
- 雜語 – 異同雜語, 孫盛雜語
- 語林 – 裴啓語林
- 名士傳 – 正始名士傳, 竹林名士傳
- 世說新語 – 世說, 世說新書
- 妒記 – 妒婦記
- 宋拾遺 – 宋拾遺錄
- 殷蕓小說 – 小說
- 談藪 – 八代談藪, 解頤

第二 : 唐 · 五代

- 廣古今五行記 – 廣古今五行志
- 通幽記 – 通幽錄, 幽通記
- 洽聞記 – 洽聞集
- 玄怪錄 – 幽怪錄
- 逸史 – 盧子逸史, 盧氏逸史, 唐逸史
- 會昌解頤 – 會昌解頤錄
- 金剛經報應記 – 報應記
- 陸氏集異記 – 集異志
- 報應錄 – 報應記
- 原化記 – 原仙記, 化源記

- 夷堅錄 - 夷堅集
- 大唐奇事記 - 大唐奇事, 唐記奇事
- 墉城集仙錄 - 集仙錄, 集仙傳
- 續仙傳 - 續神仙傳
- 王氏見聞集 - 王氏聞見集, 見聞錄, 王氏見聞, 王氏聞見錄
- 感定錄 - 感定命錄
- 耳目記 - 劉氏耳目記, 耳目志
- 趙飛燕外傳 - 飛燕外傳
- 古鏡記 - 古鑑記
- 補江總白猿傳 - 白猿傳, 集補江總白猿傳, 續江氏傳
- 十二真君傳 - 晉洪州西山十二真君內傳, 西山十二真君列傳
- 梁四公記 - 四公記, 梁四公子傳
- 鑑龍圖記 - 鏡龍記
- 蘭亭記 - 蘭亭始末記
- 開元升平源 - 升平源, 開元升平源記
- 高力士外傳 - 高氏外傳
- 楚寶傳 - 八寶記, 唐寶記
- 仙遊記 - 遊仙記
- 梁大同古銘記 - 編次鄭欽悅辨大同古銘論
- 枕中記 - 呂翁枕中記
- 軒轅彌明傳 - 石鼎聯句詩序, 怪道人傳
- 河間傳 - 河間婦
- 三女星精 - 禦史姚生, 姚氏三子
- 三女降星 - 星女配姚禦史兒
- 記異 - 王裔老
- 李娃傳 - 汧國夫人傳, 節行倡李娃傳
- 鶯鶯傳 - 傳奇, 會真記

- 李章武傳 - 碧玉槲葉
- 長恨傳 - 長歌傳
- 東城老父傳 - 東城父老傳
- 龜從自敘 - 宣州昭亭山梓華君神祠記
- 盧逍遙傳 - 羅逍遙傳
- 柳毅傳 - 洞庭靈姻傳
- 柳氏傳 - 章臺柳傳, 柳氏述
- 南柯太守傳 - 大槐宮記, 大槐國傳
- 感異記 - 沈警感異記, 沈警傳
- 昭義軍別錄 - 昭義軍記室別錄
- 東陽夜怪錄 - 夜怪錄
- 集異記 - 古異記, 集異錄
- 楊娼傳 - 楊娼志
- 煙中仙解題敘 - 仙中怨解, 煙中仙
- 纂異記 - 異聞錄, 異聞實錄
- 博異志 - 博異記
- 南部煙花錄 - 隋遺錄, 大業拾遺錄
- 無雙傳 - 劉無雙傳
- 華嶽靈姻 - 華嶽雲煙傳
- 虯髯客傳 - 虯須客傳, 張虯須傳
- 異聞集 - 異聞集傳
- 非煙傳 - 非煙, 步飛煙, 步飛煙傳, 飛煙傳
- 真珍敘錄 - 真珠敘錄
- 中樞龜鏡 - 中樞龜鑑
- 猗玗子 - 猗犴子, 琦玗子
- 茶經 - 茶記
- 龍城錄 - 河東先生龍城錄

- 柳氏家學要錄 -柳氏家學, 家學要錄
- 大唐傳載 - 傳載
- 新纂異要 - 漸纂異要
- 雜纂 - 義山雜纂
- 尙書故實 - 尙書談錄
- 隋唐嘉話 - 國朝傳記, 傳記, 國史異纂, 小說
- 劉公嘉話錄 - 劉公嘉話, 賓客嘉話
- 嘉話錄 - 劉賓客嘉話錄
- 常侍言旨 - 柳常侍言旨
- 大唐新語 - 唐新語, 唐世說新語
- 國史補 - 唐國史補
- 柳氏小說舊聞 - 小說舊聞記, 小說舊聞, 舊聞記
- 次柳氏舊聞 - 明皇十七事, 柳氏舊聞, 柳氏史, 柳史
- 說纂 - 唐說纂
- 盧子史錄 - 史錄
- 盧氏雜說 - 盧氏雜記, 盧言雜說
- 雜說 - 盧氏小說
- 闕史 - 唐闕史
- 松窗錄 - 松窗雜錄, 松窗小錄
- 松窗雜記 - 摭異記
- 玉泉子 - 玉泉子聞見真錄, 玉泉筆端, 玉泉子聞見錄
- 小名錄 - 古今小名錄
- 抒情集 - 抒情詩
- 釣磯立談 - 釣磯立談記
- 皮氏見聞錄 - 皮光業見聞錄
- 金華子 - 劉氏雜編, 金華子雜編
- 俳諧集 - 諧噱錄

第三：宋·元代

- 總仙記 – 總仙秘錄
- 縉紳脞說 – 脞說
- 科名定分錄 – 前定錄, 科名分定錄
- 友會談叢 – 文會談叢
- 祖異志 – 俱異志, 狙異志
- 志怪集 – 怪集
- 異志 – 集異志, 紀異記, 洛中記異記
- 吉凶影響錄 – 吉凶影響, 影響錄
- 荊山雜編 – 荊山編
- 說異集 – 說異
- 分門古今類事 – 新編分門古今類事
- 厚德錄 – 近世厚德錄
- 勸戒錄 – 南中勸戒錄
- 鬼董 – 鬼董狐
- 閑窗括異志 – 括異志
- 湖海新聞夷堅續志 – 續夷堅志
- 閑居錄 – 閑中編
- 江湖紀聞 – 新刊分類江湖紀聞
- 開河記 – 煬帝開河記
- 迷樓記 – 煬帝迷樓記
- 海山記 – 隋煬帝海山記, 煬帝海山記
- 楊太真外傳 – 楊貴妃外傳, 楊妃外傳
- 王榭傳 – 王榭
- 譚意歌傳 – 譚意歌
- 趙飛燕別傳 – 趙後別傳, 趙後遺事
- 夢仙記 – 遊仙記, 遊仙夢記

• 豪異秘纂 - 豪異秘錄, 傳記雜編
• 李師師外傳 - 李師師傳, 李師師小傳
• 異聞 - 異聞記
• 嬌紅記 - 嬌紅傳
• 該聞錄 - 該聞集
• 續唐卓異記 - 續廣卓異記
• 夢溪筆談 - 筆談
• 東坡志林 - 志林, 東坡手擇, 儋耳手擇
• 海物異名記 - 晉安海物異名記
• 甲申雜記 - 甲申雜錄
• 隨手雜錄 - 淸虛居士隨手雜錄
• 欒城遺言 - 欒城先生遺言
• 朝野雜編 - 朝野雜錄, 雜錄
• 北窗炙輠 - 北窗炙輠錄
• 張氏可書 - 可書
• 能改齋漫錄 - 復齋漫錄
• 避暑錄話 - 石林避暑錄, 乙卯避暑錄
• 耆舊續聞 - 西塘集耆舊續聞
• 叢語 - 聚辨, 聚談
• 席上腐談 - 月下偶談, 席上輔談
• 至正直記 - 靜齋直記, 靜齋至正直記
• 輟耕錄 - 南村輟耕錄
• 賈氏談錄 - 賈黃中談錄, 賈公談錄
• 南唐近事 - 南唐近事集
• 南部新書 - 南郡新書, 南部新語
• 郡閣雅言 - 郡閣雅談, 郡閣雜言
• 國老談苑 - 國老閑談

- 楊億談苑 - 談苑
- 儆戒會要 - 儆誡會最
- 王文正筆錄 - 王文正公言行錄, 王文正公筆錄, 沂公筆錄
- 碧雲騢 - 碧雲騢錄
- 江隣幾雜志 - 嘉祐雜志, 江氏筆錄
- 曾南豐雜志 - 雜職
- 澠水燕談錄 - 澠水燕談
- 玉壺淸話 - 玉壺野史
- 畫墁集 - 畫墁錄
- 東皋雜錄 - 東皋雜記
- 懶眞子 - 懶眞子錄
- 雅言系述 - 雅言參述, 王廷相雅述
- 文酒淸話 - 大酒淸話
- 南北史續世說 - 續世說, 續世說新語
- 山居新語 - 山居新話
- 遂昌雜錄 - 遂昌山樵雜錄, 遂昌山人雜錄
- 艾子 - 艾子雜說
- 開顔集 - 開顔錄
- 說神集 - 悅神集
- 滑稽小傳 - 滑稽逸傳

第四 : 明代

- 剪燈奇錄 - 剪燈前集, 剪燈後集
- 語怪編 - 支山志怪錄, 語怪四編
- 野談 - 墅談
- 天池聲雋 - 聲雋

- 仙佛奇蹤 - 月旦堂仙佛奇蹤合刻
- 古今奇聞類記 - 奇聞類記, 奇聞類記摘抄
- 才妖記 - 才幻記
- 孝經集靈 - 虞子集靈節略
- 焦氏說楛 - 說楛
- 說頤 - 說頤閑史
- 芙蓉鏡孟浪言 - 芙蓉鏡寓言
- 敝帚軒剩語 - 敝帚齋叢談, 敝帚齋餘談節錄
- 王氏雜記 - 驚座新書
- 尋芳雅集 - 懷春雅集, 融春集
- 雜事秘辛 - 漢雜事秘辛
- 金姬傳 - 金姬小傳
- 志餘談異 - 鴛渚志餘雪窗談異
- 女俠韋十一娘傳 - 韋十一娘
- 萬選清談 - 新鐫全像評釋古今清談萬選
- 風流十傳 - 閑情野史風流十傳
- 國色天香 - 新鍥公餘勝覽國色天香
- 萬錦情林 - 新刻芸窗彙爽萬錦情林
- 繡穀春容 - 繡穀春容騷壇摭粹嚼麝譚苑
- 虞初志 - 陸氏虞初志
- 冥寥子 - 冥寥子遊
- 二俠傳 - 三俠傳
- 談纂 - 都公談纂
- 延休堂漫錄 - 漫錄, 延寧堂漫錄
- 名言 - 編次名言
- 儼山外集 - 陸文裕公外集
- 宿齋談錄 - 宿庵談錄

- 戒庵老人漫筆 - 漫筆, 戒庵漫筆
- 四友齋叢說 - 叢說
- 太霞雜俎 - 劉子雜俎, 雜俎, 劉子威雜俎
- 禪寄筆談 - 筆談, 續筆談
- 暗然堂類纂 - 暗然堂日纂
- 見聞錄 - 眉公見聞錄
- 秘笈 - 寶顔堂秘笈
- 亙史 - 亙史鈔
- 花當閣叢談 - 村老委談, 三家村委老談
- 冰署筆談 - 筆談
- 耳談 - 賞心粹語
- 麈談 - 無盡燈, 客邸麈談
- 益智編 - 益智書
- 說郛』 - 重編說郛, 重校說郛
- 名山藏 - 名山藏廣記
- 徐氏筆精 - 筆精
- 智囊補 - 智囊全集, 增智囊補, 增廣智囊補
- 情史 - 情史類略, 情天寶鑑
- 古今譚概 - 譚概, 古今笑, 古今笑史
- 玉芝堂談薈 - 談薈
- 五朝小說 - 五朝小說大觀
- 暇老齋雜記 - 雜記
- 西洪叢語 - 西濱叢語
- 景仰撮書 - 尙論篇
- 可齋雜記 - 彭文憲公筆記, 彭公筆記
- 蹇齋瑣綴錄 - 瑣綴錄
- 濯纓亭筆記 - 筆記

- 震澤紀聞 - 守溪筆記, 守溪長語
- 吳中往哲記 - 往哲記
- 野記 - 九朝野記, 枝山野記
- 明記略 - 皇明記略, 近峰記略
- 青溪暇筆 - 淸溪暇筆
- 蒹暇堂雜著 - 蒹暇堂雜著摘抄, 蒹暇堂雜抄
- 何氏語林 - 語林
- 庭聞述略 - 庭聞紀略
- 明興雜記 - 明廷雜記
- 客坐新聞 - 石田翁客坐新聞
- 說儲 - 說塵
- 玉堂叢語 - 玉堂叢話
- 歷朝野史 - 靳史
- 玉鏡新譚 - 逆璫事略
- 蘭畹居淸言 - 淸言
- 昨非庵日纂 - 昨非齋日纂
- 澤山雜記 - 澤山野錄
- 泉南雜志 - 泉南雜記
- 呵凍漫筆 - 呵凍筆談
- 聾觀 - 憨聾觀
- 華筵趣樂談笑酒令 - 博笑珠璣
- 時興笑話 - 遣興佳話, 笑到底, 時尚佳話笑到底
- 笑海千金 - 笑苑千金, 東坡笑苑千金

第五：淸代

- 見聞錄 - 說部精華見聞錄

- 六合內外瑣言 - 瑣蛣雜記
- 客窗偶筆 - 客窗筆記, 守一齋客窗筆記
- 志異續編 - 亦複如是, 聊齋續編
- 北東園筆錄 - 勸戒近錄, 池上草堂筆記
- 醉茶志怪 - 奇奇怪怪
- 雨窗消意錄 - 雨窗消意錄甲部
- 說林 - 馬氏隨筆
- 過墟志 - 過墟志感, 孀姝殊遇
- 艷囮二則 - 思庵閑筆
- 扶風傳信錄 - 敘事解疑
- 裏乘 - 留仙外史
- 埋憂集 - 珠村談怪
- 警俗編 - 如夢覺
- 艷異新編 - 新聞新裏新
- 遁窟讕言 - 遁叟奇談
- 蟫史 - 新野叟曝言
- 書影 - 因樹屋書影
- 池北偶談 - 石帆亭紀談
- 說瘧 - 瘧苑
- 排悶錄 - 異聞錄
- 唐人說薈 - 唐代叢書
- 野語 - 南峰語乘
- 止園筆談 - 筆談
- 水窗春囈 - 曉窗春語
- 夢園叢記 - 夢園叢說內篇, 夢園叢說外篇
- 瑣記 - 曼陀羅華閣瑣記
- 墨餘錄 - 對山書屋墨餘錄, 對山餘墨

- 宋人小說類編補鈔 - 宋人小說續編
- 三借廬贅談 - 三借廬筆談
- 唐開元小說六種 - 唐人小說六種
- 長安看花記 - 長安看花後記
- 雲間雜記 - 雲間雜志
- 研堂見聞雜記 - 研堂見聞雜錄
- 石裏雜識 - 石裏雜志
- 消夏閑記摘鈔 - 消夏閑記選存
- 明逸編 - 明世說補
- 笑得好 - 新評笑得好, 異談笑叢錄

附錄 2. 攷事撮要에 수록된 朝鮮出版本 目錄

국내문헌 211종 + 중국문헌 319종 + 국적미확인문헌 110종 총 640書種

1. 국내문헌 출판 개황 총 211종

1) 삼국시대(2종) : 자부 1종 + 집부 1종
2) 고려시대(29종) : 사부 3종 + 자부 5종 + 집부 21종
3) 조선시대(168종) : 경부 11종 + 사부 27종 + 자부 53종 + 집부 74종 + 분류미상 3종
4) 연대미상(12종) : 사부 8종 + 자부 3종 + 집부 1종

※ 국내문헌 시대별 분류

1) 三國時代 2종

- 『桂苑筆耕集』 : 崔致遠(新羅) 著, 集部 別集類, 宣祖18年.
- 『雙溪石門』 : 崔致遠(新羅) 著, 子部 藝術類, 宣祖18年.

2) 高麗時代 29종 : 史部 3종 + 子部 5종 + 집부 21종

(1) 史部

- 『三國史記』(2個版種) : 金富軾(高麗) 撰, 史部 正史類, ①太祖 3年(1394) ②中宗7年(1512)刊推定 等.
- 『三國遺事』 : 一然(高麗) 撰, 史部 雜史類, 中宗7年刊(1512)推定.
- 『帝王韻紀』 : 李承休(高麗) 著, 史部 別史類, 太宗17年刊(1417)推定.

⑵ 子部

- 『御醫方』(御醫撮要方) : 崔宗峻(高麗) 撰, 子部 醫家類, 宣祖1年.
- 『櫟翁稗說』: 李齊賢(高麗) 撰, 子部 小說家類, 宣祖1年.
- 『鷹鶻方』: 李文烈(高麗) 著, 子部 醫家類, 宣祖18年.
- 『杏村法帖大字』: 李嵒(高麗) 書, 子部 藝術類, 宣祖18年.
- 『孝行錄』: 權溥(高麗) 撰/權近(朝鮮) 註, 子部 儒家類, 世宗15年刊(1433)推定.

⑶ 集部

- 『稼亭集』(稼亭先生文集) : 李穀(高麗) 著, 集部 別集類 宣祖1年.
- 『及菴集』(及菴詩集) : 閔思平(高麗) 著, 集部 別集類, 宣祖1年.
- 『陶隱(集)』(陶隱先生集/3個版種) : 李崇仁(高麗) 著, 集部 別集類, 宣祖1年 等.
- 『遁村詩』(遁村雜詠) : 李集(高麗) 著, 集部 別集類, 宣祖1年.
- 『柳巷集』(柳巷先生詩集) : 韓脩(高麗) 撰/權近(朝鮮) 批點, 集部 別集類, 定宗2年(1400)推定.
- 『李相國集』(東國李相國全集/23個版種) : 李奎報(高麗) 著, 集部 別集類, 宣祖1年 等.
- 『牧隱集』(牧隱詩藁/2個版種) : 李穡(高麗) 著, 集部 別集類, 宣祖1年 等.
- 『惕若齋』(惕若齋先生學吟集) : 金九容(高麗) 著, 集部 別集類, 宣祖1年.
- 『破閑集』: 李仁老(高麗) 著. 集部 別集類, 宣祖1年.
- 『圃隱集』(圃隱詩集/2個版種) : 鄭夢周(高麗) 著, 集部 別集類, 宣祖1年 等.
- 『補閑集』: 崔滋(高麗) 著, 集部 別集類, 宣祖1年.

- 『西河集』(西河先生集) : 林椿(高麗) 著, 集部 別集類, 宣祖1年.
- 『雪谷集』: 鄭誧(高麗) 著, 集部 別集類, 宣祖1年.
- 『圓鑑集』(2個版種) : 圓鑑國師冲止(高麗) 著, 集部 別集類, 宣祖1年 等.
- 『栗亭集』: 尹澤(高麗) 著, 集部 別集類, 宣祖1年.×
- 『益齋亂藁』(2個版種) : 李齊賢(高麗) 著, 集部 別集類, 世宗13年刊(1431)推定 等.
- 『百家衣』(林祭酒百家衣詩集) : 林惟正(高麗) 著, 集部 別集類, 世宗21年刊(1439)推定.
- 『霽亭集』(霽亭先生文集) : 李達衷(高麗) 著, 集部 別集類, 宣祖1年.
- 『三韓詩』(三韓詩龜鑑/2個版種) : 崔瀣(高麗) 批點, 趙云仡 精選, 集部 總集類, 明宗21年刊(1566)推定 等.
- 『十抄詩』(夾註名賢十抄詩/2個版種) : 高麗儒者 編/釋 子山(高麗) 註/權擥(朝鮮) 校, 集部總集類 等.
- 『拙藁』(拙藁千百) : 崔瀣(高麗) 著, 集部 總集類, 宣祖1年.

3) 朝鮮時代

168종 : 經部11종 / 史部27종 / 子部53종 / 集部74종 / 分類未詳 3종

(1) 經部 11종 : 小學類 7종 + 禮類 2종 + 易類 1종 + 總經類 1종

- 『童蒙先習』(6個版種) : 朴世茂(朝鮮) 編, 經部 小學類, 宣祖1年 等.
- 『童蒙易解』(童蒙先習諺解) : 朴世茂(朝鮮) 編, 經部 小學類, 宣祖18年.
- 『三韻通考』(4個版種) : 世宗(朝鮮)命撰, 經部 小學類, 宣祖18年 等.
- 『續蒙求』(續蒙求分註) : 柳希春(朝鮮) 撰, 經部 小學類, 宣祖18年.
- 『新增類合』: 柳希春(朝鮮) 編, 經部 小學類, 宣祖18年 等.
- 『韻會玉篇』: 崔世珍(朝鮮) 著, 經部 小學類, 宣祖18年.

- 『訓蒙字會』(3個版種) : 崔世珍(朝鮮) 著, 經部 小學類, 宣祖18年.
- 『禮記淺見錄』: 權近(朝鮮) 撰, 經部 禮類, 宣祖1年.
- 『奉先雜儀』(2個版種) : 李彦迪(朝鮮) 撰, 經部 禮類, 宣祖18年 等.
- 『啓蒙傳疑』: 李滉(朝鮮) 著. 經部 易類, 宣祖18年.
- 『九經衍義』(中庸九經衍義) : 李彦迪(朝鮮) 撰, 經部 總經類, 宣祖18年.

(2) **史部** 27종 : 傳記類 9종＋地理類 4종＋政治類 3종＋雜事類 2종＋正史類 2종+雜史類 2종＋編年類 1종＋政書類 1종＋金石類 1종＋政法類 1종＋官職類 1종

- 『景賢錄』: 李禎(朝鮮) 編, 史部 傳記類, 宣祖年間 推定.
- 『三綱行實』(三綱行實圖/6個版種) : 偰循(朝鮮)等受命撰, 史部 傳記類, 宣祖1年 等.
- 『成仁錄』: 尹斗壽(朝鮮) 撰, 史部 傳記類, 宣祖 14年(1581).
- 『續三綱行實』(續三綱行實圖/3個版種) : 申用漑(朝鮮)等受命撰, 史部 傳記類, 宣祖1年 等.
- 『儒先錄』(國朝儒先錄) : 柳希春(朝鮮) 等編, 史部 傳記類, 宣祖18年.
- 『二倫行實』(二倫行實圖/4個版種) : 曺伸(朝鮮) 撰, 史部 傳記類, 宣祖1年 等.
- 『彝尊錄』: 金宗直(朝鮮) 撰, 史部 傳記類, 宣祖18年.
- 『朱子行狀』: 李滉(朝鮮) 集註 : 史部 傳記類, 宣祖18年.
- 『晦齋年譜』(晦齋先生年譜』: 李浚(朝鮮) 編, 史部 傳記類, 宣祖 7年(1574)刊 推定.
- 『經國大典』: 崔恒(朝鮮)等受命編, 史部 政治類, 宣祖1年.
- 『經濟六典』(經濟六典祥節) : 趙浚/河崙(朝鮮) 等撰, 史部 政治類, 宣祖1年.
- 『元六典』: 趙俊/河崙(朝鮮) 撰, 史部 政治類, 宣祖18年.

- 『關東錄』(關東日錄) : 洪仁祐(朝鮮) 等著, 史部 地理類, 宣祖18年.
- 『陶山記』(2個版種) : 李滉(朝鮮) 著, 史部 地理類, 宣祖18年.
- 『竹溪志』: 周世鵬(朝鮮) 撰, 史部 地理類, 明宗年間 刊行 推定.
- 『漂海錄』: 崔溥(朝鮮) 著, 史部 地理類, 宣祖18年.
- 『救荒撮要』: 明宗(朝鮮)命撰, 史部 政書類, 宣祖18年.
- 『詞訟類抄』: 金伯幹(朝鮮) 編, 史部 政法類, 宣祖18年刊(1585)推定.
- 『己卯錄』: 金堉(朝鮮) 編, 史部 雜事類, 宣祖16年出刊(1583)推定.
- 『西征錄』: 李蕆(朝鮮) 編, 史部 雜事類, 宣祖1年.
- 『歷代要錄』: 朴希春(朝鮮) 著, 史部 雜史類, 宣祖1年.
- 『太平通載』: 成任(朝鮮) 編著, 史部 雜史類, 成宗23年刊行(1492)推定.
- 『東國史略』: 朴祥(朝鮮)等受命撰, 史部 正史類, 宣祖1年.
- 『釋吐漢傳』: 安瑋(朝鮮) 撰, 史部 正史類, 宣祖1年.
- 『東國通鑑』: 徐居正(朝鮮)等編, 史部 編年類, 中宗年間推定.
- 『磨崖碑』(磨崖碑文) : 權輗(1495-1549)의 碑文, 史部 金石類, 宣祖18年.
- 『縣官箴』: 未詳(朝鮮), 史部 官職類, 宣祖1年.

(3) 子部 53종 : 藝術類 17종 + 儒家類 16종 + 醫家類 11종 + 隨錄類 5종 + 譯家類 2종 + 農家類 1종 + 兵家類 1종

- 『金副提學綠筆法』: 金綠(朝鮮) 著, 子部 藝術類, 宣祖18年.
- 『退溪大字細字』: 李滉(朝鮮) 書, 子部 藝術類, 宣祖18年.
- 『海東名跡』(3個版種) : 申公濟(朝鮮) 編, 子部 藝術類, 宣祖1年 等.
- 『退溪屛風書』(2個版種) : 李滉(朝鮮) 書, 子部 藝術類, 宣祖18年.
- 『退溪書』: 李滉(朝鮮) 書, 子部 藝術類, 宣祖18年.
- 『黃耆老屛風書』: 黃耆老(朝鮮) 書, 子部 藝術類, 宣祖18年.
- 『晦齋所製退溪書屛風』: 李彦迪(朝鮮) 製, 子部 藝術類, 宣祖18年.
- 『孝悌忠信』(2個版種) : 李彦迪(朝鮮) 書, 子部 藝術類, 宣祖18年.

- 『大字孝悌忠信』: 李彦廻(朝鮮) 書, 子部 藝術類, 宣祖18年.
- 『文宗御札』: 文宗(朝鮮) 書, 子部 藝術類, 宣祖1年.
- 『白沙帖』: 李恒福(朝鮮) 書, 子部 藝術類, 宣祖18年.
- 『成廟御書』: 成宗(朝鮮) 書, 子部 藝術類, 宣祖18年.
- 『安平勸農敎』: 安平大君(朝鮮) 書, 子部 藝術類, 宣祖18年.
- 『安平大君屛風書』: 安平大君(朝鮮) 書, 子部 藝術類, 宣祖18年.
- 『安平書法』: 安平大君(朝鮮) 書, 子部 藝術類, 宣祖18年.
- 『安平小屛風書』: 安平大君(朝鮮) 書, 子部 藝術類, 宣祖18年.
- 『廳訟筆法』: 成守探(朝鮮) 書, 子部 藝術類, 宣祖18年.
- 『擊蒙要訣』(2個版種): 李珥(朝鮮) 著, 子部 儒家類, 宣祖18年 等.
- 『警民編』(5個版種): 金正國(朝鮮) 撰, 子部 儒家類, 宣祖1年 等.
- 『求仁錄』: 李彦迪(朝鮮) 撰, 子部 儒家類, 宣祖18年.
- 『浮休子談論』: 成俔(朝鮮) 著, 子部 儒家類, 宣祖1年.
- 『性理遺編』: 李楨(朝鮮) 編, 子部 儒家類, 宣祖18年.
- 『聖學十圖』(7個版種): 李滉(朝鮮) 撰, 子部 儒家類, 宣祖3年(1570) 宣祖5年(1572)刊 推定等.
- 『聖學輯要』: 李珥(朝鮮) 撰, 子部 儒家類, 宣祖18年.
- 『宋季元明理學通錄』: 李滉(朝鮮) 撰, 子部 儒家類, 宣祖9年刊(1576) 推定.
- 『學範』: 金安國(朝鮮) 編, 子部 儒家類, 宣祖18年.
- 『鄕約』: 未詳(朝鮮), 子部 儒家類, 宣祖18年.
- 『訓世評話』: 李邊(朝鮮) 著, 子部 儒家類, 宣祖1年.
- 『入學圖說』(3個版種), 權近(朝鮮) 撰, 子部 儒家類, 明宗2年(1547)刊 推定 等.
- 『自省錄』(退陶先生自省錄): 李滉(朝鮮) 著, 子部 儒家類, 宣祖1年刊 (1585)推定.
- 『作聖圖論』: 權採(朝鮮) 撰, 子部 儒家類, 端宗2年刊(1452)推定 等.

- 『進修楷範』: 柳雲(朝鮮) 編, 子部 儒家類, 宣祖1年.
- 『天命圖』(天命圖說) : 鄭之雲(朝鮮) 著, 子部 儒家類, 宣祖11年刊(1578)推定.
- 『辟瘟方』(簡易辟瘟方/3個版種) : 金順蒙/劉永貞/朴世擧 等撰(朝鮮), 子部 醫家類, 宣祖1年等.
- 『簡易方』(救急簡易方/37個版種) : 尹壕(朝鮮)等受命撰, 子部 醫家類, 宣祖1年 等.
- 『救急簡易方』: 尹弼商(朝鮮)/洪貴達 等撰, 子部 醫家類, 中宗18年(1523)推定.
- 『村家救急』(村家救急方/3個版種) : 金正國(朝鮮) 撰, 子部 醫家類, 中宗33年刊(1538)推
等.
- 『戒酒文』: 李荇?(朝鮮) 著, 子部 醫家類, 宣祖18年.
- 『戒酒書』: 柳義孫(朝鮮) 撰, 子部 醫家類, 宣祖1年.
- 『馬醫方』(新編集成馬醫方/牛醫方) : 權仲和(朝鮮) 撰, 子部 醫家類, 宣祖13年刊(1580)推定.
- 『食療纂要』(2個版種) : 金循義(朝鮮) 著, 子部 醫家類, 宣祖1年 等.
- 『治腫祕方』: 任彦國(朝鮮) 撰, 子部 醫家類, 明宗14年刊(1559)推定.
- 『瘡疹方』(瘡疹集/2個版種) : 任元濬(朝鮮) 撰, 子部 醫家類, 宣祖1年等.
- 『牛馬治療方』(新編集成馬醫方/牛醫方 : 『馬牛醫方』) : 趙俊(朝鮮) 等編, 子部 醫家類, 宣祖1年.
- 『靑坡劇談』: 李陸(朝鮮) 著, 子部 隨錄類, 宣祖1年.
- 『慵齋叢話』: 成俔(朝鮮) 撰, 子部 隨錄類, 中宗20年刊(1525)推定.
- 『村談解頤』: 姜希孟(朝鮮) 著, 子部 隨錄類, 宣祖1年.
- 『太平閑話』: 徐居正(朝鮮) 編, 子部 隨錄類, 宣祖1年.
- 『筆苑雜記』: 徐居正(朝鮮) 撰, 子部 隨錄類, 宣祖1年.

- 『朴通事』: 崔世珍(朝鮮) 著, 子部 譯家類, 宣祖1年.
- 『老乞大』(老乞大諺解): 李洙(朝鮮) 編, 子部 譯家類, 宣祖1年.
- 『農事直說』(2個版種): 鄭招(朝鮮) 著, 子部 農家類, 宣祖1年 等.
- 『東國兵鑑』: 文宗(朝鮮)命編, 子部 兵家類, 宣祖18年.

(4) 集部 74종 : 別集類 62종 + 總集類 12종

- 『溪山雜詠』(2個版種): 李滉(朝鮮) 著, 集部(別集類/總集類), 宣祖18年 等.
- 『灌圃集』(灌圃先生詩集): 魚得江(朝鮮) 著, 集部 別集類, 宣祖18年.
- 『錦南集』(錦南先生集): 崔溥(朝鮮) 著, 集部 別集類, 宣祖18年.
- 『企齋記異』: 申光漢(朝鮮) 著, 集部 別集類, 宣祖18年.
- 『企齋集』: 申光漢(朝鮮) 著, 集部 別集類, 宣祖18年.
- 『訥齋集』: 梁誠之(朝鮮) 著, 集部 別集類, 成宗13年刊行(1482)推定.
- 『訥軒集』(訥軒文集): 徐聖耉(朝鮮) 著, 集部 別集類, 宣祖18年.
- 『大觀齋集』(大觀齋亂稿): 沈義/權應仁(朝鮮) 編, 集部 別集類, 宣祖10年刊(1577).
- 『獨谷集』(獨谷先生集/2個版種): 成石璘(朝鮮) 著, 集部 別集類, 宣祖1年 等.
- 『東槎集』(2個版種): 李廷龜(朝鮮) 著, 集部 別集類, 宣祖18年 等.
- 『懶齋集』(2個版種): 蔡壽(朝鮮) 著, 集部 別集類, 宣祖1年 等.
- 『蓮亭集』: 朴杜興(朝鮮) 著, 集部 別集類, 宣祖1年.
- 『蓮軒集』(蓮軒雜稿): 李宣茂(朝鮮) 著, 集部 別集類, 宣祖1年.
- 『魯齋集』: 李昌瑞(朝鮮) 著, 集部 別集類, 宣祖18年(1585).
- 『濡溪集』(2個版種): 俞好仁(朝鮮) 著, 集部 別集類, 宣祖1年 等.
- 『李評事集』: 李穆(朝鮮) 著, 集部 別集類, 宣祖18年.
- 『梅月堂』(梅月堂集): 金時習(朝鮮) 著, 集部 別集類, 宣祖1年.

- 『梅軒集』(梅軒先生文集) : 權遇 著/權採 編(朝鮮), 集部 別集類, 端宗年間推定.
- 『梅花詩』: 李滉(朝鮮) 著, 集部 別集類, 宣祖18年.
- 『慕齋集』(慕齋先生集) : 金安國(朝鮮) 著, 集部 別集類, 宣祖7年(1574)推定.
- 『復齋集』(服齋先生集) : 鄭摠(朝鮮) 著, 集部 別集類, 世宗28年刊(1446)推定.
- 『私淑齋集』: 姜希孟 著/姜柱善 等 編(朝鮮), 集部 別集類, 宣祖1年.
- 『四雨亭集』: 李湜(朝鮮) 著, 集部 別集類, 宣祖1年.
- 『三魁堂集』: 申從濩(朝鮮) 著, 集部 別集類, 宣祖1年.
- 『三魁續集』: 申從濩(朝鮮) 著, 集部 別集類, 宣祖18年.
- 『三峰集』(三峯先生集) : 鄭道傳(朝鮮) 著, 集部 別集類, ①世祖 11年(1465) ②成宗18年刊(1487)推定.
- 『三灘集』(三灘先生集/2個版種) ; 李承召(朝鮮) 著, 集部 別集類, 中宗30年刊推定(1535) 等.
- 『石川集』(石川先生集) : 林億齡(朝鮮) 著, 集部 別集類, 宣祖1年.
- 『醒狂集』: 李探源(朝鮮) 著, 集部 別集類, 宣祖18年.
- 『成謹甫集』(成謹甫先生集) : 成三問(朝鮮) 著, 集部 別集類, 宣祖18年.
- 『成相國集』: 成夢井(朝鮮) 著, 集部 別集類, 宣祖18年.
- 『睡軒集』(睡軒先生詩集) : 權五福 著 / 權文海 編(朝鮮), 集部 別集類, 宣祖 7年(1585)刊推定.
- 『愼村集』: 權思復(朝鮮) 著, 集部 別集類, 宣祖1年.
- 『雙梅堂集』(雙梅堂先生篋藏文集) : 李小畜(朝鮮) 著, 集部 別集類, 宣祖1年.
- 『顏樂堂集』: 金訢(朝鮮) 著/金安國(朝鮮) 編, 集部 別集類, 中宗11年(1516)刊推定.
- 『陽村集』(陽村先生文集/2個版種) : 權近(朝鮮) 著, 集部 別集類, 宣祖

1年 等.

- 『養休堂集』: 盧禛(朝鮮) 著, 集部 別集類, 宣祖18年.
- 『容齋集』: 李荇(朝鮮) 著, 集部 別集類, 宣祖18年.
- 『月軒集』: 丁壽崗(朝鮮) 著, 集部 別集類, 宣祖18年.
- 『二樂亭集』: 申用溉(朝鮮) 撰/申瀚(朝鮮) 編, 集部 別集類, 中宗36年刊(1541)推定.
- 『長吟亭集』: 羅湜(朝鮮) 著, 集部 別集類, 宣祖18年.
- 『樗軒集』: 李石亨(朝鮮) 著, 集部 別集類, 宣祖1年.
- 『佔畢齋』(佔畢齋集): 金宗直(朝鮮) 著, 集部 別集類, 宣祖1年.
- 『拙齋集』(拙齋先生集): 柳元之(朝鮮) 著, 集部 別集類, 宣祖18年.
- 『止止堂集』(止止堂詩集): 金孟性(朝鮮) 著, 集部 別集類, 宣祖1年.
- 『眞逸集』(眞逸遺藁): 成俔(朝鮮) 著, 集部 別集類, 宣祖1年.
- 『清卿集』(清卿先生文集): 李淮(朝鮮) 著, 集部 別集類, 宣祖1年.
- 『青坡集』(2個版種): 李陸(朝鮮) 著, 集部 別集類, 中宗7年刊(1512)推定 等.
- 『草堂集』: 姜景敍(朝鮮) 著, 集部 別集類, 宣祖18年.
- 『秋江集』(秋江先生文集): 南孝溫(朝鮮) 著, 集部 別集類, 宣祖10年刊(1577)推定.
- 『春亭集』(春亭先生文集): 卞季良(朝鮮) 著/鄭陟(朝鮮) 編/李英春(朝鮮) 刻, 集部 別集類, 世宗24年(1442)刊推定 等.
- 『冲庵集』(冲庵先生文集): 金淨(朝鮮) 著, 集部 別集類, 宣祖1年.
- 『忠孝堂』(忠孝堂遺集/2個版種): 金恊(朝鮮) 著, 集部 別集類, 宣祖18年.
- 『濯纓集』(2個版種): 金馹孫(朝鮮) 著, 集部 別集類, 宣祖1年.
- 『泰齋集』(泰齋先生集): 柳方善(朝鮮) 著, 集部 別集類, 宣祖1年.
- 『把翠軒』(把翠軒別稿/2個版種): 朴誾(朝鮮) 著, 集部 別集類, 宣祖1年 等.

- 『八溪集』(八溪先生逸藁) : 鄭悛(朝鮮) 著, 集部 別集類, 世宗29年刊(1447)推定.
- 『河西集』 : 金麟厚(朝鮮) 著, 集部 別集類, 宣祖18年.
- 『虛堂集』(虛白堂集/2個版種) : 成俔(朝鮮) 撰, 集部 別集類, 宣祖1年 等.
- 『虛庵集』(虛庵遺藁) : 鄭希良(朝鮮) 著, 集部 別集類, 中宗6年(1511)刊推定.
- 『晦齋集』(晦齋先生集) : 李彦迪(朝鮮) 著, 集部 別集類, 宣祖8年刊(1575)推定.
- 『休庵集』 : 白仁傑(朝鮮) 著, 集部 別集類, 宣祖18年.
- 『靑丘風雅』(佔畢齋精選靑丘風雅) : 金宗直(朝鮮) 編, 集部 總集類, 宣祖18年.
- 『晉山世稾』(晉山世藁) : 姜希盟(朝鮮) 編, 集部 總集類, 宣祖1年.
- 『仁川世稿』 : 蔡壽(朝鮮) 等著/蔡有隣(朝鮮) 編, 集部 總集類, 宣祖18年.
- 『鐵城聯芳集』 : 李陸(朝鮮) 編, 集部 總集類, 成宗7年刊(1476)推定.
- 『八溪集』(八溪先生逸藁) : 鄭悛(朝鮮) 著, 集部 別集類, 世宗29年刊(1447)推定.
- 『風騷軌範』 : 成俔(朝鮮) 外 編, 集部 總集類, 成宗15年刊(1484)推定.
- 『咸從世藁』 : 尹金孫(朝鮮) 編, 集部 總集類, 中宗5年刊(1510)推定.
- 『東文粹』(2個版種) : 成三問 等編/金宗直(朝鮮) 續, 集部 總集類, 宣祖1年 等.
- 『百聯抄解』(2個版種) : 金麟厚(朝鮮) 編, 集部 總集類, 宣祖18年 等.
- 『東人詩話』(3個版種) : 徐居正(朝鮮) 編, 集部 總集類, 宣祖1年 等.
- 『東文選啓』(東文選啓抄) : 著者未詳(朝鮮), 集部 總集類, 宣祖1年.
- 『東文選』 : 徐居正(朝鮮)等受命編, 集部 總集類, 宣祖1年.

(5) 分類未詳

- 『歷代敎授圖』(歷代敎授承統之圖) : 金正國(朝鮮) 著, 分類未詳, 宣祖 1年.
- 『古論』: 平安道咸從, 甑山兩縣軍隊(朝鮮) 編, 分類未詳, 宣祖18年.
- 『三賢珠玉』: 鄭磏(朝鮮) 等著, 分類未詳, 宣祖18年.

4) 年代(時代)未詳 12종(史部 8종+子部 3종+集部 1종)

- 『江陵金氏族譜』: 史部 傳記類, 宣祖18年.
- 『權氏族圖』: 史部 傳記類, 宣祖1年.
- 『登科錄』: 著者未詳, 史部 傳記類, 宣祖1年.
- 『文忠公族譜』: 史部 傳記類, 宣祖18年.
- 『文化柳氏族譜』: 史部 傳記類, 宣祖18年.
- 『靑松沈氏族譜』(2個版種) : 史部 傳記類, 宣祖1年.
- 『松都錄』: 未詳, 史部 地理類, 宣祖1年.
- 『八道地圖』: 未詳, 史部 地理類, 宣祖18年.
- 『蒙古書』: 著者未詳, 子部 譯家類, 宣祖1年.
- 『屛風書』(5個版種) : 子部 藝術類, 宣祖1年 等.
- 『書屛風』: 著者未詳, 子部 藝術類, 宣祖1年.
- 『東人文』(東人之文? 崔瀣) : 著者未詳, 集部 總集類, 宣祖1年.

2. 중국문헌 출판 개황

※ 중국고전문헌 319종

1) 經部(78종) : 四書類 21종 + 詩類 4종 + 書類 8종 + 易類 4종 + 春秋類 8종 + 禮類 8종 + 孝經類 4종 + 小學類 21종
2) 史部(34종): 正史類 6종 + 政法類 10종 + 金石類 2종 + 鈔史類 1종 + 編年類 3종 + 別史類 1종 + 官職類 2종 + 雜史類 1종 + 詔令奏議類 2종 + 傳記類 6종
3) 子部(137종) : 儒家類 52종 + 醫家類 28종 + 農家類 3종 + 藝術類 32종 + 道家類 5종 + 小說家類 6종 + 隨錄類 2종 + 天文算法類 1종 + 兵家類 6종 + 術數類 1종 + 釋家類 1종
4) 集部(70종) : 別集類 47종 + 楚辭類 2종 + 詞曲類 5종 + 總集類 15종 + 功令類 1종

1) 經部 78종

四書類 21종 + 詩類 4종 + 書類 8종 + 易類 4종 + 春秋類 8종 + 禮類 8종 + 孝經類 4종 + 小學類 21종

- 『論語』(3個版種) : 四書類, 宣祖1年 等.
- 『論語大文』 : 四書類, 宣祖1年 等.
- 『集註論語』(論語集註) : 朱熹(宋) 集註, 四書類, 宣祖1年.
- 『小全論語』 : 四書類, 宣祖1年 等.
- 『無輯釋論語』 : 四書類, 宣祖1年.
- 『孟子』(4個版種) : 四書類, 宣祖1年 等.
- 『孟子大文』(4個版種) : 四書類, 宣祖1年 等
- 『無輯釋孟子』 : 四書類, 宣祖1年.
- 『小全孟子』 : 四書類, 宣祖1年.

- 『大學』(12個版種) : 四書類, 宣祖1年 等.
- 『大學大文』(2個版種) : 四書類, 宣祖1年 等.
- 『大字大學』 : 四書類, 宣祖18年.
- 『或問大學』(2個版種) : 朱熹(宋) 撰, 四書類, 宣祖1年 等.
- 『中庸』(11個版種) : 四書類, 宣祖1年 等.
- 『中庸大文』 : 四書類, 宣祖1年.
- 『大字中庸』 : 四書類, 宣祖18年.
- 『中庸諺解』 : 宣祖(朝鮮) 命撰, 四書類, 宣祖年間推定.
- 『中庸集略』 : 石墩編/朱熹删定(宋), 四書類, 宣祖1年.
- 『或問中庸』(2個版種) : 朱熹(宋) 撰, 四書類, 宣祖1年 等.
- 『庸學大文』 : 四書類, 宣祖18年.
- 『庸學指南』 : 胡謐(明) 編, 四書類, 宣祖18年.
- 『詩傳』(4個版種) : 詩類, 宣祖1年 等.
- 『詩傳大文』 : 詩類, 宣祖1年.
- 『無註毛詩』 : 經部 詩類, 宣祖18年.
- 『詩大文』(3個版種) : 詩類, 宣祖1年 等.
- 『尙書』 : 書類, 宣祖1年.
- 『諺吐尙書』 : 書類, 宣祖1年.
- 『書傳』(2個版種) : 書類, 宣祖1年 等.
- 『書大文』(3個版種) : 書類, 宣祖1年 等.
- 『書釋』 : 書類, 宣祖18年.
- 『書傳口訣』 : 書類, 宣祖19年.
- 『書傳大文』 : 胡廣(明) 等受命撰, 書類, 宣祖1年.
- 『洪武』 : 書類, 宣祖18年.
- 『周易』(4個版種) : 易類, 宣祖1年 等.
- 『周易大文』 : 易類, 宣祖1年.
- 『小全周易』 : 易類, 宣祖1年.

- 『易釋』: 易類, 宣祖18年.
- 『春秋』(2個版種) : 春秋類, 宣祖1年 等.
- 『春秋大文』: 春秋類, 宣祖1年.
- 『附錄春秋』(春秋附錄) : 未詳, 春秋類, 宣祖1年.
- 『胡傳春秋』(春秋胡氏傳/2個版種) : 胡安國(宋) 傳, 春秋類, 宣祖1年 等.
- 『會通春秋』(春秋諸傳會通) : 李廉(元) 集, 春秋類, 太宗3年刊(1403)推定.
- 『左傳』(音註全文春秋括例始末左傳句讀直解) : 林堯叟(宋) 撰, 春秋類, 端宗2年(1454)/世宗13年(1431)元版覆刻 等.
- 『小全左傳』: 春秋類, 宣祖1年.
- 『東萊博議』(精選東萊先生博議句解) : 呂祖謙(宋) 撰, 春秋類, 1417年刊推定.
- 『禮記』(2個版種) : 禮類, 宣祖1年 等.
- 『禮記大文』: 禮類, 中宗年間推定.
- 『周禮』(纂圖互註周禮) : 鄭玄(漢) 註, 禮類, 成宗9年刊(1478)推定.
- 『儀禮圖』(2個版種) : 楊復(宋) 著, 禮類, 宣祖18年.
- 『家禮』(8個版種) : 朱熹(宋) 著, 禮類, 宣祖1年 等.
- 『馮氏家禮集成』: 未詳, 禮類, 宣祖18年.
- 『家禮補註』(朱文公家禮) : 朱熹(宋) 撰, 禮類, 太宗3年推定(1403).
- 『禮輯』: 屠羲英(明) 著, 禮類(鄕校), 宣祖18年.
- 『孝經』(14個版種) : 孝經類, 宣祖1年 等.
- 『大字孝經』: 孝經類, 宣祖18年.
- 『大全孝經』: 孝經類, 宣祖1年.
- 『註孝經』: 孝經類, 宣祖1年.
- 『詩韻釋義』: 小學類, 宣祖18年.
- 『雅音會編』: 姜麟 集次/王純 校正(明), 小學類, 宣祖1年.
- 『草書韻會』: 張天錫(梁) 集, 小學類, 宣祖1年.
- 『禮部韻』(排字禮部韻略/7個版種) : 丁度(宋) 註, 小學類, 中宗35年(1450) 等.

- 『龍龕手鑑』(3個版種) : 行均(遼) 撰, 小學類, 宣祖1年 等.
- 『洪武正韻』: 樂韶鳳(明)等奉勅 撰, 小學類, 宣祖18年.
- 『大廣益會』(大廣益會玉篇) : 顧野王(梁)/巖松堂(明) 校, 小學類, 中宗32年刊(1537/明永樂版覆刻)推定.
- 『大廣益會』(大廣益會玉篇) : 陳彭年(宋) 等受命撰, 小學類, 宣祖1年.
- 『白字千字』(2個版種) : 周興嗣(梁) 著, 小學類, 宣祖1年 等.
- 『四字千字』(4個版種) : 周興嗣(梁) 著, 小學類, 宣祖1年 等.
- 『四体千字』: 周興嗣(梁) 著, 小學類, 宣祖1年.
- 『大字千字』(2個版種) : 周興嗣(梁) 著, 小學類, 宣祖18年 等.
- 『小千字』: 周興嗣(梁) 著, 小學類, 宣祖18年.
- 『五字千字』: 周興嗣(梁) 著, 小學類, 宣祖1年.
- 『八字千字』: 周興嗣(梁) 著, 小學類, 宣祖1年.
- 『篆千字』(趙學士陰字千字) : 周興嗣(梁) 著, 小學類, 宣祖1年.
- 『註千字』: 周興嗣(梁) 著, 小學類, 宣祖1年.
- 『黑千字』: 周興嗣(梁) 著, 小學類, 宣祖1年.
- 『千字』(5個版種) : 周興嗣(梁) 著, 小學類, 宣祖8年刊(1575)推定 等.
- 『草書千字』(3個版種) : 周興嗣(梁) 著, 小學類, 宣祖1年 等.
- 『童子習』(2個版種) : 朱逢吉(明) 編, 小學類, 宣祖18年.

2) 史部 34종

正史類 6종＋政法類 10종＋金石類 2종＋鈔史類 1종＋編年類 3종＋別史類 1종＋官職類 2종＋雜史類 1종＋詔令奏議類 2종＋傳記類 6종

- 『史記』: 司馬遷(漢) 撰, 正史類, 宣祖18年.
- 『史記列傳』: 司馬遷(漢) 撰, 正史類, 宣祖1年.
- 『漢書列傳』: 班固(漢) 撰, 正史類, 宣祖1年.
- 『宋史』: 正史類, 宣祖18年.

- 『宋元節要』: 正史類, 宣祖18年.
- 『元史節要』(2個版種) : 張美和(明) 撰, 正史類, 宣祖1年.
- 『講解律』(大明律講解) : 劉惟謙(明) 等奉勅撰/趙浚(朝鮮) 等解, 政法類, 宣祖1年.
- 『大明講解律』(大明律講解) : 劉惟謙(明) 等奉勅撰/趙浚 等解/鄭道傳(朝鮮) 等潤色, 政法類, 宣祖1年.
- 『大明律』(大明律請解/2個版種) : 劉惟謙(明) 等奉勅撰/趙浚 等解/鄭道傳(朝鮮) 等潤色, 政法類, 宣祖1年 等.
- 『直解大明律』: 劉惟謙(明) 等奉勅撰/趙浚 等解/鄭道傳(朝鮮) 等潤色, 政法類, 明宗1年刊(1546)推定.
- 『小全大明律』: 劉惟謙(明) 等奉勅撰, 法政類, 宣祖1年.
- 『律學解頤』: 慈利丞·蕭思敬(明) 編, 政法類, 宣祖1年.
- 『詳刊要覽』: 吳訥(明) 撰, 政法類, 宣祖18年.
- 『疑獄集』: 和凝·和蒙 共撰(晉), 政法類, 宣祖18年.
- 『無冤錄』(新註無冤錄/4個版種) : 王與(元) 著/崔致雲(朝鮮) 等註, 政法類, 世宗22年刊(1440)等 數種.
- 『唐律』: 著者未詳, 政法類, 宣祖1年.
- 『孔子廟碑』: 著者未詳, 金石類, 宣祖18年.
- 『韓碑』(韓愈碑文) : 金石類, 宣祖18年.
- 『唐鑑』(東萊先生音註唐鑑) : 范祖禹(宋) 撰, 鈔史類, 宣祖9年.
- 『少微通鑑』(少微家塾点校附音通鑑節要) : 江贄 撰/史炤音 釋/王逢 輯義(宋)/劉剡(明) 增校, 編年類, 中宗~明宗年間刊推定.
- 『通鑑』(3個版種) : 司馬光(北宋) 著, 編年類, 宣祖1年 等.
- 『通鑑總論』: 潘榮(明) 編, 編年類, 宣祖18年.
- 『十九史略』(古今歷代十九史略通考/8個版種) : 曾先之(元) 編/余進(明) 攷, 別史類,明宗13年刊(1558)推定.
- 『牧民忠言』: 張養浩(元) 撰, 官職類, 宣祖1年.

- 『吏學指南』: 徐天瑞(元) 著, 官職類, 宣祖1年.
- 『貞觀政要』: 吳兢(唐) 撰, 雜史類, 宣祖1年.
- 『詔令奏議類』(陸宣公奏議): 陸贄(唐) 著, 詔令奏議類, 宣祖18年.
- 『陸宣公奏議』(唐陸宣公集): 陸贄(唐) 著, 詔令奏議類, 成宗5年刊(1474)推定.
- 『歷代世譜』: 陳璘(明) 撰, 傳記類, 宣祖18年[1585].
- 『精忠錄』(會纂宋鄂武穆王精忠錄): 麥福(明) 著, 傳記類, 宣祖1年.
- 『朱子實記』: 載詵(明) 編, 傳記類, 宣祖18年.
- 『列女傳』: 劉向(漢) 著, 傳記類, 宣祖1年.
- 『名臣言行錄』(宋名臣言行錄): 朱熹 撰/李幼武 續撰(宋), 傳記類, 宣祖1年 等.
- 『皇明名臣言行錄』(皇明理學名臣言行錄): 楊廉(明) 撰, 傳記類, 1562年推定.

3) 子部 137종

儒家類 52종 + 醫家類 28종 + 農家類 3종 + 藝術類 32종 + 道家類 5종 + 小說家類 6종 + 隨錄類 2종 + 天文算法類 1종 + 兵家類 6종 + 術數類 1종 + 釋家類 1종

- 『劉向說苑』: 劉向(漢) 撰, 儒家類, 宣祖1年.
- 『小學』(12個版種): 朱熹(宋) 集註, 儒家類, 宣祖1年 等.
- 『小學大全』(小學集註大全): 朱熹(宋) 集註, 儒家類, 宣祖1年 等.
- 『大全小學』: 未詳, 儒家類, 宣祖1年.
- 『小全小學』(2個版種): 朱熹(宋) 集註, 儒家類, 宣祖1年.
- 『諺吐小學』: 朱熹(宋) 集註, 儒家類, 宣祖18年.
- 『懸吐小學』(小學集說懸吐): 朱熹(宋) 集註, 儒家類, 宣祖1年.
- 『集成小學』(諸儒標題註疏小學集成): 何士信(明) 輯錄, 儒家類, 宣祖18年.

- 『童蒙須知』(8個版種) : 朱熹(宋) 著, 儒家類, 宣祖1年 等.
- 『棠陰比事』: 桂萬榮(宋) 編, 儒家類, 宣祖1年.
- 『四箴』: 程頤(宋) 著, 儒家類, 宣祖1年.
- 『性理群書』(新刊音點性理群書句解/2個版種) : 熊節 編/熊剛大 解(宋), 儒家類, 太宗15年刊(1415)推定 等.
- 『性理群書』: 熊剛大(宋) 編註, 吳訥(明) 補註, 儒家類, 宣祖18年.
- 『性理大全』(性理大全書/2個版種) : 胡廣(明) 等奉勅撰, 儒家類, 宣祖1年.
- 『性理大全』(性理大全書節要) : 金正國(朝鮮) 編, 儒家類, 明宗1年(1546)推定.
- 『性理節要』(性理大全書節要) : 金正國(朝鮮) 編, 儒家類, 宣祖18年.
- 『性理字義』(北溪先生性理字義) : 陳淳(宋) 著, 儒家類, 明宗8年刊(1553)推定.
- 『朱子書節要』: 李滉(朝鮮) 編 : 儒家類, 宣祖8年刊(1575)推定.
- 『經筵講義』(朱子經筵講義) : 朱熹(宋) 撰, 儒家類, 明宗14年(1559)推定.
- 『近思錄』(4個版種) : 朱熹/呂祖謙(宋) 共著, 中宗13年刊行(1518)推定 等.
- 『政經』(2個版種) : 眞德秀(宋) 撰, 儒家類, 宣祖18年.
- 『心經』: 眞德秀(宋) 編, 儒家類, 宣祖18年.
- 『心經付註』(心經附註) : 眞德秀(宋) 編/程敏政(明) 註, 儒家類, 宣祖1年.
- 『心經附註』: 李滉(朝鮮) 撰, 儒家類, 宣祖18年.
- 『正俗』(9個版種) : 王逸菴(元) 撰, 儒家類, 宣祖1年 等.
- 『諺解正俗』(正俗諺解) : 王逸菴(元) 編/金安國(朝鮮) 諺解, 儒家類, 宣祖1年.
- 『飜譯正俗』(正俗諺解) : 王逸庵(元) 著/金安國(朝鮮) 諺解, 儒家類, 宣祖1年.
- 『諺解呂氏鄉約』(朱子增損呂氏鄉約諺解) : 朱熹(宋) 編/金正國(朝鮮) 諺解, 儒家類, 宣祖18年.
- 『呂氏鄉約』(朱子增損呂氏鄉約/6個版種) : 呂大勻(宋) 著/朱熹(宋) 編,

儒家類, 中宗13年刊(1518)推定 等.

- 『延平答問』(延平李先生師弟子答問) : 朱熹(宋) 編/朱木(明) 校, 儒家類, 明宗21年刊(1566)推定.
- 『二程全書』(重刊二程全書) : 程顥·程頤(宋) 共著/朱熹(宋) 編/康紹宗(明) 重編, 儒家類, 宣祖1年.
- 『傳道粹言』(二程先生傳道粹言) : 張栻(宋) 編, 儒家類, 宣祖18年.
- 『程氏遺書』(程氏遺書分類) : 李楨(朝鮮) 校, 儒家類, 明宗19年刊(1564)推定.
- 『伊洛淵源』(伊洛淵源錄) : 朱熹(宋) 著, 儒家類, 宣祖18年.
- 『伊洛淵源錄後集』 : 儒家類, 宣祖18年.
- 『朱子語錄』(晦庵先生語錄類要) : 朱熹(宋) 書/葉子龍(明) 編, 儒家類, 1576年.
- 『自警編』 : 趙善璙(宋) 編, 儒家類, 中宗14年刊(1519)推定.
- 『天地造化論』(天地萬物造化論) : 王栢(宋) 撰, 儒家類, 宣祖18年.
- 『養蒙大訓』 : 熊大年(遼) 著, 儒家類, 宣祖18年.
- 『字訓』 : 程若庸(元) 撰, 儒家類, 宣祖18年.
- 『家語』(新刊標題孔子家語句解) : 王肅(魏) 註/王廣謀(元) 句解, 1402年推定.
- 『居業錄』(居業錄要語) : 儒家類, 胡居仁(明) 著, 宣祖18年.
- 『困知記』(羅整庵先生困知記) : 羅欽順(明) 著, 儒家類, 宣祖18年.
- 『孔子通紀』 : 瀋府(明) 校著, 瀋正(?) 刊行, 儒家類, 宣祖18年.
- 『大學衍義輯略』 : 丘濬 編/陳明卿(明) 評閱/李石亨(朝鮮) 等編. 儒家類, 宣祖1年.
- 『讀書錄』(薛文淸公讀書錄/3個版種) : 薛瑄(明) 撰, 儒家類, 宣祖7年(1574)推定 等.
- 『明心寶鑑』(2個版種) : 范立本(明)撰, 儒家類, 宣祖1年 等.
- 『師律提綱』 : 陳膰(明) 撰, 儒家類, 宣祖18年.

- 『夙興夜寐箴』(3個版種) : 陳佰(明) 撰/盧守愼(朝鮮) 註, 儒家類, 宣祖18年 等.
- 『理學類編』: 張九韶(明) 編, 儒家類, 宣祖1年.
- 『治家節要』: 范立本(明) 著, 儒家類, 宣祖1年.
- 『學蔀通辨』: 陳建(明) 著, 儒家類, 宣祖9年刊(1576)推定.
- 『纂圖脈訣』(纂圖方論脉訣/2個版種) : 高陽生(六朝) 編輯/許浚(朝鮮) 校正, 醫家類, 宣祖1年 等.
- 『脉訣』(纂圖方論脉訣) : 高陽生(六朝) 編輯, 許浚(朝鮮) 校正, 醫家類, 宣祖18年.
- 『素問』(新刊補註釋文黃帝內經素問/3個版種) : 王氷(唐) 註/林億(宋) 等校正), 醫家類, 宣祖1年 等.
- 『和劑』(增廣太平惠民和劑局方/5個版種) : 許洪(宋) 註, 醫家類, 宣祖1年 等.
- 『居助道方』(溫氏隱居助道方服藥須知) : 溫大明(宋) 撰, 醫家類. 宣祖1年.
- 『服藥須知』(溫氏隱居助道方服藥須知) : 溫大明(宋) 撰, 醫家類, 宣祖1年.
- 『銅人經』(新刊補註銅人腧穴鍼灸圖經/3個版種) : 王惟一(宋) 撰, 醫家類, 宣祖1年.
- 『銅人脉簇圖』(銅人經) : 王惟德(宋) 撰, 醫家類, 宣祖1年.
- 『濟生方』: 嚴用和(南宋) 撰, 子部 醫家類, 宣祖18年.
- 『五臟圖』(歐希範五臟圖/2個版種) : 吳簡(宋) 著, 醫家類, 宣祖18年.
- 『山居四要』: 汪汝懋(元) 著, 醫家類, 中宗35年刊(1540)推定.
- 『得效方』(世醫得效方/2個版種) : 危亦林(元) 著, 醫家類, 世宗7年(1425)推定.
- 『三元延壽書』(三元參贊延壽書) : 李鵬飛(元) 撰, 醫家類, 1438年推定.
- 『傷寒指掌圖』(傷寒活人指掌圖/2個版種) : 吳恕(元) 撰, 醫家類, 宣祖

1年.

- 『壽親養老書』(3個版種) : 鄒鉉(元) 編, 醫家類, 宣祖1年 等.
- 『永類鈐方』: 李仲南(元) 撰, 醫家類, 世宗20年刊(1438)推定.
- 『養生大要』: 著者未詳(明代), 醫家類, 宣祖18年.
- 『丹溪纂要』(丹溪先生醫書纂要) : 盧和(明) 撰, 醫家類, 宣祖18年.
- 『救急方』(急救易方) : 趙季敷(明) 撰, 醫家類, 成宗15年刊行(1484)推定.
- 『東垣十書』: 光澤王(明) 撰, 醫家類, 宣祖1年.
- 『名醫雜著』: 王編(明) 撰, 醫家類, 宣祖18年.
- 『心法』(臞仙活人心法) : 朱權(明) 撰, 醫家類, 宣祖18年.
- 『活人心方』(臞仙活人心方/3個版種) : 朱權(明) 撰, 醫家類, 1550年推定.
- 『神應經』: 陳會 撰/劉槿 重校(明), 沈器遠(朝鮮) 等奉則編, 醫家類, 朝鮮初推定.
- 『醫眼方』(崑山顧公醫眼論) : 顧鼎臣(明) 述, 醫家類, 中宗35年刊(1540)推定.
- 『醫學正傳』(新編醫學正傳) : 虞摶撰/虞守愚 校正(明), 醫家類, 宣祖18年.
- 『拯急遺方』: 尹賢葉(明) 撰, 醫家類, 世宗年間刊行(推定).
- 『診脈須知』: 吳洪(明) 撰, 醫家類, 宣祖18年.
- 『農桑集撮』: 魯明善(元) 著, 農家類, 宣祖1年.
- 『農書』(6個版種) : 王禎(元) 撰, 農家類, 宣祖1年 等.
- 『蠶書』(2個版種) : 泰觀(宋) 撰, 農家類, 宣祖1年 等.
- 『歸去來辭』(3個版種) : 陶潛(晉) 著, 藝術類, 宣祖1年 等.
- 『大字歸去辭』(大字歸去來辭) : 陶潛(晉) 著, 藝術類, 宣祖18年.
- 『蘭亭記』(3個版種) : 王羲之(晉) 書, 藝術類, 宣祖1年 等.
- 『王右軍書』(王右軍墨戲) : 王羲之(晉) 書, 藝術類, 宣祖1年.
- 『王羲之法』: 王羲之(晉) 書, 藝術類, 宣祖18年.
- 『王羲之草書』: 王羲之(晉) 書, 藝術類, 宣祖1年.

- 『九成宮』(九成宮醴泉銘/3個版種) : 魏敬　奉勅撰/歐陽詢(唐)　奉勅書, 宣祖1年.
- 『兵衛森』(5個版種) : 韋應物(唐) 著/李溥光(元) 書, 藝術類, 宣祖1年 等.
- 『雪菴書』(雪菴書帖/4個版種) : 李溥光(元) 書, 藝術類, 宣祖1年.
- 『雪菴書體』: 李溥光(元) 書, 藝術類, 宣祖1年.
- 『春種』(雪菴春種/4個版種) : 李溥光(元) 書, 藝術類, 宣祖18年 等.
- 『雪菴千字』: 周興嗣(梁) 著/李溥光(元) 書, 藝術類, 宣祖1年.
- 『眞千字』(眞草千字/6個版種) : 周興嗣(梁) 著/趙孟頫(元) 書, 藝術類, 宣祖1年.
- 『浣花流水』(浣花體/4個版種) : 趙孟頫(元) 書, 藝術類, 宣祖1年 等.
- 『趙孟頫屏風書』: 趙孟頫(元) 書, 藝術類, 宣祖18年.
- 『證道歌』: 趙孟頫(元) 書, 藝術類, 成宗5年刊(1474)推定.
- 『赤壁賦』(6個版種) : 蘇軾(宋) 著, 藝術類, 宣祖1年 等.
- 『赤壁賦屏風』: 蘇軾(宋) 著, 藝術類, 宣祖18年.
- 『赤壁賦屏風草書』: 蘇軾(宋) 著, 藝術類, 宣祖18年.
- 『赤壁賦詩』(6個版種) : 蘇軾(宋) 著, 藝術類, 宣祖18年.
- 『石板赤壁賦』: 蘇軾(宋) 著, 藝術類, 宣祖1年.
- 『鮮于樞赤壁賦』: 蘇軾(宋) 著/鮮于樞(元) 書, 藝術類, 宣祖1年.
- 『大赤壁賦』: 蘇軾(宋) 著, 藝術類, 宣祖18年.
- 『四箴大字法十勝亭屏風書』: 程頤(宋) 著, 藝術類, 宣祖18年.
- 『四箴屏風書』: 程頤(宋) 著, 藝術類, 宣祖18年.
- 『岳飛書』: 岳飛(宋) 書, 藝術類, 宣祖18年.
- 『第一山』(第一山額字/3個版種) : 朱熹(宋) 書, 藝術類, 宣祖18年.
- 『朱子書第一山』(朱子書筆第一山額字) : 朱熹(宋) 書, 藝術類, 宣祖18年.
- 『張汝弼法帖屏風書』: 張汝弼(金) 書, 藝術類, 宣祖1年.
- 『張汝弼書法』: 張汝弼(金) 書, 藝術類, 宣祖1年.
- 『張汝弼草書』: 張汝弼(金) 書, 藝術類, 宣祖1年.

- 『筆疇』: 王達(明) 撰, 藝術類, 宣祖1年.
- 『老子』(老子鬳齋口義) : 著者未詳, 道家類, 成宗5年刊行(1474)推定.
- 『莊子』(莊子鬳齋口義) : 朴希逸(宋) 撰, 道家類, 成宗5年刊(1474)推定.
- 『莊子』(2個版種) : 道家類, 宣祖1年 等.
- 『列子』(列子鬳齋口義) : 朴希逸(宋) 撰, 道家類, 成宗5年刊(1474)推定.
- 『陰附經』(陰符經) : 未詳, 道家類, 宣祖18年.
- 『太平廣記』(太平廣記詳節/2個版種) : 成任(朝鮮) 編輯, 小說家類, 宣祖1年 等.
- 『博物志』: 張華(晉) 撰, 周日用(明) 等註, 小說家類, 宣祖1年.
- 『笑海叢珠』: 陸龜蒙(唐) 著, 子部 小說家類, 宣祖1年.
- 『唐段小卿酉陽雜俎』: 段成式(唐) 撰, 子部 小說家類, 成宗23年(1492)刊.
- 『剪燈新話』(2個版種) : 瞿佑(明) 著, 小說家類, 宣祖1年 等.
- 『剪燈餘話』: 李禎(明) 著, 小說家類, 宣祖1年.
- 『兩山墨談』: 陳霆(明) 著, 隨錄類, 宣祖8年刊(1575)推定.
- 『筆談』(夢溪筆談) : 沈括(宋) 撰, 隨錄類, 宣祖1年.
- 『宋揚輝算法』: 揚輝(宋) 撰, 天文算法類, 世宗15年刊(1433)推定, 宣祖1年.
- 『吳子』: 兵家類, 宣祖18年.
- 『將鑑』(歷代將鑑博議) : 載溪(宋) 撰, 兵家類, 宣祖18年.
- 『將鑑博議』(歷代將鑑博議/5個版種) : 載溪(宋) 撰, 兵家類, 宣祖1年 等.
- 『陣書諺解』(8個版種) : 房玄齡(唐) 等奉勅撰, 兵家類, 宣祖1年 等.
- 『百戰奇法』: 章漢(明) 編, 兵家類, 宣祖18年.
- 『黃石公』(黃石公素書) : 張商英(宋)撰, 兵家類, 宣祖18年.
- 『天運紹統』: 曜仙(明) 撰, 術數類, 宣祖1年.
- 『證道歌』(3個版種) : 永嘉玄覺(唐) 撰, 釋家類, 宣祖1年 等.

4) 集部 70종

별集類 47종＋楚辭類 2종＋詞曲類 5종＋總集類 15종＋功令類 1종

- 『韓詩外傳』: 韓嬰(漢) 著, 別集類, 宣祖1年.
- 『陶靖節集』: 陶潛(晉) 著, 別集類, 宣祖18年.
- 『靖節集』(須溪校本陶淵明詩集) : 陶潛(晉) 著/何孟春(明) 校, 別集類, 宣祖18年.
- 『陶淵明集』(須溪校本陶淵明詩集/2個版種) : 陶潛(晉) 著/何孟春(明) 校, 中宗17年刊(1522)推定 等.
- 『駱賓王集』: 別集類, 宣祖18年.
- 『李太白文集』(唐翰林李太白文集) : 李白(唐) 著, 別集類, 1447年推定.
- 『李白詩』(分類補註李太白詩) : 李白(唐) 著/楊齊賢(宋) 註/蕭士贇(元) 補註, 別集類, 宣祖18年.
- 『杜詩』(分類杜工部詩) : 杜甫(唐) 著/柳允謙(朝鮮) 等受命撰, 別集類, 宣祖1年.
- 『杜律虞註』(2個版種) : 杜甫(唐) 著/虞集(元) 編, 別集類, 宣祖1年 等.
- 『孟浩然集』: 孟浩然(唐) 著, 別集類, 宣祖1年.
- 『韋蘇州』(須溪先生校本韋蘇州集/3個版種) : 韋應物(唐) 著, 別集類, 宣祖1年.
- 『柳記』: 柳宗元(唐) 著, 別集類, 宣祖18年.
- 『柳文』: 柳宗元(唐) 著, 別集類, 宣祖1年.
- 『劉賓客集』(劉賓客文集) : 劉禹錫(唐) 著, 別集類, 宣祖18年.
- 『韓文』(韓文選/2個版種) : 韓愈(唐) 著, 別集類, 宣祖1年 等.
- 『韓文正宗』: 韓愈(唐) 著/申公濟(朝鮮) 外編, 別集類, 中宗27年刊(1532)推定.
- 『香山三體詩』(香山三體法) : 白居易(唐) 著, 別集類, 宣祖1年.
- 『白氏文集』: 白居易 著/白禎 編(唐), 別集類, 宣祖18年.

- 『樊川』(樊川文集) : 杜牧(唐) 著, 別集類, 世宗22年刊(1440)推定.
- 『擊壤集』(伊川擊壤集) : 邵雍(宋) 著, 別集類, 宣祖1年.
- 『簡齋集』(須溪先生平點簡詩齋集) : 陳與義 著/劉辰翁(宋) 評, 別集類, 1514年.
- 『東坡』(增刊校正王狀元集註分類東坡先生詩) : 蘇軾 著/王十明 集註/劉辰翁 批點(宋), 別集類, 宣祖1年.
- 『歐蘇手簡』(4個版種) : 歐陽修/蘇軾(宋) 共著, 別集類, 宣祖1年 等.
- 『南嶽倡酬』(南嶽倡酬集) : 朱熹/張栻/林用中(宋) 共著, 別集類, 宣祖18年.
- 『南軒文集』(南軒先生文集) : 張栻(宋) 著, 別集類, 宣祖18年.
- 『梅先生集』(宛陵梅先生詩選) : 梅堯臣(宋) 著/安平大君(朝鮮) 編, 別集類, 世宗29年刊(1447)推定.
- 『半山集』(匪懈堂選半山精華) : 王安石 撰, 安平大君(朝鮮) 編, 集部 別集類, 宣祖18年.
- 『陸放翁』(名公妙選陸放翁詩集) : 陸游 著/羅綺·劉辰翁 共編(宋), 宣祖1年.
- 『逸稾』(逸藁) : 陸游(宋) 著, 別集類, 宣祖1年.
- 『湖山集』 : 吳芾(宋) 著, 別集類, 宣祖1年.
- 『黃山谷詩集』(黃山谷集註/2個版種) : 黃庭堅 著/任淵 集註(宋), 別集類, 宣祖1年.
- 『晦庵詩文抄』 : 朱熹(宋) 著/吳訥(明) 編, 別集類, 宣祖1年.
- 『紫陽文集』 : 朱熹(宋) 著, 別集類, 宣祖18年.
- 『朱子詩集』 : 朱熹(宋) 著, 別集類, 宣祖1年.
- 『朱晦庵集』 : 朱熹(宋) 著, 別集類, 宣祖1年.
- 『陳簡齋』 : 陳與義(宋) 著, 集部 別集類, 宣祖1年.
- 『眞書山集』(眞書山文集) : 眞德秀(宋) 撰, 別集類, 明宗14年刊(1559)推定.
- 『陳后山詩』(陳后山詩註) : 陳師道 著/任淵 註(宋), 別集類, 宣祖1年.

- 『唐詩鼓吹』: 元好問(金)編, 郝天挺(元) 註, 別集類, 宣祖1年.
- 『古賦』(新刊類編歷學三場文選古賦) : 劉仁初(元) 編, 別集類, 宣祖1年.
- 『唐音』(唐詩正音/3個版種) : 楊士弘(元) 編輯/張震(明) 集註, 宣祖1年 等.
- 『鄭鼒杜詩』(杜工部詩范德機批撰) : 鄭鼒(元) 撰, 別集類, 1528年推定.
- 『毉閭先生集』: 賀欽(明) 著/唐順之 重校(明), 別集類, 明宗16年刊(1561)推定.
- 『朝鮮賦』: 董越 撰/吳必顯 刊行/王政 校刊(明), 別集類, 中宗26年刊(1531)推定.
- 『理窟集』: 范正平文集, 集部 別集類, 宣祖18年.
- 『花影集』: 陶輔(明) 撰, 別集類, 宣祖18年.
- 『效顰集』: 趙弼(明) 撰, 別集類, 宣祖1年.
- 『楚辭』: 屈原(楚) 原著/朱熹(宋) 註, 楚辭類, 宣祖1年.
- 『楚辭』(楚辭後語) : 屈原(楚) 原著/朱熹(宋) 註, 楚辭類, 端宗2年刊(1454)推定.
- 『大雨賦』: 未詳, 詞曲類, 宣祖1年.
- 『阿房賦』(阿房宮賦) : 杜牧(唐) 著, 詞曲類, 宣祖18年.
- 『遊山樂府』: 元好問(金) 撰, 詞曲類, 宣祖18年.
- 『遺山樂賦』(遺山樂府) : 元好問(金) 撰, 詞曲類, 成宗23年刊(1492)推定.
- 『歷代世年歌』: 曾先之(元) 撰, 詞曲類, 宣祖1年.
- 『古文眞寶』(詳說古文眞寶大全/6個版種) : 黃堅(宋) 編/伯貞(宋) 音釋/劉剡(明) 校正, 總集類, 成宗3年(1472)推定 等.
- 『唐三體詩』(箋註唐賢絶句三體詩法) : 周弼(宋) 撰/圓至(元) 註, 宣祖18年.
- 『三體詩』(箋註唐賢絶句三體詩法) : 周弼(宋) 撰/圓至(元) 註, 宣祖1年.
- 『唐詩絶句』(箋註唐賢絶句三體詩法/2個版種) : 周弼(宋) 撰/圓至(元) 註, 宣祖1年.
- 『詩人玉屑』: 魏慶之(宋) 編, 總集類, 世宗21年刊(1439)推定.

- 『濂洛風雅詩』(濂洛風雅) : 金履祥(宋) 編/唐良瑞(元) 編, 總集類, 1565年刊.
- 『文章軌範』(5個版種) : 謝枋得(宋) 編, 總集類, 宣祖1年 等.
- 『聯珠詩格』(精選唐宋千家聯珠詩格/2個版種) : 于濟(元) 等編/蔡正孫補(元), 徐居正(朝鮮) 等增註, 總集類, 宣祖1年 等.
- 『千家詩』(精選唐宋千家聯珠詩格) : 于濟 等編/蔡正孫 補編(元), 總集類, 宣祖1年.
- 『瀛奎律髓』: 方回(元) 編, 總集類, 宣祖1年.
- 『故事金璧』: 著者未詳(元), 總集類, 宣祖1年.
- 『文章歐冶』: 陳繹曾(元) 著, 總集類, 宣祖1年.
- 『北京八景詩』(北京八景圖詩) : 鄒緝 等著/張光啓 編(明), 總集類, 宣祖1年.
- 『詩家一旨』: 懷悅(明) 著, 總集類, 宣祖1年.
- 『玉壺氷』(2個版種) : 都穆(明) 著, 總集類, 宣祖18年.
- 『文選對策』(新刊類編歷學三場文選對策) : 劉仁初(元) 編輯, 功令類, 宣祖1年.

3. 국적 미확인 110書種

經部 : 11書種　　史部 : 15書種
子部 : 48書種　　集部 : 27書種
분류미상 : 9書種

1) 經部 11書種

- 『冠婚喪祭儀』: 著者未詳, 經部 禮類, 宣祖18年.
- 『龜文圖』: 著者未詳, 經部 易類, 宣祖18年.
- 『論孟或問』: 著者未詳, 經部 四書類, 宣祖18年(1585).
- 『大略韻』: 著者未詳, 經部 小學類, 宣祖1年.
- 『略韻』(5個版種) : 著者未詳, 經部 小學類, 宣祖1年 等.
- 『蒙書』: 著者未詳, 經部 小學類, 宣祖1年.
- 『四書通儀』: 著者未詳, 經部 總經類, 宣祖18年.
- 『喪禮抄錄』(2個版種) : 著者未詳, 經部 禮類, 宣祖1年 等.
- 『小家禮』: 著者未詳, 經部 禮類, 宣祖18年.
- 『朱文公問禮』: 著者未詳, 經部 禮類, 宣祖18年.
- 『抄家禮』: 著者未詳, 經部 禮類, 宣祖18年.

2) 史部 5書種

- 『檢屍格式』: 著者未詳, 史部 政法類, 宣祖1年.
- 『古事通略』: 史部 別史類, 宣祖1年(1568)刊推定.
- 『紀行』(紀行錄) : 著者未詳, 史部 地理類, 宣祖1年.
- 『歷代年表』: 著者未詳, 史部 史表類, 宣祖1年.
- 『百里指南』(2個版種) : 著者未詳, 史部 地理類, 宣祖1年 等.

- 『比于錄』: 著者未詳, 史部 傳記類, 宣祖1年.
- 『上洛伯行論』: 著者未詳, 史部 傳記類, 宣祖1年.
- 『小地圖』: 著者未詳, 史部 地理類, 宣祖18年.
- 『易刑義南』: 著者未詳, 史部 政法類, 宣祖1年.
- 『田制』: 著者未詳, 史部 政書類, 宣祖1年.
- 『族譜』: 著者未詳, 史部 傳記類, 宣祖18年.
- 『地算』: 著者未詳, 史部 政書類, 宣祖1年.
- 『抄史略』(2個版種) : 著者未詳, 史部 編年類, 宣祖18年 等.
- 『忠武錄』: 未詳, 史部 傳記類, 燕山君1年刊(1495)推定.
- 『通鑑前記』: 著者未詳, 史部 編年類, 宣祖18年.

3) 子部 48書種

- 『居業明』: 著者未詳, 子部 儒家類, 宣祖18年.
- 『啓蒙習傳』: 著者未詳, 子部 儒家類, 宣祖18年.
- 『啓蒙』: 刊寫者未詳, 子部 儒家類, 宣祖1年.
- 『高廉草書』: 子部 藝術類, 宣祖18年.
- 『勸文論』: 著者未詳, 子部 儒家類, 宣祖1年.
- 『農桑輯要』: 著者未詳, 子部 農家類, 宣祖1年.
- 『大屛風』: 未詳(元朝五箴[?]). 子部 藝術類, 宣祖18年.
- 『讀書法』: 著者未詳, 子部 儒家類, 宣祖1年.
- 『靈川屛風書』: 著者未詳, 子部 藝術類, 宣祖18年.
- 『禮義廉恥』(2個版種) : 著者未詳, 子部 藝術類, 宣祖18年 等.
- 『萬竹山房帖』: 著者未詳, 子部 藝術類, 宣祖18年.
- 『蒙訓書』: 著者未詳, 子部 儒家類, 宣祖1年.
- 『蒙訓須知』: 著者未詳, 子部 儒家類, 宣祖1年.
- 『不自棄文』: 著者未詳, 子部 藝術類, 宣祖1年.

- 『佛氏辨說』: 著者未詳, 子部 釋家類, 宣祖1年.
- 『産要書』: 著者未詳, 子部 醫家類, 宣祖1年.
- 『三十二体篆隷書』: 著者未詳, 子部 藝術類, 宣祖18年.
- 『三韻一覽』: 著者未詳, 子部 藝術類, 宣祖18年.
- 『詳明算』(增刪詳明算法): 著者未詳, 子部 天文算法類, 宣祖1年.
- 『相宅經』: 著者未詳, 子部 術數類, 宣祖1年.
- 『傷寒賦』: 著者未詳, 子部 醫家類, 宣祖1年.
- 『釋尊儀式』: 著者未詳, 子部 釋家類, 定宗2年刊(1400)推定.
- 『小屛風』: 著者未詳, 子部 藝術類, 宣祖18年.
- 『小學後錄』: 著者未詳, 子部 儒家類, 宣祖1年.
- 『養蠶經緣最要』(養蠶經緣撮要): 著者未詳, 子部 農家類, 宣祖1年.
- 『養蠶方』: 著者未詳, 子部 農家類, 宣祖1年.
- 『諺解産室』: 著者未詳, 子部 醫家類, 宣祖18年.
- 『淵源錄』: 車奎範(?), 子部 儒家類, 宣祖1年.
- 『暎湖樓大字』: 著者未詳, 子部 藝術類, 宣祖18年.
- 『要集』: 著者未詳, 子部 類書類, 宣祖18年.
- 『牛癖方』(牛羊猪染病治療方): 子部 醫家類, 宣祖18年.
- 『幽懷不可瀉』: 著者未詳, 子部 藝術類, 宣祖18年.
- 『人皇法體』(2個版種): 著者未詳, 子部 藝術類, 宣祖1年 等.
- 『程氏家塾』: 著者未詳, 子部 儒家類, 宣祖18年.
- 『從政名言』: 著者未詳, 子部 儒家類, 宣祖18年.
- 『砥柱中流』: 著者未詳, 子部 藝術類, 宣祖18年.
- 『進獻心圖』: 著者未詳, 子部 儒家類, 宣祖1年.
- 『集古法帖』: 著者未詳, 子部 藝術類, 宣祖1年.
- 『蚕書』(3個版種): 著者未詳, 子部 農家類, 宣祖1年 等.
- 『草書大屛風』: 著者未詳, 子部 藝術類, 宣祖18年.
- 『草書大板』: 著者未詳, 子部 藝術類, 宣祖1年.

- 『草書法』: 著者未詳, 子部 藝術類, 宣祖18年.
- 『草書證道歌』: 著者未詳, 子部 藝術類, 宣祖18年.
- 『忠信篤敬』: 著者未詳, 子部 藝術類, 宣祖18年.
- 『治疱易驗』: 著者未詳, 子部 醫家類, 宣祖18年.
- 『學求聖賢』(2個版種) : 著者未詳, 子部 儒家類, 宣祖18年.
- 『火砲冊』: 著者未詳, 子部 兵家類, 宣祖18年.
- 『黃疸瘧方』(黃疸瘧治療方) : 著者未詳, 子部 醫家類, 宣祖18年.

4) 集部 27書種

- 『△谷集』: 著者未詳, 集部 別集類, 宣祖18年.
- 『古文謬(類)選』: 著者未詳, 集部 總集類, 宣祖18年.
- 『古文選』: 著者未詳, 集部 總集類, 宣祖1年.
- 『古文精粹』(標音古文句解精粹大全/2個版種) : 著者未詳, 集部 總集類, 宣祖1年 等
- 『連錦集』: 著者未詳, 集部 別集類, 宣祖18年.
- 『名賢詩話』: 著者未詳, 集部 總集類, 宣祖1年.
- 『務農集』: 著者未詳, 集部 別集類, 宣祖18年.
- 『文範』: 著者未詳, 集部 總集類, 宣祖18年.
- 『選詩』 : 著者未詳, 集部 總集類, 宣祖18年.
- 『宣止元龜集』: 著者未詳, 集部 別集類, 宣祖1年.
- 『雪菴集』: 著者未詳, 集部 別集類, 宣祖1年.
- 『蘇州摘律』: 著者未詳, 集部 別集類, 宣祖1年.
- 『續文範』: 淸凉書院, 集部 總集類, 明宗20年刊(1565)推定.
- 『垂老十詠』: 著者未詳, 集部 總集類, 宣祖1年.
- 『十抄詩』(夾註名賢十抄詩/2個版種) : 東賢(?) 抄/東僧(?) 註/權擥(朝鮮) 校, 集部總集類, 宣祖1年 等.

- 『樂譜』: 著者未詳, 集部 詞曲類, 宣祖18年.
- 『詠史詩』: 著者未詳, 集部 總集類, 宣祖18年.
- 『元播方』: 著者未詳, 集部 總集類, 宣祖1年.
- 『義谷詩』: 著者未詳, 集部 別集類, 宣祖1年.
- 『絶句』: 著者未詳, 集部 總集類, 宣祖18年.
- 『差穀策文』: 著者未詳, 集部 功令類, 宣祖1年.
- 『推句』(3個版種): 著者未詳, 集部 總集類, 宣祖1年 等.
- 『忠孝歌』: 著者未詳, 集部 詞曲類, 宣祖18年.
- 『表詩』: 著者未詳, 集部 總集類, 宣祖1年.
- 『漢都十詠』: 著者未詳, 集部 別集類, 宣祖1年.
- 『華隱集』: 著者未詳, 集部 別集類, 宣祖1年.
- 『回文詩』: 著者未詳, 集部 總集類, 宣祖1年.

5) 분류미상 9書種

- 『圖人圖』: 著者未詳, 分類未詳, 宣祖18年.
- 『不陳抄』: 著者未詳, 分類未詳, 宣祖1年.
- 『宋鑑』(宋鑑疏論): 著者未詳, 分類未詳, 宣祖1年.
- 『時享圖』: 著者未詳, 分類未詳, 宣祖1年.
- 『幼□道書』: 著者未詳, 分類未詳, 宣祖1年.
- 『日記』(3個版種): 著者未詳, 分類未詳, 宣祖1年 等.
- 『趙子』: 著者未詳, 分類未詳, 宣祖18年.
- 『抄談』: 著者未詳, 分類未詳, 宣祖18年.
- 『則言』: 著者未詳, 分類未詳, 宣祖18年.

| 저자 소개 |

민관동(閔寬東, kdmin@khu.ac.kr)

- 忠南 天安 出生.
- 慶熙大 중국어학과 졸업.
- 대만 文化大學 文學博士.
- 前 : 경희대학교 외국어대 학장. 韓國中國小說學會 會長. 경희대 比較文化研究所 所長.
- 現 : 慶熙大 중국어학과 教授. 경희대 동아시아 서지문헌연구소 소장

著作

- 《中國古典小說在韓國之傳播》, 中國 上海學林出版社, 1998年.
- 《中國古典小說史料叢考》, 亞細亞文化社, 2001年.
- 《中國古典小說批評資料叢考》(共著), 學古房, 2003年.
- 《中國古典小說의 傳播와 受容》, 亞細亞文化社, 2007年.
- 《中國古典小說의 出版과 研究資料 集成》, 亞細亞文化社, 2008年.
- 《中國古典小說在韓國的研究》, 中國 上海學林出版社, 2010年.
- 《韓國所見中國古代小說史料》(共著), 中國 武漢大學校出版社, 2011年.
- 《中國古典小說 및 戲曲研究資料總集》(共著), 학고방, 2011年.
- 《中國古典小說의 國內出版本 整理 및 解題》(共著), 학고방, 2012年.
- 《韓國 所藏 中國古典戲曲(彈詞·鼓詞) 版本과 解題》(共著), 학고방, 2013年.
- 《韓國 所藏 中國文言小說 版本과 解題》(共著), 학고방, 2013年.
- 《韓國 所藏 中國通俗小說 版本과 解題》(共著), 학고방, 2013年.
- 《韓國 所藏 中國古典小說 版本目錄》(共著), 학고방, 2013年.
- 《朝鮮時代 中國古典小說 出版本과 飜譯本 研究》(共著), 학고방, 2013年.
- 《국내 소장 희귀본 중국문언소설 소개와 연구》(共著), 학고방, 2014年.
- 《중국 통속소설의 유입과 수용》(共著), 학고방, 2014年.
- 《중국 희곡의 유입과 수용》(共著), 학고방, 2014年.
- 《韓國 所藏 中國文言小說 版本目錄》(共著), 中國 武漢大學出版社, 2015年.
- 《韓國 所藏 中國通俗小說 版本目錄》(共著), 中國 武漢大學出版社, 2015年.

• 《中國古代小說在韓國研究之綜考》, 中國 武漢大學出版社, 2016年.
• 《삼국지 인문학》, 학고방, 2018年. 외 다수.

飜譯
• 《中國通俗小說總目提要》(第4卷-第5卷) (共譯), 蔚山大出版部, 1999年.

論文
• 〈在韓國的中國古典小說翻譯情況研究〉, 《明清小說研究》(中國) 2009年 4期, 總第94期.
• 〈中國古典小說의 出版文化 研究〉, 《中國語文論譯叢刊》第30輯, 2012.1.
• 〈朝鮮出版本 中國古典小說의 서지학적 考察〉, 《中國小說論叢》第39辑, 2013.
• 〈한·일 양국 중국고전소설 및 문화특징〉, 《河北學刊》, 중국 하북성 사회과학원, 2016.
• 〈小說《三國志》의 書名 研究〉, 《중국학논총》제68집, 2020. 외 다수

경희대학교 동아시아 서지문헌 연구소 서지문헌 연구총서 06

中國文學과 小說, 그리고 受容과 變容

초판 인쇄 2021년 10월 10일
초판 발행 2021년 10월 20일

저　　자 | 민관동
펴 낸 이 | 하운근
펴 낸 곳 | 學古房

주　　소 | 경기도 고양시 덕양구 통일로 140 삼송테크노밸리 A동 B224
전　　화 | (02)353-9908 편집부(02)356-9903
팩　　스 | (02)6959-8234
홈페이지 | www.hakgobang.co.kr
전자우편 | hakgobang@naver.com, hakgobang@chol.com
등록번호 | 제311-1994-000001호

ISBN 979-11-6586-419-4 94820
978-89-6071-904-0 (세트)

값 26,000원

■ 파본은 교환해 드립니다.